옮긴이 이규원

한국외국어대학교에서 일본어를 전공했다. 문학, 인문, 역사, 과학 등 여러 분야의 책을 기획하고 번역했으며 현재 전문 번역가로 활동중이다. 옮긴 책으로 미야베 미유키의 『이유』, 『얼간이』, 『하루살이』, 다치바나 다카시의 『천황과 도쿄대』, 쓰네카와 고타로의 『야시』, 『천둥의 계절』, 사토 다카코의 『한순간 바람이 되어라』, 『슬로모션』, 슈카와 미나토의 『도시전설 세피아』, 『새빨간 사랑』, 마쓰모토 세이초의 『마쓰모토 세이초 걸작 단편 컬렉션』 등이 있다.

TENGU KAZE
by MIYABE Miyuki
Copyright © 1997 MIYABE Miyuki
All right reserved.

Originally published in Japan by SHIN JINBUTSU ORAI SHA, Tokyo.
Korean translation rights arranged with OSAWA OFFICE, Japan
through THE SAKAI AGENCY and SHINWON AGENCY CO.

이 책의 한국어판 저작권은 THE SAKAI AGENCY와 신원 에이전시를 통해
MIYABE Miyuki와의 독점계약으로 도서출판 북스피어에 있습니다.
저작권법에 의해 한국 내에서 보호를 받는 저작물이므로 무단전재와 무단복제를 금합니다.

* 이 도서의 국립중앙도서관 출판시도서목록(CIP)은 e-CIP 홈페이지(http://www.nl.go.kr/cip.php)에서 이용하실 수 있습니다.(제어번호: CIP2011002770)

차례

1 납치 — 007
2 사라지는 사람들 — 067
3 오하쓰와 데쓰 — 209
4 무가의 따님 — 365
5 대결 — 483

역자 후기 — 532

✟ **일러 두기**
 본문의 모든 주는 옮긴이 주입니다.
 책의 뒷날개를 펼치면 등장 인물 소개가 있습니다.

제1장 납치

괴이한 아침놀

에도 후카가와에 있는 조신지라는 절의 뒷동네 야마모토초에서 처녀 하나가 감쪽같이 사라졌다. 모든 사태가 여기서 시작되었다.

사라진 처녀의 이름은 오아키. 나막신바치의 열일곱 살 외동딸로, 보름 뒤면 아사쿠사의 불당 고마가타도 근처의 번듯한 요릿집으로 시집을 가기로 되어 있던 몸이다. 두 남녀가 연분이 나서 맺어진 혼담이었고, 처녀도 화사한 신부복을 입을 날을 손꼽아 기다리고 있었는데―.

오아키가 자취를 감춘 것은 아침노을이 유난히 짙은 봄날 새벽이었다.

그날 나막신 가게 주인이자 오아키의 아비인 마사키치는 긴 밤 내내 끔찍한 꿈에 시달려서, 전날 저녁보다 더 지친 몸으로 잠자리에서 일어났다. 매일 아침 동트기 전에 작업실로 내려가 신단에 절하고 나서 연장을 한참 놀리고 난 뒤가 아니면 조반이 목구멍을 넘어가지 않는다고 할 만큼 성실한 마사키치는 흉몽의 뒤끝으로 지끈거리는 머리를 누르며 작업실을 향해 천천히 계단을 내려갔다.

그를 닦달한 꿈은 이부자리를 벗어난 지금도 여전히 몸이 후들후들 떨릴 만큼 사나웠다. 마르지 않은 훈도시_{일본의 성인 남성이 입는 전통 속옷}를 찬 듯한 언짢은 느낌이 등부터 허리께까지 찰싹 들러붙어 있다. 계단을 디딜 때마다 무릎이 맥없이 후들거렸다.

이런 젠장맞을, 하고 마사키치는 생각했다. 요즘 어울리지도 않게 이런저런 일에 신경을 바짝 곤두세우고 살았다. 그 탓이겠지. 틀림없이 그 탓일 거야.

외동딸 오아키를 시집보내는 일이 섭섭하지 않을 리 없다. 혼담이 성사된 뒤로 나날이 쾌활해지는 딸의 행동거지며 환한 웃음을 짓는 분홍빛 뺨을 볼 때마다 어째 억울한 듯도 싶고 심통이 나는 듯도 싶은 것이, 마치 손끝으로 명치를 꽉 찌르는 느낌이었다.

이렇게 독립한 바치가 되어 옹색하나마 점포를 가질 수 있게 되기까지 겪어야 했던 고생은 정말이지 말로는 다 할 수 없다. 지난 얘기를 할라치면 나이 지긋한 지금도 불쑥 눈물이 그렁거릴 정도로 힘겨운 날들의 연속이었다. 그런 생활을 견뎌내고 여기까지 올 수 있었던 까닭은 뭐니 뭐니 해도 딸 오아키가 있었기 때문이다.

그 오아키가 가 버린단다. 슬하를 떠나겠단다. 이제 마사키치가 울타리가 되어 줄 수도 없고 웃음을 줄 수도 없게 된다. 물론 오아키가 좋아하는 사내라지만 마사키치의 눈에는 부잣집 철부지 아들 녀석일 뿐이다. 그런 놈한테 천금 같은 딸을 맡기라니, 죽어도 못하겠다고 속에서 사나운 파도가 치받고 나올 때도 종종 있었다.

하지만 마사키치는 그런 심정이 얼굴이나 몸가짐으로 드러나지 않도록 무진 애를 썼다. 꾹 눌러 둔 심정이 터져 나오려 할 때마다 어금니를 물고 막아 왔다. 그 심정이 엉뚱한 곳으로 터져서 망측한 꿈이 되었는지도 모른다.

꿈에서 마사키치는 오아키를 죽이려고 했던 것이다.

'세상에 어느 애비가 딸내미를 죽일까.'

덧문을 단단히 닫은 복도를 걸으며 마사키치는 연방 도리질을 했다.

지난 밤 꿈속에서 마사키치는 어딘지 알 수 없는 커다란 저택에 있었다. 당혹스러울 만큼 넓은 다다미방 한가운데 혼자 우두커니 서 있었다. 그런 광경으로 시작된 꿈이었다.

꿈속의 마사키치는 무엇 때문인지 몹시 다급했다. 누구를 쫓고 있는 것 같다. 그 누군가가 이 저택 안에 있다. 마사키치는 발을 움직이기 시작했다. 거의 뛰다시피 해서 앞에 보이는 호사스러운 장지문으로 손을 뻗었다.

달캉! 하는 경쾌한 소리를 내며 장지문을 양쪽으로 밀었다. 문지방 너머에도 역시 놀랄 정도로 드넓은 다다미의 바다가 펼쳐져 있다. 마사키치는 그 방을 나는 듯이 가로지른다. 다음 장지문을 연다. 그러자 또 다다미방이 훤히 펼쳐진다.

연방 다다미방을 쏜살같이 달리며 장지문을 열어 나간다. 마음은 점점 급해진다. 문득 머리 위에서 여럿이 웃고 떠드는 소리가 들려왔다. 퍼뜩 눈길을 들자 장지문 위 채광창에 끼워 넣은 아름다운 관음상이 목소리의 주인이라는 사실을 알 수 있었다.

정교하게 투각^{묘사할 대상의 윤곽만을 남겨 놓고 나머지 부분은 구멍을 뚫거나, 윤곽만을 파서 구멍이 나도록 만드는 기법}한 관음상은 방마다 하나씩 끼워져 있는데, 저마다 다른 자세, 다른 목소리, 다른 웃음이다. 하지만 하나같이 마사키치를 손가락질하며 웃고 있었다.

'저런, 저자 좀 보게.'

이쪽 방 채광창에서 다음 방 채광창을 향해 관음상이 속닥거리는 소리가 들린다.

'우스워라, 뭘 저렇게 찾을꼬.'

'맞아, 뭘 찾는 게로군.'

'저래서야 어디 찾을 수나 있겠어?'

'퍽이나 찾겠다.'

꿈속의 마사키치는 존귀하신 관음보살님이 저렇게 천한 목소리로 웃고 떠들 리가 없다고 생각했다. 저건 필시 마귀다. 마귀들이 관음보살로 둔갑해서 나를 홀리는 거다.

땀을 뻘뻘 흘리며 숨 가쁘게 달려가 장지문을 열고 다음 방으로 뛰어들면서 마사키치는 미친 듯이 자신을 타일렀다. 꿈속에서 달리면서도, 이건 꿈이야, 꿈이라고, 틀림없는 꿈이야, 하고 다급하게 자신에게 되뇌었다.

하지만 다다미방은 끝날 줄 모르고 이어진다. 열고 또 열어도 장지문은 끝나지 않고 어디에 도착할 기미도 없다. 채광창의 관음상들이 웃고 떠드는 소리는 점점 커진다. 마치 여관집 하녀들 같다. 마사키치를 부르는 양 우아한 옷깃 밖으로 하얀 팔뚝을 힐끗힐끗 내비치며 계속 웃는다.

아아, 살결이 어찌 저리 고울까. 눈매는 왜 저리 색기를 풍기고.

흡사— 흡사— 오아키 같구나.

그때 마사키치는 꿈속의 제 손이 끌을 꼭 쥐고 있음을 깨달았다.

내가 왜 이런 걸 쥐고 있지? 마사키치는 꿈속에서 고함을 쳤다.

"왜긴, 딸을 죽이려는 게지."

"오아키를 죽여? 내가?"

"암, 그렇다니까."

"내가 오아키를 왜 죽여. 내 귀한 딸을."

마사키치가 항변했다. 어떻게든 멈춰 서서 머리 위 관음상을 똑바로 노려보고 단단히 반박해 주겠다 생각했지만 다리가 아무래도 멈추질 않는다. 숨이 가빠 목에서 히익히익 바람 새는 소리가 나는데도 계속 달리지 않을 수 없다.

그때 관음상들의 목소리들이 쏟아졌다.

"넌 오아키를 죽일 거야."

"귀한 딸이지만 죽이게 되겠지."

"네가 안 죽이나 봐라."

"아냐, 아냐, 아니야!" 하고 마사키치가 소리친다.

"오아키는 내 딸이란 말이다!"

하지만 관음상들은 노래라도 부르는 양 집요하게 말했다.

"딸이라도 죽이게 돼 있어."

"오아키가 너를 버리고 떠나려 하잖아."

"길러 준 은혜를 나 몰라라 하잖아."

"사내놈한테 넋이 나가서 네 곁을 떠나려고 하잖아."
"네가 병에 걸려도."
"오아키가 알은 척이나 할 줄 알아?"
"너 따위는 걷어차 버리고."
"좋다고 웃을걸."
"네 묘비에 이끼가 무성해도."
"못 본 척할걸."
"네 백골이 들판에 뒹굴어도."
"눈물 한 방울 비치지 않을 거다."
"그래서 너는 오아키를 죽이는 거야."
"죽이고 말걸."
"어디 네가 안 죽이나 봐라."

마사키치는 억 소리도 내지 못한 채 식은땀을 뒤로 날리며, 헝클어진 상투에서 삐져나온 반백의 머리칼을 나부끼며, 눈물을 흘리며 달리고 있었다.

"아냐, 아냐, 난 오아키를 죽이지 않아!"

겨우 쥐어짜 낸 목소리로 그렇게 외쳤을 때 머리 위 관음상들의 얼굴이 별안간 바뀌었다.

색기 넘치고 눈부시게 예쁜 여인의 얼굴이, 아가리가 귀밑까지 찢어지고 엄니를 드러낸 귀신 얼굴로 변했다. 각 방의 채광창마다 끼워져 있던 관음상들이 옷자락을 어깨로 휘날리며 마사키치를 향해 일제히 뛰어내렸다.

"도저히 못 죽이겠다면 내가 널 죽여 주마!"

꿈속의 마사키치는 비명을 질렀다. 너무나 무서워 저도 모르게 악을 쓰고 말았다.

"알았어, 내가 오아키를 죽일게!"

마사키치는 몸을 부르르 떨었다.

문득 정신을 차리고 보니 작업실로 가는 계단을 다 내려선 자리에 멀거니 서 있었다. 아무래도 잠자리에 버려 두고 왔어야 할 꿈을 돌이키는 사이에 정신이 혼미해진 모양이다.

'재수 없는 꿈도 다 있지.'

양 손바닥으로 얼굴을 썩썩 문지르며 크게 숨을 쉬고 나서 복도를 걷기 시작했다.

빌어먹을, 황당한 꿈도 다 있네. 오늘 하루는 조심하는 편이 좋겠군. 까딱하면 다칠 거라는 계시인지도 모르니 날붙이는 아예 건드리지도 말아 볼까.

마사키치는 이제 가게 주인이고 어엿한 바치이니만큼 그리 어려운 일은 아니다. 제자들이나 삯을 주고 임시로 부리는 직공들이 일하는 모습을 팔짱 끼고 지켜보기만 해도 필요한 일은 대강 다 마칠 수 있다.

동트기 전 아직 덧문도 열지 않은 집 안에서 혼자 작업실로 내려간다. 마사키치의 이런 습관을 두고 딸 오아키나 아내는 재밌어라 했다. 아버지도 집 안에서만큼은 지체 높은 겐교_{당시 시각 장애자가 받을 수 있던 직위 중 가장 높은 직위. 에도 시대에는 시각 장애자의 권익을 위한 조직이 있었고 조직 내에서 막부가 허가한 승진 제도가 있어, 일부 시각 장애자는 높은 직위를 받거나 막대한 재산을 모을 수 있었다} 나리 같아요, 하며.

그야 눈 감아도 훤한 집 안이므로 밤눈 밝은 고양이처럼 불빛 없이도 성큼성큼 걸어 다닐 수 있다. 하지만 하루가 시작되는 시간에 잠자리에서 일어나기가 무섭게 이처럼 깜깜한 집 안을 걸어서 작업실로 가는 일은 마사키치에게 습관 이상의 의미가 있었다.

사람들이 모두 잠든 한밤중이면 집 안에 신이 내려와 작업장을 돌아다니고 연장을 만지며 '기' 같은 것을 넣어 주고 가신다—.

애송이 도제 시절부터 마사키치는 그렇게 믿어 왔다. 그 믿음에는 나름대로 근거도 있었다.

예를 들어 밤샘 작업을 하다가 작업실을 어질러 놓은 채 잠이 들면 이튿날 어김없이 뭔가 골치 아픈 일이 생긴다. 직인 가운데 손이 잘리는 사람이 나온다거나 그날 들어와야 할 목재가 도착하지 않는다거나. 소소한 사고부터 심각한 사고까지 여하튼 꼭 한 가지는 사고가 터진다.

이는 작업실을 정리하지 않은 채 칠칠치 못하게 잠에 빠져 버리면 밤중에 강림한 신이 노하셔서 '기'를 넣어 주시지 않는 탓이라고 마사키치는 믿었다.

그래서 하루가 시작되는 시간에는 혼자 작업실로 내려가 간밤에 신이 오셔서 '기'를 주고 가신 것을 확인하고 감사의 인사를 올린다. 마사키치에게는 중요한 의식이 아닐 수 없다.

의식은 아침 햇살이 비껴들기 전에 마쳐야 한다. 빛이 들면 '기'가 흩어져 버리기 때문이란다.

마사키치는 정신을 가다듬고 작업실 문으로 손을 뻗었다. 그때 문 너머에서 인기척이 났다.

"아버지?"

오아키였다.

오아키는 옷을 제대로 차려입고 머리도 단정하게 빗어서 묶었다. 벌써 한참 전에 일어나 와 있던 모양이다.

오아키는 끌밥을 깨끗이 쓸어 담아 놓은 나무 상자 옆에 무릎을 가지런히 모으고 앉아 있었다. 방에서 가져왔는지 촛불 하나가 발치에서 연한 빛을 내고 있다.

지금까지 이런 일은 한 번도 없었다.

"너 거기서 뭐 해!"

저도 모르게 야단치는 투로 말한 마사키치에게 오아키는 웃음을 보였다.

"뭘 그렇게 새벽부터 무서운 얼굴로 꾸중하셔요."

"무서운 얼굴……?"

방금 전까지 떠올리던 무서운 꿈이 다시 돌아와 마사키치의 머릿속을 스쳤다.

"내가 그렇게 무서운 얼굴을 하고 있니?"

오아키는 환한 눈동자를 아비에게 향하고 응석투로 말했다.

"아버지도 참, 제가 작업실에 오는 걸 이렇게 끝까지 싫어하실 거예요?"

나막신 일은 결코 험하거나 거칠지 않다. 그렇지만 역시 날붙이를 휘두르는 일이다.

그런 탓에 마사키치는 오아키가 태어날 때부터 작업실에 들어오지 못하도록 엄하게 막아 왔다.

만에 하나 다치기라도 하면 어쩌나. 게다가 계집애 아닌가. 손등에 흉터라도 지면 자칫 장래를 망칠지도 모른다.

마사키치만이 아니라 바치 중에는 그렇게 생각하는 사람이 많다. 돌장이들도 그렇고 벼루장이들도 그렇다. 아무리 조심하며 살아도 사고란 어느 결에 일어나게 마련이다. 그런 사고를 막으려면 어린아이는 아예 작업실에 얼씬도 못하게 해야 한다—라고 마사키치는 작정하고 살았다.

"곧 제가 시집을 가잖아요."

오아키는 가만히 눈길을 내리고 말했다.

"이제 이 집 식구가 아니게 돼요. 그래서, 그전에 아버지 작업실을 꼭 한 번 보고 싶었어요. 여기서 그 많은 나막신을 깎고 끈을 꿰어서 저를 길러 주셨잖아요."

마사키치는 문가에 가만히 서 있었다. 겨드랑이에 땀이 축축이 배어 있다.

"이렇게—,"

오아키는 손을 뻗어 자루에 낡은 천을 둘둘 감아 놓은 마사키치의 끌을 집어 들었다.

"아버지의 땀이 밴 이런 연장을 만져 보고 싶었어요."

오아키가 끌을 쥐고 마사키치를 올려다보았다.

"괜찮죠, 아버지? 추억으로요."

하지만 마사키치는 대답할 수 없었다.

"간밤에 이상한 꿈을 꾸었어요."

마사키치의 굳어 버린 얼굴을 못 보았는지, 오아키는 웃음을 머금고 말을 이었다.

"어딘지 알 수 없는 아주 넓은 다다미방에 저 혼자 있었는데요. 누구한테 쫓기고 있었어요."

마사키치는 미닫이문에 손을 대고 중심을 잡았다. 심장이 쾅쾅 뛰었다.

너도 꿈을 꾸었다고? 나랑 같은 꿈을? 내 꿈과 맞붙은 꿈을?

"너무 무서웠어요."

오아키는 자라목을 하고 여전히 쥐고 있는 끈을 만지작거리며 말했다.

"정신없이 도망쳤어요. 장지문을 연방 열어 가면서요. 하지만 아무리 장지문을 열어도 계속 다다미방만 나오는 거예요."

침을 삼켜 바짝 마른 목구멍을 적시고 나서 마사키치가 말했다.

"도망쳤다고?"

오아키는 고개를 끄덕였다. "네, 그랬어요. 계속 울면서 도망쳤어요. 잡히면 죽는다는 걸 알고 있었거든요."

그러고는 우후후 하는 소리를 내며 웃었다.

"이상한 꿈이었어요. 그래서 잠에서 깨어났을 때 생각했어요. 이건 아마 혼인으로 다른 집안에 들어가는 것을 내심 두려워하는 탓인가 보다고. 그렇게 생각하니 눈물이 났어요. 솔직히 말씀드리면 저는 시집 같은 거 가지 말고 계속 아버지 어머니랑 살고 싶은 마음도 있거든요."

가만히 서 있던 마사키치의 머릿속에서, 자기 목소리가 분명하지만 믿기지 않을 만큼 거친 목소리가 이렇게 일갈했다.

'이년이 눈 하나 깜빡하지 않고 거짓말을 하는구나!'

마사키치는 흠칫 몸을 떨었다. 자기가 이런 생각을 하다니, 스스로도 믿기지가 않았다.

"저는요, 아버지. 나막신바치 딸이에요."

오아키는 계속 말한다.

"나막신바치 딸이 요릿집 며느리가 되는 거예요. 그쪽 집안 친척 중에는, 며느리는 처지는 집안에서 맞아들이라고 한다지만 그렇다고 나막신이나 깎는 밑바닥 집안에서 데려올 필요가 있느냐고 험담을 하는 사람도 있나 봐요."

그렇게 수군거린단 말이냐, 네가 무척 속상하겠구나―여느 때의 마사키치, 온전한 마사키치라면 오아키에게 그렇게 말해 주었으리라. 하지만 입이 떨어지지 않는다.

그 대신 마음 깊은 곳에서 다시 거칠게 으르렁거리는 목소리가 말한다.

'그래? 그게 네 본심이겠지. 고생고생해서 길러 준 부모 은혜는 나 몰라라 하고 부모 밥벌이가 천하다는 생각만 하지? 시집가서 어깨 펴기 어렵게 생겼다고 불평이라도 한마디 하고 싶은 게냐?'

도대체 내가 왜 이러지? 이마에 땀방울이 맺힌 마사키치는 황망히 생각했다. 오아키한테 괜한 트집을 잡으려고 하지 않나.

오아키의 손에서 끌날이 반짝거린다.

"저는요, 그쪽에서 나막신바치 딸이라고 흉본다는 걸 알고 너무나 슬펐어요, 아버지."

눈길을 들어 마사키치를 쳐다보며 오아키가 말했다.

"하지만, 생각했어요. 부끄러울 거 하나 없다고. 부끄러워할 이유가 없잖아요. 저는 아버지를 자랑스럽게 생각해 왔어요. 아버지가 깎은 나막신을 신어 본 사람은 절대 다른 집 나막신은 못 신는다, 저승 갈 때도 신고 갈 나막신이다, 하는 소리를 어릴 적부터 들어 왔는걸요. 그렇잖아요."

오아키의 입가에 떠오른 웃음을 마사키치는 지긋이 쳐다보았다.

'저 아가리, 거짓말이 술술 나오는구나.'

머릿속에서 그런 소리가 울려 퍼진다.

'그 더러운 손으로 내 연장을 만지지 마! 배은망덕한 발로 내 작업실을 딛지 마!'

아아, 내가 왜 이런단 말이냐.

"왜 그러세요, 아버지?"

오아키의 목소리에서 희미한 근심이 묻어났다.

"왜 아무 말씀이 없으세요?"

끌을 쥔 채 자리에서 일어나 이쪽으로 다가온다. 마사키치는 막대기로 변한 것처럼 우뚝 선 채, 오아키, 오지 마, 오지 마, 하고 속으로 소리쳤다.

그 끌을 쥐고 나한테 오지 마!

하지만 마사키치의 몸과 마음을 점령한 거친 목소리는 오아키의 눈과 입과 표정을 노려보며 더욱 소리 높여 고함쳤다.

'그 양양한 얼굴로 지금 나한테 칭찬을 듣겠다는 게냐? 속으로는 부모를 업신여기면서 빈말로 달래려 들어?'

"이건 아버지의 소중한 연장이에요."

속삭이듯이 그렇게 말하며 오아키는 손에 쥔 끌을 마사키치에게 내밀었다.

받지 마! 하고 마사키치는 자신에게 소리쳤다. 하지만 그것은 미처 목소리가 되지 못했고, 오른손이 저절로 움직여 오아키의 손에서 끌을 받아 들었다.

그러고는 자루를 꼭 쥔다.

"그 끌 자루의 손맛을 잊지 않을 거예요. 아버지의 고생을 잊지 않겠어요. 그걸 마음에 새기려고 꼭 한 번 작업실에 들어와 보고 싶었어요."

오아키의 눈동자가 눈물로 젖고 있었다.

"들어오지 말라는 말씀을 어겨서 죄송해요. 벌써 동이 트려고 하네요. 이제 덧문을 열까요?"

오아키는 아버지에게 가볍게 등을 보이며 작업실 현관 쪽으로 움직였다. 첫 발이 반 박자만 늦었어도 오아키의 목숨은 그 순간 떨어져 나갔을 것이다.

오아키를 쫓으며 마사키치가 팔을 치켜들었다. 그때 오아키가 연 덧문 틈새로 아침 햇살이 비껴들었다.

주위가 온통 새빨갛게 물들었다.

이상하게 짙은 아침노을이다.

새빨간 빛은 덧문 틈새로 흘러 들어왔다. 그러고는 순식간에 온 작업실에 퍼져 모든 것을 빨갛게 물들여 버렸다.

끌을 쥔 팔을 번쩍 치켜들었던 마사키치는 빨간 아침놀에 순간적으로 눈이 멀어 비칠거리다가 미닫이문에 몸을 부딪혔다. 끌을 쥔 오른손이 허우적대다가 밑으로 늘어졌다.

"정말 대단한 아침놀이네요!"

오아키가 놀라움에 겨워 환성을 지르며 말했다. 작업실 밖으로 한 발 나가서 입을 멍하니 벌리고 구경한다.

"이런 아침놀은 첨 봐요."

오아키가 이쪽을 돌아보기 직전에 마사키치는 얼른 몸을 웅크리며 등을 돌렸다. 그때 그의 입에서 신음이 새어 나왔다. 오아키에게서 떨어지려고 하자 온몸의 뼈란 뼈들이 전부 산산이 떨어져 나가는 것처럼 통증이 치달았기 때문이다.

이놈의 끌을 어떻게든 손에서 놓아야 할 텐데.

마사키치는 오른손 손가락을 펴려고 했다. 이마에서 땀방울이 떨어진다. 손가락 하나하나가 아교로 붙어 버린 것처럼 꼼짝도 할 줄 몰랐다. 오른손 손가락을 왼손으로 비틀어서 떼어내려고 했지만 요지부동이었다.

"왜 그러세요, 아버지?"

오아키의 목소리가 들린다.

"네? 왜 그러세요?"

오아키, 나한테 오지 마! 마사키치는 속으로 외쳤다. 신령님, 부처님, 오아키를 살려 주세요! 이대로 가다간 이 몸이 오아키를 죽이고 만다.

눈을 감고 몸을 웅크려 미닫이문에 몸을 던졌다. 몸을 굴려서라도 어떻게든 복도로 나가자─.

고통스럽게 애쓰던 마사키치는 문득 쿠궁 하는 소리를 들었다.

그것은 갑자기 찾아왔다. 마사키치가 등진 현관 쪽에서, 오른쪽에서 왼쪽으로, 동쪽에서 서쪽으로, 귀가 멀 만큼 커다란 소리.

바람 소리다. 다가온다!

그래, 바람이다. 이백십 일째 바람에도 시대에는 입춘에서 헤아려 이백십 일째 되는 날, 요즘 달력으로 구월 일일이나 이일에는 태풍이 불어 안전과 생업에 위협이 된다고 해서 경계했다보다 강하고 고가라시시월 중순에서 십일월 말에 걸쳐 열도의 태평양 쪽에 부는 차고 건조하고 강한 북풍보다 차다. 마사키치를 날려 버릴 기세로 순식간에 작업실로 밀고 들어온다.

마사키치의 발치에 있던 나무 상자 속에서 톱밥이 화르륵 날아올랐다. 연장 몇 점이 공중으로 날아올랐다. 쌓여 있던 신발 끈 상자가 소리를 내며 바닥으로 무너졌다.

마사키치는 두 손을 들어 머리를 감쌌다. 오른손에 있던 끌이 떨어졌다. 끌은 바닥을 구르다 바람에 휘감겨 두어 번 튀어 오르더니 현관문 판자에 꽂혔다. 날카로운 소리가 귀를 찌른다.

그 순간 바람이 멎었다.

마사키치는 뒤를 돌아보았다.

작업실 바닥은 온통 끌밥으로 어지러웠다. 연장이 어지러이 흩어져 있었다. 여느 때와 같은 아침 햇살이 그것들을 비추고 있다.

기이하게 짙은 아침놀은 사라지고 없었다.

"오아키?" 떨리는 목소리로 마사키치가 불렀다.

대답이 없다. 오아키 역시 사라지고 없었다.

부교쇼 풍경

니혼바시 요로즈초에 있는 밥집 시마이야에 후루사와 우쿄노스케가 불쑥 찾아온 것은 벚꽃이 아름답게 흐드러진 교와 3년(1803)의 어느 봄날, 점심때가 지나 시마이야에서도 겨우 한숨을 돌리고 있을 때였다.

"어머, 후루사와 님이네."

포렴을 걷어치우던 올케 오요시가 저쪽에서 걸어오는 그를 일찌감치 발견하고 말했다. 그 말에 오하쓰는 앞치마를 풀어내며 문으로 뛰어갔다.

"왜 그렇게 뜸하셨어요?"

오하쓰는 우쿄노스케를 모로 흘기면서도 밝은 목소리로 맞았다.

오하쓰는 올봄에 열일곱 살이 되었다. 한 살 넘길 때마다 이제는 처녀답게 조신해지려나 하고 오빠 내외는 기대하건만 그 바람은 번번이 어긋났다. 변함없이 깔깔한 성깔에 야무진 말본새도 변할 줄 모른다.

"음전하기만 하면 벌써 혼담이 들어왔을 텐데."

마뜩잖아하는 오빠 로쿠조를 모른 척하며 가게 안을 쏜살같이 가로지른다. 살짝 처진 눈초리와 도톰한 볼이 귀여운 이 처녀는 밥집의 간판 노릇을 하고 있다.

"오하쓰 씨는 늘 기운이 넘치시는군요."

우쿄노스케가 빙글빙글 웃으며 대답했다.

변함없이 키가 껑충하고 하얀 얼굴에, 동그란 안경을 끈에 꿰어

걸쳤다. 그 모습도 산학^{算學} 탐구에 열중하는 젊은이다워서 나름대로 잘 어울리기는 한다. 하지만 알고 보면 이 우쿄노스케는 남부 마치 부교쇼에도 시대 평민 지역의 치안을 책임지는 최고 기구로, 남부와 북부 두 곳이 있었다에서 도깨비라 불릴 만큼 수완이 뛰어난 심문 담당 요리키부교쇼 소속 중급 무사. 하급 무사인 도신을 부리며 치안을 담당한다 후루사와 부자에몬의 아들이다. 정해진 대로 되었더라면 부친의 뒤를 이어 '새끼 도깨비'로 에도 시중을 살피고 있었으리라.

그런데 무엇이 어떻게 엇나갔는지, 아니, 엇나간 게 아니라 제 갈 길로 갔다고 해야 할지는 모르겠지만, 작년 여름부터 부친의 허락 아래 부교쇼 일을 그만두고 그렇게 원하던 산학 연구에 매진하게 되었다.

당시 우쿄노스케는 오하쓰와 함께 어떤 큰 사건에 휘말렸다. 공포와 슬픔을 맛본 그 사건을 겪으면서 우쿄노스케는 제 성향을 돌아보고 산학 연구를 택했다. 그리고 오하쓰는 구하기도 힘든 친구 우쿄노스케를 얻게 되었다.

하지만 서로가 이런저런 일로 바쁘게 생활하는 처지다. 정월에 한 번 인사차 만난 뒤로 우쿄노스케는 시마이야에 한 번도 온 적이 없었다.

인사말 대신 핀잔이 날아오리라 짐작하고 온 모양이다. 우쿄노스케는 품에서 수건을 꺼내 볼에 맺힌 철 이른 땀방울을 닦으며 시마이야의 나무 간장통에 앉아 입을 열었다.

"그렇게 골내지 마세요. 오하쓰 씨를 초대하러 왔으니까요."
"저를요?"

오하쓰가 눈을 동그랗게 떴다.

"어디로요?"

"밤 벚꽃놀이에요" 하고 우쿄노스케가 대답했다. 그러고는 자기가 좋아하는 뜨거운 잎차를 커다란 찻잔에 따라 주는 오요시에게 설명했다.

"밤 벚꽃놀이에 가는 건 맞지만 걱정하실 일은 없습니다, 오요시 씨. 나리를 모시고 가니까요."

요리키 집안에서 태어난 우쿄노스케가 '나리'라고 부르는 사람은 남부 마치부교쇼의 부교 네기시 히젠노카미 야스모리성과 이름 사이에 있는 '히젠노카미'는 영주급임을 말해 주는 관위로, 흔히 이름처럼 불렸다. '―카미'가 붙는 관위는 에도 성 출입과 쇼군 알현이 허락된 상급 무사인 하타모토 이상만 받을 수 있었다였다.

오하쓰가 올해 예순일곱인 늙은 부교와 인연을 맺게 된 계기가 퍽 재미있다.

오하쓰가 나리를 만나 가까이 모시게 되고 나서 벌써 두 번째 봄을 맞는다. 노老부교는 원래 평민의 생활, 특히 사람들의 마음을 흔드는 기이한 사건이나 풍문, 구전 따위에 흥미가 많은 사람이어서, 오하쓰의 신통한 능력을 전해 듣고는 꼭 한번 만나고 싶다고 연락을 해 왔던 것이다.

오하쓰에게는 남들이 보지 못하는 것을 보고 듣지 못하는 것을 듣는 신비한 능력이 있다. 때로는 사람의 마음을 읽기도 하고, 누군가의 생사나 일이 되어 가는 형편 등을 꿰뚫어 볼 수도 있다.

오하쓰 자신이 제 몸 안에 잠들어 있는 힘을 깨달은 것은 고작 몇 년 전이었다. 몸이 어른이 되어 여인의 태가 나타날 즈음에야 드러난 능력이다.

하지만 어릴 적 부모를 여읜 뒤 부모를 대신해서 오하쓰를 키워 준 오빠 로쿠조와 올케 오요시는 이미 그전부터 오하쓰에게 보통 사람들은 갖지 못한 무엇이 있다는 것, 말하자면 귀나 눈이 하나 더 감춰져 있는 듯하다는 것을 일찍부터 알고 있었다.

오빠 로쿠조는 부교쇼 무사 나리를 돕는 오캇피키관리로 일하는 무사들의 수하. 범인을 수색하거나 체포할 때 앞잡이 노릇을 했다. 올해로 서른일곱 살인데, 오캇피키는 아무래도 연륜이 필요한 일이므로 아직은 애송이라고 할 수 있다. 하지만 몸이 가볍고 날랜데다 한 번 물면 놓지 않는 끈기가 있고, 부정한 꼴을 보면 결코 가만있지 못하는 대쪽 같은 기질로는 웬만한 오캇피키에 뒤지지 않는다. 큰 가게들이 모여 있는 이곳 니혼바시 도리초를 제 구역으로 정한 뒤 한 치도 물러서지 않고 버텨내며, 부교쇼 나리들도 인정하는 오캇피키가 된 것도 다 그런 기질 덕분이다.

오하쓰가 가진 신통력은 로쿠조가 하는 일에도 종종 도움이 된다. 하지만 로쿠조와 오요시 부부는 오하쓰를 위해 그런 사실을 최대한 비밀로 해 두려고 노력했다.

허나 감춘 것은 언젠가 드러나게 마련이라. 로쿠조가 모시는 남부 부교쇼의 도신무사 계급 중 가장 낮은 지위 이시베 세이시로 등 몇몇 사람들 사이에서 이야기가 돌다가 마침내 부교 나리의 귀에까지 들어갔던 것이다.

"나리께서 밤 벚꽃놀이에 저를 부르셨다니, 또 무슨 사건이라도 일어났나요?"

오하쓰는 고개를 갸웃했다. 여태껏 나리가 오하쓰를 부를 때는 십중팔구 어디서 무슨 기이한 사건이 일어났거나 그런 풍문을 들은 탓이라.

"오하쓰, 너는 이걸 어떻게 생각하느냐?"

"한번 알아보지 않겠니, 오하쓰?"

하며 묻곤 했기 때문이다.

"글쎄요, 어쩐 일이실까요."

우쿄노스케는 미소를 지으며 오하쓰를 쳐다보았다. 뭘 감추는 게 아니라 정말 모르는 눈치다.

"실은 저도 잘 모릅니다. 다만 밤에 보는 벚꽃이란 원래 요상한 법이지요."

"아, 네."

오하쓰는 고개를 끄덕였다.

사실대로 말하면 오하쓰는 벚꽃을 그다지 좋아하지 않는다. 암만해도 정체 모를 꽃이라는 느낌이다.

"나리께서는 오랜만에 오하쓰 씨를 만난다시면서 기대하고 계신 것 같지만요." 우쿄노스케가 내처 말했다.

"영 내키지 않는다고 하면 억지로 오라고 하시지는 않을 겁니다. 괜찮으시겠어요?"

"저도 요즘은 통 부교쇼로 찾아뵐 일이 없어서 섭섭하던 참이에요. 당연히 가 봐야죠."

그렇게 대답하자 동그란 안경알 너머에서 우쿄노스케의 눈이 안심한 빛을 띠었다.

"잘됐군요. 그럼 이따가 해 지기 전에 다시 들르겠습니다. 사실은 저도 어디서 밤 벚꽃놀이를 하는지 누가 나오는지 전혀 듣지 못했거든요. 아마 나리께서는 뭔가로 우리를 놀래 주려 하시는 모양입니다."

그러고는 잎차를 곁들여 벚꽃떡을 먹으며 그동안 산학 도장에서 있었던 일이며 요즘 살아가는 이야기들을 잠시 들려주었다. 실은 오요시가 장단 맞추는 데 능해서, 가만 놔두면 말을 잇지 못하는 우쿄노스케를 내내 잘 구슬린 덕분이다. 해서 우쿄노스케로서는 보기 드물게 웅변을 보여 주었다.

그 덕에 기세가 붙었는지, 막 돌아가려고 줄 포렴을 헤치며 나갈 때 머리 위 간판을 힐끔 올려다보고는 이런 말을 했다.

"이 간판도 이젠 다시 그려야겠군요."

시마이야의 간판에는 밥집이 흔히 그렇듯이 귀신_{일본어로 오니}과 꼬마 계집아이_{일본어로 히메}를 그려 놓았다. '오니히메', 즉 '오니시메_{야채와 닭고기로 만든 요리. '히'와 '시'가 발음이 비슷한 점을 이용한 말장난이다}'를 암시하는 그림이다. 다만 보통은 한 명만 그리는 계집아이를 두 명 나란히 놓았다. 물론 시누올케 사이긴 하지만 자매가 꾸리는 밥집이므로 계집아이도 두 명을 그린 것이다. 게다가 이 집에는 정말로 귀신 같은 오캇피키 로쿠조가 살고 있기도 하므로 귀신의 얼굴은 로쿠조를 닮게 그려 놓았다.

우쿄노스케는 그 간판을 다시 그리라는 것이다.

"어째서요?"

오하쓰는 입을 삐죽였다.

우쿄노스케는 안경 끈을 슬쩍 만지고는 왠지 우물쭈물거렸다.

"한동안 못 본 사이에 오하쓰 씨가 꽤 성숙해지셨거든요. 이제는 간판 그림이 너무 앳돼 보이네요."

말을 하기 무섭게, 그럼, 하며 손을 쳐들어 보이고는 부지런히 걷기 시작한다. 오하쓰는 두어 박자 지나고 나서야 쿡 하고 웃음을 터뜨리고 말았다.

"그러는 우쿄노스케 님도 키가 제법 크셨네요, 뭘."

멀어져 가는 껑충한 뒷모습에 대고 그렇게 말하고 오하쓰는 가게 안으로 들어왔다. 그러자 오요시가 말을 건넸다.

"산학 도장에서는 재치 있게 말하는 요령까지 가르치나 봐요."

"어머, 뭐예요, 다 듣고 있었어요?"

"들리는 걸 어떡해요. 안 그래요, 가키치 씨?"

오요시는 가키치를 돌아보았다. 물에 헹군 소쿠리를 획획 휘둘러 물기를 빼면서 가키치도 백발 머리를 끄덕인다.

"후루사와 님 얼굴이 아주 밝고 좋아지셨네요. 역시 부교쇼를 나온 게 좋았나 봐요."

가키치는 쉰을 갓 넘긴 나이에 벌써 등이 굽고 눈매도 팍팍해서 얼핏 인상이 안 좋아 보인다. 하지만 알고 보면 왕년에 가구라자카의 어느 커다란 요정에서 주방을 맡은 적도 있을 만큼 일류 기량을 가진 사람이다. 그런 요리사가 무슨 연유로 시마이야에서 일하게 되었는지 오하쓰는 자세한 내막을 알지 못한다. 그걸 아는 사람은 로쿠조와 오요시와 가키치 본인뿐이다.

오빠 내외와 가키치 씨가 돈독하게 지내는 모습이야 좋아 보이지만 종종 이렇게 사람을 따돌리곤 하니 못마땅하다.

"저 간판은," 하며 오요시는 한 손을 볼에 대고 나이 어린 처녀처럼 고개를 갸웃했다.

"듣고 보니 다시 그릴 때가 됐는지도 모르겠네요."

"하긴 꽤 오래됐지요."

"하지만 우리 그이가 문제예요. 간판을 다시 그리자고 하면 아마 이렇게 말할걸요? 그렇다면 이참에 귀신 두 마리에 처녀 하나로 그리자고요. 어차피 이 몸은 처녀보다 귀신에 가까워졌으니까."

제풀에 토라지는 오요시를 가키치가 달래고 나섰다. "에구, 아주머니는 아직 고우세요."

"눈물 나게 고맙네요. 그렇게 말해 주는 사람은 가키치 씨밖에 없어요. 아아, 나도 열다섯 열여섯 꽃처녀 시절로 돌아가고 싶어라."

여자들은 다들 저렇게 생각하는 걸까.

"하지만 올케 언니, 그렇게 되면 다시 밑바닥부터 고생해야 하는 거 아녜요?"

오요시는 짐짓 요란스레 자라목을 했다. "듣고 보니 그러네요. 꽃처녀로 돌아가는 것도 쉽지 않구나."

"호사다마라, 달 뜨면 구름 끼고 꽃 피면 바람 분다잖아요."

"오늘 저녁 아가씨가 밤 벚꽃놀이를 할 때는 바람이 얌전하면 좋으련만."

"그러게요." 오하쓰는 다스키_{일할 때 옷소매를 걷어 올려 고정시키기 위해 어깨에 묶는 끈}를 다시 매무시했다.

"하지만 그전에 일거리 하나는 끝내 놔야겠네요. 가키치 씨, 감자는 제가 씻을게요."

약속대로 우쿄노스케는 해 질 무렵 시마이야에 왔다. 오하쓰는 기모노를 잘 차려입고 머리도 반듯하게 다시 묶고 새 버선을 꺼내 신고 우쿄노스케를 기다리고 있었다.

부교쇼나 약속 장소로 나리를 찾아뵐 때는 늘 이렇게 옷차림에 신경을 쓴다. 아무리 자상하게 대해 주신다 해도 상대는 엄연히 부교 나리인데다 종종 예고도 없이 오하쓰를 누구에게 인사시키기 때문이다.

눈치 빠른 오요시가, "꽃놀이라면 이 정도는 준비해야죠" 하며 맛난 음식을 채운 삼단 찬합을 마련해 주었다. 그걸 보자기에 싸 들고 우쿄노스케와 함께 밖으로 나서는데 석양에 물든 하늘 저쪽에서 시종時鐘 소리가 들렸다.

"저녁놀이 곱기도 하지."

우쿄노스케가 하늘을 올려다보는 오하쓰의 손에서 묵직한 꾸러미를 빼앗아 들었다.

"이거, 나리께서도 반가워하시겠군요."

"올케 언니가 큰맘 먹고 만들어 준 거예요." 오하쓰는 방긋 웃었다.

"자, 이제 어디로 가나요?"

우쿄노스케는 곤혹스런 낯으로 말했다. "낮에도 말씀드렸지만 처음 분부를 들었을 때는 저도 어디서 꽃놀이를 하는지 통 몰랐습니다. 나리께서 내리신 분부는 일단 오하쓰 씨를 데려오라는 것뿐이었으니까요."

"그래요?"

납치 · 31

"그런데 오후에 산학 도장으로 부교쇼 심부름꾼이 달려왔어요. 장소가 정해졌다면서……."

우쿄노스케의 낯에 더욱 곤혹스런 빛이 더해진다. 조금은 열적은 표정으로 오하쓰의 눈길을 피하는 눈치다.

"어딘데요?"

에도에서 벚꽃으로 유명한 데는 한두 곳이 아니다. 우에노, 아사쿠사, 후카가와—하지만 나리께서 정하셨다면 세간에 널리 알려진 장소가 아니라 어디 엉뚱한 곳이겠지, 하고 오하쓰도 짐작은 하고 있었다.

"놀잇배집입니다."

우쿄노스케가 작은 소리로 말했다.

"놀잇배집?"

"예, 야나기바시 다리맡에 있는 신게쓰라는 가게랍니다."

그러고 보니 천천히 걷는 우쿄노스케의 발이 스미다 강 쪽으로 향하고 있다.

"그 놀잇배집 마당에 에도 사람들도 모르는 훌륭한 벚나무라도 있단 말인가요?"

"글쎄요…… 그런 나무는 없는 것 같은데요, 거기엔."

오하쓰는 나란히 걷는 우쿄노스케의 얼굴을 빤히 쳐다보았다. 그는 안경 너머로 오하쓰의 눈치를 힐끔 살피고는 황망히 얼굴을 돌리더니 꾸러미를 방패 삼아 숨으려는 눈치다.

오하쓰의 볼이 후끈 달아올랐다.

우쿄노스케가 허흠 헛기침을 하더니 빠른 말투로 불쑥 말했다.

"나리가 분부하시길 신게쓰에서 놀잇배를 빌려 둘이 먼저 타고 기다리라십니다."

"우쿄노스케 님이랑 저랑요?"

"……예."

"나리는 어디 계시고요?"

"나중에 오신다고, 그렇게만 말씀하셨습니다."

"하지만 배가 강물을 따라 움직일 거 아녜요? 나리께선 어디서 그 배에 타실 생각이시죠?"

"사공한테 맡겨 두면 된다고 하셨습니다."

오하쓰는 낯이 점점 뜨거워지는 것을 느꼈다. 이게 뭐야, 꼭 정분 난 남녀 같잖아.

그래서 우쿄노스케 님이 저리 쩔쩔매고 있는 것이다.

"도대체 무슨 궁리를 해 놓으셨을까. 기대되네요."

쑥스러움을 감추며 짐짓 활달한 목소리를 내 보았다. 나는 그런 거 아무렇지도 않아요, 전혀 신경도 안 써요, 우쿄노스케 님이랑 단둘이 뱃놀이를 하든 뭘 하든. 그렇게 보이려고 했지만 그다지 잘된 것 같지는 않다.

우쿄노스케는 어깨가 더욱 오그라들어, 계속 걷고는 있지만 어딘지 뒤틀린 오이 같은 꼴을 하고 있다.

"아마 강물 위에서 밤 벚꽃놀이를 하자시는 거겠죠?"

"글쎄요……."

"워낙 풍류가 있는 분이니까요."

"그건 그렇지만……."

우쿄노스케는 여전히 쑥스러워한다. 오하쓰도 마찬가지 심정이지만 타고난 기질이 있는지라, 자기가 쑥스러워한다는 사실을 내비치고 싶지 않았다. 게다가 너무나 솔직하게 얼굴이 빨개지는 우쿄노스케를 보니 문득 묘한 생각이 스쳤다.

오하쓰는 걸음을 멈추었다.

"후루사와 님."

우쿄노스케도 멈춰 섰지만 오하쓰의 얼굴을 쳐다보지는 않는다.

"네?"

"왜 그렇게 쩔쩔매세요?"

우쿄노스케는 당황했다. "제가 뭘 쩔쩔맨다고—."

"쩔쩔매고 계시잖아요." 오하쓰가 오금을 박았다.

"뱃놀이집, 좋지 않나요? 놀잇배를 타는 것도 좋고. 하이쿠도 한 수 떠오를지 모르고요. 그렇게 찜찜한 얼굴을 하실 일까지는 아니잖아요."

우쿄노스케는 보자기 꾸러미를 이 손에 들었다 저 손에 들었다 하며 땅바닥만 다지고 있다.

"그런데도 그렇게 쩔쩔매시는 이유는—," 오하쓰가 그를 곁눈으로 쳐다보았다. "신게쓰란 놀잇배집이 아주 좋지 못한 곳이기 때문 아닌가요?"

"네? 천만에요."

펄쩍 뛰어오를 듯이 부정하는 우쿄노스케에게 오하쓰는 내처 말했다. "그래요? 아까 말씀하셨죠? 신게쓰 마당에 근사한 벚나무는 없는 모양이라고. 거길 잘 아시니까 그렇게 대답하신 거 아녜요?"

찬합을 싼 보자기 꾸러미를 안고 있어서 우쿄노스케는 평소 버릇대로 안경끈을 만지작거릴 수가 없었다. 그러다 보니 연방 발로 땅바닥만 다지고 있다.

"그건 저어……."

"신게쓰에 가 보신 적 있죠? 그러니까 좋지 않은 가게라는 사실을 알고 계신 거잖아요?"

단도직입적으로 캐묻자 그는 거품이라도 물 듯한 표정이 되었다.

"가 본 적은 없어요."

"가 본 적은, 없다고요?"

"예, 얘기를 들어 본 적은…… 있지만."

마침내 실토한다.

"누구한테요?"

"도장에서 같이 공부하는 사람들한테……."

"신게쓰라는 뱃놀이집에는 산학 공부에 알맞은 서책이라도 있나요?"

이건 숫제 고문이다. 우쿄노스케 또래 젊은이가 놀잇배집에 드나든다면 거기서 무슨 짓을 하는지는 안 봐도 뻔하다. 은밀히 여자를 만나서―.

"아뇨, 아뇨, 그게…… 그러니까 저는 가 본 적은 없다니까요."

"거짓말하지 마세요."

"거짓말 아닙니다." 우쿄노스케는 식은땀을 흘린다. "그냥 신게쓰라고 하니까, 거기라면 그…… 우리 도장 사람들이 잘 아는 가게라고 해서……."

오하쓰의 얼굴이 분노로 붉으락푸르락해졌다.

지나가던 사람들이 뒤를 돌아볼 정도로 서슬이 유난하다.

"오하쓰 씨, 그렇게 화내지 마세요."

왜 화가 나는지 오하쓰 본인도 알 수 없었다.

"부교 나리께서 그렇게 요상하고 흉한 가게로 저를 부르실 리 없어요."

"분부하셨다니까요."

"정말 그렇게 분부하셨어요?"

서슬에 뱉은 말이지만, 말한 순간 오하쓰는 후회했다. 우쿄노스케가 꼼짝없이 상처를 받았기 때문이다.

"오하쓰 씨는 제 말이 그렇게 의심스러우세요?"

이때 '죄송해요, 방금 그 말은 진심이 아니었어요'라고 하면 좋았을 것을, 천성이 그렇지 못한 게 이 아가씨의 불행이다.

"몰라요!"

뭘 모르겠다는 뜻인지 스스로도 알 수 없는 말을 내뱉고 성큼성큼 걷기 시작한다. 우쿄노스케가 딱한 얼굴로 뒤를 따른다.

"오하쓰 씨……."

야나기바시 다리 쪽으로 가는 길에서 두 사람과 마주친 이들은 필시 재미있는 상상을 했으리라.

도착하고 보니 신게쓰는 맥이 탁 풀릴 만큼 싸구려 숙소였다. 야나기바시에는 놀잇배집이 많다. 대개 유흥이나 은밀히 만나 한때를 즐기는 데 이용하는 숙소들인데, 놀잇배는 그런 속을 가리는 허울인 셈이다. 그래도 놀잇배집이라면 번듯한 건물이게 마련인데, 신게쓰는 스미다 강에서 끌어온 운하를 따라 죽 늘어선 그런 놀잇배집들 사이에 숨어서 자못 '나는 갈봇집이에요' 하는 듯한 모습으로 서 있는 낡은 이층집이었다.

정직하다면 정직한 모습이군. 봐 줄 만한 점은 그것뿐이다.

지르퉁한 기분이 꼬리를 끌고 있다. 아니, 그보다는 이미 분통을 터뜨렸으니 계속 그런 얼굴을 하고 있지 않을 수 없었다. 오하쓰는 툴툴거리며 나루 가까이에 대 놓은 놀잇배에 올랐다. 물론 우쿄노스케하고는 말도 섞지 않고 그쪽으로 눈길도 주지 않았다.

에도는 수로가 많은 곳이라 물놀이와 뱃놀이도 특별한 풍류로 친다. 봄이면 꽃놀이 배가, 여름이면 불꽃놀이 배가, 가을에는 단풍과 청명한 하늘을 즐기는 배가 뜬다.

하지만 아무리 인기 있는 놀이라 해도 역시 살림에 웬만큼 여유가 있는 자들이나 즐길 수 있다. 시마이야가 아무리 잘되는 가게라지만, 그래봐야 오하쓰는 작은 밥집에서 일하는 처녀에 지나지 않는다. 옆질하는 놀잇배에 몸을 맡겨 보기는 난생 처음이다.

오하쓰와 우쿄노스케가 배에 오르자 사공이 배 밖에서 선실 장지문을 탕 소리 나게 닫아 버렸다. 사공은 낯을 뵈지 않는다. 잠시 후 고물 쪽으로 누가 올라탔는지 배가 기우뚱거린다 싶더니 쓱쓱 움직이기 시작했다.

다다미 네 장을 길게 늘어놓은 넓이쯤 되는 선실에는 다다미가 깨끗하게 깔려 있고 좌탁도 놓여 있다. 하지만 그 위에는 아무것도 없다. 한밤중 물가에서는 손이 시릴 때가 있는지 작은 손화로 두 개가 구석께 준비되어 있다.

우쿄노스케와 오하쓰는 단둘이 선실 이쪽 구석과 저쪽 구석에 멀찍이 떨어져 앉았다. 사내는 고양이 등을 하고 있고 처녀는 엉뚱한 쪽으로 얼굴을 향한 채 흔들리는 배에 몸을 맡기고 있으니, 참으로 묘한 꽃놀이다.

배가 움직이고 얼마 지나지 않았을 때 오하쓰는 어디쯤 흘러가고 있는지 궁금해서 장지를 밀어 보았다. 그러나 꼼짝도 하지 않는다. 아무리 오하쓰라 해도 놀라지 않을 수 없었고 비로소 조금 무섭기도 했다. 반대편 장지도 열어 보려고 했지만 역시 움직이지 않았다.

"안 열려요?" 우쿄노스케가 물었다.

"꼼짝도 안 해요." 오하쓰가 고개를 저었다. 우쿄노스케는 사죄라도 하듯 어깨를 움츠리고, "이게 다 나리께서 분부하신 대로 돼 가고 있는 겁니다" 하고 말했다.

그대로 아무것도 못한 채 멍하니 사 반 각약 삼십 분. 일 각은 약 두 시간 정도다 정도나 흔들리고 있었나. 갑자기 장지 밖에서 "어이!" 하고 부르는 소리가 들렸다.

"이봐! 여보게!" 하고 연거푸 부른다. 가만히 귀를 기울여 보니 부교 나리의 목소리다.

얼굴을 마주 본 두 사람은 튕겨 오르듯 벌떡 일어나 장지로 달려들었다.

"나리세요?"

오하쓰의 물음에 부교가 한가로운 목소리로 대답했다.

"오, 오하쓰냐? 오래 기다렸지?"

"지금 기다린 게 문제가 아녜요. 가슴이 콩닥콩닥거리잖아요."

"가슴은 왜 콩닥거리누?"

놀리는 듯한 말투에 오하쓰는 퍼뜩 정신이 든 것처럼 낯이 붉어졌다.

우쿄노스케가 소리를 높였다. "문이 열리질 않습니다만."

"뭐? 안 열려?"

"예, 꼼짝도 안 합니다."

그러자 사람이 걷는 기척이 나더니, "됐습니다요" 하는 다른 목소리가 들렸다. 이 배의 사공이겠지. 손을 대고 밀어 보니 장지문이 스르르 열린다.

밖을 내다본 오하쓰는 눈을 휘둥그레 떴다. 이 배와 같은 크기의 놀잇배가 바짝 붙은 채 나란히 떠 있었다. 두 배는 모두 느긋하게 물결을 따라 흐르고 있다. 건너 배 고물에 수건을 쓰고 옷자락을 단속한 사공 하나가 노를 잡고 서 있는 모습이 보였다.

올해 예순일곱 살인 노부교는 오른손에 등롱을 들고서 몸소 뱃전으로 몸을 내밀어 이쪽을 향해 손짓했다.

"이 배로 건너와라. 어허, 저런, 우쿄노스케. 넋 놓고 섰지 말고 오하쓰 손을 잡아 주지 못할까."

두 척의 배에 밝힌 불빛과 부교의 손에 들린 등롱 말고는 불빛이 하나도 보이지 않는 강물 위였다. 뱃전으로 나가 봐도 이 배가 지금 어디를 흘러가는지 통 짐작할 수 없다. 우쿄노스케의 손에 의지해서 무사히 그쪽 배로 건너가자 안도감과 어리둥절함에 그만 목소리가 날카로워지고 말았다.

"나리, 무슨 벚꽃놀이가 이렇답니까."

노부교는 배 주위를 폭 감싼 어둠 속에서 껄껄 웃었다.

"그리 골낼 거 없다. 다 까닭이 있어. 그리고 벚꽃이라면 내가 가지고 왔지."

"벚꽃을 여기로요?"

"일단 안으로 들어가자꾸나."

석연치는 않지만, 짐을 부리고 안도한 표정을 지은 우쿄노스케도 이쪽 배로 건너왔다. 여기까지 두 사람을 싣고 온 배는 물소리도 경쾌하게 이쪽 배에서 쓱쓱 멀어져 간다. 사공 얼굴은 끝내 보지도 못했다.

이쪽 배의 장지를 열었다. 따뜻한 기운이 훅 흘러나오자 오하쓰는 마음이 놓였다. 좌탁 위에 주안상이 차려져 있다.

안에는 이미 한 사람이 앉아 있었다.

그는 오하쓰의 얼굴을 보자 희미한 웃음을 지었다. 아는 사람한테나 지을 법한 친밀한 웃음, 하지만 약간의 조심스러움이 섞여 있는 듯 보이기도 한다. 오십 대 중반쯤 됐을까. 자그마한 얼굴에 눈썹만 무성한데, 이제는 거반 하얗게 변해 있었다.

선실 안으로 들어선 오하쓰는 얼른 자리에 앉아 바닥에 손끝을 가지런히 모으고 절을 했다. 상대가 누구인지는 모르나 신분은 금방 알 수 있었기 때문이다. 무사 나리다.

선실 고물 쪽 칼걸이에 본검과 예비검이 두 벌 걸려 있다. 상좌를 비워 놓은 것을 보면 나리보다는 신분이 낮은 분일 테지만, 칼걸이 아랫단에 걸려 있는 한 벌은 필시 이분 차지이리라.

납죽 절하는 오하쓰에게 등 뒤에서 부교가 말했다.

"그렇게 격식 차릴 것 없다. 가시와기가 당황하지 않느냐."

'가시와기?'

들어본 적 없는 이름이긴 한데…….

우쿄노스케와 오하쓰를 재촉해서 자리에 앉히고 부교도 자리에 앉았다.

"힘들게 여기까지 나오라고 해서 안됐다. 허나, 이제 다 말하겠지만 그럴 만해서 그랬다."

두 사람에게 그렇게 말한 후, 부교는 낯선 무사 쪽으로 얼굴을 돌려 오하쓰와 우쿄노스케를 소개했다. 그러고는 빙긋이 웃으며 다시 오하쓰를 쳐다보았다.

"오하쓰, 여기 가시와기를 기억하지 못하느냐?"

아무래도 기억에 없다. 하지만 오하쓰가 입을 열기 전에 가시와기라는 무사가 따뜻한 말투로 끼어들었다.

"기억 못할 만도 하지요. 제가 오하쓰를 본 게 벌써 십사 년 전이니까요."

십사 년 전이라면 오하쓰가 세 살 때다. 세 살 때라면…….

오하쓰는 "아!" 하고 소리를 질렀다.

"가시와기 나리가 그 가시와기 나리십니까?"

그러자 그가 활짝 웃었다.

"오, 기억이 나니?"

오하쓰는 눈앞에 있는 사람을 빤히 쳐다보았다. 머릿속의 희끄무레한 기억과 견줘 가며.

"아무것도 모르던 어린 시절이라 똑똑히 기억하지는 못하지만 그래도 존함을 들으니 생각이 살아나긴 합니다."

가시와기는 기쁜 낯으로 턱을 끄덕였다.

"그래. 그 불난리에 오빠한테 안겨서 앙앙 울던 꼬마가 이렇게 인사도 똑 부러지게 하는 처녀가 되었다니."

"불난리요?" 우쿄노스케가 물었다.

"십사 년 전 대화재로 부모님이 모두 돌아가셨거든요. 그때는 바쿠로초에 살았어요. 지물포를 했는데, 불이 옮겨 붙자 순식간에―" 하고 오하쓰가 대답했다.

"아, 그랬군요. 로쿠조 씨한테 들은 적이 있습니다." 우쿄노스케가 고개를 끄덕인다.

"가시와기 나리는 그때 적치순시관으로 계시다가―."

"지금도 그 일을 하고 있지. 이 일을 한 지도 벌써 이십 년이다." 가시와기가 말했다.

오하쓰도 놀랐지만 우쿄노스케는 더 놀라는 얼굴이다.

"그럼 가시와기 나리는 부교쇼의―."

가시와기는 새삼 머리를 숙였다.

"부친이신 심문 담당 후루사와 나리는 가끔 뵙고 있소. 춘부장께서 담당하시는 심문 쪽 실무는 젊을 때 일 년쯤 일한 것이 전부이긴 하오만."

실무를 보았다면 직위가 도신이라는 말이렷다. 즉 이 가시와기 주자부로라는 사람은 남부 마치부교쇼의 어엿한 도신이며 오랫동안 적치순시관으로 일해 왔다는 뜻이다.

우쿄노스케는 아무래도 몸 둘 바를 모르는 눈치다. 지금이야 일개 산학 학도지만 일 년 전만 해도 장차 아버지의 직위를 잇기 위해 요리키 수습으로 남부 마치부교쇼에서 일하던 몸이다. 같은 관청에서 이십 년이나 봉직하고 있는 도신의 얼굴을 몰라보아 못내 면목이 없는 것이다.

하지만 가시와기와 부교는 천연덕스런 얼굴로 웃는다.

"우쿄노스케가 몰라볼 만도 하지."

"나는 소임이 이래서 부교쇼에서 보내는 시간이 거의 없다오. 가끔 부교쇼에 들어간다 해도 앉은 자리를 데울 새도 없이 금방 도망쳐 나오니까" 하고 가시와기가 말했다.

하긴 적치순시관은 시중에 나가 돌아다니지 않으면 일이 안 되는 자리다. 여기저기 상가나 운하 주변을 돌아다니며 점포 앞이나 창고 주변, 공터 등에 물건을 너무 높이 쌓아 두지는 않는지, 사람이나 짐차의 왕래를 방해하지는 않는지, 강풍이나 화재로 인한 피해가 더 커지게끔 쌓아 두지는 않는지를 조사하며 다니는 것이 소임이니까.

십사 년 전 대화재 때도 그는 제 할 일을 하는 와중에 오하쓰를 만났다.

북풍이 거센 한겨울 밤중에 미나미덴마초에서 시작된 불길은 오하쓰네 집이 있던 바쿠로초 근방까지 휩쓸 정도로 대단했는데, 이때 바쿠로초 모퉁이에 있던 잡곡 도매상 앞에 아무렇게나 쌓아 놓은 가마니와 각종 짐들이 와르르 무너져 주민들의 퇴로를 막아 버린 탓에 피해가 더욱 커지고 말았다. 가시와기는 이 사건을 조사하기 위해 그 화재에서 살아남은 바쿠로초 주민들을 끈기 있게 탐문했다.

다만 적치순시관은 부교쇼 안에서는 한직이다. 급하게 쫓지 않아도 도망갈 염려가 없는 짐을 상대하는 일이기 때문이다. 위험하게 쌓아 둔 짐을 적발하고 즉각 시정하라고 명령하면 물론 상인들은 냉큼 따른다. 하지만 순시관이 가 버리면 다시 원래대로 쌓아 두는 일이 허다하다. 결국은 단속을 하나 안 하나 별 차이가 없는, 참으로 허망한 짓을 매일 반복하고 있는 셈이다.

더구나 다른 자리와 달리, 들어오는 뒷돈도 형편없다. 그도 그럴 것이, 짐을 쌓아 둔 모양새를 두고 아무리 눈알을 부라려 봐야 어차피 짐 쌓는 방식의 문제일 뿐이다. 관리의 위엄이 제대로 먹히지 않는다는 것은 상인들한테 들어오는 뒷돈도 시원치 않다는 얘기다. 그러니 부교쇼의 요리키나 도신들 중에 적치순시관이 되겠다고 나서는 이는 없고, 부득불 맡지 않을 수 없을 때는 혀를 끌끌 차며 홧술로 속을 달래야 하는 직책이다.

가시와기 주자부로는 그런 자리에서 이십 년씩이나 일해 왔다. 그것만 보더라도 이 사람의 인품이 짐작되거니와, 부교쇼의 가시와기라는 도신의 자릿값<small>도신 지위는 법으로는 상속이 금지되었으나 실제로는 상속되었으며, 여의치 않을 경우 고가에 팔기도 했다. 에도 시대 말기 도신 자리의 값은 도신 연수입의 스무 배 이상에 달할 만큼 고가였다</small>도 알 만하다.

십사 년 전 대화재 직후 오하쓰를 만나러 온 가시와기는 지금과 마찬가지로 온화하고 체구도 작았으니, 어느 쪽이냐 하면 썩 듬직한 인상은 아니었을 것이다. 하지만 그래도 어린아이 눈으로 우러러보았던 나리다. 무서웠다는 기억만 남아 있다. 가시와기란 이름을 기억하고 있으면서도 여기서 이 얌전한 얼굴을 보고 얼른 기억이 떠오르지 않은 것은 그 탓이리라.

"부교쇼가 싫어서 거의 드나들지 않는 사람이라는 말을 듣고 이 사람한테 흥미를 느꼈지."

네기시 히젠노카미는 천천히 겨드랑이에 손을 끼우며 말했다.

"용건을 만들어서 불러 놓고 보니 꼭 이런 사람이더구나. 거참 흥미롭더군."

가만 보면 나리도 별난 사람만 좋아하셔, 하고 오하쓰는 내심 생각했다.

'우선 나부터가 그렇고, 우쿄노스케 님도 그렇고. 그리고……'

항간에 나도는 신기한 풍문이나 기묘한 사건, 기괴한 풍문―보통이라면 백 년을 기다려도 부교쇼에서 진지하게 다루는 일이 없을 이야기들뿐이다. 그런 이야기들을 기꺼이 모으고, 때로는 조사를 지시하거나 몸소 기록으로 남겨 둔다. 그런 특이한 취향이 대체 어디서 왔는지 오하쓰는 통 알 수가 없다.

이 부교 나리부터가 많은 일화와 소문에 싸여 있는 분이다. 훅 불면 날아갈 듯 하찮은 최말단 무사 집안에서 태어나 유서가 깊지도 않고 지위가 높은 것도 아닌 네기시 가에 양자로 들어갔다는 이력을 가지고도 파격적인 출세를 거듭해서 마침내 에도 남부 마치부교가 되었던 것이다. 정말이지 알 수 없는 사람이다.

"그럼 이렇게 굳이 힘들게 한자리에 모은 이유부터 얘기를 시작해 볼까."

변함없이 태평스런 말투로 노부교가 이야기를 꺼냈다.

"은밀히 진행하고 싶은 이야기이긴 하지만 그렇다고 자세를 바로하고 들어야 할 이야기는 아니야. 두 사람 모두 시장하겠구나. 어서

젓가락들 들어. 식기 전에 들라고."

오하쓰는 나리가 권하는 대로 젓가락을 들었다. 삼치 구이, 부드럽게 삶은 죽순, 때깔 곱게 지은 나물밥. 봄내 그윽한 성찬이다.

조심스레 먹기 시작하자 그제야 몹시 시장한 상태였음을 깨달았다. 다만 그걸 느낄 겨를이 없었을 뿐이다.

"배에 갇힌 채 어디로 끌려가나 했어요."

저도 모르게 그런 불평이 툭 튀어나오고 말았다. 그러자 부교가 웃었다.

"우쿄노스케랑 단둘인데, 아주 특별한 뱃놀이 아니었느냐?"

"천만에요!"

"그렇게 노여워할 거 없다. 이상하게 정색하는구나. 오하쓰가 왜 이렇게 속이 상한 게냐, 우쿄노스케?"

우쿄노스케는 몸을 조아렸다. "글쎄요."

"그냥 넘어가 줄까. 오늘 그렇게 데려온 이유는 무슨 일이 있어도 부교쇼 사람들이나 부교쇼에 연결된 사람들이 이 저녁 모임을 알지 못하게 하고 싶어서였다."

"어째서요?"

부교는 오하쓰의 물음을 못 들은 척하고 가시와기의 하얀 얼굴 쪽으로 눈길을 던졌다.

"가시와기가 부교쇼에 얼굴을 자주 안 비치는 까닭은 부교쇼를 믿지 못하기 때문이라고 하더군."

"부교쇼를 아예 못 믿는다는 말은 아닙니다만."

변명하려는 기색도 없이 가시와기가 첨언했다.

부교는 고개를 끄덕였다.

"어느 한 부분, 혹은 어떤 일에 대한 처리에 문제가 있다는 말일 테지."

오하쓰는 가시와기 쪽으로 몸을 조금 틀어 앉았다. 우쿄노스케도 진지한 표정으로 그를 쳐다보고 있다.

"지금 저는 부교쇼에서 물러난 처지입니다" 하고 우쿄노스케는 천천히 말했다. "부교쇼에서는 이렇다 할 일을 하지 못했습니다. 부교쇼에 나간 기간도 아주 잠깐이었고요. 그런데 그런 제가 보기에도 이건 이상하다, 이치에 어긋나지 않은가 하고 보이는 일들이 몇 가지 있었습니다."

오하쓰가 샐쭉한 얼굴로 우쿄노스케를 돌아보았다. "그건 나리의 판결을 두고 하시는 말씀이세요?"

우쿄노스케는 당황했다. 부교도 당황했다. 살짝 웃은 사람은 가시와기뿐이다.

"이런, 후루사와 님을 그렇게 몰아세우지 마라, 오하쓰" 하고 상냥하게 말한다.

"나도 후루사와 님이 하신 말씀을 이해하겠구나."

"두 사람이 말하는 부당한 일이란 말이다, 오하쓰" 하고 부교가 뒤를 이어 주었다.

"어떤 사건이 생기고 거기서 범죄가 일어나면 범인을 체포해서 부교쇼에 연행하겠지. 그러면 부교쇼에서 범인을 상대로 심문을 하고 나한테 넘기는데, 그 심문 과정을 두고 하는 말이란다."

"재판에 오르기까지의 과정이란 말씀이시군요."

"그래. 오하쓰 너도 잘 알겠지만 부교쇼에서는—큰 지신반마을이나 구역의 자치를 담당하는 곳으로, 요즘 식으로 보자면 파출소, 동사무소, 마을 회관을 합친 듯한 역할을 했다에서도 마찬가지지만—범인으로 지목된 자에게 돌을 잔뜩 안기거나울퉁불퉁한 나무 위에 무릎을 꿇리고 허벅지 위에 무거운 돌을 올려놓는 고문 물 고문을 해서 자백하라고 닦아세우지."

그것은 오하쓰도 안다. 로쿠조가 그 일로 한탄하거나 혹은 역으로 "그놈은 돌을 안겨서 정강이뼈를 분질러 버리기 전에는 절대로 자백하지 않을걸" 하고 씩씩거리는 모습을 내내 봐 왔기 때문이다.

"할 수만 있다면 그런 고문이나 일방적인 심문 따위는 다 없애고 싶다."

유하게 웃는 얼굴이 잘 어울리는—오하쓰는 그렇게 생각한다—노부교가 문득 정색을 하며 가만히 말했다.

"허나 그건 아주 어려운 일이지. 실제로 극악무도한 자에게 자백을 받자면 꼭 필요한 일이기도 할 테고. 하지만 말이다, 오하쓰, 우쿄노스케."

오하쓰는 얼굴을 들고 부교를 똑바로 쳐다보았다. 우쿄노스케는 안경을 끌어올렸다.

"내가 제일 고민하는 부분은 아무 죄도 없는 자들이 그런 고문에 못 이겨 알지도 못하는 범행을 인정해 버리는 일이다. 그러고 나서 판결을 받겠다고 내 앞에 끌려오지만, 이미 기진맥진하고 자포자기한 상태라 진실을 호소하지도 못하고 고개를 수그린 채 효수대로 끌려가 버리지. 게다가 그자들이 저질렀다는 죄부터가 분별 있는 보통 사람의 눈으로 보자면 과연 존재하기나 했을지 의심스러운 경우도 종종 있다."

"어떻게 그런 일이 있을 수 있나요?"

"덤터기라는 거야, 오하쓰."

"덤터기—."

"예를 들어 어느 가게에 도적이 들어와 점원을 죽이고 돈을 집어 달아났다고 하자. 관에서 할 일은 도적을 잡아 죄를 묻는 것이지. 하지만 범인을 찾아내는 일이 그렇게 뜻대로 되지는 않거든. 그러면 차라리 점원이 주인을 배반하고 돈을 강탈해서 도주한 사건으로 처리해 버리자, 이렇게 생각하는 사람들이 나오게 마련이다. 그러고는 가게 점원들 중에 평소 행실이 곱지 않았거나 다른 점원들한테 배척을 당하는 등 뭔가 불리한 구석이 있는 자를 끌어다가 아까 말한 것처럼 고문을 하지. 그래서 저지르지도 않은 범행을 자백하게 만드는 게야. 그런 일이 끊이질 않아."

오하쓰는 눈을 내리뜨고 무릎 위에 가지런히 모은 제 손을 쳐다보았다.

부교의 말은 배움이 없는 밥집 처녀 오하쓰도 이해할 수 있을 만큼 알아듣기 쉬웠다. 그 이야기는 오하쓰로 하여금 지금까지 살아온 날들—로쿠조 내외의 보살핌 아래 살아온 십사 년 세월을 문득 돌아보게 했다.

자기가 오캇피키의 동생이라는 사실을 새삼 떠올렸다. 지금 부교가 한 말처럼, 내부에 도저히 없애지 못할 어두운 그늘을 가지고 있는 죄와 벌의 구조 속에서 맡은 바 소임을 다하려고 애쓰는 오캇피키의 가족인 것이다.

물론 오빠 로쿠조가 예나 지금이나 일을 부당하게 처리하고 있다고 생각한 적은 한 번도 없다. 다만 범죄를 적발하고 범인을 잡아 재판을 받게 하는 과정에서 로쿠조조차, 그렇게 올곧고 속이 여린 사람조차, 어쩌면 결과적으로는 나리를 탄식케 하는 사람들 가운데 하나가 되어 버렸는지도 모른다.

그렇다면 그처럼 허탈한 일도 없을 터였다. 오하쓰가 지금 이렇게 건강하고 밝게 생활할 수 있는 것은 바로 오빠 덕분이기 때문이다.

"그렇게 침울한 얼굴 할 거 없다, 오하쓰. 내가 지금 한 이야기는 누구 한 사람의 힘으로 금방 어찌해 볼 수 있는 일이 아니야. 가장 책임이 중한 자리에 있는 나도 혼자서는 손을 댈 수 없는 일이니까 말이다" 하고 부교가 말했다.

우쿄노스케가 걱정하는 낯으로 오하쓰를 쳐다보고 있다. 오하쓰는 살짝 웃어 보였다. 쉽지 않은 웃음이었다.

"게다가 방금 이야기는 말하자면 서론이다. 진짜는 지금부터야."

오하쓰는 자리를 고쳐 앉았다. 맞은각 쪽에 앉아 있던 가시와기가 살짝 몸을 움직였다. 지금부터 할 이야기에 그가 관련되어 있는 모양이다.

"얼마 전 여기 가시와기를 통해서 어떤 사건을 보고받았다" 하고 부교는 이야기를 시작했다.

"한데 까딱하면 심각한 잘못을 부르겠다 싶은 부류의 사건이더구나."

여기까지 이야기한 부교가 가시와기 쪽으로 얼굴을 돌려 눈짓을 했다. 그러고는 가만히 팔짱을 꼈다.

가시와기는 입술을 꼭 다물고 얼굴을 들었다. 오하쓰를 똑바로 쳐다보는 눈매가 슬쩍 겁이 날 만큼 진지하다.

"적치순시관으로 일하다 보니 나는 평소 마치순시관 못지않게, 아니 어쩌면 그 이상으로 시중을 돌아다닌다. 그 때문에 어느새 주민들과 친하게 어울리게 되었지."

"잘 알고 있습니다."

오하쓰는 고개를 끄덕였다. 가시와기도 고개를 한 번 까딱하고는 계속 말했다.

"그러다 보니 시중에 이런저런 연줄이 생겨나고 여러 사람을 알게 될 수밖에 없다. 그 사람들한테 도움을 받기도 하고 나도 도와 주고 때로는 적대하기도 하고. 또 그 사람들이 인정에 못 이겨, 혹은 욕심에 휘둘려 뜻하지 않게 저지른 죄를 적발하기도 하고, 거기에 걸맞은 형을 받게끔 애쓰기도 하고."

가시와기가 하는 말은 누군가 오빠 로쿠조에게 무슨 일을 하느냐고 물었을 때, 만약 오빠가 그렇게 눌변만 아니었다면 대답했음직한 내용이었다.

"해서 나는 지금까지, 내 딴엔 아무리 처량하다 생각하더라도 사사로운 정에 끌려 죄를 눈감아 준 적이 없어. 물론 앞으로도 그런 일은 결코 없을 거야. 우선은 그 점을 알고 내 얘기를 들어 주었으면 좋겠구나."

알겠습니다, 라는 말만으로는 가시와기의 어투에 담긴 열의에 부응할 수 없을 것 같은 기분이 들었다. 오하쓰는 가시와기의 눈을 쳐다보며 똑똑하게 말했다. "예, 가시와기 나리."

가시와기는 조금 누그러진 말투로 말을 이었다. "내가 아는 사람 중에 마사키치라는 사람이 있다. 후카가와 야마모토초에서 나막신바치로 일하지. 나랑 동년배인데, 내가 무급 수습으로 일할 때부터 알았던 사람이야. 마사키치가 주인 가게에 기숙하며 도제로 일하던 애송이 시절부터 나는 그 사람을 알고 있었다. 지금은 점포를 차려 젊은 제자를 두고 키우는 어엿한 바치이지만 예전에는 아무래도 기술이 서툴러 정말 나막신바치가 될 수 있을지, 생판 타인이지만 걱정스러울 정도였단다."

잠시 그 시절이 그리운 듯 눈을 가늘게 뜬다.

"마사키치에게는 올해 열일곱 살 난 오아키라는 딸이 있어."

진지한 표정으로 돌아가 계속 말했다.

"외동딸이지. 그 오아키가 열흘쯤 전에 홀연히 자취를 감추었는데, 행방을 전혀 모르는 상태야."

오하쓰와 우쿄노스케는 얼굴을 마주 보았다.

"가출을 한 걸까요?" 하고 우쿄노스케가 말했다.

"아니면 납치라도 당했을까요?" 하고 오하쓰도 거들었다.

가시와기는 두 사람의 얼굴을 번갈아 보고 나서 고개를 저었다.

"우선 오아키가 제 발로 집을 나갔다고는 생각하기 어려워. 혼인 날짜가 잡혀 있었으니까."

"시집을 가기로 되어 있었군요."

"그래. 그것도 바라던 혼처라 손꼽아 기다리고 있었지. 그렇게 기다리던 혼인을 나흘 후에 올리기로 되어 있어. 아무 일도 없었다면 말이다."

가시와기는 아마 마사키치가 오아키를 어릴 적부터 시집 갈 나이까지 키워 온 모습을 내내 지켜봤으리라. 그러니 오아키의 실종은 그에게도 매우 안타까운 일일 거라고 오하쓰는 짐작했다.

가시와기한테도 가족이 있을까, 하는 생각이 문득 스쳤다. 물론 부인은 있겠지만 자식은 어떨지.

"그런 오아키가 제 발로 집을 나가 버릴 리가 없지. 게다가 그 아이가 가출을 했다고 치부하기에는 자취를 감춘 상황이 너무 이상하거든."

가시와기는 마사키치한테 들은 상황을 오하쓰와 우쿄노스케에게 설명해 주었다.

"빨간 아침놀―정말이지 막 벤 상처에서 흘러나오는 피처럼 새빨간 아침놀이었다고 하더군. 그런 아침놀 속에서 사나운 일진광풍이 불었는데, 바람이 잦아들고 보니 오아키가 사라지고 없었다는 게야. 가출이라고는 도저히 생각할 수 없겠지."

오하쓰도 마침 오아키와 동갑인 열일곱 살 처녀다. 혼인을 앞두고 한껏 행복에 겨우면서도 부모 슬하를 떠난다는 두려움과 더불어 정말 행복해질 수 있을까 하는, 눈물이 나올 만큼 불안하기도 한 그런 복잡한 심정이 꿈틀댔으리라는 것은 쉽게 짐작할 수 있다. 혼인이 목전에 닥치자 덜컥 겁이 나서 집을 뛰쳐나갔는지도 모른다. 그러니까 혼인이 목전에 닥쳤으니 가출할 리가 없다는 말은 이해하기 어렵다. 오히려 혼인이 목전이기 때문에 가출했다면 몰라도.

달리 마음에 둔 남자가 생겼을 수도 있다. 어쨌거나 사람 마음 아닌가. 무슨 일이 있었다고 해도 이상할 게 없다.

하지만 어느 쪽도 가시와기한테 들은 이야기와 어울리질 않는다. 어울리지 않는 것은 고사하고 정말로 이상한 실종 아닌가.

우쿄노스케가 가시와기의 심정을 짐작했는지, 신중하게 말을 골라 가만히 대답했다.

"과연 말씀하신 전말대로 그 아가씨가 자취를 감추었다면 그건 가출도 납치도 아니라는 뜻이 되겠지요."

"가미카쿠시_{사람이 갑자기 사라지는 현상으로, 예로부터 신 혹은 마물에 의해 신의 영역 혹은 사후 세계로 끌려갔다고 여겼다. 현실 세계로 다시 돌아오기도 하고 돌아오지 못하는 경우도 있다고 한다. 최근까지도 흔히 '실종'을 대신하는 말로 쓰였다}군요."

오하쓰가 저도 모르게 중얼거렸다. 지나가는 말로는 여러 번 들어봤지만 실제로 주변에서 그런 일이 일어났다는 이야기는 들어 본 적이 없다.

"그렇게 생각할 수밖에 없지 않을까요?"

"나도 그렇게 생각한다" 하고 기사와기가 고개를 끄덕인다. 왠지 괴로운 듯이 미간을 찡그리고.

"하지만 가시와기 나리." 우쿄노스케가 입을 열었다.

"전말을 설명하신 까닭은, 그러니까 오아키 씨가 자취를 감출 때의 상황을 보거나 들은 사람이 마사키치 씨 한 명뿐이라는 말씀을 하시려는 거겠지요? 그렇다면 이야기가 조금 달라질 수도 있겠는데요."

"마사키치가 거짓말을 했다는 뜻이오?"

"그렇습니다. 기이한 아침놀과 갑작스런 돌풍—사실 얼른 믿기는 이야기는 아니지 않습니까?"

오하쓰가 놀라서 우쿄노스케를 돌아보았다.

조금 전 가시와기가 자기는 사심에 끌려 사건을 적당히 처리하지 않는다고 그토록 단단히 말하지 않았던가. 만약 마사키치의 이야기에서 거짓을 느꼈다면 왜 거짓말을 하는지 밝히는 쪽으로 행동했을 텐데.

"마사키치는 거짓말을 하지 않았소."

여전히 어디가 아프기라도 한 것처럼 얼굴을 찡그린 채 가시와기는 말했다.

"그 사람은 그렇게 허황된 거짓말을 꾸며낼 만한 사람이 못 돼요. 그래서 나는 그가 한 말이 사실이라고 생각하오. 아무리 믿기 힘든 이야기라도."

"가시와기 나리가 그리 말씀하신다면" 하고 우쿄노스케가 고개를 끄덕였다. 가시와기의 얼굴을 가만히 지켜보고 있다.

"나는 오아키가 요상하기 짝이 없는 가미카쿠시를 당했다고, 그렇게 생각하고 있소."

여기서 가시와기는 눈길을 들어 다시 오하쓰의 눈을 똑바로 쳐다보았다.

"네가 이상한 일들을 보고 들은 게 많다는 이야기를 나리께 들었다. 오하쓰 너도 가미카쿠시라는 것이 세상에 있다고 믿고 있겠지."

"있을 거라고 생각해요." 오하쓰가 천천히 대답했다. "물론 개중에는 지어낸 이야기도 있겠지요. 하지만 이번 오아키라는 아가씨의 경우는 달리 생각할 수 없네요."

오하쓰는 문득 마음 한쪽에서 부교의 속내를 짐작해 보았다. 나리는 나를 가시와기 나리에게 소개하셨다. 가시와기 나리도 부교 나리가 소개해 주셨기 때문에 나처럼 마치에도 시대에 평민들이 살던 주거 지역. 각 마치마다 출입문이 있는 등 무척 폐쇄적인 공동체였으며, 각자 자치적인 조직을 두었다에 사는 평민 계집아이에게 이런 이야기를 들려주고 계신다. 아마 내가 그만한 신용은 얻은 모양이다. 마음을 다해서 부응해야 한다.

"하지만 실제로 한 처녀가 사라졌고 전혀 모습을 보이질 않아. 이 사실만은 절대로 사라지지 않지. 가미카쿠시라고 보고해서 끝낼 수 있는 일이 아니야."

아하, 하고 우쿄노스케가 말했다. "상부에, 혹은 세상에 오아키 씨의 실종을 누구 때문, 혹은 무엇 때문이라고 설명해야만 한다는 말씀이시군요."

"바로 그렇소." 가시와기는 씁쓸한 얼굴로 말했다. "오아키가 자취를 감추자 마사키치는 딸을 찾으려고 마치 어른들에게 부탁하고 지신반에 뛰어가고 이웃들한테 도움을 청하며 돌아다녔소. 무엇보다 사돈이 될 집안에도 사정을 이야기했고. 다시 말하면 사태는 이미 공개돼 버린 거요. 이제 이 사건은 '신기한 일이 있었네' 하고 끝낼 수 있는 이야기가 아니게 되었지."

후카가와에는 로쿠조하고도 친하게 지내는 다쓰조라는 오캇피키가 있다. 로쿠조보다 나이가 많으며, 좋게 말하면 그야말로 산전수전 다 겪은 사람이다.

"다쓰조 행수님은……."

말을 꺼내는 오하쓰에게 고개를 끄덕여 보이며 가시와기가 말했다. "다쓰조는 열심히 오아키를 찾아다녔다."

"그건 마사키치 씨의 이야기를 믿어서인가요? 아니면 믿지 않았기 때문인가요?"

우쿄노스케의 물음은 핵심을 건드린 것이었다.

"나도 어느 쪽인지는 모르겠지만," 가시와기는 솔직히 대답했다. "다쓰조는 오아키의 실종에 뭔가 속사정이 있다고 여기는 듯하오. 그렇다면 마사키치가 말한 신기한 상황을 곧이곧대로 믿는다고 할 수는 없겠지."

다쓰조 행수를 잘 아는 오하쓰도, 그건 그럴 거라고 생각했다.

"그래도 다쓰조는 주위 사람들에게 마사키치를 옹호하는 역할을 맡아 주었다오."

"옹호를 해요?"

"오아키가 시집을 가기로 되어 있던 집안에서 문제를 삼고 나섰거든." 팔짱을 풀며 부교가 느린 말투로 끼어들었다. "불당 고마가타도 근처에 있는 아사이야라는 요릿집인데, 그 집안에서는 오아키의 실종이 누군가의 음모라고 주장했지. 그것도 완강하게. 다쓰조도 괴로웠을 게야."

"아사이야는 부교쇼에 연줄이 있어. 마치순시관 구라타 몬도라는 도신이지."

가시와기가 말했다.

구라타―들어 본 적이 없는 이름이다.

"아사이야는 구라타를 움직여 다쓰조하고는 전혀 다른 방식으로 오아키 실종을 범죄 사건으로 다루라고, 그리고 오아키를 감춘 범인을 찾아내라고 종용했다는구나."

그제야 오하쓰도 가시와기가 무엇 때문에 그렇게 심각한 표정이었는지 겨우 납득할 수 있었다.

그녀가 조심스레 입을 열었다.

"그래서 구라타 나리는 아사이야가 만족하고 납득할 만한 해석을 내놓았다, 그런 말씀인지요?"

가시와기는 오하쓰의 눈을 보며 고개를 끄덕였다.

"구라타는 다른 사람도 아닌 마사키치가 오아키를 감췄다는 결론을 내렸지. 그러니까 마사키치가 말한 아침놀이니 돌풍이니 따위는 다 거짓이고, 사실은 마사키치가 오아키를 죽였거나 어디다 감추었다고 말이다."

"아버지가 딸을요? 말도 안 돼요."

"허나 마사키치의 이야기를 거짓이라고 한다면 그게 제일 납득이 가는 이야기가 될 거야."

"하지만 마사키치 씨는 사실을 말했잖아요."

가시와기는 한숨을 흘렸다. "그런데 마사키치가, 바로 어제 자기가 한 이야기를 다 뒤집어 버렸어."

오하쓰는 눈을 휘둥그레 떴다. 가시와기가 말을 이었다. "마사키치는 자기가 오아키를 죽였다고 인정했다. 지금까지 했던 말은 다 거짓이라고."

옆에서 우쿄노스케의 한숨 소리가 들렸다. 오하쓰가 그를 돌아보았다.

"일이 그렇게 되어 버렸습니까" 하고 우쿄노스케가 말했다.

가시와기는 안타까운 듯 양 입가를 축 늘어뜨리고 있었다. 오하쓰는 그제야 그가 정말로 크게 상심했음을 알고 조금 감동했다. 오래전 대화재로 부모를 여읜 나를 대할 때도 이분은 이렇게 아파했을지 모른다. 따뜻한 분이다.

"그러면 마사키치 씨는 벌써 구라타 몬도인지 뭔지 하는 나리한테 체포되었습니까? 고문을 당한 끝에 자기가 하지도 않은 짓을 자백하고요?"

이렇게 맨 처음 나왔던 이야기로 연결되는 모양이다. 몸과 마음을 고문으로 옥죄어서 엉뚱한 죄를 자인하게 만드는 사람들.

하지만 뜻밖에 가시와기는 고개를 저었다.

"체포되지는 않았소. 아니, 체포되는 일도 없겠지."

우쿄노스케가 짧은 숨을 들이켰다. "그렇다면―."

가시와기는 괴로운 듯 한숨을 지었다. "마사키치는 죽었소. 바로 그제 밤. 딸을 죽였다고 고백한 뒤 내가 잠깐 자리를 비운 사이에 목을 매고 말았다오."

오하쓰는 눈길을 떨구었다. 가시와기의 얼굴을 차마 볼 수 없다.

"마사키치의 처는 연이은 비극에 넋을 잃은 채 병자처럼 드러눕고 말았소. 지금은 관리인 집에서 보살펴 주고 있는데, 밥도 못 먹고 물도 넘기지 못하니 이대로 가다가는 조만간 마사키치를 뒤따르겠지. 제자나 직인들도 저희들끼리 일을 해 나갈 수가 없을 테니, 마사키치가 부지런히 일해서 마련한 가게도 이제 곧 문을 닫을 판이고."

"그럼 그 일은 어떻게 처리됩니까? 마사키치 씨가 죽어 버렸으니, 그가 딸을 죽였다고 결론짓는 건가요?"

"그렇게 되겠지."

가시와기가 대답하고 힘겹게 눈길을 들어 노부교의 얼굴을 바라보았다.

"그래서 내가 작심하고 나리께 매달린 거요. 오아키가 사라진 일은 마사키치 짓이 아니오. 마사키치의 자살은 결코 죄 갚음을 위한 것이 아니란 말이오. 무엇에 씐 탓이지. 쉽게 생각하고 결론을 내릴 수 있는 류의 사건이 아님을 어떻게든 알리고 싶었다오."

네기시 히젠노카미는 부교쇼에서 누가 무엇을 호소하면 신분과 직위의 높낮음을 보지 않고 누구에게나 귀를 기울여 주는 사람으로 알려져 있다. 그 평판은 오하쓰도 익히 들어 알고 있다. 의견이 쉬 오르내릴 수 있는 분위기를 만들려고 애쓰시는 것이 분명하다. 그래서 가시와기도 과감한 행동을 취할 수 있었으리라.

"이야기를 듣자마자 너한테 꼭 맞는 사건이라고 생각했다."

오하쓰에게 부드러운 미소를 지으며 부교가 말했다.

"어떠냐, 오하쓰. 나막신바치 딸의 가미카쿠시에 대해서 조사해 보지 않으련? 오아키에게 무슨 일이 일어났는지. 그리고 마사키치가 가시와기라는 제 편이 있는데도 왜 갑자기 이야기를 뒤집고 죄를 자인한 뒤 목을 매달았는지. 이 두 가지를 알아봐 주지 않겠느냐?"

두말할 나위가 없다. 마다할 까닭이 있을 리가.

"네, 제가 할 수 있는 일이라면 뭐든지 하겠습니다."

힘 있는 대답에 부교가 환하게 웃었다.

"그래, 해 주겠단 말이지?"

오하쓰는 우쿄노스케에게 미소를 던졌다. "우쿄노스케 님도 도와주실 거죠?"

우쿄노스케는 머리를 긁적였다.

"네, 어느 정도나 감당할 수 있을지는 모르지만, 흥미로운 사건이군요. 답이 하나만 있어야 마땅한 유제에 답이 두 개나 있는 것처럼 보인다고 할까요."

"그런데 가시와기 나리는 어떠신지요? 저는 일개 장사치의 딸인데, 아무리 부교 나리의 말씀이 계시다 해도 정말 제가 맡아도 괜찮을는지요?"

오하쓰의 물음에 가시와기가 부교의 얼굴을 힐끔 보고 나서 말했다. "나도 나리께 들었다. 작년 여름 어린아이들이 연달아 죽어 나간 사건도 오하쓰 네가 해결했다고 말이다."

오하쓰와 우쿄노스케도 휘말려 들었던 무서운 사건이었다. 공식적으로는 범인이 체포되어 지신반에서 급사한 것으로 처리되었지만, 그 뒤 우쿄노스케의 부친 후루사와 부자에몬도 휘말려서 다시 한바탕 소동이 있었다.

네기시 히젠노카미가 나이와 지위에 어울리지 않는 악동 같은 웃음을 지으며 오하쓰를 쳐다보았다. 그 눈이 말하고 있었다. '내가 벌써 가시와기에게 사정을 낱낱이 고했거든.'

"그럼 가시와기 나리는 제가—."

"그래. 보통 사람한테 없는 신비한 힘—보이지 않는 것을 보는 눈을 갖고 있다는 이야기도 다 들었다."

"나리께서는 그걸 믿으시나요?"

가시와기는 고개를 끄덕였다. "그게 어떤 힘인지는 자세히 모르고 상상도 할 수 없지만, 오하쓰, 나는 그 불난리 속에서 혼자 살아남은 네 모습을 알고 있다. 너라면 능히 그런 불가해한 힘의 가호를 받을 수 있고, 또 그 힘을 부릴 수도 있겠다는 생각이 드는구나."

오하쓰는 기억하지 못하지만, 대화재 당시 그녀는 불길이 활활 타오르는 길목이 똑똑히 보였고 어디로 도망쳐야 하는지도 알 수 있었던 모양이다. 그래서 그 길로 달려서 피했다고 주위 어른들에게 말했다고 한다. 가시와기는 그 이야기를 한 것이다.

"그러시다면 저도 아무 걱정이 없습니다. 할 수 있는 데까지 해 보겠습니다." 머리를 숙인 오하쓰는 가슴속에서 힘이 솟구치는 것을 느꼈다.

"그런데 한 가지 여쭙고 싶은 게 있습니다" 하고 우쿄노스케가 말했다. "이번 오아키 씨 건만이 아니라, 가시와기 나리는 이 세상에 가미카쿠시라는 게 있다고 생각하십니까?"

자못 우쿄노스케다운 질문이다.

"그건 왜 묻소?"

"아뇨, 아까부터 말씀을 듣다 보니 가시와기 나리께서는 마사키치 씨가 그런 거짓말을 할 사람이 아니라는 이유뿐만 아니라 오아키 씨가 기이하게 사라졌다는 것, 그런 일이 실재한다는 사실을 처음부터 인정하시는 듯 보여서요."

가시와기는 "호오!" 하고 소리를 쳤다. "매섭게 찌르시는군."

부교가 쾌활한 목소리로 웃었다.

"얘기해 주게, 가시와기."

"후루사와 님이 말씀하신 대로 나는 가미카쿠시란 걸 믿는다오." 가시와기가 말했다.

아마 오하쓰와 우쿄노스케는 모두 눈을 동그랗게 뜨지 않았을까. 자리에 앉은 이래 처음으로 가시와기가 즐거운 듯이 웃었던 것이다. 그러고는 여섯 살 꼬마가 가미카쿠시를 겪은 이야기를 시작했다.

"벌써 사십 년 전 얘기로군. 꼭 이맘때라 벚꽃이 한창이었다. 밤이 깊어 잠을 자던 꼬마는 문득 요의를 느끼고 눈을 떴어. 참으려고 했지만 도저히 참기 힘들어 하는 수 없이 잠자리에서 일어났지. 다행히 달이 환해서 등롱은 필요 없었어.

꼬마 집의 손바닥만 한 뜰에도 벗나무가 있었다. 아직 어린 나무라 가지와 줄기가 가늘어서 꽃이 활짝 폈는데도 옹색하기 짝이 없었지만, 그래도 달빛을 받으니 꼬마가 잠기운을 떨치고 넋을 놓은 채 바라볼 만큼 아름다웠어.

아이는 밤중에 나온 이유가 뒷간 때문이란 사실도 잊고 어느새 아름다운 벚꽃에 취하고 말았지. 꽃을 올려다보자 흡사 벚꽃이 반기기라도 하는 양 그때까지 조용하던 바람이 한들한들 불기 시작하더니, 꼬마의 머리 위로 연분홍빛 꽃잎들을 하늘하늘 뿌리기 시작했어. 아이는 두 손을 쳐들고 날아다니는 꽃잎들을 잡는 것이 재미있어서 정신이 팔린 거야.

그러다 문득 정신을 차려 보니 온몸이 싸늘하게 식어 있었지. 아이는 흠칫 놀라 주위를 살펴보았어. 그러자 놀랍게도 전혀 본 적도 없는 곳에 서 있는 거야. 분명히 뒷간으로 가는 복도에서 뜰을 내다보고 있었는데 눈에 익은 집도 없고 복도도 없고 뜰도 없었어. 그저 꽃이 만발한 벗나무 숲 한복판에서 혼자 우두커니 서 있는 거야.

꼬마는, 아, 이건 꿈이로구나, 하고 생각했다. 자기는 지금 잠을 자고 있는 거라고. 그래도 퍽 아름다운 꿈이라고.

 벚나무 숲에서 자라는 나무들은 앞다투어 가지를 뻗어서 밤하늘도 보이지 않을 정도로 꼬마의 머리 위를 완전히 가렸어. 꼬마가 당황해서 걷기 시작하자 어깨 위로 꽃잎들이 눈송이처럼 쏟아졌지. 마치 벚나무 숲이 일제히 웃는 것 같았달까. 그래선지 꼬마는 전혀 무섭지 않았어. 아름다운 숲 속을 영원히 헤매고 싶은 심정이었지.

 그렇게 얼마나 돌아다녔을까. 지친 꼬마는 꽃이 활짝 핀 어느 벚나무 밑에 주저앉아 그대로 잠이 들고 말았다. 죽음처럼 깊고 편한 잠이었어.

 얼마 뒤 누가 어깨를 거칠게 흔들어서 눈을 떴는데, 엄마의 여윈 얼굴이 눈앞에 있었어. 그런데 엄마의 눈은 움푹 패고 볼은 앙상한 거야. 잠을 깬 꼬마가 "엄마, 무슨 일이에요?" 하고 묻자 엄마는 눈물을 흘리며 야단을 쳤어. "너야말로 지금까지 어딜 갔다 왔니?" 꼬마는 깜짝 놀라서 벌떡 일어섰지. 그곳은 평소 문을 열어 보지도 않는 창고 속이었어. 꼬마는 쌓아 둔 낡은 고리짝에 기대어 잠들어 있었다는 거야. 벚나무 숲은 아무 데도 없었지."

 가시와기는 여기까지 말하고 잠시 쉬었다. 그러고는 가만히 덧붙였다.

 "꼬마는 그냥 밤새 꿈을 꾸었을 뿐이라고 생각했다. 하지만 엄마의 이야기를 들어보니 사정은 전혀 달랐어. 아이는 뒷간에 가려고 일어난 밤부터 창고에서 발견될 때까지 무려 보름이나 자취를 감추었다는 거야. 엄마가 바싹 여윌 만도 했지."

 오하쓰는 후우 하고 한숨을 지었다.

"가미카쿠시……."

"그래. 아이 엄마는, 너는 가미카쿠시를 겪었단다, 라고 했어. 돌아온 게 천만다행이라고 말이야."

우쿄노스케가 미소를 지으며 말했다. "그 꼬마가 바로 가시와기 나리셨군요."

가시와기는 말없이 고개를 끄덕였다. "그렇다오. 내가 직접 체험한 일이지. 그래서 믿는 거요. 가미카쿠시라는 신비한 일이 이 세상에는 분명히 있다는 걸."

문득 가시와기는 자리에서 일어나 장지를 열고 뱃전으로 나갔다. 무얼 하나 지켜보는데 양손에 작은 화분을 안고 들어온다.

"오늘 이야기의 마무리로 이걸 보여 줄까 해서 가져왔네."

아주 작은 분재다. 그러나 틀림없이 지금 한창때를 맞아 꽃을 활짝 피운 벚나무였다.

"이건 가시와기 나리께서?"

"그래. 내가 심어서 이렇게 키웠지. 벚나무는 분재로 만들기 어려워. 실력이 좋다는 동산바치도 이렇게 작은 키로 꽃을 피울 수는 없다고 하더군. 하지만 나는 어릴 적에 보았던 그 활짝 핀 벚나무 숲을 잊지 못해서, 어떻게든 벚나무를 키워 볼 수 없을까 싶어 온갖 궁리를 다했지. 그래서 완성한 것이 바로 이거야."

이것이 오늘 밤 한다던 밤 벚꽃놀이였구나—하고 오하쓰는 납득했다. 부교 나리가 "벚꽃이라면 가져왔다"라고 하시더니, 바로 이걸 두고 하신 말씀인가.

연분홍 꽃은 꽃잎을 하나하나 풀어 놓으며 오하쓰를 올려다보고 웃는다. 벚꽃이 올려다본다―이건 또 무슨 기이한 느낌인가.

    이렇게 오하쓰는 벚꽃에 이끌려 사건 속으로 발을 들여놓게 되었다.

제2장 사라지는 사람들

오아키의 발자취

자, 그럼 어디서부터 시작한다? 오하쓰는 궁리했다.

"다쓰조 행수님을 만나 봐야겠어요."

오아키 사건을 어떻게 생각하고 있는지, 먼저 그 오캇피키의 속부터 들여다보는 것이 가장 좋겠다.

"그럼 저는 구라타 몬도라는 사람을 조사해 볼까요?" 하고 우쿄노스케가 말했다. "당분간 우리 두 사람은 따로 움직이는 편이 낫겠어요. 오하쓰 씨와 제가 나란히 나타나면 다쓰조 씨는 아마 순순히 말해 주지 않을 겁니다. 작년 일도 있으니까."

오하쓰도 그 말에 동의했다.

밤 벚꽃놀이 이튿날, 새벽부터 바쁘게 돌아가던 식당 일도 한숨을 돌릴 즈음, 오하쓰는 옷을 갈아입고 경대 앞에 앉아 될수록 발랄하고 명랑한 아가씨처럼 보일 수 있도록 연방 웃는 연습을 했다. 오하쓰를 어릴 적부터 알고 있는 다쓰조이니 격식 차린 인사나 진지한 질의응답은 애당초 통하지 않을 터. 최대한 응석을 부리며 부탁 하나 들어달라는 식으로 나가야 할 것 같다.

오하쓰가 부교 나리의 명을 따르느라 이런 궁리까지 하고 있다는 사실을 알면 다쓰조는 아마 기함을 하겠지. 하지만 원래 나이 어린 아가씨들이란 이렇게 꾀바르게 마련이다. 하물며 부교 나리에게 직접 밀명을 받고 나선 오캇피키의 누이 아닌가.

그렇게 준비를 마치고 나서 올케 오요시에게 저녁 먹기 전에는 돌아오겠다고 고하는데 로쿠조가 돌아왔다. 며칠 만의 귀가다.

요즘 로쿠조는 어느 흉악범을 쫓느라 종종 집을 비웠다. 행선지는 대개 하치오지. 노름판이 많고, 에도 거리를 돌아다니기에는 뒤가 영 구린 자들이 모여드는 동네다. 로쿠조가 제 입으로 말하지는 않았지만 이렇게 자주 집을 비우는 것을 보면 아마 상당히 애를 먹고 있는 모양이라고 오요시가 오하쓰에게 이야기한 적도 있다.

하지만, 나 왔소, 하며 들어서는 오빠의 얼굴을 보는 순간 오하쓰는 이번 일이 잘 풀렸음을 금방 알 수 있었다.

"어서 와요."

밝은 목소리로 인사하는 오하쓰를 로쿠조가 흡족한 표정으로 쳐다보았다. 뼈대가 굵고 땅딸막한 몸집에 얼굴까지 까맣게 그을리니 오캇피키라기보다 부랑자 수용소에서 막 풀려나온 전과자 같은 인상이다.

실제로 오캇피키 중에는 그런 자들이 많다. 오하쓰와 부교 나리의 신뢰 관계를 잘 알면서도 로쿠조가 범인 추적에 동생이 끼어드는 데

종종 난색을 표하는 것도 그 탓이다.

"이제 다 끝났어요?"

로쿠조의 손에서 먼지투성이 봇짐을 받아 들며 오요시가 물었다.

"응, 간신히."

짧게 대답하고는 오하쓰에게 묻는다. "어디 나가니?"

"네."

시치미 떼고 대답했지만, 그러냐, 그럼 다녀와라, 하는 식으로 응해 줄 리가 없다. 로쿠조가 눈매에 슬쩍 힘을 주었다. 오하쓰는 마지못해 설명을 달았다.

"새로 분부가 있었어요."

"또 골치 아픈 일에 말려들고 싶은 게냐?"

"골치 아픈 일들이 먼저 시비를 거네요."

호기롭게 대꾸하는데 문득 어찔하고 현기증 같은 것을 느꼈다. 돗바늘에 관자놀이를 콕 찔린 듯 소스라칠 만큼 따끔했다.

바로 곁에 서 있는 로쿠조는 봇짐과 마찬가지로 먼지투성이가 된 옷을 입고 있었는데, 왼쪽 어깨 언저리에 피칠갑한 어느 남자의 얼굴이 불쑥 떠올랐다. 오른쪽 눈썹 위에 커다란 검정 사마귀가 있고 콧방울이 펑퍼짐한 꼴이 영 천한 상이다.

사내 얼굴이 피투성이가 된 까닭은 왼뺨에 칼자국이 아가리를 벌린 탓이다. 그 상처로 죽었는지 살았는지는 모르지만 입가에 거품을 물고 눈동자는 내내 흔들리고 있다.

"오라버니" 하고 오하쓰가 로쿠조를 불렀다. "볼에 칼을 맞은 사람은 오라버니 패유?"

로쿠조가 흠칫 놀랐다.

"눈썹 위에 검정 사마귀가 있는 사람. 얼굴에 중상을 입었네요."

로쿠조의 곁에 있던 오요시의 볼에서 살짝 핏기가 가셨다. 오랫동안 오캇피키의 처로 살면서 나름대로 담을 키우기는 했지만, 어지간히 급하거나 꼭 필요한 경우가 아니면 남편이 하는 일을 묻거나 들으려고 하지 않는다. 보고 듣고 알게 되면 공연히 근심만 커지기 때문이란다.

오하쓰는 올케의 낯을 보고는 얼른 말했다. "미안해요, 올케 언니."

"아니, 괜찮아요." 오요시는 남편을 올려다보았다.

"누가 죽었나요?"

로쿠조는 처를 안심시킬 요량으로 그녀의 팔뚝을 탁 치며 고개를 저었다. "아우들한테는 아무 일 없어."

"다행이네요."

"얼굴에 칼을 맞은 놈은 하치오지 쪽에서 우리를 안내하던 졸개야. 여간 보통내기가 아닌데, 알고 보니 이중첩자 짓을 했더군. 그동안 우리가 그렇게 애를 먹은 것도 알고 보니 그놈 때문이었어."

그가 말하는 졸개란 오캇피키 밑에서 일하는 자로, 시탓피키라고도 부른다. 오캇피키 중에도 한 꺼풀 벗겨 보면 정체가 심히 의심스러운 자가 수두룩한 지경이니, 그 졸개쯤 되면 위험하고 믿기 힘든 자들이 더욱 많을 수밖에 없다.

"오라버니는 다친 데가 없나 보네요. 다행이에요."

오하쓰는 그렇게 말하고 방긋 웃었다. 하지만 속으로는 마음이 조금 심란했다.

다른 사람도 아닌 오빠 어깨에 다친 사내의 얼굴이 떠올랐다면, 그리고 그자가 용서하기 힘든 배신을 저지른 자라면 그자에게 칼을 휘두른 사람은 오빠일 공산이 크기 때문이다.

좀 더 확실히 알고 싶으면 오빠의 손을 건드려 보면 된다. 옷을 만져 보기만 해도 족하다. 하치오지에서 벌어진 추적극과 피비린내 풍기는 광경이 오하쓰의 눈에 선하게 떠오르리라.

하지만 그러지 말자. 몰라서 좋은 일도 있다. 종종 저런 것들을 보게 되는 자신이 싫었다.

아마 오하쓰가 나가면 오요시는 로쿠조의 여장을 풀고 다른 어떤 일보다 우선해서 그것들을 세탁하고 씻어낼 것이다. 만에 하나 오하쓰가 만져서 온갖 것을 보는 일이 없도록. 일단 보고 나면 오하쓰는 그걸 감추지 못한다. 제 딴엔 감추려고 애쓰지만 어느새 티가 난다.

그래서 좋을 일이 뭐가 있을까.

"그럼 갔다 올게요."

그렇게 말하고 문으로 걸어가 미닫이문을 열려는데 문밖에서 "계십니까?" 하고 부르는 소리가 들렸다.

오하쓰는 드르륵 문을 열었다. 문밖에 서 있던 부부가 당장이라도 기절하겠다 싶은 얼굴로 서로 부둥켜안다시피 하며 뒤로 펄쩍 물러났다.

"죄송해요. 막 나가려던 참이라."

"아…… 아닙니다. 죄송하긴요. 괜찮습니다."

내외 모두 사십 대 중반쯤 돼 보인다. 잘 지은 옷에 상투도 매끈하게 틀었는데, 부인 쪽은 조금 여윈 인상에 눈 밑에 검은 기미가 끼었다. 남편도 눈에 핏발이 섰고, 오하쓰에게 길을 내 주려고 오른쪽으로 비켜설 때 보니 다리를 조금 저는 듯하다.

"로쿠조 행수님 계신가요?"

공손한 말투로 보아 장사치 같다.

"네, 계세요."

오하쓰는, 들어오세요, 하고 옆으로 비켜서서 두 내외를 먼저 들어오게 했다. 부부가 서로 부축하며 안으로 들어온다.

오하쓰는 관찰을 그만두고 얼른 밖으로 나갔다. 아마 무슨 부탁이 있나 보다. 심각하거나 끔찍한 사건에 얽힌 부탁이 아니면 좋으련만, 하고 바라며 미닫이를 닫는데 또다시 관자놀이가 따끔했다. 등줄기로 오싹한 한기가 왔다.

흠칫해서 저도 모르게 눈을 감았다. 눈꺼풀 뒤로 새빨간 색이 보인다. 꾸역꾸역 흘러나오는 피처럼 칙칙하고 무게가 있어 뵈는 걸쭉한 빨강.

눈을 뜨자 그것도 사라졌다.

머릿속을 스친 장면은 오아키가 사라지기 직전에 보았다는 이상한 아침노을이었다. 마사키치도 그런 아침노을은 처음 보았다고 말했다는…….

그것일까? 방금 본 빨강, 그것이었나? 하지만 왜 지금 여기서?

시마이야 뒤에 있는 로쿠조네 살림집 현관에 서서 오하쓰는 천천히 고개를 들며 몸을 도사렸다. 주변에 놓인, 오요시가 돌보는 화분. 엿장수가 울리는 한가로운 북소리. 아이들이 노는 소리. 맞은각에 유유자적 살고 있는 노인은 오늘도 기다유_{샤미센 반주를 곁들여 이야기를 들려주는 전통 악곡} 강습을 하고 있다. 그런 상황에 어울리지 않게 오하쓰는 몸을 잔뜩 도사렸다.

이제 곧 나도 사라지게 될까? 괴이한 아침노을 같은 빨간색이 나타나면 뒤이어 돌풍이 부는 걸까?

하지만 그런 일은 없었다. 엿장수 소리가 멀어지고, 민폐 일보 직전인 노인의 기다유 소리만 신음 소리처럼 들려오고 있을 뿐.

심장이 쿵쾅거렸다. 오하쓰는 손으로 가슴을 누르며 후우 하고 길게 한숨을 흘렸다. 무릎이 후들거리지 않는 것을 확인하고 걸음을 뗐다.

누가 뒤를 밟는 것도 아닌데 한동안은 연방 뒤를 돌아보지 않을 수 없었다.

후카가와에 도착할 즈음에는 안정을 찾았지만 다쓰조네 현관을 두드리기 전 문 앞에 서서 또 웃는 연습을 해 보았다. 어쩐지 볼살이 굳은 듯싶어 난처해하고 있는데 등 뒤에서 웃음소리가 들렸다.

"길바닥에서 사내 홀리는 연습을 하면 못써요, 오하쓰."

돌아보니 화사하게 웃는 얼굴에 입술 연지도 진하게 바른 모지하루_{고우타의 일종인 도키와쓰를 창시한 사람의 예명이 모지다유였던 데서 비롯해, 도키와쓰 예인들은 대부분 '모지'를 붙인 예명을 지었다. 이 예명은 본명보다 더 자주 쓰이곤 했다}가 서 있었다. 출장 강습을 나갔다 돌아오는지 샤미센을 멋진 각도로 메고 있다.

물구나무를 서서 봐도 영락없는 고우타_{샤미센 반주로 부르는 짧은 속요로 요즘의 유행가쯤에 상당한다} 강사가 분명한데, 그런 부인이 어찌 오하쓰를 알고 이곳에서 말을 건넬까. 알고 보면 간단하다. 이 모지하루 강사—이름은 오하루—가 다쓰조 행수의 처이기 때문이다.

"그 사람 만나러 왔어? 공교롭게도 잠시 출타중이야. 금방 돌아올 테니까, 자, 들어가."

오캇피키는 그 일만 해서는 먹고살 수가 없다. 애초에 무슨 장사도 아니므로 당연한 이야기다. 그 일만 해서 제 앞가림도 하고 처자식도 부양하고 있습니다, 라고 말하는 오캇피키가 있다면 뭔가 따로 수상쩍은 짓을 벌이는 자가 분명하다.

그래서 다들 처나 자식들이 다른 밥벌이를 한다. 로쿠조의 경우는 처 오요시가 밥집을 한다. 그밖에 목욕탕을 하는 자도 있고 과자점을 하는 자도 있는 등 참으로 다종다양하다. 하지만 에도 시중을 다 뒤져 봐도 고우타 강사를 아내로 둔 행수는 다쓰조 말고는 없을 것이다. 두 사람은 살림을 차린 지 오 년쯤 된다.

들자하니 모지하루는 다쓰조보다 여덟아홉쯤 연상이라고 한다. 최상품 유채 기름을 바른 양 윤기가 흐르는 피부와 새치 한 올도 뵈지 않는 머리를 보면 도저히 믿기지 않는 사실이지만, 모로 꼬고 바라보는 눈초리와 약간 갈라진 목소리, 그리고 무엇보다 그다지 드러내고 싶지 않은 속마음까지 죄 들여다보는 듯한 눈길과 마주하면 그이가 연륜 있는 부인임을 어린애라도 알 수 있다.

오하쓰가 객실로 들어서자, 모지하루는 고개를 살짝 모로 틀고는 실눈으로 오하쓰를 바라보며 미소를 지었다.

"이제 아가씨 태가 찰찰 넘치네. 로쿠조 행수님은 무뚝뚝하긴 해도 남자답게 생긴 분이라 동생도 틀림없이 괜찮은 아가씨가 되겠다고 생각하긴 했지만, 기대 이상으로 예뻐졌어."

"오하루 님한테 그런 말씀을 들었다고 오라버니한테 말해 볼까요? 자꾸 추어주면 나무 꼭대기까지 기어오를 아이니까 그런 말씀 말라고 할걸요?"

모지하루는 낭랑한 소리로 웃었다. "오라버니한테 그렇게 말해 봐. 근데 이렇게 어여쁜 아가씨께서 우리 행수님한테 무슨 일이지?"

오하쓰가 이야기를 꺼냈다. "친구 일로 여쭐 게 있어서요. 야마모토초 나막신 가게 딸 오아키가 가미카쿠시를 당해서……."

오아키란 이름을 듣는 순간 모지하루의 고운 눈썹이 살짝 일그러졌다.

"오하쓰, 그 처녀랑 아는 사이였어? 처음 듣네."

"제가 제법 발이 넓거든요."

원래 거짓말에 서툰데다 사람 마음을 잘 읽는 모지하루 앞이라 더욱 힘들었지만, 이 대목에서는 말짱한 얼굴로 버텨야 했다.

"오아키가 갑자기 사라졌다는 소식을 들었을 때도 많이 놀랐지만, 오아키네 아버지와 어머니가 지금 집에 없다는 소식을 어제 듣고는 더 놀랐어요. 대체 어떻게 된 걸까요?"

"글쎄…… 그건 나도 잘 몰라. 나야 그이가 하는 일에 대해서는 물어보질 않으니까." 모지하루는 말했다.

"그래도 뭐 들으신 건 없나요?"

"내가 귀를 틀어막고 살다시피 하거든."

맥이 풀린다. 하지만 오캇피키의 아내로서는 참으로 훌륭한 처신이다. 남편이 하는 일에 함부로 끼어드는 것이 능사는 아니다.

"그런 일로 너무 마음고생 하지 않는 편이 좋아, 오하쓰." 모지하루는 다정한 목소리로 말했다. "그런 근심거리나 어려운 일을 어떻게든 처리해 주는 것이 우리 행수님과 너희 오라버니의 일이잖니. 맡겨 두면 돼."

"그건 그렇지만, 그래도 걱정이 돼서 그래요."

대답을 하면서 오하쓰는 오빠와 다쓰조 행수가 부럽다는 생각을 했다. 아는 친구라서 걱정된다는 식으로 둘러댈 필요도 없이 당당하게 찾아가서 물어볼 수 있지 않은가.

"행수님이 돌아오시면 여쭤봐도 될까요?"

"뭐, 내가 말릴 까닭은 없지만, 우리 그이가 과연 얘기를 해 줄지 모르겠네."

사실 모지하루가 말한 대로 다쓰조라는 사람은 입이 무겁다. 밖에서 하는 일을 함부로 말하지 않는다. 하지만 그거야 뭐 알고 있는 일이다. 그렇기 때문에 굳이 웃는 연습까지 했고.

"오아키란 아이가 걱정이니 얼른 찾아 달라고 부탁해 보렴. 차라리 그렇게 말하는 편이 훨씬 낫겠다. 네 마음도 조금 편해질 테고."

"그럴까요?"

"그럼. 그런데 너 정말 예뻐졌구나."

모지하루는 싱긋 웃고는 누구 좋은 사람이라도 생겼느냐고 놀렸다. 그때 들려온 문소리가 오하쓰를 곤경에서 구해 주었다.

"나 왔소."

다쓰조의 목소리다. 모지하루가 오하쓰에게 웃어 보이고, "이제 오셨어요" 하고 대답했다.

"오하쓰가 놀러왔어요."

오하쓰의 얼굴을 본 다쓰조가 빙긋이 웃었다.

"웬일이냐? 왜, 이 사람한테 고우타라도 배우려고?"

다쓰조는 외출용 하오리^{기모노 위에 덧입는 상의로, 격식을 차릴 때 입는다}를 입고 허리에는 짓테^{상대를 제압할 때 쓰는 무기로, 대체로 품에 감출 수 있을 만큼 짤막하다}를 차고 있다. 기분이 썩 좋아 보인다.

"근처에 올 일이 있어서 겸사겸사 들러 봤어요." 오하쓰는 웃는 낯으로 말했다. 모지하루가 그녀를 힐끔 쳐다보았지만 못 본 척했다. "행수님한테 한 가지 여쭐 것도 있고요. 야마모토초 나막신 가게 딸 오아키 말예요. 가미카쿠시를 당했다는데 정말이에요?"

오하쓰의 말을 듣는 순간, 막 하오리를 벗으려던 다쓰조가 깜짝 놀라며 손을 멈췄다.

"뭐야, 오아키란 아이를 알고 있었니?"

"네. 친구거든요. 시집갈 날짜를 잡아 둔 아이가 갑자기 사라졌다니 그것도 놀랄 일인데, 오아키의 아버지와 어머니까지 사라졌다니 대체 어떻게 된 일인가 걱정이 돼서 행수님께 여쭤보려고 왔어요."

다쓰조는 짓테를 빼놓고 영차 하며 오하쓰의 곁에 편한 자세로 앉았다.

"불행한 일이 있었지."

조금 메마른 듯하면서도 듣는 이의 마음을 편안하게 풀어 주는 예의 목소리다.

"오아키를 찾지 못하셨나요?"

"찾게 되겠지. 다만 살아 있는 오아키는 아닐 게야."

짐짓 아무렇지도 않게 나온 말에 오하쓰는 다쓰조의 얼굴을 빤히 쳐다보았다.

"오아키가 벌써 죽었다는 말씀이세요?"

"그래. 안됐지만 그 아이는 이미 이승 사람이 아닐 거다."

"하지만 누가 오아키를?"

"아무 소식도 못 들었니? 아무것도 몰라?"

"네……."

다쓰조는 잠시 말을 망설였다. 오하쓰의 마음을 걱정한 망설임처럼 보였다.

"끔찍한 이야기야. 오아키의 친구라면 더욱 끔찍한 얘기일 게다."

"전 괜찮아요."

오하쓰의 얼굴을 살피듯이 쳐다보고 나서 다쓰조가 말했다.

"오아키는 제 아비 손에 죽었다. 가미카쿠시는 마사키치가 지어낸 이야기야."

역시 다쓰조 행수는 이렇게 믿는구나.

"그럼 행수님은 가미카쿠시라는 걸 안 믿으시나요? 그런 이야기는 다 지어낸 거라고 생각하세요?"

다쓰조는 살짝 곤혹스런 표정을 하며 팔짱을 꼈다. 도움을 청하는 듯 모지하루의 얼굴을 곁눈으로 쳐다본다.

눈치 빠른 모지하루가 미소를 지으며 말했다. "오하쓰는 어때? 가미카쿠시가 있다고 믿니?"

"틀림없이 있다고 믿어요. 이번 오아키 건도 가미카쿠시라고 생각하고요. 왜냐하면 오아키네 아버지가 괴이한 아침놀을 봤다느니 돌풍이 불었다느니 그 와중에 오아키를 채 갔다느니 하는 복잡한 이야기를 꾸며낼 리가 없잖아요. 본 대로 들은 대로 보태고 덜고 할 것도 없이 이야기한 거예요."

다쓰조는 눈썹을 추켜 올렸다. "오아키가 사라지던 상황을 꽤 자세히 알고 있구나."

오하쓰는 당황했다. 말이 많으면 탈 난다더니, 꼭 이런 경우를 두고 하는 말이다.

"소문이 돈 걸요." 시치미를 뚝 떼고 말하기는 했지만 식은땀이 난다.

"그래? 있지도 않은 이야기가 퍼질까 봐 구라타 나리도 나도 꽤 신경을 쓴다고 썼는데."

마침 다쓰조의 입에서 구라타 몬도라는 이름이 툭 튀어나왔다.

"오아키 건을 조사하시는 분이 구라타라는 나리인가요?"

"응, 그래."

"처음부터요?"

"그래. 왜 그런 걸 묻지?"

가시와기의 이야기로는, 구라타 몬도는 오아키의 혼처인 아사이야의 종용을 받고 난 뒤에 나섰다던데—.

"하지만 다쓰조 행수님이 증을 받는 분은 구라타 나리가 아니잖아요?"

오캇피키는 공직이 아니고 어디까지나 부교쇼 요리키나 도신에게 개인적으로 고용된 신분이다. 이렇게 고용하고 고용되는 관계를 '증을 준다', '증을 받는다'고 한다. 증이란 요즘 말하는 명함 비슷한 것이므로, 결국 오캇피키 쪽에서 볼 때 '증을 받는다'는 것은 어느 요리키나 도신의 이름을 대고 대리자로 자칭하며 활동해도 좋다는 허가를 얻는 셈이 된다.

"그렇지. 내가 증을 받는 분은 남부 부교쇼의 도다 나리고 구라타 나리는 북부 소속이시지. 하지만 이번 달은 북부가 월번_{남부와 북부 마치부교쇼는 지역을 나누어 담당하는 게 아니라 월번을 정해서 한쪽이 업무를 보는 달에 다른 쪽이 쉬는 방식이었다}이고, 내가 예전에 도다 나리의 분부로 구라타 나리를 도와 드린 적이 있으니까. 그런 일은 흔하단다. 로쿠조 행수도 다른 나리를 도와 드리러 갈 때가 있잖니."

"예……."

"아무래도 오하쓰가 이런저런 소문을 너무 많이 들은 모양이구나." 다쓰조는 그렇게 말하고 모지하루를 보며 쓴웃음을 지었다. "오아키랑 친구 사이라니까 뭐 그럴 수도 있겠지. 그런데 구라타 나리에 대해서 무슨 좋지 않은 소문이라도 들었나 보지?"

오하쓰는 놀랐다. 다쓰조는 퍽 솔직하다. 아무래도 이 대목에서는 괜히 잔꾀를 쓰기보다는 대놓고 물어보는 편이 좋겠다.

"맞아요" 하고 고개를 끄덕인다. "원래 오아키는 정말로 괴이한 가미카쿠시를 당했는데, 오아키가 시집가기로 되어 있던 아사이야 사람들이 가미카쿠시는 거짓이라 주장하고 나서는 바람에 일이 커졌다고 들었어요. 구라타 나리도 아사이야 사람들이 떠밀어서 나서셨다고."

다쓰조는, 그럼 그렇지, 하는 얼굴로 고개를 끄덕이고는 담배 쟁반을 손맡으로 끌어당겼다.

"나, 뜨거운 잎차 좀 줘. 그리고 오하쓰한테 뭐라도 내주고. 아,

아까 받아 둔 만주가 있지 않나?"

"아, 그래요. 깜빡했네요." 모지하루가 얼른 일어섰다.

"네가 무슨 소문을 들었는지 모르지만 구라타 나리는 아주 훌륭하신 분이야."

손때 묻은 담뱃대 끝에 불을 붙이고 길게 연기를 토해내며 다쓰조가 말했다.

"물론 다른 나리에 비하면 조금—아니, 상당히 완고하시고 융통성이 없는 편인지도 모르지. 하지만 조사를 시작하시면 늘 조리 있는 결론을 내리시고 이치에 맞지 않는 일이면 누가 뭐라고 하든 들은 척도 하지 않으셔. 뒷돈을 받고 못 본 척해 주거나 확실한 증거도 없는데 대충 의심스런 자를 골라내서 얼렁뚱땅 범인으로 몰아세우는 엉성한 짓은 절대로 안 하실 분이야."

"하지만 오아키 건은—."

"먼저 내 얘기부터 들어 봐." 다쓰조는 한 손을 들어 오하쓰의 말을 막고는 담뱃대를 화로 테두리에 톡 쳤다.

"네 말대로 나막신 가게 오아키 사건에 대해서 처음 얼마 동안은 모두들 정말 가미카쿠시라고 여겼다. 오아키의 어머니 오노부도 그 집에 기숙하는 직인들도 이웃 주민들도 마사키치의 이야기를 듣고 오아키가 괴이한 돌풍에 쓸려 자취를 감췄다고 생각했지. 그래서 한바탕 소동이 났다.

결국 소문은 내 귀에도 들려왔다. 아무래도 여긴 내 구역이니까. 내가 소문을 듣고 나서, 오, 가미카쿠시란 말이지, 거참 신기하군—하고 가만 내버려둘 수는 없잖아. 해서 마사키치한테 이야기를 들어

보려고 갔지."

"마사키치 씨는 확실하게 이야기했겠지요?"

"그래, 이야기는 했지. 하지만 오하쓰, 실은 '확실하게' 말하는 모습은 아니었다. 마사키치는 몹시 겁에 질려서 나랑 눈도 맞추려고 하지 않고 시종 덜덜 떨기만 했어. 눈은 며칠이나 잠을 못 잔 사람처럼 새빨갛게 충혈되었고."

"외동딸이 가미카쿠시를 당했으니 안절부절못했겠지요."

오하쓰가 그렇게 말했을 때 모지하루가 찻잔과 만주를 들고 돌아왔다. 다쓰조는 뜨거운 잎차를 맛나게 홀짝거렸다.

"물론 오하쓰 네 말이 맞을지도 몰라. 하지만 내가 누구냐. 오캇피키잖아. 사람 하나가 연기처럼 사라졌다는데, 가미카쿠시입니다, 아, 네, 그러세요? 하고 냉큼 돌아올 수는 없는 노릇이지. 네 오라버니 로쿠조 행수도 마찬가지일 게다. 마사키치의 이야기가 사실인지 어떤지는 제쳐 두고라도 나한테는 오아키를 찾아내야 한다는 소임이 있단 말이야."

오캇피키로서 다쓰조의 말은 지극히 당연하므로 오하쓰는 잠자코 있었다.

"이러저러는 사이에 오아키가 사라져 버렸다는 소식이 혼처인 아사이야 사람들의 귀에도 들어가 버렸다. 아사이야에서는 난리가 났지. 그쪽으로서는 마사키치와 오노부 내외한테 딸이 참으로 기이한 가미카쿠시를 당해서 사라졌습니다—하는 말을 듣고, 예, 그러세요? 하고 끄덕일 수 있는 상황이 아니었어. 왜 그러냐 하면—,"

다쓰조는 살짝 말끝을 흐리는 눈치였으나 오하쓰의 얼굴을 보고는 다시 쓴웃음을 지으며 내처 말했다.

"이 이야기는 원래 다른 데 옮기면 안 된다. 다만 이걸 모호하게 덮어 두면 네가 또 이런저런 생각에서 헤어나지 못하겠다 싶어 내가 다 말해 주는 거야."

"예, 알겠습니다." 오하쓰는 야무지게 대답했다.

"오아키가 아사이야로 시집을 가는 것은 그야말로 꽃가마를 타는 격이지. 애초에 이 혼담부터가 아사이야의 아들이 오아키한테 반해서 비롯됐고. 너도 알 테지만 오아키는 정말 참한 처녀잖느냐."

오아키의 얼굴은 모르지만 이때는 박자를 맞춰 두어야 한다. 오하쓰는 짐짓 힘 있게 고개를 끄덕였다.

"다행히 아사이야 아들의 마음이 통해서 오아키와 만나는 사이가 되었다. 아들은 제 부모까지 설득해서 어렵사리 오아키한테 장가드는 걸 허락받은 연후에 마사키치 부부에게 인사하러 갔지. 마사키치 부부로서야 마다할 이유가 있나. 무엇보다 아사이야의 안주인이 오아키를 예뻐해서 며느리로 바란다고 하니 아무 걱정할 게 없는 떳떳한 혼인 아니냐. 그런데 그게―."

다쓰조는 감질을 내려는지 만주를 집어 입안에 던져 넣고 우적우적 씹었다.

"―혼인 날짜가 가까워질수록 마사키치 부부는 역시 걱정이 커졌던 모양이다. 특히 마사키치 쪽이. 나막신 가게 직공들도 한 말이야. 아무래도 그렇게 문지방 높은 집안으로 시집가기보다는 나막신바치를 데릴사위로 들여서 가게를 잇는 편이 오아키에게 더 좋은 일 아니냐, 하고 불안스레 중얼거리는 모습을 여러 번 봤다는 게야."

부모 심정은 그런 걸까? 격이 다른 남녀의 만남은 불행의 씨앗이라고들 하지만…….

"물론 당사자인 오아키는 한창 들떠 있었지. 부잣집이고 뭐고 간에 우선 좋아하는 사내랑 살 수 있게 됐으니 기뻤을 게야. 오아키도 마사키치의 군걱정을 알아채고는 아버지는 걱정도 팔자라며 웃어 넘겼다더구나. 사실 마사키치가 쓸데없는 걱정이 지나친데다 내키지 않으면 언제든 혼담을 깨도 좋다고 말해서 부녀가 말다툼을 한 적도 있다고 하고. 아사이야의 안주인한테 직접 들은 이야기다."

"흠." 오하쓰는 숨을 내쉬었다. 거반 한숨 같은 추임새였다.

"원래 아사이야는 마사키치의 오랜 단골이었으니까 어울리지 않는 혼담이라고 주눅이 들 만도 했지. 하지만 정말 그것이 본심의 전부였을까? 이제부터 하는 말은 내 짐작일 뿐이지만, 마사키치는 역시 귀한 딸이 나막신 가게를 이어 주길 바라지 않았나 싶다. 제가 가르친 직공들 중에 알맞은 사람을 골라 살림을 차려 주면 되니까. 그리하면 계속 한 집에 같이 살 수 있고 마사키치도 평생 악착같이 일해서 세운 가게를 자식한테 물려줄 수 있지.

그런데 부모도 모르게 사내와 정분이 나더니 급기야 시집을 가겠다니. 물론 남들이 보면 입이 떡 벌어질 정도로 좋은 혼처지. 여기에 불만을 품으면 벌 받아요, 마사키치 씨, 하고 모두들 부러워했을 게야. 그러니 아비로서 기꺼운 얼굴을 보여야 했을 테지. 하지만 마음 깊은 곳에서는 딸한테 배신당했다는 원망이 숨어 있었는지도 몰라. 그렇다면 혼사 직전에 벌어진 가미카쿠시에서 뭔가 수상한 냄새가 나지 않니?"

오하쓰가 아무 말도 못하고 있자 모지하루가 눈짓을 보내며 고개를 끄덕였다.

"내가 그렇게 생각하던 차에 아사이야 쪽에서 상담을 청해 오더구나. 아사이야의 안주인도 나와 같은 생각을 하고 있더군. 그러더니 북부 부교쇼의 구라타 나리와 벌써 상의했다는 거다. 부교쇼 나리에게 금방 달려가 진정하다니 성급한 짓 아닌가 싶었는데, 가만히 이야기를 들어 보니 그럴 만한 사정이 있더구나. 구라타 나리와 아사이야가 친척뻘이었던 거야. 구라타 나리의 숙모님이 선대 아사이야 주인에게 시집을 갔다고 하니까 지금의 안주인과 구라타 나리는 사촌지간인 셈이지."

그랬구나, 하고 오하쓰는 생각했다. 가시와기한테 들은 이야기와 느낌이 많이 달라진다. 가시와기는 이 사실을 알고 있었을까?

"그래서 어찌어찌하다 보니 내가 구라타 나리와 함께 오아키 건을 조사하게 되었다. 그런데 조사할수록 마사키치의 기미가 이상하더구나. 결국 구라타 나리는 마사키치가 오아키를 죽이고는 가미카쿠시라고 둘러댔다는 결론을 내리셨다. 해서 마사키치를 데려다가 제대로 닦달해 보니—."

역시 다쓰조도 차마 말하기 힘든지 입을 다문다. 오하쓰는 다음에 나올 말을 알았지만 짐짓 입을 다물고 있었다.

"바로 그제 저녁이야. 마사키치가 목을 맸어. 물론 자기가 오아키를 죽였다고 자백한 뒤였다."

오하쓰는 미지근하게 식은 잎차를 입에 물고 조금씩 넘기며 생각했다. 다쓰조가 지금 하는 이야기에는 가시와기가 나오지 않는다.

다쓰조는 가시와기를 모르는 걸까?

"행수님 말씀은 잘 들었어요" 하고 오하쓰는 말했다. "사실 저는 이 소문을, 마사키치 씨는 오아키를 죽이지 않았다고 굳게 믿는 사람한테 들었어요. 그 사람 말로는 부교쇼 안에도 마사키치 씨의 말은 사실이다, 오아키는 정말 가미카쿠시를 당했다고 믿는 나리들이 계시다던데요."

다쓰조는 순순히 고개를 끄덕였다. "음, 가시와기 나리 말이지? 하지만 그분은 적치순시관이야. 심문 쪽은 거의 모르시지. 젊은 시절부터 마사키치와 아는 사이라고 깊이 동정하셨지만, 심정만으로 심문을 할 수는 없는 법이다."

가시와기가 가미카쿠시라고 믿는 이유는 마사키치의 인품을 알기 때문만은 아니다. 자신이 어린 시절 가미카쿠시를 겪어 봤기 때문이다—그렇게 말하고 싶었지만 꾹 참았다.

대신 이렇게 물었다. "마사키치 씨는 돌아가셨군요. 그럼 시신은 어떻게 되나요?"

"글쎄다, 남들처럼 번듯하게 장례를 치르기는 어렵겠지. 처 오노부도 관리인 집에 드러누워 있고, 직공들도 어쩔 줄 몰라 하니까."

이것은 가시와기의 말과 일치한다. 오하쓰는 한숨을 쉬며 어깨를 떨어뜨렸다.

"끔찍한 이야기지? 나도 이번 일은 마음이 영 편치 않구나." 다쓰조는 그렇게 말하고 위로하는 눈빛으로 오하쓰를 보았다.

"마사키치가 죽어 버린 이상 오아키를—오아키의 시신을 찾기도 어렵겠구나. 사건은 이것으로 거의 끝난 셈이다. 어디에 묻었거나 버렸거나 강물에 던졌을 테니까. 운이 좋으면 누가 발견해 줄지도 모르지. 어쨌거나 오하쓰, 얼른 잊는 게 좋아."

오하쓰는 고개를 끄덕였다. 속으로는, 그럴 수야 없죠, 하며 새삼 결의를 다졌지만, 다쓰조 행수와 모지하루의 따뜻한 눈길 앞에 그렇게까지 되바라진 말을 척척 내놓을 만한 기세는 지금의 오하쓰에게는 없었다.

다쓰조의 집을 나와 맥없이 걸으며 방금 들었던 이야기를 정리해 보았다. 아무래도 가시와기와 구라타 몬도―다쓰조 행수의 말은 동서로 한참 떨어져 있다. 중간께에 있는 오하쓰로서는 어느 쪽 손을 들어 줘야 할지 알 수 없었다.

'자, 그럼 어떡한다?'

역시 오아키네 집으로 가 봐야 할까? 마사키치나 처 오노부는 없더라도 직공들 가운데 누구 하나는 남아 있을지도 모른다.

오하쓰는 야마모토초로 걸음을 옮겼다. 가는 길에 작은 과자점이 있기에 나무 도시락에 담은 과자를 한 상자 샀다. 말하자면 병문안 선물이라고 할까.

위치는 대강 알고 있지만 도중에 주민에게 두 번 길을 물었다. 길을 일러 주는 사람들은 모두 "아하, 가미카쿠시를 당한 나막신 가게 말이군" 하고 말했다.

오아키네 나막신 가게는 간판도 내려졌고 문도 닫혀 있었다.

판자 지붕을 인 이층집으로, 꽤 오래돼 보이지만 큰 집이다. 현관인 미닫이문의 문살이 봄철 모래 먼지로 지저분하다. 지난해 말쯤

새로 바른 듯 보이는 장지와는 대조적이다. 지난 보름 사이 이 집에 닥친 재앙을 문살이 말해 주고 있었다.

문기척을 하려는데 문득 문 너머에서 사람 목소리가 들렸다. 문으로 나오려는 듯하다. 오하쓰는 얼른 주변을 살피고 문가에 높이 쌓아 둔 목재 더미 뒤로 몸을 숨겼다.

간발의 차로 오하쓰가 머리를 감추는 순간 미닫이문이 드르륵 요란하게 열렸다. 땅을 밟는 둔중한 발소리도 들린다.

나막신 가게 안에서 나온 사람은 키가 크고 덩치가 듬직한 도신과 모지하루 연배로 보이는 여자. 두 사람은 바삐 걷기 시작해서 스미다 강 쪽으로 멀어져 갔다. 두 사람이 떠나자 나막신 가게 문이 닫히는 소리가 들렸다. 아마 가게 안에 있던 누가 문까지 배웅한 모양인데, 떠난 두 사람은 그 사람에게 인사 한 마디 하지 않았다.

'저 도신 나리가······.'

아마 구라타 몬도이리라. 줄무늬 기모노에 마키바오리_{외근을 도는 도신은 하오리 밑자락을 허리띠 속에 집어 넣어야 했다. 이 차림은 도신의 전형적인 차림이었다}를 보니 마치순시관이 틀림없다.

여자는 누구지? 기모노 목깃 모양이며 진한 입술연지를 보면 여염집 여인은 아닌 것 같은데.

'아사이야의 안주인인지도 모르겠다.'

그렇다면 두 사람이 같이 다니는 것도 납득이 간다. 오하쓰는 주위를 살피고 보는 눈이 없는지 확인한 다음 길로 나왔다.

먼지로 뽀얀 길에 검은 자국들이 점점이 찍혀 있다. 도신이 멀어져 간 쪽으로 발자국을 따라가듯이.

핏자국이다.

앞뒤 잴 것 없이 오하쓰는 나막신 가게 미닫이문을 드륵 열었다.

바로 코앞에 이제 겨우 열 살이나 넘겼을까 싶은 사내아이 하나가 머리를 푹 숙이고 주저앉아 있다. 아이는 깜짝 놀라 벌떡 일어서다가 엉거주춤한 자세로 오하쓰를 쳐다보았다.

아이 말고는 아무도 없다. 오하쓰도 순간 할 말을 잃었고, 상대방도 그저 입만 멍하니 벌린 채 서로 아무 말도 못했다.

"너, 다친 데 없니?"

"누구세요?"

겨우 입을 연다는 것이 둘이 동시에 물었다.

그래도 조금은 연상이라고, 침착함을 되찾은 쪽은 오하쓰가 먼저였다. 손을 등 뒤로 돌려 문을 닫고 사내아이에게 걸어가며 최대한 상냥한 말투로 물었다.

"너, 정말 다친 데 없어?"

사내아이가 눈을 동그랗게 뜨고 오하쓰의 얼굴을 쳐다보았다. 무척 야위고 안색이 좋지 않은 아이로, 닳고 닳은 소매 틈으로 들여다뵈는 팔뚝은 딱할 만큼 가늘다.

"나 이상한 사람 아니야. 오아키의 친구고 이름은 오하쓰인데. 니혼바시 요로즈초에 있는 밥집에서 일하는 사람이야."

사내아이는 아직 울대뼈도 분명치 않은 목울대를 움직이며 침을 꿀꺽 삼켰다.

"아씨 친구분이세요?"

"그래. 오아키가 사라졌다는 말을 듣고 내내 걱정하고 있었어. 어찌 되었나 궁금해서 잠깐 둘러보러 왔는데."

사내아이도 조금 안심한 듯하다. 가만히 고개를 움직여 주변을 가리키며 말했다.

"이렇게 아무도 없어요."

아마 여기는 작업실 겸 점포로 쓰던 곳 같다. 소매는 하지 않는 가게였는지 물건을 진열하는 자리가 보이지 않는다. 연장과 목재와 직공들이 앉는 볏짚으로 짠 둥근 깔개가 한 개, 두 개, 세 개 있다. 그중 하나는 필시 마사키치 차지였으리라.

"너도 여기서 일하니?"

사내아이가 고개를 끄덕였다. "아직 잔심부름만 하지만요."

"이름은 뭐니?"

"스테키치." 말하고 나서 또 목울대를 움직이며 침을 삼킨다. "아씨는 저를 스테보라고 불러 주셨어요."

울음을 터뜨릴 것 같은 얼굴이다. 키가 오하쓰의 어깨쯤 되는 스테키치를 위해 그녀는 허리를 살짝 숙이고 눈을 들여다며 말했다.

"그럼 나도 스테보라고 불러도 되지? 스테보 너, 어디 다친 데는 없어?"

스테키치는 의아하다는 표정을 지었다. "아까부터 그것만 물으시는데……."

"방금 나간 나리한테 크게 혼나지 않았니? 얻어맞거나 발길질을 당하거나."

"아뇨, 전혀요."

가만히 살펴보니 과연 스테키치는 추레하기는 해도 피를 흘리는 것처럼 보이지는 않는다.

"잠깐만."

오하쓰는 다시 밖으로 나가 보았다. 땅바닥을 살펴본다.

핏자국은 없어진 상태였다. 감쪽같이 사라졌다.

그렇게 금세 피가 말라 버리지는 않는다. 오하쓰는 눈을 비볐다.

그럼 아까 그건 환영이었나? 내 마음이 보곤 하던 그런 환영?

'구라타 몬도라는 사람……'

다니는 곳마다 피의 환영을 뚝뚝 흘리는 사람. 턱이 불거진 옹골찬 옆얼굴을 떠올리자 저도 모르게 몸서리가 난다. 다쓰조는 훌륭한 나리라고 했지만, 그렇다면 이 핏자국은 뭐란 말인가.

오하쓰는 나막신 가게 안으로 다시 돌아가 앉아 있는 스테키치 옆에 나란히 앉았다.

"지금 여기에 너 말고 또 누가 있니?"

"저밖에 없어요."

"다른 직공들은?"

"모두 끌려갔어요."

"끌려가?"

스테키치는 고개를 푹 숙였다. "주인님이 돌아가신 직후에."

"끌고 간 사람은 아까 그 나리?"

"예."

"그분이 혹시 구라타 몬도 나리니?"

스테키치는 놀란 얼굴로 오하쓰를 올려다보았다.

"아세요?"

"응, 조금. 같이 있던 부인은?"

"아사이야의 오마쓰 마님이세요. 아, 아사이야는요—,"

"오아키가 시집가기로 되어 있던 곳이지. 그런데 두 사람이 왜 여기 왔니?"

"상황을 살펴보러 왔다고……."

스테키치는 터지려는 울음을 참으려는 듯 입술을 꼭 깨물고 있다. "저 혼자 어떻게 지내고 있는지……."

그런 다정다감한 분위기는 아니던데?

"데쓰 아저씨랑 이사 아저씨는 언제 돌아오시느냐고 여쭤봤지만 당분간은 못 온다고 그러셨어요."

"데쓰 아저씨와 이사 아저씨라면, 너랑 같이 여기서 일하는 직공이니?"

"예, 그래요."

"두 사람은 언제 끌려갔는데?"

"어젯밤이요. 주인님 장례가 끝났다면서 구라타 나리와 아사이야 마님이 같이 오셨거든요. 아직 조사할 게 남아 있으니까 잠깐 같이 가자고 하셨어요."

"그럼 두 사람은 지금 지신반에 있니?"

"아마 그럴 것 같은데……."

오하쓰는 속으로 신음했다. 이게 어찌된 일일까. 구라타 몬도 입장에서 보자면 오아키 건은 이미 끝난 사건이나 마찬가지일 텐데, 또 무엇을 심문하려고 두 사람을 데려갔을까.

"구라타 나리가 너한테도 물어보시디?"

스테키치는 불안스레 목을 움츠린다. "묻다뇨, 뭘요?"

"오아키랑 마사키치 씨에 대해서 말야. 오아키가 없어지던 상황이라든가."

"전 암것도 몰라요. 정말 암것도 몰라요."

아무래도 오하쓰가 저도 모르게 다그치는 바람에 스테키치가 주눅이 든 모양이다. 급한 성질을 자책하며 오하쓰는 얼른 웃음을 짓고 목소리를 누그러뜨렸다.

"미안, 자꾸 묻기만 해서. 그 나리보다 내가 더 무섭겠구나."

스테키치는 여전히 목을 움츠리고 있다. 오하쓰는 그제야 아이가 추위와 배고픔 때문에 어지간히 지쳐 있음을 알아챘다.

"너, 밥은 먹었니? 어째 추워 보이는데, 끼니를 건너뛴 거 아냐?"

"어제 아침은—데쓰 아저씨가 밥을 지어 주셨지만……."

"그럼 어제 저녁은? 오늘은?"

스테키치는 고개를 살랑살랑 저었다. "내내 못 먹었어요. 쌀도 떨어지고 가진 돈도 없고."

오하쓰는 선물로 사 온 과자 상자를 옆에 내려놓고 얼른 일어섰다.

"단것이라면 여기 가져왔지만 이런 건 끼니가 안 돼. 잠깐만 기다려. 아, 그래, 기다리는 동안 불 지펴서 물 좀 끓여 둘래?"

여기 오다가 보았던 유부 초밥 노점이 생각났다. 오하쓰는 밖으로 뛰어나갔다.

유부 초밥을 사 들고 돌아오는 길에 마침 청과물 행상을 만나 계란 두 알을 사서 나막신 가게로 돌아왔다. 먼저 뜨거운 잎차를 타서 스테키치에게 유부 초밥을 먹였다. 아이가 먹는 동안 부드러운 계란

국을 만들어 주었다. 스테키치는 음식을 보자 회가 동했는지, 목이 연방 멜 정도로 정신없이 유부 초밥을 먹어 치웠다.

배가 차자 긴장이 풀리면서 피곤함도 몰려왔는지, 스테키치는 어느새 졸음에 겨운 모습이다. 오하쓰는 집 안으로 들어가 벽장을 열고는 눈에 띄는 대로 이불을 끄집어내 바닥에 폈다.

"됐다. 여기 누워. 문에 빗장을 질러 둘 테니까 누가 와도 모르는 척하고 그냥 자. 그렇게 속을 비워 두었으니 병자처럼 몸이 약해져 있겠구나."

살펴 주는 어른이 나타난 데 안도했는지, 아니면 경계할 기력마저 잃어버렸는지 스테키치는 순순히 따랐다. 하지만 이불 속으로 들어가면서 작게 중얼거렸다.

"어, 이건 주인님 이불인데요."

"마사키치 씨도 아마 괜찮다고 하실 거야."

오하쓰는 스테키치를 뉘어 주고 얼굴을 들여다보았다.

"주인아주머니가 돌아오실 때까지 당분간 끼니는 내가 가져다줄게. 그리고 나도 지금은 가진 게 별로 없으니 당장 쓸 돈만 조금 놔두고 갈게."

품에서 몇 닢을 꺼내 휴지에 대강 싸서 스테키치가 누운 담요 밑에 찔러 넣었다.

"상황이 이러니 네가 영 딱하게 됐다만 그래도 여기를 떠나지 않는 게 좋겠어. 그대신 끼니 걱정은 안 해도 돼. 내가 챙겨 줄 테니 안심하렴."

스테키치는 예쁜 목깃이 달린 이불 옷_{옷처럼 소매까지 달린 이불}에서 얼굴을 내밀고 제법 어른스러운 말을 했다.

"저야 어차피 갈 데도 없으니까 상관없지만, 그래도 아씨 친구분께 이렇게 폐를 끼치면……."

"나이도 어린 것이 별 걱정을 다하는구나. 너희 아씨 친구니까 당연히 이래야지. 그리고 우리는 밥집을 하니까 한 그릇 덜어내는 건 일도 아니야."

오하쓰는 방긋이 웃어 보였다.

"그 값을 하라는 말은 아니지만, 네가 가르쳐 주었으면 하는 게 여러 가지 있거든. 오늘 저녁에 도시락을 가지고 올 테니까 그때 물어볼게. 하지만 내가 여기 드나드는 걸 다른 사람한테는 말하지 않는 편이 좋겠다. 어디 눈에 안 띄는 출입문 없을까? 창문이라도 괜찮은데."

스테키치는 얼른 대답했다. "뒤로 돌아가면 있어요. 옆집 벽 옆으로 좁은 틈새가 있는데, 거길 지나가면 저희가 자는 방이 나와요. 그 방 창문이 허리 높이인데다 창문 난간도 오래전에 망가져서 아씨도 쉽게 드나드실 수 있을 거예요."

"알았어. 아씨가 아니라 그냥 오하쓰라고 불러도 돼. 그리고 한 가지 더 가르쳐 줄래? 오아키가 나 말고 친하게 지낸 친구를 알고 있니?"

스테키치는 잠시 생각에 빠졌다. 멍한 표정을 짓고 있다.

"글쎄요……."

"여기 놀러 온 아가씨는 없었니?"

"나막신을 사러 온 사람은 있었어요. 노송나무로 만든 걸 싸게 달라고 했어요."

"오아키 또래였니? 혹시 이름도 기억해?"

스테키치는 열심히 눈을 깜빡거리다가 이윽고 미안한 듯이 중얼거렸다. "제가 머리가 둔해 놔서……."

"괜찮아, 마음 쓰지 마. 자라고 해 놓고 계속 말을 시키고 있구나. 그럼 나는 일단 가 볼게."

잘 자, 하고 그 자리를 떠나 현관에 빗장을 지르고 접시나 찻잔 따위를 씻어 둔 다음 스테키치를 살펴보러 돌아가 보니 아이는 이미 색색 숨소리를 내고 있다. 마음이 놓였다.

'자, 그럼.'

스테키치한테는 거짓말을 한 셈이라 미안하지만, 당장 돌아갈 수는 없다.

오아키가 쓰던 방은 어디일까.

오하쓰는 발소리를 죽여 위층으로 올라갔다. 딸이 쓰던 방이므로 척 보면 금방 알 수 있을 것 같다. 삐걱거리는 계단을 올라가는데 계단 맨 위쪽 벽에 열려 있는 작은 창문으로 부드러운 햇살이 비껴 들어와 오하쓰의 얼굴을 비췄다.

이층에는 작은 다다미방이 세 칸 있는데, 남향에 사 첩 반 크기, 칸막이 장지를 새로 바른 방이 아무래도 오아키가 쓰던 방으로 보였다. 장지 옆에 작은 대나무 바구니가 걸려 있고 거기에 종이로 만든 유채꽃이 꽂혀 있다.

반 칸짜리 벽장을 열어 보았다. 윗단에는 이불이 개켜져 있고 아랫단에는 꽤 묵어 보이는 고리짝 하나가 덩그러니 있을 뿐이다.

고리짝 뚜껑도 열어 보았다. 반듯하게 개킨 옷들이 쌓여 있었다. 여러 차례 기운 흔적이 있는 버선이 구석에 박혀 있다.

시집가기 전에 낡은 옷가지를 정리한 모양이다. 그러고 보니 방도 말끔하게 정돈되어 있다. 오아키의 성격이 원래 깔끔한 탓일까?

혼수로 보이는 물건이나 새로 장만한 기모노 등은 보이지 않았다. 혼수 준비는 아사이야에서 도맡기로 했을 테지만, 신부 측은 정말 몸뚱이 하나만 들어갈 수 있어서 좋았을까? 그런 결혼이란, 사랑에 빠진 신부에게는 행복할지 몰라도 신부의 부모에게는 몹시 서글픈 상황이 아닐까. 신부 쪽 부모는 신랑 쪽과 너무 표 나게 차이지는 혼인에 처량한 심정을 맛보게 된다—.

머릿속에서 다쓰조의 말이 언뜻 되살아났다.

'마사키치의 마음 깊은 곳에서는 딸한테 배신당했다는 원망이 숨어 있었는지도 몰라.'

오하쓰는 고개를 저었다. 당장 이러니저러니 판단하려고 해서는 안 된다. 재료를 모으는 일이 먼저다.

방 안에는 먼지가 제법 앉아 있었다. 창문 바로 밑에 손때 묻은 책상이 있고 문구함이 놓여 있다. 어느 물건에나 희미한 먼지가 피막처럼 앉아 있다. 곁에 다가가 입김을 훅 불자 먼지가 피어올라 그만 재채기가 나왔다.

문구함을 열어 보았다. 먹과 벼루가 바짝 말라 있고 붓 끝도 딱딱했다. 종이끈에 꿴 연습장 같은 것도 한 권 보인다. 들춰 보니 동글동글한 여자 필체로 가나 문자와 한자 따위를 끼적여 두었다.

에도에서는 서민의 딸이라도 다들 서당을 다니므로 오아키 역시 읽기, 쓰기, 셈법 정도는 배웠으리라. 더구나 며느리로 들어갈 아사이야는 커다란 요릿집이니, 오아키로서는 글과 셈법을 조금이나마 더 연습해 두고 싶었는지 모른다. 붉은 글씨_{서당에서는 틀린 글자를 고쳐 줄 때 붉은 색으로 표기해 주었다}가 섞여 있지 않은 것을 보면 서당에서 쓴 글씨가 아니라 시간 날 때 저 혼자 연습한 모양인데, 어쨌거나 기특한 일이다.

연습장에 끼적여 놓은 글은 히라가나 외에 '춘하추동春夏秋冬'이니 '천객만래千客萬來' 같은 한자도 많은데, 유독 '마쓰지로松次郞'란 이름이 여러 번 나온다. 그 옆에 작은 글씨로 '아키'라고 붙여서 써 놓기도 한 것을 보면 아무래도 '마쓰지로'가 오아키의 신랑이 될 뻔한 아사이야의 아들 같다.

오하쓰는 방 안을 빙 둘러보았다. 벽 가장자리의 기둥 위로 동쪽을 향해 '불조심'이라고 적힌 종이쪽이 붙어 있다. 그밖에는 눈에 띄는 것이 없다.

조심스레 살창으로 다가가 창문을 한 치 정도 열고 아래를 내려다보았다. 인적 없는 거리. 아주 가까이에서 철모르는 풍경 소리가 났다. 바람이 부는 모양이다.

바람이 오하쓰의 뺨을 스치며 방 안으로 들어왔다. 뚜껑을 열어 둔 문구함 속에서 연습장이 팔랑팔랑 넘어갔다.

오하쓰는 창문을 닫았다. 하지만 팔랑거리는 종이 소리는 멈추지 않았다.

눈길을 그쪽으로 돌렸다. 바람은 이미 없어졌지만 오하쓰의 눈앞에서 연습장은 계속 낱장이 넘겨지고 있다. 마치 눈에 보이지 않는 손이 한 장 한 장 넘기고 있는 것 같다.

그때 갑자기 치익 하는 소리와 함께 한 장이 찢어져 나왔다. 이어서 또 한 장. 연방 찢어져 천장으로 날아오른다.

사 첩 반 다다미방 안에 때아닌 종이 돌풍이 불어 닥쳤다. 커다란 종잇장이 눈보라처럼 몰아친다. 눈을 찌를 듯이 날아오는 종잇장을 막으려고 저도 모르게 손을 들어 얼굴을 가렸다. 종이 한 장이 날아와 팔 안쪽의 여린 살을 스치고 지나갔다. 피가 흘러나온다.

어안이 벙벙해진 오하쓰는 겁에 질려 움쭉달싹도 못하고 서 있었다. 마치 가게가 파산한 데 분노한 충직한 행수가 광기와 분노에 겨워 소중한 장부를 북북 찢어 마구 흩뿌리기라도 하는 듯하다. 하지만 여기에는 그런 행수가 없다. 숨탄것은 오하쓰뿐이다. 그런데도 연습장은 멋대로 팔랑팔랑 넘어가며 북북 찢어져 날아올라서는 다다미를 차츰차츰 덮어 간다.

마지막 한 장이 찢어져 날아올랐다가 천천히 다다미로 떨어지자 주위는 갑자기 고요해졌다. 오하쓰의 귀에 들리는 것은 자신의 급한 숨소리뿐이다. 느껴지는 것이라고는 방금 전 종이에 베인 팔의 상처가 따끔거리는 아픔뿐이다.

'이게 대체 뭐야?'

눈을 휘둥그레 뜨고 그렇게 웅얼거릴 때 천장 쪽에서 묵직하고 낮은 목소리가 천천히 울려 퍼졌다.

"여기서 나가."

오하쓰가 소스라치며 천장을 올려다보았다. 낡은 널빤지 천장에는 빗물 샌 자국 말고는 별다른 것이 보이지 않았다. 천장 위인가? 거기 누가 있는 걸까? 정체불명의 목소리는 더욱 겁박하는 투로 말했다.

"여기서 나가. 안 나가면 너도 죽인다."

오하쓰는 입을 꼭 다물고 문 쪽으로 살살 이동했다. 꼬리를 감추고 내뺄 생각은 없다. 목청에 힘을 주고 대받았다.

"그러는 너는 누구야? 왜 여기서 나가라는 거지?"

천장의 목소리는 대답하지 않았다. 잠시 후 다다미에 떨어져 있던 연습장 종이들이 일제히 스삭스삭 움직이기 시작했다.

그러다 별안간 다시 훌훌 날아오른다. 이번에는 하늘하늘 나는 게 아니라 마치 새 떼가 날아오르는 양 요란한 소리를 내며 일제히 솟아오르더니 오하쓰를 향해 달려든다.

오하쓰는 복도로 뛰어나갔다. 미닫이문을 닫는 순간 많은 종이들이 장지 문살을 쳤다. 찻찻찻 하는 섬뜩한 소리가 나더니 이내 장지 여기저기가 찢어지기 시작했다. 방금 전까지 연습장일 뿐이던 무해한 종이가 마치 의지를 품은 양 네 구석을 칼끝처럼 벼리고 연방 장지를 찢는다.

오하쓰는 몸을 오른쪽으로 틀고 계단을 뛰어 내려갔다. 심장이 밖으로 튀어나올 것 같았다. 그것들이 쫓아오고 있다면 스테키치를 들깨워서 데리고 나가야 한다. 정신없이 달려서 스테키치의 머리맡으로 돌아와 아이가 자는 얼굴을 힐끔 살펴보고 나서 바짝 긴장한 표정으로 주위를 둘러보았다. 바로 위 윗미닫이틀 옆에 걸린 총채가 보인다. 사악한 종이 떼를 후려쳐 막으려는 생각에 그것을 낚아채서는 몸을 도사리며 다시 계단 밑까지 뛰어갔다.

쥐죽은 듯 조용하다.

잔뜩 긴장한 오하쓰는 총채를 꼬나들고 허리를 조금 숙인 채 계단을 올라갔다. 두세 단 올라설 때마다 총채를 앞뒤로 홱홱 휘두르며 주변을 경계했다.

계단 위 창문에서 비껴드는 붉은 석양빛이 더 짙어져 있다. 그곳에서 숨을 가다듬은 오하쓰는 오아키 방의 문 앞까지 돌아갔다.

장지문은 닫혀 있었다. 찢어진 데도 전혀 없다.

'나무하치만 큰보살님.'

눈을 감고 잠깐 간절히 기도하고 나서 장지문을 벌컥 열었다.

아직 밝고 먼지투성이인 방 안은 오하쓰가 처음 왔을 때와 똑같은 상태였다. 아무 소리도 없고, 귀를 바짝 세워 봐도 아까 들리던 풍경 소리조차 들리지 않는다.

책상도 그대로다. 다만 문구함 뚜껑은 벗겨져 있다.

함정 같기만 해서 좀처럼 발을 뗄 수 없었다. 장지를 활짝 열어 두고 여차하면 뛰어나가야지 다짐하면서, 총채를 꼭 쥔 다음 살금살금 문구함으로 걸어갔다.

모든 것이 아까 본 그대로였다. 붓도 먹도 벼루도 바짝 말라 있다. 연습장은 낱장 하나 찢어지지 않았다. 마음을 단단히 먹고 들춰 보니 내용도 똑같았다. 연습장을 죽 들춰 나가다 보니 오아키가 쓴 '마쓰지로'라는 이름이 여러 번 눈에 띈다.

조용한 호흡과 쿵쿵 뛰는 심장 박동을 귓속으로 들으며 오하쓰는 잠시 치뜬 눈으로 어깨를 곤추세우고 그 자리에 서 있었다. 뭐야, 겨우 그걸로 공갈을 끝낸 거야?

끝난 모양이다. 아무리 기다려도 아무 일도 없다.

어깨에서 맥이 탁 풀렸다.

헛것을 봤나? 그 목소리와 무서운 종이 떼가 헛것이었나?

'너도 죽인다.'

천장 위에서 내려온 목소리는 이승의 것 같지 않았다.

오하쓰는 몸을 돌려 방을 나가려고 하다가 다시 한 번 연습장을 내려다보았다. 순간 숨이 턱 막혔다.

맨 앞장에 선명한 붉은 붓글씨로, 그것도 오아키의 필적으로 이렇게 적혀 있었다.

'살려 주세요.'

스테키치를 두고 나가기가 불안해서 한참을 망설였다.

오하쓰는 아이 머리맡에 '집 안을 돌아다니면 안 돼. 이 방에서 얌전히 자고 있어'라는 쪽지를 남기고 스테키치가 일러 준 대로 북쪽에 있는 아이의 방으로 가서 창문을 통해 밖으로 나갔다.

한동안은 어디를 어떻게 걸었는지 알 수 없을 정도로 머릿속이 어지러웠다. 에이다이바시 다리목까지 와서야 겨우 제정신을 찾았다. 도미오카하치만 신사의 빨간 산문이 눈에 들어왔기 때문인지도 모른다.

그리고 보니 작년에 끔찍한 유아 살해 사건을 풀려고 뛰어들었을 때도 우쿄노스케와 여기를 찾았던 적이 있다. 얼핏 유람 나온 기분도 있었지만 그래도 역시 저 당당한 가람伽藍을 올려다볼 때는 가슴이 서늘했던 기억이 난다.

그 사건도 심상치 않았지만 이번 사건은 더 무서워질 것 같다.

오하쓰네 집안은 대대로 하치만 신앙이 돈독한데, 아까 저도 모르게 나무하치만을 왼 것도 어릴 적부터 몸에 밴 습관 때문이다. 하지만 그 직후인 지금 아무 생각도 없이 마치 무엇에 끌리듯 도미오카 하치만의 산문 앞에 와 있다. 오하쓰에게는 이 사실에 어떤 의미가 있는 듯 느껴졌다.

도미오카 신령은 후카가와의 씨족신이다. 이곳의 신령은 물의 수호신이며, 때로는 용신 모습으로 나타난다고 한다.

그게 무어든 오아키를 채 간 정체불명의 잡귀와 싸우려면 이곳을 다스리고 지켜 주시는 씨족신의 힘을 빌려야 하는지도 모른다.

오하쓰는 초록이 눈부신 경내로 들어서서 옷매무시를 바로 하고 배례를 마쳤다. 어지러이 나는 참새들 소리도 귀에 들어오지 않는다.

어둑한 본당 너머에 둔중한 금빛으로 빛나는 보살상이 향기로운 향내에 싸인 채 진중하게 앉아 있다. 그 존안을 바라보니 몸서리와 경련이 조용히 잦아들고 대신 기운과 결의가 솟았다.

그래—저버리지 말자. 잊으면 안 된다. '살려 주세요'라는 글자.

오아키는 살아 있다. 살려 달라고 호소하고는 있지만 여하튼 살아 있는 것이다. 아비가 딸을 죽이다니, 역시 헛짚은 이야기다. 이 건은 분명 어떤 잡귀의 짓이다.

오하쓰는 두 주먹을 꼭 쥐었다. 결연한 걸음으로 다리를 건너 시마이야로 돌아갔다.

작은 그림자가 따라붙은 것을 눈치 채지 못한 채…….

소곤거리는 그림자

 붉은 기둥에 의지한 산문과 낡은 기와에 덮인 완만한 지붕이 빨갛게 물든 저녁놀을 배경 삼아 또렷한 검은색으로 떠올라 있다.
 종이 울리기 시작했다. 한 번, 두 번…… 천천히 사이를 두고 울리는 만종이에도 시중에 하루의 끝을 고하며 울려 퍼진다.
 자갈을 깐 경내에는 인기척이 없다. 여기저기 서 있는 소나무 고목들이 종종 저녁 바람에 가지를 흔들며 희미한 소리를 낼 뿐이다. 어딘지 멀리서 길을 서두르는 직공들로 짐작되는 이들의 활기찬 말소리가 들려온다. 소리는 점차 가까워지다가 다시 멀어져 갔다.
 종소리가 그쳤다. 경내에 정적이 돌아왔다. 그러자 기다렸다는 듯이 소나무 쪽에서 작은 목소리가 소곤거렸다.
 "해가 떨어졌네."
 조금 새되고 생기 있는 목소리다.
 그에 응하는 목소리도 들린다.
 "오늘 하루도 별 탈 없이 끝난 셈이구나."
 나중 것은 살짝 갈라진 목소리다. 말이 끝나자 이내 에취, 에이취 하고 재채기를 한다.
 "도사는 오늘 어땠어?"
 젊은 목소리가 물었다.
 "어땠냐니?" 도사라 불린 갈라진 목소리가 되묻는다.
 "뭐 좋은 꾀라도 떠올랐느냐는 말이지."
 "웬걸" 하고 도사는 대답했다. "지금으로서는 이렇게 졸고 앉아 있는 수밖에 없겠어."

"그러고 있으니 고뿔이 들지."

도사는 다시 재채기를 했다.

"그런데 도사. 예전에도 언제 이런 일이 있었다고 하지 않았나?"

"음, 그래."

"그때는 어땠어? 어떻게 끝났지?"

도사는 잠시 입을 다물었다. 소나무들의 수런거리는 소리가 높아진다. 저녁 바람이 경내를 지나간다.

이윽고 도사가 말했다. "우리 패가 많이 죽었어."

"끔찍하게 죽었나?"

"그야 끔찍했지." 도사는 잠시 말을 끊었다가 더 힘주어 내처 말했다. "그래도 우리가 이겼어."

"놈을 몰아냈나?"

"금방 돌아오지 못할 정도로 아주 멀리."

젊은 목소리는 흠음 하고 신음 같은 소리를 냈다. "하지만 돌아왔어. 돌아와서 못된 짓을 하고 다니잖아."

"삼십 년 만이군."

"대체 놈은 뭐 하는 작자야? 본색이 뭐야?"

"나도 똑똑히 본 건 아니야."

"늘 이렇게 바람을 타고 오나? 그러고는 어린 처녀를 채 가나?"

"놈은 젊은 처자의 생피를 좋아하거든."

"처녀는 어디로 끌려가지?"

"그것도 몰라. 다만 살아서 돌아온 처녀가 하는 말이, 오싹할 정도로 새빨간 벚꽃이 핀 벌판 같은 곳에서 한참을 헤매고 다녔대. 거기에는 하루에도 몇 번이나 놈의 바람이 불어온다더군. 바람을 맞을 때마다 처녀는 핏기를 잃어 가지."

젊은 목소리는 잠시 말이 없다가, 이윽고 화난 목소리로 말했다.
"지금도 그렇게 처녀의 피를 빨아먹고 있겠군."

"분하지만, 그럴 거야."

"어떻게 하면 구할 수 있지? 어떻게 하면 놈의 거처를 알아낼 수 있느냐고?"

도사는 달래듯이 가만히 말했다. "지금은 수가 없어. 우리 힘만 가지고는 아무것도 못해. 힘을 빌려 줄 사람―아니, 우리가 힘을 실어 줄 만한 사람이 나타나기 전에는 말이야."

"그때까지 이렇게 맥없이 기다려야 한다고?"

"그렇지."

"그놈이―천구天狗란 놈이 또 찾아와도? 또 처녀를 채 가도? 가만히 웅크리고 기다리기만 한다고?"

"데쓰, 지금은 그게 우리 일이야."

데쓰라 불린 젊은 목소리는 못마땅한 듯이 구시렁거렸다. 그때 소나무 가지가 바삐 흔들리며 뭔가가 다가오는 기척이 났다. 딸랑딸랑하는 방울 소리와 함께.

"뭐야, 방울이었어?"

데쓰는 다가오는 방울이를 맞이했다.

그때 만약 경내에 있다가 소나무 위쪽에 신경을 쓴 사람이 있었다면 갓난아기의 옹알이처럼 웅얼대는 대화가 한참을 오가는 소리를 들을 수 있었으리라. 대화가 끝나자 방울이 다시 딸랑딸랑 울리며 멀어져 가는 소리도.

"도사는 어떻게 생각해?" 하고 데쓰가 말했다.

"그 처녀가 누군지 알아보고 싶군."

데쓰가 킁킁 하고 콧소리를 냈다. 웃음소리처럼 들리기도 한다.

"내 한달음에 가 볼까?"

"조심하고 또 조심해야 해. 내가 됐다고 말할 때까지는 우리 본색을 밝히면 안 돼."

"알고 있어. 하여간 도사는 걱정을 타고났다니까."

"아무리 조심해도 부족해. 너는 우리 상대가 얼마나 무서운 놈인지 아직 몰라. 우리가 맡은 역할의 진정한 의미도 아직 모르고 있어." 도사는 낮고 묵직한 말투로 말했다.

"나야 내 맡은 일만 할 뿐이야." 젊은 목소리는 그렇게 말하고 이번에는 호기롭게 콧소리를 냈다.

"그나저나 천구란 놈, 도대체 어디에 있는 거야?"

잡귀 바람

시마이야로 돌아간 오하쓰를 올케 오요시가 뛰어나오다시피 하며 맞았다. 얼굴만 봐도 오하쓰가 집을 비운 사이 오빠 로쿠조에게 심상치 않은 사건이 날아들었음을 알 수 있었다.

"마침 잘 왔어요. 그이도 이제 막 돌아온 참이니까."

"오라버니도 그새 어디 나갔다 왔어요?"

"예삿일이 아녜요. 가서 얘기나 들어 봐요."

오하쓰는 로쿠조 방으로 잔달음질 쳤다. 문기척 하기 무섭게 들어오라는 소리가 들린다.

장지문을 열자 로쿠조가 다다미 위에 지도를 펴 놓고 앉아 있다. 오하쓰는 지도를 사이에 두고 무릎을 꿇고 앉았다.

"무슨 일이에요?"

로쿠조가 굵은 눈썹을 쳐들고 심각한 표정으로 오하쓰를 바라보았다.

"납치다."

오하쓰는 입을 다문 채 오빠의 얼굴을 보았다.

"오늘 네가 나갈 때 찾아온 손님 알지?"

출입문에서 마주친 부부 얘기다.

"예, 기억나요."

"모토다이쿠마치의 나가노야라는 청과물점을 하는 부부다. 올해 열세 살 되는 딸이 있지. 이름이 오리쓰인데, 그 딸이 오늘 새벽에 사라졌단다."

오하쓰의 마음에 '오늘 새벽'이라는 말이 벼락처럼 꽂혔다.

그리고 떠올렸다. 집을 나서다가 나가노야 부부와 마주칠 때 머릿속에 번진 새빨간 핏빛을. 그것은 흡사 오아키의 가미카쿠시 당시 마사키치가 보았다는 아침놀 색깔 같았다.

"오리쓰라는 아이, 아침놀 속에서 자취를 감추지 않았어요?"

오하쓰의 물음은 그녀의 신통력을 잘 아는 로쿠조조차 놀라게 한 듯하다.

"그걸 어찌 아니?"

"그것만이 아녜요. 오리쓰가 사라질 때 굉장한 돌풍이 불었을 거예요. 그렇죠?"

로쿠조는 팔짱을 낀 채 고개를 끄덕였다.

그렇다면 틀림없다. 오하쓰는 생각했다. 나가노야 부부와 마주칠 때 내가 본 환영은 그들의 몸에 들러붙어 있던, 오늘 새벽에 일어난 이변의 흔적이었다.

오리쓰를 채 간 것의 본색이 무엇이든간에 분명히 오아키를 채 간 바로 그놈이다. 같은 잡귀가 두 처녀를 회오리바람과 함께 데려간 것이다.

"오리쓰는 가미카쿠시를 당한 것처럼 사라져 버렸죠? 그렇죠?"

부릅뜬 눈으로 묻는 오하쓰에게 로쿠조가 말했다.

"그래. 아무리 찾아봐도 보이질 않았단다. 그런데 점심때가 지나서 딸을 데리고 있다, 찾고 싶으면 돈을 가져와라, 라는 협박장이 날아들었다더라."

"어마…… 그건 거짓말이에요! 새빨간 거짓말!"

오하쓰는 저도 모르게 소리를 높이고 말았다.

오리쓰와 오아키는 똑같은 상황에서 자취를 감췄다. 두 사람을 채 간 것이 한 놈이라는 사실은 분명하다. 그렇다면 그것은 연습장을 찢어 날리면서 오하쓰를 해코지하고 천장 위에서 '너도 죽인다'라고 위협했던 기괴한 잡귀이리라.

그런 잡귀가 어찌 돈 욕심에 협박장을 보낼까.

"그건 날조예요. 수상해요."

로쿠조는 눈을 부릅뜨고 있다.

"너, 대체 무슨 생각을 하는 거냐."

"오라버니도 나가노야 사건—그러니까 오리쓰가 실종된 일이 그냥 납치라고 하기에는 너무 이상하다고 생각하니까 내가 돌아오기를 기다린 거 아녜요? 그렇다면 다른 말 말고 내 말을 믿으세요."

"뭐, 좋다. 그렇게 하자." 로쿠조는 툭 뱉듯이 말했다.

"그럼, 나가노야 부부한테 날아온 협박장에는 그밖에 또 뭐라고 적혀 있었어요? 돈은 얼마나 내놓으래요?"

천 냥 궤_{천 냥을 채울 수 있도록 만든 나무 돈궤} 하나. 오늘 밤 축삼시_{새벽 두시에서 두시 반 사이}에 나카노하시 다리 서쪽 초입으로 가져오라고 한다.

이 근방에서 나카노하시 다리라고 하면 니혼바시 천에서 끌어들인 운하에 걸린 다리를 말하는데, 고부네초 1초메와 2초메 경계에 있다. 운하 양쪽은 창고들이 차지하고 있어서 한밤에는 보는 눈도 없고 불빛도 거의 없다.

로쿠조가 펴 놓은 니혼바시 지역 상세도로 눈길을 주면서 오하쓰가 말했다.

"잘됐네요, 오라버니. 돈을 받으러 온 놈을 잡으세요. 나카노하시라니, 좋은 장소를 골랐네요. 수고를 덜 수 있겠는데요."

나가노하시 다리가 걸린 운하 북쪽에 마침 덴마초 감옥이 있다.

"꽤 자신만만하구나."

"당연하죠. 충격으로 드러눕다시피 한 부모한테 가미카쿠시에 편승해서 돈을 우려내려고 하다니, 이렇게 비겁한 짓이 어딨어요. 그럼 나는 뭘 하면 되죠? 실은 지금 당장이라도 나가노야로 달려가고 싶은데."

오리쓰가 사라졌다는 장소를 보고 싶었다. 부모의 이야기도 직접 듣고 싶었다. 오아키의 경우는 가미카쿠시로부터 여러 날이 지나 버린 탓에 단서를 알 수 없게 되었지만, 이 경우는 하루도 채 안 지났으므로 아직 단서가 남아 있을지도 모른다.

"안 그래도 너한테 그걸 부탁하려고 했다" 하고 로쿠조가 말했다. "그 아이가 사라지던 상황이 심상치 않거든. 어쩌면 이번 일은 네 말대로 나보다는 너한테 어울리는 사건인지도 모르지. 하지만 아직은 안 돼. 설령 협박장을 보낸 자들과 그 아이를 채 간, 네가 말하는 잡귀가 전혀 별개라 해도. 돈을 내놓으라고 협박하는 놈들이 나가노야의 동정을 감시하고 있을지 모른다는 사실에는 변함이 없으니까. 설불리 움직이면 안 된다."

"그렇군요."

"일단 나가노야에는 내 아우들과 모토다이쿠마치 방면의 도신 나리께서 내주신 사람들을 잠복시켜 두었다. 나가노야 안에는 분키치를 들여보내 놓았고."

분키치는 로쿠조가 가장 신뢰하는 수하다. 이제 겨우 스무 살이지만 퍽 날래고 오하쓰하고도 사이가 좋다.

"너는 일 각쯤 지나서 출발해라. 급보를 듣고 달려온 오리쓰의 친구인 척하며 나가노야에 찾아가는 거야. 거기 가서 네 눈으로 볼 만한 것이 있는지 잘 살펴봐. 나는 곧 이시베 나리와 상의해서 나카노하시 다리에 사람들을 준비시켜 두마. 이런 사정을 나가노야에 있는 분키치에게 전해 줘. 그리고 내가 연락할 때까지 나가노야에 그대로 있어, 알겠지?"

"알았어요." 하고 오하쓰는 고개를 끄덕였다. "맡겨 두세요."

그때부터 오하쓰는 바빴다. 나막신 가게에 있는 꼬마 스테키치를 위해 도시락을 만들고 시마이야에서 잔심부름을 하는 계집아이 손에 들려서 야마모토초로 급히 보냈다. 오늘 저녁에는 들르지 못할지도 모르지만 내일은 꼭 들를 테니 마음 단단히 먹고 있으라는 전언을 맡겨서.

한편 다카다노바바의 산학 도장에 있는 우쿄노스케한테도 편지를 썼다.

"우쿄노스케 님은 틀림없이 오늘 저녁에 오실 거예요."

오하쓰는 편지 전달을 오요시에게 부탁했다.

"늦은 시간에 죄송하지만, 그래도 오늘 중으로 꼭 상의하고 싶은 일이 있어서 그래요. 꼭 전해 주셨으면 좋겠어요."

오요시는 두말없이 승낙했다. "조심해서 다녀와요, 아가씨."

로쿠조에게서 나가노야로 출발하라는 기별이 온 것은 밤 아홉시경이었다. 시마이야가 있는 요로즈초에서 모토다이쿠마치까지는 짧은 거리지만 처녀가 혼자 밤길을 걷고 있으면 이상해 보일 테니 가키치가 잠시 주방을 비우고 오하쓰를 데려다주기로 했다. 협박장을 보낸 자들의 눈이 어디서 번뜩이고 있을지 모르기 때문이다.

이번처럼 신원을 감춰야 하는 때를 대비하여 시마이야에는 '에치고야'니 '가와우치야'니 하는 흔한 이름을 적어 놓은 등롱이 몇 개 준비되어 있다. 가키치가 고른 등롱은 '이세야'로, 그는 오하쓰보다 한 발짝 앞에서 등롱을 쳐들고 밤길을 나섰다.

"바깥일에 가키치 씨까지 끌어들이기는 처음이네요."

가키치의 태도는 여느 때와 다르지 않았다. 그가 미소를 짓자 눈가에 부드러운 주름이 잡힌다. 오하쓰는 그 모습을 볼 적마다 생각한다. 나무로 만든 부처상의 존안을 보면 주름살이 없지만, 만약 있다면 틀림없이 가키치 씨의 주름을 닮았을 거라고 말이다.

"행수님도 이렇게 큰돈이 얽힌 납치 사건은 처음일 겁니다."

계집애를 납치하는 사건은 적지 않지만 태반은 다른 데 팔아넘기기 위해 저지른다. 그편이 간편하고 안전할뿐더러 알뜰하게 돈을 벌 수 있기 때문이다.

번잡한 상가에 있는 폭이 몇 칸씩이나 되는 큰 가게들도 모두 문을 닫고 불을 껐다. 가키치와 오하쓰의 발소리만 차박차박 울린다. 검문소를 지날 때마다 방금 이곳을 누가 통과했다는 사실을 다음 검문소에 알리기 위해 검문소지기가 치는 딱따기 소리가 밤바람 속에 울려 퍼진다.

"그런데, 가키치 씨는 가미카쿠시가 있다고 믿으세요?"

가키치는 잠시 뜸을 두고 대답했다. "주변에 그런 일이 없어 놔서 단단히 믿는다고는 말할 수 없지요. 하지만 가미카쿠시가 있다고 철석같이 믿는 사람들의 말도 마냥 거짓이라고 생각하지는 않아요."

가키치는 로쿠조가 하는 일에 기웃거린 적이 없지만 오하쓰가 갖고 있는 신통력에 대해서는 알고 있다. 이제 곧 당도할 나가노야에서 기다리고 있는 분키치도 마찬가지다.

일부러 두 사람을 앉혀 놓고 자세히 밝히지는 않았다. 하지만 분키치는 시마이야에 붙어살다시피 하고 가키치는 시마이야가 하는 음식 장사에서 지배인이나 다름없는 사람인데다, 둘 모두 오하쓰와 스스럼없이 지내는 사이라 자연히 알려지고 말았던 것이다.

분키치는 종종 호기심을 드러내며 오하쓰의 이야기를 듣고 싶어 한다. 하지만 가키치는 늘 무심한 척 지내왔다.

그런 사람이 처음으로 물었다.

"아가씨는 이번 일만 아니라 전에도 기이한 일들을 여러 번 보거나 듣거나 했나요?"

오하쓰는 거의 같은 높이에 있는 가키치의 얼굴을 쳐다보았다.

"여러 번 보고 듣고 그랬죠."

"그래요? 그럼 아가씨는 이번 사건이 정말 가미카쿠시라고 생각해요?"

"네, 그래요."

"그럼 저도 믿기로 하지요."

두 사람은 모토타이쿠마치를 향해 대로를 오른쪽으로 돌았다. 불빛이 사라진 거리 저 멀리에 행등이 하나 걸려 있다.

"저기가 나가노야 같군요." 가키치가 소리를 죽였다.

불을 켜 놓으라고 지시해 두었을까? 오하쓰는 두근거리는 가슴을 손으로 지그시 누르고 잰걸음으로 가키치를 따라갔다.

나가노야는 폭이 한 칸쯤 되는 규모의 이층집으로, 문은 닫혀 있었다. 뒤로 돌아가니 등롱은 걸려 있지 않았지만 뒷문 옆 격자창에서 불빛이 새어 나온다.

"계십니까?" 하고 가키치가 문기척을 했다.

맞음새가 좋지 않은 뒷문을 덜걱덜걱 열고 얼굴을 내민 사람은 분키치였다. 어딘지 다람쥐를 떠올리게 하는 작은 젊은이로, 얼굴도 조막만 하다. 동그란 눈은 계집아이 같다.

눈치 빠른 분키치는 가키치의 손에 들린 등롱의 상호부터 살폈다.

"아, 이세야 아씨. 밤길을 달려와 주셔서 감사합니다요. 자, 안으로 드세요. 다들 기다리십니다."

가키치는 그 틈에 분키치와 눈빛을 나누며 고개를 마주 끄덕이고는 오하쓰에게 말했다.

"그럼 아씨, 저는 나중에 다시 모시러 오겠습니다요."

가볍게 목례하고 왔던 길을 되짚어간다. 그 뒷모습을 눈으로 배웅하다가 뒷문을 닫으며 분키치가 소곤거렸다.

"오늘 저녁은 으깬 두부였나요? 맛있었겠다."

오하쓰는 깜짝 놀랐다. 실은 방금 전, 밤이면 선술집처럼 변하는 시마이야를 나서기 조금 전까지 가키치는 으깬 두부 요리로 손님들의 혀를 즐겁게 해 주고 있었다.

"가키치 씨 몸에서 두부 냄새라도 맡았수? 하여간 음식 냄새라면 귀신같다니까."

분키치는 헤헤 웃었지만 이내 정색했다. 눈알이 반짝 빛난다.

"형님은 뭐라고 하세요?"

몸을 숙이고 목소리를 낮춰 묻는다.

"나카노하시 다리 주변에는 몇 명이나 잠복해 있답니까?"

오하쓰도 로쿠조한테 전달받은 내용을 낮은 소리로 전했다. "이시베 나리와 상의해 봤지만 지금으로서는 부교쇼에서 지원을 얻기 힘든가 봐요."

분키치는 혀를 찼다. "그럴 줄 알았지."

일개 청과물점 딸이 납치된 사건이니 관이 해 줄 일이란 뻔하다.

"그래서 마치 어르신들한테 도움을 청하고 간다묘진시타 지역의 한고로 행수님한테서도 사람을 빌려서 나카노하시 다리로 오는 자들을 최대한 빈틈없이 감시할 수 있도록 해 두겠다고 했어요. 그런데 분키치 씨."

오하쓰는 몸을 앞으로 내밀었다.

"오리쓰를 납치한 자들이 누구를 지목해서 돈을 가져오라고 하지는 않았나요?"

"네, 그저 때와 장소, 그리고 액수만 고했을 뿐이죠."

"그래서 말인데, 오라버니는 분키치 씨 혼자서 나카노하시로 나가 보라고 했어요. 분키치 씨 혼자요. 나가노야 사람들이 같이 가겠다고 해도 절대로 그래서는 안 된대요."

분키치는 고개를 끄덕이며 짐짓 요란스레 대답했다. "잘 알아 모시겠습니다요, 아씨."

"나가노야 사람들은 지금 어디 있어요? 어떻게들 하고 있죠?"

"안쪽 방에 있어요. 오리쓰네 아버지와 어머니, 두 살 어린 여동생 오타마, 이렇게 세 사람입니다. 혹시 또 협박장이 날아들면 위험하니까 들창은 다 닫아 두었어요."

"협박장이 또 오면 위험해요? 무슨 말이에요?" 오하쓰는 고개를 갸웃했다.

"어라, 형님이 말씀 안 하셨나요? 말이 편지지, 실은 화살에 묶어서 쏴 보냈거든요. 이층 건조장 기둥에 박혀 있었어요."

"그렇군요……. 일단 나를 나가노야 사람들한테 소개해 주세요."

분키치는 얼핏 망설이는 기색이었다.

"이쪽입니다." 앞장서서 부엌을 지나며 묻는다 "아가씨, 뭐가 보일 것 같나요?"

"모르죠. 나도 몰라요. 하지만 솔직히 말하면 조금 무서워요."

"저도 실은 무섭긴 해요."

분키치의 말에 오하쓰는 그의 또릿또릿한 눈을 올려다보았다.

"이번 건은 뭐랄까…… 지금까지 제가 봐 온 납치 사건하고는 조금 다르다는 생각이 드네요."

"어디가 어떻게 달라요?"

"꼭 집어 말할 순 없지만." 분키치는 부르르 진저리를 치는 시늉을 했다. "아무튼 오리쓰네 부모한테 직접 들어 보세요."

나가노야 주인의 이름은 쇼타로, 처는 오센. 두 사람 모두 사십대인데, 나이보다 조금 늙어 보이는 얼굴이다. 하기야 상황이 상황이니 그럴 수밖에 없는지도 모른다.

오리쓰의 동생 오타마를 사이에 끼고 쇼타로와 오센은 방구석에 바짝 붙어서 앉아 있었다. 저희 집인데도 마치 군식구라도 되는 양 안절부절못하는 모습이다.

오하쓰가 방으로 들어서자 쇼타로와 오센은 불안한 눈초리로 얼굴을 마주 보았다. 오하쓰는 얼른 인사를 하고 자신을 소개했다. 그런 다음 로쿠조가 전하라고 한 이야기를 들려주었다.

"그럼 여기 분키치 씨한테 다 맡기라는 말씀입니까?"

쇼타로가 갈라진 목소리로 말했다. 오센은 방금 전까지 울었는지 빨갛게 핏발이 선 눈을 손가락으로 비비면서 맥없이 고개를 숙이고 있다.

"우리가 가면 안 됩니까? 나나 처가 나가면 곤란한가요?"

"협박장에서 나가노야의 누구를 꼭 집어 놓았다면 요구하는 대로 따라야겠지요. 하지만 이 경우는 달라요. 게다가 돈을 내놓으라고 협박하는 자들이 나카노하시 다리에서 무슨 짓을 꾸미고 있을지 모릅니다. 그자들도 돈을 넘겨받자면 아무래도 모습을 드러내야 하니까요. 돈을 가지고 나온 사람을 그 자리에서 죽여서 뒤탈을 없애려 할지도 모르고—."

오하쓰의 말을 자르며 쇼타로가 말했다. "나는 어찌 돼도 좋습니다. 딸이 무사히 돌아오기만 하면."

"따님을 무사히 되찾기 위해서라도 부모님에게 불상사가 있어서는 안 됩니다."

오하쓰가 거의 애원하듯이 열띠게 말했다.

"제발 부탁이에요. 마음은 충분히 압니다만 지금은 꾹 참으시고 저희한테 맡겨 주세요."

쇼타로는 어금니를 꽉 물고 침묵하고 있었다. 이윽고 오센이 그의 팔을 가만히 잡으며 달래듯이 말했다.

"여보, 맡겨 둡시다."

쇼타로는 말없이 어깨를 툭 떨어뜨렸다. 악문 이 사이로 희미하게 오열 같은 소리가 새어 나왔다.

"애비가 돼 갖고 딸한테 아무것도 해 줄 수 없다니……."

열병으로 끙끙대는 환자 곁에 가면 그 신열을 느낄 수 있는 것처럼 오하쓰의 가슴에 쇼타로의 고통이 전해졌다.

입을 꼭 다물고 부모와 오하쓰와 분키치의 얼굴을 갈마들며 쳐다보던 오타마가 눈물방울을 톡 떨어뜨렸다.

떨어진 눈물이 오타마의 작은 손등을 타고 꽃무늬 옷 무릎께로 떨어진다. 오하쓰는 그 모습을 바라보았다. 언니를 걱정하는 오타마의 심정을 짐작하니 가슴이 저미는 듯 아팠다.

축삼시까지는 아직 시간이 남아 있다. 분키치는 집 안팎에 무슨 일은 없는지 눈을 매섭게 번뜩이고 있다. 오하쓰는 얼굴이 파리하고 해쓱해진 나가노야 사람들을 위해 불을 지펴 잎차를 탔다.

그렇게 움직이는 데는 따로 노리는 바도 있었다. 집 안 상황을 살피려는 것이다. 물론 자신이 가진 세 번째 귀, 세 번째 눈으로.

나가노야는 등롱을 내건 아래층을 점포로 쓰고 위층을 살림집으로 쓰는 듯했다. 나가노야長野屋라니 청과물점치고는 특이한 옥호라고 생각했는데, 각종 절임이나 채소를 조리해서 파는 모양이다. 부엌에 있는 화덕과 큰 나무통 따위가 4인 가족에게는 너무 컸다.

오하쓰가 타 준 차에 제일 먼저 손을 내민 사람은 오타마였다. 열세 살 오리쓰도 아직 어린아이다. 오타마는 그보다 동생이니 아무래도 분별없을 수밖에. 목이 말랐는지 후후 불며 맛나게 차를 마신다. 그 모습을 보니 오하쓰는 마음이 놓였다.

"오리쓰가 오늘 새벽 바로 이 집에서 자취를 감추었다고 하셨죠?"

나가노야 주인 부부의 마음을 더 아프게 하지 않으려고 말투나 단어를 신중히 골라 가면서 오하쓰가 말을 꺼냈다. 대답한 사람은 오센이었다.

"예, 집 뒤에 있는 우물로 물을 푸러 갔다가 돌아오지 않았어요."

"밖은 막 동이 트려고 할 때라 아침놀이 아주 빨갛게 물들었다고 들었는데요?"

이때 쇼타로가 고개를 들었다. "그런 이야기는 벌써 행수님께 다 말씀드렸습니다."

오하쓰는 정중히 사과했다. "죄송합니다. 하지만 다시 한 번 듣고 싶습니다."

로쿠조는 오하쓰를 사건에 끌어들일 때면 사건 내용을 대강만 들려준다. 세세한 사정은 사건에 관련된 사람들에게 오하쓰가 직접 듣는 편이 좋다고 생각해서다.

게다가 원래 로쿠조는 이런 사건을 다룰 때면 사건에 관련된 사람들에게 몇 번이고 똑같은 질문을 하고 대답을 듣는 방식을 취한다. 그러다 보면 말하는 사람의 기억이 명확해지거나 잊고 있던 사실이 떠오르거나 거짓말이 저절로 드러나기도 하기 때문이다.

"기분이 언짢을 만큼 새빨간 아침놀이었어요."

오센은 작은 목소리로 말했다.

"물 푸러 나갈 때 오리쓰가 뒷문을 열고 탄성을 질렀을 정도예요. '엄마, 하늘이 활활 타는 것 같애' 하고요."

오하쓰의 눈에 나가노야 주인 부부와 스칠 때 보았던 핏빛이 되살아난다.

"오리쓰가 너무 놀란 목소리로 말하는 바람에 저도 뒷문으로 가서 밖을 내다보았어요" 하고 오센은 계속 말했다.

"새빨간 하늘을 보셨단 말씀이죠."

"걸쭉해 뵈는 것이 영 언짢은 색이었어요."

오센의 목에 걸린 듯한 목소리가 이때 살짝 흔들렸다.

"저희 친정 형제가 다섯이었어요. 큰오라버니는 열네 살 때 말을 타다가 난동을 부리는 말에 채여서 죽었어요. 그때 일이 수십 년 만에 떠오르더군요. 오라버니는 말에 채인 배를 쓸어안고 고통스러워하다가 갑자기 피를 좍좍 토했어요. 그때 본 핏빛과 오늘 아침 오리쓰가 사라질 때 보았던 아침놀이 꼭 닮았더군요……."

쇼타로가 거칠게 말을 막았다. "그런 쓸데없는 옛날 얘기는 왜 해! 이런 판에 그런 얘기를 해야겠어!"

오센은 주눅이 들어 입을 다물고, 엄마에게 기대고 있던 오타마가 아버지의 얼굴을 차갑게 노려보았다. 그러고는 손을 뻗어 엄마의 손을 잡았다. 오센이 딸의 손을 맥없이 마주 쥐어 주는 모습을 오하쓰는 쳐다보고 있었다.

"오리쓰가 우물가로 걸어가는 모습을 보고 저도 부엌으로 돌아왔어요."

다시 속삭이는 말투로 돌아와 말한다.

"그러고는 금방이었어요. 집이 몽땅 날아가지 않을까 걱정될 정도로 무서운 돌풍이 분 것은."

오하쓰는 무릎을 움직여 앞으로 조금 나섰다. "어떤 바람이었죠? 돌개바람? 하루이치방_{이월에서 삼월 초 사이에 그해 처음으로 부는 강한 남풍}? 아니면 태풍 같은?"

사라지는 사람들 • 121

오센은 잠시 눈을 감고 말을 하지 않았다. 그러다가 고개를 갸웃하며 말했다. "봄바람치고는 이상하게 차다 싶었어요. 고가라시처럼—아니, 고가라시보다 더 차고 물처럼 묵직하게 느껴지는."

"오랫동안 불었나요?"

"아뇨, 잠깐이었어요. 보시는 바와 같이 누추한 집이라, 틈새로 들이친 바람에 부엌의 소쿠리니 국자니 날아가서 허겁지겁 주워 모아야 했어요. 그래서 바람이 그친 뒤 오리쓰가 걱정되어 밖에 나가 봤지요."

하지만 오리쓰는 사라지고 없었다. 우물가에 물통과 신발 외짝만 남긴 채……

"그때 주위에 인기척은 없었나요? 발소리라든지 목소리라든지."

오센은 고개를 저었다. "전혀 없었어요. 아무것도. 제가 하도 다급한 소리로 부르는 통에 이웃들이 깜짝 놀라 뛰어나왔을 뿐이죠."

그때 오타마가 불쑥 말했다. "고양이가 울고 있었어."

오하쓰는 오타마의 얼굴을 들여다보았다. "그래? 너도 그때 깨어 있었니?"

오타마는 오하쓰의 눈을 쳐다보며 고개를 끄덕였다.

"고양이가 어떻게 울든? 냐옹냐옹 하고 평범하게? 아니면—."

"갸!" 하고 오타마가 짧게 대답했다. "꼬리를 밟혔을 때처럼 비명을 질렀어요."

고양이 비명 같은 소리? 하고 오하쓰는 생각했다. 돌풍에 날려 지붕에서 떨어지기라도 했을까?

"그때 오타마는 어디 있었니?"

"뒷간."

"거기에도 바람이 들이쳤니?"

오타마는 고개를 끄덕였다. "널판이 삐걱거리고 밑에 변기통 쪽에서 차가운 바람이 후욱 불어 올라와서 너무 무서웠어요."

혹시 그때 오타마도 오리쓰처럼 바깥에 있었다면 역시 바람에 끌려가 버렸을까? 아니면 이 잡귀 바람은 미리 찍어 둔 사냥감만 노리고 불어오는 걸까?

오리쓰가 자취를 감춘 뒤 이웃들도 발 벗고 나서서 주변을 샅샅이 뒤지며 돌아다녔던 일, 그러던 차에 점심때가 지나서 협박장이 날아들었던 일을 오센은 담담하게 이야기했다.

"협박장이 화살에 묶여 있었고, 화살이 이층 건조장 기둥에 꽂혀 있었다면서요?"

고개를 끄덕인 오센에게 오하쓰가 부탁했다. "화살을 볼 수 있을까요?"

오센은 꼭 쥐고 있던 오타마의 손을 놓고 일어서서 맞은편 구석에 있는 작은 옷장으로 다가갔다.

맨 위 서랍을 열고 꺼내온 것은 대략 아홉 치_{약 이십구 센티미터} 정도밖에 안 되는 짧은 화살이다.

오센에게서 화살을 받아 든 오하쓰는 즉시 말했다. "이건 활터에서 쓰는 거네요."

활터란 글자 그대로 화살을 쏘아 과녁을 맞히며 노는 업소를 말한다. 에도에 유행하기 시작한 지 얼마 되지 않았지만, 어느새 수가 늘어서 요즘은 인파가 모이는 곳이나 신사 경내 등 어디서나 쉽게 볼 수 있게 되었다.

활터에서 쓰는 활은 양궁楊弓이라고 해서 말 그대로 버드나무로 만든다. 크기는 두 척 하고 여덟 치약 팔십오 센티미터 정도에 불과해서 일곱 척약 이백십이 센티미터 정도 되는 보통 활에 비하면 삼 분의 일 남짓이다. 따라서 화살도 당연히 짧고, 활터 손님은 앉은 자세로 화살을 쏜다.

놀이라 해도 엄연히 무기를 사용하므로 실력을 제대로 겨루며 즐기는 손님도 있기는 하지만, 애초에 유흥으로 시작된 놀이다. 활터 중에는 예쁜 여자를 많이 고용해서 접대하는 방법으로 손님을 끌려는 곳도 적지 않다. 그러다 보니 동그라미 세 개를 포개 그린 과녁에 화살을 그려 놓은 활터 간판 너머는 사창굴 비슷한 수상쩍은 분위기가 넘실댄다.

협박장을 보내는 데 하필 이런 화살을 쓰다니—오하쓰는 미간을 찡그렸다.

'역시 수상해…….'

오리쓰가 자취를 감출 때의 상황은 들으면 들을수록 나막신 가게의 사건과 닮았다. 꼭 닮았다. 두 사람을 채 간 것은 오늘 저녁 오하쓰를 겁박하던 괴이한 목소리의 주인—잡귀임이 틀림없다.

그런 잡귀가 활터 화살을 이용해서 협박장을 보낼까?

역시 이번 오리쓰 건에서는 가미카쿠시가 먼저고, 그 소식을 들은 누군가가 사건에 편승해서 돈을 갈취하려는 속셈이라고 봐야 옳겠다. 활터에 출입하는 자들 중에는 자포자기한 자도 많다. 그런 사내들이라면 괴이한 가미카쿠시 소문을 듣고, 옳지, 이게 돈벌이가 되겠다, 하고 생각한들 전혀 이상하지 않다.

"여기 감겨 있던 쪽지는요?"

이 물음에는 쇼타로가 대답했다. "로쿠조 행수님이 가져가셨습니다."

"글자가 어땠는지 기억하세요?"

"가나로만 적혀 있어서 나도 읽을 수 있습디다."

무뚝뚝하게 말하고 쇼타로는 어깨를 움츠렸다.

"아주 형편없는 글씨였어요."

오하쓰는 내심 고개를 끄덕였다. 마음속 천칭이 조금 흔들리는 기분이었다.

오리쓰를, 그리고 아마도 오아키를 채 간 정체불명의 괴이한 존재―그것은 무서운 존재이리라. 하지만 오리쓰의 목숨을 살리려면 돈을 내놓으라고 협박하는 자들 역시, 괴이하지는 않더라도 위험하고 무서운 자들이라는 점에서는 다를 바가 없다. 실은 오리쓰가 그런 자들에게 잡혀 있지는 않다고 분명히 말해서 이 부모를 적어도 절반이나마 안심시켜 줄 수만 있다면…….

등 뒤에서 장지 열리는 소리가 나더니 분키치가 얼굴을 들이밀고 말했다. "이제 반 각쯤 남았어요."

얼굴이 긴장으로 굳어 있다.

쇼타로가 분키치를 올려다보았다. "정말 돈을 준비하지 않아도 될까요? 물론 천 냥이란 돈은 우리가 죽었다 깨어나도 마련할 수 없긴 합니다. 하지만 정말 아무것도 준비하지 않아도 괜찮습니까?"

돈은 걱정할 필요 없다, 천 냥 궤에 자갈을 채워서 들고 가라―라는 로쿠조의 지시는 오하쓰도 들어서 알고 있다. 애초에 나가노야처럼 작은 가게 주인의 딸을 잡아 놓고 당장 천 냥이란 거금을 만들어 내라고 요구하는 쪽이 제정신이 아니다.

"걱정할 필요 없습니다" 하고 분키치가 단호하게 대답했다. "돈을 받으러 나온 놈을 포박해서 오리쓰가 있는 곳을 알아낸 다음 오늘 밤 중으로 데려올 테니까."

오센이 두 손으로 얼굴을 가렸다. 장사와 살림으로 거칠어진 손가락 사이로 희미한 오열이 새어 나와 조용한 방 안에 울려 퍼졌다.

그때 오하쓰는 문득 이상한 기미를 느꼈다. 얼른 눈길을 들어 주위를 둘러보았다.

눈에는 보이지 않는다. 하지만 뭔가가 은밀하게 다가와 방 안을 엿보는 느낌이 든다. 그러다가 오하쓰가 눈길을 이리저리 던지며 그 기미의 정체를 찾으려고 하자, 형체가 없는 '그것'도 기미를 죽이고 움직임을 멈춘 듯했다.

뭐지?

오하쓰는 가만히 일어섰다.

"우물은 뒷문을 나가서 어느 쪽에 있나요?"

"왼쪽 끝이에요." 오센이 대답했다.

"아가씨?"

근심 어린 표정을 하고 있는 분키치를 눈짓으로 제지하고 오하쓰는 가만히 방을 나왔다. 봉당으로 내려와 뒷문을 열고 먼저 조심스레 얼굴만 내밀어 주위를 둘러보았다. 얌전한 밤바람이 불고 있을 뿐이다. 주위 집들도 조용히 잠들어 불빛은 하나도 보이지 않는다.

머리 위를 올려다보았다. 가키치와 여기로 올 때만 해도 똑똑히 보이던 별들이 구름에 가려 보이지 않았다. 그러고 보니 미풍 속에 습기가 느껴진다. 이런 바람을 오요시는 '비린 바람'이라고 부른다.

하지만 빗물의 비린내라면 그래도 낫다. 피비린내는 아니니까. 오하쓰는 부엌에 켜 둔 등잔을 들고 밖으로 한 발 나섰다.

나가노야가 이웃 세입자들과 함께 이용하는 우물은 뒷문에서 왼쪽으로 세 칸쯤 되는 자리에 있었다. 우물 위에 틀을 짜서 설치한 도르래에 두레박을 연결해서 물을 퍼올리는 깊은 우물이다. 우물가에 쌓인 돌이 오하쓰가 들고 있는 등잔 불빛에 희미하게 빛났다.

아무도 없다. 귀를 기울여도 아무 소리도 들리지 않는다. 오하쓰는 고여 있던 숨을 토해내고 심호흡을 했다.

아까 느낀 기미는 사라지고 없다. 그렇게 명확하게 느껴지지만 않았더라도 기분 탓이려니 했으리라. 나막신 가게 이층에서 겪은 기괴한 사건을 오리쓰가 사라진 이 장소에서 또 겪을지도 모른다는 생각에 잔뜩 긴장해 있었는데, 마음이 조금씩 풀어진다.

오하쓰는 별 생각 없이 손을 뻗어 우물가에 올려 둔 두레박을 만져 보았다. 밧줄을 막 갈았는지 꽤 튼튼해 보이고, 까슬까슬한 거스러미들이 느껴진다.

오리쓰는 이 밧줄을 쥐고 있다가 사라졌을까? 아니면 아직 우물가에 도착하기 전이었을까?

그때 밧줄을 쥐고 있는 손이 문득 크게 떨렸다. 채찍에 맞은 듯한 통증이 팔뚝에서 등까지 벼락 같은 기세로 치달았다.

거기에서 오하쓰가 느낀 것은 살벌한 증오, 똘똘 응어리진 원한이었다.

팔이 계속 떨린다. 피를, 살을, 뼈를 타고 어두운 감정이 오하쓰 내부로 콸콸 흘러든다.

머릿속에서 눈부실 만큼 새빨간 빛이 폭발했다. 빛이 오하쓰의 내부에서 눈을 꿰뚫자 그녀는 고통에 비틀거리며 저도 모르게 밧줄을 놓아 버렸다. 그 바람에 두레박을 밀어 버렸고, 두레박은 도르래를 데구르르 돌리며 우물 속으로 떨어졌다. 요란한 물소리가 올라왔다.

그때 물소리에도 지워지지 않을 만큼 커다란 비명 같은 목소리가 오하쓰의 머릿속에서 울렸다.

'언니가 죽어 버렸으면 좋겠어!'

외침이 꼬리를 끌며 멀어져 간다. 동시에 눈꺼풀을 물들이던 새빨간 빛도 사라졌다. 오하쓰는 몸서리를 치며 정신을 차렸다.

방금 그건 뭐지?

하지만 그런 생각을 할 새도 없이, 우물가에 서 있는 오하쓰의 얼굴과 몸뚱이에 바람이 점점 힘을 더해 가며 불어닥친다. 축축한 밤바람이 아니라 얼어 버릴 듯 차가운 칼바람.

잡귀 바람이다.

오하쓰는 몸을 도사리며 어둠을 노려보았다. 귓가에 쿠룽쿠룽 하는, 으르렁거리는 듯한 소리를 내면서 바람이 세차게 불었다. 바람은 우물 위 어둠 속에서 쏟아지고 있었다. 마치 그곳에 구멍이라도 뚫린 양 한 덩어리를 이루어 분명한 방향을 띠고 오하쓰를 향해 내리지른다.

피유우우우우우우!

그 찰나, 오하쓰는 저도 모르게 기가 꺾이고 분별을 잃어 눈을 감고 양손으로 머리를 감쌌다. 바람은 따귀를 치듯이 오하쓰의 볼을 치고 머리칼을 헝클어뜨리고 옷자락을 잡아채며 '지나가는 마魔정신을 팔고 있는 인간에게 빙의하여 '묻지마 살인' 같은 난동을 부리게 만든다는 요괴'처럼 불어 지나갔다.

그리고 침묵.

그때 오하쓰의 바로 뒤에서 뭔가가 풀썩 바닥에 떨어지는 소리가 났다.

돌아보자 우물과 나가노야 뒷문의 중간께 바닥에 검은 덩어리가 떨어져 있었다.

두려움에 숨이 가빴다. 무릎이 후들거린다. 등잔을 떨어뜨릴 뻔했다. 엉겁결에 등잔을 다른 손으로 바꿔 들고 천천히 검은 덩어리 쪽으로 다가갔다.

무릎을 구부리고 몸을 숙이며 등잔불을 가까이 댔다. 검은 덩어리에 긴 꼬리가 달려 있었다.

고양이다. 검은 고양이. 오하쓰에게 등을 향한 채 다리를 오므리고 웅크리고 있다.

조심스레 만져 본다. 몸이 차다. 이건 시체다. 왜 죽었을까? 방금 그 바람에 휘말려서?

손가락 끝으로 고양이 시체를 밀어 보았다. 그 순간 힉 하고 비명을 지르고 말았다.

고양이의 몸에 목이 없었다. 삭둑 잘려 있다. 단면 주위에 굳은 피가 들러붙어 있는 모습을 보면 금방 잘린 것은 아니다.

뒷문 쪽에서 분키치의 목소리가 들렸다. "아가씨? 괜찮아요?"

대답을 하려면 호흡을 가다듬어야 했다. 오하쓰가 숨을 헐떡이자

사라지는 사람들 • 129

분키치가 뒷문에서 뛰어나왔다. 잔뜩 긴장한 얼굴이다.

"아가씨!"

뛰어오던 분키치도 땅바닥에 있는 물체를 보았다.

"이게 뭐죠……. 어, 고양이다!"

휘청이는 몸을 다잡으며 오하쓰가 고개를 끄덕였다.

"방금 쓸고 간 바람이 던져 놓고 갔어요."

"목이 없는데……."

"나가노야 사람들은 괜찮아요?"

분키치는 고양이의 시체에서 눈길을 들고는 굳은 얼굴로 고개를 끄덕였다.

"바람이 불어 닥칠 때는 어찌된 일인지 가위눌린 것처럼 꼼짝도 할 수 없더라고요. 하지만 아무도 다치지 않았어요."

"다행이네요. 뭐든 이 고양이를 덮을 걸 찾아다 주세요. 나는 잠깐 나가노야 식구들을 만나 뭘 좀 물어봐야겠어요."

오하쓰는 분키치에게 뒤를 맡기고 뒷문을 통해 집 안으로 들어갔다. 방으로 들어서자 세 식구는 아까보다 더 작게 웅크리고 서로 손을 마주잡은 채 한 덩어리가 되어 있었다.

"방금 그거—그 바람은, 그 바람은 뭡니까?" 엉키는 혀로 쇼타로가 다급하게 물었다.

"같은 바람이에요. 오리쓰가 사라질 때도 그런 바람이 불었어요." 창백한 낯으로 오센이 말했다.

오하쓰는 오타마의 얼굴을 쳐다보고 있었다. 어린 계집아이는 부모 틈새에 숨기라도 하듯이 얼굴을 숙이고 있다. 나약하고 겁에 질린 모습이다.

하지만 방금 전 오하쓰가 우물가에서 느낀 저 증오는 오타마의 마음에 있던 것이다. 오하쓰의 마음속에서 울렸던 외침 소리─.

'언니가 죽어 버렸으면 좋겠어!'

그것은 오타마의 목소리였다.

계속 쳐다보고 있어도 오타마는 얼굴을 들지 않았고 오하쓰를 보려고 하지 않았다. 쇼타로가 의아한 얼굴로 눈길을 들었다.

"오타마가 왜요?"

오하쓰는 고개를 저었다. 아직은 안 된다. 조금 더 기다렸다가 오타마의 마음속을 살펴보자. 그렇게 작정하고 오하쓰는 물었다.

"혹시 고양이를 키우세요? 까맣고 꼬리가 길고 아직 다 크지 않은 고양이인데요. 몸이 작은 편이고."

쇼타로와 오센은 얼굴을 마주 보았다.

"기르지는 않지만─."

"근처를 돌아다녔나요?"

"예. 들고양이인데, 말씀하신 대로 작고 까만 고양이가 종종 뒷문 밖을 어슬렁거려서 오리쓰가 참 귀여워했어요. 밥 찌꺼기를 주기도 하고."

그러면 그 고양이는 오리쓰의 고양이인가?

"뒷문 밖에 그런 고양이가 죽어 있어요. 아까 그 바람이 떨어뜨려 놓고 갔습니다. 확인해 주시겠어요?"

오하쓰의 부탁에 쇼타로가 일어섰다. 오타마도 그제야 얼굴을 들었다. 오하쓰와 눈길이 마주치자 한순간 흠칫할 정도로 이쪽을 똑바로 쳐다보다가 다시 고개를 숙인다.

쇼타로는 뛰다시피 해서 방을 나갔다가 금방 돌아왔다. 오하쓰에게 덤빌 듯한 기세였다.

"뭡니까, 그게? 왜 그런 게?"

"모르겠어요. 아무튼 오리쓰가 귀여워하던 고양이가 맞나요?"

쇼타로는 덜컥거리듯이 고개를 끄덕였다. "맞아요. 아니, 맞는 것 같아요. 머리가—머리가 없긴 하지만—."

오센이 큰 소리로 끼어들었다. "고양이 머리가 없어요?"

"그래. 잘려 나갔어."

쇼타로의 대답을 들은 오센은 실성한 듯이 제 머리를 감쌌다.

"그 바람에 쓸려서 그렇게 되었다는 거예요? 그럼, 우리 오리쓰는? 오리쓰 목은?"

"엄마! 정신 차려요." 오타마가 엄마의 소매를 잡고 흔들었다.

하지만 오센의 귀에는 오타마의 목소리가 들리지 않는 듯했다. 와앙 하고 울면서 엎드린다.

"오리쓰, 오리쓰. 아아, 어쩌면 좋니!"

분키치가 방으로 돌아왔다. 멀리 종소리가 들린다.

"아가씨, 이제 곧 약속 시간입니다."

나카노하시 다리로 가야 한다.

"천 냥 궤는 준비되어 있죠?"

"예. 환전상에서 빈 돈궤를 빌려 두었어요."

"나카노하시 다리에는 제가 나갈 거예요."

오하쓰가 모두에게 말했다.

"하지만 아가씨—."

"분키치 씨는 나가노야 분들과 함께 시마이야에 가 있어요."

분키치가 눈을 휘둥그레 떴다. "시마이야에요?"

"그래요. 여기에 있으면 위험해요. 아까 같은 일이 또 일어날 수 있으니까요."

나가노야의 쇼타로는 당혹스런 얼굴로 오하쓰와 분키치의 얼굴을 번갈아 보며 입가를 바르르 떨고 있었다. 나카노하시 다리로 오하쓰 혼자 보내자니 암만해도 불안하다. 하지만 오하쓰 같은 처녀를 이 집에 혼자 남겨 두는 것도 마음이 놓이지 않는다.

오센은 바닥에 엎드린 채 가느다란 소리로 계속 흐느낀다. 오타마는 엄마를 끌어안은 채 입을 다물고 있다.

"자, 서둘러요. 천 냥 궤는 어디 있어요?"

평소 오하쓰의 성격을 잘 아는 분키치는 더 반대하지 않았다. 말없이 방을 나갔다가 커다란 보자기에 싼 천 냥 궤를 안고 들어온다.

"안에 돌을 넣어서 꽤 무거워요."

오하쓰는 분키치 일행을 먼저 내보낸 다음 집 안의 등불을 끄고 나서, 준비해 온 이세야 옥호가 적혀 있는 등롱에 불을 붙여 들고 밤거리로 나섰다.

양팔로 품에 천 냥 궤를 안고 오른손 손가락으로 등롱 자루를 잡은 채 가는, 불편한 길이다. 그래도 무겁게 느껴지지 않았다. 마음이 들끓고 있다. 두려움 탓인지도 모르지만, 가슴이 뛰고 있었다.

나가노야 사람들은 그 집에서 떠나 있으면 일단은 괜찮을 것이다. 게다가 만약 그 괴이한 현상에 오타마가 얽혀 있다면 일부러라도 그 아이를 집에서 떼어 놓을 필요가 있다.

아까 얼어붙을 듯 매운 바람—오리쓰를 되찾겠다는 의지를 품고 나가노야에 찾아온 오하쓰를 칼날처럼 덮친 잡귀 바람에서는 분명한 의지가 느껴졌다. 고양이 시체를 던져 놓고 간 이유는 오아키의 방에서 연습장을 춤추게 한 것과 마찬가지로 오하쓰를 겁박하기 위해서이리라.

그렇다면 오하쓰가 포기하고 꼬리를 감추고 도망치지 않는 한, 앞으로도 그녀가 가는 곳에 잡귀 바람이 찾아올 것이 틀림없다. 오하쓰가 곁에 있으면 나가노야 사람들을 오히려 위험에 빠뜨리게 된다.

나카노하시 다리로 가려면 검문소 두 곳을 통과해야 한다. 그곳 검문소 지기에게는 사전에 기별을 해 두겠다고 로쿠조가 말했다. 약속대로 기별이 갔는지, 오하쓰가 인사하며 "도리초의 로쿠조네 사람입니다" 하고 작은 소리로 고하자 검문소지기는 냉큼 길을 열고 통과시켜 주었다.

밤길을 걷는 발소리가 차박차박 울린다. 요로즈초에서 나가노야로 가키치와 어깨를 나란히 하고 걸어올 때보다 발소리가 무겁게 들리는 까닭은 품에 안은 천 냥 궤 탓이라고 생각하자. 무거운 마음 탓은 결코 아니라고 생각하자.

왜냐하면 나카노하시 다리에서 돈을 빼앗으려고 기다리는 자들을 두려워할 이유가 전혀 없기 때문이다. 그저 약삭빠르게 편승하려는 놈들이 아닌가. 오리쓰의 실종을 이용하려는 놈들일 뿐이다. 고양이의 시체를 보는 순간 오하쓰는 그렇게 확신했다. 그것은 사람 손으로 할 수 있는 짓이 아니다.

오하쓰는 운하에 다다랐다. 길이 왼쪽으로 꺾인다.

운하에 흐르는 물은 아주 잔잔하고 밤보다 더 어둡고 탁해 보였다. 수면을 건너오는 바람에서 희미하게 물풀 냄새가 났다.

주위에는 아무도 없다. 잠복하기로 한 사람들도 전혀 기척이 없다. 어디 구석에 숨어 있을 로쿠조는 분키치가 아닌 오하쓰의 모습을 보고 심장이 뒤집힌 심정을 맛보고 있으리라.

'미안해요, 오라버니.'

속으로 속삭이면서 오하쓰는 운하를 따라 걸어갔다.

'그래도 오라버니를 믿어요. 천하에 몹쓸 놈을 꼭 잡아 주세요.'

산 사람이니 저 잡귀 바람보다는 쉽게 잡을 수 있을 테지. 문제는 오히려 그다음이다.

나카노하시 다리목까지 와서 걸음을 멈추었다.

운하 양 켠에는 창고가 죽 늘어서 있다. 밤에 봐도 하얀 벽이 무표정하게 오하쓰를 내려다본다. 운하는 오른쪽으로 가면 아라메바시 다리를 지나 니혼바시 운하로 이어지고, 왼쪽으로 가면 크게 구부러진 물길을 따라 좁은 운하로 연결된다.

과연 놈들은 어디에서 나타날까.

천 냥 궤 무게로 팔이 저렸다. 꿍 하는 소리를 내며 궤를 고쳐 들자 손가락 끝에 매달려 있던 등롱 자루가 흔들려 불빛도 흔들렸다. 땅바닥에 드리운 오하쓰의 그림자도 휘청 하며 흔들린다.

그때―.

"어이!" 하고 등 뒤 위쪽에서 부르는 소리가 떨어졌다. 창고 지붕이다!

오하쓰는 몸을 홱 돌려 그쪽을 쳐다보려고 했다. 순간 목소리가 그것을 막았다.

"꿈쩍 마!"

낮은, 남자 목소리다.

"그대로 저쪽만 보고 있어."

오하쓰는 고개를 까딱하고 운하로 얼굴을 향한 채 고개를 바짝 들었다.

"너, 나가노야 식구냐?"

"예, 그래요."

"그 집에 오리쓰 말고는 어린 계집애 하나만 있을 뿐 너처럼 다 큰 처녀는 없을 텐데?"

잘 받아넘겨야 하는 순간이다. 슬쩍 편승하려는 놈들이 나가노야의 사정을 자세히 알고 있기 어렵다는 데 걸어 보는 수밖에 없다.

"나는 오리쓰의 사촌이에요. 도리초 이세야라는 과자점집 딸이죠. 나가노야 아저씨랑 아주머니가 충격으로 자리에 드러누우셔서 내가 대신 부탁을 받고 나온 거예요."

머리 위 목소리는 침묵하고 있다.

오하쓰는 소리를 높였다. "하지만 돈은 시키는 대로 가져왔어요. 여기요."

천 냥 궤를 가슴 높이까지 쳐들어 보였다. 등롱 불빛이 또 흔들렸다.

흔들리는 빛 속에서 나카노하시 다리 건너편에 죽 늘어선 창고와 창고 사이에 순간 검은 그림자가 얼핏 스치는 것이 보였다. 가슴이 덜컥했다. 잠복중인 사람들일까? 오라버니는 어디 있지?

"아무래도 혼자 나온 모양이구나."

남자 목소리가 천천히 말했다. 오하쓰는 샅샅이 훑아대듯이 쳐다보는 눈길을 등으로 느꼈다. 목덜미가 으슬으슬 추워진다.

"배짱 한번 좋구나. 무섭지 않냐?"

아아, 참 잡스러운 놈이구나. 돈을 바라고 악행에 나선 놈이라면 공연한 소릴랑 집어치우고 돈궤를 어찌하라고 냉큼 지시나 해야 마땅한데, 상대가 작은 처녀 하나뿐임을 알자 거드름 피우는 투로 수작을 부린다. 지금 제 놈의 위치가 흡족해서 죽을 지경인 모양이다.

오하쓰는 굴하지 않고 똑똑히 말했다.

"무서운 거라면 나보다 오리쓰가 더하겠지요. 그쪽 같은 변변찮은 자들한테 붙들려 있으니."

남자 목소리가 낮게 웃었다.

"아냐, 오리쓰는 하나도 무서워하지 않아. 이제 곧 집으로 돌아갈 수 있다고 내가 분명히 말해 줬으니까."

"그렇다면 당장 오리쓰를 내놓으세요."

"그건 돈을 받고 나서 할 얘기지. 어이, 아가씨. 이름은 뭐지?"

"오하쓰예요."

"그래? 오하쓰란 말이지." 남자가 목을 갸릉갸릉 울리는 듯한 가증스러운 목소리를 냈다. "오하쓰, 거기서 두 발만 앞으로 나와 봐."

오하쓰는 시키는 대로 따랐다.

"좋아, 거기면 됐다. 발치에 돈궤를 내려놔. 저런저런, 보자기는 풀어서 치워. 고따위 것 때문에 덜미를 잡히면 안 되니까."

오하쓰는 허리를 숙이고 보자기를 풀었다. 그것을 개켜서 소맷자락 속에 집어넣었다.

"이제 등롱을 들고 그대로 곧장 걸어서 다리를 건너. 다만 다리 끝까지 가면 안 돼. 다리 가운데서 기다리고 있어. 알았나?"

"알았어요."

"절대로 뒤돌아보지 마, 오하쓰. 너도 목숨은 아깝겠지?"

큭큭 웃으며 남자 목소리가 말했다.

시키는 대로 오하쓰는 나카노하시 다리 가운데서 걸음을 멈췄다. 다리 위에 있으니 물풀 냄새가 더 진하게 코를 찌른다.

등 뒤에서 쿵 하는 소리가 났다. 그자가 창고 지붕에서 뛰어내린 것이다.

두려움을 다스리고는 있지만 등롱을 쥔 손이 떨렸다. 불빛이 위아래로 흔들린다. 그러자 뒤에서 목소리가 희롱하는 투로 말했다.

"그렇게 덜덜 떨면 곤란해, 오하쓰. 불빛이 흔들리면 돈을 셀 수가 없잖아."

빌어먹을—하며 등롱 자루를 꽉 움켜쥐었다.

희미한 발소리가 들린다. 남자가 천 냥 궤로 다가간다. 불과 몇 초 거리다. 이제 곧 궤로 손을 뻗어 뚜껑을 열겠지. 그때가 결정적인 순간이다. 속에 든 것이 돌멩이라는 사실을 알면—.

달캉 하고 뚜껑이 열렸다.

다음 순간 오하쓰의 뒤에서 슥슥슥슥 하는 소리가 급하게 들렸다. 누가 움직이는 기척이 빠르게 다가온다. 오라버니 일행이다!

"어억!"

비명을 지른 쪽은 지붕 위 남자다.

"이것들이 날 속여!"

오하쓰는 뒤를 돌아보았다. 많은 불빛들이 뛰어왔다. 저렇게 많은 사람들이 어디에 어떻게 숨어 있었을까.

지붕 위 남자는 대여섯 명에게 에워싸여 창고 벽에 등을 기댄 채 버티고 있다. 얼핏 직공 같은 차림새지만 얼굴에 보기 흉한 검은 복면을 했다. 복면 구멍으로 보이는 눈알이 정신없이 움직인다.

"그만 포기하시지."

그자를 가둔 포위망 속으로 천천히 걸어 들어가면서 로쿠조가 말했다. 한 손에 짓테를 쥔 채로 눈길은 남자의 얼굴에 날카롭게 꽂고 있다.

오라버니의 도깨비마냥 무서운 얼굴이 이렇게 듬직해 보이는 것도 처음이네, 하고 오하쓰는 생각했다. 속에서 뿌듯함이 솟구쳤다.

로쿠조의 말이 신호였는지 포위하던 사람들이 일제히 덤벼들었다. 신속한 공격에 남자는 벽에서 한 발도 도망치지 못하고, 멱살을 꽉 잡혀 팔이 꺾인 채 바닥으로 밀려 넘어졌다.

"나가노야의 오리쓰는 어디 있냐?"

로쿠조가 무릎을 꿇고 남자 얼굴 옆으로 몸을 숙이며 굵은 목소리로 말했다.

"너희 패가 잡고 있냐?"

"……패 같은 거 없다."

얼굴을 거반 땅바닥에 문질러 대며 남자가 신음하듯이 말했다.

"처음부터 끝까지 네놈 혼자 꾸민 짓이라는 말이냐?"

사라지는 사람들 · 139

"그렇다." 남자는 그야말로 땅속부터 우러나오는 듯한 소리로 웃었다.

"뭐가 우습지?"

"우습지 않고. 네놈들이 날 잡아 공을 세울 생각이겠지만 그렇게는 안 될걸."

남자의 팔을 비틀어 잡고 있던 젊은이가 발끈했는지 갑자기 남자의 옆구리를 발로 걷어찼다.

"더러운 아가리 놀리지 마라, 이 빌어먹을 놈아!"

하지만 남자는 욕설을 들으면서도 여전히 웃는다. 콧등에도 입술에도, 어둠 속에 허옇게 드러난 앞니에도 흙이 묻어 있다.

"아무렇게나 떠드슈, 형씨들. 날 아무리 족쳐도 오리쓰는 돌아오지 않을 테니까."

"뭐야!"

"오리쓰가 어디 있는지 아는 사람은 나뿐이란 말씀이지. 그리고 이 몸은 아무리 맞아도, 숨통이 끊어져도 오리쓰가 있는 곳을 불지 않겠다 이거야."

출동한 남자들 사이에서 동요가 일었다. 차분한 사람은 로쿠조밖에 없는 듯 보인다.

"그렇게 씨불거릴 수 있는 시간도 얼마 남지 않았다" 하고 로쿠조가 말했다. "이제 널 지신반으로 끌고 갈 거다. 거기서 무슨 수를 내서라도 오리쓰의 거처를 불게 만들어 주마. 네놈이 지금은 호기를 부린다만, 어디 한번 두고 보자, 그 호기가 동틀 때까지 가는지 안 가는지."

"마음대로 공갈해 봐." 남자도 지지 않는다. "이렇게 붙잡혔으니 어차피 효수대에서 모가지가 떨어질 몸. 황천길도 혼자 가면 수지가 안 맞지. 오리쓰랑 길동무해서 지옥으로 유람이나 가련다. 나가노야 주인 놈한테는 딸은 벌써 죽은 거나 마찬가지라고 전해 주시지. 불쌍하게 됐수다."

낄낄 웃는 듯한 남자의 말투에 오하쓰는 어금니를 꽉 물었다. 얼마나 끔찍한 말인가.

"이런 걸 두고 망나니 앞에서 허세 떤다고 하는 거다."

로쿠조가 입술을 씰룩거리며 웃었다. 그러고는 출동한 사내들에게 명했다.

"끌고 가."

사내들은 제압한 그자를 재빨리 포박해서 질질 끌다시피 하며 데려가기 시작했다. 남자가 떠난 자리에는 그자가 쓰고 있던 검은 복면만 남았다. 땅바닥에 떨어진 복면은 화살을 맞고 떨어진 까마귀처럼 보였다.

로쿠조가 그것을 주워 속을 뒤집으며 확인한다. 그러다가 오하쓰가 다가가자 갑자기 노한 목소리로 말했다.

"분키치 놈은 어디 가고 네가 왔냐! 복통이라도 왔냐? 허리라도 삐끗했대?"

"그렇게 화부터 내지 말아요."

로쿠조는 오하쓰를 노려보았다. "분키치가 겁에 질려 집으로 내빼기라도 했냐? 그것도 아니면 왜 네가 나왔어?"

"겁에 질리진 않았지만 집으로 피신한 건 맞아요."

"뭐야?"

"이야기하자면 길어요. 여기 서서 다 얘기할 수 없어요. 우리도 어서 지신반으로 가요."

오하쓰는 운하 초입인 에도바시 다리 쪽을 쳐다보았다. 일행은 벌써 제법 멀리 걸어갔다. 일부러 비틀거리며 저항하는 남자에게 누군가 큰 소리로 욕설을 퍼붓는다.

"네 생각을 통 모르겠구나."

로쿠조가 한숨 섞인 소리로 중얼거렸다. 손에 들고 있던 검은 복면을 팡팡 쳐서 흙먼지를 털어낸다.

"하는 수 없지, 가자."

미소를 짓고 오빠를 돌아본 오하쓰의 볼을, 방금 검은 복면에서 날아오른 흙먼지가 스르륵 쓰다듬듯이 스치고 지나갔다. 바람도 없는데.

─바람도 없는데? 아니, 아니다.

로쿠조는 창고의 하얀 벽을 등지고 서 있었다. 그 등 뒤 높은 곳에서 매운 바람이 내려온다. 점점 거세지고 있다.

"왔다."

저도 모르게 오하쓰가 작은 소리로 말했다.

"뭐가 와?"

그렇게 묻는 로쿠조의 얼굴에 난해한 수수께끼 그림^{에도 시대 서민들이 즐기던 수수께끼 그림. 이를테면 대파 네 개를 그린 그림을 보고 '네기시'라는 지역을 알아맞히는 식이다. 일본어로 파는 네기, 숫자 4는 시라고 읽는다}을 보는 듯한 표정이 떠올랐다. 하지만 그러는 와중에도 바람은 점점 속도와 냉기를 더해 간다.

로쿠조도 이상한 바람을 느끼고 몸을 틀어 위쪽을 올려다보았다.

"이게 뭐지? 왜 갑자기 얼음장 같은 바람이?"

오하쓰는 창고 기와 지붕 위에 펼쳐진 밤하늘을 올려다보고 있었다. 온통 까만색으로 덧칠된 하늘이지만 그 가운데 딱 한군데, 밤보다 더 검은 암흑처럼 뚫린 구멍이 똑똑히 보인다. 지름이 어른 어깨폭쯤 되는 구멍인데, 시시각각 냉기를 더해 가면서 내리지르는 바람은 바로 거기에서 나오고 있었다.

바람은 오하쓰를 향해 불어온다. 옷자락이 펄럭이며 뒤로 날린다. 바람이 강도를 더해 가면서 오하쓰의 몸을 훑고 지나간다.

오하쓰는 뒤를 돌아보았다. 일행은 이제 에도바시로 나가는 모퉁이에서 막 오른쪽으로 꺾어 들어가는 참이다. 일행 중 한 사람의 걸어지른 옷자락이 힐끔 보인다—.

경악과 공포로 오하쓰는 목소리를 잃은 채 우뚝 서 있었다.

바람이 나오는 암흑의 구멍을 등지니 바람의 모습이 똑똑히 보인다. 거기에는 꼴이 있었다. 폭은 피륙 정도 된다. 투명한 바람은 하늘하늘 가볍게 위아래로 구불구불 굽이치며 그들을 쫓아간다.

그 모습에서 뭔가가 떠오르려고 했다. 저렇게 움직이는 기다란 무언가. 뱀은 아니다. 생물의 움직임은 아니다. 더 가볍고 더 낭창낭창한 것.

잡귀 바람은 몸통을 틀어 에도바시 쪽으로 모퉁이를 돌았다.

다음 순간 여러 사람의 비명 소리가 들렸다. 출동했던 사람들이다!

"오라버니!"

사라지는 사람들

로쿠조를 부르고 뛰기 시작했다. 나막신이 거치적거려 도중에 벗어 버렸다. 오하쓰가 모퉁이를 돌려고 할 때 다시 비명 같은 소리가 요란하게 들렸다.

"이게 어떻게 된 거냐!"

뒤쫓아 온 로쿠조가 소리쳤다. 목청이 질려 새된 목소리로 변해 있다.

눈앞의 광경에 오하쓰도 움쭉달싹 못한 채 입만 멍하니 벌리고 말았다.

출동한 사람들은 모두 바닥에 납죽 엎드리거나 넋이 나가 주저앉거나 창고 벽에 매달려, 그들 앞을 가로막듯이 허공에 떠 있는 어떤 존재를 올려다보고 있었다. 포박당한 남자도 두 손을 등 뒤에서 묶인 채 무릎을 꿇고 서서 얼이 빠진 얼굴로 쳐다보고 있다.

그 바람이었다. 투명한 피륙 같은 바람. 그것이 똬리를 틀고 출동한 자들과 포박당한 자를 에워싼 채 한쪽 끄트머리를 뱀 대가리마냥 꼿꼿이 치켜들고 내려다보고 있다.

그곳에서는 바람이 회오리를 틀고 있었다. 그 바람, 얼어붙을 듯한 바람이 사방팔방에서 불어와, 손으로 얼굴을 가려도 눈을 감지 않고는 배길 수 없었다. 억지로 눈을 뜨려고 하면 눈물이 쏟아졌다.

꼴을 갖춘 바람의 한쪽 끄트머리—마치 그곳에 대가리가 있는 것 같다—는 그 남자를 쏘듯이 노려보며 대치하고 있다. 오하쓰가 소리를 질렀다.

"도망쳐요!"

목청이 터져라 소리를 지른 것 같은데 바람 소리에 삼켜져 누구의 귀에도 닿지 않았다. 누구 하나 몸을 돌려 달아나지 않고, 오하쓰를 쳐다보려고 하지도 않는다. 바로 옆에 있는 로쿠조마저 한 손으로 눈을 가리면서도 눈앞의 불가해한 존재에서 눈길을 떼지 못하고 그저 아연실색해서 멀거니 서 있다.

오하쓰 역시 겨우 한 마디 소리친 것이 고작일 뿐 사람들 쪽으로 뛰어가지 못했고, 바로 옆에 사람들이 주저앉아 있는데도 누구 하나 일으켜 주지 못했다. 설령 공포에 질려 저 혼자만이라도 몸을 돌려 도망치자고 작정했대도 다리가 얼어붙어 움직이지 않는 형편이다.

심장이 둘로 갈라져 양 귓구멍까지 기어 올라온 양, 쿵쿵 뛰는 소리가 머릿속을 가득 채우며 울려 퍼지고 있다. 그런데도 휭휭 하는 바람 소리는 여전했다. 점차 날카로워지며 한없이 높아진다 싶더니 갑자기 멀리서 울리는 해명海鳴처럼 낮아진다. 그러다가 다시 넘실거리듯이 높아져 가는 괴이한 소리.

그때 체포된 자를 내려다보던 바람 '대가리'가 휘청 움직였다.

마치 산토끼를 겨냥해 우듬지에서 급강하하는 매처럼 남자를 덮친다. 곧장 덮친 것이 아니라 도중에 몸을 빙글 틀어 남자의 등 뒤로 돌아가 대가리를 곧추세우더니 다시 화살처럼 곧장 날아들었다.

한순간에 벌어진 일이었다.

처음에는 투명한 피륙 같은 바람이 남자의 몸을 등 뒤에서 스치고 건너편으로 지나간 줄 알았다. 그게 아님을 깨달은 것은 바람 '대가리'가 반원을 그리며 피융 하고 밤하늘로 치솟은 직후 남자의 목이 붙어 있던 자리에서 물보라처럼 피가 솟구쳤을 때였다.

목이 없다!

목이 잘린 남자의 몸뚱이는 무릎을 꿇고 선 자세 그대로 천천히 앞으로 기울기 시작했다. 솟구쳐 나온 피는 주위에 꼼짝도 못하고 있는 사람들의 얼굴과 손에 튀었고 땅바닥에도 무수한 검은 자국을 남겼다. 남자의 몸이 엎어지듯이 쓰러지자 목이 있던 자리에서 이내 검은 피가 내를 이루며 흘러나와 땅바닥을 적셨다.

따뜻한 핏방울들이 넋을 놓고 있던 사람들을 일제히 들깨웠다. 그러나 동시에 그들의 용기를 송두리째 앗아 버렸다.

"사람 살려!"

누군가 다급하게 소리치자 그것을 신호로 삼은 양 모두들 영문도 알 수 없는 고함을 질러대며 도망치기 시작했다.

"잠깐! 모두들 침착해!"

정신을 차린 로쿠조가 소리치며 두 팔을 벌리고 막았다. 하지만 아무 소용이 없었다. 눈에 핏발이 서서 도망치기 시작한 사람들은 이미 오합지졸로 변해 있었다. 그들은 로쿠조를 콱 밀어 버리거나 그의 손을 뿌리치고, 서 있던 오하쓰를 밀어서 쓰러뜨릴 뻔한 것도 깨닫지 못하고서 나카노하시 다리 쪽으로 도망쳐 돌아갔다. 뒤에서 풍덩 하는 소리가 들리고 물보라가 올랐다. 누군가 운하로 굴러 떨어진 모양이다.

남자의 목을 베어 버린 바람 '대가리'는 높은 곳에서 돌개바람처럼 빙글빙글 몸을 틀면서 내려와 다시 아까처럼 창고 지붕쯤 되는 높이에 자리를 잡더니 '대가리'를 꼿꼿이 치켜들었다.

이제 바람 '대가리'가 쳐다보는 대상은 오하쓰다.

오하쓰는 거의 넋을 놓은 상태였다. 여기 오기 전에 나가노야에서 본 머리 없는 고양이 시체와 방금 전 솟구친 피보라, 그리고 오하쓰를 밀치며 도망친 사람들 가운데 한 사람의 앞니에 들러붙어 있던 피 등이 머릿속에서 뱅글뱅글 돌더니 마침내 하얀 안개가 끼기 시작했다.

'정신을 놓으면 안 돼.'

마음속의 아직 맑은 부분이 오하쓰에게 다급하게 경고했다.

'정신 차려, 정신 똑바로 차려!'

바람 '대가리'는 오하쓰를 정곡으로 겨냥한 채, 자, 너도 한번 당해 봐라, 라는 듯이 몸을 앞뒤로 살살 흔들고 있다.

"오하쓰! 도망쳐, 도망치라고!"

뒤에서 로쿠조의 목소리가 들렸다.

하지만 오하쓰는 움직일 수 없었다. 다리가 꼼짝하지 않았다.

바람 '대가리'가 스르륵 미끄러지듯이 앞으로 움직였다. 그대로 단숨에 육박한다. 오하쓰는 눈을 감았다.

눈꺼풀 뒤로 새빨간 섬광이 치달았다. 나가노야 부부와 스칠 때 보았던 빨간색과 비슷한, 하지만 훨씬 더 진해서 눈동자 속에서 뿜어져 나와 오하쓰의 온몸을 감싸 버릴 것 같은, 한없이 짙은 빨간색의—암흑.

얼음 같은 바람이 턱을, 볼을, 콧등을, 그리고 이마를 쓸어 올렸다. 소맷자락이 날아오른다. 오하쓰는 온몸에 힘을 주고 옆에 늘어뜨린 양 주먹을 꼭 쥔 채 두 발을 단단히 딛고 버텼다.

그대로 조용해졌다. 귓가에서는 여전히 높아졌다 낮아졌다 하는 바람 소리가 휘이잉 휘이잉 울고 있을 뿐이다.

오하쓰는 눈을 떠 보았다.

투명한 피륙 같은 바람은 거기 없었다. 대신 폭이 더 좁은 띠 같은 것이 주위 일대를 감돌며 둥둥 흐르고 있다.

'이건 도대체……'

투명하고 좁은 천 조각 같은 것에는 저마다 미묘하게 다른 색이 있었다. 투명한데도 색을 느낄 수 있다. 게다가 뜻밖에도 퍽 고왔다.

색색가지 천 조각들은 우아하게 춤추듯이 허공을 날고 있다. 올려다보는 오하쓰의 눈앞에서 아름다운 천 같은 것들이 허공에 떠서 하나로 모여들었다. 그러더니 마침내 사람 꼴을 이루었다.

문득 주위가 밝아졌다. 눈부신 빛이 운하로 이어지는 어두운 창고들 위로 넘쳐나고 하얀 벽을 빛나게 한다.

오하쓰가 생각한 대로, 그것은 틀림없는 옷이었다. 흘러넘치는 하얀빛 한복판에 막 나타난 것은 관음보살의 모습이었다.

오하쓰가 어릴 적부터 친숙했고 어디에서나 볼 수 있는 관음상의 얼굴이다. 자애 넘치는 표정. 눈동자는 그려져 있지 않지만 두 눈에서는 만인에게 향하는 따뜻한 시선을 느낄 수 있다. 좌우로 살짝 벌린 두 팔에서는 소맷자락이 길게 뻗어 내리고, 긴 옷자락은 손을 뻗으면 닿을 듯 가까운 곳에 하늘하늘 떠 있다.

'관음보살님이 살려 주셨구나…….'

목소리도 내지 못한 채 오하쓰는 생각했다. 잡귀 바람을 물리치기 위해 현세에 나타나 주셨구나. 관음보살님의 은혜로 방금 전 잡귀 바람에 목이 잘리지 않을 수 있었어.

감동에 겨워 그만 한 발을 내딛고 말았다. 무릎을 꿇고 절을 하려는데 옷자락이 사르륵 눈앞을 스치고 지나갔다. 오하쓰는 그것을 만져 보고 싶어 저도 모르게 손을 뻗었다.

그러자 옷자락이 재빨리 피했다. 몸을 꿈틀꿈틀 비틀며.

오하쓰는 흠칫했다.

손바닥으로 따귀를 맞은 듯한 충격과 함께 깨달았다. 아까 폭이 피륙쯤 되는 반투명한 바람을 처음 보았을 때 무엇과 비슷하다고 생각했지만 그것이 무엇인지는 알 수 없었다. 하지만 방금 알아챈 것이다.

옷이다. 그림에서 보았던 천녀의 옷을 꼭 닮았다. 각 조각마다 폭이 좁아지고 색이 다양해진 지금은 틀림없는 천녀의 옷이었다.

천녀의 옷―관음보살의 옷.

이것은, 진짜 관음보살이 아니다. 저 잡귀 바람의 모습이다.

깨달은 순간 오하쓰는 자리에서 펄쩍 뛰듯이 뒤로 물러났다. 그 바람에 바로 뒤에 있던 오빠의 몸에 쿵 부딪혀 함께 넘어졌다. 로쿠조는 얼이 빠져나간 듯한 얼굴로 눈을 뜬 채 쓰러져 있다.

오하쓰는 얼른 고개를 들고 공중에 떠 있는 관음을 올려다보았다. 그러고는 커다란 목소리로 외쳤다.

"존귀하신 관음보살님으로 둔갑하다니 이 무슨 불손한 짓이냐! 너는 누구냐!"

옷자락을 허공에 나부끼며 그 '존재'는 천천히 몸을 흔들기 시작했다.

"본색을 드러내라!"

오하쓰는 분노에 겨운 나머지 두려움을 잊고 있었다.

사라지는 사람들 • 149

아무리 저주를 퍼부어도 그 '존재'의 표정에는 변화가 없었다. 그러다 잠시 뒤 두 개의 눈꺼풀이 천천히 열렸다. 그 눈에는 젊은 처녀와 같은 맑고 까만 눈동자가 있었다.

오하쓰의 마음속에 여자 목소리가 들려왔다.

"너는 내가 무섭지 않니?"

그 '존재'가 말을 건넨 것이다. 오하쓰는 바싹 마른 입술을 침으로 적시고 천천히 입을 열었다.

"너는 도대체 누구지?"

대답이 없다. 눈가에 희미한 웃음을 떠올린 것처럼 보였다. 사실 여전히 세차게 불고 있는 바람 때문에 눈을 제대로 뜨고 있을 수 없어서 잘못 보았는지도 모르지만.

"용감하구나" 하고 여자 목소리가 다시 말했다. "게다가 곱기도 하고. 호오, 그 머리카락, 그 살결."

관음보살의 모습을 빌린 '존재'가 팔을 뻗자 팔에서 사르르 흘러내린 옷소매가 오하쓰의 볼을 살짝 쓸었다. 오하쓰는 흠칫하며 진저리를 쳤다. 옷소매는 얼음처럼 차디찼다.

"하지만 너는 안 되겠다." 여자 목소리가 나지막이 말했다.

"그게 무슨 소리지?"

오하쓰는 간신히 몸을 일으켜 상대에게 다가가려고 안간힘을 썼다. 하지만 강풍에 떠밀려 머리를 들고 있기도 힘들다.

"너지? 네가 오아키 씨와 오리쓰를 채 갔지? 왜 그랬지?"

관음보살의 모습을 취한 '존재'는 오하쓰를 똑바로 쳐다보며 잠시 허공에 떠 있었다. 그러다가 천천히 높은 곳으로 오르기 시작했다.

"나는 내 이름을 사칭하려는 자를 용서할 수 없다."

관음보살의 오른손이 천천히 올라갔다. 허공에서 뭔가를 끄집어내는 시늉을 한다.

"그래서 이 사내의 목을 받았지."

오른손이 빠르게 움직여 오하쓰를 향해 뭔가를 던졌다. 오하쓰는 얼른 몸을 피했다. 던져진 무언가는 땅바닥에서 한 번 튀어 올라 오하쓰 바로 옆에 떨어졌다.

바로 남자의 목이었다. 두 눈을 홉뜨고 있다.

"거치적거리면 너도 이렇게 돼."

그 말이 끝나자 관음보살은 눈을 감았다. 그 순간 돌개바람 같은 바람이 일어났다. 오하쓰는 거기에 휘말려 땅바닥에 거칠게 내동댕이쳐졌다.

잠시 후 퍼뜩 정신이 들었을 때 괴이한 관음보살은 사라지고 없었다. 바람도 자취를 감추었다.

다시 소곤거리는 그림자

동녘 하늘이 아침놀로 빨갛게 물들었다.

작고 까만 그림자가 산문 지붕 위를 오른편에서 왼편으로 나는 듯이 지나간다. 이어서 산문 옆으로 뻗은 늙은 소나무 가지로 사뿐히 뛰어올랐다. 스스슥 하고 나무들이 수런거린다.

"데쓰인가? 다녀왔어?" 하는 도사의 목소리가 들린다.

"끔찍했어, 도사." 조금 새된 목소리가 대답했다.

"왜 그래?"

"그 친구가 당했어. 끔찍하게 죽었어. 그러니 우리한테 도움을 청할 방법도 없었을 거야."

"그럼……."

"그래, 친구야. 그놈이 친구를 죽이고 처녀 하나를 또 채 갔어. 이번엔 채소 가게 딸이야."

한숨에 말한 데쓰는 분하다는 듯이 덧붙였다.

"이제 겨우 열세 살짜리래."

도사는 한참을 말이 없었다. 이 꼭두새벽에 절에서는 벌써 청소가 시작되었다. 경내를 깨끗하게 비질하는 소리가 규칙적으로 들려온다. 마치 멀리서 파도가 밀리는 듯한 소리다.

"그럼 방울이가 찾아냈다는 처녀는 어떻게 됐어? 그 처녀를 살펴보러 갔던 거 아냐?" 도사가 물었다.

"그래. 그 처녀를 살펴보러 갔다가 몹쓸 광경을 본 거지."

데쓰는 후우우 하고 신음하는 듯한 소리를 냈다.

"그 생각을 하면 온몸의 털이란 털이 다 곤두서. 도사, 내가 천구의 본색을 봤어."

그때 종루에서 하루의 시작을 고하는 종소리가 묵직하게 울리기 시작했다. 종소리의 꼬리가 사라지기를 기다려 도사가 말했다.

"어떻게 생겼는데?"

"관음상을 쏙 뺐어."

도사는 무슨 말을 하려다가 요란하게 재채기를 터뜨렸다. 그러고는 낮은 소리로 무어라 중얼거렸다.

"응? 뭐라고?" 데쓰가 성마르게 물었다.

"천구의 본색은 그리 쉽게 눈에 띄지 않아" 하고 도사는 말했다. "관음상을 직접 봤나?"

"봤지. 아사쿠사 관음님에도 아사쿠사 센소지에 있는 본존 관음보살상을 쏙 뺐다니까. 황송해서 절을 올리고 싶더라고. 한데 그놈이 눈을 번쩍 뜨네. 그러더니 갑자기 여자 얼굴로 변하잖아. 내 말 알겠어? 부처가 아니었어. 여자 얼굴이더라고."

"네 등에 피가 묻어 있어." 도사는 그렇게 말하고 걱정스레 목소리를 낮췄다. "방울이가 말하던 처녀는 무사한가?"

"응, 그 처녀는 무사해. 담이 보통 큰 게 아냐."

데쓰는 흐흥 하고 콧소리를 냈다.

"그 아가씨라면 날 만나도 기절하지는 않겠어."

동트지 않는 밤

지신반을 지키고 있는 로쿠조 일행을 두고, 오하쓰는 기진맥진한 몸으로 혼자 시마이야로 돌아왔다. 봄밤은 희끄무레하게 밝아 왔고 동녘 하늘이 연한 붉은 빛으로 물들기 시작했다.

시마이야에 도착하자 오요시와 가키치, 그리고 짐작대로 우쿄노스케가 와 있다가 나란히 맞아 주었다. 분키치는 오하쓰와 자리바꿈 하듯이 지신반으로 달려갔다. 나가노야 사람들은 안쪽 방에 있다고 한다. 나카노하시 사건에 대해서는 로쿠조가 직접 전하겠다고 해서 오하쓰는 일단 나가노야 사람들 앞에 얼굴을 비치지 않기로 했다.

오하쓰의 얼굴을 보는 순간 사정이 복잡하다는 것을 짐작했는지 우쿄노스케는 아무것도 묻지 않았다. 오하쓰가 이야기를 시작하려고 하자 한 손을 들어 막는다.

"내일 얘기해요, 내일."

"벌써 날짜가 바뀌었어요."

"오하쓰 씨한테는 잠을 자고 일어나야 내일입니다. 로쿠조 씨는 아직 거기 계신가요?"

오하쓰가 고개를 끄덕였다. "아직 궁리할 것들이 많을 거예요."

시장하지 않다는데도 가키치가 단맛이 진한 갈분탕을 한 잔 받쳐 들고 와서 이것만 마시고 자라고 했다. 오요시도 간절한 얼굴로 마시라고 해서 오하쓰는 마지못해 잔을 비웠다.

"맛있네요" 하고 말하자 오요시가 한시름 놓은 얼굴로 눈웃음을 지었다.

"그이가 돌아올 때까지 나가노야 사람들은 내가 알아서 살펴 줄 테니까 아가씨는 푹 자요, 알았죠?"

"네."

올케는 역시 걱정을 타고났어, 하고 생각하면서도 마음이 놓였다. 역시 집이 좋구나……. 그렇게 생각하니 새삼 마음이 찡했다. 집을 나와 어딘지도 모르는 곳으로 끌려간 두 처녀—그들은 지금 어떻게 되었을까?

"올케 언니, 이제 곧 아침 장사를 준비해야 할 시간이에요."

"그러네요. 하지만 걱정하지 말아요. 벌써 밑준비는 얼추 끝냈으니까. 멀거니 기다리기도 심심해서 가키치 씨랑 밤새 조금씩 해 놨어요."

오요시는 밤샘으로 지친 기색도 전혀 보이지 않고 밝은 얼굴로 그렇게 말했다.

"아, 스테보 아침밥이……."

오하쓰는 문득 그 아이가 생각났다. 아마 두려워하고 있을 텐데.

그러자 우쿄노스케가 제 가슴을 두드려 보였다. "그쪽은 제가 알아서 하죠. 나막신 가게에 들어갈 때도 남들 눈에 띄지 않게 뒷문으로 들어갈 테니까 걱정하지 말아요."

걱정거리들이 오하쓰의 마음에 닿기 전에 일찌감치 치워져 가는 모습이 유쾌하기까지 하다. 그러다가 곧 정말로 졸음이 몰려오자 오하쓰는 잠자리에 들기로 했다.

방으로 가다가 나가노야 사람들이 있는 방 앞을 지나게 되었다. 불이 켜져 있다. 오하쓰는 가만히 귀를 기울였다.

희미하게 말소리가 들린다.

"그렇게 되고 말았으니……."

오센의 목소리다. 피로 때문인지 목소리가 갈라져 있다.

"오리쓰가 돌아오지 못한다고 결정 난 것도 아니잖아." 쇼타로가 역정을 내는 투로 말했다. 그의 목소리도 피곤에 절어 있다. "틀림없이 무사히 돌아올 거야."

"정말 그래야 할 텐데." 오센이 울기 시작한 모양이다. "여보, 나는 암만 생각해도 이번 일이 우리한테 내린 천벌 같으우."

복도에서 오하쓰가 숨을 죽였다. 천벌?

"무슨 소릴 하는 거야, 이 사람이."

오센은 잠시 대답하지 않았다. 오가는 이야기를 들건대 어린 오타마는 잠이 들었나 보다.

"······우리가 그런 생각을 했잖수."

"그런 생각이라니?"

쇼타로가 무뚝뚝하게 물었다. 오센의 목소리가 눈물에 젖는다.

"알면서 왜 그러우. 당신도 내심 그렇게 생각하잖아요. 그렇죠?"

"무슨 소린지 통 모르겠군."

그렇게 말하는 쇼타로의 말투에도 힘이 없다. 그가 낭패했음은 목소리만 들은 오하쓰도 금방 알 수 있었다.

한동안 방 안은 쥐 죽은 듯 조용했다. 오하쓰는 두 내외가 고개를 숙인 채 서로 시선을 피하고 있는 모습을 상상했다.

"두 아이 모두 귀한 딸인 것을. 둘 중 하나를 내보내다니, 생각해서는 안 될 일이었수." 오센이 가만히 말했다.

"그게 뭐 어째서?"

"그런 생각을 하니까 신령님이 노하셔서 한 아이를 데려가 버린 거예요, 틀림없이."

"그만해" 하고 쇼타로가 말했다. 화가 났다기보다 부탁하는 말투였다. "오리쓰는 납치를 당했어. 졸지에 재앙을 당한 거야. 그냥 그뿐이라고."

오센이 조용히 흐느낀다. 마침내 쇼타로가 "그만 자야겠어" 하고 말했다. 불이 꺼졌다.

복도에 있던 오하쓰는 복도 끝 격자창에서 비쳐드는 연한 아침 햇살 속에 남겨졌다. 방금 들은 내용과 어젯밤 나가노야 우물가에서 느낀 굉장한 증오감은 서로 연결되는 이야기일까.

'언니가 죽어 버렸으면 좋겠어!'

오타마와 차분히 이야기를 해 봐야겠다. 잡귀 바람과 두 처녀의 실종과 오타마의 증오가 서로 관련이 있는지는 알 수 없다. 하지만 어쩌면 작은 끈을 찾을 수 있을지도 모른다.

오하쓰는 제 방으로 들어가 잠자리에 들었다. 금세 깊은 잠에 빠졌다. 다행히 꿈은 꾸지 않았다.

눈을 떴을 때는 벌써 해가 높이 떠 있었다. 황망히 옷을 입고 아래층으로 내려가니, 매일 점심을 먹으러 오는 단골 손님 몇 명이 막 포렴을 헤치고 밖으로 나가는 참이었다.

"저런, 오하쓰도 늦잠을 자나?" 하며 농을 걸어 온다.

"더 쉬지 그래요."

오요시가 그렇게 말했지만, 오하쓰는 제법 기운을 차렸다면서 얼른 앞치마를 걸치고 다스키로 소매를 단속한 다음 일거리를 잡았다.

시마이야가 제일 바쁜 때는 역시 손님들이 아침을 먹으러 몰려드는 이른 아침과 주점을 뜻하는 포렴을 내거는 저녁 이후 시간대다. 그에 비하면 점심때는 한참 여유로워서 오하쓰도 가키치가 솜씨를 낸 음식을 틈틈이 먹을 수 있다. 그렇게 먹고서 다시 기운을 내는 것이다.

바지락 된장국에, 산초나무 순을 으깨어 섞은 된장을 발라서 구워낸 두부 꼬치구이, 아침에 제공하는 그날의 요리가 남았다면서 가키치가 내준 삼치 구이 등 맛난 음식을 입으로 나르면서 시마이야의 번성을 눈으로 확인하고, 드나드는 손님들의 즐거운 대화며 힘찬 인사며 웃음소리 따위를 듣고 있자니 지난밤의 일들, 더 나아가 오아키의 가미카쿠시에서 비롯된 일련의 사건들이 마치 거짓말처럼 느껴진다. 악몽이라도 꾼 듯한 기분이었다.

그러고 보니 가키치가 전에 이런 말을 했다.

"맛난 음식에는 정신을 온전하게 되살리는 힘이 있어요."

정말 그렇구나, 하고 오하쓰는 실감했다. 배가 부르면 상황을 조리 있게 판단할 수 있을 만큼 차분해진다. 반면 무언가에 두려워하고 전율하게 되는 마음의 탄력 같은 것은 조금 약해지는 듯하다.

식사를 마치고, 잘 먹었습니다, 하고 손을 모으는데 오요시가 차를 내주었다. "깨끗이 비웠네. 다행이네요. 점심때쯤 후루사와 님이 들러 보겠다고 하셨어요."

"네. 나가노야 사람들은요?"

"반 각쯤 전에 집으로 돌아갔어요."

"오라버니가 그러라고 했어요?"

"네. 아침 여덟시쯤에 돌아와서는 꽤 오랫동안 나가노야 사람들과 이야기를 나누더라고요. 그러고 나서 바로 집으로 돌려보냈죠. 다만 가게는 당분간 쉬고 외출도 될수록 자제하라고 했어요."

"누가 따라갔나요?"

"감시할 사람도 배치해 두었대요. 걱정하지 않아도 괜찮아요."

"오라버니는요?"

오요시는 미소를 지었다. "아까 들어가 보니 한창 코를 골고 있던걸요. 하지만 점심 전에 깨워 달라고 했으니까 이쯤 해서 깨워야겠네요."

"마침 잘됐네요. 내가 들어가서 깨울게요."

오하쓰는 자리에서 일어나 로쿠조의 침실로 갔다. 장지 앞에 서서 귀를 기울였지만 코 고는 소리는 들리지 않았다. 아직 자고 있기는커녕 안에서 그녀를 부른다.

"오하쓰냐?"

오하쓰는 장지를 드르륵 열었다. "벌써 일어나 있었어요?"

로쿠조는 이불을 개켜 두고 화로 앞에 책상다리를 하고 앉아 열심히 담뱃대를 빨고 있다. 눈빛이 생생한 것이 피곤한 기색도 없다. 오캇피키가 하는 일이 본시 몸이 건강하지 않으면 감당하기 어렵다지만, 하치오지까지 가서 흉악범을 잡고 지난밤에는 내내 그 소동을 겪었다. 조금은 지친 낯을 하고 있어도 좋으련만, 자기는 그리 약하지 않다는 것을 보여 주려는 셈인가. 게다가 로쿠조는 마치 물 곡예 하는 예인이 손바닥을 뒤집어 물줄기를 가볍게 뿜어 올리고 다시 뒤집어 뚝 그치게 하듯 짧은 시간 푹 자고 얼른 일어나 기운차게 돌아다니기를 예사로 한다. 이것만은 오하쓰가 흉내 내지 못한다.

"오라버니, 어제 저녁 사태를 어떻게 생각해요?"

로쿠조는 눈을 부라리며 오하쓰를 쏘아보았다. "그보다 왜 네가 이번 일에 끼어들게 되었는지부터 말해 봐라."

"네, 좋아요. 하지만 얘기가 기니까 잠깐 기다려 줘요. 이제 곧 우쿄노스케 님이 오실 텐데, 그러면 얘기가 단숨에 끝날 거예요."

오하쓰는 화로에 올린 무쇠 주전자를 만져 보았다. 물이 팔팔 끓고 있다. 다기를 가져다 뜨거운 잎차를 탔다. 그 사이에도 로쿠조는 담배 연기만 뻑뻑 빨고 있다. 한창 머리를 굴리고 있다는 증거이며 마음이 급하다는 표식이기도 하다.

오하쓰는 불쑥 일어나 창문을 열고 담배 연기를 몰아냈다. 그러자 그대신 들어오는 밤바람을 타고 벚꽃 꽃잎이 하나 방 안으로 춤추듯이 날아 들어왔다.

그러다가 오하쓰의 발끝에 내렸다. 쪼그리고 앉아 손끝으로 집어 올린다. 벚꽃—.

문득 가시와기가 들려준 이야기가 떠올랐다. 가미카쿠시를 당한 꼬마가 벚나무 숲에 서 있는데, 그 깊은 벚나무 숲에는 사람도 없고 새 소리도 들리지 않는다는 이야기. 그는 그곳이 이승이 아니라고 생각한다고 했다.

지금 오아키와 오리쓰가 있는 곳도 그런 곳일까? 벚꽃이 흐드러지게 핀 곳일까? 가미카쿠시를 당한 사람은 모두 그곳으로 끌려가는 걸까?

오하쓰는 손끝에 올린 꽃잎을 가만히 들여다보았다. 이렇게 보니 미녀의 손톱처럼도 보인다—.

순간 흠칫해서 꽃잎을 떨어냈다. 지난밤에 본 관음상의 얼굴이 떠올랐기 때문이다. 그때 마침 아래층에서 오요시의 목소리가 들렸다.

"후루사와 님이 오셨어요."

로쿠조와 우쿄노스케가 자리를 잡고 앉자 오하쓰는 전말을 말하기 시작했다. 이야기를 하는 동안 무쇠 주전자에 물을 한 번 보태 주어야 했다.

로쿠조는 한동안 말없이 담뱃대만 물고 있다가 이윽고 눈길을 들어 우쿄노스케에게 물었다.

"후루사와 님의 부친께서는 구라타 나리에 대해서 뭐라고 하시던가요?"

우쿄노스케는 어제 하루 내내 구라타 몬도라는 도신에 대해서 알아보고 다녔다. 그는 고개를 한 번 끄떡하고 말했다.

"저도 아직 자세히는 파악하지 못했습니다. 아버지도 원래 그런 분이라서 많은 이야기를 해 주지는 않으셨고요. 하지만 한 가지 확실한 사실은 있습니다. 구라타 몬도라는 도신은 훼예포폄毁譽褒貶이 심한 사람이라는군요."

마치순시관인 그가 요즘 힘깨나 쓰고 다니는 까닭은, 북부 부교쇼의 고참 요리키이며 심문 담당관인 가키타 주베의 눈에 들어 한창 총애를 받고 있는 덕분이라고 한다.

"아, 가키타 나리 말이군요······." 로쿠조가 천천히 고개를 끄덕였다.

"대단한 분인가요?" 오하쓰가 물었다. 우쿄노스케는 쓴웃음을 지었다.

"심문 담당 요리키 중에서는 실적이 가장 좋다고 합니다. 지금까지 많은 사건과 분쟁에 관여했는데, 잡지 못한 범인이 없고 풀지 못한 분쟁이 없다는 분이니까요."

이 말에 오하쓰는 웃음을 터뜨리고 말았다.

"말도 안 돼요."

사실 그렇다. 그래서 우쿄노스케도 쓴웃음을 짓는 것이다.

"물론 상당한 억지와 무리가 있었기 때문에 가능한 실적이겠지요. 예를 들어 위에서 떨어진 사건이면 뒤탈이 없는 범위 안에서 범인을 만들어 내서 해결하고, 시중 평민들 사이에 일어난 분쟁이면 네모진 뒷박에 찰떡 이겨 넣듯이 해서 처리해 버립니다. 그래도 어쨌든 기록에는 전부 해결되었다고 남게 되니까요."

"구라타 나리가 그런 짓에 앞장서는군요?" 오하쓰는 강압적으로 보이던 옆얼굴을 떠올렸다. "그래서 나막신 가게 건에서도 막무가내로 마사키치 씨를 범인으로 삼으려고 했고요."

우쿄노스케가 고개를 끄덕였다. "아버지도 융통성 없는 분이시지만 모르는 건 모른다, 못하겠다 싶은 것은 못하겠다고 분명히 말씀하시지요."

우쿄노스케의 부친 후루사와 부자에몬이라는 사람은 그야말로 백 년쯤 전에 태어났으면 얼마나 좋았을까 싶을 정도로 옛날의 도리를 지키려는 사람이다. 해서 조금 박정한 구석이 있고, 그것이 아들 우쿄노스케와 어긋나게 된 이유이기도 하다. 그렇지만 후루사와 부자에몬은 이치에 어긋나게 강압적으로 행동하는 사람은 결코 아니고, 소임을 그런 식으로 처리하는 요리키도 아니다.

"그래서 아버지도 가키타 나리 패의 일처리를 마뜩잖게 보시는 듯합니다. 제가 넌지시 여쭤봤을 때, 너는 기왕에 부교쇼를 물러난 몸이니 함부로 기웃거리지 마라, 하고 꾸중하시면서도 혹시 구라타 몬도의 행실이 묘하다 싶으면 일러 달라고 하셨을 정도니까요."

로쿠조가 담뱃대를 화로 테두리에 톡톡 두드렸다.

"가키타 나리 패라면, 가키타 나리 밑으로 구라타 나리 외에 또 누가 모여 있다는 말씀이신가요?"

"구라타 몬도 나리가 앞장을 서고 있지만, 사실 그런 방식이 많은 성과를 올릴 수 있는 이유는 부교쇼 사람들은 물론이고 시중 평민들 중에도 지지하는 자들이 있기 때문인 듯합니다. 무슨 사건이 일어났는데 기필코 범인을 잡고 싶으면 구라타 몬도 나리 혹은 가키타 주베 나리에게 부탁하자고 생각하는 거죠."

"그래서 돈도 덩달아 움직이고요?"

"그렇습니다. 예전 동료가 슬쩍 흘려 준 이야기인데, 요즘 가키타의 명성이—명성이라고 하기도 좀 이상하지만, 그 평판이 북부 마치부교쇼 안에서도 어느새 짜하다 합니다. 누구나 공을 바라고 돈도 쥐고 싶어 하지요. 부교쇼를 떠난 제가 이렇게 말하는 것도 떳떳지 못한 일이지만, 도신이나 요리키는 고케닌_{쇼군 휘하 무사 중에서 신분이 낮은 층으로, 주로 요리키나 도신으로 일함}이라고 해도 출세를 바라기 어렵고 무사 중에서는 한참 낮게 치는지라, 추구할 만한 것이 눈앞의 이익 정도밖에 없습니다. 뒷돈이 만연한 것은 오랜 관습이죠. 가키타 나리나 구라타 나리는 거기에 '백발백중 범인을 잡는다'는 명분으로 간판을 내걸고 당당하게 돈을 받았으니, 차라리 그분들이 현명한지도 모릅니다."

오캇피키 노릇을 하는 오라버니 밑에서 자란 탓에 핫초보리 나리_{핫초보리에는 요리키와 도신들이 모여 사는 집단촌이 있었다. 때문에 부교쇼에 적을 둔 하급 무사를 핫초보리 나리라고 부르곤 했다}라면 가장 친근하고도 제일 대단한 무사님이라는 인상을 품고 살아온 오하쓰로서는 요리키나 도신이 무사 중에 바닥 신분이라

사라지는 사람들 • 163

는 사실을 이해하기 어렵다. 어쩐지 서글퍼지는 이야기다.

"오라버니, 이시베 나리는 뭐라고 하시던가요?" 하고 로쿠조에게 물었다. 이시베는 로쿠조를 고용한 도신으로 남부 부교쇼 소속이다. 붙임성이 아주 좋은 사람이라 오하쓰가 어릴 적에 종종 목말을 태워 주었다.

"별 말씀 없더라." 로쿠조가 고개를 저었다. "하기야 에도 땅은 넓고 사건은 좀 많으냐. 게다가 원래 이시베 나리는 입이 무거운 분이시고."

나가노야의 오리쓰 건은 아직 공개되지 않았으므로 구라타 몬도나 가키타 주베가 나서는 일은 당분간 없을 터였다. 걱정거리는 역시 나막신바치 마사키치와 오아키 건이다.

"그나저나 다쓰조 행수가 골치 아픈 사건에 말려들었군……." 로쿠조가 낯을 찡그리며 중얼거렸다.

"오아키 씨가 살던 야마모토초는 다쓰조 행수의 구역이죠" 하고 우쿄노스케도 고개를 끄덕인다.

"그게 꼭 그렇지도 않은가 봐요. 다쓰조 행수님은 적어도 오아키 씨 건에 있어서는 구라타 나리를 신뢰하고 있다는 느낌을 받았거든요." 오하쓰는 어제 다쓰조와 모지하루를 만났을 때 겪은 일을 들려주었다.

"으음." 로쿠조가 앓는 소리를 냈다. "이런 것이 바로 아까 후루사와 님께서 말씀하신 훼예인지 뭔지가 심하다는 걸까요?"

우쿄노스케가 미소를 지었다. "글쎄요. 어렵군요."

"하긴 오하쓰가 보고 들은 잡귀 이야기를 무시하면 나도 다쓰조 행수처럼 생각할지도 모르지만."

"오라버니도!"

"화낼 것 없다. 나도 마사키치가 딸의 혼인을 진심으로 기뻐만 할 수 있었을지 의심스러워." 로쿠조는 굵은 한숨을 토했다. "사람의 마음이란 것에는 온갖 색이 섞이게 마련이니까. 경사스러운 일에 검은 기운이 섞여 있기도 하고, 슬픈 일에 기쁨이 숨어 있을 때도 있어."

"하지만 아무리 그래도 아버지가 딸을 죽일 리는 없어요. 그건 있어선 안 되는 일이잖아요."

그러나 로쿠조는 그 '있어선 안 되는 일'이 허다하게 일어나는 것을 어릴 적부터 제 눈으로 보면서 살아왔다. 오하쓰도 그것은 잘 알고 있다.

"여하튼." 어두운 분위기를 쳐내듯이 로쿠조가 목소리를 키웠다. "사정은 잘 알겠구나. 부교 나리가 분부하신 일이다. 오하쓰, 너는 후루사와 님과 함께 가능한 한 모든 수를 써서 나막신 가게 오아키 건에 매달려라. 다만 드러나지 않게 움직여야 한다."

"알았어요." 오하쓰는 고개를 크게 끄덕였다.

"어디 갈 때는 반드시 행선지를 고하고 가. 뭐든 알아낸 일이 있으면 바로 알려 주고. 함부로 움직이면 안 돼. 그리고 또 하나, 중요하니까 잘 들어. 절대로 구라타 몬도 나리한테 빌미를 잡히지 마라."

로쿠조의 얼굴에 깊은 근심이 떠올라 있다. 오하쓰는 고개를 크게 끄덕였다.

"오라버니는 앞으로 어떻게 할 거예요?"

로쿠조의 얼굴에 얼핏 그늘이 스친다.

"기대하던 그놈이 죽어 버리고 말았으니."

웃는 소리에 분함이 묻어난다.

"우선은 그자의 신원을 밝혀내야지. 그리고 활터에서 쓰는 그 화살, 그걸 추적해 볼까 한다."

"화살의 출처를 찾으려고요?"

"그래. 그러다 보면 뭔가 실마리가 잡힐지도 모르지. 이를테면 그자에게 정말 한패가 없었는지도 알 수 있을 테고."

"그렇게 해서 오리쓰의 행적이 드러날까요……?"

말해 놓고 오빠의 얼굴을 빤히 쳐다보았다. 나카노하시께 운하 변에서 겪은 사건―돈을 받으려고 나왔던 자가 죽은 모습을 보면 오리쓰를 채 간 상대는 이승의 존재가 아니라는 사실이 너무나 명백하지 않은가.

"모르겠다" 하고 로쿠조는 솔직히 말했다.

"어쨌든 오하쓰, 넌 네가 생각하는 길로 움직여 봐라. 나도 나름대로 더듬어 나갈 테니까. 두 길이 어디선가 만나면 그 앞쪽에 오리쓰와 오아키가 있겠지."

"살아 있을까요?" 우쿄노스케가 작은 소리로 말했다.

로쿠조는 대답 없이 고개만 저었다.

"오라버니, 하고 싶은 얘기가 있어요."

그리 좋은 이야기는 아니지만, 하고 머리말을 놓고 나서 오하쓰는 오타마에 대한 이야기를 들려주었다. 나가노야 우물가에서 느낀 증오감, 그리고 쇼타로와 오센이 나누던 대화.

"잘 알았다. 나가노야의 속사정도 알아보자."

"드러나지 않게요."

"암. 이제 나도 좀 믿어 주렴." 로쿠조는 빙긋이 웃으며 화답했다.

오하쓰는 당황하며 말했다. "믿고말고요. 다만 이번 일은 깜짝 놀랄 일들이 줄지어 일어나니까 걱정이 돼서 그렇죠. 오라버니, 정말 조심하세요. 우리가 상대하는 자는 본색이 뭐든 간에 굉장히 무서운 힘을 가지고 있는 게 분명해요."

오하쓰의 손등을 톡톡 치며 로쿠조는 "그래" 하고 응했다. 그러고는 담뱃대를 허리띠에 지르고 일어나 성큼성큼 걸어서 방을 나갔다.

단둘이 남자 우쿄노스케가 말했다. "오하쓰 씨는 조금 무서워하고 계시군요."

오하쓰는 고개를 끄떡했다.

하지만 나막신 가게 천장 위에서 들려온 겁박하는 목소리나 납치범의 목을 싹둑 자른 잡귀 바람이 무서워서는 아니다. 오하쓰를 떨게 하는 것은 관음보살로 둔갑한 '그것'이 오하쓰를 쳐다보며 '곱기도 해라, 그 머리카락, 그 살결'이라고 말했을 때의 탐욕스러운 말투였다. 그 소리를 떠올리니 몸서리가 쳐졌다.

"도대체 그놈의 정체는 뭘까요?"

"알아내야죠." 우쿄노스케가 그렇게 말하고 빙긋이 웃었다. "그럼 스테보를 만나러 갈까요? 겁에 질려 있을 텐데."

스테키치는 작업실에서 연장을 숫돌에 갈고 있었다. 오하쓰와 우쿄노스케의 얼굴을 보자 발딱 일어나 반갑게 달려 나온다. 손에는 목재를 깎는 데 쓰는 커다란 끌을 쥐고 있다.

"끼니는 잘 챙겨 먹었니?"

"덕분에 잘 먹었습니다."

어른스럽게 말하고 고개를 깊이 숙인다. 오하쓰는 웃으며 말했다.

"그 위험한 물건은 내려놓았으면 좋겠다."

스테키치는 당황하면서, 하지만 조심스럽게 연장함에 돌려놓았다. 연장함이 놓인 자리로 볼 때 마사키치가 쓰던 끌 같다.

"주인님이 쓰던 연장을 손질하고 있었니?"

스테키치는 쓸쓸한 얼굴이 되었다. "그냥 심심해서요. 이렇게 손질해 두면 언제든 주인님이 돌아오셔도 당장 쓰실 수 있을 테고."

입으로는 그리 말하면서도 이미 주인이 돌아올 리 없다고 체념한 듯이 작은 어깨를 떨어뜨린다.

"기운 내."

"예." 스테키치는 웃으려고 애쓰는지 입가를 씰룩거렸다. 그러다가 어, 하는 얼굴로 아까 연장함에 넣어 둔 끌을 쳐다보았다.

"그러고 보니 저 끌, 이상하네요."

"이상해?"

"아씨가 사라지던 날 아침에 저 끌이 현관문 판자에 꽂혀 있었거든요. 숫돌에 갈 때 생각났어요."

"꽂혀 있었다……."

과연 스테키치가 가리킨 현관 아래쪽에 깊은 자국이 나 있다. 다가가서 손가락으로 만져 보았다. 분명히 날붙이로 찍어서 만든 자국 같다.

"이 끌이지?"

마사키치의 연장함에서 우쿄노스케가 끌을 집어냈다. 잠시 손에 들고 자세히 살펴본 다음 오하쓰에게 건넸다.

그걸 받아든 순간 오하쓰의 등을 얼음 바람이 쓰윽 쓸고 지나갔다. 오랜 세월 사용한 탓에 마사키치의 땀과 손때로 엿색이 된 자루가 오하쓰의 손바닥 안에서 생물처럼 몸을 비틀고 있는 듯했다.

순간 관자놀이에 날카로운 통증이 치달았다. 동시에 머릿속에 환영이 떠올랐다.

직공으로 보이는 쉰 줄의 사내가 땀에 흠뻑 젖어 다리를 휘청거리며 정신없이 달려온다. 아마 무엇에 쫓겨 도망치는 듯하다. 달리면서 어깨 너머로 뒤를 한번 돌아보고는 더 다급한 표정으로 변해서 계속 달린다. 입을 뻐끔거리고 땀방울을 날리며 달리던 사내는 마침내 울음소리 같은 소리를 내질렀다.

'알았어, 내가 오아키를 죽일게!'

"위험해요!"

오하쓰는 우쿄노스케가 소리치는 바람에 정신을 차렸다. 환영은 사라졌지만 사내가 외치던 소리는 여전히 귓속에서 우렁우렁 꼬리를 끌고 있었다.

"괜찮아요, 오하쓰 씨?"

우쿄노스케의 손이 어깨를 잡고 있다. 정신을 차리고 보니 오하쓰가 방금 끌을 떨어뜨린 참이다. 날부터 떨어져 작업실 흙바닥에 꽂혀 있었다. 나막신을 신은 오하쓰의 발끝에서 겨우 반 치도 안 떨어진 자리다.

스테키치가 눈을 동그랗게 뜨고 있다.

"그냥 떨어졌는데…… 꼭 냅다 던진 것처럼 꽂혔어!"

오하쓰와 스테키치를 뒤로 물러나게 해 놓고서 우쿄노스케는 조심스레 몸을 낮춰 흙바닥에서 끌을 뽑아 들었다.

"정말? 정말 그렇게 사납게 꽂혔어?" 오하쓰가 물었다.

"네, 꼭 오하쓰 님 발등을 겨냥한 것처럼요."

"생각이 남아 있었던 거야."

오하쓰가 나지막이 중얼거린 말에 스테키치가 울상을 지었다. "생각이라뇨?"

오하쓰가 얼른 말했다. "괜찮아, 스테보는 신경 안 써도 돼. 이 끌은 잘 담아 두자. 하지만 앞으로 주인님 연장은 만지지 않는 편이 좋겠다."

스테키치는 고개를 끄덕였다. 오싹했는지 끌에서, 그리고 오하쓰한테서도 몸을 조금 뒤로 물린다. 어지간히 놀랐나 보다.

세 사람은 작업실을 나와 스테키치가 자는 방으로 갔다. 우쿄노스케는 비밀 출입구로 삼은 창을 살짝 열어 바깥을 살피고 나서 다시 단단히 닫았다.

오하쓰의 마음은 방금 전 보았던 환영과 비명 소리에 사로잡혀 있었다. 직공처럼 생긴 남자는 마사키치이리라. 틀림없다. 하지만 왜 마사키치가 "오아키를 죽일게!" 하고 소리쳤을까? 게다가 그는 무엇에 쫓기며 죽을 둥 살 둥 도망치고 있었다. 그의 말에서 '그럼 내가 오아키를'이라는 부분은 아마 그를 쫓는 자에게 한 말이겠지.

"괜찮아요, 오하쓰 씨?"

오하쓰는 눈을 끔뻑거리며 우쿄노스케를 보았다. 나중에 말해 주겠다는 뜻을 눈짓으로 전하자 우쿄노스케도 눈짓으로 '알았어요' 하고 대답했다. 스테키치는 잔뜩 겁에 질린 얼굴로 방구석에 주저앉아 두 팔로 무릎을 끌어안고 있다. 오하쓰와 우쿄노스케가 아이를 사이에 두고 앉았다.

"무섭게 해서 미안, 스테보."

스테키치는 자라목을 했다.

"저, 집에 돌아가고 싶어요……."

"집? 갈 데가 없다고 하지 않았니?"

"그렇지만…… 집에 돌아갈 수는 없지만……. 그래도 이제 여기가 싫어요."

스테키치의 눈에 눈물이 괸다.

"한심한 소리 하면 못써. 사내 대장부잖아."

우쿄노스케가 스테키치의 등을 다독였다. 오하쓰는 스테키치의 얼굴을 들여다보았다.

"응? 스테키치. 어제 내가 돌아가고 여기 혼자 있는 동안 또 무슨 이상한 일이 있었니?"

"이상한 일요?"

반문하며 스테키치는 팔뚝으로 눈물을 훔쳤다. 그 참에 콧물도.

"무슨 이상한 소리가 났다거나 그런 거."

스테키치는 고개를 저었다. "아무 소리도 안 났어요. 다만 어쩐지 여기 있으면 추워요. 아씨가 없어진 뒤로 내내 그랬어요."

"위층에는 올라가 봤니?"

"아뇨. 오하쓰 님이 올라가지 말라고 하셔서."

"그럼 괜찮아. 기운 내서 이 집을 지켜 줘."

스테키치의 눈에 다시 눈물이 가득 괸다. "하지만 저는, 너무 외로워서……."

우쿄노스케가 미소를 짓고 있다. 인정 있는 사람이라 스테키치의 심중을 헤아리고 동정하는구나…… 하고 오하쓰가 생각하는데 그가 입을 열었다.

"지금까지 혼자 있을 때는 외롭거나 무섭다는 생각이 없었겠지. 그런데 오하쓰 씨가 와 주니까 마음이 놓여서 그런 약한 소리도 나오는 거야. 자, 눈물 닦으렴. 오늘 아침 나한테 했던 이야기를 오하쓰 씨한테도 말씀드려 봐."

"예, 선생님."

스테키치가 눈물을 훔치며 고개를 끄덕였다.

이번엔 오하쓰가 눈을 동그랗게 뜰 차례였다. "선생님?"

우쿄노스케는 크게 겸연쩍어하는 얼굴이다. "선생님이라고 부르지 말랬는데."

"하지만 대단한 학문을 하시잖아요?"

스테키치의 순진한 물음에 오하쓰는 푹 하고 웃음을 터뜨렸다. "그래, 맞아. 후루사와 님은 산학이라는 학문을 하시지."

"그러니까 선생님이시죠. 선생님이 데쓰 아저씨랑 이사 아저씨를 찾아 보자고 하셨죠?"

데쓰와 이사지는 마사키치가 죽은 뒤 구라타 몬도가 데려간 직공들이다. 오하쓰가 우쿄노스케의 얼굴을 쳐다보자 그는 고개를 끄덕였다. "그래요, 그들을 찾아낼 수는 없을까 생각했어요."

"찾아내다니, 무슨 말씀이세요? 두 사람은 부교쇼 어딘가에 있을 거잖아요."

"구라타 몬도 나리가 두 사람을 데려갔기 때문에 그렇게 생각하시는 거죠?"

"예. 달리 어디로 데려갔겠어요?"

"그전에, 왜 구라타 몬도 나리는 데쓰 씨와 이사지 씨를 데려갔을까요? 그리고 조사할 게 더 남아 있다는 말은 무슨 뜻일까요?"

오하쓰는 생각했다. "아마, 마사키치 씨가 오아키 씨를 죽였다면 시체를 어떻게든 처리했을 테니까, 그랬을 만한 위치로 짐작되는 곳이 있는지—물론 마사키치 씨는 딸을 죽이지 않았고 시체를 감추지도 않았으니까 데쓰 씨나 이사지 씨가 마땅히 짐작하고 있을 장소가 있을 리 없지만, 어쨌든 머릿속에 있지도 않은 짐작을 어떻게든 '자백'하게 하려고?"

우쿄노스케는 빙글빙글 웃었다. "잘했어요. 그러나 아무리 구라타 몬도라도 그런 짓을 부교쇼 안에서 저지를 수는 없겠지요. 데쓰 씨나 이사지 씨가 마사키치 씨의 살해를 도왔다면 이야기는 또 달라지지만, 아무리 그래도 지금에 와서 그런 난폭한 이야기를 만들어서 보탤 수는 없고요. 게다가 데쓰 씨나 이사지 씨가 끝까지 완강하게 부인하며, 아버지가 딸을 죽이다니 그런 일은 있을 수 없다, 뭔가 잘못됐다, 하고 버티면 어떻게 될까요? 주인님은 기괴한 아침놀이나 이상한 돌풍 이야기를 꾸며내실 만한 분이 아니다, 아씨는 정말로 가미카쿠시를 당했다, 라고 강하게 호소한다면? 그리고 부교쇼의 누군가가 그들의 진술에 귀를 기울인다면? 구라타 몬도로서는 지금까지 자기가 관여해서 잡아내지 못한 범인이 없고 풀지 못한 의문이 없다는 이력에 보기 흉한 상처가 생기게 되겠지요."

"그건 그렇지만……. 그럼 데쓰 씨와 이사지 씨는 다른 곳으로 끌려가서 순순히 인정하라고 종용받고 있다는 말씀이세요?"

"그렇습니다. 그러니까 구라타 몬도와 아사이야의 안주인 오마쓰가 같이 움직이는 게 아닐까요?"

그럴까, 오하쓰도 생각이 흔들렸다. "그렇네요, 부교쇼에서는 못할 짓이라도 아사이야가 도와 준다면 충분히 가능하겠죠. 두 사람을 어디다 가둬 둔다거나……. 하지만 우쿄노스케 님, 아무리 데쓰 씨와 이사지 씨가 '자백'을 해도 그 자리에 오아키 씨의 시체가 있을 리는 없는데, 그건 어떻게 하죠?"

"상관없어요. 마사키치 씨가 오아키 씨의 시체를 강에 던지는 광경을 봤다거나 마사키치 씨한테 그런 짓을 했다는 말을 들었지만 입막음을 강요당했다고 하면 되니까요. 시체 자체는 필요 없습니다. 중요한 것은 문서로 남길 수 있는, 아무도 수상하게 생각하지 않을 그럴듯한 '이야기'니까요. 불행한 오아키의 시체는 바다로 흘러가 버렸습니다—이런 이야기 말입니다. 데쓰 씨와 이사지 씨에게 그 이야기를 뒷받침해 주는 자백을 받아내고, 나중에 자백을 뒤집는 일이 없도록 단단히 다잡아 놓아야겠죠. 그러기 위해서 두 사람을 데려다가 어디에 잡아 두었을 겁니다."

그런가. 오하쓰는 고개를 크게 끄덕였다. "알았어요. 그렇다면 두 사람을 찾아내는 일이 아주 중요해지네요. 하지만 어떻게 찾아내야 하죠?"

"아사이야 주변에 잠복해 볼까 해요. 안주인과 구라타 몬도가 다시 함께 움직인다면 그때가 바로 기회겠지요. 혹은 두 사람이 또 여기로 찾아올지도 모르고요. 방법은 여러 가지 있어요. 저한테 맡겨 보세요."

"우쿄노스케 님 혼자? 그건 위험해요."

저도 거들게요—하고 말하는 오하쓰를 한 손을 들어 말리며 우쿄노스케는 스테키치의 얼굴을 보았다.

"스테보. 자, 이제 얘기해 보렴."

우쿄노스케의 재촉에 스테키치는 쿵 하고 코를 훌쩍인 다음 말했다. "오하쓰 님이 가신 뒤에 이것저것 떠올려 봤어요. 아씨 친구분에 대해서요."

"생각나는 사람이 있다?"

스테키치가 네, 하고 고개를 끄덕였을 때 창밖에서 띠링띠링 하는 소리가 들렸다.

"음?" 하고 오하쓰가 귀를 세웠다.

띠링, 띠리리링. 풍경 소리 같은 음색이다. 그러고 보니 어제 오아키의 방에 있을 때도 창밖에서 이런 소리가 들렸다.

"뭐지?"

오하쓰가 일어나 조심스레 창문을 열었다. 소리가 커진다. 창 위쪽에서 들려온다.

"이 소리, 어제도 들었어요. 풍경 소리인가 했는데. 하지만 생각해 보니 요즘 같은 철에 풍경 소리는 아니겠죠?"

그러자 소리가 멎었다. 대신 "냐옹" 하고 우는 소리가 들렸다.

동시에 차양 위에서 하얗고 작은 무언가가 사뿐히 내려와 창틀에 앉았다. 작은 고양이다. 얼룩 고양이. 목에 목끈이 있고 거기에 커다란 방울이 달려 있다. 그 방울이 띠링띠링 울린다.

"아, 이 고양이. 가끔 여기 와요. 아씨가 먹이를 주시던 고양이예요." 스테키치가 말했다.

얼룩 고양이는 방울을 울리며 방바닥으로 뛰어내렸다. 무서워하는 기색도 없이 스테키치에게 다가가더니 색 바랜 줄무늬 옷에 싸인 그의 무릎에 코를 대고 냄새라도 맡는 듯한 시늉을 한다.

"사람한테 익숙하네." 오하쓰가 그렇게 말하고 얼룩 고양이 머리로 손을 뻗었다. 쓰다듬어 보니 따뜻하다. 고양이는 다시 "냐옹" 하고 울었다.

그러더니 오하쓰의 무릎 위로 뛰어 올라왔다. 조금 놀랐지만 오하쓰는 웃었다.

"들고양이니?"

"몰라요. 하지만 아씨가 방울아, 방울아, 하고 부르셨어요. 방울이 달렸다고 그랬겠지만."

방울이는 오하쓰의 무릎 위에 앙증맞게 앉아 오하쓰의 얼굴을 빤히 올려다보았다. 오하쓰에게는 무릎 위 고양이의 무게보다 뭔가 묻는 듯한 눈길이 더 무겁게 느껴졌다.

"오아키가 아니라서 궁금해하나?"

"글쎄요. 이렇게 방 안에 들어온 것은 처음이에요. 늘 부엌에서 찌꺼기 밥을 얻어먹었으니까."

스테키치도 이상해한다. 우쿄노스케는 벽에 등을 대고 언짢은 표정으로 쳐다보고 있다.

"무슨 할 말이라도 있나?"

방울이가 "냐옹" 하고 운다. 오하쓰는 고양이에게 얼굴을 바짝 갖다 대고 "뭐?" 하고 물었다.

그러자 방울이가 재빨리 몸을 쭉 펴며 오하쓰의 머리에 앞발을 올렸다. 그러고는 오하쓰가 어머! 하고 소리 치기도 전에 거기 질러 둔 장식 빗을 발톱에 걸어 당겼다. 빗이 오하쓰의 머리에서 떨어졌다. 그러자 방울이가 얼른 그것을 물었다.

"어, 이 녀석이!"

스테키치가 놀라서 빼앗으려고 덤벼들었다. 하지만 고양이는 유연한 동작으로 창틀로 올라가 스테키치가 창문을 닫기 직전 차양으로 훌쩍 뛰어오르더니 순식간에 자취를 감췄다. 띠링띠리링 하는 방울 소리가 들렸지만 그것도 곧 멀리 사라졌다.

방 안에 있던 세 사람은 어안이 벙벙해서 그냥 지켜만 보았을 뿐이다. 마침내 스테키치가 웃음을 터뜨릴 것 같은 목소리로 말했다. "빗을 채 가는 도둑고양이네. 선생님, 고양이가 그런 것도 먹나요?"

우쿄노스케도 눈을 끔뻑이고 있다. "글쎄다, 그런 소리는 못 들어봤는데. 나야 워낙 고양이를 싫어하니까."

오하쓰는 장식 빗이 꽂혀 있던 자리를 손으로 더듬으며 방울이가 사라진 창문 위를 올려다보았다. 영문을 모르겠다. 그래도 뭔가 곡절이 있다는 기분이 든다.

"그 고양이, 다시 돌아올까?"

"왜요? 빗을 돌려주러?" 스테키치가 물었다.

"글쎄다. 하지만 그런 기분이 드네."

"하여간 이상한 일들만 일어난다니까. 제 머리로는 통 모르겠어요." 스테키치는 얼굴을 쓱쓱 문질렀다.

우쿄노스케도 방울이 사라진 쪽을 올려다보다가 창문을 닫았다. 그 역시 아닌 밤중에 홍두깨라도 맞은 듯한 얼굴을 하고 있다.

"그것보다, 스테보. 얘기하던 중이었지. 뭔가 기억해 냈다면서?"

스테키치는 머리를 탁 쳤다. "아, 그랬죠. 하지만 이런 게 도움이 될지 모르겠어요."

"아무리 하찮은 일이라도 괜찮아."

오아키의 혼수에 관한 이야기라고 한다.

"아씨가 시집을 가시는 아사이야라는 곳은 커다란 요릿집이래요. 그래서 혼수도 남부끄럽게 해 갈 수는 없다고 주인님이나 마님이나 걱정이 많으셨어요. 하지만 막상 이야기를 해 보니, 아사이야 쪽에서는 가풍에 맞지 않는 물건을 가져오면 곤란하다면서 혼수는 그쪽에서 전부 알아서 마련하겠다고 했대요."

오하쓰는 어제 얼핏 본 아사이야의 안주인 오마쓰라는 부인의 하관이 튀어나온 옆얼굴을 떠올렸다. 좋고 싫고를 심하게 가릴 듯한 까다로운 상이었다.

"그러니까 아무것도 준비하지 말라고 했다는 거예요. 하지만 그건 너무하잖아요. 그래서 우리 마님이 적어도 도자기 정도, 부부 다기 중에서 최고로 좋은 놈을 들려보내겠다고 하셨어요. 마님이 어릴 적부터 사이좋게 지내시던 분이 그릇 가게를 하는데, 그 가게 주인이라면 좋은 물건을 찾아 줄 테니까 거기에서 사자고요."

"그릇 가게 이름이 뭔데?"

"구루마야였을 거예요. 그릇 가게치고는 이상한 옥호지만_{구루마는 일본어로 짐수레, 전차 등 탈것을 가리키는 말이다}, 구루마자카 밑에 있는 가게거든요. 그 가게에도 아씨 또래의 따님이 계셔요."

"그 따님이란 사람이 너희 아씨하고 친했니?"

스테키치는 자신 없다는 듯 고개를 저었다. "친한지 어떤지는 모르지만, 구루마야 안주인님이 따님과 함께 부부 다기를 배달하러 여기 오셨을 때 잠깐 우리 아씨랑 말씀을 나누셨던 모양이에요. 그 아가씨도 곧 시집을 가신다고 들었어요."

오하쓰는 우쿄노스케의 얼굴을 쳐다보았다. 그는 고개를 크게 끄덕였다.

"그 아가씨를 만나서 이야기를 들어 보는 편이 좋겠군요. 구루마자카 밑에 있는 구루마야라고?"

"예. 아가씨 이름이 아마―오미요라고 했던 것 같아요."

처녀끼리, 더구나 두 사람 모두 이제 곧 시집을 가게 될 처지이므로 속에 든 말을 나눴을지도 모른다. 그것이 오아키의 가미카쿠시 수수께끼를 푸는 데 실마리가 될지 어떨지는 알 수 없지만, 지금 오하쓰는 지푸라기라도 잡고 싶은 심정이었다. 애써 웃음을 지으며 스테보의 머리를 쓰다듬었다.

"정말 잘 생각해 주었어. 잠시만 더 이 집에서 견뎌 보렴."

"오늘부터는 나도 여기 같이 있을 테니까." 우쿄노스케가 말했다. 그러고는 오하쓰를 올려다보았다. "오하쓰 씨, 구루마야에는 조심해서 다녀오세요. 구라타 몬도 나리의 수하가 어디 숨어서 감시하고 있을지 모르니까."

"알아요. 우쿄노스케 님도 조심하세요. 무리하시면 안 돼요."

"물론이죠. 혹시 데쓰 씨와 이사지 씨가 있는 곳을 알게 되면 바로 알려 드릴게요."

믿음직한 말투로 말하는 우쿄노스케와, 제 편이 곁에 있어 준다는 말에 마음이 든든해졌는지 조금 기운을 찾은 듯 보이는 스테키치를 남겨 두고 오하쓰는 그 집을 나섰다. 왔을 때와 마찬가지로 스테키치 방의 창문을 넘어 폭이 한 자쯤 되는 샛길을 미끄러져 나가듯이 해서 밖으로 나가야 한다. 다 큰 처녀로서는 썩 보기 흉한 꼴이 되지 않고서는 나갈 수 없는 길이다. 한동안 못 본 사이에 꽤 듬직해진 우쿄노스케의 모습에 희미하게 기쁨과 즐거움을 느낀 것도 잠시, 거리로 나선 오하쓰의 콧등에는 먼지와 거미줄이 들러붙어 있었다.

'이런, 쯧쯧.'

옷자락과 소맷자락을 털어내며 오하쓰는 짐짓 태연한 척 주변을 살폈다. 미행이 붙은 것 같지는 않았다. 간장 장수 하나가 멜대를 흔들며 앞질러 갔을 뿐이다. 흥겨워 보이는 걸음으로 보건대 오늘 하루 벌이가 썩 괜찮았나 보다. 멜대 앞뒤에 매달린 나무통 두 개는 아마 텅 비었으리라.

료코쿠 다리 쪽으로 걸음을 옮길 때 바로 뒤에서 띠링띠리링 하는 방울 소리가 들렸다. 흠칫 돌아보았지만 아무것도 보이지 않았다.

구루마야는 그릇을 파는 소매상으로, 폭이 한 칸 반쯤 되는 매대에는 지나갈 틈새도 보이지 않을 만큼 많은 물건들이 빼곡히 진열되어 있다. 오른편으로는 한 아름은 됨 직한 커다란 물병이 한 열 개쯤 죽 놓여 있고, 살집 좋은 여자가 한길에 등을 돌린 채 오른손에 작은 총채를 들고 물병에 붙은 흙먼지를 털고 있다.

"저어, 실례합니다."

오하쓰가 말을 건네자 여인은 비어 있던 왼손으로 허리를 짚으며 돌아보았다. 나이는 쉰에서 몇 살 빠지는 정도?

"네, 어서 오세요."

"저어, 일하시는데 죄송합니다만 안주인님 되시나요?"

"예에, 그런데요."

오하쓰 같은 어린 처녀가 턱없이 정중하게 묻자 여인은 머쓱한 얼굴을 했다.

오하쓰는 허리를 꺾어 깍듯이 절했다.

"저는 야마모토초의 나막신 가게에 사는 오아키의 친구 오하쓰라고 합니다."

여인은 왼손을 여전히 허리에 짚은 채 고개를 갸웃했다. "오노부 씨 댁의 오아키 말이우?"

"예, 그렇습니다. 일전에 행방을 감춘……."

그러자 여인의 눈이 휘둥그레졌다. "네? 뭐요? 오아키가 행방을 감춰요?"

오하쓰는 깜짝 놀랐다. 그럼 구루마야는 마사키치 일가의 불행을 전혀 모른단 말인가.

"그렇습니다. 자취를 감춘 지가 벌써 한참인데, 아직도 행방을 전혀 모릅니다. 그래서 혹시 무슨 실마리라도 없을까 해서 오아키를 아시는 분들을 찾아다니고 있는데요."

"잠깐, 잠깐 기다려요."

여인은 총채를 내던졌다. 총채 자루가 어느 물병의 테두리에 떨어져 띵 하는 소리가 났다.

"아닌 밤중에 홍두깨도 유분수지, 다짜고짜 그런 이야기부터 꺼내면 어쩌자는 거유. 댁은 뉘유?"

오하쓰는 다시 한 번 이야기하려고 했지만 혼비백산한 구루마야의 안주인은 얌전히 대답을 들으려고 하지도 않고 가게 안쪽으로 부리나케 걸어갔다.

"이봐요, 여보! 나 좀 봐요! 큰일 났소!"

매대 복판을 저렇게 휘두르며 지나가다가는 물건을 깨뜨리고 말지, 하고 걱정하는데 아니나 다를까 옆에서 쨍강 하는 소리가 났다. 그래도 안주인은 움찔하는 기색이 없다.

"웬 법석이야, 이 사람이!"

큰 소리로 꾸중하며 안쪽에서 키가 훤칠한 남자가 나타났다. 덩치에 비해서는 얼굴이 상냥하다. 능숙하다고 할까 기민하다고 할까, 죽 늘어 놓은 도기들을 건드리지 않고서도 척척 걸어 나온다.

"무슨 난리야, 이게!"

나타난 남자에게 오하쓰는 다시 한 번 정중하게 여기 찾아온 이유를 설명했다. 남자도 역시 깜짝 놀란 모습이지만 아내처럼 얼을 빼놓지는 않고, 일단 들어오오, 하고 오하쓰를 안으로 들였다.

안내를 받아 들어선 방은 사 첩 반쯤으로 짐작되는 방이다. 짐작된다고 하는 까닭은 장지문 부분을 제외한 사방 벽면이 어떤 물건들로 가득 쌓여 있는 탓에 본 면적을 짐작하기 어려워서다.

그 '물건'이란 복고양이었다. 도기제도 있고 대살에 종이를 발라 만든 것도 있고 칠을 입힌 것도 있다. 크기나 꼴이 제각각이다. 일반적인 복고양이 꼴이 대부분이지만 오른쪽 앞발을 든 것, 왼쪽 앞발을 든 것, 두 앞발을 내리고 있는 것, 한쪽 눈을 찡긋한 것, 잠자는 것, 익살맞게 춤추는 것―. 용케도 그러모아 놓았다.

"저어, 이것도 파시나요?"

저도 모르게 오하쓰가 물었다. 그러자 안주인이 급하게 말했다.

"아니, 이건 아녜요. 내가 모으는 거유. 근데 이 판국에 그런 얘기는―."

그랬다. "죄송합니다. 오아키 이야기를 하지요."

남자가 얇은 방석을 가져다가 오하쓰에게 권했다. 방 한복판에는 꺼진 화로가 하나 놓여 있다. 오하쓰는 그 곁에 앉았다.

남자는 구루마야의 주인으로 이름은 이치스케. 여인은 처인 오하나. 과연 딸이 하나 있다는데, 나이는 열여덟이고 이름은 오미요. 마침 자수를 배우러 나갔다고 한다.

잠시 후 조금 차분해지자 오하쓰는 오아키의 집안에 엄습한 재앙에 대하여 막힘없이 설명했다. 물론 가시와기나 구라타 몬도에 관한 내용 등 마음에 걸리는 대목은 생략했지만, 그래도 그녀의 전언은 구루마야 주인 내외를 비통에 빠뜨리는 데는 충분했는지 오하나는 도중부터 눈시울을 적시며 연방 옷소매로 눈가를 훔친다.

"이게 무슨 변고야……. 오노부 씨가…… 불쌍해서 어쩌나."

"저희도 이만저만 걱정이 아닙니다."

"그래, 오아키는 행방을 모르고 마사키치 씨는 죽었다는 얘기요?" 하고 이치스케가 확인했다. 덩치에 걸맞게 눈 코 입이 다 큼지막한

데, 부리부리한 눈도 조금 젖어 있다. 눈물에 인색지 않은 부부다.

"그렇습니다. 나막신 가게에는 지금 심부름하던 꼬마가 하나 남았을 뿐이고요."

"어머, 그 애를 알아요." 오하나가 큰 소리로 말했다. "다기를 전하러 갔을 때 봤어요. 오노부 씨가 자식처럼 돌봐 주고 있습디다."

"예, 스테키치라는 아이예요. 구루마야 이야기도 그 아이한테 들었습니다."

구루마야에서는 과연 오아키의 혼수를 위해 부부 다기를 한 벌 준비했다고 한다.

"유명한 아리타 도자기인데, 색깔도 선명한 물건이었소. 값은 보지 않겠다고 하기에, 우리가 도매상에 특별히 부탁해서 먼 길을 마다않고 가져다달라고 했던 거요. 영주 저택에서 쓴다고 해도 부족할 게 없는 명품이지." 이치스케가 말했다.

"마사키치 씨 내외도 딸 혼수를 못해 주는 걸 가슴 아파했으니까요" 하고 오하나가 말한다.

"사돈 쪽에서 아주 시시콜콜 다짐을 놓았다고 하는데, 물론 바라지도 않던 대단한 혼처인 것은 알지만 왠지 앞날이 걱정이라면서 마음고생이 많았다우."

"앞날이요?"

오하나는 소매 속에서 휴지를 꺼내 거침없이 코를 풀었다.

"그래요. 양가가 너무 차이지는 혼인은 불행의 씨앗이라고들 하잖수. 너무 돈 많고 훌륭한 혼처를 잡은 일이 오아키한테 외려 불행이 되지는 않을까 해서."

아무래도 다쓰조의 생각이 맞은 듯하다.

"오아키는 뭐라고 하던가요?"

오하나는 고개를 저었다. "글쎄. 우리야 들은 게 없지요. 아까 한 이야기도 오노부 씨가 나한테만 가만히 들려준 이야기니까. 오미요라면 혹시 뭘 알고 있는지도 모르지만."

"제가 오미요 씨한테 여쭤봐도 될까요?"

"암요. 이제 곧 돌아올 때가 됐으니까."

"오미요 씨도 곧 혼인을 하신다던데, 축하드립니다."

어찌 그리 솔직한지, 지금까지 눈물을 훌쩍대던 구루마야 내외는 오하쓰의 말에 얼굴이 활짝 펴졌다.

"아유, 고마워요. 우리 딸이야 내나 그릇 가게로 시집을 가니까 오아키처럼 훌륭한 혼처라고는 할 수 없지만서두."

"필경은 우리 가게를 물려받기로 되어 있소" 하고 이치스케가 기쁜 낯으로 말했다. "뭐, 우리 딸이야 오아키처럼 예쁜 얼굴을 타고나지 못했지만 그만큼 부담이 가벼운지도 모르지."

"당신을 닮았잖우" 하는 오하나.

"허튼소리! 오미요는 당신을 쏙 뺐어."

"어머, 세상에. 당신의 말상이 아이한테 고스란히 갔잖우."

"내가 말상이라고? 그러는 당신은. 코납작이 호박상이구먼."

오하쓰는 저도 모르게 웃음을 터뜨렸다. 사람이 좋아 보이는 내외다. 오하쓰의 웃음에 내외는 이내 겸연쩍은 낯이 되어 아옹다옹을 그쳤다.

"하지만 아가씨—오하쓰라고 했던가? 아가씨가 혼자 오아키를 찾고 있단 말이유? 부교쇼 나리들은 뭐 하시고?"

"그게 그리 쉽지 않아서요."

"당신도 참 미련하긴. 도신 나리는 마사키치 씨가 딸을 죽였다고 생각하신다잖우. 아까 얘기 못 들었소?" 이치스케가 오하나를 타박했다.

"그야…… 나도 똑똑히 듣기는 했지만." 오하나는 의아한 듯이 입을 삐죽 내밀었다. "하지만 다른 사람은 몰라도 마사키치 씨는 절대로 그런 짓을 할 사람이 아니잖수. 도대체 아비가 딸자식을 죽이다니, 말도 안 되는 얘기지. 먹고살기 힘들어서 부둥켜안고 강물로 뛰어들었다면 몰라도, 마사키치 씨네는 장사도 잘되고 내외 금실도 그렇게 좋았는데."

오하쓰는 화로에 한 손을 얹고 몸을 앞으로 내밀었다.

"네, 저도 그렇게 생각합니다. 하지만 도신 나리가 믿지를 않으시니……. 구루마야 분들도 마사키치 씨가 오아키를 죽였다는 말은 믿지 않으시죠?"

부부가 커다란 머리를 함께 끄덕였다.

"있을 수도 없는 일이지. 그 얘기는 아주 틀려먹었어요." 오하나는 잘라 말했다.

"아주머니는 오아키네 어머니 오노부 씨와 오래전부터 내왕하시던 사이신가요?"

"어릴 적 친구였어요. 가나스기바시 다리 근처 겐베다나라는 쪽방 나가야에도 시대에 평민들이 모여 살던 공동 주택 형식의 건물. 이웃들끼리 교류가 잦은 구조인지라 하나의 공동체와도 같아, 고유 이름을 가진 곳도 많았다에서 같이 자랐다우. 나나 오노부 씨나 열 살

나이에 하녀살이를 나가느라 헤어지고 말았지만."

오하나는 지금도 이곳 구루마자카 근처에 있는 커다란 그릇 도매상에, 오노부는 당시 니시료코쿠에 있던 잡곡 도매상에 기숙하며 일했다고 한다.

"그러다가 불쑥 만난 것이, 그게 언제였나…… 벌써 십 년 전인가. 마침 요즘 같은 철이었수. 그해 새살림 차리고 처음으로 불당 고마가타도로 꽃놀이를 갔다가 경단이나 사 먹을까 해서 찻집에 들어갔는데 세상에, 맨 앞 걸상에 오노부 씨가 오아키 손을 잡고 앉아 있지 뭐유."

어릴 적 모습이 남아 있어서 금방 알아봤다고 한다.

"얼마나 반갑던지……" 하고 오하나가 실눈을 떴다.

"하지만 그때는 나나 오노부 씨나 막 가게를 차렸을 때여서 먹고살겠다고 매일처럼 뛰어다니느라 생각처럼 자주 만날 수는 없었수. 그래도 인연은 내내 이어 왔지."

그러다가 이번에 부부 다기를 구해 달라는 부탁을 받게 되었다.

"다기를 가져다주셨을 때 오아키가 기뻐하던가요?"

"그야 당연하지" 하고 오하나는 손뼉을 쳤다. "오아키는 물론이고 마사키치 씨 내외도 다들 반색했다우. 훌륭한 물건이다, 정말 예쁘다 하면서."

이치스케도 고개를 끄덕인다. "애쓴 보람이 있었소. 마사키치 씨네는 이제 좋은 일만 남았구나 생각했지."

"그렇게 바라던 혼인을 앞두고 제 발로 자취를 감추다니 상상도 할 수 없는 일이군요."

오하쓰의 혼잣말 같은 중얼거림에 구루마야 부부는 동시에 앓는 소리를 냈다.

"있을 수 없지요" 하고 이치스케가 말하고는 오하나에게 고개를 돌렸다. "당신 생각은 어때?"

오하나는 굵은 팔을 남자처럼 팔짱을 끼고 말이 없다. 오하쓰가 물었다. "혹시 만에 하나 오아키에게 달리 좋아하는 사람이 생겼다거나 그런 기미를 느끼신 적은 없나요?"

오하나는 팔짱을 낀 채 고개를 저었다.

"물론 저도 그런 일은 있을 리 없다고 생각해요." 오하쓰는 얼른 말을 이었다. "하지만 부교쇼 나리들은 아마 그런 일로 집안에 말다툼이 생겼을 테고, 그래서 마사키치 씨가 오아키를 죽이지 않았나 의심하고 계시거든요."

"넘겨짚는 데도 정도가 있지." 이치스케가 뱉듯이 말했다.

오하쓰는 속으로 긍정하며 고개를 끄덕였다.

"그럼 역시 오아키는 가미카쿠시를 당한 거군요."

그렇게 슬쩍 말해 보자 구루마야 부부는 얼굴을 마주 보았다. 그러다가 이치스케가 굵은 눈썹을 모으며 오하쓰의 얼굴을 들여다보았다.

"가미카쿠시라면, 잡귀한테 잡혀가는 그거 말이우?"

오하쓰는 고개를 까딱했다. 구루마야 내외의 얼굴이 불안스레 흐려진다.

"그렇다면 찾아내기는 틀렸잖수? 점쟁이라도 불러야 하나?" 오하나가 힘없이 말한다.

"오아키를 만나신 것은 다기를 전해 주실 때가 마지막이었나요?"

"그렇죠."

"그때 오아키에게 무슨 이상한 점은 없었나요?"

"이상한 점이라면?"

"―겁에 질려 있다거나 이상한 일이 있었다고 말했다거나."

부부는 더욱 곤혹스런 얼굴이 되었다.

"특별히 이상한 점은……."

오하나가 그렇게 말할 때 가게 밖에서 "저 왔어요" 하는 목소리가 들렸다. 오하나가 얼른 응했다. "그래, 금방 왔구나."

차박차박 발소리가 들리더니 젊은 처녀가 얼굴을 내민다. "어머, 손님이 오셨군요."

"저 아이가 오미요예요." 오하나가 오하쓰에게 말했다. 그러고는 딸에게 얼굴을 향했다. "너, 놀라지 마라. 나막신 가게 오아키가 가미카쿠시를 당했다는구나. 벌써 며칠째 행방을 모른대. 그래서 마사키치 씨가 이상해져서 그만―."

오미요는 과연 아버지를 닮았다. 말상이라고 하면 딱하지만, 긴 얼굴에 턱이 살짝 주걱턱이고 키는 여자치고는 훤칠한데, 그 탓인지 검은 비단옷에 두른 허리끈이 어쩐지 가슴께에 맨 것처럼 보인다.

오미요가 눈을 휘둥그레 뜨며 놀랐다. 하지만 그 입에서 나온 말은 더 놀라웠다.

"네? 역시 그렇게 됐어요?" 하고 말했던 것이다. "세상에, 오아키 씨가 정말로 가미카쿠시를 당했어요?"

이 말에 오하쓰도 구루마야 내외도 소스라치게 놀랐다. 얼른 입도

사라지는 사람들

떨어지지 않았다.

"역시라니, 그게 무슨 소리냐?" 이치스케가 급하게 물었다. "너, 뭐 들은 얘기라도 있는 게야?"

부친이 놀라는 얼굴에 이번에는 오미요가 놀란 듯하다. 신을 벗어 던지고 방으로 들어와서는 화로 옆에 쿵 소리 나게 무릎을 꿇고 앉았다.

"음, 한 번도 말씀드린 적 없었군요."

"무슨 말을? 그러니까 어째서 네 입에서 역시라는 말이 나왔냐니까." 오하나가 소리를 높였다.

"큰일이네요." 입가에 손을 대고 오미요는 다시 중얼거렸다.

아닌 게 아니라 예쁘다고는 차마 말할 수 없는 얼굴이지만, 덩치에 어울리지 않는 귀여운 목소리를 가지고 있고 말투에도 뭐라 표현하기 힘든 애교가 있다. 또릿또릿한 눈매를 보면 민첩하고 영리해 뵈는 것이 어쩐지 오하쓰와 배포가 맞겠다 싶은 처녀다.

오미요는 잠시 입술에 손을 댄 채 말이 없다가 이윽고 입을 열었다. "엄마, 손님한테 차도 내드리지 않고 뭐 하세요."

오하나가 눈을 부라렸다. "너……."

"나도 목이 말라요. 차 좀 내주세요. 부탁드려요, 죄송해요. 그리고—."

"저는 오하쓰라고 해요." 오하쓰가 자신을 소개했다.

"오하쓰 씨군요. 대접이 소홀해서 죄송해요. 어서요, 엄마."

오하나는 딸에게 휘둘리고 있다. "하지만 너, 방금 한 말은?"

"할게요. 그런데 그게 좀 복잡해요. 어디부터 얘기해야 좋을지 생각 좀 해 볼 테니까 그동안 차 좀 내달라니까요."

그 말을 듣고서야 오하나는 얼른 일어섰다. 이치스케도 웃음을 터뜨릴 듯한 얼굴로 오미요를 쳐다보고 있다. 오미요는 오하쓰를 향해 고쳐 앉았다.

"그런데 어떻게 사라졌죠? 오아키 씨가?"

오하쓰는 전말을 간단히 들려주었다. 이야기하면서 오미요가 명석한 처녀임을 느꼈다. 호들갑스레 놀라거나 괜한 추임새를 넣지 않고 "그건 언제 일이죠?"라든지, "그 말은 누가 했나요?" 하는 식으로 꼭 필요한 점만 짚어 가며 들었던 것이다.

"그랬군요……. 큰일이네요. 잘 알았어요."

오하쓰가 이야기를 마치자 오미요는 그렇게 말하고 몇 차례 고개를 끄덕였다. 그때 마침 오하나가 차를 들고 들어왔다. 네 사람이 화로를 에워싸고 앉자 오미요는 뜨거운 차를 한 모금 마시고 입을 열었다.

"말하기 쉽지 않은 이야기예요" 하고 진지한 낯으로 말한다. "그래서 지금까지 저 혼자만 알고 있었던 거예요. 오아키 씨도 아무한테도 말하지 말라고 부탁했거든요."

오미요는 이야기를 시작했다.

"제가 오아키 씨를 처음 만난 것은 엄마와 함께 나막신 가게로 다기를 전하러 갔을 때였어요. 참 예쁘다 싶어 감탄했어요. 살결이 희고 눈매는 시원하고 몸매는 날씬하고. 호박같이 생긴 나하고는 전혀 달랐어요. 아아, 정말 부럽다, 하고 생각했죠."

호박이라니, 어쩜 저렇게 스스럼없이 말할까. 오하쓰는 어떤 얼굴로 들어야 할지 몰라 당황했지만, 시원시원한 오미요의 말투를 보면 새삼 그녀의 얼굴에서 눈길을 피하거나 그렇지 않다고 뻔한 빈말을 해 줄 필요는 없을 것 같았다.

하지만 부모는 아무래도 다르다. 오미요가 스스로 호박 같다고 말한 순간 부모는 눈을 휘둥그레 뜨고 주인한테 얻어맞은 강아지 같은 얼굴이 되었다.

"너도 그렇게 못나진 않았어, 오미요."

"암. 제 입으로 그렇게 말하는 게 어딨냐."

그렇게 말하는 부모에게 오미요는 웃음을 지어 보였다. "뭐예요, 그 얼굴은. 결코 속이 뒤틀려서 하는 말이 아녜요."

"하지만……." 오하나는 서글픈 듯하다. 엄마로서 당연한 반응이겠지만.

그러나 오미요는 가슴을 펴고 말했다.

"나는 빈말로라도 예쁘다곤 할 수 없잖아요. 그래도 일 잘하지, 자수 잘하지, 도자기 잘 보지, 게다가 머리도 그리 나쁘지 않다고 생각해요. 그리고 엄마, 가쿠타로 씨는 호박을 얼마나 좋아한다고요."

그러고는 주석을 달 듯이 오하쓰를 쳐다보며 덧붙였다.

"가쿠타로 씨는 제 약혼자예요."

"네, 그런 줄 짐작했어요. 혼인이 얼마 남지 않았다고 들었는데요. 축하해요."

살짝 고개를 숙이는 오하쓰에게 오미요는 쑥스러운 듯한 웃음을 지었다.

"고마워요. 가쿠타로 씨는 어릴 적부터 알았던 사람이에요. 그래서 제가 이런 여자라는 걸 너무나 잘 알죠. 뒤뜰 은행나무에 올라가 같이 놀던 시절부터 나중에 크면 저한테 장가들겠다고 약속했거든요. 그렇게 미더워해 주니 저도 열심히 해야죠."

자화자찬이 요란하지만 듣는 사람은 불쾌하지 않다. 솔직히 오미요는 미모라는 점에서는 다른 처녀보다 처질지 모르지만, 마음가짐에 있어서는 흔치 않은 매력을 가지고 있다. 생각하는 바를 속에 담아 두지 않고 뒤에서 투덜대지 않는 이 아가씨라면 아마도 상인의 훌륭한 안주인이 되리라. 가쿠타로는 행복한 남자다.

"그런데요" 하고 오미요는 이야기를 계속했다.

"처음 만났을 때부터 오아키 씨한테 그다지 좋은 인상을 받지 못했어요. 물론 혼조의 고마치_{헤이안 시대에 살았던 여류 시인 오노노 고마치. 대단한 미인으로 유명하여 미인의 대명사처럼 쓰였다}라고 할 만큼 예쁜 아가씨지만……. 뭐랄까, 쉬 어울릴 수 없는 구석이 있다고 할까요. 차갑다고 할까……. 얘기를 할 때도 제 눈을 쳐다보질 않더군요. 제 어깨 언저리를 보면서 얘기했어요. 그래요, 심하게 다툰 사람이랑 불쑥 마주쳐서 어쩔 수 없이 인사를 해야 할 때처럼요."

오하쓰는 오아키를 만나 본 적이 없다. 하지만 스테키치의 이야기를 들어보면 그녀는 상냥한 아가씨라고 한다. 오아키를 잘 아는 가시와기도 그녀에게 무례하거나 오만한 구석이 있다는 말은 한 적이 없다. 혹시 오미요가 받은 '인상'은 또래 처녀들 사이에서만 오가는 감 같은 것이었을까?

"어쩌면 제 시샘에서 나온 느낌인지도 모르죠." 오미요는 솔직하게 말했다. "썩 좋은 인상을 받지 못했기 때문에 오히려 더 오아키 씨와 제대로 사귀어 보고 싶었어요. 어차피 어머니들끼리도 가까운 사이고, 이제 곧 시집가게 된다는 것도 비슷하고. 그러니 이런저런 이야기를 해 보면 뜻밖에 마음이 통할지도 모르잖아요. 마침 어머니들은 당신들 이야기에 열중해서, 저는 꿰다 놓은 보릿자루마냥 가만히 앉아만 있었죠. 한참 지루하던 참이라 오아키 씨에게 말을 걸었어요."

지금 신고 있는 나막신의 끈을 갈고 싶은데 잘 어울리는 게 없을까, 하고 물어보았다고 한다. 그냥 구실이 아니라 오미요는 그날 어머니와 다기를 전하러 가는 김에 끈도 보고 오자고 이야기한 참이었다.

그러자 오아키는 마침 제 어머니도 재촉하므로 자리에서 일어나 오미요를 작업실 쪽으로 안내해 주었다. 작업실에 있던 마사키치는 오미요에게 끈을 골라 바꿔 주고 나아가 오미요의 걸음걸이 탓에 비뚜로 닳아 있던 굽을 대패로 평편하게 밀어 주었다.

"덕분에 걷기가 편해졌어요" 하고 오미요는 말했다. "오아키 씨네 아버님은 좋은 분이었어요. 친절하게 대해 주셨고요. 제자들한테 호통도 치시지만 그것도 엄격하다는 인상이고, 사납거나 심술궂은 모습은 아니었어요."

하지만 그러는 동안에도 오아키는 거의 말을 하지 않고 오미요가 처음 느낀 그대로 데면데면한 모습이었다고 한다. 오미요가 무슨 말을 걸어도 결코 그녀를 쳐다보려고 하지 않았다. 대답도 "그래요?" 라든가 "아, 네" 하는 맥없는 것뿐이었다.

"점점 부아가 나더군요." 오미요는 미간을 찡그렸다.

"그런 모습은 제가 아는 오아키의 성격하고는 다른데요? 그날은 특별히 기분이 나빴던 걸까요?" 하고 오하쓰가 말해 보았다.

오미요는 주걱턱 인상을 풍기는 턱을 끄덕였다.

"저도 그렇게 생각했어요. 하지만 아무리 그래도 처음 만난 사람이잖아요. 무엇 때문에 기분이 상했는지는 모르지만, 그렇다 해도 좀 싹싹하게 굴 수 없니, 너도 장사치 딸이잖아, 하는 소리가 목까지 올라왔어요."

오미요의 그런 생각이 얼굴에 드러났던 모양이다. 둘이서 어머니들이 있는 방으로 돌아가는 복도에서 오아키가 문득 멈춰 서더니 이렇게 말했다고 한다.

— 저기요, 내가 미운가 봐요?

오미요는 움찔했다. 좋지도 밉지도 않다. 무뚝뚝한 처녀라고 느끼기는 했지만, 사실 그거야 오미요에게는 아무럼 상관없는 일이다. 친해지기 힘든 상대라면 다음에 안 만나면 그만이니까.

하지만 오아키는 두려울 정도로 진지한 얼굴로 마치 힐문이라도 하는 양 오미요의 얼굴을 노려보았다고 한다. 그때 처음으로 오미요와 제대로 눈을 맞췄다.

"너무 놀라 얼른 대답도 못했어요. '네?' 하는 소리만 하고 당황하고 있었죠. 그러자 오아키 씨가 이렇게 말하더군요."

— 하긴 시샘을 할 만도 하죠. 나는 그쪽처럼 못생긴 여자는 감히 엄두도 못 낼 만큼 대단한 행복을 잡았으니까.

오아키의 말을 재현하면서 오미요는 웃고 있었다. 하지만 오하나와 이치스케는 다르다. 내외가 모두 꽉 눈을 감았다.

"어떻게 그런 소리를."

"오아키가 그런 아이였냐?"

오미요는 너글너글하게 부모의 말을 막았다. "화내지 마세요. 이 얘기는 다음이 중요하니까. 아무튼 오아키 씨는 그때 그렇게 말했어요. 저 역시 깜짝 놀라기도 하고 화도 나서, 지금 무슨 소리를 하느냐고 받아쳤죠."

그러자 오아키는 짐짓 수심 깊은 사람처럼 한숨을 짓더란다.

— 내가 예쁘다고 그렇게 주눅 들 필요 없어요. 그쪽도 그쪽한테 어울리는 남자랑 새살림 차릴 거잖아요. 그러면 됐죠.

오하쓰는 낯을 찌푸렸다. "그때 오아키, 어떤 모습이었어요?"

오미요는 목소리를 낮췄다. "무서웠어요."

"무서워요?"

"네. 뭐라고 할까…… 눈빛이 서늘했어요. 입술연지 같은 건 바르지 않았을 텐데도 입술이 꼭 누굴 잡아먹은 양 새빨갰고요."

"그리고요?"

오미요는 먼 데를 보는 듯이 눈을 가늘게 떴다.

"왠지는 모르겠지만 교태를 짓듯이 꿈틀거렸어요. 아, 그래, 목소리도 이상했던 것 같아요."

"어떻게요?"

"음……." 오미요는 사내처럼 팔짱을 꼈다. "나이가 제법 든 여자 같은 말투였다고 할까, 처녀 같은 말투는 아니었어요. 나이가 든 여자가—뭐랄까요. 사내 마음을 사려고 할 때처럼. 말로는 잘 설명할 수가 없네요. 몸에 착 감기듯이 달라붙어서, 떼어내려고 해도 끈적

끈적 늘어지며 매달리는 듯한. 뭐, 사내들은 여자가 그렇게 끈적거리는 것이 못 견디게 좋겠지만요."

"찻집 접대부나 기생처럼?"

"글쎄요." 오미요는 팔짱을 낀 채 곰곰이 생각하는 듯하더니 어머니 오하나를 보며 말했다.

"저기, 엄마. 예전에 저쪽 셋집에 신나이부시^{일본의 전통 음악인 조루리의 일종}를 가르치는 여자 강사가 살았죠?"

오하나는 불쑥 나온 다른 이야기가 당혹스러웠지만 순순히 대답했다. "응, 그래."

"우리 가게에 물병을 사러 온 적이 있었잖아요. 그때—,"

"그래, 그랬지." 대답하는 오하나의 목소리에 어느새 생기가 올랐다. 오하쓰를 보고 설명하기 시작한다. "벌써 오륙 년쯤 지난 일이우. 그때 이이가 허리를 다쳐 배달을 못하게 돼서, 젊은 치를 고용한 적이 있거든요. 그랬더니 그 강사란 여자가 글쎄,"

오미요가 어머니의 이야기를 받았다. "물병을 사러 왔다가 젊은 점원한테 반했지 뭐예요. 아니, 처음부터 그 점원한테 수작을 걸고 왔는지도 모르죠. 기치 씨라고 했던가요, 그 젊은 점원이? 남자답게 잘생겼는데."

젊은 점원은 새끼줄로 묶은 물병을 메고 신나이부시 강사 집에 배달을 갔다가 반 각이 지나서야 돌아왔다고 한다.

"이야기가 옆길로 샜지만, 그때 오아키 씨의 태도나 말투에서 그 신나이 강사가 떠올랐어요. 우리 가게에 와서는 젊은 점원 옆에 바짝 붙어서 물병을 골랐잖아요. 그 강사, 남편도 있었죠, 아마?"

오하나는 고개를 크게 끄덕였다. "말이 좋아 강사지, 제자도 없었어. 하나 있는 게 남편이었지."

"그래서, 다시 하던 이야기로 돌아가면요." 오미요가 말을 이었다. "오아키 씨가 그런 모습으로 말하더니 저만 남겨 놓고 위층으로 쌩 올라가 버리잖아요. 하는 수 없이 저 혼자 어머니들이 있는 방으로 돌아갔어요. 마침 엄마도 일어서시려던 참이었고요."

그날은 그대로 돌아왔다.

"오아키 씨가 이상하다, 기분 나쁜 아가씨다—저로서는 그렇게 말할 수가 없었어요. 엄마 친구분의 딸이니까. 보나마나 시샘하는 말로 들릴 테고."

그런 연유로 오미요도 부아가 난 속을 가까스로 달래고 나서는 평소처럼 바쁜 일상에 쫓기느라 오아키를 까맣게 잊고 말았다. 그런데 그런 일이 있고 나서 열흘쯤 지났을 때 이번에는 오아키가 제 발로 이 가게를 찾아왔다고 한다.

오미요는 실눈을 제법 크게 뜨고 말했다. "그것도 절 만나러 왔다지 뭐예요. 깜짝 놀랐죠."

그날 오아키의 모습은 요전번하고는 전혀 달랐다. 당장이라도 울 듯한 얼굴로 머리를 조아리고 찾아왔으면서도 오미요가 나오자 한 번은 도망치려고까지 했다고 한다.

"마침 그때 아버지는 배달을 나가셨고 엄마는 뭘 사러 나가셔서 저 혼자 가게를 지키고 있었어요. 그래서 제가 오아키 씨를 쫓아가 소맷자락을 붙들고 여긴 왜 찾아왔느냐고 물었죠."

그러자 오아키는 꺼질 듯한 목소리로 대답했다고 한다.

― 사죄하러 왔어요.

"요전에 오미요 씨한테 너무 못된 말을 했죠. 얼른 달려와 사죄하고 싶었지만 집을 쉽게 비울 수 없었어요. 눈이 빨개져 가지고 그렇게 말하더군요. 저도 어안이 벙벙한 상태였지만, 우선 오아키 씨를 집 안으로 들여서 물을 내주었어요. 안정을 시켜야 할 것 같아서요. 오아키 씨가 바들바들 떨고 있었거든요."

걱정이 된 오미요가 무슨 사정이 있느냐고 물어보았다. 처음 얼마 동안 오아키는 입술을 꼭 다문 채 눈물만 지을 뿐 말을 하려 들지 않았다. 하지만 오미요가 끈기 있게 달래며, 부모님은 한동안 돌아오시지 않을 테고 여기서 나온 이야기는 절대로 다른 사람한테 말하지 않겠다고 맹세하자 그제야 무거운 입을 열었다.

― 요즘 제가 무엇에 씌었나 봐요.

오미요는 두 번째로 놀랐다.

― 씌다니, 무엇에 씌어요?

― 모르겠어요. 다만 여자 모습이에요.

― 봤어요?

― 꿈에 나와요. 대개 아주 고운 옷을 입은 관음보살님 모습을 하고 있는데, 얼굴은 꼭 살아 있는 사람 같아요. 속이 다 비쳐 보일 것처럼 살결이 희고 입술은 잘 익은 석류처럼 빨개요.

오하쓰는 움찔할 만큼 긴장했다. 관음보살님. 나카노하시 창고 옆에서 보았던 관음보살? 그 관음보살도 인간의 얼굴과 목소리를 가지고 있었다―.

'곱기도 해라, 그 머리카락, 그 살결.'

"그래서 제가 그랬어요. 관음보살님이라면 무서워할 필요 없잖아요, 하고."

오미요는 내처 말했다. "그건 길몽이라고 말해 줬죠. 하지만 오아키 씨는 고개를 설레설레 젓고는, 진짜 관음님이 아니에요, 요괴 같은 거예요, 라고 하지 뭐예요."

이야기를 하는 오미요의 얼굴에서 애교가 사라지고 입매가 살짝 긴장해 있다. 오아키를 떠올리자 그녀도 두려워진 모양이다.

"저, 오미요 씨." 오하쓰는 오미요의 팔에 손을 얹으며 말을 건넸다. "생각을 잘 정리해서 순서대로 말씀해 주셨으면 해요. 오아키는 그런 꿈을 언제부터 꾸게 되었다고 하던가요?"

오미요는 잠시 생각하고 나서 대답했다.

"작년 봄쯤부터였다나 봐요."

"봄이라면, 꼭 이맘때 말인가요?"

"예. 벚꽃이 한창일 때."

순간 오하쓰는 오싹했다. 벚꽃? 가시와기의 이야기가 떠올랐다.

"무슨 일로 그런 꿈이 시작되었을까요?"

"그런 말은 없었어요. 어느 날 밤 갑자기 꿈을 꾸게 되었다고 했어요. 처음 얼마 동안은 꿈도 안개가 낀 것처럼 희미해서 뭐가 뭔지 잘 알 수가 없었대요. 다만 그리 개운치 않은 안개 같은 것이 자욱하게 낀 곳에서 오아키 씨가 멍하니 서 있더래요. 그곳에서 벗어나려고 해도 길을 알 수 없었대요. 발도 움직일 수 없었고. 그런 꿈이었다고요."

그런 꿈을 자꾸 꾸다 보니 조금씩 풍경이 선명해졌다고 한다.

"작년 가을쯤 되자 꿈속의 오아키 씨도 자기가 헤매고 있는 곳이 벚나무 숲 속이라는 사실을 알게 되었다고 했어요."

"벚나무? 그곳에도 벚나무가 있었군요."

"예, 그래요. 하지만 대부분 키가 아주 작은 벚나무들이었고, 활짝 펴서 사태 지듯 비처럼 꽃잎을 날리고 있었대요."

오하쓰는 양 무릎 위에서 주먹을 꼭 쥐었다.

"그렇다면 아주 멋진 꿈이잖아요. 하지만 오아키 씨는 무슨 까닭인지 너무 무서웠다고 했어요. 빨리 도망쳐야 한다고 생각했대요. 하지만 다리가 움직이지 않았다네요."

벚나무 숲 꿈은 한동안 계속되었고, 작년 말쯤 되자 더욱 선명해졌다.

"그때쯤 되자 관음보살 모습이 보이게 되었다는 거예요."

처음에는 오아키도 길몽인 줄 알았다고 한다. 몹시 무서운 꿈처럼 느껴지긴 했지만, 어쨌거나 마지막에는 은혜로운 관음보살님을 볼 수 있었으니까.

"마침 그즈음 오아키 씨의 혼담이 마무리되어서 정월이 되면 약혼 예물을 교환하기로 약속했어요. 그러니 더 길몽인 줄 알았겠죠" 하고 오미요가 말했다.

꿈속의 관음보살은 벚꽃이 만발한 숲 속에서 허공에 떴는지 땅을 딛고 섰는지는 모르지만 아름다운 옷을 살랑이며 오아키를 지긋이 쳐다보고 있었다. 딱히 무슨 일이 벌어지지는 않았고, 꿈속의 오아키는 그저 벚꽃 꽃잎이 볼이며 머리칼에 스치는 것을 느끼며 관음보살을 바라볼 뿐이다. 그러다가 잠에서 깨어났다. 그런 날들이 거듭

되었다.

그런데 그렇게 평화롭던 꿈이 올봄 벚꽃이 필 즈음부터 갑자기 달라졌다.

"처음에는 관음보살님이 오아키 씨에게 말을 건네더래요."

오하쓰의 등에 싸늘한 것이 쓰윽 스쳤다. 얼음 같은 손가락 끝으로 등골을 쓰다듬는 듯한 느낌이었다.

"무슨 말을요?"

입술을 적신 오미요는 타고난 씩씩한 말투를 버리고 끈끈한 말투로 바꾸었다.

"너, 참 곱구나. 그 머리카락 하며 살결 하며."

아아, 역시. 오하쓰는 눈을 감고 고개를 끄덕였다.

"꿈속에서 오아키 씨는 관음님에게 대답했대요. 아뇨, 관음보살님의 신령한 모습에 어찌 비하겠나이까, 라고 했다던가요. 그랬더니 관음보살님이 빙긋이 웃는데, 그때 잠에서 깨어나곤 했다네요."

그런 꿈이 두세 번 계속되었다. 하지만 네 번째에, 여느 때처럼 오아키가 "관음보살님에 비하겠나이까"라고 말한 순간 관음보살이 쓰윽 움직여 오아키에게 다가왔다고 한다.

"오아키 씨는 그 얘기를 할 때 학질에 걸린 것처럼 덜덜 떨었어요" 하고 오미요는 말했다. 팔짱을 끼고 있던 팔을 풀어 제 몸을 안는 자세로 바꾼다.

오아키에게 다가온 관음보살은 찬란하고 하얀 손을 뻗어서 오아키의 턱을 만졌다. 그러다가 오아키의 턱을 쳐들고는 얼굴을 바짝 대고서—.

"이래도 내가 아름답니? 하고 묻더래요."

그 순간 관음보살의 얼굴이 일그러졌다. 하얀 살갗이 바싹 마른 정월 떡처럼 금이 쩍쩍 가기 시작하더니 거기서 거무죽죽한 피가 배어 나와 줄줄 흘러서 떨어진다. 풀어질 리가 없는 관음보살의 묶은 머리가 절로 풀리면서 스르스륵 처졌다. 존귀한 얼굴에서도 가장 우아하고 고귀한 두 눈꺼풀이 번쩍 열리더니 살아 있는 인간의 핏발 선 흰자위가 드러나고, 거기서도 피가 배어 나오기 시작했다. 마침내 눈동자가 녹아서 사라지고 그 뒤에는 시커먼 구멍 두 개만 남았다. 관음보살의 몸이 금세 썩어 들어갔다. 거죽이 벗겨지고 살점이 문드러져 떨어져 나가고 뼈가 드러나고 마침내 그 뼈조차 여기저기 어긋나 덜걱거리며 무너지기 시작했다. 그렇지만 오아키의 턱을 받쳐 들고 있던 손가락 끝만은 뼈만 남아서도 강철처럼 단단했다―.

"오아키 씨는 비명을 지르며 잠자리에서 벌떡 일어났대요. 온몸이 땀에 흠뻑 젖은 채 너무 무서워 눈물을 흘리면서요."

오미요의 설명에 이치스케도 오하나도 눈을 휘둥그레 뜨고 바싹 붙어 앉아 몸을 앞으로 기울이고 들었다. 오하쓰도 위장 언저리가 서늘하게 식는 것 같아서 저도 모르게 양손을 오비 위에 겹쳐 댔다.

오아키가 전하기로, 그런 꿈을 사흘 밤 내리 꾸었다고 한다. 하룻밤만 더 꾸면 부모한테 털어놓을 생각이었다.

― 이러다가 실성하고 말지, 하고 생각했어요.

오아키는 애처롭게 풀이 죽은 얼굴로 눈물을 글썽이며 오미요에게 말했다고 한다.

"그 꿈이 사흘로 끝났겠지? 그럼 된 거 아니냐?" 하고 이치스케가 말했다.

"저도 그렇게 말했어요, 아버지" 하고 오미요는 고개를 끄덕였다. "그 무서운 꿈을 끝으로 벚나무 숲도 관음보살님도 꿈에 나타나지 않게 되었으니 이젠 됐네요, 다 끝났어요, 라고 말예요. 하지만 오아키 씨는 고개를 가로젓더군요."

오아키는 이렇게 말했다고 한다.

— 꿈은 꾸지 않게 되었지만 낮에 넋을 놓고 지내게 되었어요. 내가 한 일과 한 말을 전혀 기억하지 못할 때도 있는 거예요.

"기억을 못한다……."

오하쓰의 혼잣말에 오미요가 안타깝다는 듯이 입가를 일그러뜨리며 말했다.

"정말 그랬대요. 꼭 낮잠 자다 깨어난 양 퍼뜩 정신이 돌아오면 자기가 밥을 짓고 있거나 물을 푸고 있거나 어머니와 바느질을 하고 있더라나요. 심지어 방금 전에 했던 말도 전혀 기억나지 않기도 하고요. 더구나 그런 일이 점점 잦아졌다는 거예요."

오아키가 그렇게 넋을 놓고 있는 모습은 점차 주위 사람들에게도 알려지게 된 모양이다. 그러나 당시 오아키가 걱정하던 형태로는 아니었다.

"오아키 씨는 자기가 그저 넋을 놓은 모습을 집안사람들이 봤다고만 생각했죠. 하지만 그게 아니었어요. 멍하니 넋을 놓고 있는 동안 평소의 오아키 씨라면 결코 하지 않을 말들을 했다는 거예요."

오아키가 그 사실을 깨달은 것은 아버지 마사키치와 오랫동안 알고 지낸 나막신바치가 오아키의 혼인을 축하하러 찾아왔을 때였다.

손님이 돌아가자 어머니가 가만히 오아키를 불러 놓고 타일렀다.

― 네가 여러 가지로 걱정이 많겠지만 그래도 그렇게 무례한 말을 하면 못쓴다.

하지만 오아키는 통 기억이 없었다.

"제가 무슨 말을 했게요? 하고 오아키 씨가 어머니에게 물어보았대요. 그랬더니 어머니가 하는 말이, 손님이 가져온 선물이―옷감이었다는데―싸구려라느니 질이 떨어진다느니 트집을 잡듯이 말했다는 거예요."

물론 어머니 오노부도 그것이 고급품이 아니라는 사실은 알았다고 했다. 마사키치의 오랜 지기인 그 손님은 전부터 인색한 사람으로 통하던 모양이고. 그렇다고 해서 대놓고 타박을 주면 어떡하냐고 꾸중을 듣자 오아키는 낯이 파랗게 질렸다.

"맹세코 그렇게 말한 기억이 전혀 없다고 했죠."

그런 일은 그 뒤에도 종종 있었다. 오미요 건도 바로 그런 사례였다.

"저랑 엄마가 나막신 가게를 나설 때 제 표정이 어딘지 심상치 않아서, 아, 또 내가 무슨 몹쓸 말을 했나 보다, 하고 오아키 씨도 짐작했대요. 그래서 사죄하러 이렇게 찾아왔다고 했지만, 정작 자기가 무엇을 사죄해야 좋을지는 몰랐던 거죠."

― 저어, 제가 무슨 몹쓸 말을 하진 않았나요?

오미요에게 그렇게 물었다고 하니까 말이다.

"그래서 오아키는 자기가 무엇에 씌었다고 생각했군요……."

오미요가 고개를 끄덕였다. "이런 사정이 알려지면 필시 혼담도

깨질 테고, 어디 갇혀서 평생 바깥출입도 못하게 될지 모른다. 그렇게 말하면서 눈물을 펑펑 흘리며 울더군요. 보기가 너무 딱해서 도울 수만 있다면 어떻게든 돕고 싶었지만, 아무런 수가 없잖아요. 어쨌든 부모님한테 다 털어놓으라고 말해 줄 수밖에 없었어요."

오미요의 처지에서는 그럴 수밖에 없다. 자칫 누구한테 잘못 말했다가는 고자질처럼 들리기 십상이기 때문이다.

"오아키 씨는, 부모한테는 도저히 말할 수 없다, 혼담이 깨지고 말 거다, 하며 울기만 했어요. 이렇게 되었으니 차라리 죽어 버리고 싶다, 어디로 사라져 버리고 싶다, 이런 말도 했어요. 물론 그런 소리 말라고 제가 열심히 달랬죠. 그제야 오아키 씨도 조금 안정이 되기는 했는데……."

오미요의 커다란 얼굴이 구름이 끼듯 흐려졌다.

"끝말에 이상한 소리를 했어요."

— 그렇지 않아도 요즘 이유도 없이 몸이 붕 떠올라 바람에 날려 어디로 날아가 버릴 듯한 기분을 느낄 때가 있어요. 거울을 보면 제 얼굴이나 머리카락 뒤에 있는 장지문이나 기둥이 다 보이는 기분이 들 때도 있고요.

오하쓰는 주판으로 등을 문지르는 것처럼 오싹오싹해졌다.

"그럼 오아키하고는 그게 마지막이었나요?"

오미요는 떳떳지 못한 표정으로 고개를 숙였다. "걱정이 되기는 했지만, 저도 바빴거든요. 게다가 역시…… 어쩐지 무섭기도 해서."

"그럴 만도 하지요. 마음 쓰지 마세요." 오하쓰는 얼른 위로해 주었다. "그렇구나. 그래서 아까 '역시 가마카쿠시를 당했나요'라고 말씀하셨군요."

오미요는 고개를 까딱했다. "오아키 씨의 행방을 전혀 모르시나요? 찾을 공산도 없나요?"

"꼭 찾아낼게요. 틀림없이 찾아낼 거예요."

오하쓰의 말에 이치스케가 못 미더워하는 투로 끼어들었다. "허지만 아가씨가 무슨 수로 찾겠소? 이 아이 말을 들어 보니까 이건 우리네가 엄두 낼 일이 아닌 것 같구먼."

오하나도 고개를 끄덕인다. "스님한테 부탁해야 돼요. 아니면 무당이나 음양사한테라도." 오하쓰는 그 말에는 애써 입을 다물었다. 그 대신 문득 머리에 스친 생각을 말했다. "저어, 오미요 씨. 오아키하고는 이 방에서 이야기하셨나요?"

"네, 그래요."

오하쓰는 방 안을 빙 두르고 있는 복고양이들을 가리켰다. "이걸 보고 오아키가 뭐라고 하지 않던가요? 귀엽다거나 신기하다거나. 우리 집에서도 고양이를 키운다거나."

글쎄요, 하며 오미요가 궁리하는 표정을 지었다. 그러더니 아버지가 하고 있는 대로 똑같이 팔짱을 낀다. 뜻밖에 하얗고 매끄럽고 건강해 보이는 굵은 팔뚝이 훤히 드러났다.

"그런 얘기를…… 했나?"

"고양이가 무슨 관계라도 있소?"

이치스케의 물음에 오하쓰는 희미한 미소로 얼버무렸다. 오아키가 귀여워했다는 고양이, 오하쓰가 처음 나막신 가게를 찾아갔다가 이변을 겪을 때 바로 곁에 있었을 고양이, 그리고 오늘 머리에서 장식 빗을 빼앗아 도망친 고양이. 고양이는 이번 일과 어떤 관련이 있는 걸까?

저마다 곤혹스런 표정을 짓고 있는 구루마야 사람들에게, 뭔가 알게 되면 바로 기별해 주마 약속하고 오하쓰는 작별을 고했다. 오미요한테는 공연히 자책하지 말라고도 말해 주었다.

"이제 곧 혼인할 사람이 미간에 주름을 모으면 안 돼요."

오미요는 웃어 보였다. "저는 괜찮아요." 그러고는 격려하는 투로 말했다. "도움이 필요하면 뭐든지 말해 주세요. 자, 그럼 조심해서 가세요."

오하쓰는 오미요를 똑바로 쳐다보았다. 그녀의 걱정과 근심은 울면서 두려워하던 오아키의 모습을 알고 있기에 생겨난 것이다.

"그럼 잘 부탁합니다." 오하쓰는 고개를 숙였다. 구루마야를 나서서 잠시 걷다가 뒤를 돌아보니 오미요는 여전히 가게 앞에 서서 오하쓰를 바라보고 있었다. 손을 흔들자 그녀도 손을 흔들어 주었다.

제3장 오하쓰와 데쓰

시마이야에서

 오하쓰가 구루마자카의 구루마야를 나서서 시마이야로 돌아갈 때는 해가 지고 별이 하나둘 돋고 있었다. 그녀는 돌아오는 내내 밤 벚꽃놀이를 하러 가는 사람들과 마주치면서도 깊은 생각에 빠져 있었다. 그래서, "저 왔어요" 하고 포렴을 치우며 올케 오요시나 가키치에게 인사를 할 때도 거반은 건성이었다.
 해 질 녘부터 가게 문을 닫는 한밤중까지 주점으로 변하는 시마이야는 오전 시간대 못지않게 바쁘게 돌아가고 있었다. 평소라면 밖에서 돌아오자마자 얼른 앞치마를 두르고 다스키로 소매를 단속한 다음 객실로 뛰어나가는 오하쓰지만, 오늘은 지칠 대로 지쳐 안쪽 방 화로 옆에 앉아 일어설 엄두를 못 내고 있다.
 로쿠조는 출타중이었다. 화살의 출처를 추적하고 있겠지. 성과가 있으면 좋으련만.

가벼운 발소리가 나더니 장지가 열리고 오요시가 얼굴을 비친다.

"왔어요?" 하며 근심 어린 목소리로 말한다. "왜 그래요, 넋 나간 얼굴을 하고."

"좀 피곤해서 그래요."

오하쓰는 화로 테두리_{에도 시대의 화로는 대개 사각형 목제 가구로, 불을 담는 금속 용기를 위한 공간, 주전자 따위를 올려놓는 받침대 공간, 건조용으로 쓰이는 서랍 등을 갖추었다}에 팔꿈치를 괴고 올케를 올려다보았다. "잠깐 쉬다가 나갈게요."

"오늘은 괜찮으니까 푹 쉬어요. 그보다 밥은요?"

"나중에요. 올케 언니랑 같이 먹을게요. 혹시 우쿄노스케 님한테서는 무슨 기별 없었나요?"

오요시는 고개를 저었다. "없었어요."

그래요…… 하고 오하쓰는 고개를 끄덕였다. 구라타 몬도를 추적하는 일이 말처럼 쉽지는 않겠지. 아마 우쿄노스케는 며칠을 꼬박 매달리게 될 것이다.

"오라버니는요?"

"아침에 나간 뒤로 그만이네요."

가게 쪽에서 오요시를 부르는 소리가 들렸다. "예에" 하는 대답을 던져 두고 오요시가 말했다. "선물로 들어온 양갱이 찬장에 있으니까 그거라도 먹고 기운을 내요."

올케가 객실로 나가자 오하쓰는 손발을 다다미에 내던지며 길게 드러누웠다. 그러고는 천장을 보며 오늘 구루마야에서 들은 이야기를 되짚어보았다.

'제가 뭔가에 씌었어요.'

오아키는 그렇게 말하며 두려워했다고 한다. 그녀에게 씐 그것은 그녀의 몸뚱이를 차지하고 앉아 그녀답지 않은 말을 내뱉게 하고 그녀답지 않은 짓을 하게 했다.

아마 '그것'은 여자가 아닐까 하고 오하쓰는 생각했다. 미인까지는 아니지만 마음씨 고운 오미요에게 대놓고 못생겼다고 흉보는 심술궂은 존재. 이는 필시 여자이리라.

생각은 자연스레 나카노하시 다리에서 본 관음보살의 모습으로 이어졌다. 오하쓰를 보며 '곱기도 해라' 하고 말하던 관음보살. 그녀에게 던진 음성도 여자의 목소리였다.

'관음보살 모습으로 나타난 원령······.'

그것이 처녀에게 씌고 잡귀 바람을 부려 그녀들을 채 간다. 이번 오아키 건과 오리쓰 건 역시 그런 가미카쿠시라고 봐야 하리라.

그러면 원령의 정체는 무엇일까? 무엇 때문에 어린 처녀를 채 갈까? 그리고 어떻게 그녀들에게 씌었을까?

멀리서 벼락이 번쩍이듯이 오하쓰의 머릿속에 무언가 반짝하고 스쳤다. 나카노하시 사건 때 관음보살이 했던 말이다.

'하지만 너는 안 되겠다.'

그 말은, 오하쓰한테는 씔 수 없다, 오하쓰를 채 갈 수 없다는 뜻일까? 아니면 오하쓰로는 쓸모를 충족시킬 수 없다는 말일까?

오하쓰는 아우웅 하며 손발을 쭉 펴고 길게 기지개를 켰다. 그 참에 꿀꿀한 기분을 털어내려고 "에잇!" 하고 소리를 질러 보았다.

"아, 답답하네. 대체 뭐가 어떻게 돌아가는 거야."

조용한 방 안에 오하쓰의 높은 목소리가 유쾌하리만치 뚜렷하게 울렸다. 덕분에 얼마간 개운해졌다. 오하쓰는 끙 하고 용을 쓰며 일어나 앉았다. 옷자락이 접혀 종아리가 훤히 드러났다.

그때 어디선가 목소리가 들려왔다.

"저런 칠칠치 못한 처자를 봤나."

너무 놀라 심장이 입 밖으로 튀어나오는 줄 알았다. 오하쓰는 황망히 옷자락을 단속하며 고쳐 앉고는 주위를 살폈다.

그러자 방금 들려온 것과 똑같은 목소리가 희롱하듯이 웃으며 말했다. "뭐야, 모처럼 눈 보양하나 했더니 벌써 끝났어?"

오하쓰가 발끈해서 말했다. "거기 누구야? 어디 있는 거야?"

"찾아 봐."

목소리가 위에서 내려온다. 반자 위인가?

"비겁한 것. 떳떳하게 이리 나와!"

오하쓰는 발딱 일어나 장지를 열었다. 옆방에는 불빛이 전혀 없지만 휑하니 아무도 없다는 것은 안 봐도 안다. 오빠 내외가 자는 방이라 다른 누가 들어갈 리도 없다.

오하쓰는 두 손을 허리에 받치고 어깨에 잔뜩 힘을 준 채 소리쳤다. "누구야? 분키치 씨? 장난하면 가만 안 둘 테니까 알아서 해요!"

"오호, 무섭네. 가만 안 두면 어쩔 건데?" 다시 높은 곳에서 소리가 내려온다.

오하쓰는 방을 뛰어나가 복도 끝 창고 문을 열고 문 안쪽에 걸어둔 빗자루를 움켜쥔 다음 다시 뛰어서 돌아왔다.

"저런, 그걸로 뭘 하시게?"

놀리는 소리가 내려온다.

오하쓰는 빗자루를 천장으로 향하고는 에잇 하고 콱 질렀다. 빗자루가 판자 천장을 찔러 탁 하는 소리가 났다.

그러자 웃음소리가 들렸다. "그쪽이 아니야. 뭐 하는 거야."

눈길을 돌려 다른 판자를 찌른다. 또 웃음소리가 난다.

"그쪽이 아니라니까."

오하쓰는 볼이 벌게졌다. 이것도 원령의 짓일까?

"이제 나오는 게 어때, 이 비겁한 것!"

목청에 힘을 주고 일갈하자 '목소리'는 잠시 잠잠해졌다. 오하쓰는 귀를 바짝 세우고 기척을 살피다 가만히 빗자루를 고쳐 들고서, 이번에 목소리가 들리면 그곳을 정확히 겨냥해서 냅다 찔러 주마, 하고 몸을 도사리고 있었다.

"아이고, 무서워라. 그런 물건은 좀 치우지그래." 이번에는 다른 방향에서 목소리가 들려왔다. 천장 위가 아니다. 아무래도 처마 쪽 같다.

오하쓰는 창가로 붙었다. 살창을 드르륵 열고 고개를 내밀어 올려다보았다. 별이 반짝이는 밤하늘과 튀어나온 처마가 보일 뿐이다.

"알았어, 그렇게 무섭게 인상 쓰지는 말라고."

쿡쿡 웃는 소리가 오하쓰에게 말했다.

"내 그쪽으로 내려갈 테니까 조금 뒤로 물러나 봐. 안 그럼 그쪽 머리 위에 내려앉을 판이니까."

오하쓰는 열어 둔 창문에서 펄쩍 뛰듯이 뒤로 물러났다. 빗자루를 꼭 움켜쥔다. 무엇이 어디서 날아오든 잽싸게 피할 수 있도록 무릎을 구부려 자세를 낮추고 숨을 크게 들이마셨다.

"정말이지 기운 센 아가씨라니까."

놀리듯이 말하는 목소리. 검은 그림자가 창문 위를 휙 가로지르나 싶더니 작고 둥그런 무엇이 처마 위에서 창틀로 뛰어내려서는 이내 방 안으로 구르듯이 들어왔다.

오하쓰는 빗자루를 콱 내질렀다. 까맣고 둥그런 그것은 실뭉치가 굴러 가듯 옆으로 데굴데굴 구르다가 빗자루 앞에서 뚝 멈췄다.

오하쓰는 어안이 벙벙했다. 믿을 수가 없었다. 앞에 있는 것은 줄무늬가 그어진 작은 고양이였다. "냐옹" 하고 줄무늬 고양이가 오하쓰를 올려다보며 울었다.

"너…… 고양이잖아."

빗자루를 들이댄 자세를 취하고 있던 오하쓰가 떨리는 목소리로 말하자 고양이는 다시 한 번 "냐옹" 하고 응했다.

"네가 말을 한 거야? 설마!"

원령은 관음보살뿐만 아니라 고양이로도 둔갑할 수 있단 말인가?

그러자 줄무늬 고양이가 말했다. "냐오, 냐오, 냐옹. 그쪽도 우리 말을 알아들으면 참 편할 텐데."

오하쓰는 빗자루를 꼭 쥔 채 잠시 버티고 서서 줄무늬 고양이를 쳐다보며 눈만 끔뻑거리고 있었다.

"내 얼굴에 뭐 이상한 거라도 묻었나?" 하고 줄무늬 고양이가 물었다.

그제야 오하쓰는 입을 열었다. "너무 신기한 고양이잖아!"

고양이는 그 자리에 살짝 앉아 뒷다리를 들더니 귀 뒤를 박박 긁었다.

"아우, 가려워" 하고 목소리를 뽑는다. "도사네 둥지는 벼룩이 많아서 틀렸어."

"너, 벼룩 있어?"

"쪼끔."

오하쓰는 빗자루를 꼬나들었다. "그럼 당장 나가. 여기는 음식 파는 가게란 말이야."

여전히 귀 뒤를 긁으며 줄무늬 고양이가 오하쓰의 얼굴을 올려다보았다. "그렇게 한가한 소리 하고 있을 때가 아닐 텐데? 내가 뭐 하러 여기에 왔을 것 같아?"

말을 하는 고양이가 갑자기 눈앞에 내려와, 자기가 뭘 하러 온 것 같으냐고 물었을 때 냉큼 대답할 수 있는 사람이 세상에 몇이나 있을까. 그나마 상대가 오하쓰나 되니까 비명을 지르며 도망치지 않았다는 정도는 이 줄무늬 고양이도 알 만한데, 영 모르는 척 딴소리다.

오하쓰는 어안이 벙벙해서 멀거니 선 채 중얼거렸다. "이게 정말 꿈이 아니라면."

"꿈이 아니라니까." 이번에는 반대쪽 귀 뒤를 긁으며 고양이가 말했다.

오하쓰는 고양이의 말을 무시했다. "사실 예전에 부교 나리께서 말씀하신 적이 있어. 고양이가 사람들 틈에서 십 년쯤 살면 사람 말을 알아들을 수 있게 된다고."

줄무늬 고양이는 아가리를 쩍 벌리며 기지개를 켰다. "십 년씩이나? 그건 멍청한 놈이지."

오하쓰는 눈을 꼭 감고 중얼거렸다.

"가만, 그게 무슨 이야기를 하다가 나온 얘기였더라?"

일단은 이렇게 말을 하며 혼란을 조금 가라앉히자. 지금 앞에 있는 고양이가 정말 헛것이라면, 잠시 후 눈을 떴을 때는 틀림없이 사라지고 없을 테니까.

"그래, 절에서 키우는 고양이에 대한 이야기였지. 맞아, 고양이가 비둘기를 덮치려고 몸을 도사리는 모습을 본 스님이 냅다 소리를 질러서 비둘기를 도망치게 하자, 고양이가 분에 겨워 '아아, 아까워' 하고 말했다는 이야기였어."

줄무늬 고양이가 추임새를 넣었다. "굼뜬 놈이었나 보네. 그리고 비둘기 고기는 맛없어."

오하쓰는 눈을 더욱 꼭 감았다. "놀란 스님이 고양이에게 '네가 사람 말을 할 줄 아니?' 하고 다그쳤다지. 그러자 고양이가 말하기를 '십 년 넘게 살면 어느 고양이나 말을 할 수 있게 돼요'라고 하기에, '하지만 너는 아직 열 살이 안 되지 않느냐?' 하고 물어봤다던가. 그랬더니 '여우 피가 섞인 고양이는 십 년이 안 돼도 말할 수 있어요'라고 대답했댔어."

작은 줄무늬 고양이는 혀를 낼롬 내밀어 코끝을 핥았다. "그럼 내 혈통도 그쪽인가?"

오하쓰는 눈을 뜨고 소리를 질렀다. "아웃, 시끄러!"

줄무늬 고양이는 깜짝 놀랐는지 깡충 뛰어올랐다. "왜 갑자기 악을 쓰고 그래."

오하쓰는 고양이를 지긋이 노려보았다. 그녀가 한 발 내딛자 고양이가 뒤로 물러났다. 한 발, 또 한 발 자꾸 다가서다 보니 마침내 고양이가 방구석에 몰리게 되었다.

"암만 봐도 고양이가 맞네."

줄무늬 고양이가 콩 하고 재채기를 했다. "그야 당연히 고양이지. 이런, 도사한테 감기를 옮았나 보네."

오하쓰가 빗자루를 다른 손으로 옮겨 들자 고양이가 빗자루를 시선으로 좇았다. 눈초리가 유난히 총총해서 다시 다른 손으로 옮겨 보니 역시 총총한 시선이 쫓아온다.

"빗자루가 마음에 드니?"

"꼬마 시절에 그걸로 장난치고 놀았거든. 아, 그립다."

"너, 지금도 꼬마야."

고양이 중에서도 아주 작은 축에 속한다. 오하쓰라도 한 손으로 가볍게 들 수 있겠다.

그러자 줄무늬 고양이는 기분이 상했는지 눈을 가늘게 뜨고 "냐오" 하는 소리를 냈다.

"나, 다 컸거든."

"몇 살이나 됐니?"

"글쎄" 하고 고개를 갸웃한다. "눈 내리는 철을 세 번 넘겼나."

사람으로 치면 세 살배기인가. 하지만 건방진 말투만 본다면 도저히 세 살 같지가 않다. 오하쓰 또래, 혹은 두어 살쯤 어리다고 할까.

고양이의 나이를 곰곰이 따지고 있는 자신이 스스로 생각해도 우스웠다. 저도 모르게 웃음을 터뜨리자 줄무늬 고양이는 목을 갸릉갸릉 울리며 다가와 놀랄 정도로 가뿐하고 유연하게 오하쓰의 어깨 위로 사뿐히 뛰어올랐다.

"어머! 너 뭐 해!"

오하쓰가 고양이를 쳐내려고 팔을 휘둘렀다. 고양이는 냐오, 냐오 하고 급하게 울었다.

"그러지 말고, 잠깐만 얌전히 있어 봐, 오하쓰."

"너, 어떻게 내 이름을 알지?"

"방울이한테 들었지."

"방울이?" 오하쓰는 휘두르려던 팔을 멈췄다.

"그거, 혹시 목에 방울을 단 얼룩 고양이 말이니?"

"아는군."

"낮에 내 빗을 훔쳐 간 녀석이야."

"도사가 시킨 거야." 줄무늬 고양이는 오하쓰의 어깨에 요령 좋게 앉은 채 말했다.

"네가 지닌 물건을 보면 어떤 아가씨인지 대강 알 수 있다고 도사가 말했거든."

오하쓰는 빗자루를 방구석에 세워 두고 옆에 앉았다. 오하쓰가 앉자 줄무늬 고양이는 어깨에서 방바닥으로 살짝 뛰어 내려와 넉살 좋게도 오하쓰를 마주 보며 앉았다. "얘, 어떻게 된 거니? 처음부터 차근차근 얘기해 봐. 통 영문을 모르겠어."

줄무늬 고양이는 오하쓰의 얼굴을 어색할 만큼 찬찬히 쳐다보다가 다시 혀를 낼롬 내밀어 코끝을 핥았다.

"꽤 이쁘네."

"허튼소리 말고, 여긴 왜 왔어? 도사라니, 어느 절에 있는 스님을 말하는 거니? 방울이라는 얼룩 고양이는 너랑 잘 아는 사이야?"

"숨도 좀 쉬어 가면서 말하지그래" 하고 줄무늬 고양이는 놀리듯이 말했다. 코끝을 살짝 쳐들듯이 고개를 들고 안면을 움찔거린다. 혹시 지금 웃은 건가?

"너, 지금 웃었니?"

"어떻게 알았어?"

"면상이 괴상해지던걸."

"말을 함부로 하네."

오하쓰는 고양이의 목을 콱 쥐고 눈높이까지 쳐들었다. "봐, 요렇게 작잖아. 창밖으로 냅다 던져 버리는 수가 있어. 부탁하는데, 쓸데없는 얘긴 그만두고 묻는 말에나 제대로 대답해 줄래?"

줄무늬 고양이는 오하쓰의 손에 매달려 발을 버둥거렸다. "내려놔."

"너, 이름이 뭐니? 이름은 있겠지?"

"데쓰."

"데쓰?" 오하쓰는 낯을 찡그렸다. "같은 이름을 가진 사람이 있었던 것 같은데?"

나막신바치 마사키치 밑에서 일하던 직공 중에 그렇게 불리는 사람이 있었다. 스테키치가 '데쓰 아저씨'라고 했다.

그러자 줄무늬 고양이가 말했다. "나도 알아. 야마모토초 나막신 가게에서 일하는 젊은 직공."

오하쓰는 깜짝 놀랐다. "너도 아니?"

"안다면 알지." 데쓰는 능숙하게 몸을 틀어 오하쓰의 손아귀를 벗어났다. 방바닥에 내려서서는 쿠우 하고 등의 털을 곤두세우며 "아프잖아" 하고 투덜댔다.

"네가 어떻게 야마모토초의 데쓰 씨를 알지?"

"방울이가 한동안 그 집에서 신세를 졌거든. 그 집 딸한테."

"오아키 씨 말이니?"

"그래. 가미카쿠시를 당했지?"

데쓰는 다시 오하쓰의 무릎으로 올라왔다.

"오하쓰도 오아키란 아가씨를 찾고 있지? 채소 가게 오리쓰도."

오하쓰는 눈을 동그랗게 떴다. "오리쓰도 알아?"

"그 집에서 동무 하나가 죽었어."

데쓰의 말에 오하쓰는 잡귀 바람이 던져 두고 간, 목 없는 고양이 시체를 떠올렸다.

"맞아……. 채소 가게 나가노야에서 고양이 한 마리가 죽었어." 오하쓰가 혼잣말처럼 말했다. "그럼 너는 동무의 원수를 갚으려는 거니?"

데쓰는 고개를 끄덕였다. 인간이 하는 것처럼 고갯짓을 한 것이다. "그래. 그래서 우리는 지금 천구를 찾고 있어."

"천구라고?"

오하쓰가 소리를 지르자 데쓰는 귀를 쫑긋 세우며 무릎 위에서 뒤로 엉거주춤 물러났다.

"귀청 찢어지겠다!"

"하지만…… 천구라고 했잖아. 너, 천구가 뭔지 알기나 해? 날개가 있고 코가 큼지막하고 산속에서 도 닦는 사람들처럼 요상한 옷을 차려입고 신통력이 있어서 온갖 요술을 부리고 하늘을 날아다니는 요괴야. 깊은 산속에 살고……."

츠츠츠 하고 데쓰가 혀를 울리는 듯한 소리를 냈다.

"나는 그런 천구를 말하는 게 아니야. 그런 건 다 사람들이 지어 낸 이야기잖아."

"지어낸 이야기?"

"그럼. 우리 중에 그런 잡귀를 본 자는 아무도 없어. 우리 일족은 인간보다 훨씬 넓게 흩어져 살고 인간이 들어가 보지 못하는 산속에도 들어가지. 그런데도 오하쓰가 말한 천구 같은 요괴를 지금까지 본 적이 없어. 우리들 사이에는 그런 전설 같은 게 없어. 그러니 지어낸 이야기라고 생각할 수밖에."

묘하게 설득력이 있는 이야기다. 오하쓰는 저도 모르게 "흠, 그러네" 하고 맞장구를 치고 말았다.

"하지만 그렇다면 왜 너희는 그 돌풍을 천구라고 부르지?"

"돌풍이 젊은 처녀를 채 가는 모습이 오하쓰가 방금 말한 것처럼 인간 세상에 전해지는 천구가 하는 짓이랑 꼭 닮았으니까. 우리는 오랫동안 사람들 틈에서 살아서 사람들의 전설을 잘 알아. 그래서 그 돌풍을 가리킬 때는, '아, 또 천구가 왔다, 천구 바람이 처녀를 채 갔다'라고 하는 게 가장 편하지."

과연, 하고 오하쓰는 고개를 끄덕였다. 사실 천구 전설 중에는 바람을 일으켜 마을 사람들을 납치해 간다는 이야기도 많다.

"그렇다면 너희도 그 돌풍의 정체는 모른다는 말이네?"

데쓰는 수염을 움찔거렸다. 사람의 동작에 비유하자면 잠시 궁리하는 표정으로 턱을 문지르는 행동이라고 할까.

"도사는 돌풍의 정체를 알아." 데쓰는 천천히 말했다. "도사도, 도사 일족도 어지간한 인간보다 훨씬 오래 사니까. 확실치도 않은데 아무렇게나 말하지는 않거든."

지금 하는 말을 들어 보면 아무래도 데쓰가 말하는 '도사'도 인간은 아닌 모양이다.

"도사라니, 네 동무니?"

"그래. 우리 우두머리야."

우두머리? 오하쓰는 양손으로 볼을 눌렀다. 머릿속이 빙빙 도는 기분이다.

"그럼 도사는 그 돌풍의 본색이 뭐래?"

데쓰는 목구멍 밑에서부터 나오는 듯한 낮은 소리로 그릉그릉거렸다. 작은 머릿속에 잡귀 바람에 휩쓸려 목숨을 잃은 동무의 얼굴이 떠올랐는지도 모른다.

"도사 말로는 여인의 망념이 그놈의 본색이래."

"여인의 망념?"

꼬마 고양이의 입에 어울리는 말은 아니다.

"너, 그 말의 뜻이나 아니?"

"이승에 미련을 두고 죽은 여인의 생각이라는 뜻이잖아."

"그건 어떤 미련일까?"

데쓰는 고개를 갸웃했다. "글쎄, 더 오래 살고 맛난 것을 배불리 먹고 예쁜 옷 입고 귀한 대접을 받으며 살고 싶다는, 그런 거겠지."

오하쓰는 쓴웃음을 지었다. "겨우 그런 거야?"

데쓰는 눈을 반짝이며 오하쓰를 올려다보았다.

"그렇게 웃을 수 있는 것도 그쪽이 아직 젊기 때문이지."

"내가?"

"그럼. 처녀 시절에는 가만있어도 주위에서 다들 받들어 주니까. 여자는 그런 대접이 사라졌을 때 정말로 비참한 심정을 느끼는 법이거든."

오하쓰는 웃음을 참았다. "세상 여자들이 다 그렇진 않아."

"그야 그렇겠지." 데쓰는 생각에 잠긴 듯 천천히 말했다. "하지만 인간 여자 중에는 그런 게 아니면 인생의 낙을 찾지 못하는 사람도 있어. 그러니까 죽은 뒤에도, 아아, 더 호강하며 살았어야 했는데, 하고 미련을 품는 거지. 도사가 그렇게 말하더군."

오하쓰는 다시 저 관음보살로 둔갑한 잡귀의 탐욕스런 말투를 떠올렸다.

'참 곱기도 하지. 그 머리카락, 그 살결.'

"네 말을 알 것도 같구나." 오하쓰는 혼잣말처럼 말했다.

데쓰는 오하쓰의 얼굴을 가만히 올려다보고 있다.

"그 잡귀 바람—원령, 그러니까 네가 말하는 돌풍을 부리는 친구는 종종 관음보살로 둔갑해. 그거 알아?"

데쓰는 고개를 까딱했다. "방울이가 봤다고 했어."

"오아키 씨가 돌봐 주던 고양이가? 언제 봤대?"

"오아키란 처녀가 자취를 감추기 전 한참 악몽에 시달릴 때. 한밤중에 그 처녀가 자던 이부자리 발치 쪽에 관음보살처럼 생긴 헛것이 아른아른 떠 있는 모습을 보았다는 거야. 방울이가 으르렁거려서 쫓아 버리려고 했지만 꼼짝도 하지 않더래."

발치 쪽에 아른아른—오하쓰는 그 광경을 상상하고 몸서리를 쳤다.

"방울이가 오아키 씨를 지켜 주려고 한 거니?"

"어떻게든 지켜 주려고 했지. 하지만 혼자서는 무리야. 우리가 힘을 모으지 않으면 안 돼."

오하쓰는 무릎 위에 있는 고양이를 안아서 눈높이까지 쳐들었다.

"이봐, 데쓰 씨."

"그냥 데쓰라고 해." 데쓰는 갸르릉거리며 말했다. "이거 좀 쑥스럽군. 오하쓰의 손이 퍽 따스해."

"흐물거리지 마. 난 지금 심각해."

"아, 예예."

"너희들, 왜 천구를 쫓니?"

"동무의 원수를 갚으려고."

"그게 다야? 물론 그 이유도 있겠지만, 네 이야기—도사의 이야기를 들어 보니 너희 고양이들과 천구는 애초부터 원수지간 같은데. 맞니?"

데쓰는 냐오 하고 울었다. "나도 잘 몰라. 하지만 우리에게 천구는 적이야. 태어날 때부터 그렇게 알고 있었어. 쥐는 먹을 수 있고 참새도 먹을 수 있고 비둘기도 먹을 수 있다는 사실을 그냥 아는 것처럼. 개가 적이란 사실을 아는 것과 매한가지지. 누가 일러 주지 않아도 우리는 천구가 위험한 적이란 걸 알 수 있어. 그놈이 나타나면 물리쳐야만 하는 거야."

오하쓰는 흐음, 하고 생각에 잠겼다. 이 작은 고양이들이 인간 여인의 망념이 변해서 생긴 잡귀를 알아보는 눈을 가지고 있다니. 그리고 그런 잡귀를 퇴치하는 능력을 가지고 인간들 틈에서 살고 있었다니……. 이건 또 무슨 조화란 말인가?

"내려 줘! 근지럽단 말이야."

데쓰가 말랑말랑한 말투로 말하자 오하쓰가 그를 무릎 위에 올려놓았다.

"그럼 앞으로 어떻게 할 건데? 날 만나러 여기로 온 거 맞지? 왜? 무슨 목적이 있었을 거 아냐?" 오하쓰가 물었다.

"물론이지" 하고 데쓰가 대답하려고 할 때 장지 밖에서 가벼운 발소리가 들렸다. 오요시가 오는 모양이다.

오하쓰가 목소리를 죽여 데쓰에게 얼른 일렀다. "잘 들어. 저 사람은 우리 올케 언니야. 아까처럼 불쑥 말을 해서 놀라게 하면 안 돼. 너에 대해서는 틈을 봐서 내가 소개할 테니까 그때까지는 여느 고양이처럼 얌전히 앉아 있어. 알았지?"

데쓰가 대답하기도 전에,

"아가씨, 나예요."

목소리가 들리고 장지가 스르륵 열렸다. 오하쓰는 무릎 위에 데쓰를 올려놓고 앉아서 올케를 돌아다보았다.

오요시의 목소리가 이내 높아졌다. "어머, 뭐예요, 이 고양이는?"

"처마 끝에서 내려왔어요. 집 잃은 고양이 같아요." 오하쓰가 말했다.

오요시의 얼굴이 환해졌다. 올케도 참, 고양이라면 사족을 못 쓴다니까.

"어마나. 귀여워라."

장지를 닫고는 냉큼 바짝 다가온다.

"아직 새끼네?"

그렇게 말하며 오하쓰의 무릎에서 데쓰를 안아 올렸다. 얼굴 가득 웃음이 번진다.

데쓰도 눈치가 빨라서, 오요시에게 안긴 채 목을 갸릉갸릉 요란하게 울리기 시작했다. '유들유들한 녀석' 하고 오하쓰는 생각했다.

"엄마를 잃어버렸니? 아니면 집을 못 찾았니?"

오요시는 데쓰의 얼굴을 들여다보며 아기를 어르는 투로 말했다. 데쓰는 여전히 갸릉거린다.

"그렇게 어리지는 않은 것 같아요" 하고 오하쓰가 말했다. 그러자 데쓰는 오하쓰 쪽을 돌아보며 "냐오" 하고 울었다.

"아가씨가 여기 있을 때 들어왔어요? 아니면 그전에 들어와 있었나?"

"내가 화로에 기대어 앉아 있는데 처마에서 뛰어내리던걸요."

"오늘 가키치 씨가 삼치를 구웠는데, 그 냄새에 끌려서 왔니? 너, 배고프니?" 오요시는 데쓰의 머리를 살살 쓸어 주며 말했다.

데쓰는 "냐옹냐옹" 하고 응했다.

"얼른 챙겨다 줘야겠다." 오요시는 흐뭇한 얼굴이다.

"올케 언니, 집에서 고양이 키워도 돼요?"

"뭐 어때요. 객실 쪽으로만 나오지 않게 하면 되지."

"하지만 한 번도 키워 본 적이 없잖아요?"

"그야 하는 장사가 먹는장사니까 일삼아 키울 일은 없었죠. 하지만 이 고양이를 쫓아낼 수는 없어요. 요걸 봐요."

오요시는 데쓰를 한 팔로 고쳐 안고 빈손으로 데쓰의 꼬리를 들어 올렸다.

"끝이 갈고리처럼 구부러졌죠?"

과연 데쓰의 꼬리 끝이 급하게 꺾여 올라간다.

"꼬리가 요렇게 생긴 고양이는요, 도적을 막아 준대요. 길을 잃고 찾아왔다면 굳이 쫓아낼 필요가 없죠."

"아, 그래요…… 몰랐네요. 금빛 눈을 한 검은 고양이는 장사를 번창하게 해 준다는 얘기는 들어 봤지만."

"그리고, 봐요." 오요시는 이번에는 데쓰를 번쩍 들고 네 다리 끝을 오하쓰 쪽으로 쳐들어 보였다.

"발끝이 하얗죠? 요렇게 생긴 줄무늬 고양이를 '흰 버선을 신은 고양이'라고 해요. 이것도 복을 부르는 표시래요."

아하, 하고 오하쓰는 감탄했다. 올케가 고양이를 좋아하는 줄은 알았지만, 생각보다 훨씬 더 좋아하는가 보다.

"네가 복덩이로구나" 하고 오요시가 데쓰에게 말을 건넸다. 데쓰는 갸릉거리기만 할 뿐이다.

"귀하게 키워야겠는걸."

"그럼 다행이네요. 하지만 다른 사람들이 고양이를 싫어하지 않을까요?"

"가키치 씨는 고양이 좋아해요."

"분키치 씨도 괜찮을라나?" 하고 오하쓰가 말했다. 분키치한테는 구루마야의 오미요와 이름이 똑같은 여자가 있는데, 시샘이 많은 처

오하쓰와 데쓰

녀라고 한다. 그 오미요란 처녀가 고양이를 기르고 있다. 분키치는 그 고양이를 두고 이렇게 말하곤 한다. "나만 보면 졸졸 따라다닌다니까요. 내가 밖에서 무슨 못된 짓이나 하고 다니지 않는지, 오미요를 대신해서 감시하는 것 같아요."

"오라버니도 고양이를 싫어하지는 않아요. 좋아하지도 않지만. 거치적거린다고 발로 차 버릴지도 몰라요."

"내가 단단히 일러서 그런 일 없도록 할 거예요."

오요시는 데쓰한테 홀딱 반한 모양이다. 사실 데쓰가 무척 귀엽게 생기긴 했다.

"그런데 올케 언니, 저한테 무슨 할 말이 있어서 들어온 거 아녜요?"

볼일이 있으니까 객실이 한창 바쁜 이 시간에 굳이 방으로 들어왔을 텐데. 오하쓰가 그렇게 묻자 오요시는 아참 하고 정신을 차린 표정을 했다.

"내 정신 좀 봐. 우쿄노스케 님이 오셨어요."

"정말요?"

오하쓰가 냉큼 자리를 바로 했다. 구라타 몬도의 동정을 살피다가 뭔가 성과가 있었나?

"올라오시라고 해도 괜찮죠? 지금 아래층에서 식사를 하고 계셔요. 아침부터 아무것도 못 드셨대요. 들어오실 때 보니 흐느적흐느적하시더라고요."

"우쿄노스케 님답네요."

오요시는 데쓰의 머리를 마구 쓰다듬고 나서 아쉬운 표정으로 오하쓰의 무릎 위에 돌려놓고는 얼른 방을 나갔다.

"휴우." 데쓰는 머리를 획획 털었다. "올케란 사람, 정이 헤프군."

오하쓰는 데쓰의 머리를 톡 쳤다. "건방진 소리."

"하지만 익을 대로 익은 여자네."

"말하는 것 좀 봐……. 고양이 주제에 호색한처럼 말하네." 오하쓰는 기가 막혔다.

"뭐가 어때서. 오요시 님도 내가 마음에 쏙 든 모양이구먼."

오하쓰는 데쓰를 툭 내던졌다. "거기 얌전히 앉아 있어. 우쿄노스케 님을 부르러 내려가야 하니까."

데쓰는 뱅글 돌아 다다미 위에 사뿐히 내려앉더니 오하쓰를 올려다보았다. "우쿄노스케가 누구지?"

"나랑 같이 천구를 추적하는 분이야. 그러니까 너하고도 한편이지."

"오하쓰가 마음에 둔 남자?"

"한다는 말이 왜 다 그 모양이니!"

방을 나간 오하쓰는 복도와 가키치가 일하는 주방을 지나 객실로 나가서 우쿄노스케를 찾았다. 더운 김과 담배 연기가 가득 찬 붐비는 객실 저쪽에서 조금 지친 듯한 그의 얼굴이 보였다.

우쿄노스케도 눈길을 들어 오하쓰를 쳐다보았다. 살짝 웃고 고개를 살살 젓는다. 일이 잘 풀리지 않았다는 뜻 같다.

"끼니도 거르고 돌아다니셨다고요?"

함께 방으로 걸어가며 오하쓰가 물었다. 우쿄노스케는 쓴웃음을 지었다.

오하쓰와 데쓰 • 229

"오하쓰 씨가 돌아가신 직후에 구라타 몬도 나리가 찾아왔어요. 마치 제 집처럼 거침없이 들어오더군요. 뭐든 보탬이 될 만한 일을 기억해 보라고 스테보를 자꾸 쥐어박질 않나. 그 아이도 대단해요. 혼자 꿋꿋이 버텼어요."

"구라타 몬도 나리가 혼자 찾아왔어요?"

"오하쓰 씨가 보셨다는 아사이야의 안주인은 오늘은 안 보였습니다. 그 대신 구라타 나리가 부리는 오캇피키인지, 덩치 작고 눈매 고약한 평민 하나가 바짝 붙어 다니더군요. 역시 우리 짐작이 맞았나 봅니다. 구라타 나리는 오아키 씨가 살해되었고 시체는 어디에 버려졌을 거라는 이야기를 확고한 사실로 굳히려고 나막신 가게 사람들을 추궁하고 설득하는 겁니다."

오하쓰는 장지를 드르륵 열었다. 기다렸다는 듯 데쓰가 냐옹 하고 운다. 그런데 옆에 있어야 할 우쿄노스케가 어느새 보이지 않았다.

오하쓰가 어리둥절해서 뒤를 돌아다보니 우쿄노스케는 어느새 복도 끝까지 달려가 벽에 찰싹 붙어 있다.

"우쿄노스케 님?"

"지, 지금 그 소리 뭡니까?"

"예?"

"냐옹 하는 소리요!"

오하쓰는 복도 끝에 있는 우쿄노스케의 얼굴과 방 안에 오도카니 앉아 있는 데쓰의 얼굴을 번갈아 보았다.

"고양이인데요······."

우쿄노스케의 단정한 얼굴이 잔뜩 일그러졌다. "고양이요? 오하쓰 씨, 고양이는 언제부터 키우셨어요?"

"방금 전 우리 집에 찾아든 아이예요." 오하쓰는 어느새 흥이 돋았다. "그런데…… 싫으세요?"

우쿄노스케는 머리를 감쌌다. "제가 세상에서 제일 무서워하는 게 우리 아버지랑 고양이란 말입니다."

물론 우쿄노스케의 부친 후루사와 부자에몬도 보통 사람은 아니지만, 아들 우쿄노스케하고는 어렵사리 화해를 한 상태다. 그렇다면 고양이는 지금 우쿄노스케가 세상에서 제일 무서워하는 대상인 셈이다.

오하쓰는 방으로 들어가 고양이를 안아 올렸다.

"뭐야, 저치는?" 하고 데쓰가 묻는다.

"쉬잇! 입 다물어."

그렇게 단속해 두고 오하쓰는 우쿄노스케에게 소리쳤다.

"우쿄노스케 님, 고양이는 단단히 붙들고 있으니까 일단 들어오세요."

우쿄노스케의 주눅 든 목소리가 들려왔다. "고양이는 밖에다 내놓으면 안 될까요?"

오하쓰는 곤혹스러웠다. "저어, 이 고양이는 이번 사건들과 관계가 있어요."

우쿄노스케는 조심스런 모습으로 한 발 한 발 장지 뒤까지 다가와서 얼굴만 들이밀었다. 엉덩이는 뒤로 한참 빠져 있다.

"울지는 않나요?"

그 순간 데쓰가 냐오 하고 울었다.

우쿄노스케는 다시 펄쩍 뛰어 달아났다. 오하쓰는 소리를 낮춰 데쓰를 꾸짖었다.

"사람한테 장난치면 못써!"

데쓰는 크크크 웃었다. "저런 겁쟁이 같으니. 저 작자, 무사 아닌가?"

"오하쓰 씨!" 우쿄노스케가 부른다. "제발 그 고양이 좀 치워 주실 수 없습니까?"

"치우라니! 내가 무슨 이불이야, 화로야." 데쓰가 발끈했다.

"제가 말씀드렸잖아요, 이 고양이는 오아키 씨 사건을 조사하는 데 도움이 되는 고양이라니까요. 무섭지 않으니까 이리 오세요."

우쿄노스케가 마지못해 문가에 다시 나타났다. 그가 오하쓰의 말에 이렇게 의심하는 표정을 지은 적은 처음이다.

"길고양이입니까?"

흠칫거리며 다가온다.

"그런 거 같아요. 하지만 이 고양이는—,"

사람처럼 말을 할 수 있어요, 하고 말하려는데 데쓰가 냐오, 냐오 하고 울었다. 우쿄노스케는 부젓가락에 찔린 양 펄쩍 뛰었다.

"얘, 데쓰. 이제 고양이 흉내는 그만하고 제대로 말을 해 봐" 하고 오하쓰가 말했다.

하지만 데쓰는 "냐아아아옹" 하고 길게 소리를 뽑을 뿐이다.

"슷, 의뭉 떨지 말라니까. 장난은 그만 하고 우쿄노스케 님께 인사 드려."

"오하쓰 씨?" 우쿄노스케가 고개를 갸웃하고 오하쓰를 쳐다보았다. "지금 고양이한테 말씀하시는 건가요?"

오하쓰는 화가 치밀었다. "이 고양이, 이름이 데쓰라고 하는데, 말을 잘해요. 그런데도 아까부터 내내 고양이 시늉만 내고 있네요."

우쿄노스케는 걱정스런 눈빛으로 오하쓰를 쳐다보았다. "그야 고양이니까 고양이 시늉을 할 밖에요."

"쳇, 간이 콩알만 한 요따우 남자를 맘에 둔 거야?"

데쓰가 불쑥 실례 천만의 말을 했지만 오하쓰는 그제야 마음이 풀렸다.

"보세요, 우쿄노스케 님, 들으셨죠? 이 고양이가 이렇게 말을 잘해요."

우쿄노스케는 오하쓰의 얼굴을 빤히 쳐다보고 있다.

"오하쓰 씨."

"네?"

"지금 이 고양이, 냐오냐오 하고 울었을 뿐이잖아요."

이번에는 오하쓰가 우쿄노스케를 빤히 쳐다보았다.

"뭐라고요?"

"이 고양이, 그냥 울기만 했다고요." 우쿄노스케가 타이르듯이 말했다. "말을 하진 않았어요. 오하쓰 씨, 괜찮으세요?"

오하쓰는 우쿄노스케의 얼굴을 쳐다보았다. 그러고는 품에 있는 데쓰를 내려다보았다.

"뭐라고 좀 해 봐" 하고 데쓰에게 말했다.

"나, 배고파" 하는 데쓰.

"보세요. 그냥 냐옹 하고 울잖아요" 하는 우쿄노스케.

오하쓰는 다시 머릿속이 나무젓가락에 둘둘 말리는 엿처럼 빙글빙글 도는 기분을 느끼고 말았다.

"잠깐만요."

우쿄노스케에게 그렇게 말해 두고 데쓰를 꽉 껴안은 채 돌아앉았다.

"아아, 근사해라. 오하쓰 님 품에 꽉 안긴 이 기분."

오하쓰는 눈을 가늘게 뜬 데쓰에게 소곤거리는 목소리로 빠르게 말했다. "얘, 네 말을 알아들을 수 있는 사람이 나 하나뿐이니?"

"그렇지는 않아."

"하지만……."

"알아듣는 인간도 있고 못 알아듣는 인간도 있어. 그래, 아까 오하쓰가 비둘기를 살려 주었다는 스님 얘기를 혼자 중얼거렸지?"

"나도 부교 나리께 전해 들은 이야기야."

"그래. 그 스님은 우리 말을 알아듣는 사람이었을 거야. 스님들은 대개 알아들어. 어지간한 땡중만 아니면."

"그럼 우쿄노스케 님은 못 들으시나?"

"그런가 보네."

"우리 올케 언니는?"

"못 듣는 것 같던데." 데쓰가 가만히 말했다. "아까 내가 품에 안길 때 '누님, 남편은 있수?' 하고 물어봤는데 아무 대답도 없었거든."

오하쓰는 한 손으로 얼굴을 가렸다. "아, 골치야……."

"왜?"

"대체 너를 우쿄노스케 님한테 무슨 말로 설명드려야 하니?"

"오하쓰가 역관통역을 맡아 보는 관리 노릇을 하면 되잖아."

"그런다고 믿어 주실까?"

우쿄노스케는 오하쓰의 내면에 다른 사람은 갖지 못한 신비한 힘이 번뜩일 때가 있다는 사실을 알고 있다. 하지만 그것과 이 이야기는 좀 다르지 않을까? 아무리 신통한 힘이 있는 처녀라지만 고양이랑 사이좋게 대화를 한다고 하면……

하지만 달리 무슨 수가 있는 것도 아니다. 오하쓰는 작심을 하고 나서 다시 돌아앉았다.

"우쿄노스케 님."

데쓰를 보고 다시 엉덩이를 뒤로 빼고 있던 우쿄노스케는 화들짝 놀랐다. "왜, 왜요, 오하쓰 씨."

"이 고양이, 정말로 말을 할 줄 알아요. 하지만 요것이 하는 말을 알아듣는 사람이 이 집에서는 아마 저 하나밖에 없나 봐요."

"요것이라니. 나는 화로 같은 물건이 아니라고 했건만" 하고 데쓰가 꿍얼댔다.

데쓰의 투덜거림이 우쿄노스케의 귀에는 그냥 울음소리로 들리는 것이다. 그는 무릎을 바닥에 비비며 슬금슬금 뒤로 물러났다. 보기 딱한 모습이다.

"고양이를 이렇게 싫어하시는 줄은 몰랐네요."

우쿄노스케의 야단스런 모습에 오하쓰는 기가 막힌다는 투로 말했다.

"저도 이해가 안 됩니다. 고양이한테 심하게 물린 적도 없는데."

우쿄노스케는 마치 날카로운 침봉 위를 걷는 양 다다미에 발을 살짝 내렸다가 팔짝 뛰어오르고 또 살짝 내렸다가 옆으로 피한다. 물론 데쓰가 심술궂게 그가 가는 쪽으로 내내 눈초리를 던지고 있기 때문이다.

"그러지 말라니까."

오하쓰는 데쓰의 머리를 톡 치며 꾸짖었다. 데쓰는 "옹야" 하는 소리를 냈다.

"오하쓰 씨, 작은 동물을 그렇게 톡톡 치시면 안 됩니다."

엉덩이를 뒤로 뺀 우쿄노스케가 말한다. 어쨌거나 마음씨가 따뜻하기는 하다.

"아무튼 앉으세요. 그렇게 들볶이는 콩처럼 강동거리시면 어떻게 이야기를 해요. 아. 그렇지, 잠깐 기다려 보세요."

오하쓰는 한 손으로 데쓰를 꼭 안은 채 벽장을 열고 머리를 안으로 들이밀었다. 쌓아 둔 손님용 방석 옆에 오요시가 자질구레한 물건들을 모아 두는 상자가 있다. 거기에서 둘둘 말아 묶어 둔 굵은 노끈을 하나 꺼내서 데쓰의 목에 얼른 매 주고 다른 쪽 끝을 창틀에 묶어 놓았다.

"자, 이러면 안심하시겠죠?"

노끈 길이가 세 치_약 십 센티미터_가 채 안 되는 통에 데쓰는 창가에서 벗어날 수가 없다. 우쿄노스케에게 다가갈 수 없게 됐다.

우쿄노스케는 조금이나마 안도한 표정이 되었다. 우왕좌왕을 그만두고 두 다리로 다다미를 디디며 제대로 선다.

그래도 "그럼 저는 여기에" 하고 창가에서 가장 먼 장지 앞에 앉았다.

데쓰는 이만저만 불만이 아니다. "이게 뭐야."

"괜찮아, 말하는 데는 아무 지장 없잖아."

"오하쓰를 도와 주려고 애써 찾아왔는데, 이래서는 꼭 눈요기천막_{작은 가설 극장을 세우고 마술, 기이한 물건, 차력 파위를 보여 주는 곳}에 끌려다니는 곰 같잖아."

"그렇지 않아, 제법 귀여운걸. 야옹 하고 울어 봐."

"시끄러."

우쿄노스케는 마치 보름달이 우물가로 내려와 세수를 하는 장면이라도 구경하는 듯한 표정을 하고 있다.

"오하쓰 씨, 정말 이 고양이와 얘기를 나누시나요?"

"그런 것 같네요." 오하쓰는 목을 슥슥 긁었다.

"이 고양이가 그렇게 똑똑한가요?"

그러자 데쓰가 냉큼 끼어들었다. "적어도 담은 너보다 커."

"조용히" 하고 오하쓰가 꾸짖었다.

"고양이가 뭐라고 했습니까?"

"건방진 말을 하네요. 눈요기천막의 곰 같아서 싫대요."

"오호."

"입도 걸고 바람둥이처럼 말하지만 머리는 나쁘지 않은가 봐요."

"바람둥이? 고양이가요?" 우쿄노스케는 보름달이 수건을 걸치고 목욕탕 포렴을 헤치며 걸어 나가는 모습을 보기라도 한 듯한 표정을 지었다.

"뭐, 좋잖아요?" 그를 다독여 두고 나서 오하쓰는 데쓰한테 들은 이야기를 우쿄노스케에게 들려주었다. 그는 아직도 겁이 삭지 않았는지 종종 데쓰를 곁눈질하며 오하쓰의 이야기에 귀를 기울였다.

"천구라." 고개를 크게 끄덕인다. "아닌 게 아니라 젊은 처녀를 채 가는 둥, 잡귀 바람이 하는 짓을 보면 날개가 달리고 높은 나막신을 신은 전설의 요괴가 하는 짓이랑 비슷한 점도 있군요."

그러고는 짐짓 다시 보았다는 듯한 눈초리로 데쓰를 쳐다보았다.

"오하쓰 씨, 방금 이야기를 들으니 도장에 오시는 국학자 선생이 하신 말씀이 생각납니다. 일본보다 훨씬 땅이 넓고 일찍이 문명을 꽃피운 바다 건너 청나라에도 천구라는 요괴의 본색을 마성을 띤 여인의 영혼으로 보는 견해가 있다고 합니다."

"마성을 띤 여인의 영혼—그럼 생김새도 우리가 생각하는 천구는 아니겠군요?"

"그래요. 부채로 바람을 일으켜 하늘을 나는 천구 형상은 어디까지나 일본에서 독자적으로 만들어 낸 이야기랍니다. 하지만 질풍과 함께 내려와 재앙을 일으키고 사람을 채 가는 또 다른 종류의 원령이 예로부터 사람들 사이에 알려져 있었어요. 본래 관계가 없던 두 가지가 일본에서 어느새 하나로 통합되고 만 것이죠."

데쓰가 "냐오" 하고 울더니 오하쓰에게 말했다. "오, 이치는 누구지? 오하쓰랑 뭘 하고 있는데?"

오하쓰는 우쿄노스케에게 미소를 보였다. "데쓰에게 지금까지의 전말을 들려줘도 괜찮을까요?"

"물론이죠." 우쿄노스케는 힘 있게 끄덕였다. "이 고양이가 우리와 같은 목적을 가지고 있다면."

오하쓰는 사태의 시작—부교 나리와 맺은 인연부터 가시와기에 대한 이야기, 오아키라는 처녀의 가미카쿠시 건을 조사하게 된 전말부터 지금까지 있었던 일들을 순서대로 데쓰에게 설명했다.

데쓰가 "흐음" 하는 소리를 냈다.

"그랬군. 우리 쪽에서 제일 먼저 오하쓰를 알게 된 것은 방울이야. 오하쓰가 처음 나막신 가게를 찾아갔을 때 방울이가 거기 있었거든. 처마 끝에서 다 지켜보았대."

"안 그래도 그때 밖에서 띠링띠링 하는 방울 소리를 들었어. 풍경 소린가 했지."

"방울이가 깜짝 놀랐대. 천구한테 위협을 당하고 그렇게 무서운 공격을 당해도 기가 죽지 않는 대단한 처녀라고."

"그럼 내가 오아키 씨의 연습장과 치고받고 싸우는 광경을 방울이가 내내 보고 있었다는 말이야?"

"응, 그것만이 아냐. 나막신 가게를 나선 오하쓰를 미행해서 집이 여기라는 사실도 알아냈지. 게다가 이 집으로 돌아온 오하쓰가 나가노야의 오리쓰 납치에 대해서 오라버니와 이야기한 내용도 다 듣고 나서, 나와 도사한테 쏜살같이 달려와 알려 줬어."

"그럼 너는……"

"그래. 오하쓰를 따라왔다가 어제저녁 나가노야 일도 숨어서 다 보았어."

"그래서 오리쓰는 물론이고 나가노야에서 죽은 고양이에 대해서도 알고 있었구나."

"그렇지."

오하쓰는 데쓰와 대화하면서 우쿄노스케에게도 말을 옮겨 주었다. 퍽 바쁘다. 우쿄노스케는 반신반의하는지 흥미진진해하는지 알 수 없는 표정으로 팔짱을 끼고 있다.

"그래서 데쓰 님이 나를 만나려고 생각했다."

데쓰는 갸릉갸릉 소리를 냈다. "암, 데쓰 님이고말고. 그렇게 불러 주니 기분 좋네."

오하쓰는 우쿄노스케에게 말했다. "낮에 고양이가 제 머리에서 장식 빗을 빼앗아 달아났죠?"

"아, 그 고양이가 방울이었군요."

"그래요. 도사란 고양이가 제 소지품을 아무거나 가져오라고 했대요. 그걸 보면 제가 어떤 사람인지 대강 파악할 수 있다고."

우쿄노스케는 미소를 지었다. "누가 지녔던 물건을 통해서 뭔가를 알아내는 일은 오하쓰 씨도 종종 하시잖습니까."

오하쓰도 씽긋 웃었다. "그럼 데쓰, 도사는 내 빗을 보고 나를 만나도 괜찮다고 말한 셈이네?"

데쓰는 또 코끝을 살짝 올리고 움찔거렸다. "도사가 말했어. 천구와 제대로 겨루려고 하는 인간은 대개 천구가 되기 쉬운 자라고. 하지만 오하쓰의 장식 빗에서는 무섭고 요사스러운 기운이 느껴지지 않으니 가서 만나 봐도 괜찮을 거라더군. 부탁이야, 오하쓰, 이를테면 남자한테 원통하게 차이는 일이 있더라도 제발 천구가 되지는 말아 줘."

우쿄노스케에게 통역해서 말을 전하려던 오하쓰가 데쓰를 톡 때렸다.

"뭐라고 했게요?" 하고 묻는 우쿄노스케.

"아무것도 아녜요."

"윽, 아프잖아. 자꾸 때리지 좀 마." 데쓰는 얼굴을 잔뜩 일그러뜨렸다.

"그럼, 우리에 대해서 아직 알지 못할 때 너희들은 뭘 하고 있었지? 천구를 어떻게 찾아낼 셈이었어?"

"도사는 이제 나이를 먹을 만큼 먹었거든. 집으로 삼아 온 절에서 거의 움직일 수가 없어. 그래서 내가 시중을 돌아다니며 나막신 가게의 오아키 건 같은 일이 다른 데서도 일어나지 않았는지, 뭔가 실마리가 될 만한 일은 없는지 물어보고 다녔지."

"그러니까 고양이들한테 물어보고 다녔다는 말이지?"

"그래. 우리는 온갖 것들을 보고 듣고 하니까. 우리들 사이에서는 소문도 빠르다고."

"그럼 그 잡귀 바람의 짓으로 짐작되는 가미카쿠시가 또 있었니?"

"아직까지는 없어. 오아키와 오리쓰, 두 건뿐이야."

오하쓰가 데쓰의 말을 다 전하자 우쿄노스케가 데쓰에게 말했다. "우리는 앞으로 어떻게 협조해 나가야 할까?"

데쓰는 우쿄노스케의 얼굴을 올려다보다가 오하쓰에게 말했다. "방울이가 오하쓰한테 장식 빗을 빼앗아 왔을 때, 구라타 몬도 주변을 조사해 보겠다는 말을 하고 있었지? 그자가 나막신 가게 직공들을 어디다 가둬 두었을 거라면서?"

오하쓰가 데쓰의 말을 전하자 우쿄노스케가 무릎을 앞으로 디밀며 데쓰에게 다가갔다.

"그래, 맞아."

"그거, 제대로 알아냈나?" 하고 묻는 데쓰.

우쿄노스케는 유감스럽다는 듯이 고개를 젓고 오하쓰에게 말했다. "아까도 말하려고 했지만 오늘은 잘 풀리질 않았어요. 구라타 몬도 나리는 부교쇼에 갔다가 이발소에 갔다가 옆에 따라다니는 오캇피키의 집으로 보이는 여염집에 들렀다가, 아, 그리고 한 번은 놀잇배집에도—."

말을 하다가 우쿄노스케는 곤혹스러운 듯 눈썹을 늘어뜨렸다.

"야나기바시 옆 신게쓰에도 들르더군요."

오하쓰가 "어머" 하고 눈을 휘둥그레 뜨자 데쓰가 얼른 냐옹냐옹하고 울었다.

"신게쓰가 왜? 신게쓰라면 나도 알아. 이목을 피하고 싶은 두 사람이 귄커니 잣거니 하며 강물 위에 두둥실—."

오하쓰가 데쓰의 머리를 치려고 하자 데쓰도 금세 눈치 채고 깡충 뛰어 피했다.

"말했잖아. 원래 이 이야기는 놀잇배 위에서 부교 나리께 하명 받았다고. 그 놀잇배를 신게쓰에서 탔어. 그냥 그뿐이라고."

우쿄노스케가 어흠 하고 헛기침을 했다.

"구라타 몬도 나리가 신게쓰 안에 들어가는 모습을 보고 잠시 기다려 봤는데, 반 각쯤 뒤에 나리만 혼자 나왔을 뿐, 적어도 지켜보는 동안 다른 사람은 드나들지 않았어요. 나리가 거기서 만나기로 한 상대가 오지 않았거나 아니면 나리보다 먼저 가 있었겠죠."

남을 비난하는 데 서툰 우쿄노스케라서 말하기가 거북한 듯하다.

"부교쇼에 떠도는 소문에 따르면 구라타 몬도 나리에게는 여자와 관련해서도 안 좋은 일이 많은 듯한데—."

"신게쓰에도 그런 짓을 하려고 찾아갔는지도 몰라요" 하고 오하쓰는 말했다.

"몬도 나리는 신게쓰를 나온 뒤 곧장 핫초보리 댁으로 돌아갔어요. 아마 부인으로 짐작되는데, 아주 밝은 여자 목소리가 들리더군요. 지금 저로서는 핫초보리 도신들의 집이 모여 있는 동네는 아무래도 들어가기가 거북해서. 물론 그 동네에 들어갔다고 누구한테 비난을 듣거나 하지는 않겠지만―."

우쿄노스케는 쓴웃음을 지었다. 견습 요리키 자리에서 물러난 뒤 집을 나와 산학 도장에서 기숙하고 있는 처지인 것이다.

"사 반 각약 삼십 분쯤 기다려 봐도 구라타 몬도 나리가 댁에서 나올 기미가 없기에 잠깐 스테키치를 보러 갔다가 여기로 왔습니다."

구라타 몬도는 누구를 만났을까, 하고 오하쓰는 생각했다. 아무튼 알 수 없는 사람이다. 무지막지한 방법으로 범인을 만들어 내는 부교쇼의 수완가이며 계집을 꽤 밝힌다는―.

"오하쓰 씨도 물론 아시리라 생각하지만, 마치순시관 도신에게는 부교쇼에서 주겐무가에 고용되어 잡무에 종사하는 사람을 한 명씩 붙여 줍니다. 보신 적이 있죠?"

"네."

로쿠조에게 증을 내주는 마치순시관 도신 이시베에게는 미노스케라는 주겐이 따라다닌다. 이제 곧 쉰 살이 되는 사람으로 작은 몸집에 비쩍 말랐는데, 녹청색 모모히키통이 좁은 작업용 바지가 헐렁할 정도여서 영 미덥지 못해 보인다. 그런데도 이시베는 미노스케를 놓아 주지 않는다.

마치순시관 도신의 주겐이 맨 정강이로 다니지 않고 늘 각반을 차고 다니는 이유는 언제라도 험악한 싸움에 뛰어들 수 있도록 하기 위해서다. 하지만 미노스케로는 막상 일이 터졌을 때 별로 보탬이 될 것 같지도 않다.

그게 이상해서 오하쓰도 한 번은 로쿠조에게 물어본 적이 있다. 이시베 나리는 이미 중늙은이가 된 미노스케 씨를 왜 그렇게 놓아주지 않느냐고.

그러자 로쿠조가 대답했다. "범인을 때려잡는 일이라면 나나 내 아우들도 이시베 나리를 도울 수 있지만, 미노스케 씨는 살아 있는 옥편 같은 사람이야. 에도 마치에 관한 거라면 모르는 게 없고 지금까지 일어난 일들을 뭐든 다 기억하지. 그래서 이시베 나리가 미노스케 씨를 꽉 붙들고 놔주지 않는 거야."

"주겐은 부쿄쇼 나리들에게 여러모로 도움이 되는 사람이군요." 오하쓰가 우쿄노스케에게 말했다.

"그렇습니다. 그러나 바로 그렇기 때문에, 떳떳지 못한 짓을 하는 나리라면 곁에 데리고 다니기를 거북해하겠지요."

데쓰가 아우웅 하고 기지개를 켰다. 이 고양이가 이런 이야기도 이해하고 있을까, 하고 오하쓰는 생각했다.

"주겐은 부쿄쇼에서 수당을 받는 신분이므로 말하자면 마치순시관의 정식 가신이죠." 우쿄노스케는 계속 설명했다. "하지만 구라타몬도 나리는 자기한테 할당된 주겐을 부린 적이 없다는 이야기를 들었습니다. 오하쓰 씨가 보셨을 때도 나리 곁에 있던 사람은 아사이야의 안주인이었고, 오늘 제가 미행하는 동안에도 도중까지 같이 있던 사람은 오캇피키로 보이는 평민이었습니다."

오하쓰는 고개를 천천히 끄덕였다.

"오늘 아침에 로쿠조 씨와 이야기할 때도 말했지만, 부교쇼 관리들은 아무리 공을 세워도 출세가 막혀 있어요. 결국 추구할 만한 것이라고는 현세의 이익 정도밖에 없죠. 가령 어떤 사건이 일어났는데 해결이 난망하다, 사건을 해결하지 못하면 성에 차지 않는다, 혹은 커다란 손해를 입게 된다는 사람이 있다고 칩시다. 그 사람은 어떻게 해야 할까요. 우선은 부교쇼 관리에게 의지하겠지만, 관리들은 늘 바빠서 한 가지 일에 매달릴 수도 없다면—."

"오캇피키에게 의지하겠지요." 오하쓰가 대답했다.

"그렇습니다. 마치에서 그런 일에는 대개 오캇피키가 움직이게 됩니다. 그렇기 때문에 구라타 몬도 나리도 오캇피키와 긴밀하게 지내는 것이겠지요. 로쿠조 씨와 이시베 나리의 긴밀한 관계와는 전혀 다르다고 봅니다."

"몫을 나눠 갖는 걸까요?"

"그렇겠지요." 우쿄노스케는 고개를 끄덕였다. 그래도 여전히 이해가 되지 않는 점이 있다. 다쓰조 행수가 그렇다.

"다쓰조 행수님은 구라타 나리가 매우 훌륭하신 분이라고 말씀하셨어요. 저를 속이려고 그러신 게 아니라, 진심으로 그렇게 생각하시는 듯했는데……."

"다쓰조 행수는 평소에는 구라타 나리와 일하는 경우가 별로 없잖아요?"

"네, 전에 도와 드린 적이 있다고는 하셨지만."

"아직 정체를 모를 수도 있지요. 구라타 나리의 평소 행실을 잘 모르는지도 몰라요."

그럴까? 경험이 풍부한 오캇피키 다쓰조조차 쉽게 볼 수 없는 무엇이 있을까?

"하지만, 다쓰조 행수님은 매우 훌륭한 나리라는 칭찬은 쉽게 하지 않는 분이세요. 저는 그 점이 마음에 걸려요. 다시 한 번 다쓰조 행수님과 이야기를 해 볼까?"

저도 모르게 그렇게 중얼거리자 우쿄노스케가 미소를 지었다.

"한꺼번에 모든 걸 할 수는 없어요. 지금은 일단 구라타 몬도 나리의 행적을 감시해서 나막신 가게 직공들을 찾아내야 합니다. 그들의 이야기를 들을 수 있다면 오아키 씨의 가미카쿠시를 파악하는 실마리를 찾을 수 있을지도 모르니까요."

그래요, 하고 오하쓰가 마음을 정했을 때 데쓰가 저 보란 듯이 짐짓 요란하게 기지개를 켜고는 졸린 듯 흐늘거리는 투로 말했다.

"나, 한참 전부터 지루했어."

오하쓰가 웃었다. "그래. 데쓰한테는 부교쇼 관리님들 얘기가 따분하겠지."

데쓰는 고개를 저었다. "그게 아니야. 참 모르네. 내가 처음에 물었잖아. 내가 무엇하러 여기에 왔을 것 같냐고."

"우리와 손을 잡기 위해서잖아."

"그래. 그래서 아까 먼저 가르쳐 주려고 했는데. 나막신 가게 직공들이 어디 있는지."

이 말에는 깜짝 놀라지 않을 수 없었다.

"왜 얼른 말하지 않았어?"

우쿄노스케가 당황했다. "데쓰가 뭐라고 했는데요?"

"나막신 가게의 데쓰 씨와 이사지 씨가 있는 데를 안대요."

"뭐요? 정말?" 우쿄노스케도 눈을 휘둥그레 떴다.

데쓰는 우쭐한 듯 코를 울렸다. "정말이고말고. 그러니까 여기까지 왔고, 아까도 구라타 몬도를 조사하는 일은 잘되고 있느냐고 물었잖아."

"두 사람이 어디 있는데?"

"아사이야." 데쓰는 짧게 대답했다. "요릿집이지? 아주 큰 가게던데. 대지 북쪽에 돌을 쌓고 흙으로 메운 빙고氷庫가 있어. 요즘 같은 철에는 사용하지 않는 곳이지. 데쓰와 이사지라는 직공은 거기 갇혀 있어."

"그럼 역시 아사이야의 안주인이 구라타 나리와 손을 잡고―."

"안주인만이 아니야. 주인 이베도 그렇고 오아키와 혼인하기로 했던 아들도 가담했어. 세 사람이 머리를 맞대고 소곤거렸지. 그래서 직공들 끼니를 먹이는 잔일은 아들 마쓰지로가 맡았어. 그 아들이 하녀를 한 명 부려서 두 직공에게 밥을 먹이고 있지. 하녀한테 뭐라고 둘러댔는지는 모르지만, 뭐, 아랫것들이란 주인이 시키는 대로 따르게 마련이니까."

마쓰지로……. 오아키의 연습장에 적혀 있던 이름이다. 오아키와 부부가 되기로 되어 있던 남자다. 그러나 지금까지는 가시와기나 스테키치 입에서 오아키의 약혼자가 오아키를 걱정해서 이랬느니 저랬느니 하는 이야기가 한 번도 나오지 않았다.

우쿄노스케도 같은 생각을 하고 있던 모양이다.

"마쓰지로……. 그러고 보니 이제야 처음으로 그 사람 이름이 나왔군요. 원래대로라면 오아키 씨의 실종도 그렇고 그 뒤 벌어진 마사키치 씨의 자백과 자살에도 상처를 가장 많이 받았을 사람인데."

"애초에 마쓰지로 씨가 첫눈에 반해서 시작된 혼담이고요."

"그렇다면 마쓰지로는 최근 딸을 아사이야로 시집보내는 데 난색을 표하기 시작한 마사키치 씨를 좋게 보지는 않았겠죠. 그러던 차에 마사키치 씨가 딸을 죽였다고 고백했습니다. 마사키치 씨가 한없이 미웠겠죠. 그러니 그의 죄를 확정짓기 위해서라도 두 직공을 설득하는 일에 열심히 협력하고 있을 테고요."

"두 직공은 건강할까?" 하고 졸린 목소리로 꼬마 고양이 데쓰가 말했다. "복잡하게 머리 굴리지 말고 당장 두 사람을 구하러 가자고. 직접 만나서 물어보면 끝나는 이야기잖아."

그건 그렇다. 오하쓰가 데쓰의 말을 우쿄노스케에게 전하자 그는 쓴웃음을 지었다.

"데쓰 네 말이 맞아. 하지만 우리는 정말 조심해서 움직여야 해. 아사이야 쪽에서 이번 사건에 대해 따로 생각하는 바가 있다면 데쓰 씨와 이사지 씨가 도망치지 못하도록 단단히 감시하고 있을 테니."

"그 점은 나한테 맡겨" 하는 데쓰.

"무슨 좋은 수가 있니?"

"조금."

"감시를 붙여 놓았니? 두 사람은 묶여 있어? 아니면—."

"가 보면 알아. 음, 감시는 있지만 대단한 놈은 아냐. 조금 겁을 주면 기겁해서 내뺄 테니까."

데쓰는 꽤 무사태평하다.

"오하쓰, 출발하기 전에 나, 맘마 좀 먹을 수 없어? 방울이나 도사와는 달리 나는 진짜 길고양이라서 밥을 굶을 때가 많거든. 요새 한동안 제대로 먹질 못했단 말이야. 배를 채울 즈음이면 밤도 꽤 깊어질 테니까 출발하기 딱 알맞은 시간이 될 거야."

그래서 데쓰는 오요시가 내준 고양이 밥을 배불리 먹고 손님이 남긴 삼치도 발라먹은 다음, 그래도 아직 시간이 있다면서 깜빡깜빡 졸기까지 했다. 그동안 오하쓰도 얼른 식사를 마쳤고, 우쿄노스케는 움직이기 쉽고 눈에 잘 띄지 않도록 평민 옷차림으로 갈아입었다.

잠자는 데쓰를 곁눈으로 보니 아무리 생각해도 신기하기만 하다. 이리 봐도 저리 봐도 붉은 줄무늬가 그어진 평범하고 작은 고양이일 뿐인데.

"부교 나리께 데쓰를 보여 드리면 깜짝 놀라시겠어요."

"당연히 『미미부쿠로』에 기록하시겠지요." 하고 우쿄노스케도 동의했다. "어쩌면 데쓰를 염탐꾼으로 쓰자고 하실지도 몰라요."

한밤에 자정을 알리는 종이 울리기 시작하자 데쓰가 야옹 하고 기지개를 켜고는 이제 알맞은 시간이 되었다고 말했다.

만일을 위해 우쿄노스케는 품에 비수를 숨겼다. 그런 물건은 어디서 구하셨느냐고 물으니, 놀잇배에서 부교 나리를 만난 뒤 혹시 필요할 때가 올지도 모르겠다고 생각해서 은밀히 구해 놓았다고 한다.

"이런 거 쓰지 않고 지나면 좋겠지만요."

원래 험한 싸움에 젬병인 우쿄노스케는 걱정스런 표정을 한다. 오하쓰는 작은 봉지에 고춧가루 양념을 조금 채워서 소맷자락에 넣었다. 쫓아오는 자가 있으면 눈에 뿌릴 작정이다.

그런 두 사람의 모습을 바라보며 데쓰가 코를 콩콩 울린다. 웃는 것이다.

"걱정할 필요 없다니까 그러네. 두 사람은 직공들 결박을 풀어 주기만 하면 되거든."

이 시각에 검문소를 통과하면 혹시 행선지가 어디냐는 질문을 받을지도 모른다. 그때는 친척이 위급하다는 기별을 받고 달려가는 참이라고 입을 맞췄다. 오하쓰는 '이세야' 옥호가 적힌 등롱을 들고, 옆에 있는 우쿄노스케는 머슴이라고 둘러대기로 했다.

"나는 지붕을 타고 갈게." 데쓰는 창틀에서 처마로 뛰어오르며 말했다. "아사이야 샛문 앞에서 만나자고. 내가 위에서 부를 테니까."

아사이야 탈출

니혼바시께 요로즈초에서 고마가타도 불당 근처에 있는 아사이야까지는 오하쓰의 걸음으로 반 각(약 한 시간)쯤 걸린다. 조용히 잠든 시중은 봄 안개에 뽀얗게 싸여 마치 얇은 옷을 걸친 듯 보인다. 발소리도 흡수되어 버린다.

도중에 만난 검문소에서는 준비해 둔 이야기가 통해서 별 어려움이 없긴 했지만, 스와초 바로 앞에 있는 검문소를 통과할 때 오하쓰는 지금 찾아가는 친척집의 위급한 환자는 아무래도 돌림병에 걸린 듯하다, 나막신 가게에서 기숙하는 직공이 있는데 그 직공들 중 두어 명을 우리 집으로 피신시켜야 할지도 모른다고 미리 말을 맞춰 두었다.

고마가타도는 센소지라는 절의 입구에 해당하는 불당이며, 큰 강을 오른쪽에 두고 자리하고 있다. 센소지에 예배하러 오는 사람들은 여기서 손을 씻고 입을 가신 다음 들어간다. 동시에 이곳은 아사쿠사 강의 나루이기도 해서 요시와라_{에도 막부가 공인한 대형 유곽}에 놀러가는 사람들도 여기서 배를 타게 되어 있다. 지금은 시각이 시각인지라 사람은 한 명도 보이지 않고 다케초 나루를 오가는 배가 안개에 폭 싸인 채 큰 강의 고요한 수면 위에 쓸쓸히 떠 있을 뿐이다.

아사이야는 고마가타도 불당 앞에서 왼쪽으로 꺾어 한 골목을 더 들어가는 산켄초라는 곳에 있다고 데쓰가 자세히 일러 주었다. 센소지 앞 자야초에서는 한참 떨어져 있지만 그래도 모여드는 손님이 많다고 한다. 여름에는 불꽃놀이 배에 출장 요리를 내는데, 그것이 좋은 평판을 얻다 보니 요즘 같은 벚꽃 철부터 일찌감치 수신제_{水神祭 본격적인 여름을 맞아 물놀이 철의 시작을 고하는 축제로, 강변에서 불꽃놀이를 한다}를 위한 요리를 예약하러 오는 손님까지 있는 모양이다.

'벚꽃······.'

그렇다, 고마가타도 불당은 벚꽃의 명소이기도 하다. 센소지 현관에서 경내로 향하는 가로수 길, 일정하게 심어 놓은 벚나무들이 참으로 대단하고 아름다운 꽃을 피워서 참례객들의 눈을 즐겁게 한다.

하지만 지금 그 벚나무 길을 등지고 발을 재촉하는 오하쓰의 눈에는 벚나무가 어느 때보다 더 불길해 보였다. 그리고 보니 밤 벚꽃의 연분홍색은 원령이 걸쳤던 옷 색깔하고 많이 닮았다.

"여깁니다."

우쿄노스케가 걸음을 멈추고 등롱을 쳐들며 검은 판자벽을 올려다보았다. 대나무살을 끼워 넣은 나무문 옆에 날씬한 등롱이 걸려 있다. 물론 지금은 불이 꺼져 있지만.

"샛문은 저쪽에 있을 겁니다."

두 사람은 조금 더 걸어서 판자 담 모퉁이를 돌았다. 세 칸쯤 걸어가니 허리를 구부려야 할 만큼 낮은 문이 나왔다. 여기도 정문에 걸린 것과 생김새는 같지만 크기가 한결 작은 등롱이 걸려 있고 짤막한 촛불이 켜져 있다.

머리 위 어둠 속에서 "냐오" 하고 우는 소리가 들렸다.

"왜 이렇게 발이 느려." 데쓰가 오하쓰 일행이 올려다보는 판자 담 위로 날렵하게 달려왔다. 동그란 눈이 등롱 불빛에 반짝 빛난다.

오하쓰가 소리 죽여 물었다. "이 문으로 들어가면 되니?"

"그래. 허리끈 좀 빌려 줘, 오하쓰."

"허리끈을?"

"그래. 이 판자문은 안쪽에서 걸쇠로 잠가 놨거든. 허리끈 끝으로 고를 지어서 나한테 줘. 내가 그 고를 걸쇠에 걸어서 열어 줄게."

오하쓰가 얼른 허리끈을 풀어내자 우쿄노스케는 주위를 경계하는 척하며 자연스레 시선을 돌려 주었다. 허리끈 한쪽을 고로 지어 데쓰 입에 물려 주자, 데쓰는 담 위에서 살짝 뛰어내려 잠시 모습을 감추었다가 다시 허리끈 한쪽 끝을 물고 담 위로 뛰어 올라왔다. 그러고는 끈을 끌며 담 위를 달렸다. 판자문 안쪽에서 철컥 하는 작은 소리가 났다.

오하쓰는 판자문을 살짝 밀어 보았다. 경첩이 매끄러워 아무 소리도 없이 안쪽으로 가만히 열렸다. 먼저 오하쓰가 들어가고 우쿄노스케가 그녀를 따라 자세를 낮추며 담 안으로 들어갔다.

과연 문 안쪽 걸쇠에 허리띠 고가 걸려 있다. 오하쓰는 고를 벗기고 담 위를 달려온 데쓰 입에서 허리끈을 받아 둘둘 만 다음 소매 속에 쑤셔 넣었다.

"빙고가 어느 쪽이지?"

"이쪽이야." 데쓰가 앞장서서 담 위를 왼쪽으로 걸어간다.

그들이 들어선 담 내부는 아사이야 건물 오른편에 있는 뜰이었다. 뜰이라 해도 판자 샛문에서 본채까지 거칠게 다져 놓은 좁은 길이 나 있을 뿐, 나머지는 아담한 나무들로 들어차 있다. 방금 전 정면 현관에 걸린 등롱 불빛은 나무문 안쪽에 멋지게 가지를 뻗은 소나무를 비추고 있었지만, 이 근방에는 그렇게 큰 나무도 없고 동백나무니 남천이니 해서 이름도 금방 떠오르지 않는 초목들이 뒤죽박죽 자라고 있다. 왼손으로 담을 짚어 가며 몸을 구부리고 걸어가자 뒷간 냄새가 희미하게 풍겨 온다.

"빙 돌아 본채 반대쪽으로 가야 해." 데쓰가 담 위에서 말했다.

"알았어. 목소리 좀 낮춰."

"괜찮아요, 오하쓰 씨. 다른 사람들 귀에는 데쓰의 목소리가 그냥 고양이 소리로 들릴 테니까요."

건물 뒤쪽까지 왔다. 발치가 축축해지고 어디선가 개구리가 울고 있다.

아사이야는 판자 담이 빙 둘러싼 부지 한복판에 자리 잡은 듯하다. 샛문이 있는 쪽은 방금 본 대로 싱거운 풍경이지만 건물 뒤쪽으로 가니 오햐쓰의 오른쪽으로 표주박처럼 생긴 연못을 에워싼 손질이 잘된 멋진 정원이 나타났다. 정원을 따라 긴 복도가 좌우로 달린다. 여기가 요정 부분이고, 복도에 면해서 방들이 줄지어 있는 모양이다. 지금은 덧문이 다 닫혀 있지만 낮에는 장지문들이 모습을 드러내겠지.

연못 가장자리에 석등이 하나, 둘, 세 개 보인다. 안에 켜져 있는 촛불에 끌린 날벌레들이 주위를 어지러이 날고 있다. 첨방 하는 소리를 내며 연못 위에서 작은 물보라가 일었다. 잉어일까?

오햐쓰와 우쿄노스케는 담 바로 안쪽의 어수선한 나무들 사이, 그러니까 연못 너머 아사이야 본채를 바라보는 자리에 있었다. 석등 불빛도 미치지 않고 아사이야 쪽에서 누가 보초를 서는 기미도 없지만, 그래도 조심해서 나쁠 게 없다. 여기에서는 우쿄노스케가 앞장서서 어두운 발치를 발끝으로 더듬듯이 하며 걸어갔다. 오햐쓰는 걸어갈 때 주위 초목들에 옷깃이 걸려 부스럭부스럭 소리를 내는 것이 영 마음에 걸려서, 아까 소매 속에 넣어 둔 허리끈을 꺼내 다스키처럼 묶어서 옷소매를 단속하고 나서 걸었다.

데쓰는 담 위를 사뿐사뿐 걸어간다. 마침내 담의 다음 모퉁이까지 왔다. 데쓰는 모퉁이를 폴짝 뛰어서 오른쪽으로 꺾어 들어갔다. 두 사람도 그 뒤를 따랐다.

오른쪽으로 들어가자 바로 앞에서 판자 담이 다시 왼쪽으로 꺾인다. 왼손으로 판자 담을 짚어 가며 한참 걸어갔지만, 감촉으로 보건대 담 자체도 똑바로 뻗은 게 아니라 완만하게 조금씩 바깥쪽으로 퍼져 가는 꼴처럼 느껴진다. 아마도 아사이야의 대지는 매우 넓고, 밖에서 보는 것보다 복잡한 형태인 모양이다.

데쓰가 돌아보며 말했다. "이쪽은 아사이야의 살림집 쪽이야. 빙고는 바로 저기고."

이쪽으로 오니 불빛이라고는 정원수 그늘에 외롭게 켜져 있는 석등 하나가 전부다. 담 바깥, 시중 어디선가 갑자기 개가 울부짖기 시작했다. 흠칫 놀란 오하쓰가 잠깐 걸음을 멈췄다.

"자, 여기야."

데쓰의 목소리에 구부리고 있던 허리를 조금 펴 보니, 담에 뒷벽을 붙이고 지어진 아주 작은 창고 같은 건물이 어둠 속에 하얀 벽을 희미하게 드러내고 있다. 데쓰가 말한 대로 여기에는 감시가 붙어 있는지 불빛이 보인다. 흔들리는 모양을 보니 등롱을 씌우지 않은 촛불 같다.

돌을 쌓아 만든 단 위에 회반죽을 바른 벽을 세우고 기와를 얹었다. 면적이라야 다다미 세 첩이나 될까? 원래 빙고였다기보다 창고로 쓰던 곳을 빙고로 다시 꾸민 것 같다. 가만 보니 위쪽에 습기를 빼고 빛을 들이기 위해 냈던 들창을 도로 메운 흔적이 남아 있다.

오하쓰와 우쿄노스케는 그 자리에 쪼그리고 앉았다. 담 위에서 데쓰가 깡총 뛰어 내려왔다.

"감시는 몇 명이지?"

"한 명. 눈매가 고약한 놈이야. 구라타 몬도의 수하지."

"몬도 나리가 부리는 오캇피키의 수하인지도 모르겠군요." 우쿄노스케가 가만히 말했다.

"그럼 이제 어떡하지?"

"날 따라와."

데쓰는 키 작은 나무들 사이로 머리를 낮추고 걸어간다. 오하쓰와 우쿄노스케도 데쓰를 흉내 내듯 손과 무릎으로 엉금엉금 기었다.

곧 나무 잎사귀 사이로 불빛이 보였다. 촛불이다. 빙고 앞에 긴 걸상이 있고 거기 촛대가 놓여 있다. 바로 옆에 줄무늬 옷을 입고 상투 머리를 큼지막하게 튼 젊은이 하나가 발목을 드러낸 다리를 꼬고 앉아 말을 늘어놓은 장기판을 곁에 놓고 곰곰이 궁리하는 얼굴로 들여다보고 있다.

"한가로운 파수로군." 우쿄노스케가 작은 소리로 말했다.

"아마 한가할 때마다 동료와 내기 장기라도 두는 모양이죠."

파수는 이쪽을 전혀 눈치 채지 못하고 있다. 머릿속이 장기 알로 가득 차 있는 듯하다. 털북숭이 정강이를 손으로 벅벅 긁으며 이제야 겨우 한 수 정했는지 말 하나를 움직였다가 이내 생각을 고쳤는지 다시 다른 자리로 옮겼다.

"냅다 뛰어나가 뒤에서 양 어깻죽지를 조이면 쉽게 제압할 수 있을 것 같은데."

우쿄노스케가 말하자 데쓰가 콩콩 하고 콧소리를 냈다. "그렇게는 안 될걸. 저래 봬도 꽤 난폭한 놈이거든. 두 사람은 여기 얌전히 있어. 내 수완이나 구경하라고."

그렇게 말한 데쓰는 그 자리에서 허리를 낮추고 고개를 갸웃하며 잠시 궁리하는 듯하더니 무슨 생각을 냈는지 불쑥 고개를 돌려 오하쓰를 올려다보았다. "역시 오하쓰밖에 없겠어." 그러고는 오하쓰의 옷자락 속으로 냅다 뛰어들었다.

하도 급작스런 짓이라 오하쓰는 저도 모르게 벌떡 일어섰다. 당황해서 손으로 입을 막았지만, 꺅, 하는 소리를 내고 말았다. 파수가 그 소리를 듣고 장기말을 든 채 이쪽을 날카롭게 돌아보았다.

"누구야!"

우쿄노스케가 눈을 휘둥그레 뜨고 몸을 도사리며 오하쓰를 가렸다. 데쓰는 오하쓰의 옷자락 속에 들어간 채 꼬무락거리고 있다. 파수를 보던 사내가 표정이 험악해져서 장기판에서 몸을 돌리며 걸상에서 일어나 옷자락을 걷어 올리고 이쪽으로 다가왔다.

"뭐 하는 거야, 데쓰!"

오하쓰가 목소리를 잔뜩 눌러 꾸중하는 순간 데쓰가 옷자락 속에서 뛰어나갔다. 아니, 데쓰보다 훨씬 커다란 무엇인가가 하얀 연기처럼 옷자락 속에서 와락 뿜어져 나왔다고 할까. 하얀 김 덩어리 같은 그것은 넋을 놓고 쳐다보는 오하쓰와 우쿄노스케의 눈앞에서 점차 짙어지며 어떤 꼴을 이루어 나갔다.

그러더니 마침내—오하쓰와 똑같은 형체가 되었다. 다만 이 '오하쓰'는 양 소매로 얼굴을 가린 채 고개를 숙이고 있다.

"뭐야, 이게……."

소리도 못 내고 쳐다보는 오하쓰의 소매를 우쿄노스케가 붙들고 잡아당겼다.

"숙이세요" 하고 속삭이며 우쿄노스케도 바닥에 납작 엎드렸다.

푸석푸석 발소리가 들리고 곧 키 작은 나무들을 헤치며 파수가 다가왔다. 걸음을 멈추고 이쪽을 뚫어져라 살피고 있다. 데쓰가 둔갑한 '오하쓰'는 그 자리에 가만히 서 있다.

촛불을 등진 파수는 오하쓰의 눈에 새카만 그림자로밖에 보이지 않았다. 사내가 데쓰의 '오하쓰'를 알아본 듯하다.

"어이, 거기 누구야?" 하고 다시 한 번 소리친다. "얼른 대답하지 못할까!"

'오하쓰'는 천천히 한 발을 내디뎠다. 여전히 소매로 얼굴을 가린 채. '오하쓰'가 앞으로 나가자 파수 보는 사내는 조심스레 한 발 두 발 뒤로 물러나다가 얼른 걸상으로 돌아가 촛대를 들고 다시 이쪽으로 몸을 돌렸다.

데쓰의 '오하쓰'는 키 작은 나무들 사이에서 나와 빙고 옆에 다가섰다. 이쪽으로 옆모습을 보이고 있는 '오하쓰'는 파수하고는 불과 몇 발자국 거리에 있었다. 소매로 얼굴을 완전히 가린 채.

"아가씨…… 잖아……."

파수가 중얼거리는 소리가 들린다.

"이봐, 아가씨, 여기서 뭐 하는 거야?"

상대가 아가씨라는 사실을 알자 목소리가 경계 반 흥분 반으로 변한다. 얼른 옷자락을 내려 너저분한 다리를 가리는 꼴을 보면 역시 젊다고 할까, 엉큼하다고 할까.

"아가씨, 왜 대답이 없어?"

한 발 앞으로 나선다. '오하쓰'는 여전히 얼굴을 꽁꽁 가린 채 멀거니 서 있다. 하지만 귀를 기울여 가만히 듣자니 훌쩍훌쩍 울고 있는 듯하다.

"대체 무슨 꿍꿍이야……."

가슴이 두방망이질을 해서 오하쓰는 저도 모르게 우쿄노스케의 손을 잡았다. 그도 긴장했는지 눈길은 파수 쪽으로 둔 채 오하쓰의 손을 맞잡아 주었다.

"이봐, 아가씨."

파수 보는 사내가 히죽거리기 시작했다. '오하쓰'가 훌쩍이는 소리를 듣고 나서부터다. "왜 우는 거야. 여기 하녀인가? 이봐, 그렇게 입을 꾹 다물고 있으면 나보고 어쩌라고."

입가에 웃음을 짓고 성큼 다가서서 '오하쓰'를 만지려고 했다. 소매를 치우고 얼굴을 보려는 속셈이다.

"부끄러워요……." '오하쓰'가 모깃소리 같은 목소리로 대답했다.

"부끄러워?" 파수의 미소가 더 환해진다. "뭐야, 이 아가씨……. 혹시 형님이 보내셨나? 내가 심심해할까 봐?"

빌어먹을 놈―하고 오하쓰가 생각하는 순간 데쓰의 '오하쓰'가 불쑥 큰 소리로 말했다.

"부끄러워요, 아저씨. 내 얼굴이 이런 꼴이라."

그렇게 말하며 '오하쓰'는 두 팔을 내리고 안면을 드러냈다. 눈도 없고 코도 없고 입도 없는, 새하얗고 빤빤한 얼굴.

오하쓰도 깜짝 놀랐지만 파수 보던 사내의 경악은 차라리 우스꽝스러울 정도였다. 두 눈을 동그랗게 떠서 엽전에 동그란 구멍이 뻥 뚫린 꼴이 되고, 부풀어 오른 콧구멍이 밤눈에도 똑똑히 보였다.

저 사내가 시끄럽게 굴면 큰일인데. 오하쓰가 그렇게 생각한 순간

'오하쓰'는 재빨리 오른손을 쳐들어 주먹을 꽉 쥐고 파수의 이마를 사정없이 후려쳤다. 파수는 바지랑대에서 미끄러져 떨어지는 젖은 빨래처럼 바닥에 풀썩 무너져 내렸다.

우쿄노스케가 재빨리 일어나 뛰어나가고 오하쓰도 그를 따라 데쓰 곁으로 달려갔다. '오하쓰'는 파수꾼 사내 옆에 쪼그리고 앉아 사내의 품속을 더듬었다.

"열쇠가 어디 있을 텐데."

빙고 문은 단단해 보이는 나무문으로, 살짝 녹이 슨 자물통이 빗장에 매달려 있다.

"찾았다!"

데쓰의 '오하쓰'가 새하얀 얼굴을 돌리며 오하쓰에게 열쇠를 건네주었다.

"굉장해, 데쓰." 오하쓰는 그렇게 말하며 열쇠를 받아 들었다. "제발 얼른 본모습으로 돌아와 줘. 나도 기절할 것 같아."

데쓰의 '오하쓰'는 어깨를 쏙 오므리더니 그 자리에 그대로 동그랗게 쪼그리고 앉았다. 다시 하얀 아지랑이 같은 것으로 변하나 싶더니 빨간 줄무늬가 그어진 고양이 모습으로 돌아왔다.

"허어, 이럴 수가."

우쿄노스케가 식은땀을 훔치며 말할 때 오하쓰의 손에 있던 열쇠가 딸깍 하고 돌더니 자물통이 벗겨졌다. 묵직한 나무문을 두 사람이 힘을 모아 밀었다.

"내가 망을 볼 테니까 얼른!"

데쓰의 목소리를 뒤로 하고 두 사람은 바깥 어둠보다 더 캄캄한 빙고 속으로 가만히 발을 들여놓았다. 안에는 아무런 불빛도 없다.

"이사지 씨, 데쓰 씨, 여기 계세요?"

소리 죽여 불렀다. 그러자 빙고 구석 쪽에서 뭔가가 부스럭거리는 기척이 났다. 땀 냄새도 나는 것 같다.

"우리는 당신들을 구하러 온 사람입니다." 우쿄노스케가 말했다.

곧 어둠에 눈이 익자 땅바닥에 축축한 짚이 깔려 있는 모습, 나무 문 왼쪽에 여름철 얼음을 덮어 두는 데 쓰는 것으로 보이는 거적과 낡은 천이 산더미로 쌓여 있는 광경이 보였다.

그 너머로 상투를 튼 머리의 윤곽이 희미하게 떠올랐다.

차르륵 하고 쇠사슬 끌리는 소리가 난다.

우쿄노스케가 일단 나무문 밖으로 나갔다가 파수꾼 사내가 쓰던 촛대를 들고 다시 들어왔다. 갑자기 환해진 좁은 빙고에는 왼쪽 벽에 한 명이 기대듯이 앉아 있고 다른 한 명이 구석 쪽 굽도리에 쓰러져 있었다. 두 사람 모두 직공풍 상투를 틀고 때에 찌든 옷을 입었다. 그들은 고개를 들고 이쪽을 쳐다보았다.

오하쓰는 안쓰러운 마음에 아무 말도 못하고 저도 모르게 손으로 입을 가렸다. 두 사람은 양손을 뒤로 결박당하고 입에는 더러운 수건으로 재갈이 물려 있었다. 게다가 땅바닥에 박힌 말뚝에 마치 강아지처럼 사슬로 묶여 있다. 그 사슬은 각각 왼쪽 발목에 채워진 쇠고리로 연결되어 있었다.

오하쓰는 얼른 두 사람에게 다가가 먼저 재갈을 풀고 이어서 양손의 결박도 풀어 주었다. 오하쓰의 손맡을 촛불로 비춰 주며 우쿄노스케가 두 사람에게 말을 건넸다.

"사슬은 어떻게 채웠습니까? 열쇠는 저 파수 보는 사내가 가지고 있나요?"

두 남자는 혹독한 고초를 겪은 듯 온몸이 상처투성이였다. 상투는 가까스로 제 꼴을 하고 있지만 수염은 덥수룩하고, 구석에 쓰러져 있던 사내는 한쪽 눈이 눈곱과 피딱지에 막혀 뜨지도 못하고 있다.

두 사내 가운데 벽에 기대고 있던 사내는 조금 더 젊어 보였는데, 그가 어렵게 입을 열었다.

"파수……가, 열쇠를 가지고 있습니다."

우쿄노스케는 밖으로 뛰어나갔다. 자리바꿈하듯 데쓰가 문에서 얼굴을 들이밀고 재촉했다. "오하쓰, 빨리! 저쪽 방에 불이 켜졌어."

"우리를 구하러…… 왔다고요?"

"네, 적치순시관 가시와기 나리의 분부로요. 자, 힘내세요. 걸을 수 있으시겠어요? 어서 도망치도록 해요!"

오하쓰와 우쿄노스케는 각자 한 사내씩 부축해서 일으켜 세웠다. 연장자 쪽은 거반 실신한 거나 마찬가지 같았다.

"아저씨가 이사지 씨세요? 아니면 데쓰 씨?"

오하쓰는 자기가 부축한 사내에게 물었다. 아직 불안하기는 해도 눈에 희망의 빛이 돌아온 그는 오하쓰에게 띄엄띄엄 대답했다.

"내가, 데쓰지로요. 저쪽이, 이사지 형님이고. 어젯밤부터 고열이 나서, 거의 물도, 못 넘기시는 것 같습디다."

"이제 괜찮아요, 가요."

우쿄노스케는 오하쓰에게 고갯짓을 한 다음 한 손으로 이사지를 부축하고 다른 손으로 촛대를 들고 신중하게 문을 지났다.

데쓰가 말한 대로 바로 앞에 보이는 아사이야의 이층 창문에 불이 켜져 있다. 일동이 빙고를 떠나 걷기 시작하자 이어서 일층의 출입구로 짐작되는 미닫이문에도 불이 켜졌다. 드르륵 하고 문 여는 소리가 들린다.

"잠귀도 밝지. 이층 어디에서도 감시하고 있었나?"

분하다는 듯이 우쿄노스케가 내뱉었다. 비틀거리는 직공들을 부축하는데다가, 오하쓰는 여자 몸이라 속이 탈 정도로 느릴 수밖에 없다.

오하쓰는 안간힘을 다해 걸음을 옮기면서 어깨 너머로 뒤를 돌아보았다. 키 작은 나무들 사이로 불빛이 아른아른 보이기 시작했다. 하나가 아니다. 두 개, 세 개. 아니, 네 개째도 보였다. 사람 목소리도 들리기 시작했다. 다가오고 있다. 정원 풀을 밟는 소리가 들린다.

데쓰는 무얼 하고 있나 보니, 빙고 앞에 후미로 남아 시계추처럼 좌우를 잽싸게 왕복하면서 속이 터질 만큼 거북이걸음을 하는 오하쓰와 우쿄노스케의 퇴각과, 다가오는 추적자들을 번갈아 살펴보는 중이다. 오하쓰는 소리 죽여 외쳤다.

"데쓰, 무슨 묘안 없어?"

그러자 추격자들 쪽에서 그 목소리를 듣고, "저쪽이다!" 하고 소리쳤다. 오하쓰는 땅을 치고 싶은 심정이었다.

"이걸 어쩌나" 하고 데쓰도 안절부절못한다.

"다시 뭐로든 둔갑하면 어때?"

"나는 눈앞에 견본이 없으면 둔갑을 못한단 말이야."

아직 수련이 부족하구나. 그렇다고 아까처럼 다시 옷자락 속으로 파고드는 짓은 질색이다. 게다가 눈 코 입이 없는 얼굴로 둔갑해서 겁주는 것만으로는 다수의 추격자를 막을 수 없다. 오하쓰는 비틀비틀 안간힘을 다해 데쓰지로를 부축하면서 고개를 돌려 데쓰를 질타했다.

"아무거나 당장 해!"

"오하쓰 씨, 이사지 씨를 부탁해요."

보다 못한 우쿄노스케가 이사지를 옆 나무에 기대 놓고 품에 손을 찔러 넣으며 빙고 쪽으로 돌아간다. 비수를 쓸 생각이다.

오하쓰는 잘 알고 있다. 추격자가 한두 명뿐이라 해도 검술로 물리칠 우쿄노스케가 못 된다는 사실을. 겨드랑이에 식은땀이 구르는 것을 느끼며 오하쓰는 다시 한 번 데쓰에게 소리쳤다.

"데쓰, 어떻게 좀 해 보라니까!"

쫓아오는 불빛 네 개는 벌써 빙고 앞에 다다랐다. 아른거리는 불빛 속에 저 아지랑이 같은 하얀 김이 피어오르는 모습이 보였다. 한 박자 늦게 우쿄노스케가 "헉!" 하고 외쳤다.

멈춰 서서 데쓰지로를 부축한 채 뒤를 돌아본 오하쓰는 아연실색해서 입을 멍하니 벌렸다.

어둠 속에 까맣게 가라앉아 있는 정원수들 너머에서 믿기지 않을 만큼 커다란 장기말 하나가 불쑥 나타난 것이다. 정원수 우듬지를 부스스 흔들며 나타난 장기말에는 물론 눈 코 입 따위가 없고, 매끄러운 나무색을 드러낸 앞면에 '卜'이란 글자가 까맣게 떠올라 있다.

보병 말이다.한국 장기의 졸(卒)에 해당. 일본 장기말은 원형이 아니라 길게 생긴 오각형이며, 각 말의 운행 범위도 조금씩 다르다.

"어어어."

"저게 뭐야."

추격자들이 혼비백산해서 저마다 소리를 지른다. 불이 심하게 흔들리더니 누가 떨어뜨렸는지 하나가 깜빡 사라지고 말았다.

'파수 보던 자가 들고 있던 장기말이군.'

견본으로 삼을 물건이 아무리 없어도 그렇지, 고르고 고른 것이 장기말이라니! 어이없어하는 오하쓰의 눈앞에 엄청나게 커다란 보병 말이 손발을 내밀며 쓰윽 일어섰다. 곁에 있던 정원수의 가지가 딱딱 소리를 내며 부러진다.

"도, 도, 도깨비다아!"

추격하던 사내들이 비명을 지르며 빙고 앞에서 도망치기 시작했다. 그 가운데 하나는 하도 얼이 빠진 나머지 이쪽으로 도망쳐 오다가 역시 어안이 벙벙해 있던 우쿄노스케의 몸에 부딪혀, 앞으로 고꾸라진다는 것이 하필 오하쓰 앞으로 굴러왔다.

사내는 데쓰지로와 오하쓰, 정원수에 기대어 축 늘어져 있는 이사지를 보고 소스라치게 놀랐다. 입가에 보기 흉한 흉터가 있고 목이 거의 없다시피 한 작달막한 사내다.

"이, 이것들이―꼼짝 마라!"

사내가 말을 마치기도 전에 오하쓰는 소매에서 고춧가루 양념 주머니를 꺼내 상대방 얼굴을 겨냥해 에잇 하고 뿌렸다. 고춧가루가 얼굴에 듬뿍 쏟아졌다.

"어이쿠!"

사내가 손으로 얼굴을 가리고 발을 동동 구른다. 오하쓰는 재빨리 몸을 던져, 에잇, 하며 사내를 정원 저쪽으로 밀어 버렸다. 사내는 어이가 없을 만큼 맥없이 고꾸라지더니 표주박 모양의 연못으로 내려가는 비탈을 데굴데굴 굴렀다. 마침내 첨벙 하는 물소리가 났다.

뒤를 돌아보니 장기말이 위쪽을 올려다보듯이 몸을 젖히고는 손발을 함부로 휘두르며 성큼성큼 이쪽으로 다가온다. 지나온 자리에는 정원수 가지가 뚝뚝 부러지고 정원석이며 모래 둔덕 따위도 엉망이 되었다. 추격자들은 뿔뿔이 흩어져 요란하게 비명을 지르며 도망쳤다. 아사이야 본채의 모든 창에 불이 켜지고, 뜰에서 일어난 일이 전해졌는지 그쪽에서도 비명과 아우성이 들리기 시작한다.

"저게 대체 뭡니까?" 데쓰지로까지 목소리가 새되게 뒤집어졌다.

"우리 편이에요, 안심하세요."

오하쓰가 그렇게 말해도 데쓰지로는 멍하니 벌린 입을 다물지 못한다.

"오하쓰 씨, 지금입니다."

아까 그 사내와 부딪혀서 옷 앞자락이 흙투성이가 된 우쿄노스케가 뛰어와 이사지를 부축하며 오하쓰를 재촉했다. 그러자 앞에서 보면 웃음이 터질 것 같은 거대한 '卜' 말이 쑥쑥 다가와 오하쓰 앞에서 방향을 왼쪽으로 틀더니 아사이야의 판자 담을 향해 사정없이 몸을 던지기 시작했다. 한 번, 두 번, 세 번을 부딪치자 단단한 담이 뿌직뿌직 부서지기 시작하고 나무 파편이 오하쓰한테까지 날아왔다.

"자, 갑시다!"

우쿄노스케의 목소리가 날아오자 오하쓰는 커다란 장기말 뒤로 돌아가 부서진 담 틈새로 데쓰지로를 먼저 밀어 내보내고 자기도 밖으로 빠져나왔다. 우쿄노스케가 거반 실신하다시피 한 이사지를 들쳐 메고 뒤를 따랐다.

"데쓰, 이제 됐어!"

밖으로 나오자 우쿄노스케가 장기말에게 큰 소리로 일렀다. 그러자 데쓰는 알아들었다는 듯이 털북숭이 손을 한 번 휙 휘두르고는 그 자리에 쿵 하고 주저앉았다. 담을 부수어서 만든 구멍을 막고 현관으로 돌아가려는 추격자들의 길목도 가로막는 형세가 되었다.

"지금입니다. 자, 도망칩시다!"

우쿄노스케의 목소리를 기다릴 것도 없이 오하쓰는 데쓰지로와 이인삼각을 하듯이 달리기 시작했다. 우쿄노스케도 고개를 푹 떨어뜨린 이사지를 업고 뒤를 따른다.

뒤도 보지 않고 정신없이 달린다. 아사이야에서 나오는 비명과 고함과 소란한 소리들도 점차 멀어져 간다.

마침내 소동은 아사이야 주변 집들에도 번져 나가 이 집 저 집의 창문들에 불이 켜지고 주민들이 샛문 밖으로 고개를 내밀기 시작했다. 때는 이때다 생각한 오하쓰가 목청껏 소리를 지르며 뛰었다.

"귀신이다! 저쪽이에요! 밟히면 죽어요! 다들 피하세요!"

밖을 내다보는 사람들은 점점 많아지고 여기저기 창문들이 밝아진다.

"사람이 다쳤어요, 길을 비켜요!"

우쿄노스케도 그렇게 소리치며 거침없이 달렸다. 고마가타토 앞까지 돌아왔을 때 소동은 주변 일대에 널리 번지고 있었다. 스와초 검문소에서도 지킴이가 뛰어오고 있다. 그 틈에 오하쓰 일행은 어렵지 않게 검문소를 통과했다. 오쿠라마에 운하를 왼편으로 두고 달려서 도리고에 다리를 건넜다. 간다 천변을 따라 달려 아타라시 다리로 접어들 즈음에야 아무 소리도 들려오지 않아 그제야 한숨을 돌릴 수 있었다.

우쿄노스케가 숨을 헐떡이며 씽긋 웃었다. "데쓰가 놀랍게 해치웠군요."

오하쓰는 고개를 끄덕이고 데쓰지로에게 웃음을 지어 보였다. "많이 놀라셨을 테지만 우리는 한편이에요. 지금 가는 곳은 니혼바시 요로즈초예요. 도착하면 차분하게 다 말씀드릴게요."

데쓰지로는 서른 안팎으로 보이고 얼굴 생김이 꽤 가지런한 남자다. 오하쓰를 멍하니 바라보다가 가까스로 "예" 하고 대답한다.

다행히 돌아오는 길에는 이렇다 할 문제 없이 무사히 시마이야에 당도했다. 샛문을 두드리자 안에서 로쿠조가 기다리고 있다가 문을 열었다. 무뚝뚝한 표정에 콧구멍은 한껏 부풀어 있다.

"이게 대체 무슨 소란이냐."

"오라버니, 언제 돌아왔어요?" 데쓰지로와 함께 집 안으로 뛰어들면서 오하쓰가 말했다.

"넌 도대체 밤새 뭘 하고 돌아다닌 거야?"

우렁우렁하게 소리치는 로쿠조 앞에 이번에는 이사지를 업은 우쿄노스케가 뛰어 들어왔다.

"안녕하세요, 로쿠조 씨. 오요시 씨는 기침하셨나요?"

기다리고 있던 오요시와 가키치가 나와서 거들기 시작하자 시마이야는 갑자기 부산해졌고, 그 와중에 데쓰도 무사히 돌아왔다.

"데쓰!" 오하쓰가 얼른 뛰어가 꼭 품어 주자 데쓰는 "아아, 시장타" 하고 냐옹냐옹 울었다.

꿈꾸는 처녀

그런데—.

오하쓰 일행이 아사이야를 탈출한 그날 밤. 다른 곳에서 젊은 처녀 하나가 새로 지은 비단 이불에 누워 선잠을 자다가 꿈을 꾸고 있었다.

다만 전에 나막신 가게의 오아키를 옥죄던 무서운 꿈은 아니다. 오히려 그녀에게 지난 몇 개월 동안 계속된 아주 친숙한 꿈이었다.

꿈에서 그녀는 벚나무 숲 속에 있었다. 어딘지 알 수 없는 숲이다.

그녀는 이 꿈속 풍경을 아무한테도 말한 적이 없다. 이런 꿈을 꾸는 사람은 이 세상에 자기 하나뿐이라는 생각도 했다. 그러므로 나막신 가게 오아키가 무엇에 씌었다고 두려워할 무렵 그녀와 마찬가지로 오아키 역시 기묘한 벚나무 숲을 꿈꾸었다는 사실을 알았다면 필시 크게 놀랐으리라. 다만 유감스럽게도 그녀가 오아키의 꿈 이야기를 전해 들을 길은 없었다.

눈높이에서 둘러보는 벚나무 숲은 성긴 자리가 전혀 없이 아득히 멀리까지 펼쳐졌다. 그녀는 그 숲 속을 천천히 돌아다니고 있었다.

늘 꾸는 풍경이다.

아, 기분 좋다, 하고 처녀는 생각했다. 벚나무 숲은 아름다웠고, 연분홍 꽃잎은 어디선가 불어오는 미풍에 날려 처녀가 손으로 만지거나 입김을 불지 않아도 하늘하늘 춤추며 떨어진다. 마치 그녀를 사모해서 날아오는 양 목깃이나 오비로 모여드는 것이다.

꿈에서 처녀는 하얀 손가락을 움직여 꽃잎 하나를 집고는 살짝 미소를 짓는다.

끝 간 데 없이 펼쳐진 벚나무 바다에는 아무도 없었다. 처녀는 천천히 걸음을 옮기며 작은 소리로 콧노래를 흥얼거렸다. 처녀의 노래를 타고 꽃잎은 바람을 따라 명랑하게 춤춘다.

고요하다. 숲도 꽃도 고요하고 처녀의 마음도 한없이 고요하다.

처녀는 몸을 가만히 돌려 주위를 둘러보았다. 팔을 길게 뻗어 기지개를 켠다. 이곳이 자기만의 정원처럼 느껴졌다. 여기 있으면 마음 깊은 곳까지 한없이 편안하게 쉴 수 있었다.

그때 한줄기 강풍이 불어왔다. 벚나무 숲이 갑자기 수런거리고 어마어마한 꽃보라가 처녀를 향해 쏟아져 내렸다. 처녀는 꽃보라를 맞으며 활짝 웃었다. 그러고는 팔을 휘두르며 꽃잎들을 여기저기 흩어놓았다.

— 시노.

누가 부르는 소리가 들렸다. 살짝 갈라진 요염한 목소리. 처녀의 귀에는 늘 그렇게 들린다.

— 시노.

처녀의 이름이다. 그녀는 방긋 웃고는 꽃보라를 날리는 바람을 향해 얼굴을 돌렸다.

— 이모님.

이모님은 늘 바람이 불어오는 곳에 계신다. 처녀는 그쪽으로 걸음을 옮겼다. 처녀가 움직이기 시작하자 강풍이 멎고 다시 마음을 녹일 듯한 고요가 돌아왔다. 꽃잎들도 춤추기를 그치고 처녀가 걸어가는 대로 하늘하늘 수줍게 떨어질 뿐이다.

마침내 벚나무 숲 저쪽에 사람 같은 형상이 희미하게 보이기 시작했다. 연무가 짙어 똑똑히 보이지는 않는다.

— 이모님.

처녀는 속으로 불렀다. 이모님은 늘 저 연무 속에 계시다. 옛날 궁궐의 귀부인이 늘 발 너머에 계셨던 것처럼. 지극히 곱고 귀한 여성은 어지간해서는 사람들 앞에 맨얼굴을 드러내지 않는 법이다.

이승의 존재라고 생각할 수 없을 만큼 아름다운 모습에, 보는 이들이 절망과 시샘을 느끼는 일이 없도록.

— 시노.

"예, 이모님."

처녀는 꿈속에서 소리 내어 대답했다.

"시노는 여기 있습니다."

처녀는 연무가 자욱한 곳에 와 있었다. 연무 너머에서 사람의 형상이 천천히 일어서는 것을 알 수 있었다.

"이모님, 오랜만에 뵙습니다."

처녀는 연무를 향해 고개를 숙였다.

"한동안 저를 찾지 않으셔서 쓸쓸했습니다."

연무 저편의 그림자는 말이 없다. 처녀는 계속했다.

"저는 어서 이모님을 뵙고 싶습니다. 이모님께서 돌아오실 수 있는 날을 손꼽아 기다리고 있습니다."

그러자 그림자는 가만히 움직였다. 연무 속에서 처녀 쪽으로 한 발 다가선 것처럼 보였다.

— 그러기에는 아직 부족해, 시노.

목소리에는 질책하는 기미가 있었다. 처녀는 슬퍼졌다.

"죄송합니다. 다만 시간을 조금만 더 주세요. 조금만 더 참아 주세요."

연무 너머 그림자는 사람의 형상으로 보이기는 하되 눈 코 입을 알아볼 수는 없었다. 하지만 처녀는 그림자가 자신을 똑바로 쳐다보고 있음을 느낄 수 있었다.

— 이모님이 노하셨구나.

벚나무 숲이 다시 크게 수런거렸다. 꽃잎이 허공을 가득 날아다닌다.

"이모님, 정녕 저도 하루 빨리 이모님을 뵙고 싶습니다."

처녀는 연무 저쪽에서 어른거리는 그림자를 향해 진심을 담아 말했다. 이 진심을 받아 주신다면 당장이라도 연무 속으로 들어가 이모님 품으로 뛰어들고 싶다—그것이 처녀의 거짓 없는 마음이었다.

하지만 몽환 속에서 이모와 만났던 첫 순간부터, 이모의 말을 따르고 이모가 시키는 일을 다 마치기 전에는 이모가 처녀 앞에 자태를 드러내지 않는다는 것이 두 사람 사이의 엄한 규칙으로 정해져 있었다. 처녀는 이모의 따뜻한 손을 잡아 보고 싶은 심정을 애써 억

누르고 자리에서 꼼짝도 하지 않은 채 오로지 말에 마음을 담아서 호소했다.

"이모님, 제가 이모님께 드린 약속은 반드시, 무슨 일이 있어도, 지키겠습니다. 이모님께서 이승에 돌아오실 수 있는 그날을 위해 열심히 정진하겠습니다. 부디 저를 믿어 주십시오."

연무 너머 그림자가 다시 한 발 물러선 듯 보인다. 분홍빛 연무가 어느새 짙어졌다.

― 나도 그날을 고대하고 있어, 시노.

처녀는 두 손을 가슴 앞에 맞잡고 고개를 깊이 끄덕였다. 눈가에 눈물이 배어 나왔다.

― 내가 믿는 사람은 오로지 너 하나밖에 없단다.

"저도 이모님만을 의지하고 있습니다."

처녀가 그렇게 단언한 순간 분홍빛 연무가 순식간에 가셨다. 처녀는 볼을 쓰다듬고 가는 바람을 느꼈다. 그 순간 잠에서 깨어났다.

처녀는 이부자리 속에서 눈을 뜨고 어두운 반자를 응시했다. 반자 여기저기에 흩어져 있는 동그란 옹이 자국이 몇 개 어우러져 사람 얼굴처럼 보인다. 저기도, 아, 저기도. 이 방 안에서 처녀를 응시하는 것은 천장 반자에 떠 있는 얼굴 모양들밖에 없다. 그것 말고는 아무도 없다.

처녀는 이불 위에서 윗몸을 일으키고 방금 전에 빠져나온 꿈을 되새기며 눈을 감았다. 꿈속에서만이 아니라 처녀는 정말로 울고 있었다. 눈물이 볼을 타고 떨어진다.

'이모님······.'

시노는 외롭습니다. 어서 와 주세요. 그렇게 속으로 뇌자 눈물이 방울방울 떨어졌다.

처녀는 오른손을 들어 제 얼굴을 살짝 만져 보았다. 얼굴을 가린 두건을 벗는 것은 이렇게 침실에 혼자 틀어박혀 있을 때뿐이다.

오른손 손가락에 문드러진 피부의 감촉이 느껴졌다.

위에서부터 순서대로 이마, 눈두덩, 코, 입가—처녀는 손가락을 미끄러뜨려 내려간다. 어느 자리나 그녀 또래 처녀의 피부가 갖고 있는 매끄러운 감촉이 없다.

처녀의 눈물은 그 문드러진 볼을 타고 여전히 흐르고 있었다.

얼굴이 이렇게 된 뒤로 처녀의 어머니는 딸이 불쌍해서 하루하루 눈물로 지새고 있다. 아버지는 딸에게 출가하라고 권한다. 삭발하고 속세를 떠나면 네 고통도 조금은 가벼워질 게다, 하면서.

하지만 처녀 생각에는 그렇게 될 것 같지 않았다. 처녀는 오로지 본래의 얼굴을 되찾기만을 염원했다. 비참하게 망가진 얼굴과 마음을 제 운명으로 인정하고 살아가고픈 생각이 조금도 생기지 않았다.

처녀는 매일 신불에게 매달렸다. 어떻게 하면 원래 얼굴을 찾을 수 있을까. 아버지의 말처럼 정말로 부처님이 무한한 자비와 능력을 갖춘 존재라면, 속세를 떠나라는, 젊은 처녀에게는 가혹하기 짝이 없는 말을 하기보다는 위대한 능력으로 얼굴을 원래대로 되돌려 놓고 마음의 상처도 깨끗이 치유해 주시리라. 그럴 것이다. 그래야 마땅하다.

그러나 부처님한테는 그녀의 기도가 닿지 않았다. 대신 이모님이 찾아와 주셨다.

이모님은 강하고 따뜻하시다. 아버지처럼 도망쳐서 숨어 살라고 하지 않으셨다. 어머니처럼 한탄에 젖어서 살라고 하지도 않으셨다. 어떻게 하면 본래의 얼굴을 찾을 수 있는지, 오직 그것만을 가르쳐 주셨다.

'나는 내 원래 모습으로 돌아갈 거야.'

추하게 문드러진 뺨을 손으로 짚어 보면서 처녀는 새삼 자신에게 타일렀다.

'그러려면 먼저 이모님께서 내 곁으로 와 주셔야 해.'

당신이 이승에 소생하실 수 있도록 도와 주기만 하면 소원대로 아름다운 원래 모습으로 돌려주시겠다고 이모님은 약속해 주셨다.

그러려면 어떻게 해야 하는지도 이모님이 다 가르쳐 주셨다. 처녀는 그저 맡은 일을 해내면 된다. 그 일만 다 마치면—.

이모님은 소생하실 테고 나도 아름다운 여자로 한세상을 살아갈 수 있게 된다.

둘이 같이 살면 얼마나 즐거울까. 이모님은 아름다운 여자가 누리는 행복을 나에게 누차 들려주셨다. 그것은 다른 사람 이야기가 아니었다. 바로 이모님 당신의 인생담이기도 했던 것이다.

처녀는 잠자리에서 가만히 일어나 방구석에 둔 작고 튼튼한 옷장으로 갔다. 제일 아래 서랍을 연다.

거기에 고소데_{소매가 좁은 기모노} 한 벌이 개켜져 있다.

처녀의 침실에는 불빛이 없다. 희미한 달빛이 창문으로 비껴들 뿐이다. 하지만 서랍 속 고소데에 수놓인 호사스런 금사 은사는 그 희미한 빛에도 멋을 과시하며 기이하게 반짝인다. 처녀는 그 광채에 이끌리듯 하얀 손을 뻗어 고소데를 집어 들었다.

처녀가 이 고소데를 처음 본 것은 거반 한 달쯤 전이다. 달력으로는 봄이 왔건만 아직 벚꽃도 봉오리가 단단했고 묵직하게 흐린 날이면 버선 끝이 시리게 느껴질 즈음이었다.

처녀는 부모 몰래 창고에 들어가 고소데를 꺼냈다. 허락도 없이 그렇게 하면 호되게 야단맞을 게 분명했지만, 하녀들도 처녀에게 내린 재앙을 딱하게 여겨서 종기라도 만지듯 조심스레 대하던 차라 그 짓을 눈감아 주었다.

처녀가 고소데를 꺼내 온 이유는 꿈에 나타난 이모가 그렇게 해 달라고 부탁했기 때문이다. 그랬다. 그것이 이모님의 첫 지시였다.

— 내 젊은 시절의 추억이 깃든 옷이란다.

이모님은 그렇게 말씀하셨다.

— 내 젊음과 운명, 행복했던 시절을 다 알고 있는 옷이지. 내 마음이 고스란히 남아 있는 고소데란다.

이모가 젊은 시절에 쓰던 애용품과 기모노가 창고에 보관되어 있다는 사실은 처녀도 어릴 적부터 어머니한테 들어서 잘 알고 있었다. 다만 그것을 꺼내거나 구경하는 일은 엄하게 금지되어 있다. 어째서요? 하고 묻자 어머니는, 예전에 그 물건들과 관련해서 좋지 않은 일이 있었기 때문이라고 대답했다. 좋지 않은 일이라니, 뭔데요? 하고 거듭 묻자, 그런 것은 알려고도 하지 말라고 꾸짖었다.

돌이켜 보면 어머니는 금기를 참으로 철저히 유지했다. 해마다 한 번씩 창고를 열고 물건들을 꺼내 볕에 말릴 때도, 이모의 애용품들을 넣어 둔 장롱을 열 때만은 하녀들조차 가까이 오지 못하게 하고 전부 혼자서 처리했다. 그럴 때 딸이 창고에 가까이 가려고 하면 식겁할 만큼 무서운 얼굴을 하고 사나운 말투로 야단쳤다. 흡사 살짝만 만져도 피부를 통해서 독을 타는 덩굴풀이나 옻을 다루는 사람의 태도처럼 보였다.

사실 처녀가 어릴 적에는, 특히 그런 재앙을 당해 집 안에만 틀어박히기 전에는, 그녀의 마음을 끄는 것들이 그밖에도 많았으므로 창고 속 물건들에는 그리 흥미를 두지 않았다.

"집집마다 엄히 정해 둔 규칙이나 관습이 있단다. 그것이 옳으니 그르니 따지기보다 잘 지켜 나가는 것이 더 중요해. 그것이 집안을 지키는 여인의 할 일이니까."

어머니의 그런 말에도 순순히 고개를 끄덕일 수 있었다. 처녀에게 창고 속 이모의 유품은 호기심을 부추기는 보물이라기보다는 집안에 내려오는 무서운 금기를 상징하는 물건처럼 느껴졌기 때문이다. 그런 번거로운 일들일랑 어머니한테 맡겨 두면 그만이지, 당시 처녀는 그렇게 생각했다.

처녀의 신변은 평화로웠고, 일상은 조용하면서도 즐겁게 지나갔다. 거기에 작은 변화가 생긴 것은 꼭 이 년 전 겨울이었다.

처녀는 사랑을 했다. 해서는 아니 되는 사랑이었고 결코 이루어질 수 없는 인연이었다. 하지만…….

'니치도 님.'

고소데를 집어 들고 처녀는 눈을 감았다. 그러고는 눈꺼풀 뒤에 낙인처럼 찍힌 사랑스러운 사내의 모습을 좇았다. 하루도 잊은 적이 없는 얼굴, 그 목소리.

내려 감긴 눈꺼풀에서 새로 눈물이 비어져 나왔다.

그 시절—이승에서 이룰 수 없는 꿈이란 없다고 믿었던 행복한 한때.

마침 그즈음에 창고 속 이모의 유품을 둘러싸고 작은 소동이 있었다. 새로 들어온 하녀가 못된 욕심을 품고 창고 속 유품을 빼돌려 몰래 팔아 치운 것이다. 어머니는 동분서주해서 사태를 정리하고 그 하녀를 쫓아낸 다음 창고 자물통을 튼튼한 것으로 바꾸어 달았다. 철보다 한발 앞서 봄을 맞이한 처녀의 가슴은 어머니의 크게 낭패한 얼굴에도 그다지 동요하지 않았다. 어머니가 퍽 힘든가 보다 하는 정도였다.

하지만 언젠가 모두들 깊은 잠에 빠진 한밤중, 아버지와 어머니가 등롱 심지를 줄인 방 안에서 머리를 맞대고 소곤거리는 소리를 들었을 때는 잠깐 불길한 예감에 사로잡혔다.

"역시 그 물건들은 주지스님에게 다시 한 번 잘 부탁해서 절에서 맡아 달라고 하는 편이 좋지 않을까 싶어요."

낮은 목소리로 어머니가 말했다.

"그런 물건을 집 안에 두면 앞으로 또 같은 일이 일어나지 말란 법도 없어요. 밖으로 나오고 싶어 하니까."

이에 대답하는 아버지의 목소리도 주위를 꺼리는 투였다.

"당신 마음은 잘 알지만, 너무 고민하지 마시오. 게다가 설사 절에 맡긴다고 해도 유품을 옮기려면 일단 창고에서 꺼내야 하는데, 오히려 그게 더 위험하지 않겠소."

어머니는 괴로운 듯 한숨을 흘렸다.

"저는 무서워요. 동생은 아직 죽지 않았어요."

어머니가 '동생'이라고 말한 사람은 바로 이모다. 그럼 '그런 물건'은 무엇일까? 창고 속 유품을 말하나?

"그것은 밖으로 나오고 싶어 해요. 온전히 죽은 게 아니예요."

아버지는 어머니를 달랬고, 그 뒤로 두 사람은 더 이상 자세한 이야기를 하지 않았다. 처녀는 엿들은 것을 들킬까 봐 가만가만 자리를 뜨면서, 내심 다음에 니치도 님을 만나면 이 얘기를 꺼내 볼까 생각했다. 그분은 모르는 게 없으니까.

그렇게 기대하던 니치도와의 만남은 그로부터 한 달쯤 지나 세상이 완연한 봄을 맞고 벚꽃이 활짝 필 즈음에 찾아왔다. 은밀한 사랑이어서 뜻대로 자주 만날 수가 없다. 처녀에게 그 만남은 살아서 극락에 오르는 듯한 희열을 맛보는 한때였다.

그러나 그 지극한 열락의 시간에 재앙이 엄습했다.

처녀는 어두운 방 안에서 고소데를 꼭 움켜쥐었다. 일 년이 지난 지금도 그 생각만 하면 마음이 갈가리 찢어질 듯이 괴롭다. 무릎이 후들거리고 손이 떨리며 온몸의 경련을 멈출 수가 없다.

'니치도 님……'

벌써 일 년 동안이나 만나지 못했다. 허나 이 얼굴이 본래대로 돌아가면 다시 만날 수 있다. 그것만을 염원하며 세월을 보냈다. 처녀는 올해 스무 살이 되었다.

'하지만 지금 내 곁에는 이모님이 계시다.'

처녀는 생각했다—어머니는 어처구니없는 잘못을 저질러 오셨다. 이모님을 두려워하다니, 말도 안 되는 일이다.

한참을 꼭 쥐고 있던 탓에 고소데에 주름이 잡혔다. 처녀는 구김을 손바닥으로 깨끗이 펴서 농 안에 가만히 넣어 두었다. 보는 이의 마음을 빼앗을 만큼 아름답고 화려한 지도리 무늬_{수많은 새가 날아가는 듯한 패턴 무늬} 고소데였다.

활터 사내

나막신바치 데쓰지로와 이사지는 시마이야의 방 한 칸에서 휴식부터 취했다.

두 사람 모두 오하쓰나 우쿄노스케가 애초에 생각했던 것보다 훨씬 심하게 쇠약했다. 구타로 생긴 시퍼런 멍이 몸 여기저기에 흩어져 있고 끼니도 제대로 얻어먹지 못해 체력도 많이 상했다.

오하쓰가 전말을 설명하자 로쿠조는 분키치에게 니시카와기시초로 달려가 겐안 의원을 불러오라고 일렀다. 겐안 의원이라면 로쿠조가 일을 하면서 가끔 도움을 받는 막역한 사이다. 의원은 즉시 밤길을 달려와 다친 데를 처치해 주었다. 시마이야에 업혀 온 사람을 진찰할 때는 상대방의 본색에 대하여 일체 묻지 않고 어떠떠한 자를 진찰했다는 사실을 다른 데 발설하지도 않는다는 암묵적 약속이 되어 있다.

"그런데 여기 오늘의 요리가 뭐야?"

치료가 끝나자 겐안은 오하쓰가 가져다준 물통에 손을 씻으며 기대에 부푼 표정으로 물었다. 벌써 아침이 밝아 시마이야가 장사를 시작할 시각이다.

"바지락 된장국에 까나리포 구이, 계란말이에 땅두릅 된장 무침."

익숙한 음식들이라 술술 대답은 하면서도 오하쓰는 선을 분명히 그어 두었다.

"다만 아침 댓바람부터 술상은 못 차려 드려요, 의원님."

겐안은 알아, 알아, 하고 히죽거리며 까까머리를 쓸었다. 의원은 술이라면 사족을 못 쓰는 사람으로, 벌써 쉰이 넘었고 얼굴은 주름살로 자글자글하면서도 머리만은 늘 면도 자국이 파르스름하다. 술 덕분이라고 본인은 말한다.

"가키치가 차려 주는 밥상이 최고지. 애, 오하쓰, 온 김에 한 상 받고 갈까?"

오하쓰를 어릴 적부터 보아 온 겐안은 지금도 이렇게 스스럼없이 말한다.

"저 두 직공의 밥 말인데, 젊은 쪽은 오늘 하루는 죽과 된장국만 주고 내일부터 보통 밥을 주되 얼른 보양을 하는 게 좋겠다. 하지만 나이가 든 쪽은 조금 조심할 필요가 있어. 내가 다시 와서 진맥을 보고 괜찮다고 할 때까지 죽물만 먹이도록 해. 본인이 메밥을 달라고 해도 한동안 자제시켜야 해."

"속이 많이 상했나요?"

겐안은 새치 하나 없이 이상할 정도로 새카만 눈썹을 모으며 잠시 궁리하는 표정을 지었다.

"지금으로서는 나도 얼른 이해할 수 없는 점이 있어."

"의원님도 모르시는 게 있나요?"

"모르는 게 어디 한두 가지인가. 네 젖퉁이가 얼마나 자랐는지도 모르잖냐. 요즘은 통 나한테 맥 짚어 달란 소리를 안 하니까."

오하쓰는 소매로 겐안을 쳤다. "의원님이 그따우 엉큼한 소리나 하시니까 봐 달란 소릴 안 하죠."

겐안은 웃지만 금세 진지한 낯으로 돌아갔다.

"이건 조금 심각한 얘긴데. 네 오라버니한테도 말하는 게 좋지 않을까?"

지난밤 소동 때 로쿠조하고는 일단 동이 트고 차분해진 연후에 천천히 궁리를 해 보자고 이야기해 두었다. 그래서 로쿠조는 지금 요란하게 코를 골고 있다.

"그래요……? 일단 의원님도 아침을 드세요. 저도 객실 일을 거들어야 하니까."

"넌 안 졸리냐? 꼴을 보니 지난밤도 꼴딱 새웠구먼?"

오하쓰는 가슴을 탁 쳐 보였다. "젊어서 좋다는 게 뭐겠어요."

그런데 오하쓰와 다름없이 새파랗게 젊은 우쿄노스케는 로쿠조와 나란히 깊은 잠에 빠져 있다. 탈출 소동의 긴장이 풀리자 피곤이 와락 몰려온 탓이리라.

"기특한지고." 겐안은 그렇게 말하고 객실 쪽으로 발을 옮겼다. 그러다가 도중에 뚝 멈춰 서서 오하쓰를 돌아보고는 전에 없이 진지한 말투로 말했다.

"내 짐작이 틀림없다면 얘기가 좀 복잡해지겠어. 저기 나이가 조금 더 든 직공은—"

"이사지 씨라고 해요."

"이사지? 그치는 아무래도 누가 좋은 꿈을 꾸게 하는 약을 먹인 기미가 보인다."

오하쓰는 눈을 동그랗게 떴다. "좋은 꿈을 꾸게 하는 약이요?"

"그래. 자세한 얘기는 나중에 하자꾸나. 그건 그렇고, 계란말이를 안주로 딱 한 잔만, 어떻게 안 되겠냐?"

겐안을 객실 쪽으로 안내한 뒤 오하쓰는 주방으로 돌아가려고 몸을 돌렸다. 복도 끝에서 데쓰와 분키치가 나란히 앉아 아침을 먹고 있는 모습이 보인다. 오하쓰가 다가가자 분키치가 퉁방울눈을 반짝이며 얼굴을 들었다.

"요놈이 계란말이를 다 먹네요."

정말로 데쓰는 고양이 먹이가 담긴 접시에는 눈길도 주지 않고 분키치가 자기 접시에서 나눠 준 계란말이를 먹고 있다.

"저런, 너무 호강시키지 말아요, 분키치 씨. 고양이한테 다 주지 말고 분키치 씨나 먹어요."

"네, 잘 먹겠습니다."

분키치는 사람이 고지식해서, 시마야에서 밥을 먹은 지 몇 년이 지난 지금도 절대로 객실에 들어가려고 하지 않고 방에도 들어오지 않는다. 끼니 때면 꼭 이 자리, 복도 끝에 상을 놓고 무릎을 꿇은 채 먹는다.

데쓰가 고개를 들더니 "가키치 씨라는 사람, 요리 실력이 꽤 괜찮군" 하고 말했다.

분키치가 웃었다. "어, 요놈, 아가씨한테 꼭 뭐라고 얘기하는 것 같네요."

데쓰는 이번에는 분키치에게 말했다. "모처럼 먹는 밥인데, 네 면상을 보니 밥맛이 떨어지겠다. 고개 저쪽으로 돌려."

분키치가 웃었다. "오, 나한테도 뭐라고 하고 있나."

분키치도 데쓰의 말은 알아듣지 못한다. 오하쓰는 데쓰의 목덜미를 잡고 안아 올렸다.

결국 겐안 의원은 계란말이를 안주로 한잔 들이켰고, 로쿠조는 어지간히 힘들었는지 좀처럼 일어날 줄 몰랐다. 오하쓰도 정신없이 바쁜 아침 한때가 지나자 졸음에 시달리기 시작했다. 그러던 차에 우쿄노스케가 당황한 얼굴로 뛰어나왔다. "내 정신 좀 봐! 지금 스테키치를 살펴보러 갑니다!"

그러고는 야마모토초로 부리나케 뛰어갔다. 그 말에 오하쓰도 잠기운이 싹 달아나, 우쿄노스케가 돌아올 때까지 차분하게 앉아 있지 못했다.

우쿄노스케는 점심때가 다 되어, 로쿠조, 분키치, 겐안, 여전히 혈색은 좋지 않지만 기운을 많이 되찾은 듯 보이는 데쓰지로—이사지는 아직 일어날 수 있는 상태가 아니었다—그리고 오하쓰가 데쓰를 무릎에 안고 로쿠조의 방에 모여 있는 자리에 무사히 돌아왔다.

"스테키치는 괜찮더군요. 일단 몸만 빼내서 데려왔습니다." 우쿄노스케가 보고했다. 오하쓰는 그제야 가슴을 쓸어내렸다.

"그 소동을 피우며 데쓰지로 씨와 이사지 씨를 구출한 뒤였으니 아사이야 사람들이나 구라타 몬도 나리의 수하들이 이번에는 스테키치를 잡아갈지도 모른다는 생각이 들더군요."

"이 둔한 머리는 거기까지 돌아가질 않았네요." 오하쓰는 자신에게 화가 났다.

데쓰지로가 초조한 얼굴로 끼어들었다.

"저어, 그럼 스테키치도 이 댁에 신세를 지고 있나요?"

오하쓰는 고개를 끄덕였다. "네, 그 사정에 대해서도 이제 곧 설명할게요. 스테보는 건강해요."

데쓰지로의 얼굴이 전에 없이 밝은 표정이 되었다. "아, 다행입니다."

"곧장 이리로 데려오기도 조금 걱정이 돼서—미행이 붙을 수도 있으니까요—이리저리 한참을 데리고 다니다가 저랑 같이 공부하는 도장 동료한테 맡기고 왔습니다. 잠깐 사정이 있어서 내가 맡은 아이인데 일 각쯤 지나면 데리러 오마, 하고 말해 두었습니다. 그 동료는 얼마 전에 혼인한 사람이고 처 되는 사람도 친절해서, 스테키치도 안심하는 모습이더군요."

우쿄노스케는 데쓰지로에게 웃음을 지어 보였다.

"스테키치한테도 여러분이 무사하다고 전해 두었어요. 눈물을 흘리며 기뻐하더군요. 저녁에는 만날 수 있을 겁니다."

데쓰지로는 거친 손으로 눈가를 훔쳤다.

"아씨가 행방을 감춘 뒤로 우리한테는 좋은 일이라고는 하나도 없었지요. 스테키치는 아직 어린애라서 많이 힘들었을 겁니다."

담뱃대를 문 채 오가는 대화를 듣던 로쿠조가 어흠 하고 헛기침을 하고 나서 입을 열었다.

"그래, 대체 어젯밤 소동은 어떻게 된 거냐?"

"오하쓰의 오라버니?" 하고 무릎 위의 데쓰가 물었다. "도깨비 상이네."

"오하쓰, 고양이는 어디다 좀 치워 두고 와라. 야옹거리는 게 영 시끄럽구나. 이 와중에 고양이를 안고 있냐?" 도깨비 상 로쿠조가 말했다.

이런 소리를 들어도 어쩔 수 없다. 오하쓰는 데쓰를 안고 일어나 옆방으로 들어가서 창문 밖으로 데쓰를 내보냈다.

"처마 위에서 듣고 있을래?"

"그거야 상관없지만." 데쓰는 혀를 낼롬 내밀었다. "로쿠조 행수의 얼굴, 강짜가 심할 상이야."

"또 쓸데없는 소리."

로쿠조의 방으로 돌아가자 마침 다과를 들고 온 오요시가, 황송해서 연방 고개를 숙이는 데쓰지로에게 솜옷을 입혀 주던 참이었다. 오요시는 이런 일에 눈치가 빠르고 배려심이 많다.

모두 자리를 잡고 나자, 오하쓰는 어제 하루 동안 일어난 일들을 로쿠조와 겐안에게 들려주었다. 이야기하면서 종종 데쓰지로의 얼굴을 곁눈으로 살폈다. 그는 아사이야에서 도망칠 때 데쓰가 둔갑한 엄청난 장기말을 보았을 게 틀림없다. 그 이야기를 꺼내면 뭐라고 대답해야 좋을까.

우쿄노스케와 달리 로쿠조는 그 고양이가 말을 하고 둔갑도 할 수 있고 우리를 도와 준다고 말해도, 오, 그러냐, 하고 순순히 납득할 사람이 아니다. 오하쓰가 갖고 있는 신비한 능력을 인정하기까지도 상당한 기간이 걸렸다. 상대가 둔갑을 할 줄 아는 고양이라고 하면 성마른 로쿠조는 이야기를 이해하고 말고 하기도 전에, 이런 흉측한 짐승 같으니, 하고 데쓰의 목덜미를 잡아 들고는 운하에 던져 버리겠다고 뛰어나가기 십상이다.

"―그렇게 되었던 거예요."

아사이야 탈출 대목까지 이야기한 오하쓰가 미지근해진 차를 마셨다. 로쿠조는 담뱃대에 살담배를 꼭꼭 채운 채 불은 붙이지 않고 손으로 만지작거리며 이야기를 듣고 있다가, 우락부락한 얼굴을 조금 누그러뜨리고는 데쓰지로 쪽으로 얼굴을 돌렸다.

"고생이 많았군."

데쓰지로는 솜옷을 걸친 어깨를 움츠리며 고개를 숙였다.

"그럼 아사이야 사람들은 자네들 두 사람을 끌어다 빙고에 가두고 무슨 짓을 한 거야? 무엇 때문에 두 사람을 가뒀다고 하던가?"

데쓰지로는 목이 칼칼한지 몇 번이나 헛기침을 하고 나서야 입을 열었다. 맥없는 목소리였다.

"그게, 저희도―영 모르겠더군요."

"몰라? 그 봉변을 당하고도 그자들이 왜 자네들을 그렇게 닦아세웠는지 모른다?" 로쿠조가 눈썹을 치켰다.

데쓰지로가 부끄럽다는 표정으로 다시 자라목이 되었다. 오하쓰가 끼어들어 달랬다.

"걱정 마세요. 오라버니가 소리를 좀 질러 대긴 하지만 원래 목청이 굵어서 그래요. 데쓰지로 씨를 추궁하려는 건 아녜요."

당연하지, 라는 듯이 로쿠조는 흠 하고 콧소리를 냈다. 데쓰지로는 오하쓰의 눈을 쳐다보고 로쿠조보다 따뜻한 느낌을 받았는지, 오로지 오하쓰만 바라보며 이야기를 시작했다.

"저희를 데려간 사람은 구라타 몬도라는 핫초보리 나리였습니다. 아사이야가 있는 우에노 일대에서 일한다는 오캇피키도 함께 왔더군요."

우쿄노스케가 고개를 끄덕였다. "덩치가 작고 눈매가 고약한 사람이죠."

"예……. 처음에는 오아키 아씨가 행방을 감춘 일과 관련해서 저희에게 묻고 싶은 것이 있다고 하셨습니다. 저나 이사지 형님이나 얌전히 따라갔지요. 핫초보리 나리 말씀이니 거역할 수도 없고요."

그는 더욱 변명투가 되었고 표정도 옹색해졌다.

"저희는 지신반으로 가는 줄 알았습니다. 그런데 그게 아니었어요. 나리가 데려간 곳은 아사이야였습니다. 안주인이 기다리고 있다가 방으로 안내하기에 저희도 깜짝 놀랐습니다. 물론 손님용 객실은 아니었지만……. 잠시 기다리자 밥상까지 내주더군요. 이럴 줄 알았으면 스테키치도 데려오는 건데, 하고 생각했을 정도였어요. 원래 구라타 나리가 스테키치도 같이 데려가자고 하셨지만 제가 부탁해서 가게에 남겨 두었거든요. 어린 것을 지신반으로 데려가다니 딱하다 싶어서요."

"그러자 구라타 나리도 금방 그러자고 하시던가요?"

"예. 그래, 네 말이 맞다, 아이는 그냥 둬도 되겠다, 하셨습니다."

그래서 스테키치 혼자 남아 있었던 것이다. 물론 구라타 몬도는 빈틈이 없는 사람이라, 나중에 나막신 가게를 찾아와 스테키치를 쥐어박으며 심문했지만.

"밥상을 물리자 이윽고 이야기가 시작되었습니다. 구라타 나리는 기분이 좋아 보이셨고 전혀 무서운 인상이 아니었습니다. 아사이야에는 자주 들르시는지 안주인과 내외 않고 말씀하시더군요."

"구라타 나리와 아사이야의 안주인 오마쓰는 사촌지간이지요." 우쿄노스케가 말했다.

"예, 그때 처음 알았습니다."

오아키가 참 딱하게 됐다, 너희도 의지하던 주인을 잃어서 힘들고 불안하겠구나, 하지만 곧 혼인하기로 했던 어여쁜 약혼자를 잃은 마쓰지로와 그런 외아들의 슬픔을 눈앞에서 봐야 하는 오마쓰의 슬픔도 알아 주기 바란다, 나는 부교쇼 도신이기도 하지만 오마쓰의 사촌으로서도 이 불행을 못 본 척할 수 없다―구라타 몬도는 그렇게 말했다고 한다.

"저와 이사지 형님은 잠자코 듣고만 있었습니다. 저는 속으로 생각했습죠. 못 본 척할 수 없다니, 그럼 어떻게 하겠다는 말일까 하고요. 왜냐하면 구라타 나리는 우리 주인님이 아씨를 죽였다고 하셨으니까요. 그렇다면 이제는 못 본 척하고 말고 할 것도 없지 않습니까? 주인님이 돌아가셨으니."

데쓰지로의 말투에 어느새 노여움이 실렸다. 로쿠조가 무뚝뚝하게 물었다. "자넨 어떻게 생각하나? 마사키치가 딸을 죽였다고 보나?"

"천부당만부당합니다! 주인님이 아씨를 해치는 일은 있을 수도 없습니다!" 데쓰지로가 침을 튀기며 외쳤다.

"하지만 마사키치가 자백을 했잖느냐."

"그건 주인님이 이상해지셔서 나리가 추궁하시는 대로 말해 버리신 겁니다! 아씨가 자취를 감추자 주인님은 얼빠진 사람처럼 변해서 밤잠도 못 주무시고 밥도 못 드시고 한밤중에 비틀비틀 돌아다니시며, 오아키가 나를 부르며 울고 있다느니 오아키가 머리맡에 서 있었다느니, 정말이지 온전한 모습이 아니었습니다. 그런 분이 호되게 추궁을 당하니까 정신이 망가져서 아무렇게나 말해 버리신 거라고요. 아비가 제 딸을 죽이다니, 어떻게 그런 일이 있겠습니까."

오하쓰는 무거운 심정으로 생각했다. 마사키치의 정신이 이상해진 까닭은 바로 눈앞에서 본 오아키의 실종이 불가해하고 무서운 모습이었기 때문일까? 아니면 남들이 다 부러워하는 딸의 혼인을 홀로 기뻐하지 못하는 것에 대한 자격지심 때문일까?

"구라타 나리께 제가 몇 번이나 말씀드렸습니다. 나리께서 오해하신 거다. 주인님이 아씨를 죽였을 리가 없다. 하지만 나리는 제 얘기에 그저 희미하게 웃으며 똑같은 말씀만 반복하셨습니다."

— 네 말은 알겠다. 허나 엄연히 한 사람이 행방불명되거나 살해된 것이 분명한데 누구 짓도 아니다, 마귀 소행이다, 가미카쿠시다 하는 말로 넘어갈 수는 없다. 누군가 이상하게 죽었다면 필시 범인이 있는 법이다. 누가 행방불명되었다면 그 사람을 데려가서 감추거나 가둔 사람이 있단 말이다. 귀신이 무슨 생각을 하고 무슨 짓을 하는지 나는 모른다. 원령이나 망령이 정말 사람에게 씌고 저주를 내리는지 어떤지도 모른다. 왜냐하면 그런 예를 본 적이 없거든. 허나 제 손으로 죄를 저질러 놓고 그것을 귀신이나 원령이나 망령 탓이라고 우기는 자라면 많이 봐 왔지.

오하쓰는 저도 모르게 후우 하고 긴 한숨을 토하고 말았다. 로쿠조가 오하쓰의 얼굴을 힐끔 보았다. 데쓰지로는 구라타 몬도와의 맞물리지 않던 응답을 떠올리는지 어깨를 떨어뜨린 채 고개를 숙이고 있다.

데쓰지로의 생각과 구라타 몬도의 생각―아니, 이제는 오하쓰와 가시와기의 생각과 구라타 몬도의 생각이라고 해야 하리라―이 두 생각은 영원히 만나는 일이 없을 것이다. 꼭 물과 기름 같다. 하늘과 땅처럼 떨어져 있다.

오하쓰도 구라타 몬도가 하는 말은 충분히 이해한다. 그의 말대로 살인이나 실종 사건이 일어날 때마다 귀신이나 망령 탓으로 돌릴 수는 없다. 그러면 무엇 때문에 부교쇼가 있고 요리키니 도신이 있으며 오캇피키가 있느냐는 말이 나올 테니까. 그런 사건을 사람의 머리로 헤아릴 수 없는 존재의 소행으로 치부하는 것은 먼 옛날의 방식이다.

하지만 과연 구라타 몬도의 말처럼 세상에 일어나는 모든 일에는 항상 그렇게 명백한 해답이 있을까? 인간 세상에 일어나는 일들은 전부 인간이 벌이는 것일까? 다들 그렇게만 생각해 버렸기 때문에 마사키치와 같은 불행한 사람이 생기진 않았을까.

결국 오하쓰와 가시와기는 몸소 신비한 일을 겪었고 구라타 몬도는 그런 경험이 없다는 차이가 커다란 갈림길인 셈이다. 오하쓰는 그것을 통감했다. 그렇다고 해도 구라타 몬도의 너무나 확고한 태도는 아무래도 석연치 않다.

"그럼 결국 결론을 못 내고 끝났나?" 하고 로쿠조가 데쓰지로에게 결론을 재촉했다. 데쓰지로는 고개를 숙인 채 끄덕였다.

"그래서 자네와 이사지는 그대로 아사이야에 붙들리게 되었군. 마사키치가 오아키를 죽였다는 구라타 나리의 말씀을 뒷받침해 줄 뭔가가 기억날 때까지 그 집에서 푹 쉬고 있으라던가?"

그런데 뜻밖에도 데쓰지로는 로쿠조의 물음에 고개를 저었다. "그게, 그렇게 말씀하지는 않았습니다."

"아니라고?"

"예. 구라타 나리는 결론이 안 나는군, 하고 아쉬운 얼굴을 하고 계시다가, 그럼 오늘은 이만 돌아가도 좋다고 하셨습니다."

"돌아가도 좋다고? 자네와 이사지 모두?"

"예. 다만 다음에 다시 부르게 되면 오늘처럼 쉽게 끝나지는 않을지도 모른다고 무서운 얼굴로 말씀하셨습니다."

아마 그 말은 거반 허풍이었으리라. 전에 우쿄노스케가 지적한 대로, 구라타 몬도는 억지스런 심문 방식으로 많은 성과를 거두기도 하지만 이를 못마땅하게 여기는 사람도 많다. 그러므로 두 사람을 섣불리 고문하다가는 금세 문제가 될 수 있다.

"저랑 이사지 형님은 일단은 알았다고 하고 가게로 돌아가려고 했습니다. 그런데 아사이야의 안주인이, 당신들, 이대로 돌아가 봐야 할 일도 없어서 막막하지 않겠나? 하고 말을 걸더군요. 괜찮다면 우리가 뒤를 봐주겠다고, 앞으로 뭘 해서 먹고살지 우리 쪽과 얘기해 보지 않겠느냐고 하더군요."

"그래서?"

"구라타 나리는 먼저 방을 나가셨습니다. 안주인이 나리를 따라

나가더니 한동안 돌아오지 않더군요. 대체 무슨 얘기를 하나 싶어 두렵기도 했지만 달리 방법이 없어서 그냥 앉아 기다렸습니다."

이윽고 방으로 돌아온 안주인은 혼자가 아니었다. 아들 마쓰지로와 얼핏 장사치 같기는 하지만 아사이야 점원 같지는 않은, 억세고 난폭해 보이는 남자 두 명이 함께 들어왔다.

"그렇게 빙고로 끌려갔습니다."

곧바로 주먹질과 발길질이 시작되었다. 마쓰지로도 가담했다고 한다.

"그렇군……. 아사이야의 안주인이 구라타 몬도 나리에게, 나한테 맡겨라, 저 두 놈을 닦달해서 나리가 바라는 대로 술술 불게 하겠다, 그렇게 얘기했겠지. 앞으로 누가 두 직공에게 물어봐도, 우리 주인이 딸을 죽였다, 틀림없다, 그 사건은 그게 다, 라고만 말하고 그밖에 쓸데없는 말은 입 밖에 내지 않도록 만들겠다고 말이야."

로쿠조가 불거진 턱을 움직이며 말했다. 마치 이 틈새로 말을 밀어내는 듯한 말투였다. 오하쓰도 속이 부글거려 입술을 꼭 깨물었다. 다만 우쿄노스케만이 데쓰지로의 얼굴을 보고 있다. 입을 꾹 다물고 몸을 움츠린 데쓰지로는 오하쓰와 로쿠조의 얼굴을 주뼛주뼛 번갈아 쳐다보다가 이윽고 자기를 응시하는 우쿄노스케의 눈길을 의식했다.

그제야 우쿄노스케가 데쓰지로에게 직접 물었다. "그랬나요? 아사이야가 당신들에게 요구한 것은 지금 로쿠조 씨가 말한 그런 내용이었습니까?"

데쓰지로는 흠칫거리고 있었다.

"두려워할 필요 없어요. 마음 놓고 말해 보세요. 아까 데쓰 씨는 왜 자신이 그런 일을 겪게 되었는지 본인도 모르겠다고 했죠. 무엇이 납득이 가지 않았는지, 그 얘기를 하면 됩니다."

우쿄노스케의 격려하는 듯한 말투에 데쓰지로도 기운을 얻은 모양이다. 여전히 황송해하는 모습으로 이렇게 말했다. "그것이……그렇지가 않습니다. 행수님이 말씀하신 그런 게 아니었어요."

로쿠조는 눈을 번쩍 떴다. "그렇다면?"

"무슨 얘기가 나왔나요?" 오하쓰도 무릎을 앞으로 디밀었다.

"구라타 나리가 자리를 비우자 아사이야 사람들은 나리가 하신 말과 전혀 다른 말을 했어요. 저와 이사지 형님한테, 나리하고는 반대되는 걸 물었습니다."

"그러니까 그게 뭐냐니까."

데쓰지로는 또 헛기침을 하며 말투를 가다듬었다. "주인님이 아씨를 어디다 숨겼다고 했어요. 너희도 도왔을 게야, 마사키치는 무엇을 어디까지 알고 있느냐, 마사키치한테 무슨 얘기를 듣지 않았느냐, 너희는 어디까지 알고 있지, 하고 다그치더군요."

오하쓰는 당혹스러웠다. 무거울 줄 알고 들어 올린 짐이 턱없이 가뿐할 때처럼, 혹은 헛발을 짚을 때처럼.

"오아키를 어디다 감추었다?" 로쿠조도 고쳐 앉았다. "정말 그렇게 물었나? 그걸 알아내려고 자네들을 그렇게 때렸단 말인가?"

"그렇습니다."

"그렇다고? 지금 자네 입으로 무슨 소리를 했는지 알기나 하나? 자네 얘기가 사실이라면 아사이야는 마사키치가 오아키를 죽였다는 이야기를 처음부터 믿지 않았다는 말이 아니냐."

"예, 당연히 그렇지요." 데쓰지로는 다시 자라목을 했지만 할 말을 다 해서 개운하다는 듯한 얼굴이었다.

"믿지도 않으면서 왜 구라타 나리까지 끌어들여서 믿는 척했지?"

로쿠조가 으르릉거리듯이 말했다. 오하쓰도 어안이 벙벙해서 차마 말이 나오지 않는다.

"거참 일이 재밌게 되는군." 아까부터 혼자서만 내내 졸음과 싸우는 듯 보였던 겐안이 하품을 하며 태평하게 말했다. "암, 이래야 내가 왕진 나온 보람이 있지."

"어이, 시끄러, 돌팔이." 로쿠조가 또 소리를 지른다.

침착하게 지켜보던 우쿄노스케가 천천히 팔짱을 끼며 중얼거렸다. "과연 그렇군."

"그렇긴 뭐가 그렇다는 말씀이십니까?" 하고 로쿠조는 엉뚱한 사람한테 화풀이를 한다.

"아, 이런, 이런. 고정하시지요." 우쿄노스케가 웃는 얼굴로 말했다. "잠시 이야기를 풀어 놓고 순서를 바로잡아 보지요. 그렇게 하면 사태가 더 명확해질 테니까요."

오하쓰는 머리에 스친 생각을 저도 모르게 입 밖에 냈다. "산학 문제를 풀듯이요?"

"그래요, 바로 그겁니다. 오하쓰 씨, 찻물 좀 부어 주실래요?"

오하쓰는 분키치의 도움을 받아 얼른 찻물을 붓고, 로쿠조는 담배를 피우고, 우쿄노스케는 데쓰지로에게 힘들지 않았느냐고 위로하고, 겐안은 술이 고프다고 투덜거렸다. 이윽고 자리가 정돈되자,

"자, 이제 시작할까요?" 하고 우쿄노스케가 입을 열었다.

"데쓰지로 씨 이야기를 듣기 전 우리가 알고 있던 상황부터 정리하자면, 일단 오아키 씨가 기이한 가미카쿠시를 당해서 자취를 감추었습니다. 그녀가 행방을 감추자 아버지 마사키치 씨가 딸을 죽였다는 혐의를 받게 되었고, 그로 인해 마사키치 씨가 목을 매 자살해 버렸지요. 이 정도입니다, 그렇죠?"

"그렇지요." 로쿠조가 여전히 마뜩잖은 듯이 고개를 끄덕인다.

"마사키치 씨가 자살할 정도로 궁지에 몰린 이유는, 물론 정신이 이상해진 탓도 있지만, 가미카쿠시라는 괴이한 현상을 믿지 않고 오아키 씨의 신상에 따로 무슨 일이 있었음이 틀림없다고 믿은 아사이야가 구라타 몬도 나리, 즉 풀지 못한 사건이 없다는 평을 듣는 수완 좋은 나리를 내세웠기 때문입니다. 이것도 분명하지요?"

"그래요" 하고 이번에는 오하쓰가 호응해 주었다.

"구라타 나리는 가미카쿠시 따위는 털끝만치도 믿지 않습니다. 처녀가 사라졌다면 처녀를 감춘 자가 반드시 있다고 생각했지요. 다쓰조 행수에 따르면, 딸을 아사이야라는 훌륭한 집안에 시집보내기를 결코 달가워하지 않았던 마사키치 씨와 행복에 겨워하는 딸 사이에 꽤 갈등이 있었다는 점을 근거로, 구라타 나리는 아버지 마사키치가 딸을 죽였다고 짐작했습니다. 아비가 딸을 죽이다니 정말로 생각하기 어려운 일이지만, 다쓰조 행수의 이야기를 근거로 생각해 보면 마사키치 씨가 공들여 키운 딸에게 배반당했다고 느꼈을지 모른다는 이야기도 일리가 있고, 너무 아낀 나머지 증오하게 되었다는 얘기도 있을 수 있거든요. 마사키치 씨가 오아키 씨를 살해했다는 이야기도 충분히 성립할 수 있긴 하지요."

오하쓰와 로쿠조는 아무 말도 하지 못했다. 우쿄노스케는 특히 오하쓰에게 서둘러 덧붙였다.

"당황하지는 마세요. 그렇다고 제가 가미카쿠시 따위는 없으며, 마사키치 씨가 딸을 죽여 놓고 기이한 이야기를 지어냈다고 주장하려는 건 아니니까요. 다만 가미카쿠시라는 기이한 이야기를 제쳐 둔다면 구라타 나리의 생각도 나름대로 충분히 조리가 있다고 말하는 겁니다."

"네…… 알고 있어요." 오하쓰는 고개를 끄덕였다.

"그러나 구라타 나리는 조금 거칠었어요. 마사키치 씨를 추궁한 것도 너무 성급했고, 마사키치 씨가 죽은 뒤에는 직공들을 위협하거나 이야기를 맞추려 하는 등 난폭한 방법으로 자기 생각을 굳히려 들었죠. 구라타 나리가 가미카쿠시를 그렇게까지 배제하려고 한 까닭은 무엇일까 하는 점도 흥미롭지만, 뭐, 그건 나중에 검토하기로 합시다. 문제는, 우리가 지금까지 그런 구라타 나리와 아사이야가 완전히 동일한 생각을 하며 행동한다고 믿었다는 점입니다."

분명히 그랬다.

"그런데 데쓰지로 씨의 이야기에 따르면, 아사이야는 실은 구라타 나리하고는 전혀 다른 생각을 하고 있던 모양입니다. 일단 아사이야는 오아키 씨가 살아 있다고 믿고 있어요. 마사키치 씨가 오아키 씨를 어디에 감춰 두고는 세상 사람들한테 가미카쿠시라고 둘러댔다고 생각했다는 말입니다. 그렇지요?"

이번에는 데쓰지로가 고개를 끄덕였다.

"자, 이게 대체 어떻게 된 걸까요?" 우쿄노스케는 자못 신이 난 모습이다. "게다가 무엇보다 마음에 걸리는 부분은 마쓰지로 측이 두 사람을 협박하면서 했다는 말입니다. '마사키치는 무엇을 어디까지 알고 있나?', '마사키치한테 무슨 얘기 못 들었나……?' 묘해요, 참 묘한 말입니다."

로쿠조와 오하쓰와 데쓰지로는 얌전히 고개를 끄덕였다. 젠안만 실없이 웃고 있다.

"젊은 선생이 말씀도 구성지게 잘하시네."

"뭘요, 과찬이십니다. 나중에 의원님한테도 묻고 싶은 게 있는데, 잘 부탁합니다."

매끄럽게 받아 주고 나서 말을 계속한다.

"마쓰지로 측의 그 말은 그냥 흘려 버릴 수가 없습니다. 이 말을 중심에 놓고 이번 사건을 되짚어 가며 다시 짜맞춰 볼 필요가 있겠다 싶을 정도입니다. 오하쓰 씨—."

"예."

"아사이야는 나막신 가게의 중요한 단골이었다고 하셨죠?"

다쓰조가 그렇게 말했다.

"네, 오아키 씨가 마쓰지로 씨의 눈에 띈 것도 그런 인연 때문이었죠."

"그렇군요. 그러나 같은 상인 집안이라도 격이 다르니, 혼담만 없었다면 친하게 지낼 일은 없었겠죠?"

"그렇다고 생각해요."

"알겠습니다. 그럼 다시 한 번 마쓰지로 측이 했다는 말을 생각해

봅시다—마사키치는 어디까지 알고 있을까?"

모두의 마음에 그 말이 의미하는 바가 스며들기를 기다렸다가 우쿄노스케는 말했다.

"이건 분명히 떳떳지 못한 사정이 있는 자가 할 법한 말입니다. 설마 아사이야의 안주인이 까나리포를 좋아한다거나 마쓰지로가 코를 심하게 곤다거나 하는 정도를 가지고 '어디까지 알고 있나' 하고 궁금해하지는 않겠지요. 뭔지는 모르지만 아사이야에는 세상에 드러낼 수 없는 어두운 비밀이 있을 겁니다. 그리고 마쓰지로와 오아키 씨의 혼담을 계기로 아사이야와 더욱 가깝게 왕래하게 된 마사키치 씨에게 속사정이 알려졌거나—혹은 이대로 가다가는 조만간 알려질지도 모른다며 두려워하고 있었다면."

로쿠조가 끄응 하고 앓는 소리를 냈다.

"아사이야로서도 곤혹스러웠겠죠. 마사키치 씨를 불러다 대뜸 떳떳지 못한 사정을 밝히자니 자칫 긁어 부스럼 되기가 십상입니다. 그렇다고 가만 놔두자니 위험이 커지고. 다만 다행히도 곧 마사키치 씨의 외동딸이 한 식구로 들어올 예정이었죠. 오아키 씨를 곁에 두면 인질을 잡은 셈이나 매한가지가 됩니다. 안심하고 마사키치 씨에게 떳떳지 못한 사정을 밝힐 수도 있고 나아가 한패로 끌어들일 수도 있겠지요."

그렇구나……. 오하쓰의 머릿속도 개운해졌다.

"그런데 그런 궁리를 하던 차에 마사키치 씨가 갑자기 오아키 씨가 가미카쿠시를 당했다고 말합니다. 실제로 오아키 씨는 사라졌고요. 떳떳지 못한 사정을 감추고 있던 아사이야는 마사키치 씨의 말을 액면 그대로 받아들일 수 없었습니다. 자기들이 감추려던 속사정을 마사키치 씨가 눈치 채고는, 오아키 씨가 아사이야로 시집가는 것은 인질이 되러 가는 셈이나 마찬가지임을 깨닫고 선수를 쳐서 딸을 어디로 빼돌렸다고 생각하지 않았을까요."

그 사정이 '마사키치가 오아키를 어디에 숨겼다'라는 추궁으로 드러났다.

"아사이야로서는 당장이라도 마사키치 씨를 붙들어다 처리해 버리고 싶었겠지만, 그렇게 해서는 곤란하지요. 그래서 알맞은 '명분'을 궁리해 냈습니다—."

"그것이 구라타 나리라는 말씀이신가요!"

저도 모르게 소리를 지른 오하쓰에게 우쿄노스케는 동그란 안경알 속에서 눈을 반짝이며 고개를 끄덕였다.

"아사이야로서는 구라타 나리를 앞세우는 편이 여러 가지로 유리합니다. 우선 아사이야의 안주인은 가까운 친척이므로 괴이한 이야기를 일체 인정하지 않는 구라타 나리의 성향을 잘 알고 있겠지요. 그런 구라타 나리라면 마사키치 씨를 가만둘 리가 없습니다. 아사이야 측에서 보기에 가미카쿠시 운운하는 마사키치 씨의 이야기는 엉터리 발뺌이라고밖에 보이지 않으니까요. 반드시 엄중하게 추궁해서 마사키치 씨가 사실을 자백하게 해 주리라 생각했을 겁니다. 물론 이때 '사실'이란 실제로 일어난 일이 아니라 아사이야가 사실이라고 믿는 이야기를 말합니다. 즉 가미카쿠시는 거짓이고 오아키 씨는 마사키치 씨가 빼돌렸다는 '사실'이지요. 구라타 나리가 추궁하면 마사키치는 필시 견디지 못하고 자백하리라. 오아키만 돌아와 주면 어쨌거나 구라타 나리는 친척이므로 나중 일은 어떻게든 둘러댈 수 있다. 마사키치는 엉뚱한 거짓말쟁이가 될 테고 진실은 전혀 드러나지 않는다."

"잠깐만요." 로쿠조가 사나운 얼굴로 막았다. "거기까지는 잘 알겠습니다, 후루사와 님. 그렇다면 한 발 더 나아가 구라타 몬도 나리도 아사이야와 처음부터 입을 맞췄다고 생각하면 어떻습니까?"

"그러니까 아사이야의 떳떳지 못한 어떤 사정을 구라타 나리도 알고 있었다고 말이지요?"

"그렇지요. 왜냐하면 전부터 친한 사이였으니까요. 그렇게 생각하는 편이 더 자연스럽지 않습니까?"

하지만 우쿄노스케는 로쿠조를 똑바로 쳐다보며 고개를 저었다. "물론 이야기 자체는 그쪽이 자연스럽지요. 하지만 저는 구라타 나리는 아사이야의 떳떳지 못한 그 일에 가담하지 않았다고 봅니다."

"어째서요?"

우쿄노스케 대신 오하쓰가 대답했다. "왜냐하면 오라버니, 다쓰조 행수님도 구라타 님을 칭송하고 인정하잖아요."

"다쓰조 행수가—."

"다쓰조 행수님은 장사치와 손잡고 사건을 함부로 처리해 버리는 부교쇼 관리를 그리 쉽게 칭송할 분이 아니에요. 그렇잖아요?"

로쿠조는 입술을 꾹 닫고 생각에 잠겼다. 겐안이 장난기 어린 표정으로 그의 옆얼굴을 바라보고 있다.

"물론 구라타 나리의 방식은 늘 지나치게 억지스럽고 서민에게는 가혹하기도 합니다. 아까도 말했듯이 그 나리가 왜 그런 방법을 취하면서까지 모든 의혹을 풀려고 하는지, 왜 모든 사건에 조리 있는 결론을 내려야만 만족하는지, 그것 또한 그것대로 의아합니다. 그러나 구라타 나리는 결코 무능한 관리가 아닙니다. 훼예포폄이 심하다는 점도 오히려 그분이 무능하지 않다는 증거입니다."

"어쨌거나 아사이야한테는 제 목소리를 못 내는 나리 아닌가?" 하고 겐안이 끼어들었다. "가난한 도신에 부자 친척이라고. 구라타 몬도 나리는 계집질도 밝힌다던데, 그렇게 놀려면 아사이야한테 꽤 많은 돈을 받고 있겠군. 사촌 안주인이 그냥 주겠나? 무슨 일이 생기면 잘 부탁한다는 뜻이겠지."

"그런 점도 있겠지요. 어디까지나 일가친척으로서, 구라타 나리의 개인 생활에서 도움을 주고받는 일도 있겠고요. 그러나 아사이야가 감추고 있는 허물을 알면서도 가담할 만한 사람 같지는 않습니다. 그런 인물이라면 지금까지 자잘한 사건들과 관련해서도 많은 허물을 드러냈겠지요. 그랬다면 다쓰조 행수가 칭송할 리도 없고요."

그렇게 힘주어 말하고 나서 우쿄노스케는 계속했다.

"다른 무엇보다, 구라타 나리가 아사이야에 방패로 이용당했을 뿐 가담하지는 않았다는 증거가 있습니다. 다른 게 아니라, 바로 마사키치 씨가 저지르지도 않은 살인을 자백하고 더구나 자살해 버렸다는 점입니다. 만약 구라타 나리가 아사이야의 안주인에게 모든 이야기를 듣고 나서 마사키치 씨를 상대했다면, 굳이 그렇게까지 추궁할 필요가 없거든요. 그저 마사키치 씨의 귓가에 대고 작은 소리로, 네가 아사이야의 무슨 비밀을 알아냈으며 왜 딸을 빼돌렸는지는 모르지만, 아무 소용 없는 짓이다. 아사이야에는 내가 있으니까―하고 속삭이면 끝날 일입니다. 애초에 오아키 씨한테 반해서 혼인을 원하던 마쓰지로로서는 마사키치 씨가 죽으면 오아키 씨의 행방을 알아낼 수 없게 되므로 그의 죽음을 바랄 리가 없고요."

머리 위로 가만히 침묵이 드리웠다. 모두들 우쿄노스케의 이야기를 곱씹고 있다.

데쓰지로가 혼잣말처럼 가만히 중얼거렸다. "이제야…… 저도 겨우…… 이해가 되는군요."

"하지만 후루사와 님 말씀이 맞다면 구라타 나리는 아사이야의 꼭두각시나 마찬가지잖습니까. 한심하군."

로쿠조가 내뱉듯이 말했다. 근성과 성실로 살아온 이 사내는 야물지 못한 남자를 무척 싫어한다.

"그나저나……." 겐안이 양손을 머리 뒤에서 깍지 끼고 몸을 젖히며 천장을 올려다본다. "약삭빠른 사람들 얘기는 그만두고, 가미카쿠시는 가미카쿠시로군."

"그렇습니다!" 우쿄노스케가 단호하게 말했다. "가미카쿠시는 마사키치 씨가 지어낸 이야기가 아닙니다. 그렇기 때문에 아사이야 또한 데쓰지로 씨와 이사지 씨를 닦달하면서도 이상하다고 느꼈던 게 아닐까요? 이자들조차도 입을 모아 오아키가 가미카쿠시를 당했다고 한다—마사키치의 정신이 이상해진 것도 가미카쿠시 때문이라고 말한다—마사키치에게 아무 이야기도 듣지 못했다고 주장한다—."

"아아, 골치가 아파 옵니다." 분키치가 양손으로 머리를 감쌌다. "그렇다면 관음보살로 둔갑한 원령이 저지른 가미카쿠시와 이번 아사이야 사건은 별개로 생각해야 합니까?"

"그렇게 되겠지." 로쿠조는 단호하게 말했다. "원령은 오하쓰 몫이다. 우리는 아사이야 쪽을 맡고."

"아사이야가 숨기고 있는 떳떳지 못한 비밀이 무엇인가—그게 문제로군요." 우쿄노스케가 말했다.

"아무래도 내가 나설 차례가 온 모양이군. 아까부터 언제 말할까 틈을 보고 있었거든." 겐안이 일어섰다.

"돌팔이 의원이 뭘 할 줄 안다고?"

"진맥은 볼 줄 알지. 이보오, 데쓰지로 씨라고 했나?" 겐안은 데쓰지로에게 말을 건넸다. 그는 개기름이 흐르는 의원의 걸걸한 목소리에 흠칫했다.

"당신은 이사지라는 사람이랑 언제부터 알고 지냈소?"

"예…… 형님으로 모신 지가 벌써 십오 년쯤 됩니다."

"그 사람은 원래 저렇게 비쩍 말랐나? 눈빛도 흐리멍덩하고 낯빛도 송장 같더구먼."

"다쳐서 그런 게 아닌가요?" 하고 오하쓰가 묻다가, 우쿄노스케가 겐안의 얼굴을 심각하게 쳐다보는 것을 알고 입을 다물었다.

"글쎄요……. 아닙니다. 생각해 보니 이사지 형님이 마르기 시작한 것은 일 년쯤 되었습니다."

겐안은 다시 의기양양하게 몸을 뒤로 젖혔다. "일 년이라. 그렇다면 내가 제대로 보았군."

"무슨 수작이야?"

"뭐, 별거 아냐. 아편이군."

모두들 깜짝 놀라 겐안을 주목했다. 의원의 머리는 땀으로 번들거린다.

"뭘 그리 놀라나." 겐안이 후련한 얼굴로 말한다. "긴 곰방대 대통에 꾹꾹 채워서 피우면 좋은 꿈을 꾸게 되는 약이지. 법으로 금지된 약이라지만 적당한 연줄을 대서 목돈을 쥐여 주면 구하기는 그리 어렵진 않아."

"의원님도 써 보신 적이 있으시우?"

오하쓰의 물음에 겐안은 짐짓 무대극 배우 같은 몸짓으로 주변을 힐끔힐끔 살피는 척했다. "뭐어? 오하쓰가 사람 잡을 소리 하네. 오캇피키 앞에서 할 얘기가 따로 있지."

"농담할 때가 아닙니다요." 분키치가 발끈해서 말했다.

"저 이사지란 사람, 딱 보니 아편쟁이야."

"하지만 어떻게 그런 물건을—."

"어디서 구했느냐 이 말이지? 나막신 깎는 사람이야. 그렇게 발이 넓지는 않겠지."

"아사이야……라는 말인가요?" 분키치가 못 믿겠다는 투로 중얼거렸다.

"글쎄, 나야 거기까지는 알 수 없지. 다만 밑에서 오랫동안 일해 온 직공의 몰골이 자꾸 이상해지면 주인은 금방 눈치 채게 마련이야. 즉 마사키치는 눈치를 챘을 터란 말이야. 이게 대체 어찌된 일인가 하고 이리저리 알아보았겠지. 내 얘기를 방금 전에 나온 이야기와 연결하면, 마사카치가 눈치 챘을지도 모르는 아사이야의 떳떳지 못한 속사정은 아편과 관계된 게 아닐까 하는—."

바로 그때였다. 처마 위에서 데스가 시끄럽게 울어 대는 소리가 들려왔다. 방 안에 있던 사람들에게는 발정 난 고양이 소리로 들렸겠지만 오하쓰는 똑똑히 알아들을 수 있었다.

"오하쓰, 장지를 열어 봐! 누가 듣고 있어!"

오하쓰는 옆에 앉은 우쿄노스케를 꽉 밀쳐내듯이 벌떡 일어나서는 말도 없이 냅다 장지를 열었다. 장지 밖에는 잠옷 하나만 입은 바짝 마른 이사지가 비굴할 정도로 잔뜩 웅크린 채 앉아 있었다.

"이사지 형님!"

제일 먼저 데쓰지로가 뛰어나가 두 팔로 선배를 끌어안았다.

"왜 그러세요?"

이사지는 지나가는 행인에게 푼돈을 구걸하는 걸인 같은 눈초리로 오하쓰 일행을 쳐다보고 있다.

"잠에서 깨고 보니…… 낯선 곳이기에…… 누구 없나 하고, 목소리가 들리는 쪽으로 와 봤습니다만."

목에 걸린 탁한 목소리로, 말하기도 힘겨워 헐떡이고 있다.

"걱정할 필요 없어. 여긴 내 집이야" 하고 로쿠조가 말했다. "자세한 얘기는 나중에 해 주지. 데쓰지로한테 들어도 좋고. 아무튼 지금 댁은 잘 먹고 쉬어야 해. 괜한 걱정일랑 말고 누워서 쉬지."

데쓰지로가, 자, 가십시다, 하고 이사지를 재촉했다. 이사지는 음울하게 등을 구부렸다.

"어디, 내가 거들까." 겐안이 일어섰다. 그는 방을 나가면서 로쿠조와 오하쓰를 돌아보며 덧붙였다. "하루 한 번 상태를 보러 오지. 아무튼 이 두 사람은 앞으로 열흘은 환자로 알고 보살펴야 해."

세 사람이 나간 뒤 오하쓰는 장지를 닫으며 떨떠름한 기분을 느꼈다. 방금 나눈 이야기 탓도 있겠지만, 이사지란 사람의 인상이 썩 좋아 보이지 않아서다. 그러고 보니 아사이야를 빠져나온 뒤 그 사람과 눈을 맞추고 이야기한 것은 방금 전이 처음이다.

로쿠조도 매서운 눈초리로 이사지의 뒷모습을 바라보았다. 그러다가 매서운 눈길 그대로 우쿄노스케를 돌아보았다.

"후루사와 님, 아까 겐안에게, 나중에 물어볼 게 있으니 잘 부탁한다고 하셨던 것도 이사지의 아편 중독에 관한 일이었습니까?"

우쿄노스케는 고개를 끄덕였다. "그렇습니다. 역시 겐안 의원님이 금방 간파했군요."

"보기보담 돌팔이는 아니지요, 저 의원은. 그래서 저도 의심하지는 않지만, 그래도 아편 중독이란 것이 그렇게 금방 알아볼 수 있는 병입니까?"

"눈동자가 풀렸고 피부에 윤기가 없고 유난히 말이 없고 무기력한 모습―아편 중독의 증상을 알면, 혹시 그게 아닐까 하고 의심하기란 어렵지 않습니다. 가장 확실한 증상은, 심한 중독자일 경우 앞으로 날짜가 지나서 약이 떨어지면 발작을 일으키게 된다는 겁니다. 그걸 보면 틀림없겠지요."

"우쿄노스케 님은 아편 중독에 관한 내용을 어디서 그렇게 잘 배우셨습니까?"

그는 의사가 아니다. 산학을 공부하고 있다.

"같이 공부하는 친구 중 나가사키_{쇄국 정책을 취하던 에도 시대에 막부가 유일하게 공인한 국제 무역항이 있던 지방. 서양 학문을 배우고자 하는 이들이 이곳에 유학했다}에 유학했던 사람이 있습니다. 그 친구의 얘기를 들어 보니 그쪽에서는 아편뿐만 아니라

남만에서 건너온 요상한 약들이 은밀히 나돌아 나가사키 부교쇼가 골머리를 앓고 있답니다."

우쿄노스케는 무엇을 망설이는지 잠시 뜸을 두다가 로쿠조의 얼굴을 보았다.

"뭐, 괜찮겠지요. 이름을 밝힐 수는 없는데" 하고 작은 소리로 말하고는 미소를 지으며 내처 말했다. "실은 저한테 그 얘기를 해 준 친구도 나가사키에 있을 때 아편에 손댄 시절이 있었다고 합니다. 물론 지금은 완전히 끊었고, 아편의 무서움을 누구보다 잘 알고 있어서 어리석게 그 길로 빠지려고 하는 사람이 있으면 단단히 말리고 있습니다만."

로쿠조는 아무 말도 하지 않았다. 대신 분키치가 황공한 표정으로 장단을 맞춰 주었다.

"허어, 젊은 선생이 발도 넓으십니다요."

"뭐, 이런 걸 두고 발이 넓다고 할 것은 없지만." 우쿄노스케는 뒤통수를 긁적였다. "그 친구는 나가사키에 유학을 갔다가 여자 꾐에 빠져 아편에 중독되고 말았다는데요. 아편이 얼마나 감미로우냐 하면, 극락이라는 말이 바로 이 약을 두고 생겨났구나 싶을 정도랍니다. 마침 공부가 힘들어 좌절을 느끼기 시작했을 때였다니, 뭐, 지금 생각해 보면 그저 눈앞의 난관을 회피하기 위해 아편에 기댔던 거겠지요."

"아편을 쓰면 어려운 학문도 척척 이해가 되나요?"

오하쓰의 물음에 우쿄노스케가 웃었다. "그럴 리가 있나요. 다만 개중에는 자신감이 불끈 솟아나 내가 못할 것이 없다고 느끼게 되는 사람도 있다고 합니다. 아름다운 천녀들이 곁에서 춤을 추기도 하고, 방 안에 꽃이 만발하거나 신묘한 음악이 들리기도 한다네요."

로쿠조가 "으음" 하는 소리를 냈다. "대체 그 아편이란 놈은 어떻게 생겼습니까? 고뿔에 먹는 정제 같습니까?"

"아뇨, 먹는 약이 아닙니다. 긴 담뱃대를 사용해서 담배처럼 피우지요. 아편 자체는, 그래요, 숯처럼 새까맣고 조금 끈적끈적한 기운이 있는 단단한 진흙덩어리 같습니다. 손으로 만지면 크기와 꼴을 쉽게 바꿀 수 있고, 그래서 밀수하기도 쉽습니다. 쌀가마 속에 숨기거나 낱알로 꼴을 짓고 당의를 입혀서 과자처럼 만들어 들여오기도 하고."

"아무튼 비싸겠지요?"

"물론 비싸지요. 엄지손톱만 한 덩어리를 사려면—글쎄요, 제 아버지가 받으시는 한 달 봉급의 절반이 사라져 버립니다."

오하쓰와 로쿠조는 얼굴을 마주 보았다.

"그렇게 비싼 물건을 이사지가 어떻게 샀을까요?" 분키치가 대뜸 큰 소리로 말했다. "나막신 가게에서 먹고 자니까 식비는 따로 들지 않는다지만, 급료라고 해 봐야 뻔할 텐데."

"직공 생활을 오래 했으니 모아 둔 돈이 있었는지도 모르죠." 오하쓰는 짐작했다. "그래도 분키치 씨가 좋은 점을 지적해 줬네요."

어쩌면 이사지는 아편 구입을 위한 은밀한 돈줄이 따로 있었는지도 모른다—기억해 두자.

"정말요? 고맙습니다, 아가씨."

"음, 이 이야기는 이쯤 해 두지." 로쿠조는 자리를 고쳐 앉으며 담배 접시를 끌어당겼다. "이사지를 찬찬히 지켜보면 자연히 분명해지는 점도 있을 테니까. 그런데 오하쓰, 이사지와 데쓰지로가 아사이야에 있다는 사실은 어떻게 알아냈지?"

"나한테도 오라버니가 모르는 연줄이 따로 있거든요." 오하쓰가 말했다. 거짓말에 서툰 우쿄노스케는 당황한 얼굴로 로쿠조와 오하쓰에게서 눈을 피하고 있다.

"뭐, 아무래도 좋잖아요. 오라버니. 저 두 사람을 구해낸 공을 생각해서 나무라지는 마세요."

로쿠조가 담뱃대를 덥석 물면서 마뜩잖은 듯 콧잔등에 주름을 모았다.

"시건방진 소리⋯⋯. 뭐, 좋다. 그 대신 너는 앞으로 아사이야 건에는 관여하지 마라."

"어머, 왜요?"

"아까 분키치도 말했지만, 아사이야 건과 오아키의 가미카쿠시 건은 전혀 별개다. 아사이야의 수상쩍은 점은 우리가 조사할 테니까, 너는 뭐냐, 그 요상한 관음보살과 가미카쿠시를 추적해. 알겠냐?"

"맡겨만 줘요." 오하쓰는 가슴을 탕 쳤다. 처마 위에서 데쓰가 "제법인걸, 오하쓰" 하고 울었다. 로쿠조가 짜증스레 낯을 찡그렸다.

"저건 어디서 온 고양이냐?"

"우리 고양이예요."

"내가 언제 고양이를 길러도 된다고 했지?"

"올케 언니랑 내가 키우기로 했어요. 오라버니는 저 꼬마 고양이가 싫을지 모르지만, 그렇다고 어디다 갖다 버리기라도 하면 아마 올케 언니가 짐 싸서 나가 버릴걸요."

로쿠조가 불만스런 표정을 지었다. "내 눈에 안 띄게 키워. 웃지 마라, 분키치."

퉁을 놓자 분키치는 오히려 웃음을 터뜨리고 말았다. 우쿄노스케도 웃는 얼굴이 되었지만, 그러면서도 이야기의 키를 고쳐 쥐고 말을 꺼냈다.

"사건이 하나 더 있지 않았나요? 나가노야의 오리쓰 건은 어떻게 되었습니까? 협박장을 날리는 데 쓴 화살이 어느 활터에서 나왔는지 알아내셨습니까?"

로쿠조도 진지한 낯으로 돌아왔다.

"활터라고 해서 말장난을 할 셈은 아니지만, 첫 걸음에 명중시켰지요."

"그 화살은 살깃에 붉은색과 보라색 장식을 썼지 않습니까. 꽤 멋진 화살이었어요." 분키치가 우쭐거리며 말했다.

오하쓰는 고개를 끄덕였다. 기억이 난다. 여인의 고소데 무늬 같다고 생각했었다.

"그걸 실마리 삼아 뒤져 보니 히가시료코쿠의 '데키야'라는 업소 물건이더군요."

"히가시료코쿠? 그럼 간타로 행수님이 관할하시는 곳이죠?"

료코쿠 다리를 사이에 두고 히가시료코쿠와 니시료코쿠라 불리는 일대에는 눈요기천막이나 무대극을 하는 소극장이 많다. 과자점이나 잡화점 같은 일반 가게도 있긴 하지만 아무래도 이곳에는 그때그때 한창 유행하는 공연을 하는 예인이 많이 모이고, 그런 만큼 왈짜

패들의 이해가 복잡하게 얽혀 있어 관리하기 여간 어렵지 않은 동네다에도 시대에 료코쿠 다리 주변에는 너른 대로가 있었다. 화재가 널리 번지는 일을 막기 위해 막부가 명하면 즉시 길을 비워야 했으므로, 고정된 건물을 지을 수 없었다. 따로 주인이 없다 보니 세금이 없어 장사치와 예인 들이 모여들었고, 에도에서도 인파가 많기로 유명해서 각종 행사도 많이 열렸다. 지리적으로는 혼조 코앞이라기보다 오히려 혼조 안에 있다고 해도 좋을 지역이지만, 저러한 연유로 이 지역은 다쓰조 행수의 구역이 아니고 오래전부터 그곳만 단단히 틀어쥔 오캇피키가 따로 있다. 이름은 간타로라고 하는데, 소싯적엔 씨름꾼 아니었나 싶을 만큼 몸집이 커다란 행수다. 나이는 환갑이 가까운데 지금도 왈짜 한두 명쯤은 맨손으로 움켜쥐고 큰 강에 던져 넣을 정도로 기운이 팔팔하다.

 오하쓰는 이 행수를 꼭 한 번 만나 보았을 뿐이다. 바로 얼마 전, 그러니까 올해 연초쯤이다.

 간타로 행수는 정해진 거처가 없이 많은 소극장 가운데 내키는 곳에서 내키는 대로 묵는다는 소문이 있다. 만났다고 해야 할지 보았다고 해야 할지 모르지만, 여하튼 료코쿠 다리맡에서 그를 처음 보았다. 그때 간타로는 료코쿠 다리맡에 물건을 늘어놓고 팔던 수예품 행상에게서 예쁜 비단보를 하나 사는 중이었다. 행수 옆에는 깜짝 놀랄 만큼 대담한 가부키 무늬 기모노를 입은 자그마한 여인이 따르고 있었다. 비단보는 아마 그 여인에게 주려는 듯했다.

 그때 오하쓰는 물 건너 온 과자를 나눠 주고 오라는 올케의 부탁을 받고 다쓰조 행수의 집으로 가는 길이었다. 료코쿠 다리를 건넌 직후 그를 보고, 아, 저기 커다란 남자가 간타로 행수님인가 보다, 하고 짐작했다. 그렇지만 서로 아는 처지도 아니라서 잠자코 지나가려는데 간타로 행수가 먼저 말을 건넸다. "오라버니는 안녕하신가?" 하고.

오하쓰가 놀라서 인사를 건네자 간타로 행수는 전혀 웃지도 않고, "요즘 이 동네에 소매치기가 많으니 조심해" 하고 툭 던지듯이 말했다. 그러고는 몸을 휙 돌려 건들거리는 걸음으로 료코쿠 다리를 건너갔다. 곁에 있던 여인이 오하쓰에게 방긋 웃어 보이고는 서둘러 행수를 따라갔다. 나이는 오요시와 비슷해 보이는데, 넋이 나갈 정도로 예쁘고 몸놀림도 기민했다. 대개 남성용 기모노에 어울리게 마련인 가부키 무늬가 여인의 얼굴을 훨씬 돋보이게 했다.

집에 돌아가 오요시에게 이야기하자, 아, 그 여자는 아마 간타로 행수님의 정부일 거예요, 라는 대답이 돌아왔다. 하지만 '정부'라고 말하는 말투에 경멸하는 기미는 없었다.

"천녀처럼 예쁘죠? 마술사래요. 남만 피가 섞여 있는 여자라는데, 요즘 아주 잘나가는 예인이에요."

그 뒤로 오하쓰의 가슴에는 간타로 행수의 정부라는 마술사에 대한 묘한 동경심 같은 것이 생겨나게 되었다. 이번 일로 로쿠조가 간타로 행수와 손을 잡게 된다면 그 여자를 다시 만날 수 있을지도 모른다.

"그래, 네 말대로 간타로 행수한테도 이야기했다. 데키야에 대해서도 이것저것 물어보았고." 로쿠조가 말했다. "나카노하시에서 죽은 자는 목이 없어졌으니, 얼굴을 근거로 신원을 알아낼 수는 없었지. 하지만 복장이나 체구는 알고, 손이 매끈하고 부드러웠던 점으로 보아 필시 부지런하고 건실한 자는 아니었으리라 짐작되니까 말이다. 그런 이야기를 간타로 행수에게 다 전해 주고 자문을 구해서 썩 괜찮은 성과를 얻었다."

"누군지 짐작이 간다고 하시던가요?"

"그래. 죽은 사내의 신원을 알아낸 것은 아니야. 다만 아무래도 사건과 관계가 있지 않을까 의심되는 점원 출신의 건달이 하나 있다고 하더라."

그 남자의 이름은 소스케라고 한다. 나이는 스물대여섯쯤. 키가 육 척약 백팔십 센티미터에 가까운 커다란 남자이지만 바지랑대처럼 바짝 말라서, 강풍이 부는 날이면 몸이 휘청휘청 흔들리는 양 보인다고 한다. 그렇다면 나카노하시에서 죽은 사내는 아니다.

"소스케라는 자는 본래 우시고메에 있는 헌옷 가게의 점원이었다고 한다. 성실하게 일했지만, 노름에 미쳐서 십 년쯤 전에 헌옷 가게를 그만두었다는구나. 노름에 빠지면 헤어나기가 힘드니까. 그 뒤로 건실한 밥벌이를 못 찾고 빈둥거리면서 데키야에도 자주 드나들었다는 게야."

소스케는 이틀쯤 전에 데키야에 왔을 때 조만간 큰돈을 만지게 된다고 자랑하듯이 떠벌였다. 돈이 들어오면 가게 여자들을 전부 하치오지에 있는 폭포로 유람을 시켜 주겠다고 했단다.

"냄새가 나네요. 날짜를 봐도 나가노야 오리쓰 건과 딱 맞습니다" 하고 우쿄노스케가 말했다.

"그렇지요" 하고 대답하는 로쿠조. "하지만 소스케는 그렇게 허세를 부린 뒤로 데키야에 나타나지 않았다더군요. 만약 우리가 짐작하는 대로 소스케가 나카노하시 사내와 한패라면, 그자가 돈을 받으러

나갔다가 돌아오지 않자 크게 당황했을 겁니다. 어떻게든 상황을 알아보려 어슬렁거리고 있을지도 모르고, 혹은 이미 튀기로 작정했는지도 모르지요. 쉽진 않겠지만 우리 쪽 움직임이 드러나면 곤란하니, 이 문제만큼은 간타로 행수에게 일임하고 소스케를 찾아 달라고 했습니다."

"기다리면 좋은 날도 온다느니 그러잖습니까." 분키치가 밝은 말투로 말했다. "그래도 저나 형님이나 손 놓고 기다리지만은 않았습니다. 지난밤엔 밤새 히가시료코쿠를 돌아다니며 나카노하시의 그자와 한패로 짐작되는 놈은 없는지 탐문하고 다녔으니까요."

로쿠조가 곁눈으로 분키치를 노려보았다.

"네놈이 무슨! 여자 예인 따라다니며 침이나 흘린 놈이."

분키치가 크게 당황했다. "제가 언제요."

분키치에게는 강짜가 여간 심하지 않은 오미요라는 연인이 있다. 이런 이야기가 들어가면 큰일이지—라고 생각하다가 오하쓰는 또 다른 오미요를 떠올렸다. 구루마야 사람들은 어떻게 지내고 있을까.

"간타로 행수는 오늘 소스케가 예전에 점원으로 일했다는 우시고메의 헌옷 가게에 수하를 보내서 소스케가 있을 만한 곳을 알아오겠다고 했다. 뭐든 알게 되면 바로 기별해 준다고 했으니 나는 낮에는 집에서 쉴 작정이야. 오늘 밤 소극장이 문 닫는 시간이 되면 니시료코쿠 쪽으로 가서 나카노하시의 그자를 아는 사람이 있는지 탐문해 볼 예정이고."

분키치는 로쿠조를 돕는 틈틈이 나가노야에도 들러 상황을 살피고 있다. 현재까지는 오리쓰의 행방이 여전히 묘연하다는 것 말고 별다른 변화는 없는 모양이다.

그렇지, 나가노야의 막내딸 오타마도 마음에 걸린다. 오하쓰는 오타마의 신경질적인 얼굴과 구루마야의 오미요의 너글너글하고 긴 얼굴을 천칭에 띄워 놓고 잠시 생각하다가 오타마를 택했다.

"저기, 분키치 씨. 오늘은 내가 나가노야에 들러 볼게요. 그 대신 구루마자카에 심부름 좀 다녀와 줄래요?"

"알겠습니다. 구루마자카의 어디인데요?"

오하쓰는 구루마야 사람들에 대해서 이야기했다.

"하루밖에 지나지 않았지만 사태가 사태이니만큼 아마 걱정하고 있을 거예요. 별일 없느냐고 안부나 묻고 와 줄래요?"

그런 일이라면, 하고 분키치는 고개를 끄덕이며 로쿠조의 얼굴을 쳐다보았다. 로쿠조는 말리지는 않았지만, 그냥 넘어가지도 않았다.

"너, 나가노야에 가서 뭘 하려고?"

"막내딸 오타마를 만나 보려고요. 그날 밤 일이 마음에 걸려요."

우물가에서 느꼈던 오타마의 증오에 찬 외침, 그것이 이번 일과 어떤 관계가 있지는 않은지 마음에 걸렸다.

"관음보살로 둔갑한 원령이라도 아무 처녀나 홀리거나 채 갈 수는 없을 거예요. 만약 그렇다면 에도에는 사냥감이 넘쳐나게 많을 테니까요."

"달리 무슨 조건이 있다는 말이냐?"

"조건이라고 할 만큼 엄격하지는 않을지도 몰라요. 하지만 오아키 씨는 혼인 때문에 아버지 마사키치 씨와 갈등이 있었던 것 같지 않아요? 오리쓰의 경우도 동생 오타마의 감정이 뭔가 사악하게 작용

해서 원령이 파고들 틈을 만들지는 않았나 하는 생각도 들고요."

로쿠조는 뚱한 얼굴로 듣고 있다가, "알겠다. 하지만 오타마를 만나더라도 공연한 말은 하지 마라" 하고 다짐을 놓았다.

분키치가 구루마자카를 향해 출발하자 오하쓰는 자기 방으로 가 보았다. 창을 열고 데쓰를 부르자 이내 기척이 나더니 고양이가 얼굴을 쏙 내밀고는 오하쓰의 가슴을 향해 뛰어들었다.

"얘기는 다 들었지?"

"들었어. 그런데 오하쓰는 왜 오빠에게 사실대로 말하지 않았지? 현명하고 용감하고 믿음직한 꼬마 고양이 데쓰 덕분에 데쓰지로와 이사지가 어디 있는지 알 수 있었다고 말이야."

오하쓰는 데쓰의 머리를 콩 때렸다. "현명하고 용감하고 믿음직한 고양이는 너처럼 자화자찬하지 않아."

"그래? 재미없네." 데쓰는 능숙하게 오하쓰의 어깨로 기어오른다. "나가노야에 갈 거지? 나도 따라갈까?"

"괜찮아. 그냥 오타마만 만날 거니까 데쓰는 쉬고 있어."

"그럴 수는 없지. 오하쓰가 내 보호가 필요 없다면 나는 도사한테 가서 잘 있나 보고 올래. 지금까지 있었던 일들도 다 들려주고."

"그래, 잘 부탁해."

"알았어."

가뿐하게 뛰어나가려고 하는 데쓰를 번쩍 안아 들고 물었다. "아까 이사지 씨는 언제부터 우리 얘기를 듣고 있었지?"

"그자가 살금살금 기어오는 꼴을 보고 바로 소리를 지른 거야."

"이사지 씨 행동이 이상했나 보지?"

데쓰는 신중한 말투로 변했다. "큰 신세를 진 자치고는 눈초리가 좀 이상했어."

"조심하는 편이 좋을까?"

데쓰는 수염을 움찔거렸다. "이봐, 오하쓰. 이 경황에 조심하지 않아도 되는 일이 어디 있나."

데쓰가 훨씬 더 듬직하다. 그래도 오하쓰는 조심해, 하고 데쓰를 내보냈다.

"나중에도 이 창문으로 돌아올게. 오하쓰네 오라버니한테 들켰다간 말린 육포가 되고 말겠어."

오하쓰는 웃었다. "괜찮아. 그리고 앞으로 오라버니는 행수님이라고 불러."

"대단한 사람이라서?"

"그편이 편하니까."

데쓰는 막 기울기 시작한 봄 햇살 아래를 부드럽고 작은 포탄처럼 튀어나갔다. 정말이지 쏜살같이 빠르다.

나가노야에 가려고 옷을 갈아입던 오하쓰는 언뜻 생각했다. 데쓰와 도사와 방울이라는 세 마리 고양이. 천구를 감지할 수 있고 천구를 퇴치하려는 본능을 가진 신비한 생물들에 대해—.

나가노야는 가게 문을 열어 놓고 있었다.

가게 앞 커다란 소쿠리마다 흙 묻은 양파며 우엉 따위가 수북이 쌓여 있다. 마침 오타마는 가게 안에서, 통째로 삶아 먹기 알맞은 토란을 사려는 손님을 상대하는 중이었다.

손님이 거스름돈을 받고 가게를 나갈 때까지 오하쓰는 잠자코 지켜보았다. 오타마는 처마에 매단 작은 소쿠리에 잔돈을 넣고 나서, 고개를 조금 숙인 모습 그대로 오하쓰 쪽으로 몸을 돌렸다.

"안녕." 오하쓰가 애써 밝은 목소리로 인사했다. "오타마, 나 기억하겠니?"

"어서 오세요" 하고 오타마가 말했다. 작은 목소리였다. 어린 나이에는 너무 수수하다 싶은 색상의 고소데를 입고 있다. 어머니가 입던 옷을 줄여서 물려주었는지도 모른다. 하지만 요즘 유행하는 흑공단 목깃만은 새것처럼 보였다.

"엄마도 아버지도 없어요."

귀를 기울이지 않으면 알아듣기 어려울 만큼 작은 목소리다. 오하쓰는 한 발 앞으로 다가섰다. 그러자 오타마는 두 발 뒤로 물러난다.

"어디 나가셨니?"

"언니를 찾으러 몇 군데 둘러보겠다면서 나갔어요."

"그 일이라면 우리 쪽 사람들이 어떻게든 해결하려고 애쓰고 있으니까……"

"마냥 맡겨만 놓을 수는 없다고 그랬어요."

부모 마음이 그럴 테지. 하지만 그렇다고 이렇게 어린 막내딸을 가게에 혼자 두다니 오히려 생각이 짧아 보인다.

"오타마, 내내 혼자 가게를 지키니?"

오타마는 굳이 그럴 필요가 없어 보이는데도 나란히 늘어놓은 소쿠리들에 담긴 채소를 들고 위치를 옮기거나 자리를 바꿔 놓거나 하며 오하쓰와 눈을 맞추지 않은 채 고개를 끄덕였다.

"나랑 잠깐 얘기 좀 할까?"

오타마는 말이 없다. 오하쓰는 바로 옆에 있는 채소 소쿠리를 옆으로 조금 치워 길을 만들고 오타마 바로 옆으로 다가갔다.

오타마의 몸이 긴장했음을 알 수 있었다. 그렇게 고개를 숙인 모습을 뒤에서 보니 가는 목덜미는 역시 한참 어린 꼬마였다. 많이 불안해 보인다. 그날 밤 분명히 느꼈는데도, 오하쓰는 우물 두레박을 잡았을 때 마음속으로 쏟아지던 증오에 찬 외침이 정말 이 아이가 내지른 것이었는지 언뜻 의심스러워졌다.

"언니가 걱정스럽지?"

오타마는 눈을 내리깔고 있다. 거리를 지나가는 사람들은 있지만 가게에 들어오는 손님은 없다. 생각해 보니, 오후도 이미 늦었는데 소쿠리마다 채소가 넘쳐나는 것도 이상하다.

"나나 우리 행수님을 믿어 줬으면 좋겠어. 어떻게든 언니를 찾아내려고 최선을 다하고 있거든."

그러자 오타마가 몸을 휙 돌리고 말했다.

"나하곤 관계없는 일이에요."

오하쓰는 놀랐다기보다 한순간 가슴이 저미는 것을 느꼈다. 나랑 관계없다고 내뱉듯이 말하는 오타마의 얼굴이 몸의 어느 부드러운 살을 매섭게 꼬집힐 때처럼 격하게 뒤틀리고 있었기 때문이다.

"언니인데?"

애써 차분하게 물었다. 오타마는 마치 입 밖으로 터져나와 버린 자신의 격정적인 말이 반격이라도 당한 양 낯이 파랗게 질렸다.

"아뇨, 언니니까 더 그래요."

오하쓰는 미소를 짓고 오타마에게 한 발 다가섰다.

"나는 있지, 오타마가 무슨 생각을 품고 있더라도 놀라지 않아. 지금 네가 무슨 말을 한다고 해도 그것 때문에 오타마를 나쁘게 생각하는 일은 없을 거야."

"어째서요? 무엇 때문에 그런 말로 어르는데요?" 오타마는 날 선 목소리로 쏘아붙였다.

오하쓰는 얼마 전 오타마의 고통스러워하는 얼굴을 보았을 때, 우물가에서 감지한 것에 대하여 들려주자고 작정해 둔 터였다. 그래서 주위에 다른 사람이 없는지 애써 침착하게 살피고 나서 말했다.

"들어 봐, 오타마, 지금부터 내가 하는 이야기는 나랑 오타마 두 사람만 아는 비밀로 해 두자. 아니, 꼭 그렇게 해 줬으면 좋겠어. 괜찮지?"

오타마는 망설이며 손가락 끝을 어지럽게 움직이고 뜻도 없이 앞치마 테두리를 만지작거리고 있다.

"알겠지? 약속이야." 오하쓰는 계속했다. "나는 가끔 다른 사람의 생각이 훤히 보여. 가끔이긴 하지만 그런 신비한 힘이 나타나. 덕분에 오라버니—우리 행수님이 하는 일에 도움을 주기도 하지."

오타마는 눈을 깜박이고는 비로소 오하쓰의 눈을 똑바로 쳐다보았다.

미소를 지으며 오하쓰는 말을 이었다. "요전번에 오리쓰를 납치했다는 자에게 몸값을 주러 가던 날 밤, 내가 여기 왔잖니. 그때도 어떤 걸 느꼈단다."

우물가에서 두레박을 잡았을 때 팔을 타고 전해진 증오의 외침—

오하쓰가 이야기를 해 나가자 오타마의 가녀린 몸이 바들바들 떨기 시작했다.

오하쓰의 이야기를 다 듣고 나서는, "내가 아니에요……" 하고 혼잣말처럼 중얼거린다.

"오타마 목소리인 줄 알았는데."

"나는 그런 거, 생각해 본 적 없어요."

"그래? 그럼 언니 일은 나랑 상관없다고 한 말은 뭐니?"

오타마는 잔돈이 담긴 작은 소쿠리의 테두리를 꽉 잡았다. 마치 생명줄에 매달리기라도 하듯이. 오하쓰가 잠자코 지켜보고 있는데, 손에 점점 힘이 들어가더니 작은 손과 가느다란 손가락의 관절들이 톡톡 불거져 나왔다.

"얘, 오타마, 왜 그래?"

오하쓰가 거듭 묻는 순간 오타마가 잡고 있던 작은 소쿠리를 매단 끈이 더 못 버티고 뚝 끊어졌다. 작은 소쿠리의 테두리를 쥐고 있던 오타마는 기세에 못 이겨 앞으로 고꾸라졌다. 잔돈이 사방으로 튀어 채소 소쿠리들과 봉당 여기저기에 흩어진다.

그 순간 감정의 끈이 끊어졌다. 오타마는 우뚝 선 채 와앙 하고 울기 시작했다.

오하쓰는 얼른 오타마의 어깨를 안아 주고, 그녀가 호부처럼 꼭 쥐고 있는 작은 소쿠리를 손에서 떼어냈다. 그러고는 가게 안으로 데리고 들어가 방으로 들어가는 문지방에 앉혀 놓은 다음 흩어진 잔돈을 주워 모으기 시작했다.

오하쓰가 쪼그리고 앉아 잔돈을 주워 작은 소쿠리에 담는 동안 오타마는 내내 끅끅 늑겨 울고 있었다. 오하쓰는 아무 말도 건네지 않고 그냥 울게 내버려두었다.

흩어진 잔돈을 다 주워 모았을 즈음 마침 나가노야 앞으로 감주 장수가 지나갔다. 오하쓰는 그를 불러 두고 나가노야 안으로 들어가 찬장에서 알맞은 잔 두 개를 꺼내다 감주 장수에게 내밀었다.

감주 장수는 가키치와 비슷한 또래의 남자였다. 잔을 감주로 채우면서 눈길을 힐끔 돌려 나가노야 안에서 울고 있는 오타마를 보았지만 아무 말도 하지 않았다.

"생강은 어찌할까요?"

"필요 없어요. 고마워요."

오하쓰가 양손에 잔을 들고 나가노야 안으로 돌아가자 눈치 빠른 감주 장수는 멜대를 메고 얼른 자리를 피했다.

오하쓰는 오타마 옆에 나란히 앉았다.

"자, 감주" 하고 잔을 내민다. 오타마는 눈이 빨개지고 볼에는 눈물 자국이 남았지만, 이제 늑기지는 않았다. 코를 훌쩍이면서도 잔을 받아 든다.

"생강은 안 넣었어" 하고 오하쓰가 말했다.

"생강은 싫어요."

"그럴 줄 알았어. 나, 제법 눈치 빠르지?"

뜨거운 잔을 든 채 오타마는 우는 상으로 웃어 보였다. 적어도 웃으려고는 한 모양이다. 그 바람에 눈가에 있던 마지막 눈물 한 방울이 도르륵 굴러 떨어졌다.

"아버지도 엄마도, 언니도, 감주에 간 생강을 넣어요. 생강을 싫어하는 사람은 나뿐이에요."

"저 감주 장수는 자주 오니? 별일이네, 이런 초봄부터 감주를 팔러 다니고."

감주는 원래 여름이 제철이다.

"감주 장수 아저씨는 일 년 내내 저렇게 돌아다녀요. 우리 집에서도 종종 사 마셔요."

"식구들이 빙 둘러앉아 마시겠구나? 오타마만 생강을 빼고?"

오하쓰는 오타마의 얼굴을 들여다보았다.

"모든 일이 다 그래요. 다른 사람들은 모두 좋다는 것을 나만 싫어하거나, 다들 싫어하는 걸 나만 좋아하거나." 오타마는 말했다.

"그런 건 흔한 일이야."

오하쓰는 감주를 입에 물었다. 개운하고 지나치게 달지 않아 맛있다.

"실은 우리 집은 밥집을 해. 우리 오라버니는 무섭게 생긴 행수님인데, 기억나니? 밥에 뭐든 양념이 들어가면 먹질 않아. 우리 주방 아저씨는 에도에서도 다섯 손가락에 들 만큼 실력이 좋은 사람이거든. 그런 주방 아저씨가 만들었는데도 뭘 넣은 밥은 싫다면서 아예 먹으려 들지를 않아. 이제 곧 죽순이 제철이잖아. 부드러운 첫물을 구해서 죽순밥을 지어 주면 몇 공기를 비워도 아쉬울 만큼 맛있잖니. 그런데도 우리 행수님은 안 먹어. 하얀 밥만 좋대."

오하쓰는 웃었다.

"그럴 때 우리는 그냥 놔두고, 그럼 오라버니는 알아서 하세요, 하지. 그러면 밖에서 메밀국수 따위를 사먹어. 우리가 아아, 죽순밥

맛있네, 하고 말해도 못 들은 척하지. 하지만 그래도 상관없어. 주방 아저씨도 별로 기분 상해 하지 않고, 우리도 맛난 죽순밥을 그만큼 더 많이 먹을 수 있으니까. 혼자서만 입맛이 다르다고 해도 그렇게 심각한 일은 아니야."

오타마는 감주를 한 모금 마시고 작은 한숨을 흘렸다.

"어느 집에나 있는 일이지" 하고 오하쓰는 계속했다. "메밀국수만 해도 그래. 나는 명주조개 관자 고명이 싫더라. 다들 맛있다, 맛있다, 하고 먹지만 비린내가 나서 싫어. 너도 참 별나구나, 하는 소리를 듣지만, 그게 뭐 어때서."

오타마는 양손으로 감주 잔을 감싸듯이 들고 고개를 숙이고 있다가 이윽고 작은 소리로 중얼거렸다. "그렇게 대해 주다니 부러워요……."

"어머, 오타마네 집도 마찬가지야. 아니, 나야말로 오타마가 조금 부러운걸. 오타마뿐만 아니라 내 또래 처녀를 보면 늘 부러워."

"내가 부러워요?"

"그럼. 아버지 엄마가 계시잖니. 난 어릴 적에 부모를 다 잃고 내내 오라버니랑 올케 언니 밑에서 자랐어. 올케 언니는 좋은 사람이고 나도 잘 따르지만, 역시 엄마가 있으면 좋겠다는 생각이 들어."

오타마는 눈길을 들어 나가노야 가게 앞을 멍하니 둘러보았다.

"나는 가끔 나 혼자였으면 얼마나 편할까, 하고 생각해요."

"그런 거 호강에 겨운 소리야."

그러자 오타마는 살짝 웃었다. 늦은 가을 처마 끝에 방치된 풍경 소리처럼 쓸쓸한 웃음소리라고 오하쓰는 생각했다.

"아버지랑 엄마는 나보다 언니를 좋아해요. 어렸을 때부터 늘 그랬어요" 하고 오타마는 말했다.

"오타마가 그렇게 생각하니까 그렇게 보이는 거 아냐? 부모한테 자식은 누구나 똑같이 귀여운 법이야."

세상 사람들은 다들 그렇게 말해, 하고 오하쓰는 덧붙였다. 부모를 모르고 자랐다고 말한 입으로 다 아는 양 말하자니 조금 어색했다. 생각해 보면 로쿠조와 오요시 내외도 자식이 없고, 가키치는 내력을 알 수 없는 독신자이며, 분키치는 강짜 심한 연인에게 꽉 잡혀 사는 처지이고, 우쿄노스케는 아버지와 심각한 갈등을 겪다가 이제 막 화해한 참이다. 결국 오하쓰의 주위에는 자식의 귀여움을 부모로서 말할 수 있는 사람이 없는 셈이다. 이것만은 오하쓰가 부모가 되어 보지 않으면 실감할 수 없는 일인 듯하다.

"그래요……. 내가 이런 얘기를 하면 듣는 사람은 다들 그렇게 말해요. 당치도 않은 얘기 말라고, 부모한테 두 마음이 있겠느냐고."

지친 듯한 목소리로 오타마는 중얼거렸다.

"뻔한 얘기 해서 미안해." 오하쓰는 사과했다. "오타마가 그렇게 느꼈다면 왜 그렇게 느끼게 됐는지 짐작해 봤어야 했는데."

오타마는 미소를 지었다. "나는요, 언니는 예쁘고 성격도 좋아서 다들 귀여워하는 게 당연하다고 생각해요."

오하쓰는 공연한 말을 끼워 넣지 않고 잠자코 감주를 마셨다.

"언니는 바느질이면 바느질, 부엌일이면 부엌일, 다 잘해요. 한 번 가르쳐 주면 되묻는 일 없이 해내고요. 손님들도 다들 언니 칭찬을 해요. 당연하다고 나도 생각해요."

머리로는 그렇게 생각한다. 하지만 마음이 따르지 않을 테지.

"가리사니가 든 뒤로 내내 언니한테는 이길 수 없다고 생각했어요. 누구한테 무슨 말을 들어서가 아니라 매일매일 느끼고 있었거든요. 하지만 나한테도 예쁜 점은 있을 테고, 적어도 아버지나 엄마는 나를 귀엽게 봐 줄 거라고 믿었죠."

오타마는 올해 열한 살이다. 가리사니가 생긴 지 얼마 되지도 않았으리라. 하지만 그 후로는 비록 짧을지라도 무척 괴로운 시간을 보내지 않았을까, 하고 오하쓰는 생각했다. 누군가를 내내 고까워하면서 살면 밥맛도 없고 단잠도 이룰 수 없게 마련이다.

"하지만 아버지도 엄마도 언니만 싸고돌았어요. 언니한테는 척척 사 주는 것도 나한테는 안 사 주고. 언니는 데려가면서 나는 집에 놔두고."

오타마의 목소리에 가시가 돋아 있다. 듣는 이를 찌르는 가시가 아니라 말을 풀어내는 제 혀를, 제 마음을 찌르는 가시다.

오타마의 작은 얼굴을 내려다보고 있자니 오하쓰는 어느새 가슴이 저렸다. 이 아이의 아픈 마음을 무슨 말로 달래야 좋을까. 이제 겨우 열한 살인 오타마에게 부모 마음이 어떻다느니 하며 남과 견주면서 살지 말라고 말해 본들 무슨 소용이 있을까.

아니, 이렇게 생각하는 오하쓰도 남과 비교하며 마음이 앵돌아지고, 어디선가 받은 신비한 힘을 짐으로 느끼며 세상이 불공평하다고 투정을 부리고 싶을 때가 있다. 오타마가 하는 말을 전부 철없는 투정이라고 물리칠 수는 없을 것 같다.

"언니는 나한테 잘해 줬어요." 오타마는 계속했다. "내가 헤살을 놓거나 심술을 부려도 잘 대해 줬어요. 그러면 아버지나 엄마는 또 언니를 칭찬하는 거예요. 좀 봐라, 오타마, 언니의 반만 닮아 봐라, 네가 심술을 부리고 헤살을 놔도 언제 언니가 화내는 거 봤니? 너도 언니처럼 착한 마음씨를 가져라―그러면 언니는 기분 좋게 방실방실 웃지요."

"오타마……."

"그래서 나는 늘 생각했어요."

오타마는 무슨 주문이라도 외듯이 억세게 말했다.

"언젠가 언니가 이 집을 나가면 그때는 내가 아버지랑 엄마한테 내 본새를 보여 줄 수 있다, 그때까지 참자, 하고요. 언니라는 방해물이 없어지면 나한테도 볕이 들 거다, 그때까지 꾹 참자. 그때까지는, 어렵더라도 언니를 기분 좋게 해 주자고요. 왜냐하면 발만 동동거리며 언니한테 거스르면 거스를수록 언니만 착한 딸이 되어 버리거든요."

"언니가―오리쓰가 집을 나간다고?" 오하쓰는 작은 소리로 물었다. 오타마의 목소리를 듣고 있기가 괴로워 가슴이 점점 답답해지고 있었다.

"시집을 가겠죠, 언젠가는." 오타마는 야무지게 말했다. "언니니까 아마 좋은 곳으로 시집가겠죠. 아버지도 엄마도 훌륭한 신랑감을 찾아 주겠죠. 하지만 일단 시집을 가 버리면 이 집에는 돌아올 수 없어요. 그러면 아버지와 엄마의 딸은 나 혼자가 되는 거예요."

그런 말이었구나.

"그날만 손꼽아 기다렸어요. 언니가 왜 빨리 시집을 가지 않을까 하면서."

오타마는 발딱 일어나 딱히 할 일도 없는데 가게 앞으로 빙 돌아가 무 소쿠리 위치를 바로잡거나 우엉을 다시 늘어놓기 시작했다. 그렇게 몸을 움직여서 머리를 조금이나마 식히려는지도 모른다.

"하지만 오리쓰는 시집을 간 게 아니잖아? 납치되어―아니, 가미카쿠시를 당해서 이 집에서 사라지고 말았지. 걱정되지 않아?"

오타마는 가게 밖으로 얼굴을 돌려 오하쓰에게 등을 보인 채 양팔로 제 몸을 감싸듯이 하고서 가만히 서 있다. 그러다가 이윽고 그 자세 그대로 말했다.

"납치가 아니라 가미카쿠시인지도 모른다는 이야기는 행수님한테 들었지만."

"응, 몸값을 받으러 나온 남자가 정말 오리쓰의 행방불명과 관계가 있는지 어떤지도 지금으로서는 분명하지 않아. 다만 그 사람한테 한패가 있는 것 같아서 지금 행수님들이 그자를 찾고 있어."

오타마는 작은 한숨을 지었다.

"아무렴 상관없어요. 나는 언니가 집에 돌아오지만 않으면 된다고 생각할 뿐."

"그런 말이 어딨어." 오하쓰의 목소리가 조금 높아졌다. "들어 봐, 오타마. 너는 물론 그렇게 생각하고 있겠지. 하지만 그건 네 마음의 심지에 있는 생각은 아니야. 마음속 깊은 곳에서는 역시 언니를 좋아하고 있어."

그러나 오타마는 부엌칼로 무 대가리를 동강내듯이 단호하게 말했다. "아뇨, 나는 정말로 그렇게 생각해요. 마음의 심지에서도, 언니가 돌아오지 않으면 좋겠다고 생각한다고요. 언니를, 전혀 좋아하지 않아요."

오하쓰는 지지 않고 말했다. "아니, 좋아해. 하나밖에 없는 언니니까. 하지만 언니가 없어지면 좋겠다는 서글픈 말을 대놓고 해 버리면, 그렇게 말해 버린 것만이 진실이 되어 버려. 그 말을 들은 사람한테도, 말을 뱉은 너한테도 그것만이 진실이 된단 말이야."

오하쓰는 그날 우물가에 남아 있던 오타마의 마음속 외침을 듣고 있다. 등이 서늘해지고 마음을 산산이 부숴 버릴 듯한 증오와 저주의 외침. 그래서 '사실은 너도 언니를 좋아하고 있어—'라고 말하기가 퍽 힘겨웠다. 오타마의 경우, 언니에 대한 증오는 어쩌면 이미 어찌해 볼 도리가 없을 만큼 진실로 굳어 버렸는지도 모른다.

오타마가 오하쓰 쪽으로 돌아섰다. 아직 앳된 얼굴에 오하쓰를 멸시하는 듯한 표정이 똑똑히 떠올라 있다.

"그쪽도 사람이 물러 터졌네요."

"내가 물러 터져?"

"네, 그래요. 자매지간이라고 해서 사이가 좋으란 법이 없다는 얘기를 통 알아듣지 못하잖아요. 언니와 동생이 원수지간이 될 수도 있는데."

오하쓰는 피로가 와락 몰려나왔다. "무엇 때문에 원수지간이 되는데?"

오타마는 잠시 말이 없었다. 어두운 눈을 봉당 바닥으로 떨어뜨리고 있다.

이윽고 겨우 알아들을 만한 목소리로 말했다. "언니가 없어지기

바로 전에, 나, 하마터면 이 집에서 쫓겨날 뻔했단 말예요."

"쫓겨나?"

"아버지랑 엄마가 그랬어요. 내가 너무 고집 세고 성격이 비뚤어져서 더는 한 집에 살 수 없다고. 그래서 어느 부잣집에 하녀로 들여보내자고 했어요. 아버지랑 엄마는 아예 두 팔 걷고 나섰죠. 내가 들을까 봐 소곤거리며 얘기한 적도 있는걸요. 자식을 두고 이런 생각을 하면 안 되겠지만, 딸은 오리쓰 하나면 충분하다고 생각한 적이 있다고 했어요."

오하쓰도 기억이 났다. 나가노야 부부가 시마이야 방 안에서 소리 죽여 이야기하던 몇 마디—.

'우리가 그런 생각을 했잖수.'

그 이야기가 바로 이거였나? 오타마는 필요 없다고, 딸은 오리쓰 하나면 된다고 생각했기 때문에 그 버력으로 귀한 오리쓰가 가미카쿠시를 당했다고.

"아무튼, 언니가 납치당했다는 말을 들었을 때, 아아, 이제 언니가 돌아오지 않는다면, 조금 빨리 시집가 버린 셈이나 마찬가지니까 정말 다행이라고 생각했어요."

턱을 고집스레 당긴 채 그렇게 말한다.

"지금도 마찬가지예요. 납치든 가미카쿠시든 상관없어요. 게다가 언니는 그런 일을 당해도 싸다고 생각해요."

"당해도 싸다고?"

이건 또 무슨 말인가.

"그렇잖아요? 납치라면 언니의 예쁜 모습에 눈독을 들인 사람한테 당했을 거 아녜요? 가미카쿠시라면 귀신 눈에 들었다는 거겠죠? 어느 쪽이든 언니의 예쁜 얼굴이나 착한 마음씨가 그런 사람이나 귀신 마음에 쏙 들었기 때문이잖아요. 남들 눈에 예쁘게 보이려고 애쓰는 사람한테는 그런 위험도 따라다니는 법이에요. 그쯤은 각오해야 한다고요."

오하쓰는 몸이 얼어 버린 듯한 심정으로, 꼭 쥔 두 주먹을 무릎 위에 올려놓고 귀틀에 앉아 있었다. 너무나 단단하게 갑옷으로 무장해 버린 오타마의 마음에 주먹을 있는 힘껏 질러 본들 가당키나 하겠는가. 그저 허망하게 텅 소리나 내고 튕겨 나올 테지.

"한 가지만 말해 줄래?"

"뭘요? 또 듣고 싶은 말이 있나요?" 오타마는 대들기라도 하려는 양 작은 얼굴을 야무지게 쳐들었다.

"오타마 너, 혹시 언니가 사라진 일과 무슨 관계가 있지는 않니?"

오타마의 눈이 얼핏 흔들렸다. 초점을 잃은 듯했다. 오하쓰의 말을 얼른 새기지 못한 것이다.

"언니가 행방불명이 되도록 네가 직접 손을 쓰지는 않았겠지만 말이야. 듣고 있니?"

오하쓰로서는 입 밖에 내기가 힘든 물음이었지만 웬걸, 오타마는 웃음을 터뜨렸다.

"참나, 세상에. 내가 어떻게 그럴 수가 있겠어요."

"정말이니?"

"정말이고말고요. 생각해 보세요. 내가 누구한테 부탁하겠어요? 귀신을 불러내요? 난 그런 재주 없어요. 무서운 아저씨들한테 돈을 주고 언니를 납치하라고 부탁해요? 내가 그런 짓을 할 수 있다고 보세요?"

냉정하게 생각해 보면, 하긴 그렇다. 하지만 오하쓰는 설령 직접적인 형태는 아닐지언정 오타마의 증오가 오리쓰의 행방불명에 어떤 형태로든 관계되었다는 기분을 떨칠 수 없었다.

"아버지나 엄마나 바보예요" 하고 오타마는 노래라도 하듯이 말했다. "보세요, 이렇게 가게를 비우고 언니를 찾겠다고 돌아다니잖아요. 장사는 내팽개치고. 이상한 소문이 나서 손님도 뚝 끊기고."

아닌 게 아니라 가게는 내내 파리만 날리고 있다.

"이상한 소문?"

"언니가 행방불명된 일은 벌써 주위에 다 알려졌고, 게다가 몸값을 받으러 나온 남자가 목이 잘려 죽었다는 소문도 퍼졌어요. 우리 집이 원령에 씌었다고 말하는 사람도 있대요. 우리 집에서 채소를 사면 저주가 옮는다고요."

오타마는 입가를 일그러뜨리는 묘한 웃음을 지었다.

"통 팔리지 않으니까 아버지가 한다는 짓이, 채소를 도매금으로 팔아 치워요. 그렇게 하면 아까 그쪽이 여기 왔을 때 가게에 와 있던 사람처럼 가뭄에 콩 나듯 손님이 오기도 하니까요. 하지만 예전 단골들은 아무도 오지 않아요. 나야 그래도 아무 상관 없지만."

"왜 상관이 없니. 너희 집 살림이 힘들어지잖아."

"괜찮아요. 못 견디게 힘들어지면 나는 어디 하녀로 들어갈 테니까. 집을 떠나는 게 차라리 더 편할걸요."

아직 세상에 나가 본 적 없는 아이의 참으로 순진한 오기다. 정말로 하녀로 들어가면 사흘도 못 돼서 이 집의 편안한 생활이 그리워질 텐데, 이불 속에서 눈물을 흘릴 텐데, 하고 오하쓰는 생각했다.

'어떻게 손을 써 볼 길이 없구나……'

그날 밤 두레박을 만졌을 때 느낀 오타마의 마음속 외침은 이 집에서 살아온 세월 동안 조금씩 쌓여 온 질투와 증오와 피해의식에서 비롯된 것이었다. 오래 묵은 감정은 언니가 행방불명된 순간 터져 나왔으리라. 이참에 아예 언니가 돌아오지 않았으면 좋겠다, 죽어 버리면 좋겠다고까지 바랐을 테지.

"얘, 오타마. 행방불명되기 전에 언니 모습에서 뭔가 이상한 점은 없었니? 뭐 기억나는 일은 없니?"

구루마야의 오미요에 따르면, 오아키는 자기가 '뭔가에 씌었다'며 두려워했고 몹쓸 꿈에 시달리느라 괴롭다고 하소연했다. 오리쓰에게는 그런 일이 없었을까?

오타마는 아주 미세한 점을 응시할 때처럼 눈을 가늘게 뜨고 오하쓰의 얼굴을 쳐다보았다.

"언니 모습에서요?"

"그래. 너희 자매는 한방을 썼니?"

"네."

"그럼 오리쓰가 한밤에 가위눌리거나 악몽을 꾸었다고 말한 적은 없었니?"

오타마는 오하쓰의 얼굴에서 눈길을 돌려 소쿠리에 쌓여 있는 토란을 보았다. 개수를 헤아리기라도 하듯 지긋이 응시하고 있다.

한참 후에야 천천히 대답했다. "나한테는 그런 말 한 적 없어요.

하지만 엄마한테는 얘기했던 것 같아요."

"어떤 얘기를?"

오타마는 자라목을 했다. "다는 몰라요. 다만 밤에 자는데 가슴이 너무 무겁게 짓눌리는 바람에 숨이 답답해서 깨어났다는 말을 했어요. 그래서 엄마가 언니 잠옷만 새 것으로 사 줬어요."

다시 앵돌아진 말투로 변한다.

"내 잠옷은 누덕누덕 기운 곳투성이인데. 그 참에 내 것도 새로 사 준다는 생각은 아예 없었을 거예요."

오하쓰는 오타마의 불평을 무시했다.

"그냥 숨이 답답했다고 하든? 뭐가 나타났다는 말은 않고?"

"유령 같은 거요?" 하며 오타마가 웃었다. "언니처럼 감이 둔한 사람한테 유령이 보일 리가 없을 텐데요."

"예를 들면 벚나무 숲이 나오는 꿈이라든지 관음보살님 꿈이라든지."

"관음보살님?" 오타마가 조금 놀란 듯했다. "왜 관음보살님이 나와요?"

그 말에 오하쓰는 분명한 반응을 느꼈다.

"관음보살이 너희 가게와 무슨 관련이 있니? 특별히 신앙이 깊다거나."

"신앙 같은 건 없어요. 하지만 엄마는 언니 곁에 늘 관음보살님이 계시다고 믿고 있어요."

"늘 곁에 계시다니, 가호가 있었다는 말이니?"

오타마가 고개를 끄덕인다. "네. 언니를 뱄을 때 엄마가 늘 관음보살님 꿈을 꾸었대요. 그때는 사가초에 있는 쪽방 나가야에 살았는데, 근처에 작은 관음당이 있었다고요. 얼굴이 곱게 생긴 관음보살님이었다나요. 엄마는 거기 참배하러 가서 예쁜 딸을 점지해 달라고 기도했고요."

그러고는 마뜩잖은 듯이 흥 하고 콧소리를 냈다.

"그래서 언니가 그렇게 예쁜 얼굴로 태어났대요. 마음씨도 착하고. 전부 관음보살님의 가호 덕분이라나 뭐라나."

오하쓰는 미간을 모았다. 이것이 그냥 우연일까?

"근데, 관음보살이 언니의 행방불명하고 무슨 관계가 있나요?" 하고 오타마가 물었다. 그렇다면 나카노하시의 그자가 목이 잘렸을 때 관음보살로 둔갑한 잡귀가 나타났던 일을 오타마는 아직 모르나? 오하쓰는 그 이야기를 오타마에게 해 주었다.

오타마도 역시 오싹해졌나 보다. 내내 오하쓰와 거리를 두고 서 있던 오타마가 오하쓰의 곁으로 돌아와 귀틀에 나란히 앉았다.

"그럼 그쪽은 그 잡귀가 언니를 데려갔다고 생각해요?"

"그래, 나는 그렇게 생각해."

오타마한테 겁을 줄 생각은 아니었기 때문에 오하쓰는 최대한 가벼운 말투로 이야기하려고 애썼다.

"오리쓰가 행방불명되기 직전에 야마모토초에서도 젊은 처녀 하나가 가미카쿠시라고밖에 볼 수 없는 모습으로 자취를 감추었단다. 그 처녀는 행방불명되기 보름쯤 전부터 관음보살이 나오는 무서운 꿈을 꾸었대. 그래서 너희 언니는 어땠는지 궁금한 거야."

오타마는 동그란 눈을 크게 뜨고 있다.

"그럼 그 관음보살은 진짜가 아니라 잡귀가 둔갑한 건가요?"

"그래. 진짜 관음보살님이 그런 나쁜 짓을 하실 리가 없잖아." 오하쓰는 한숨을 지었다. "하지만 관음보살로 둔갑한 잡귀가 왜 야마모토초의 처녀를 점찍었는지—오리쓰도 그 잡귀한테 끌려갔다면 왜 오리쓰인지 이유를 모르겠어. 두 사람 모두 예쁘기는 했지만, 그것 말고는 비슷한 점이 없어. 나이도 야마모토초 처녀가 더 많고."

이야기하면서 오하쓰는 곰곰이 생각했다. 여러 수수께끼 중에서도 가장 알 수 없는 점은 이것이다. 잡귀의 틈입을 허용하는 마음의 틈새—. 나카노하시에서 조우했을 때 잡귀가 오하쓰에게 중얼거린 말, '하지만 너는 안 되겠다'라는 말이 내내 마음에 걸린다. 왜 오하쓰는 안 된다고 했을까? 오아키와 오리쓰는 무슨 특별한 관계라도 있는 걸까?

오리쓰와 야마모토초의 오아키가 서로 아는 사이였을 수도 있을까? 주위 사람들이 알 정도로 긴밀한 사이가 아니라—만약 그랬다면 벌써 알려졌으리라—무슨 일을 계기로 잠깐 만났다거나 누군가 공통된 친구가 있었다거나.

오하쓰가 생각에 잠겨 있을 때 가게 앞에서 목소리가 들렸다. "여기서 뭐 하고 있어."

우엉 소쿠리 그늘에서 데쓰가 얼굴을 살짝 내밀고 있다.

오하쓰는 데쓰를 품에 안고 나가노야를 나섰다. 아무리 기다려도 아무도 돌아오지 않아서, 오타마에게 문단속 잘해야 한다고 이르고 떠났다.

"심각한 얼굴이네, 오하쓰. 좀 웃어 봐." 데쓰가 말을 걸었다.

오하쓰는 데쓰를 내려다보며 미소를 지었다. "됐니?"

"거봐, 좋잖아. 오하쓰는 웃는 얼굴이 제일 이뻐."

"실없는 소리."

따뜻하고 포근한 데쓰를 품에 안고 있으니 위로를 받는 듯했다. 오타마와 나눈 대화로 깎여 나간 마음의 보드라운 부분이 다시 돌아나는 기분이다.

덕분에 돌아오는 길은 내내 즐거웠다. 데쓰는 거리 여기저기로 시선을 던지다가 웃기는 말을 툭툭 던졌다. 나란히 걷는 남녀와 마주치면 새된 휘파람 소리를 내서 두 사람을 깜짝 놀라게 하기도 했다.

"방금 두 사람, 떳떳지 못한 사이야."

"그걸 어떻게 아니? 떳떳한 부부일 수도 있잖아."

"물정 모르네, 오하쓰. 딱 보면 몰라?"

"고양이 주제에 인간 세상을 알면 얼마나 안다고."

"허, 정말 어이없는 처녀로군. 오하쓰야말로 남녀지간을 통 모르고 있잖아." 데쓰는 얕잡아보는 듯한 목소리로 말했다.

오하쓰가 뚱한 표정으로 토라졌다.

시마이야에 도착해 보니 마침 로쿠조가 경황없는 얼굴로 외출 준비를 하는 참이었다. 예의 활터 사내, 점원 출신의 소스케를 찾아냈다고 한다.

"잘됐네요!"

팔짝 뛸 듯이 손뼉을 치며 좋아하는 오하쓰에게 로쿠조가 고개를 저었다.

"다행은 무슨. 소스케는 소스케인데, 송장이다."

"예?"

"이미 죽었단다. 오늘 아침 큰 강 말뚝스미다 강에는 강기슭이 침식되는 일을 막기 위해 강기슭의 수심이 얕은 곳에 말뚝을 무수히 박아 놓았다에 걸려 있었다더군. 겨우 신원을 알아냈다고 간타로 행수한테서 기별이 왔다."

로쿠조는 낯을 찡그리고 어두운 눈으로 오하쓰를 쳐다보았다.

"소스케의 시체가 히가시료코쿠 지신반에 있다. 너도 같이 가련?"

"그래도 괜찮아요?"

"얌전히만 있으면." 로쿠조는 오하쓰의 품에 안긴 데쓰를 손가락으로 콕 찔렀다. "이놈은 두고 가. 어린 계집애처럼 고양이나 안고 다니면 못써."

로쿠조는 제 형편에 따라 오하쓰를 아이 취급을 했다 어른 취급을 했다 한다. 그가 등을 돌리자 오하쓰는 혀를 쏙 내밀어 보였다.

"마침 잘됐네." 오하쓰의 품에서 밑으로 뛰어내리며 데쓰가 말했다. "오하쓰가 히가시료코쿠에 가 있는 동안 나는 도사와 방울이를 만나 보고 와야겠어. 도사한테 아사이야 건을 어떻게 생각하는지도 물어보고 싶고."

"아사이야에도 뭔가 속사정이 있다는 말이니?"

"그런 느낌이 들지 않아? 천구와 관계가 없다면 그만이지만, 있다면 그게 무엇인지 알아 두어야겠지."

지당한 말이다. 꽤 보탬이 되는걸.

"조심해서 다녀와." 그렇게 말하고 창문 밖으로 내보냈다. 데쓰는 갈고리처럼 구부러진 꼬리 끝을 휙 휘두르고 지붕 위로 사라졌다.

나가려다가 객실에 얼굴을 내밀어 보니 오요시가 말을 건넨다.

"분키치 씨가 구루마자카에서 돌아왔는데, 구루마야 사람들은 잘 있다고 하네요."

아아, 다행이다, 하고 오하쓰는 가슴을 쓸어내렸다. 오미요의 너글너글하고 긴 얼굴과 웃는 모습이 눈에 선하다.

"분키치 씨가 깜짝 놀라던데요. 구루마야의 따님도 이름이 오미요라면서."

분키치의 강짜 심한 연인의 이름도 오미요다.

"똑같은 오미요인데 달라도 너무 다르다고 하네요."

오하쓰는 살짝 낯을 찡그렸다. "외모를 두고 하는 말인가요?"

오요시가 웃었다. "글쎄요. 아무튼 구루마야의 오미요라는 아가씨는 명랑하고 성격도 좋은 사람이더래요."

"왜 이렇게 꾸물거려. 어서 가자!"

로쿠조가 가게 포렴을 머리로 쳐든 채 서 있다. 그가 몸을 돌려 밖으로 나갔다.

오하쓰는 오요시에게 눈짓을 하고 서둘러 로쿠조를 따라갔다. 도중에 뒤를 돌아보며 물어보았다.

"분키치 씨는 지금 어디 있어요?"

"아까 스테보를 데리러 간다고 우쿄노스케 님과 나갔어요."

그럼 그쪽은 맡겨 놔도 괜찮다. 이사지가 마음에 걸리지만 아직 몸이 그 꼴이라 혼자서는 아무 짓도 못할 것이다.

로쿠조는 급한 걸음으로 앞장서 걸었다. 길을 오가는 사람들을 헤집으며 큰 강 쪽으로 성큼성큼 걸어간다. 오하쓰는 숨을 헐떡이며 따랐다.

로쿠조는 무뚝뚝한 얼굴로 걸었다. 가게 앞에 물을 뿌리던 기름 가게 점원이 머리를 무릎에 붙일 기세로 깊숙이 인사하자 손을 쳐들어 응했다.

"간타로 행수는 역시 매사 빈틈이 없더구나. 소스케가 출입하던 데키야의 여주인을 지신반으로 불러다 놓겠다더라. 예전에 소스케가 일하던 헌옷 가게의 주인도 와 있을 거다. 누가 소스케와 한패인지, 나카노하시의 그자는 어떤 놈인지 얼른 알아내면 좋으련만."

"저기, 오라버니. 소스케라는 사람이 죽은 까닭은 같은 패 안에서 다툼이 생긴 탓일까요?"

"음…… 돈을 받아내지 못해서 저희끼리 싸웠는지도 모르지."

"내가 제일 궁금한 것은 소스케나 나카노하시의 그자가 어떻게 오리쓰가 가미카쿠시를 당한 일을 알고 있었느냐 하는 점이에요. 더구나 그 상황에 편승하여 납치 이야기를 꾸미고 돈까지 우려내려고 했는데, 그런 대담한 짓을 벌이려면 가미카쿠시는 사실이고 오리쓰는 그리 쉽게 돌아올 수 없다는 것을 알고 있어야 하잖아요?"

료코쿠 다리가 시야에 들어왔다. 다리를 건너면 바로 지신반이다.

봄 냄새를 품고 강물을 건너온 바람이 볼을 부드럽게 간질인다. 다리 밑을 내려다보니, 강물을 오가는 소형 목선이나 목재를 나르는 배들도 마음 탓인지 겨울철보다 움직임이 경쾌해 보인다. 이렇게 마음이 달싹거리는 철인데 너무 무서운 일들만 일어나고 있다. 그것도 짧은 기간에.

지신반은 어디나 다 똑같은 구조지만, 겉에서 보기에 히가시료코쿠의 지신반은 오하쓰가 아는 도리초나 후카가와의 지신반 건물보다 더 커 보였다. 장지를 새로 바른 문을 열고 로쿠조를 따라 안으로 들어서니 한 단 높은 봉당에 남자 셋이 서 있다.

"간타로 행수님."

거적을 씌운 시체 곁에 버티고 선 남자에게 로쿠조가 정중하게 고개를 숙였다. 그가 간타로 행수임을 오하쓰도 첫눈에 알 수 있었다. 눈 코 입이 뚜렷한 얼굴도 한 번 보면 잊기 힘든 상인데, 지신반 천장에 닿겠다 싶은 체구는 예전에 료코쿠 다리맡에서 보았던 바로 그 사람이다.

"전갈을 받고 바로 달려왔습니다."

간타로 행수는 커다란 턱을 젓듯이 끄덕이고는 옆에 있는 남자에게 말했다.

"도리초의 로쿠조 행수다. 이쪽은 히가시료코쿠 월번_{지신반은 자경단 역할도 겸해서, 해당 지역의 집주인들이 월번으로 한 달씩 돌아가면서 근무했다} 기헤 씨."

기헤라는 사람은 마치 팥알 같은 인상을 풍기는 노인이다. 작은 상투가 머리 위에 달랑 걸려 있는 꼴도 콩을 연상케 한다. 가는 줄무늬 옷과 하오리를 단정하게 차려입었고 버선도 새하얗다.

"누이동생인가?"

간타로 행수가 오하쓰를 보고 물었다.

"오하쓰라고 합니다." 로쿠조가 대답하자 간타로 행수는 커다란 이를 드러내며 웃었다.

"알아. 근데 누이동생은 왜 데려왔지?"

"그때 몸값을 들고 나카노하시에 나간 녀석이 바로 이 아이였습니다."

"그래? 끔찍한 일을 겪었구먼." 간타로 행수는 위로하듯이 말했다.

지신반 구석 걸상에 아무리 봐도 서로 어울려 보이지 않는 남녀 두 사람이 서로 최대한 멀리 있으려고 애쓰는 듯한 모습으로 양 끝에 앉아 있었다. 여자는 '데키야'의 여주인일 테고, 남자는 소스케가 일했던 헌옷 가게의 주인 같다.

간타로 행수가 걸상에 앉은 남자에게 커다란 손을 흔들었다. "저 사람은 우시고메의 헌옷 가게 나가타야의 주인 우헤 씨."

남자는 걸상에서 얼른 일어나 열심히 굽실거렸다. 마흔을 넘겼을까? 얼굴이 매끈하다.

"이쪽은 오사다. '데키야'의 명물 여주인이지."

간타로 행수가 무뚝뚝하게 소개하자 여자는 얌전하게 일어섰다. 모지하루를 닮은 얼굴이다. 그러나 어딘지 기품이 없어 보인다. 피부가 많이 상한데다 백분을 진하게 바른 탓일까?

"두 사람이 소스케의 얼굴을 확인해 주었네. 할 이야기는 많지만, 그전에 시체를 봐야겠지? 오하쓰라고 했나? 너도 시체가 무섭지 않다면 얼굴을 확인해 봐. 나카노하시에서 소동이 일어났을 때 이 얼굴이나 훤칠한 체구를 본 기억이 있다면 뜻밖에 횡재하는 셈이지."

오하쓰는 로쿠조와 나란히 시체로 다가섰다. 간타로 행수의 수하인지, 민첩해 뵈는 젊은이가 얼른 거적을 벗겨낸다.

시체는 바로 뉘어 있었다. 눈은 천장을 노려보듯 홉뜨고 있다. 몹시 놀란 듯도 하고 고통스러워하는 듯도 싶은 표정이, 당장이라도 뭐라고 악을 쓸 것 같다. 오하쓰는 저도 모르게 눈길을 돌렸다.

"과연 키가 훤칠하군. 체구도 바지랑대처럼 가늘고 길쭉하고."

로쿠조는 그렇게 말하며 한 손으로 가볍게 합장하는 시늉을 하고 나서 쪼그려 앉아 시체를 살펴보기 시작했다. 간타로 행수도 끙 소리를 내며 옆에 쪼그리고 앉았다.

"묘한 시체지? 상처다운 상처가 보이지 않아. 멍도 없고. 하지만 익사했다고 하기에는 복부에 물이 차질 않았어. 익사체는 눈을 뜨고 있는 경우가 없거든." 간타로 행수가 말했다.

"으음…… 물에 빠져 죽은 게 아니군요, 이건." 로쿠조는 낯을 찡그린 채 고개를 끄덕였다. "몹시 놀란 얼굴로 죽었어요."

"독이라도 마셨나?"

"……." 로쿠조는 소스케의 목덜미 근처를 조사했다. 손가락 끝으로 뭔가를 찾는 듯하다.

"아마 내분이 일어났을 테니까 심하게 싸우다 죽었거나 불시에 공격을 당했거나 둘 중에 하나겠지. 그렇게 깔끔하게 살해할 수 있는 상황은 아니었을 텐데 말이야." 간타로 행수가 팔짱을 낀다.

로쿠조는 죽은 사내의 귀 위쪽을 더듬고 있었다. 큰 강에 잠겨 있던 탓에 상투 모양이 망가져 있다. 그 속으로 손가락을 찔러 넣고―.

"있네" 하고 중얼거렸다.

"뭐가?"

"이겁니다, 한번 만져 보시죠. 뭔가에 찔린 듯한 구멍이 있어요. 작지만―주위가 조금 부어오른 것처럼 솟아 있습니다."

간타로 행수는 로쿠조가 말한 대로 시체의 머리카락 속을 손가락으로 더듬었다. 그의 눈이 커졌다.

"그렇군." 로쿠조를 돌아본다. "어떻게 알았나?"

"그냥 짐작이죠. 혹시 협박장에 사용된 활터의 화살이 또 사용되지는 않았나 생각했거든요."

"그런가……. 허나 그 화살의 위력으로는 사람을 죽일 수 없을 텐데. 혹시 화살 끝에 독을 발라 뒀을까? 여기가 부어오른 걸 보면 그랬을 법도 한데 말이야."

"그랬겠지요. 저희도 손을 씻는 게 좋겠습니다."

간타로 행수의 수하가 눈치껏 움직여 작은 나무통에 물을 채워 왔다. 행수는 젊은 수하에게 시체의 머리카락을 싹 밀어 버리라고 일렀다.

"삭발하면 삼도천 건너는 데도 좋을 게야. 죽은 자도 원망하지 않을 테니 얼른 밀어 줘라."

시체 처리를 수하에게 맡기고 오하쓰 일행은 오사다와 우헤가 앉아 있는 걸상 쪽으로 돌아왔다.

"그런데 오하쓰는 저 키다리를 본 기억이 있나?"

오하쓰는 고개를 저었다. "없습니다. 그렇게 눈에 잘 띄는 사람이라면 멀리서 그림자만 봐도 기억이 날 텐데요."

나카노하시에서 오하쓰는 관음보살로 둔갑한 잡귀에게 목이 잘려 죽은 남자만 상대했다. 그 어둠 속에서는 또 누가 숨어 있었어도 전혀 알 수 없었을 것이다. 로쿠조의 수하들이 잠복해 있었는데도 와르르 몰려나오기 전에는 눈치 채지 못했을 정도다.

"이봐, 오사다, 자네가 나설 차례로군. 잠깐 이리 좀 와 봐."

월번 기혜가 옆에서 지필묵을 준비하고 있다. 오사다는 왠지 반가운 낯을 하고 간타로 행수 곁으로 다가왔다. 냉큼 이야기를 쏟아 놓으려는 그녀를 간타로 행수가 귀찮다는 듯이 커다란 손을 휘저어 막았다.

"여기 오사다라는 여자가 영 변변치 못한 축이라 거짓말도 곧잘 하고 속이기도 잘 속여. 그러니 이 여자가 하는 말을 곧이곧대로 믿을 수는 없지만, 소스케에 관해서 재미있는 얘기를 하더군."

"어머, 무슨 말씀을 그리 하세요, 행수님. 전 거짓말이란 걸 몰라요." 오사다는 풍만한 가슴을 쑥 내밀며 몸을 젖히고는 짐짓 화난 표정을 지었다. "제 딴엔 행수님께 조금이라도 보탬이 될까 해서 이렇게 애쓰고 있다고요."

간타로 행수는 들은 척도 안 하고 로쿠조에게 말했다. "오사다 말로는 이 사람 업소에서 소스케와 어울리던 왈짜패 중에 소방대 출신이 있었다는군."

"소방대요? 그렇다면 몸이 날래겠군요."

"그렇지. 바로 알아듣는군. 오사다와 업소 여자들 이야기, 다른 단골들한테 들은 이야기를 종합해 보면 아무래도 나카노하시에서 오하쓰를 상대한 놈은 이 소방대 출신이 아닌가 싶네. 나이도 몸집도 그 목 없는 시체랑 엇비슷하고, 지난 몇 년 동안 데키야에 사흘이 멀다 하고 드나들던 자인데 요즘 통 볼 수 없었다고 하니까."

오사다가 나섰다. "하지만요, 우리 가게에서 소스케 씨랑 아사타로 씨가 납치를 모의했다는 얘기는 아닙니다요. 그런 얘기를 엿들었다면 제가 가만있지 않았죠. 당장 행수님께 고변해서―."

"아사타로라고 합니까, 그 소방대 출신이."

"음, 그래."

"소스케와 아사타로—그러나 이 살인이 내분에 따른 짓이라면 세 번째 동료가 있다는 말이 되는군요."

"네 번째, 다섯 번째도 있을지 모르지. 무려 천 냥이나 우려내려는 짓이었으니까."

"간타로 행수님." 오하쓰가 부르자 덩치 커다란 행수가 등을 굽히듯이 하며 이쪽을 보았다.

"뭐지?"

"오리쓰 납치는 사기라고 생각해요."

로쿠조가 말리는 표정을 지었지만 오하쓰는 개의치 않고 말했다. "오리쓰는 소스케나 아사타로 같은 자들에게 납치당한 게 아닙니다. 정말로 가미카쿠시를 당했어요. 소스케 패는 거기에 편승했을 뿐이고요. 하지만 편승을 하려고 해도 그만한 각오가 없으면 안 되겠죠. 오리쓰가 가미카쿠시를 당해서 돌아올 공산이 없다는 사실을 알지 못했다면, 우리가 납치했으니 몸값을 내놓으라고 대담하게 협박하지는 못했을 겁니다."

로쿠조는 입술이 일그러지도록 꾹 다물고 있다. 간타로 행수는 재미있다는 듯이 커다란 눈으로 오누이 얼굴을 번갈아 바라보다가 가만히 입술 한쪽을 놀려서 말했다.

"오사다, 자넨 다시 저쪽으로 가서 얌전히 앉아 있어."

오사다는 시키는 대로 마지못해 걸상으로 돌아가 앉았다. 우헤는 변함없이 황송한 표정으로 가만히 웅크리고 있다.

간타로 행수는 몸을 더욱 낮추고 오하쓰의 눈을 똑바로 들여다보며 물었다. "그날 밤 원령이 나타났다며?"

오하쓰는 눈을 번쩍 떴다. "아셨어요?"

"뭐, 사람 입을 봉해 놓을 수는 없으니까. 그날 밤 지원을 나갔던 자들은 모두 입이 무거운 자들이지만, 아무리 그래도 원령을 제 눈으로 보았으니 입을 꾹 다물고만 있기는 힘들었겠지."

로쿠조는 간타로 행수에게 고개를 숙였다. "일찌감치 말씀드리지 않은 이유는 너무 황당한 일이었기 때문입니다. 언짢으셨다면 부디 용서하시기 바랍니다."

"아냐, 괜찮아. 내가 자네 처지라도 함부로 입을 놀리지 말라고 입단속을 했을 게야. 그러니 신경 쓰지 마시게."

오하쓰도 안도하며 행수를 올려다보았다. "예, 원령이 나타났습니다."

"오하쓰도 원령을 보았나?"

"보았습니다. 얘기도 했습니다."

오하쓰는 그날 밤 사건을 자세히 털어놓았다.

"관음보살이란 말이지……." 간타로 행수는 앓는 소리를 냈. "그것참, 대단한 이야기 아닌가. 원령이 '이자의 목을 받겠다'라고 말했단 말인가?"

"예. 역시 가미카쿠시에 편승하려고 한 자들을 벌하러 나타났다고 봅니다. 그러므로 가미카쿠시도 그 원령의 소행이 아닐까 싶어요. 실은 그밖에도 사건이 하나 더 있었고요."

오하쓰는 오아키 건도 간단히 정리해서 설명했다. 간타로 행수의 커다란 눈이 더욱 커졌다.

"이거야 원." 이마를 쓱 쓰다듬는다. "그렇다면 우헤 씨를 부르기를 잘했군."

그 말에 오하쓰는 우헤가 앉아 있는 쪽을 보았다. 그때 소스케의 시체 옆에서 간타로 행수의 수하가 "우헤!" 하고 소리를 질렀다.

"예." 우헤가 벌떡 일어선다.

간타로 행수가 활짝 웃었다. "어이, 우헤 씨, 지금 그건 당신을 부른 게 아냐. 이자가 놀라서 소리친 거지. 어이, 왜 그래?"

수하는 얼굴이 빨개져 있다. "죄송합니다. 너무 놀라서 그만."

소스케의 머리는 절반쯤 삭발되어 있었다. 귀 뒤가 다 드러났다.

"심한 상처네요. 흡사 금방 터진 마맛자국 같습니다."

세 사람은 다시 시체 곁으로 다가가 수하가 가리키는 상처를 확인했다. 아이 손바닥쯤 되는 부위가 퍼렇게 부어올랐고, 그 가운데 작은 구멍이 나 있다. 동그랗게 뚫린 모양이 아니라 가장자리 피부가 상처 속으로 말려 들어간 꼴이다.

간타로 행수는 다시 오사다를 불러 가까이 오게 했다. "뭘 새삼스럽게 마음 약한 척하나. 자네는 이런 상처나 송장을 무서워할 사람이 아니잖아. 얼른 와서 봐."

오사다는 그래도 얼굴을 거반 외면하며 상처를 겨우 살펴보았다. "어머나, 세상에, 끔찍해라."

"자네라면 화살 상처에 밝을 테지. 화살이 엉뚱한 곳으로 날아가 사람이 맞았네, 스쳤네 하는 사고가 종종 일어나는 곳이 활터니까. 어때, 활터에서 쓰는 화살에 맞으면 이런 상처가 생기나?"

"글쎄요······. 네, 이런 자국이 맞아요. 하지만 저희가 쓰는 화살이었다면 상처가 더 크지 않을까요? 게다가 어떻게 맞았는지는 몰라도 이렇게 시퍼렇게 부어오를 수가 있나요?"

"그런 건 모르고 사는 게 나아. 수고했네. 돌아가도 좋아."

오사다를 내쫓다시피 돌려보내고 나서 간타로 행수는 그제야 우헤를 불렀다. 일동은 각자 자리를 잡고 앉고, 간타로 행수는 손맡에 있던 찻잔으로 더운 물을 벌컥벌컥 들이켰다.

"우헤 씨, 당신한테 들은 얘기가 아무래도 도움이 되겠어."

"제, 제 얘기가요?"

우직해 뵈는 헌옷 가게 주인은 잔뜩 긴장해 있다. 눈만 끔뻑거리는 것이 흡사 작은 새 같다. 소스케의 시체가 있는 쪽으로 눈길이 돌아갈까 봐 애써 경계하는 눈치다.

"소스케는 십 년쯤 전까지 당신 밑에서 일했다고?" 하고 로쿠조가 입을 열었다. 우헤는 간타로 행수의 얼굴부터 쳐다보았다. 행수가 고개를 끄덕이자 그제야 안심한 듯이 이야기를 시작했다.

"그렇습니다. 소스케는 본래 헌옷 가게 동네에서 장사를 하던 채소 행상의 아들인데, 어려서 부모를 다 여의고 어디 의지할 데도 없는 처지가 보기 딱해서 제가 데려다 키웠지요. 어릴 적부터 죽 지켜보아서 그 아이를 잘 압니다."

"일을 잘하다가 노름을 배운 뒤로 이상해졌다던데?"

우헤는 슬픈 듯이 눈을 깜빡였다. "누구한테 배웠는지는 모르겠지만······."

"어쩔 수 없는 일이지. 노름에 빠진 놈은 아무리 말려도 결국엔 또 빠져들게 마련이야."

"훈계도 많이 하고 울면서 애원까지 해 보았습니다. 왜냐하면 소스케는 머슴이라기보다 저희 부부의 아들 같은 아이였으니까요. 저희는 자식 복이 없어서 정말 그런 마음으로 돌봤습니다. 그런데 그 아이는 저희 내외의 그런 마음이 부담스러웠던 모양이지요. 결국 집을 뛰쳐나가고 말았습니다."

"그 뒤로 오늘날까지 한 번도 만나 보지 못했소?"

우헤는 다시 간타로 행수의 얼굴을 살피고 나서 로쿠조의 물음에 답했다. "아닙니다. 매년 한 번—아니, 두 해에 한 번쯤 될까요? 가끔 집에 불쑥 찾아왔어요."

간타로가 시체 쪽을 곁눈으로 힐끔 쳐다보고 나서 말했다. "용돈을 얻으려고 왔다더군."

우헤도 소스케의 시체 쪽을 보았다. "저 아이도 나름대로는 저희 내외를 의지하고 있었던 겁니다."

"흥." 로쿠조가 콧방귀를 뀌었다.

우헤가 얼른 말했다. "돈을 타내려고만 하지는 않았습니다. 장사에 보탬이 되는 이야기를 가져온 적도 있고 손님을 데리고 온 적도 있습니다. 헌옷을 사러 온 손님 중에는 소스케한테 소개받았다고 하는 사람도 있었고요."

오하쓰는 조금 안타까운 마음이 들었다. 우헤는 소스케를 진심으로 아꼈으리라.

"그러면 우헤 씨가 마지막으로 소스케를 만난 것은 언제요?" 하고 로쿠조가 물었다.

"바로 얼마 전입니다. 한 달쯤 전이죠."

"그때 뭔가 이상한 점은 없었나?"

"소스케한테는 없었습니다. 다만 저희 가게가 큰 소동에 말려들었지요."

간타로 행수가 의미심장한 표정을 짓자 오하쓰와 로쿠조가 그를 쳐다보았다.

"원령이야" 하고 간타로 행수가 말했다.

우헤는 다시 황공한 듯이 자라목이 되었다. "저희 헌옷 가게에 관음보살님이 나타나신 겁니다."

한 달 전이니까 여전히 해만 지면 추울 철이었다. 원령을 처음 발견한 사람은 헌옷 가게가 모여 있는 동네에 불조심하라고 외치며 다니는 야경꾼 사내들이었다.

"헌옷 가게는 장사가 장사다 보니 불에 특히 신경을 씁니다. 그래서 겨울철 야경도 검문소에 맡겨 버리는 다른 마치와는 달리, 저희 마치는 가게 주인들이 직접 야경을 돌고, 그것도 혼자서는 돌지 않습니다. 반드시 두 사람이 짝을 이뤄 구석구석 살피지요.

그날은 초승달이 뜰 때인데다 구름이 잔뜩 끼어서 별도 보이지 않는 캄캄한 밤이었습니다. 저희 내외가 잠을 자는데 누가 문을 두드리더군요. 무슨 일인가 하고 나가 보니 야경을 도는 당번이었습니다. 제가 잘 아는 사람들인데, 나이도 저랑 동년배고 성실한 헌옷 가게 주인들입니다. 세상이 두 쪽 나도 거짓말을 하거나 없는 사실을 지어낼 사람들이 아닙니다. 그 두 사람이 말하기를, 저희 집 지붕 위에 관음보살님이 떠 있으니 어서 나와서 보라는 게 아닙니까.

저와 처는 이게 무슨 소린가 싶어 밖으로 나가 봤습니다. 캄캄한 밤인데, 야경을 도는 두 사람이 가리키는 곳, 그러니까 저희 집 지붕 위에 말입니다. 그곳만 마치 보름달이 나온 양 파르스름하니 밝더군요. 그리고 빛 한가운데 너무나 신비롭고 아름다운 관음보살님 모습이 계시는 게 아닙니까.

간이 오그라드는 줄 알았습니다. 아내는 정신없이 절을 했고요. 야경 당번 두 사람도 넋을 놓고 바라보고 있었습니다. 관음보살님은 우리에게 등을 보이고 계셔서 존안을 뵐 수는 없었지만, 색색 가지 옷을 나부끼는데, 정말이지 호사스러운 관음보살님이셨습니다. 저도 정신없이 절을 올렸습니다. 그러다가 문득 바라보니 어느새 관음보살님이 사라지셨더군요."

이튿날 밤, 우헤는 다시 어젯밤처럼 야경 당번에 의해 잠자리에서 일어났다. 어젯밤과 마찬가지로 관음보살이 허공에 떠 있었고, 열심히 절을 올리는 가운데 홀연히 사라져 버렸다. 야경 당번들과 우헤 부부는 황공해서 열심히 절을 올렸다.

"그 뒤로 한동안 관음보살님은 나타나시지 않았습니다. 그러나 날이면 날마다 뵐 수 있는 분이 아니니까 더 은혜로운 법 아니겠습니까. 저나 처나, 관음보살님이 대체 우리에게 무슨 복을 내리시려고 나타나셨을까 하며 오로지 감사할 뿐이었습니다."

그런데 열흘쯤 지나서였다. 곤히 잠자던 헌옷 가게 동네 사람들이 요란한 비명 소리에 잠을 깼다.

"야경 당번들의 비명이었습니다. 살려 달라고 무척이나 다급하게 외치더군요."

우혜를 비롯한 여러 사람들이 밖으로 뛰어나갔다. 눈앞에 관음보살의 모습이 있었다.

"저번처럼 지붕 위가 아니라 땅바닥 위에 둥실 떠 있었습니다. 바로 옆에 야경 당번 두 사람이 주저앉아 있고요. 그날 밤은 젊은이 두 명이 짝을 이뤘는데, 혈기왕성한 젊은이들인데도 한 명은 이미 기절한 모양이었고 또 하나는 하얗게 질린 얼굴에 눈을 휘둥그레 뜨고 있더군요."

관음보살은 두 야경 당번 위에 올라타듯이 둥실 떠서 그날 밤도 성대하게 옷자락을 나부끼고 있었다. 그러다가 두 젊은이에게 말을 걸었다.

"그렇습니다. 목소리가 들렸어요. 저도 제 귀를 의심했지만 정말로 들렸습니다. 관음보살님이 야경 당번들에게 이렇게 말씀하시더군요—."

— 내 모습이 아름다우냐?

"제가 야경 당번을 도우려고 앞으로 뛰어나갔는데, 관음보살님 옷에 퉁겨나 땅바닥에 나뒹굴고 말았습니다. 그때 처음으로 관음보살님 존안을 똑바로 봤습니다."

그것은 자애로운 관음보살의 모습이 아니었다.

"여인의 얼굴이었습니다. 정말 곱더군요. 하지만 어딘지 비천한 상이었습니다. 입이 크고 입술에 새빨간 연지를 발랐기 때문인지도 모릅니다. 눈이 번들번들 빛난 탓인지도 모르죠. 하지만 저는 첫눈에 알았습니다. 이건 진짜 관음보살이 아니다, 관음보살님이 이렇게 비천한 얼굴을 하고 계실 리가 없다. 이건 원령이다, 라고요."

헌옷 가게 사람들이 모여들어 관음보살로 둔갑한 원령에게서 야경 당번을 구하려고 했다. 원령은 야경 당번을 옷 밑으로 끌어들이려고 했다. 그러는 동안에도 계속 깔깔 웃으며 떠들어 댔다.

— 어떠냐, 내 모습이 아름답니? 아름답다고 말해 봐.

— 왜 무서워하니? 왜 싫어하는 거야?

"곱던 옷자락이 흡사 뱀처럼 꿈틀꿈틀 몸에 감겨 오는데 너무 무서워서 죽는 줄 알았습니다요."

그 와중에도 주민들 중에 꾀바른 자가 있어, 장작을 묶어 엉성하게 횃불을 만들어서 원령을 향해 들이밀었다. 원령은 쉬익 하는 소리를 내고 악귀처럼 낯을 찡그리더니 눈알을 번들거리면서 상공으로 오르기 시작했다. 나부끼는 옷자락이 그 뒤를 따랐다.

"허공으로 사라질 때 비릿한 냄새가 나는 돌풍이 한차례 불어와 우리를 모두 자빠뜨려 놓고 달아났습니다."

야경 당번 사내들은 그날 밤으로 자리보전을 하고 말았다. 한 사람은 가까스로 일어났지만 원령 앞에서 일찌감치 기절해 있던 사내는 고열에 시달리다 사흘도 못 버티고 죽고 말았다.

"원령한테 죽은 거군요."

그러나 허공에 떠 있는 관음보살을 맨 처음 발견한 야경 당번들은 아무 일도 없었고 해코지도 당하지 않았다. 그 두 사람은 오히려 황공한 마음으로 절을 올렸다는데, 이게 대체 어떻게 된 일인가, 하고 모두들 고개를 갸웃거렸다. 진짜 관음보살과 원령 관음보살이 따로 나타났단 말인가?

"그런데 제 처를 비롯해서 헌옷 가게 여자들은 이상할 거 하나도 없다고 하더군요. 처음부터 원령이었다는 겁니다. 먼젓번 야경 당번들이 해코지를 당하지 않고 이번 야경 당번들이 해코지를 당한 이유는 두 사람이 젊은 사내였기 때문이라고요."

헌옷 가게에서는 내력이 복잡한 물건을 취급할 때가 많아서, 주인들은 다소 언짢은 이야기나 기분 나쁜 사건에 모두들 익숙해져 있다. 그래서 차분하게 생각할 수도 있다.

"아내가 말하더군요. 원령이 처음 나타난 곳이 우리 가게 지붕 위였다, 그건 필시 우리가 취급하는 어떤 물건에 깃든 원령이다, 천하게 생긴 여자 얼굴을 하고 젊은 사내를 죽인 것을 보면 필시 여자 옷에 깃든 원령이다, 라고요. 그 말을 듣고 보니 저도 짚이는 데가 있었습니다. 아무래도 이 몸이 장사꾼이라 원령의 나부끼는 옷을 볼 때마다 무늬와 색깔을 유심히 관찰했는데, 저희 가게에서 사들인 기모노 중에 그런 무늬의 옷이 있었거든요."

우헤와 아내는 집 안에 쌓아 둔 물건들을 샅샅이 뒤졌다. 그리하여 가까스로 원령의 옷 가운데 하나와 꼭 닮은 물건을 찾아냈다.

"호사스런 모란 무늬가 자수된 고소데였습니다."

더구나 아내와 기억을 맞춰 보니 이 고소데를 사들인 때가 마침 관음보살 원령이 처음 나타나던 때였다ㅡ.

"그 옷은 절에 부탁해서 공양한 뒤에 바로 불태워 없애야겠다, 그런 상의를 하던 차에 불쑥 소스케가 찾아왔습니다."

부부의 심각한 얼굴을 보고 소스케가 무슨 일이 있었느냐고 물었다. 부부는 전말을 들려주었다.

"소스케는 퍽 재미있어하더군요. 그 아이가 하는 말이, 잘됐다,

그 옷을 나한테 맡겨라, 하는 겁니다. 물론 저나 처는 반대했습니다. 그 아이에게 옷을 처리할 뾰족한 수가 있을 리도 없고, 게다가 그 아이도 젊은 사내이므로 원령이 씔지도 모르니까요. 하지만 소스케는 저희 내외의 걱정을 전혀 진지하게 받아들이지 않았습니다. 원령 이야기가 사실이라면, 눈요기천막에라도 팔아넘기면 큰돈이 된다면서 결국 거의 빼앗다시피 고소데를 들고 나가 버리더군요."

그것이 우헤 부부가 마지막으로 본 소스케의 모습이었다.

오하쓰는 양손을 볼에 대고 길게 한숨을 지었다. "세상에……."

그 고소데다. 틀림없다. 모든 것의 원흉, 천구의 마성이 깃든 물건이다.

"어때, 놀랐지? 나도 우헤 씨한테 이 이야기를 들었을 때는 많이 놀랐네. 나카노하시 사건 얘기도 듣고 있었고." 간타로 행수가 팔짱을 낀다.

"이봐, 우헤 씨" 하며 로쿠조가 몸을 앞으로 내밀었다. "고소데를 팔러 온 사람이 어디 사는 누구인지 기억하나?"

"그게, 유감스럽게도……." 우헤는 로쿠조의 기세에 눌려 조금 뒤로 물러났다. "이름이나 동네는 모릅니다. 사들이는 처지고, 특별히 이상한 점도 없어서 굳이 캐묻거나 하지 않았거든요. 그럴 수밖에 없던 것이, 팔러 온 사람이 무사 집안의 따님이었으니까요."

"무사 집안의 따님?"

"예, 틀림없습니다. 하녀가 아닌 건 분명합니다." 우헤는 미안한 듯이 눈썹을 늘어뜨렸다.

"살림이 궁한 무사 가문의 마님이나 따님이 기모노를 팔러 나오는 일은 드문 일도 아닙니다. 그럴 때는 저희도 예의상 너무 세세히 캐묻거나 하질 않습니다. 얼굴도 빤히 쳐다보지 않으니까요. 아마 전당포도 마찬가지일 겁니다."

"그런가……? 그럼 그 아가씨의 얼굴을 기억하고 있나?"

"보라색 두건을 쓰고 있어서 얼굴은 볼 수 없었습니다. 다만 젊은 분이었어요. 손목도 아주 희고. 아마 예쁘장한 아가씨였겠지요."

얼굴은 모른다……. 신원도 모른다. 아아, 답답해, 하고 오하쓰는 이를 앙다물었다.

"뭐든 기억나는 게 없나? 그 아가씨가 어디 사는 누구인지를 알아낼 만한 실마리 말이오."

로쿠조 일행의 안타까운 심정이 전해졌는지, 우헤도 열심히 기억을 더듬는 모습이었다. 작은 새 같은 인상을 풍기는 이 남자의 머릿속에서 기억이라는 작은 새가 한창 어지럽게 날아다니고 있나 보다. 그 새를 잡으려고 애쓰는, 작은 새처럼 생긴 우헤 씨의 모습—.

"그때 저희 내외가 함께 아가씨를 상대했는데" 하고 우헤는 가만가만 말했다. "아, 그래요. 이 기모노는 꼭 젊고 예쁜 아가씨한테 팔아 달라고 부탁하셨습니다. 하지만 그거야 특별히 이상할 것도 없는 일이지요. 아주 훌륭하고 호사스런 기모노여서 살 사람은 젊은 아가씨로 정해져 있던 거나 마찬가지였으니까요."

그러나 오하쓰가 듣기에는 무사 집안의 따님이 한 말이 의미심장했다. 그 원령—천구는, 단단히 응어리진 여인의 망념은, 젊은 사내의 칭송과 젊은 여인의 생피를 원한다. 젊고 예쁜 아가씨한테 팔아 달라고 주문하는 것도 충분히 있음직한 일이다.

그럼 소스케는 고소데를 어떻게 처리했을까? 그 처리는 오아키와 오리쓰 앞에 천구가 나타난 일과 어떻게 연결될까? 소스케가 고소데를 어디에 팔아 치운 뒤로 여기저기 돌고 돌아서 오아키와 오리쓰 손에까지 들어갔을까? 하지만 겨우 한 달 사이에? 두 아가씨의 손에? 게다가 오아키의 혼수는 아사이야가 도맡아 주기로 했으니 오아키가 굳이 기모노를 구입할 필요는 없었을 텐데—.

그때 우헤가 짝 하고 손뼉을 쳤다. 지금까지 그가 보여 준 적이 없는 엉뚱한 행동에 모두들 놀랐다.

"왜 그래요?"

"어쩌면 그 아가씨는 기모노를 팔러 또 저희 헌옷 가게에 찾아올지도 모릅니다."

"뭐요?"

"그때 구입한 기모노가 워낙 좋은 물건이라 제가 그랬거든요. 좋은 물건이 더 있으면 꼭 가지고 나오시라고. 그러자 또 오마 하더군요. 꼭 저희 가게에 온다는 보장은 없지만, 우시고메에는 헌옷 가게가 수십 군데나 되니까 어느 가게에든 갈 수 있잖겠습니까. 애초에 저희 가게에 오기 전에 이미 다른 가게에 들렀을지도 모르고요."

"그거야." 이번에는 로쿠조가 손뼉을 쳤다. "잠복하면 만날 수 있을지도 모르겠어."

간타로 행수가 천천히 몸을 일으켰다. "몇 명 정도는 이쪽으로 배치할 수 있겠지? 나도 몇 명 보내겠네."

오하쓰도 그제야 속이 개운해지는 기분이 들었다. 이제 겨우 실마리를 잡은 것 같다. 그 무사 집안의 따님만 찾을 수 있다면 천구의 정체를 알아낼 수 있다.

"다만 정말 조심스럽게 움직여야 해." 간타로 행수는 오하쓰에게 주의를 주는 듯한 투로 말했다.

"소스케가 한몫 잡으려고 문제의 고소데를 정말로 눈요기천막에 팔아 치우려고 했다면, 우리 쪽에서 조금만 조사해도 금방 알 수 있을 게야. 그렇게 일을 꾸미다가 아사타로도 한패로 끌어들였을 테고 세 번째, 네 번째 놈도 붙었겠지. 하지만 지금은 그놈들이 어디 있는 누구인지 모르는 상황이야. 게다가 그자가 활을 쓰는 놈일 공산이 크단 말이야."

"예, 명심하겠습니다." 오하쓰가 힘차게 고개를 끄덕이며 약속했다.

우헤를 돌려보낸 뒤 논의가 일단락되자 일행은 지신반을 나섰다. 제일 먼저 밖으로 나온 오하쓰는 건너편 검문소 앞에 서 있는, 화려한 기모노 차림의 여자의 뒷모습을 발견했다. 진보랏빛 한시로카노코_{에도 말기의 유명한 가부키 배우 이와이 한시로가 즐겨 입었다고 하는 무늬. 옥색 바탕에 하얀 삼 잎이 점점이 박혀 있다} 기모노에 금사를 수놓은 오비가 붉은색이 밴 석양을 반사하여 눈부시게 반짝인다.

누구인지 금방 알 수 있었다. 간타로 행수의 정부다. 남만인 피가 섞였다는 마술사.

여자는 검문소 매대 앞에서 겨 주머니_{쌀겨를 채운 주머니로, 비누가 없던 시절에 비누 역할을 했다} 같은 것을 들고 가늠하고 있었다. 작은 소리로 콧노래를 흥얼거린다. 아무래도 신나이부시 같다. 어디선가 들어 본 가락인데— 하고 생각하는데 오하쓰의 시선을 의식했는지 여자가 이쪽을 돌아보았다. "어머, 당신."

오하쓰 쪽을 향해 여자가 알은척을 했다. 누굴 보고 저러나 싶어 놀라는데, 마침 그때 간타로가 지신반 문을 열고 밖으로 나선 참이었다.

"오오, 와 있었군."

간타로 행수가 알은체를 했다. 오하쓰가 저도 모르게 고개를 돌려 얼굴을 쳐다보았을 정도로 스스럼없이 반가운 표정을 드러내고 있다.

"이치 씨한테 물었더니 여기 와 계시다고 해서요." 여자는 길을 건너 간타로 행수 곁에 다가섰다. 미끄러지는 듯한 발놀림이라 발소리도 없다. 여자가 곁에 서자 은은한 향내가 풍겨 온다.

"내 여자야. 오쿄라고 하지."

간타로 행수가 오하쓰에게 그녀를 소개했다.

"이쪽은 도리초의 로쿠조 행수" 하고 뒤따라 나온 로쿠조를 소개한 다음, 다시 오하쓰 쪽을 가리켰다. "로쿠조 행수의 누이동생인 오하쓰."

"잘 부탁드립니다."

오쿄는 로쿠조에게 인사를 하고 오하쓰에게도 웃는 낯을 보였다.

"저번에 료코쿠 다리밑에서 만났죠. 혹시 기억하세요?"

"아, 예!"

까닭 없이 주눅이 들어 버려서 오하쓰는 엉뚱하게 큰 목소리로 대답하고 말았다.

가까이서 본 오쿄는 전에 보았을 때보다 훨씬 젊고 아름다웠다. 머리는 새 꼬리를 흉내 낸 양 색다르게 올려 묶었다. 피부는 분을 바르지도 않은 듯한데 마치 새로 바른 장지가 아침 해를 받을 때처럼 하얗고 투명하게 빛난다. 입술연지는 환하게 발랐는데, 원래 모양보다 조금 작게 윤곽을 그려 넣었다. 그것이 오쿄의 또렷한 눈과 코에 뭐라고 표현하기 힘든 사랑스러운 분위기를 보태 주고 있다.

"어머, 기혜 씨도 와 계셨네요."

지신반을 나온 기혜한테도 오쿄는 알은척을 했다. 기혜는 환하게 웃었다.

"오쿄 님, 오늘은 더 고우십니다."

오쿄는 미소만 지을 뿐 기혜의 칭송에 뭐라고 대답하지도 않고 교태를 부리지도 않았다. 자신이 미인이라는 사실을 잘 알고, 굳이 겸손을 떨 필요도 없다고 생각하는 얼굴이었다.

"이제 곧 무대에 오를 시간 아닌가?"

짐짓 걱정을 해 주는 간타로 행수에게 오쿄는 고개를 저었다.

"오늘은 몸 상태가 좋지 않아서 마술은 하지 않기로 했어요" 하고 가볍게 말한다. "당신, 볼일 끝났으면 지금 교바시에 가서 추어탕이나 사 주세요."

"오, 좋지." 흔쾌하게 대답한 간타로는 로쿠조에게 다시 한 번 인사를 하고 오쿄와 나란히 걷기 시작했다.

거반 넋을 놓은 채 오하쓰는 두 사람의 뒷모습을 바라보았다. 오쿄는 또다시 방금 전의 신나이부시를 흥얼거리며 멀어져 간다.

"그럼 저도 이만."

기헤도 인사를 하고 간타로 행수와는 반대 방향으로 떠났다. 간타로 행수의 수하가 고개 숙여 인사하고 지신반 문을 닫았다. 로쿠조와 단둘이 남게 되자 오하쓰는 그제야 제정신을 차렸다.

"좀 별나네요."

"뭐가?"

로쿠조는 겨드랑이에 손을 끼우고 재미있다는 표정으로 오하쓰를 내려다보았다.

"간타로 행수님 말예요. 아까까지는 그렇게 우락부락하시다가 오쿄 님을 만나자마자 흐물흐물 녹아서 추어탕을 사 주러 가시다니."

로쿠조는 석양을 우러르며 웃었다. "오캇피키에도 이런저런 사람이 있는 법이지. 그래도 걱정할 필요 없다. 간타로 행수는 맡은 소임을 소홀히 하는 사람이 아니니까."

두 사람은 료코쿠 다리 쪽으로 걸음을 옮기기 시작했다. 눈요기천막이나 목각인형극을 구경하라고 외치는 호객꾼 소리, 딱따기 울리는 소리 따위가 여기저기서 들려온다.

"오쿄 님은 참 예쁘네요."

"음." 로쿠조는 고개를 끄덕였다. "하지만 그냥 예쁘기만 한 여자가 아니야. 저래 봬도 간타로 행수의 오른팔이다."

"정말요?" 오하쓰는 저도 모르게 걸음을 멈췄다. "오쿄 님이 사건 조사를 돕기도 하나요?"

"나도 들은 이야기야. 게다가 그 사람은 예인들 사이에서도 발이 넓어. 예인이란 사람들은 다들 저마다 발이 넓어서 온갖 이야기를 주워듣지. 그래서 간타로 행수도 사람을 찾거나 할 때는 도움을 받는 모양이더라."

오하쓰는 어느새 가슴이 따뜻해지는 기분을 느꼈다. 이것이 동경심이라는 걸까?

아까 오쿄가 흥얼거리던 신나이부시를 어느새 오하쓰도 콧노래로 흥얼거리기 시작했다. 그 방면으로는 재능이 없는 오하쓰지만 분명 어디선가 들은 기억이 있는 가락이었다.

제4장 무가의 따님

바람총

 이튿날 새벽, 시마이야 문 앞에 걸어 둔 등롱에 불을 켜기도 전에 한바탕 소동이 일어났다.
 이사지였다. 시마이야에서 제공한 방에서 갑자기 난동을 부렸다. 우쿄노스케가 말한 대로 약이 떨어진 아편쟁이가 발작을 일으킨 것이다.
 다급하게 도움을 청하는 데쓰지로와 스테키치의 목소리에 로쿠조와 분키치가 벌떡 일어나서 뛰어가고, 된장국을 준비하던 가키치도 다스키를 맨 차림으로 가세했다. 덩치 커다란 남자 서너 명이 달려들어서도 쩔쩔매야 했다. 오하쓰는 직접 뛰어들지는 못하고, 방에서 도망쳐 나온 스테키치를 두 팔로 안아 보호하며 문밖에서 애만 끓이고 있었다. 짐승 같은 울부짖음과 함께 장지를 뚫고 날아온 목침이 눈앞을 아슬아슬하게 스치고 복도 끝으로 날아갈 때는 간담이 서늘했다.

 시마이야의 단골 중에는 눈치가 빠른 손님이 많다. 밥집 문이 열리기를 기다리며 문밖에 서 있던 그들은 로쿠조 행수의 살림집에서 누군가 난동을 부리는 소리를 듣고는 도와 주려고 뛰어 들어오다가 가까스로 객실로 나온 가키치에게 정중하게 가로막혔다. 이제 괜찮습니다, 부교쇼 나리들께서 하시는 일이니 그냥 모르는 척해 주세요. 설명을 납득하고 꼬치꼬치 캐묻지 않은 단골들은 보답으로 그날 아침 가키치가 정성과 실력을 다해서 조리한 두툼한 계란말이를 맛볼 수 있었다. 물론 무료였다.

 분키치와 로쿠조는 학질 환자처럼 바들바들 떨고 있는 이사지에게 이불을 씌우고 그 위로 오라를 묶은 다음 짐차에 실어 겐안 의원에게 달려갔다. 그들이 의원 집에 이사지를 맡기고 돌아왔을 즈음에는 아침 해가 이미 높이 떠 있었다. 오하쓰는 밥집 일이 일단락되자 데쓰지로와 스테키치와 함께 아침밥을 먹었다. 데쓰지로는 몰라도, 이사지의 광란에 잔뜩 겁을 집어먹은 스테키치가 못내 염려스러웠기 때문이다.

 안 그래도 스테키치는 지난밤에 우쿄노스케의 친구 집에 있다가 이 집으로 옮긴 참이다. 아무리 주위에서 친절히 대해 주어도 낯선 집을 전전한 탓에 마음도 지치고 주눅도 들었으리라. 실제로 스테키치는 오하쓰가 아무리 권해도 아침밥을 들지 못했다.

 "마님은 어떻게 지내시는지……."

 스테키치가 새삼 마사키치의 처 오노부를 걱정하기 시작했다. 스테키치에게 어머니나 다름없는 사람이다. 보고 싶은 모양이다.

"관리인 댁에 가신 뒤로 그만이구나. 우리도 통 뵙질 못해서……" 하고 데쓰지로도 중얼거린다.

설마 아사이야가 또 구라타 나리를 앞세워 관리인을 압박하고 환자를 어디로 데려가지는 않을 것이다. 하지만 찾아가서 심문 정도는 할지도 모른다. 실은 오하쓰도 오노부에게 물어보고 싶은 점이 몇 가지 있었다.

"좋아요, 제가 가서 오노부 씨를 만나 보고 올게요" 하고 선뜻 나섰다. "작업실 식구들이 이 집에 숨어 있다는 사실을 말해 드릴 수는 없지만, 오노부 씨 상태가 어떤지 알아보고 뭐든 도울 일이 있으면 요령껏 도와 드릴게요. 그러니 안심하고들 계세요."

막 나가려는데, "어이, 오하쓰" 하고 부르는 소리가 들렸다. 데쓰가 강종강종 뛰어온다. "어디 가? 내가 같이 가 줄까."

"너 언제 왔니? 도사와 방울이는 어떠니?"

데쓰는 가뿐하게 뛰어올라 오하쓰의 어깨에 익숙하게 자리를 잡았다. 오하쓰의 볼이나 머리를 스치지도 않고 어깨를 발톱으로 할퀴지도 않는다. 그야말로 요물처럼 민첩하다.

"도사도 방울이도 별일 없어. 그런데 도사가 오하쓰를 만나 보고 싶어 하던데."

"나를?"

그래, 나도 도사를 만나 봤으면……. 고양이 도사라. 하도 오래 살아서 신통력이 생긴 늙은 고양이일까?

"데쓰, 너—." 걸음을 옮기던 오하쓰가 웃고 말았다. "수염에 밥풀이 묻었네."

"엇, 이런." 데쓰는 당황해서 마른세수를 시작했다. "오요시 님이 지어 주는 밥, 진짜 맛있단 말이야. 아침밥을 달라고 갔더니 '어머, 데쓰, 어젯밤에는 들어오지도 않던데? 대체 어디서 잤니? 그렇게 밤에 집을 비우면 못써' 하고 달콤한 목소리로 바가지를 긁더군. 정 많은 여자는 그래서 피곤하다니까."

오하쓰는 어깨 위에 앉은 데쓰를 탁 쳐서 떨어뜨렸다.

야마모토초의 관리인은 완고해 보이는 노인이었고, 처는 남편보다 더 기가 세 보였다. 두 내외가 오노부를 알뜰하게 보살피고 있었다. 오하쓰는 행방을 감춘 오아키의 친구라고 둘러대 놓고 오아키의 어머니가 걱정돼서 뵈러 왔다고 말했다.

관리인 부부는 오하쓰를 흔쾌히 집 안으로 들였다. 처가 잠시 방을 나가 이층으로 올라가더니 금방 다시 발소리를 죽이며 내려왔다.

"오노부 씨가 아직 자고 있구려."

"상태는 어떠신가요?"

관리인 내외는 부부라기보다 오누이처럼 쏙 닮아 보인다. 두 노인이 모두 부당한 억지나 무례에는 결코 굴하지 않겠다고 공언하는 듯한 완강한 턱과 그 턱에 걸맞은 커다란 입을 가지고 있었다. 그러나 그 입가는 슬픔으로 처져 있고 두 사람 모두 표정이 어둡다.

"어쩌면 이제 온전한 정신으로 돌아오지 못할지도 모르겠소. 하도 쇠약해져서 뼈에 가죽을 발라 놓은 꼴인데, 정신은 육신보다 더 상태가 안 좋으니." 관리인이 말했다.

"세상에……."

"왜 안 그렇겠소. 그토록 단란한 가족이었는데. 그런 집안의 가장이 그렇게 죽고 말았으니." 관리인은 눈을 끔뻑거렸다. "나는 마사키치 씨가 가게를 차리기 전 품팔이 직공으로 일하러 다닐 때부터 알고 지냈소. 그 사람이 전에 오랫동안 이 쪽방 나가야에서 살았거든. 마사키치 씨가 오노부 씨와 살림을 차릴 때는 내가 큰맘 먹고 풍로를 선물했다오. 오아키가 태어나고 첫 이레 때는 마누라가 팥밥을 지어 주었고."

"혼인 날짜를 코앞에 두고, 그 이쁜 아이가 어쩌다" 하고 관리인의 처도 탄식을 한다.

"방정맞은 할망구 같으니. 오아키를 포기하기는 아직 일러. 가미카쿠시를 당해서도 살아 돌아오는 사람이 있어."

그렇다. 오노부를 위해서라도 오아키를 반드시 천구한테서 구해 내야 한다. 오하쓰는 새삼 마음을 다잡았다.

관리인에 따르면 아사이야의 안주인과 구라타 몬도가 오노부를 보러 한두 번 왔지만, 산 유령처럼 누워 있는 그녀를 보고는 아무것도 묻지 않고 돌아갔다고 한다. 아사이야의 안주인은 퍽 무뚝뚝했지만, 구라타 몬도는 품에서 돈을 조금 꺼내 놓으며 이걸로 오노부를 보양시켜 주라고 한 모양이다.

"마사키치 씨가 그 나리한테 닦달을 당하다 죽은 셈이나 마찬가지니까, 우리도 받기 싫었소. 하지만 뭐, 나리도 설마 마사키치 씨가 죽을 줄은 몰랐던 모양이고, 더구나 오노부 씨까지 저렇게 되니 그분 나름대로 괴로워하는 듯해서 받아 둔 거요. 뒤에 있는 이나리 사당에 시주해 버렸지만. 오아키를 어서 돌려보내 달라고 말이우."

관리인 집을 나선 오하쓰는 나막신 가게에 들러 보기로 했다. 상태를 확인해 두고 싶다. 오늘은 데쓰가 곁에 있으니 설령 천구가 나타난대도 무섭지는 않다. 무섭기는커녕 마침 잘됐다, 되받아쳐 주마 — 하는 기세였다. 관리인 부부 이야기를 듣고 이번에 일어난 비극이 얼마나 참혹한지 새삼 느끼자, 천구의 소행에 화가 나 가만히 있을 수 없을 지경이었다.

 북쪽의 샛길로 몰래 들어간 마사키치의 집은 쥐죽은 듯 고요했다. 밝은 봄, 오가는 사람들도 다들 바빠 보이고 밝은 햇살이 그 얼굴들을 환하게 비춰 주는데, 이 집 안만은 계절이 한 달이나 두 달쯤 뒷걸음질 친 것처럼 싸늘한 냉기가 들어차 있다.

 마사키치의 작업실은 말끔하게 정리되어 있었다. 사람이 돌아다니지 않아 먼지조차 떠다니지 않는다. 하지만 데쓰는 코를 찡긋거리며 말했다. "어쩐지 아주 황폐한 느낌이 드네."

 오하쓰도 마찬가지로 느끼고 있었다. 작업실에서 부엌으로 이동하는데 작고 하얀 무언가가 사르륵 시야를 가로질렀다. 흠칫하며 몸을 도사린다.

 데쓰가 웃었다. "오하쓰, 꽃잎이야. 자, 보라고."

 오하쓰의 발치에 있는 데쓰의 코앞으로 하얀 꽃잎이 하늘하늘 날아서 떨어진다.

 "오하쓰의 머리에 붙어 들어왔나 보군."

 벚꽃이었다. 오하쓰는 순간 움찔했다. 올봄에, 벚꽃은 천구의 상징이 되어 버렸다.

 이층으로 오르는 계단 앞에 다다르자 오하쓰는 아무래도 망설여졌다. 연습장이 공격하던 장면이 머리를 스친다. 하지만 바로 다음 순간 마음을 다잡고 한 단 한 단 오르기 시작했다. 무서워하면 안 된다. 나는 그런 것들한테 지지 않아. 게다가 오늘은 나 혼자가 아니야. 데쓰가 있으니까.

데쓰는 오하쓰 바로 뒤에서 꼬리를 살랑살랑 흔들며 계단을 올라왔다. 계단 끝까지 오르자 오하쓰 앞으로 나가서는 상황을 살피려는 듯 귀를 바짝 세웠다.

"아무것도 느껴지지 않아" 하고 작은 소리로 울었다. "여기는 이제 그냥 빈집이네."

데쓰 말이 맞는지도 모른다. 오아키의 방은 전에 보았던 상태 그대로였다. 책상 위에 있는 연습장도 오하쓰가 그때 반듯하게 놓아둔 채다. 이제 여기에는 친구가 없는 걸까.

"마침 잘됐네. 데쓰지로 씨나 스테키치가 갈아입을 옷을 챙겨 가자. 나는 준비돼쓰."

"뭐야, 오하쓰. 그거 설마, 신소리라고 한 거야?"

"시끄러. 가자."

그렇게 말하고 방문 쪽으로 향했다. 아무래도 먼젓번에 왔을 때 친구 목소리가 들려온 천장 쪽을 슬쩍 올려다보지 않을 수 없다. 역시, 오싹해—.

그때.

푸쉭 하는 소리와 함께 뭔가가 피웅 허공을 갈랐다. 돌아볼 새도 없이 오하쓰의 소매가 꽉 당겨졌다. 살펴보니 하네쓰키_{모감주 씨앗에 새 깃털을 서너 개 꽂아서 만든 공을 주걱 같은 나무판으로 치는 놀이. 배드민턴과 비슷하다}의 깃털 달린 공처럼 생긴 화살이 소매를 꿰뚫고 옆 기둥에 꽂혀 있다.

"데쓰!"

그렇게 소리치며 오하쓰는 쪼그리고 앉았다. 데쓰도 다다미에 엎드리듯이 몸을 낮췄다. 두 번째 화살이 날아왔다. 창호지를 찢고 풍 하는 소리와 함께 방 안을 가로질러 이번에는 코앞의 벽에 꽂혔다.

"바람총이야! 오하쓰, 피해!"

데쓰가 소리치고 복도로 뛰어나갔다. 오하쓰는 소매를 꿰뚫은 화살을 뽑아 손에 꼭 쥐고 데쓰를 따랐다. 쾅 닫은 장지에 간발의 차로 세 번째 화살이 날아와 꽂혔다. 날카롭게 벼린 화살촉이 장지를 뚫고 오하쓰의 가슴 높이로 날아왔다.

"누가 감시하고 있었나 봐!"

"그런데 어디지?"

오하쓰는 데쓰를 안고 스테키치 방으로 달렸다. 쾅쾅 뛰는 고동을 억누르며 숨을 죽이고 창틀에 기어올라 좁은 골목으로 내려섰다.

"조심해" 하고 데쓰가 속삭인다.

자세를 최대한 낮추고 골목을 포복하듯이 해서 나아갔다. 바람총도 여기까지는 쫓아오지 않겠지만, 일단 위험을 벗어나자 가슴은 오히려 더욱 빠르게 뛰었다.

골목 끝의 집과 집 사이까지 당도하자 살짝 고개를 내밀어 주위를 살폈다. 어디선지 조림을 하는 냄새가 흘러온다.

"괜찮아?" 하고 데쓰가 물었다. 대답 대신 더 힘을 주어 꼭 안아 준 다음 오하쓰는 몸을 일으켰다.

오른쪽에서 한텐_{작업복으로 입는 짧은 겉옷}을 입은 직공 같은 남자 두 명이 대화에 열중하며 이쪽으로 걸어오고 있었다. 그들이 골목 입구에 다가오기를 기다렸다가 슬며시 밖으로 나섰다.

두 남자는 살짝 놀랐다는 얼굴로 오하쓰를 힐끔 보았지만 다시 대화를 계속했다. 오하쓰는 얼른 골목을 벗어나 아무렇지도 않은 얼굴로 그들과 스쳐 지난 다음 바로 보이는 모퉁이로 재빨리 돌아 들어갔다. 판자벽에 등을 기대고 심호흡을 했다.

무서웠지만 마음을 다잡고 뒤를 돌아다보았다. 나막신 가게 현관이 보일 만큼 상체를 많이 내밀었다. 아까 두 남자의 뒷모습이 점점 작아져 간다. 잠시 후 그들도 길 건너편 저쪽 모퉁이를 돌아 시야에서 사라졌다. 이제 거리에는 아무도 보이지 않게 되었다.

"저 창문이야."

데쓰가 오하쓰의 품에서 고개를 내밀고 말했다. 동그란 눈이 바라보는 곳은 나막신 가게 건너편에 있는 작은 여염집 이층, 그러니까 오아키 방의 창문을 마주 보는, 죽세공 격자가 달린 한 쌍의 창문이다. 오하쓰는 고개를 끄덕였다.

"바람총 화살이 모퉁이를 돌아서 날아올 수는 없겠지."

에헤헤 하고 데쓰가 웃었다. "오하쓰, 꽤 겁을 먹었군그래. 목소리가 떨리네. 그렇게 무서워하지 않아도 돼, 내가 있잖아."

이 말에 오하쓰는 저도 모르게 웃었다.

"내가 잠깐 가서 살펴보고 올게."

"저 창문 안으로?"

"응, 별로 어렵지 않으니까, 오하쓰는 여기 숨어 있어."

그 말을 하기 무섭게 데쓰는 오하쓰의 어깨 위로 올라섰다가 모퉁이 집의 지붕 위로 훌쩍 뛰어올랐다. 오하쓰가 눈으로 좇으니, 데쓰는 지붕을 타고 나막신 가게까지 갔다가 거기서 오하쓰의 시야에서 사라졌다. 잠시 후 이번에는 여염집 창에서 한 칸쯤 떨어진 곳에 있는 천수통_{화재 진압을 위해 빗물을 모아 두는 통. 한길에 설치하며, 빗물을 보관하는 대형 나무통 위에 운반용 작은 통을 여러 개 쌓아 올리고 박공지붕을 씌웠다}의 지붕 위에 나타났다. 거기에서 판자 지붕 위로 과감하게 훌쩍 뛰어올라 소리도 없이 이동하다가 여염집 지붕 위로 건너뛰었다.

신호라도 보낼 셈인지 데쓰는 꼬리를 휙휙 휘두른다. 그러고는 지붕 건너편으로 자취를 감췄다. 판자벽에 기댄 오하쓰는 어스름하게 어두워지는 하늘을 올려다보았다. 다들 귓갓길을 서두르는 시각이라 행인이 띄엄띄엄 지나간다. 누굴 기다리는 표정을 짓고 있는 오하쓰를 유심히 쳐다보는 사람은 없었다.

'이건 또 무슨 상황일까…….'

손에 꼭 쥔 바람총 화살을 살펴보았다. 깃털이 오하쓰의 체온을 흡수하여 조금 따뜻해져 있다. 나카노하시에서는 버드나무 활, 지금은 바람총…….

오하쓰는 화살을 소매 속에 넣어 두었다. 중요한 실마리가 될 것이다. 그런 다음 지갑을 꺼내 돈이 얼마나 들어 있는지 확인했다.

그때 데쓰가 돌아왔다. 머리 위에서 "냐옹" 하고 우나 싶더니 벌써 오하쓰의 어깨로 뛰어 내려왔다.

"저긴 빈집이야. 다다미도 햇볕에 빨갛게 바랬더군. 먼지도 켜켜이 쌓이고."

데쓰는 쾽 하고 재채기를 했다.

"하지만 먼지 덕분에 복도에 발자국이 남아 있었어. 크기가 다른 발자국들이 많이 찍혀 있던데, 방금 전에 생긴 듯 보이는 새 발자국은 딱 하나야. 엄청 큰 놈이었어."

"그럴 거야. 화살을 길 건너에서 입으로 불어서 쏠 수 있었으니. 여자나 어린애는 아니겠지."

"저 여염집 현관은 안에서 빗장이 질러져 있어. 놈은 샛문으로 드나들었겠지. 부엌 물병에 새 물이 채워져 있고 마른 밥알도 흩어져 있었으니, 예전부터 누가 출입하고 있었음이 틀림없어."

"우리를 노렸다가 바로 도망쳤을까?"

"그렇겠지. 지붕에서 처마를 타고 방 안을 들여다보았을 때는 이미 아무도 없었어. 하지만 담배 냄새가 남아 있더군."

오하쓰는 데쓰를 껴안았다. "오라버니한테 얘기해서 저 집의 주인을 조사해 보라고 하자. 누가 빌렸는지를 알면 단서가 될 거야."

"하지만 조심해서 조사해야 해."

데쓰도 상황을 잘 알고 있다. 오하쓰는 데쓰의 머리를 쓰다듬어 주고 품속에 밀어 넣었다.

"거기서 얌전히 있어. 지금부터 조금 힘들어질 테니까."

"뭘 하려고?"

"마침 돈을 가지고 나오길 잘했어. 만에 하나 미행이 붙으면 곤란하니까 집으로 돌아갈 때도 가마를 여러 번 갈아타고 걷고 하면서 멀리 돌아서 갈 거야."

"아, 그래? 잘 알아 모시겠습니다요." 데쓰가 웃으며 수염을 움직였다. "그 참에 중간 어디쯤에서 뭐 맛난 거라도 사 먹고 갈까?"

가마를 세 대나 갈아탔다. 일단 고이시카와 쪽으로 빙 돌아간 다음, 그곳에서 골목골목을 이리 꼬불 저리 꼬불 지나면서 동쪽으로 돌아왔다. 꼭 데쓰의 소원을 들어주기 위해서는 아니었지만, 중간에 배가 고파서 경단집에도 들렀다. 시마이야에 도착하기까지 일 각_약 두 시간_ 이상이나 걸리고 말았지만, 덕분에 아마도 뒤를 밟히지 않고 무사히 도착한 듯했다. 해 떨어진 지 한참 뒤에 도착한 탓에 오요시한테 핀잔도 들었다.

로쿠조는 출타중이었다. 오요시에 따르면 우쿄노스케가 나중에 들르겠다고 했단다. 이층으로 올라가니 데쓰지로가 있는 방에서 스테키치의 목소리가 들린다. 기척을 낸 다음 장지를 열어 보았다.

"아, 오하쓰 아씨!"

스테키치가 뛰어나왔다. 오하쓰는 아이를 안아 주며, "아씨는 무슨" 하고 웃었다.

"저희 마님은 만나 보셨나요?" 데쓰지로가 근심스런 얼굴로 물었다. 오하쓰는 관리인 부부가 빈틈없이 간병해 주고 있으니 오노부 걱정은 하지 않아도 된다고 전했다. 스테키치는 그 말을 듣고 안심하는 눈치였으나, 데쓰지로는 역시 어른인지라 쉽게 넘어가지 않는다. 그는 오하쓰가 한 말보다 말하지 않은 것들을 곰곰이 생각하는 눈치였다.

"저희 쪽 사람들이 떼로 몰려와 폐가 많습니다."

"그런 걱정 말아요. 이건 오라버니가 해야 할 일이니까."

데쓰지로는 깍듯이 고개를 숙였다. 새벽에 있었던 이사지의 발작 이후로 그는 폭삭 늙은 듯 보였다.

오하쓰의 손을 꼭 쥐고 있던 스테키치가 오하쓰 뒤에 있던 데쓰를 보고 소리쳤다. "어, 고양이다!"

그러고는 데쓰가 내뺄 틈도 없이 번쩍 안아 올린다. 데쓰는 진저리를 냈지만 오하쓰는 웃었다. "쳇, 이런 꼬마는 질색인데" 하고 앓는 소리를 내면서 몸을 버둥거리고 있다.

그래, 데쓰지로에게 화살을 보여 주자. 오하쓰는 화로 옆에 무릎을 꿇고 앉아 소매에서 화살을 꺼냈다.

"그런데 데쓰지로 씨, 이런 거 본 적 있으세요?"

데쓰지로는 눈을 휘둥그레 떴다. "이건, 활터의 화살—아니, 그것보다 더 짧군요."

"네. 나막신 가게에 있을 때나 아사이야에 붙들려 있을 때 누가 이런 요상한 물건을 사용하는 걸 본 적이 있나요?"

"전혀요." 데쓰지로는 고개를 설레설레 흔들었다. "없어요. 이거 심상치가 않네요. 혹시 이게 아가씨한테 날아왔나요?"

"어머, 아녜요."

오하쓰는 웃으며 부정했지만 데쓰지로는 의외로 날카로운 남자인 듯, 사죄인지 의심인지 감탄인지 모를 눈길로 오하쓰를 빤히 쳐다보았다.

오하쓰는 화살을 다시 소매에 집어넣었다. 역시 이 화살을 쏜 자는 소스케나 아사타로 쪽 사람인가? 그렇다면 아사이야 건이나 천구 건과는 별개라는 말이 되나? 아니, 너무 성급한 결론인가?

"이사지 씨는 그 뒤로 어때요? 뭐 들은 소식은 없나요?" 얼굴을 들고 데쓰지로에게 물어보았다.

"아뇨, 아직 아무 소식도. 점심 지나서 분키치 씨가 겐안 의원님 댁으로 갈아입을 옷 따위를 전해 주러 가셨습니다."

데쓰지로는 두 무릎에 손을 얹고 고개를 푹 떨어뜨렸다.

"그 지경이 되었으니 이사지 형님이 나을 수 있을까요?"

"겐안 의원님이 알아서 잘해 주실 거예요."

오하쓰로서는 그 말밖에 할 수 없었다. 데쓰지로는 쓸쓸한 미소를 지었다.

그들도 그렇고 스테키치도 그렇고, 올봄 들어 겨우 한 달 사이에 일상생활이 송두리째 바뀌고 말았다. 잃어버린 것이 산더미처럼 많다.

"힘들겠지만 견뎌 보세요. 오아키 씨는 반드시 찾을 테니까."

오하쓰의 말에 데쓰지로가 고개를 끄덕였다. 동의한다기보다 자기 자신을 타이르려는 양 한참을 끄덕인다.

"방구석에만 틀어박혀 있기도 고역이네요." 하고는 애써 밝은 말투로 말했다.

"뭐든 제가 도움이 될 만한 일은 없을까요? 저는 그래도 몸뚱이는 멀쩡하잖아요."

"그렇게 마음 쓸 필요 없어요. 지금은 이 집에서 가만히 있는 게 데쓰지로 씨가 해야 할 일이에요."

"그럼 댁에 있는 나막신이나 손봐 드릴까요?"

데쓰지로는 통용문 봉당에 벗어 둔 오하쓰의 나막신을 쳐다보며 말했다.

"아가씨가 왈가닥인 줄은 알았지만 가만 보니 걸음걸이에도 특이한 버릇이 있군요."

 그 말대로 오하쓰의 나막신 굽이 한쪽만 닳아 있다. 늘 오른쪽만 금세 닳아 버린다. 그렇게 꼭 집어서 말하니 오하쓰도 조금 부끄러워졌다.

 "고마운 말씀이지만, 연장은 어쩌고요?"
 "작은 칼 하나만 빌려 주시면 됩니다. 혹시 대패가 있다면 더 바랄 게 없고요."

 로쿠조가 가끔 내킬 때면 재미 삼아 목공일을 하므로 작은 칼도 있고 대패나 끌도 갖춰 놓았다. 숫돌도 있다. 데쓰지로는 고마워하며 연장들을 받아 들고는 오하쓰의 나막신을 조심스레 안고 이층으로 올라갔다. 이사지 걱정에 계단 초입에서 거반 울상을 짓고 있던 스테키치를, "얘, 일이나 하자" 하며 방 안으로 데리고 들어간다.

 잠시 후 데쓰가 부엌으로 내려왔다.

 "꼬맹이한테 시달린 덕분에 귀 털까지 헝클어지고 말았네" 하고 투덜거린다. "오하쓰, 나 배고파."

 생각해 보니 오하쓰도 끼니때를 한참 넘긴 상태였다. 오요시가 반찬들을 따로 덜어서 찬장에 넣어 두었다. 데쓰한테는 가다랑어포로 고양이 밥을 만들어 주고 자기가 먹을 찬에서 생선 구이를 조금 덜어서 내준 다음 부엌에서 쓸쓸히 식사를 했다.

 밥상을 치우고, 이제 뭘 할까, 식당 일을 도울까, 하는 생각도 했지만 영 기운이 나질 않았다. 부엌 옆에 있는 사 첩 반짜리 방에 들어가 화로 재를 다듬으며 잠시 멍하니 앉아 있었다. 데쓰도 얼굴과 몸 여기저기를 깨끗이 핥고는, 후아아 하품을 하더니 화로 옆에 웅크리고 앉았다.

　내가 이렇게 앉아 있는 동안에도 오아키 씨나 오리쓰는—하고 생각하다 어느새 깜빡깜빡 졸아 버린 모양이다. 인기척에 깨어나 보니 분키치가 까치발을 하고 옆으로 지나가는 참이었다.

　"아, 깨 버리셨네요, 죄송해요."

　분키치가 뒷걸음질을 치다가 데쓰의 꼬리를 밟았다.

　"악! 아프잖아! 이 얼간아!" 데쓰가 악을 쓰며 발딱 일어났다. 오하쓰는 눈을 끔뻑거리면서도 소리 내어 웃고 말았다.

　"지금 와요? 수고했어요. 마침 잘 깨어났네요. 겐안 의원님한테 갔다 왔다고요?"

　"예. 하마터면 의원님 낮술 상대가 될 뻔했네요."

　"분키치 씨도 참."

　"그런데 이사라는 사람의 상태를 보고 의원님도 술이 확 깨신 모양입니다. 이거 큰일 났네 하시더군요. 의원님도 그 사람이 그렇게 심한 중독인 줄은 모르셨나 봐요. 이제 제대로 파악했으니 안심하라고 전해 달라셨습니다."

　오하쓰는 분키치를 앉혀 놓고 차를 내주었다. 분키치가 찬 손을 화로에 쬐고 있는데, 손등에 여러 가닥 할퀸 자국이 눈에 띄었다.

　"그거 왜 그랬어요?"

　분키치는 당황하며 손을 감추려고 했다. 옆에 있던 데쓰가 분키치 무릎 위로 깡충 뛰어 올라갔다.

　"이거, 내가 그런 거 아냐. 사람 손톱 자국이네" 하고 오하쓰에게 고한다.

물론 이 말은 분키치한테는 들리지 않는다. 오하쓰는 웃으며 분키치에게 말했다. "세상에, 또 싸웠어요?"

분키치는 겸연쩍은 듯 머리를 긁적였다. "들켜 버렸네. 이거 원 창피해서. 어제 구루마야에 다녀왔잖아요."

오하쓰가 부탁했던 일이다. 그녀는 구루마야에 다녀온 분키치에게 구루마야 사람들이 모두들 안녕하더라는 말을 들었던 터였다.

"네, 그랬죠. 고마웠어요. 다들 잘 있다고 했잖아요."

"예. 그 댁 오미요 씨는 성격이 좋은 아가씨더군요. 키가 너무 크고 턱도 좀 튀어나오긴 했지만."

분키치에 따르면 그의 연인인 또 다른 오미요가 시마이야에 찾아왔다가 이야기를 주워들었다고 한다. 분키치의 연인은 건어물 가게 딸인데, 그 가게는 시마이야하고도 거래를 하고 있다.

"오미요 고 앙큼한 것이 제가 오요시 님한테 했던 이야기를 전해 듣고는······."

"귀에 들어가면 곤란한 이야기였나요?"

"구루마야의 따님 오미요 씨는 괜찮은 아가씨다, 이름은 똑같은 오미요인데 성격은 어쩌면 그렇게 다를 수 있느냐고."

딱하다고 생각하면서도 오하쓰는 큰 소리로 웃고 말았다. "아, 미안해요. 하지만 건어물 가게 오미요 씨가 화낼 만도 하네요."

안 그래도 분키치의 연인은 강짜가 심한 아가씨다.

"이거야 원." 분키치는 손등의 상처를 쓰다듬었다.

"생긴 것은 네가 훨씬 낫다고 몇 번을 말했는지 몰라요. 그랬더니 조금 진정되더군요. 하지만 구루마자카까지 가서 자기 눈으로 확인해야겠다면서 기어코 나갔습니다."

그 말에는 오하쓰도 놀랐다. 건어물 가게 오미요는 강짜가 심할 뿐만 아니라 승부욕도 대단한 모양이다.

"그래서 구루마야의 오미요 씨를 만나 보고 왔대요?"

분키치는 수치스러운 듯 목덜미를 쓸었다. "참 황당한 여자라니까요."

"뭐라고 하면서 찾아갔을까?"

구루마야의 오미요가 마음 상하지나 않았을까, 오하쓰는 그쪽이 걱정스러웠다.

"아뇨, 손님인 척 가게에 들어가 구루마야의 따님만 보고 왔대요. 얼굴이 애호박처럼 기다랗더라고 하기에 나도 조금 화가 나서 그런 소리 하면 못쓴다고 했지요."

"그랬어요? 그런 소리를 하면 오미요 씨가 또 화를 낼 텐데."

"네, 발끈하더군요. 그래서 이렇게 됐지요" 하고 분키치는 손등의 할퀸 상처를 쓸어 보였다. "하지만 아가씨, 오미요란 것이 이렇게 말하더군요. 구루마야의 오미요란 아가씨는 피부 하나는 곱더라, 매끈매끈하고 윤기가 나는 것이 막 빚어낸 찹쌀떡 같던데, 당신도 그 피부에 눈이 멀었구나, 라고 닦달을 해서 또 싸웠지요. 저는 그런 생각을 한 적도 없거든요. 아가씨 심부름하러 다녀온 건데, 내 모든 행동을 그런 이상한 눈으로 본다니까요."

그랬나……? 하고 오하쓰는 생각했다. 구루마야의 오미요 얼굴을 떠올려 보았다. 그녀의 영리해 보이는 눈과 애교 있는 입매와 상대방이 하는 말을 시원시원하게 받아 주는 얼굴, 생기 있고 풍부하게 변하는 표정 등은 떠올릴 수 있었지만 피부가 고왔는지는—.

"그랬나? 특별히 그런 것 같지는 않은데." 오하쓰는 중얼거렸다.

"하지만 오미요가 한 말이니까 틀림없을걸요" 하고 분키치는 말했다. "그 사람은 그런 데 예민하거든요. 다른 여자의 머리 모양이라든지 피부라든지 옷차림이라든지. 나이도 족집게처럼 알아맞힙니다. 아무리 나이를 속이고 젊게 꾸며도 내 눈은 못 속이지, 하고 쓸데없는 자랑까지 할 정도거든요."

강짜 심한 오미요는 그렇게 남을 관찰하면서 시샘거리를 찾아내거나 자기가 우월한 점을 확인하며 우쭐해 하는 것일까?

"건어물 가게 오미요 씨, 용케 그럴 시간을 내곤 하네요."

그 건어물 가게는 점포는 작아도 장사를 꽤 잘하는 가게로, 온 가족이 일 년 내내 바쁘다. 요즘 같은 벚꽃 철이나 낙엽 지는 가을철에도 가게 앞에 꽃잎 하나 낙엽 한 잎 떨어져 있는 일이 없을 정도로 깔끔을 떠는 집이기도 하다. 딸 오미요 역시 부지런하고 눈치도 빠르다. 바로 그런 점 때문에 분키치도 이런저런 불평을 하면서도 그녀를 좋아하는 것이다.

"그런 걸 보는 눈은 따로 달려 있다고 하잖아요." 분키치는 쓴웃음을 지었다.

"그래요?" 오하쓰는 웃었다. "나는 아무래도 그 눈이 없나 봐요."

"오미요 말이, 아가씨는 가만히 있어도 원래부터 미인이니까 주변 사람의 시선을 의식하지 않는대요."

"내가 미인? 농담하지 말아요."

분키치는 진지했다. "농담 아닙니다. 오미요한테 단단히 경고를 받았다니까요. 당신, 오하쓰 님이 아무리 미인이라고 해도 괜히 엉뚱한 마음 먹으면 가만 안 두겠어요, 그러잖아요. 그런 기미만 보이면 저를 멍석에 말아서 큰 강에 던져 버리겠대요. 농담이 아닙니다, 오하쓰 아가씨는 그렇게 생긴 형님의 동생이시지만—."

말이 지나쳤다고 생각했는지 분키치는 흠칫하며 양손으로 입을 막았다. 오하쓰는 깔깔거리며 웃었다.

"맞아요. 도깨비처럼 생긴 오캇피키의 여동생이잖아요."

"아뇨, 그런 말이 아니라……."

"괜찮아요." 오하쓰는 웃음을 금방 그치지 못했다. 이러니저러니 해도 건어물 가게 오미요는 분키치에게 폭 빠진 아가씨고, 그러니 그런 경고도 했으리라. 그녀로서는 분키치를 다른 여자한테 빼앗기는 일이 없도록 고가의 건어물처럼 단단히 묶어서 가게 구석에 꼭꼭 숨겨 놓고 싶을지도 모른다.

어색해진 탓인지 분키치는 얼른 일어섰다. "히가시료코쿠 지신반에 가 봐야겠습니다."

"수고해요. 그럼 오늘 밤은 거기서 묵겠네요. 근데 로쿠조 오라버니가 어디 있는지 알아요?"

분키치는 고개를 갸웃했다. "저도 모르겠어요. 저녁때 간타로 행수님이 불쑥 찾아오셔서 두 분이 잠시 이야기를 나누시던데요."

분키치가 나가고, 다시 혼자 남았구나 싶어 멍하니 있는데 옆에서 데쓰가 말을 걸었다.

"인간 여자들이란 참 어처구니가 없군."

"어, 너도 듣고 있었니?"

데쓰는 뒷다리를 쳐들어 귀 뒤를 긁었다. "피부가 곱다느니 머리카락에 윤이 난다느니 하지만 할머니가 되면 다 매한가지야."

"바로 그게 너희랑 우리가 다른 점이야. 너희는 지난 달 새끼고양이였나 싶더니 금세 어른이 되고, 일단 어른이 되면 늙은이가 될 때까지 겉모양에 별다른 변화가 없잖니. 하지만 우리는 할머니가 되기까지 많은 변화를 겪거든."

데쓰는 "켁" 하는 소리를 냈다. "그러니까 죽어서 천구가 되는 거야."

오하쓰는 움찔했다. 맞는 말이다.

"천구―우리가 쫓고 있는 천구의 본색은 여인의 망념 덩어리야."

마침 잘됐다―말 나온 김에 전부터 의아했던 점을 물어봐야겠다. "그런데 데쓰. 그런 천구를 어째서 너희는 적이라고―없애 버려야 할 상대로 느끼는 거지?"

"그야 동무의 원수를 갚기 위해서지" 하고 데쓰는 냉큼 대답했다. "뻔하잖아."

"그럴까? 그것만은 아니겠지?"

"좌우지간 천구는 우리의 원수라니까."

"그러니까 왜 원수냐고."

데쓰는 또 뒷다리를 들어 귀 뒤를 박박 긁기 시작했다. 누가 무엇을 물었을 때 대답이 궁하면 머리를 긁적이는 것처럼. 오하쓰는 미소를 짓고 데쓰를 가만히 쳐다보았다.

"그런 거 몰라" 하고 데쓰는 곤혹스러운 듯이 말했다. "그렇게 빤히 쳐다보지 좀 말아 줄래?"

"너도 모르니?"

"그걸 어떻게 알아." 툭 내뱉고 나서 데쓰는 뒷다리를 내리고 고개를 갸웃했다. "그런 거 생각해 본 적도 없어. 하지만 도사라면 알고 있을지도 모르지."

도사―데쓰의 동무 고양이를 부르는 별명이다. 데쓰 이야기로 짐작건대 지혜가 많은 늙은 고양이인 듯하다. "언제 한번 도사를 만나게 해 줄래?"

데쓰는 의아스러운 듯이 눈을 가늘게 떴다. "뭐하러 만나?"

"만나 보고 싶단 말이야. 도사는 너희에게 장로 같은 존재라고 하니까. 도사가 이름이니?"

"글쎄. 절에 살고 있어서 그렇게 불러."

"어느 절?"

"여기저기 옮겨 다니는 모양이던데. 나도 자세히는 몰라. 하지만 지난 일 년 정도는 후카가와에 있는 레이간지라는 절에만 있었어."

이 말에는 깜짝 놀랐다.

"왜 그 말을 이제야 하니!"

데쓰는 눈을 끔쩍거렸다. "레이간지 얘기가 그렇게 중요해?"

"오아키 씨의 나막신 가게가 레이간지 뒤에 있는 야마모토초에 있잖아. 조신지는 레이간지 옆에 있는 절이란 말이야."

도사는 맨 처음 가미카쿠시를 당한 오아키의 집 바로 옆에 거처를 두고 있었던 셈이다.

"그래. 그쯤은 나도 알아. 천구는 맨 처음 오아키라는 처녀를 우리 코앞에서 채 갔지. 그래서 오아키의 귀여움을 받았던 방울이가 그 사실을 도사한테 전했고, 나도—."

오하쓰는 손을 내저어 데쓰의 말을 막았다. "잠깐, 잠깐만. 처음부터 다시 얘기해 보자. 너랑 방울이는 원래 후카가와 근방에서 살았니?"

"그래."

"도사가 레이간지에 거처를 둔 건 일 년쯤 전이고?"

데쓰는 고개를 끄덕인다. "그래. 어느 날 불쑥 찾아와서 경내에 머물기 시작했어. 그전에 어디 있었는지는 나도 모른다고 아까 말했을 텐데?"

"그럼 너희는 도사랑 금방 친해졌니?"

"글쎄. 오하쓰가 한 말처럼 도사는 지혜가 깊어서 우리에게 온갖 것들을 가르쳐 주었거든. 그래서 금방 친해졌어."

"가미카쿠시가 천구의 짓이고, 더구나 천구는 너희 고양이들의 적이라는 사실을 가르쳐 준 것도 도사야?"

"그건…… 뭐라고 할까……." 데쓰는 대답이 궁한 듯했다. "오아키란 처녀가 이상한 관음보살한테 씌었다고 방울이가 알리러 온 일이 시작이었어. 그러자 도사는 그 관음보살의 본색이 천구라고 했어. 천구라니, 그게 뭐냐고 묻자 원령이라더군. 그러고 나서 얼마 후 새빨간 아침놀이 낀 새벽에 오아키란 처녀가 가미카쿠시를 당하고 말았지."

이제 순서대로 이해했지? 하는 듯이 데쓰는 오하쓰의 얼굴을 올려다보았다. 오하쓰는 응, 하며 고개를 끄덕여 보였다.

"오아키란 처녀가 사라진 뒤 우리는 방울이를 데리고 나막신 가게에 가 보았어. 가게 주변에 뭐라고 말할 수 없는 섬뜩한 바람이 고여 있는 게 느껴지더라. 등에 난 털이 온통 곤두서는 기분이었지. 원령 냄새가 났어. 그 순간 우리는 이 원령, 그러니까 천구란 놈은 우리의 적이구나, 하고 느낀 거야. 쥐를 보면 잡아먹고 싶어지듯이—하지만 그보다 더—뭐라고 할까, 강력한 적이라는 사실을 깨달았어."

데쓰는 작은 머리를 열심히 굴리고 있다.

"그래서?"

"그래서 우리는 그 느낌을 도사한테 말해 보았지. 그러자 도사는, 그건 당연하다, 천구와 우리는 태어날 때부터 원수지간이니까, 그렇게 말하더군. 이러저러는 사이에 이번에는 나가노야의 오리쓰라는 처녀가 잡혀 가고 동무 하나까지 살해되었지. 우리는 당연히 동무의 원수를 갚아야 한다고 생각해서……."

데쓰는 말을 멈추고 귀를 움찔 움직였다. "생각해 보면 이상해. 우리와 천구는 왜 태어나면서부터 원수지간이지? 도사도 그 얘기는 해 주지 않았어. 우리가 묻지 않아서 그랬는지 모르지만. 하긴 우리에게 천구가 적이란 것만은 분명하니까."

오하쓰는 화로 테두리에 두 팔꿈치를 괴고 생각했다. 데쓰 같은 고양이들이 천구를 적으로 여기며 두려워하고 격퇴해야 한다고 느끼는 것은, 이를테면 오하쓰 같은 인간들이 돌림병을 무서워하고 퇴치하려고 애쓰는 것과 같은 이치일까?

게다가 아무래도 마음에 걸리는 점이 있다. 도사라는 고양이가 오아키의 가미카쿠시가 일어나기 일 년쯤 전부터 오아키네 바로 옆에 살기 시작했단 말이지. 더 오래전부터 거기 있다가 우연히 근처에서 가미카쿠시가 일어난 것이 아니다. 도사는 일 년쯤 전부터 조만간 후카가와에 천구가 나타난다는 사실을 알고 그것을 무찌르기 위해서 레이간지로 찾아오지 않았을까 하는 생각도 든다.

'지나친 생각일까?'

데쓰는 열심히 몸을 핥으며 몸단장을 하고 있다.

"도사를 만나고 싶다면 언제라도 좋아. 내가 안내할게."

"그래. 가까운 시일 안에 만나게 해 줘."

로쿠조가 돌아오면 나막신 가게에서 일어난 일을 전해야 한다. 하지만 그때까지는 그 무서운 일일랑 까맣게 잊어버리자. 로쿠조와 간타로가 우헤의 헌옷 가게 나가타야로 고소데를 팔러 온 무가 집안의 따님을 만나기만 하면 천구를 잡으러 가는 길도 열릴 테니까.

그날 남은 시간을 오하쓰는 바지런히 일하며 보냈다. 데쓰는 잠시 밖으로 나갔지만 오늘 아침 오요시한테 가볍게 핀잔을 들은 일이 어지간히 기분 좋았는지 가게 문을 닫을 즈음에는 집으로 돌아와 그녀를 기쁘게 하고, 게다가 그날 밤은 오요시가 자는 이불 발치에서 잤다. 엉큼한 것.

잠옷을 입자 수마가 질풍처럼 오하쓰를 엄습했다. 다행히 꿈은 꾸지 않았다.

우쿄노스케는 이튿날 아침 여덟시가 지나서야 등장했다.

숙면을 취한 덕에 오하쓰는 기운을 찾았다. 그런 만큼 어제저녁에 오마 했다가 오지 않은 우쿄노스케를 걱정하고 있었다. 얼굴을 보니 마음이 놓인다.

"어제는 죄송했어요."

안쪽 방에서 화로를 사이에 두고 마주 앉자 첫마디로 그렇게 사과했다.

"무슨 일이 있나 했어요."

"있었다면 있었죠."

그는 아사이야 주변을 조사했다고 한다. "만약 그 사람들이 은밀한 아편 거래로 돈벌이를 하고 있었다면 언제 어디선가 그런 사실을 짐작게 해 주는 일들이 일어나지는 않았을까 하고 생각했습니다."

"하지만 그렇게 쉽게 꼬리를 밟히겠어요? 그런 장사를 한다면 조심에 또 조심할 텐데……."

우쿄노스케는 즐거운 표정으로 말했다. "하지만 무엇을 완벽하게 은폐하기란 쉬운 일이 아니죠. 감추면 감출수록 끝자락이 노출되는 경우가 있잖아요. 일단 들어 보세요."

우쿄노스케의 부친은 지금도 심문 담당 요리키로 일하고 있다. 우쿄노스케는 성격이 너무 내성적이라 마치에서 일하는 관리로 어울리지 않기도 하고 산학이라는 학문에 욕심이 있던 탓에, 아버지의 직위를 물려받는 길을 포기하고 부교쇼에서 물러나고 말았다. 하지만 한때는 요리키 수습으로서 부교쇼에서 열심히 일했던 몸이다. 지금도 부교쇼에는 나름대로 연줄을 가지고 있다.

우쿄노스케는 먼저 아사이야라는 요릿집에서 과거에 무슨 사건이나 사고가 일어나지는 않았는지부터 조사하기 시작했다.

"물론 그 요릿집에서 어떤 사고나 사건이 일어나면 구라타 몬도나리가 일찌감치 나서서 수습할 터이니, 아사이야가 징계를 받은 일은 없었겠지요. 하지만 사건이나 사고가 어쩔 수 없이 공개되어 버리면 부교쇼에 뭔가 기록이 남게 되니까요."

많은 사람들이 드나드는 요릿집이니만큼 소소하나마 뭔가 사건이 있었으리라—라는 생각으로 기록을 뒤지기 시작하자 곧 흥미로운 기록이 눈에 띄었다.

"오 년쯤 전인데, 아사이야 현관 앞에서 손님으로 온 무사들끼리 칼부림이 있었습니다. 소속 번영주가 다스리는 지역, 또는 그 지역을 관리하는 기구은 기록해 두지 않았지만 아무튼 에도 번저에 근무하던 무사인데, 아무래도 만취한 상태로 싸움을 벌였나 봅니다. 가벼운 부상자가 나왔지요."

부교쇼에서는 사람을 파견해서 사건을 상세히 조사했고, 다툼을 벌인 당사자들로부터도 사정을 청취했다.

"부교쇼로서는 솔직히 말하면 이만한 사건은 모르는 척 넘어가고 싶었겠지요. 그래서 싸운 당사자들에 대한 처분은 해당 번에 맡기기로 하고에도 시대에는 전국에 이백 수십 개의 번이 있었는데, 각 번의 영주와 가신들은 한 해 걸러 에도에서 생활해야 했다. 때문에 에도 성 주위에는 각 지방 영주의 저택인 번저가 모여 있었다. 규모가 큰 번의 경우 이천 명 이상의 가신이 번저에서 생활했는데, 이들은 사실상 '치외법권'을 누려서 마치부교쇼에서는 이들을 처벌할 권한이 없었다 일찌감치 손을 뗐는데—,"

이때 부교쇼에서 사건 담당자로 파견한 도신이 구라타 몬도였다.

"아사이야에서 일가친척을 내세운 거네요."

오하쓰는 그렇게 말하고 어제 야마모토초 관리인 부부한테 들은 이야기를 우쿄노스케에게 전했다. 구라타 몬도가 오노부를 병문안 했다는 이야기다.

"호오……. 의외의 모습을 보여 주었군요." 우쿄노스케는 안경을 끌어올렸다.

"전에 우쿄노스케 님 말씀을 들었을 때는 구라타 나리가 그저 아사이야의 앞잡이일 뿐이라니 과연 그럴까 하는 의심이 남아 있었거든요. 하지만 관리인의 이야기를 듣고 생각이 조금 바뀌었어요."

우쿄노스케는 고개를 조금 숙이고 흥미롭다는 듯이 입가에 미소를 머금었다.

"응? 왜요? 제가 뭐 우스운 말이라도 했나요?"

"아뇨, 아닙니다. 오하쓰 씨가 하신 말 때문에 웃은 게 아니에요."

"하지만…… 분명히 웃으셨잖아요." 오하쓰는 부아가 나기 시작했다.

"남자와 여자의 생각이 이렇게 다르구나 하는 생각에 웃은 겁니다. 고심 끝에 조리 있게 해석해서 내놓은 설명보다 마음을 흔드는 소소한 사건이 더 강력한 설득력을 가지다니 싶어서요. 정말이지 저는 여자를 못 당하겠어요."

"이상한 말씀을 하시네요."

오하쓰가 여전히 뚱해 있자 우쿄노스케는 흠 하고 헛기침을 했다. "하던 이야기로 돌아갈까요? 계속해도 될까요?"

그랬다. 아사이야와 아편 이야기를 하던 중이었다.

"그런데 흥미로운 점은, 싸움의 당사자 가운데 하나가 그로부터 한 달쯤 지나서 또 아사이야를 찾아와 이번에는 거기서 일하는 하녀를 베어 죽이는 소동을 일으켰다는 겁니다."

"하녀를……."

"예. 어깨부터 모로 베어서 단칼에 죽였습니다. 칼을 휘두른 무사는 무레이우치_{무례한 자를 재량껏 죽일 수 있는 무사의 특권}라고 주장했어요. 이때 아사이야의 신고를 받고 달려간 사람은 물론 구라타 몬도 나리였지요. 아사이야에서 핫초보리의 구라타 나리 댁으로 직접 점원을 보내서 알렸다고 합니다."

"또 뒤치다꺼리를 맡겼군요."

"그렇죠. 그러나 오하쓰 씨." 우쿄노스케는 몸을 앞으로 내밀었다. "한 무사가 같은 장소에서 연이어 두 번이나 칼부림을 했습니다. 이렇게 되면 부교쇼로서도 무사의 신병을 번에 맡겨 버리고 물러날 수 없지요. 아무리 본인이 무레이우치라고 주장한들 요릿집 하녀를 상대로, 더구나 이번에도 역시 술에 취해서 저지른 소행이니까요. 번에서는 강경하게 항의를 했겠지만, 부교쇼는—아니, 구라타 몬도 나리의 상관인 요리키 나리는 구라타 나리에게 명해서 무사의 신병을 확보해 두라고 합니다. 그런데—,"

우쿄노스케의 눈이 반짝 빛났다.

"심문을 시작한 이튿날, 그 사건은 무사의 난심亂心 탓으로 보인다고 결론을 내립니다."

"난심이라고요?" 머리가 이상해졌다는 말인가?

"맞아요. 실은 무레이우치가 아니라 난심 때문에 칼부림 소동을 일으켰다. 그런 말이죠. 심문을 맡은 요리키가 분명히 그렇게 기록해 놓았더군요. 답변도 제대로 못하고 몸을 심하게 떨고 땀을 흘리며 발작하는 모습을 보인다고."

오하쓰의 마음속에 벌써부터 이사지의 얼굴이 떠올랐다.

"어제 이사지 씨가," 하고 오하쓰가 입을 열었다. "그것과 똑같은 모습을 보였는데……. 저희가 감당 못하겠다 싶어 겐안 의원님 댁에 실어 보냈어요."

"의원님은 뭐라고 했나요?"

"아편 탓이다, 아편이 떨어져서다, 라고요. 이렇게까지 심한 중독인 줄은 몰랐다셨어요."

우쿄노스케가 짝 하고 손뼉을 쳤다.

"역시 그랬군. 바로 그거예요. 그 무사도 그랬습니다. 아편이 떨어진 탓에 발작을 일으킨 겁니다."

과연—하고 오하쓰는 생각했다.

에도 번저에 근무하는 무사로서 어지간한 지위에 있다면 아사이야 같은 요릿집에 드나들 기회는 비교적 많다. 번의 재정은 어느 번이나 다 비슷하게 어려워서, 루스이야쿠_{번의 외교부 역할을 하던 직책으로, 주로 영주의 가신이 맡았다. 막부나 다른 번과의 교섭 및 정보 입수는 매우 중요한 일이었으므로 루스이야쿠끼리 조합을 만들어 정기적으로 모여서 정보를 교환했는데, 모임을 대개 값비싼 요릿집에서 가진 탓에 지탄받기도 했다}를 우두머리로 하는 에도 번저 근무 무사들은 돈 빌릴 데를 알아보고 빚을 갚고 에도 저택의 경비를 절감하고 번저에 필요한 생활재를 구매하고 상인들과 거래하는 일 따위로 세월을 보내게 마련이다. 상인들과 회합을 가질 때는 아사이야 같은 커다란 요릿집을 택하는 경우가 많다. 무사가 상인에게 접대를 받기도 하고 상인이 무사를 초대하기도 하는 등 형태는 다양하다.

그런 에도 번저 근무 무사들 가운데 한 사람이 업무차 출입하던 아사이야에서 아편을 배운다. 계기가 무엇이든 은밀한 금단의 쾌락을 체험하고 만 것이다. 그의 아편 탐닉은 조금씩이기는 하지만 확실하게 깊어져, 아사이야에 갈 때마다 정도가 심해졌다.

그러던 어느 날 아사이야에서 그는 동료 무사와 다툼을 벌이고 만다. 그것도 어쩌면 아편에 의한 흥분 탓이었는지 모르지만, 설령 아니라 해도 여하튼 소동을 일으켰으니 뒤처리를 해야 했다. 다행히 무사의 신병은 해당 번이 확보했지만, 해당 번에서는 요릿집 같은 곳에서 함부로 칼을 휘두른 무사를 일정 기간 동안 외부 업무에서 배제했으리라. 적어도 영주 가문의 체면과 신용이 걸린 중요한 업무에서는 물러나게 하지 않았겠는가.

그렇게 되자 그는 아사이야에 드나들기가 어려워진다. 에도 번저 무사의 주머니에 아사이야 같은 고급 요릿집을 드나들 수 있는 돈이 있을 리 없다. 아편에 빠진 그는 점차 돈이 말라 간다. 그러다가 어느 날 애가 타서 더 이상 견디지 못하게 되자 아사이야에 달려가 이번에는 정말로 광란을 벌이며 칼을 휘두른다―.

"무섭네요." 오하쓰가 저도 모르게 중얼거렸다. "결국 무사는 어떻게 되었나요? 난심으로 판정받아―."

우쿄노스케는 고개를 끄덕였다. "부교쇼로서도 난심이라는 데야 어쩔 도리가 없죠. 무사가 속한 번에서는 애초에 무레이우치인데 어찌 마치부교쇼 따위가 개입하느냐고 시끄럽게 항의하던 참이었고요. 부교쇼로서는 안 그래도 골칫거리이므로 얼른 신병을 넘겨주고 말았습니다."

"부교쇼에서는 무사가 아편에 중독되었다는 사실을 몰랐을까요? 정말 그냥 난심이라고 믿었던 걸까요?" 하고 오하쓰는 말했다.

"그때는 그게 통했겠지요. 구라타 나리는 일가친척인 아사이야에 어두운 비밀이 있으리라고는 상상도 못했을 테고요. 게다가 부교쇼의 도신이나 요리키는 겐안 의원님처럼 아편에 대해서 잘 알지는 못하니까요."

그렇구나…….

"그 뒤 한동안 아사이야 주변은 평온했고 특별히 이상한 일도 없었습니다" 하고 우쿄노스케는 계속했다. "지금까지 말한 내용도 실은 추론을 벗어난 이야기는 아니지만, 여기서 조금 더 억측을 해 보자면, 제가 보기에는 아사이야에서도 하녀가 죽은 사건으로 진저리를 내며 더욱 조심스러워지지 않았나 합니다."

능히 그럴 만하다. 부교쇼의 눈길을 끄는 일이 없도록 조심에 또 조심을 하게 되었다ㅡ.

"혹은 암거래 방식 자체를 조금 바꾸었을지도 모릅니다. 장소를 옮긴다거나."

"하지만 그런 암거래에 알맞은 장소가 달리 또 있을까요?"

요릿집에 있는 방이라면ㅡ더구나 아사이야 건물은, 몰래 들어갔을 때 보았지만 매우 크고 방도 많아 보였다ㅡ손님에게 은밀히 아편을 피우게 하기도 그리 어렵지는 않다. 하지만 다른 장소, 이를테면 손님이 지정하는 놀잇배나 찻집 같은 곳에서 아편을 거래했다간 외부에 노출될 위험이 매우 커진다.

"맞습니다. 저도 그 점 때문에 머리를 쥐어짜며 아사이야의 아 자도 나오지 않는 기록들을 뒤져 나갔는데요ㅡ."

우쿄노스케의 얼굴이 문득 밝아졌다.

"그러다가 찾았어요. 작년 여름에 아사이야가 관련된 기묘한 사건이 일어났다는 사실을."

기록상으로 '사고'에 속하는 일이었다. 큰 강에 띄운 불꽃놀이 배에서 여자 손님 하나가 강물에 떨어져 익사한 것이다.

"죽은 사람은 간다 묘진시타에 있는 고마쓰야라는 방물점의 안주인 오사다라는 사람입니다. 안주인이라고는 해도 남편과 사별하고 가게는 아들 내외에게 물려주었다고 하니, 말하자면 뒷방으로 은퇴하고 한가롭게 여유를 즐기던 부인이었겠지요. 그날은 계원들과 함께 불꽃놀이 배를 탔다가 사고를 당했답니다."

"불꽃놀이 배……."

생각났다. 원래 아사이야는 불꽃놀이 배에 출장 요리를 제공하는 일로 장사를 시작한 가게가 아닌가.

오하쓰가 생각하는 바를 우쿄노스케도 생각하고 있었던 듯하다. 그는 빙긋이 웃으며 말했다.

"그래요. 아사이야와 불꽃놀이 배는 떼려야 뗄 수 없는 관계가 있지요. 이 사건 기록에는 오사다가 타고 있던 배를 운영하는 놀잇배 집―아마 요시노야라는 곳이었던가요―이름만 나와서 하마터면 그냥 지나칠 뻔했지만, 요리를 제공한 가게는 아사이야였습니다."

고마쓰야의 오사다는 당시 사십오 세.

"배를 타고 있던 계원들은 오사다가 술에 많이 취해서 뱃전에 나갔다가 발이 미끄러져 강물로 떨어졌나 보다. 그때 자기들은 놀잇배 방 안에 있어서 현장을 보지는 못했으므로 자세히는 모른다―라고 했지만, 고마쓰야의 젊은 내외로부터 다른 말이 나왔습니다. 아들 말로는, 어머니는 젊은 시절부터 술이 세서 술고래라고 불릴 정도였다는군요. 그렇게 쉽게 취해서 배에서 떨어지는 일은 있을 수 없다는 겁니다."

 게다가 오사다는 은퇴하기 전에는 아무래도 소문을 저어하여 음주를 삼갔지만, 그즈음에는 매우 공공연하게 음주를 즐겼다. 그러므로 그녀가 호주가라는 사실은 계원들을 비롯하여 친한 사람들이라면 다들 잘 알고 있었다고 한다. 그런 사람이 어떻게 술에 취해 익사할 수 있겠느냐, 하고 고마쓰야 내외는 의문을 제기했다.

 "그래서 부교쇼에서는요?"

 "젊은 내외의 의문을 받아들여서 다시 조사를 시작했습니다. 요리를 아사이야에서 제공했다는 사실도 조사 과정에서 확인되었고요. 그러나 이렇다 할 의문점은 찾지 못했습니다. 가장 중요한 오사다의 시체도 큰 강에서 바다로 떠내려갔는지 끝내 찾지 못했고요. 그런 연유로 최종적으로는 역시 술에 취해 강물에 떨어졌다는 결론을 내렸습니다. 아무리 호주가라도 만일의 사태는 있을 수 있으니까요."

 오하쓰는 방금 들은 이야기를 머릿속에서 천천히 정리하며 고개를 끄덕였다. 우쿄노스케가 왔을 때 화로 위에 올렸던 무쇠 주전자에서 그제야 하얀 김이 무럭무럭 오르기에, 그가 좋아하는 뜨거운 잎차를 타 주었다.

 "오, 고맙습니다." 우쿄노스케가 반갑게 찻잔을 들었다. "저희 집에서는 아버지가 잎차를 별로 좋아하시지 않아요. 바삭하게 덖은 차는 차 축에도 낄 수 없다시면서요."

 그가 잎차를 맛나게 마시는 모습을 바라보며 오하쓰가 물었다.
 "아편에는 무슨 냄새가 있나요?"

 우쿄노스케는 고개를 갸웃했다.

"겐안 의원님 말로는 보통 사람들이 바로 알아차릴 수 있을 만큼 특별한 냄새는 없다고 합니다."

그러고는 미소를 짓더니 덧붙였다. "그러나 반드시 연기가 나게 마련이죠."

오하쓰는 미소로 응했다. "그렇군요. 하지만 강물 위처럼 넓은 곳이라면 연기도 금방 가시겠지요."

"그렇죠."

"그럼 만약 우리가 짐작하는 대로 아사이야가 아편 암거래를 하고 있다면—."

"그렇게 조심스럽게 가정할 필요도 없어요. 틀림없는 사실일 테니까요."

"그렇다면 놀잇배에서 아편을 파는 것은 아주 좋은 생각 아닐까요?"

우쿄노스케는 고개를 크게 끄덕였다. "아사이야는 요시노야뿐만 아니라 여러 놀잇배 집과 거래하며 출장 요리를 제공하고 있어요. 요리는 물론 아사이야 점원들이 운반합니다. 손님과 사전에 얘기가 되어 있다면 아편과 흡입 도구를 접시나 주발에 숨겨서 반입하기란 쉬운 일이죠."

"놀잇배의 노꾼은 한 사람뿐이고, 더구나 내내 이물에 서서 노를 젓죠. 어지간한 일이 없는 한 눈치 채기 어려울 거예요. 아편을 흡입한 손님이 소란을 부린다고 한들 그런 소동이야 놀잇배 위에서는 늘 있는 일이고요."

손님들은 아편에 취해 있는 동안에는 강물 위에 있고, 약에서 깨어난 다음 뭍에 오른다. 강물 위에서 있던 일을 누가 알 수 있을까.

"게다가 이렇게 거래할 때 가장 유리한 점은, 만에 하나, 예를 들어 노꾼 같은 이에게 의심을 받을 때는 증거물을 모두 강물에 던져 버리면 그만이라는 겁니다."

모든 것이 유리하기만 한 거래 방식이지만 고마쓰야 오사다의 경우에는 그 반대였다. 아편이나 담뱃대가 아니라 약을 흡입한 당사자가 비틀거리다가 강물에 빠져 버렸기 때문이다.

아니, 잠깐만―하고 오하쓰는 궁리했다. 어쩌면 그보다 더한 일이 벌어졌는지도 모른다. 아편을 흡입한 고마쓰야의 오사다가, 마찬가지로 은밀한 취미를 가진 계원들조차 당황할 정도로 심하게 취해 버렸다면? 예를 들어 깊은 잠에 빠져서 깨어나지 못했거나 머리가 이상해졌거나, 더 나아가 놀잇배 방 안에서 숨이 끊어졌거나.

그대로 뭍으로 데리고 돌아가면 사태가 심각해진다. 계원들은 고민을 거듭한 끝에 그녀를 강물에 던져 넣었다―.

"이 경우는 불꽃놀이 배였지만, 사실 놀잇배는 일 년 내내 강물로 나갑니다" 하고 우쿄노스케는 말했다.

오하쓰는 흠칫하며 정신을 차렸다. "예, 그렇죠."

"놀잇배라면 아무래도 불꽃놀이 배가 가장 많지만, 에도에는 풍류를 즐기는 사람이 원체 많으니까요. 꽃놀이 배, 단풍놀이 배, 설경놀이 배―."

오하쓰는 쿡쿡 하고 웃었다. "꽃놀이 배라면 저희도 타 봤잖아요."

그때의 어색하기 짝이 없던 분위기가 생각났는지 우쿄노스케의 볼이 살짝 붉어졌다. "그러고 보니 그러네요" 하며 에흠 헛기침을 하고는 급히 말을 돌린다. "아사이야도 그렇고 그들의 은밀한 손님들도 그렇고, 배를 탈 구실이야 얼마든지 만들 수 있고 기회도 있었겠지요. 아주 교묘한 방법이라고 할 수 있겠는데요."

"어떻게든 조사를 해 보고 싶네요."

오하쓰는 생각했다. 아사이야에 얽힌 소소한 사건 기록에서 이 정도까지 추측을 해낸 우쿄노스케의 두뇌와 노력은 감탄스럽지만, 추측만으로는 아무것도 이룰 수 없다. 어떻게 해야 할까?

"가장 알맞은 실마리는 오사다 씨가 죽을 때 놀잇배에 함께 탔던 계원들이겠지요" 하고 말해 보았다.

우쿄노스케가 고개를 끄덕였다. "그래요. 오사다가 어떤 상황에서 죽었는지 탐문하는 일이 그리 쉽지는 않겠지만, 그 가운데 몇몇은 여전히 아편을 계속하고 있을지도 모릅니다. 그렇다면 지금도 아사이야와 거래를 하고 있다는 말이 되겠지요. 그 사람들의 이름과 사는 곳은 기록에 남아 있어요. 모두들 재산도 있는 상인과 지주들이니까 어디로 도망쳐 행방을 감출 리도 없고요."

문제는 그들에게 어떻게 접근하느냐다. 일개 장사치의 딸인 오하쓰나, 무사라고는 해도 관직에서 떨어져 나온 우쿄노스케한테는 여간 어려운 일이 아닐 수 없다.

로쿠조에게 부탁하면 되겠지만, 그는 지금 맡은 일로도 경황이 없다. 거기다 일거리를 더 보탤 수는 없다. 가시와기는 어떨까 생각해 보았지만, 적치순시관 도신 처지이니 오하쓰와 사정은 마찬가지다.

'부교 나리…….'

말씀을 드려 볼까, 하고 생각하는데, 우쿄노스케가 목소리를 살짝 낮추고 말했다.

"이런 추론을 가지고 아버지와 상의해 볼까 생각중입니다."

오하쓰는 깜짝 놀랐다. 우쿄노스케의 입에서 아버지 후루사와 부자에몬에게 의지하겠다는 말이 나올 줄은 생각도 못했다.

후루사와 부자에몬은 심문 담당 요리키 중에서도 각별히 엄격하기로 소문난 인물이다. 제 어미마저 주저없이 해치는 악마 같은 악당이라도 그의 심문에 걸리면 눈물을 흘리며 용서를 구할 정도라고 한다. '빨간 도깨비'라는 별명이 저저 붙었겠는가.

눈을 깜빡거리는 오하쓰에게 우쿄노스케가 웃음을 지어 보였다.
"네, 맞아요. 빨간 도깨비한테 부탁해 보자는 말입니다."

"하지만 우쿄노스케 님, 그래도 괜찮으시겠어요?"

겉으로는 평온하다지만, 우쿄노스케와 아버지 부자에몬 사이에 있던 앙금이랄까 목에 걸린 가시 같은 감정이 완전히 없어졌다고 보기는 어렵다. 우쿄노스케가 수습 요리키 자리에서 물러날 때 몸이 허약한 탓에 소임을 감당키 어렵다는 구실을 내세웠다. 그것이 구실에 불과하다는 사실은 부교쇼 사람들 역시 다 안다고 해도, 요리키 중에서도 억세고 거칠기로 유명한 후루사와 집안으로서는 결코 명예로운 일은 아닐 터였다.

후루사와 부자에몬이 지금 어떤 심정으로 아들을 바라보는지 오하쓰는 알 수 없다. 하지만 우쿄노스케의 심중이라면 짐작할 수 있다. 원하던 길을 걷기 시작한 지금, 새삼 아버지에게 의지하는 일이 그에게 마음 편할 리 없다.

그런데 놀랍게도 우쿄노스케는 밝은 얼굴로 웃었다.

"주저할 필요가 뭐 있겠습니까. 시중에서 일어나고 있다고 짐작되는 심각한 사태에 대해서 아버지에게 알려 드릴 뿐입니다. 사태에 대해서 이만큼 파악하고 있으면서도 잠자코 방관한다면 그야말로 아버지한테 더 죄송스러운 일이겠지요."

게다가—하고 목소리를 낮추고 말을 잇는다.

"실은 아버지의 직위를 누가 물려받느냐 하는 이야기가 상당히 진척된 모양입니다. 저도 마음이 편해졌지만, 아버지도 비슷한 심정이신가 봅니다. 지난여름에 일어난 사건 이후로 아버지도 마음이 조금 변하신 듯하고, 덕분에 저도 지금처럼 편안한 처지가 될 수 있었지만, 그래도 후계 문제는 고민거리였거든요."

요리키나 도신은 막부 직속 하급 무사 중에서도 매우 특수한 신분이다. 규정상 세습이 허락되지 않는 자리지만 실제로는 어느 집안에서나 아들이 아버지의 지위를 물려받고 있다. 우쿄노스케는 후루사와 집안의 적자이므로 그가 대를 잇지 않으면 후루사와 집안은 사실상 대가 끊기고 만다.

우쿄노스케가 산학의 길에 매진하기 시작할 때 오하쓰나 로쿠조 등 주변에 있던 사람들이 가장 걱정한 점도 바로 그것이었다. 부자에몬이 은퇴하면 그 자리는 어떻게 되는가? 그러나 그것은 장사를 하는 오하쓰 등이 이러니저러니 캐물을 수 있는 일이 아니었다. 우쿄노스케도 아무 말 하지 않았다. 그의 입에서 후루사와 집안의 후계 이야기가 나온 것은 이번이 처음이다.

"양자를 들이기로 하셨대요" 하고 우쿄노스케가 말했다. "저는 후루사와 집안에 의절당한 몸이니 그 집에 갈 때도 손님으로 가게 되지요. 집안일에 참견할 수도 없고, 아버지도 자세한 이야기는 일체 해 주시지 않아요. 하지만 아버지가 직위를 물려주고 싶어 하는 사람이라면 분명 믿음직한 사람일 테니 저도 마음을 놓고 있습니다."

손님, 의절이라는 말들이 가슴을 콕콕 찔렀지만, 정작 우쿄노스케의 얼굴에는 아무런 그늘이 비치지 않아 오하쓰는 애써 미소를 지어 보이려고 했다.

"그러면 빨간 도깨비 후루사와 나리께 아사이야에 얽힌 아편 의혹에 대해서 고해 드리고―."

"빨간 도깨비가 어떻게 움직이는지 지켜보도록 하죠."

우쿄노스케의 이야기가 끝나자 이번에는 오하쓰 차례였다. 어제까지 겪은 일들을 순서대로 들려주었다.

"저는 오늘은 우선 부교쇼의 아버지를 찾아뵐 생각입니다."

이야기가 정리되고 우쿄노스케가 말하자, 오하쓰는 어제저녁 잠들기 전에 화로 서랍에 넣어 둔 바람총 화살을 꺼내서 보여 주었다.

"이것은, 이것은······."

우쿄노스케의 인상이 험악해졌다.

"다치지는 않으셨나요?"

"네, 다행히 빗나갔어요."

데쓰가 문제의 집으로 들어가 상황을 살펴봐 주었다고 말하자 우쿄노스케는 빙긋이 웃었다.

"쓸 만한 고양이군요."

오늘 데쓰는 아침부터 어디 갔는지 밥집에도 집 안에도 보이지 않는다. 눈앞에 보이지만 않으면 우쿄노스케도 무작정 데쓰를 무서워하지는 않는가 보다.

"아무튼 부디 조심하세요. 이런 것에 잘못 맞으면 목숨을 잃을 수도 있어요."

"그건 오하쓰 씨도 마찬가지죠." 우쿄노스케는 진지한 얼굴로 말했다. "부교 나리께는 제가 상황을 순서대로 보고하고 있지만, 부디 신중하게 움직이라고 말씀하셨습니다. 상대는 여간내기가 아니라고 거듭 말씀하셨고요."

그러더니 슬쩍 주위를 꺼리듯이 살피고 나서 목소리를 낮춘다.

"처녀 두 명을 채 간 천구, 우리가 뒤쫓는 원령의 본색이 이승에 미련이 많은 여인의 망념이라는 데는 나리도 동의하시더군요. 그러면서 나리도 직접 조사를 해 보시겠다고 하셨습니다."

"나리께서요?"

"예. 예전에도 어떤 원령이 날뛴 적이 있는데, 그걸 퇴치했다는 기록이 어딘가 남아 있다고 하셨습니다. 나리의 『미미부쿠로』에도 적어 둔 기억이 난다고요. 나리라면 그 잡귀에 어떻게 대처해야 하는지, 좋은 방법을 제시해 주실 겁니다."

"저는 데쓰를 나리께 소개해 드릴까 생각하고 있어요. 데쓰가 도사라고 부르는 고양이도요." 오하쓰가 말했다.

우쿄노스케는 곰곰이 생각에 빠진 표정을 지었다. "도사, 라고요……."

"우쿄노스케 님은 어떻게 생각하세요? 천구가 나타나는 때를 도사가 감지했을지도 모른다고 하면, 저의 지나친 억측일까요?"

우쿄노스케는 손안의 화살을 만지작거리며 잠시 잠자코 있다가 혼잣말처럼 말했다.

"고양이도 마성이 있는 동물이라고 하지 않나요?"

장례식에서도 고양이가 시체 옆에 있으면 '마가 씐다'고 해서 몹시 싫어한다. 그뿐만 아니라 고양이 귀신 전설은 유명하다―생각하다가 오하쓰는 저도 모르게 웃음을 터뜨렸다. 아사이야에 숨어들 때 데쓰가 엄청나게 커다란 장기말로 둔갑했던 모습을 떠올린 것이다. 그 이야기를 꺼내자 우쿄노스케도 소리 내어 웃었다.

"그래요, 그건 정말 걸작이었어요. 그 뒤로 데쓰가 또 둔갑을 한 적은 없습니까?"

"네, 다행이죠. 오라버니가 그런 장면을 보았다면 단박에 정신이 이상해졌을지도 몰라요."

우쿄노스케는 그 말에는 동의하지 않았지만 여전히 웃고 있다. 상상이라도 하는 모양이다.

"하지만 생각해 보면 참 황당한 일이었어요" 하고 오하쓰는 말했다. "데쓰는 귀엽지만 역시 마성이 있는 동물인가 봐요. 그래서 마귀는 마귀를 알아본다는 말이 있는 걸까요……."

"그럴지도 모르죠. 어쨌거나 오하쓰 씨는 일단 도사를 만나 보실 생각이죠?"

"네, 데쓰한테 부탁해 놓았어요."

우쿄노스케는 미소를 지었다. "그렇다면 오하쓰 씨의 눈에 무엇이 보일지―저는 그걸 보고 나서 생각하고 싶군요. 오하쓰 씨의 눈에는 아마 도사라는 고양이의 정체가 보이겠지요. 다만 반드시 조심해서야 합니다."

오하쓰는 힘주어 고개를 끄덕였다.

데쓰와 부교 나리

이층으로 올라가 보니 데쓰지로와 스테키치가 사이좋게 머리를 맞대다시피 앉아서 끌질을 하고 있었다.

"아, 오하쓰 님." 스테키치가 반갑게 고개를 들었다. "오하쓰 님 나막신, 다 끝났어요. 굽을 다듬었어요."

데쓰지로가 웃는 낯으로 나막신을 꺼내 왔다. 새로 깎은 덕분에 오동나무 색깔이 선명해지고 끈도 바뀌어 있었다.

"어머, 고마워요. 그런데 새 끈은 어디서 구하셨어요?"

"오늘 아침 이 댁 마님이 조반을 가져다주실 때 제가 부탁했지요. 다른 나막신도 고쳐 드리겠다고 하니까 이런저런 것들을 사다 주셨습니다."

두 사람은 다다미 위에 낡은 자리를 깔고 그 위에서 일을 하고 있었다. 끌밥이 조금 흩어져 있다.

오하쓰는 안심했다. 데쓰지로도 스테키치도 건강해 보인다. 역시 방 안에 멍하니 갇혀 있기보다는 뭔가 일거리가 있는 편이 낫다.

"이사지 형님은 어떠세요?"

데쓰지로가 조심스레 물었다.

"겐안 의원님이 돌보고 계시니까 걱정 마세요. 저도 곧 상태를 보러 갈 생각이고요. 데쓰지로 씨도 붕대를 갈아야 하고 약도 더 발라야 해요. 일도 좋지만 무리하지는 마세요."

데쓰지로는 순순히 "예" 하고 고개를 숙였다.

오하쓰는 데쓰를 부르며 자기 방으로 들어갔다. 그때 창밖에서 띠링띠링 하는 소리가 들린다. 격자 창문을 열어 보니 처마 위에 데쓰의 얼굴이 살짝 보였다.

"오하쓰, 여기야. 웬 나막신을 들고 있지?"

"데쓰지로 씨가 수리해 주셨어. 방울 소리가 나는 걸 보니 방울이도 와 있구나?"

"응." 데쓰가 고개를 끄덕였다. 이어서 언젠가 나막신 가게에서 오하쓰의 머리에서 장식 빗을 빼앗아 간 얼룩 고양이가 작은 머리를 쏙 내밀었다.

"아, 오랜만이네." 오하쓰는 손을 뻗어 방울이를 받아 주었다. "이리 들어와."

방울이는 데쓰보다 작은 고양이로, 품에 안으니 아주 따뜻했다.

"마침 도사를 만나고 오는 길이야." 방 안으로 뛰어 내리며 데쓰가 말했다. "만나고 싶으면 언제라도 오래. 그때 빗도 돌려주겠대. 방울이가 오하쓰를 만나 보고 싶다고 해서 데려온 거야."

방울이가 오하쓰를 올려다보며 냐옹, 울었다.

"방울이는 말을 못하니?"

"아직 꼬마라서."

방울이는 목을 골골 울리고 있다. 그 모습이 귀여워서 오하쓰는 눈을 가늘게 떴다.

"착하지? 이제 데쓰는 바쁘게 일해야 하거든. 그러니까 방울이는 이 방에 있으렴. 올케 언니한테 말해서 맛있는 맘마를 만들어 줄 테니까."

"우리, 또 나가야 해?"

"그래. 바쁠 거야."

방울이를 안고 객실로 내려가자 예상대로 올케는 반색을 했다. 얼른 작은 접시를 꺼내고, 오늘 아침에 남은 음식이긴 하지만 말린 정어리를 얹어 주었다. 데쓰도 접시로 다가와서 함께 먹기 시작했다.

"아가씨가 꼭 마술사 같네요. 품에서 고양이가 척척 나오니." 오요시가 말하자 가키치가 접시를 닦으며 웃었다.

"한 마리 더 있어요" 하고 대꾸하고 나서 오하쓰는 데쓰와 방울이 옆에 쪼그리고 앉아서 슬쩍 물었다. "그런데 도사는 너희처럼 밖을 돌아다니지 않나 보지?"

데쓰는 콧등에 정어리 조각을 붙인 채 대답했다. "절에서 통 움직이지 않아."

"그럼 만나러 갈 때 먹을 걸 조금 가져가야겠구나."

"그것도 좋지. 하지만—," 데쓰가 고개를 갸웃했다. "도사가 배고파하는 모습을 본 적이 없는걸. 늘 배가 부르다고 해서 우리도 도사 먹을 것을 걱정해 본 적이 없어."

"절에서 얻어먹나?"

"글쎄."

도사에 대한 의문이 하나 더 늘어났다. 도사는 정말 고양이일까?

쪼그리고 앉은 오하쓰의 머리 위에서 오요시가 웃으며 말했다.

"뭘 그렇게 혼자 중얼거려요?"

"아가씨는 고양이하고도 말을 할 수 있나 봐요" 하고 가키치도 거든다.

"시건방진 고양이하고는 그게 되네요. 자, 데쓰, 다 먹었으면 가자."

데쓰의 목덜미를 잡고 안아 올리자 오요시가 걱정스레 쳐다보았다.

"오늘은 어디로 가요?"

"여기저기 들러 볼 데가 있거든요. 괜찮아요, 위험한 일은 아니에요."

준비를 마치고 밖으로 나섰다. 날씨가 좋다. 따뜻하다. 걷기 시작하자 먼지 바람을 타고 어디선지 벚꽃잎이 하나 날아왔다.

"벚꽃도 이제 끝나가는구나" 하고 품에서 데쓰가 말한다. "그 참에 골치 아픈 일들도 끝나 줬으면 좋겠구먼."

"그러게. 우리가 끝내야지."

오늘은 겐안 의원을 만나고 후카가와로 가서 다쓰조 행수와 이야기를 해야 한다고 하자 데쓰는 짐짓 힘없는 소리로 후냥후냥 울었다.

"동패를 너무 사정없이 부려먹는구먼, 오하쓰."

빈손으로 나오는 게 아니었어, 올케 언니한테 부탁해서 적어도 이 사지가 갈아입을 옷 정도는 들고 올 것을, 하고 뒤늦게 후회했다. 주위를 살피다가 헌옷 가게가 눈에 띄어 그리로 들어갔다. 환자가 입을 잠옷이므로 수없이 빨아서 부드러워진 유카타를 두 벌 사들고 서둘러 니시카와기시초로 향했다.

겐안의 집은 운하에 면한 비좁은 터에 등롱처럼 아담하게 지어 올린 여염집으로, 집안일은 통근하는 하녀가 해 주고 있다. 쉰 살 가까운 무뚝뚝한 하녀는 말이 하녀지 겐안과 예사로운 사이가 아닌 듯하다. 그래서 그런지 활개 치는 꼴이 차라리 눈꼴이 시릴 정도다. 그런 연유로 오하쓰만이 아니라 시마이야 사람들은 평소 겐안 집에 가는 일이 거의 없다. 볼일이 있으면 겐안 쪽에서 건너온다.

니시카와기시초 모퉁이를 돌아 이제 슬슬 겐안의 집이 보이겠다 싶은 곳에 다다랐을 때 사람들이 열을 지어 있는 광경이 보였다. 무슨 일이 났나, 어느 가게에서 물건을 도매금으로 팔아 치우기라도 하나―하며 걸어가 보니, 웬걸, 행렬은 겐안네 집 현관으로 이어져 있었다. 알고 보니 진찰을 받으려고 차례를 기다리는 환자들이었다.

"실례합니다, 실례합니다."

인파를 헤집듯이 지나서 현관을 열어 보았다. 그곳은 사 첩 반쯤 되는 봉당으로, 가운데에는 이로리_{바닥을 네모나게 파내고 난방 및 취사용으로 불을 피우는 장치}가 자리 잡고 있다. 주위에는 낡은 간장통이나 다리가 덜걱거리는 걸상이 자리가 좁다는 듯이 놓여 있고 환자들이 빈틈없이 앉아 있다. 그것도 모자라 봉당에 거적을 깔고 주저앉은 사람들도 보인다. 이로리 불이 빨갛게 타오르는데다 사람들 입김까지 가세한 통에 푹푹 찌는 한여름 날씨 같다. 아이 울음소리, 달래는 엄마 소리, 재채기와 기침 소리, 이야기소리로 귀가 왕왕 울린다.

"이게 다 뭐야." 데쓰가 품에서 고개를 빼꼼 내밀고 눈을 깜빡거렸다. "겐안 의원이 그렇게 용한가?"

"나도 이 정도로 환자가 꾈 줄은 몰랐어."

마침 그때 안쪽 방에서 예의 하녀가 나왔다. 굵은 팔뚝이 드러나도록 다스키를 묶고, 지팡이를 짚은 노인을 부축하며 이쪽으로 걸어 나온다. 변함없이 뚱한 얼굴에, 볼은 열기로 빨갛게 달아올랐다.

그래도 오하쓰를 보자 듬직한 손으로 노인을 부축한 채,

"선생님은 지금 바빠" 하고 통나무라도 내던지는 듯이 말했다.

"잠깐이면 돼요."

그 말만 던져 놓고 오하쓰는 방으로 거침없이 올라갔다. 하녀가 못마땅한 듯이, "어이, 이봐, 잠깐만" 하고 불렀지만 환자 부축이 먼저라 차마 쫓아오지는 못한다. 저래 봬도 마음씨는 고운 사람인가 보네. 노인을 위로하듯이 어깨를 부축해 주던 하녀의 모습을 떠올리며 오하쓰는 하녀를 조금은 다시 보았다.

겐안은 어미 품에 안긴 젖먹이 아이를 삶은 문어 같은 얼굴로 진찰하고 있었다. 의원의 안색이 바쁜 일과 실내 열기 탓이 아니라 술기운 탓임은 금방 알 수 있었다―냄새로. 그런데도 환자는 계속 밀려든다.

"너도 봤지? 시간 없다."

겐안은 칭얼대는 젖먹이 아기의 입안을 들여다보며 전혀 바쁘지 않다는 투로 말했다.

"잠깐이면 돼요. 의원님, 어제 여기 실려 온 환자 얘기예요."

"손을 쉴 틈이 없다니까."

술에 취해서도 겐안의 손은 정확했고 매우 섬세했다. 젖먹이의 볼

을 간질이기도 하고 달래기도 하며 입안을 들여다보고 배를 여기저기 짚어 보고 등을 탁탁 두드리기도 한다.

"별거 아니야, 감기야. 설사가 나오면 잠시 죽물을 먹이고 몸을 따뜻하게 해 줘" 하고 아이 엄마한테 말한다.

부인이 젖먹이 아기를 안고 나가자 오하쓰는 얼른 겐안 옆에 바싹 다가앉았다. 술 냄새가 더 진해졌다.

"이렇게 환자가 많은 의원님이 아침부터 술을 드시면 어떡해요."

"어쩌냐. 안 마시면 몸이 배겨내질 못하는데" 하고 겐안이 무책임한 소리를 한다. "어허, 고양이를 데리고 들어오면 안 되지."

"밖에다 내놓을 수가 없어서 그래요." 오하쓰는 데쓰를 품속으로 꾹 밀어 넣었다. 데쓰가 우욱 하는 소리를 냈다.

"근데 어제 실려 온 이사지 씨는 어때요?"

"도조^{일본의 전통적인 건축 양식 가운데 하나로, 벽을 흙으로 두껍게 쌓고 겉은 석회로 마무리한 건물. 에도 시대에는 주로 창고로 쓰였다}에 넣어 놨다." 겐안이 쌀쌀맞게 말했다.

"네?"

"도조에 가둬 두었다고."

"의원님 댁에 도조가 있었어요?"

"작년에 바로 옆에 있던 전당포가 재산을 탕진하고 망했을 때 거저나 다름없는 가격으로 내가 사들였지. 침실로 쓸까 생각했지만, 청소하고 다시 꾸미고 할 틈이 없어서 그냥 내버려두었다. 이렇게 써먹을 줄은 몰랐네."

"이사지 씨를 거기 가두셨어요?"

"그래." 겐안은 술 냄새 고약한 트림을 하고 나서 이마의 땀을 훔쳤다. "그런 놈은 약 기운이 다 빠져나갈 때까지 그렇게 가둬 두는 수밖에 없어. 손발을 묶어서 자해를 못하게 하고 밥과 물만 주고 있지. 저렇게 사흘만 버티면 나올 수 있을 거야."

그 말만 하고 아랫배에서 우러나오는 소리로 "다음 사람!" 하고 소리쳤다. 직공으로 보이는 남자가 등을 구부리고 기침을 하면서 들어왔다.

"제가 가서 만나 보면 안 될까요?"

"안 될 거야 없지만, 아무 소용도 없을 거다. 놈은 지금 둥근 해를 봐도 그게 뭔지 모를 테니까. 어디 보자, 어디가 아파? 또 기침이 멎질 않는 겐가?"

겐안은 벌써 다음 환자를 진찰하고 있다. 오하쓰는 가만히 물러나와 예의 하녀를 찾았다.

그녀는 입구 봉당에서 이로리에 장작을 넣고 있었다. 그녀가 그러고 있는 동안에도 기다리던 환자들은, 얼마나 더 기다려야 진맥을 받을 수 있느냐, 견디기 힘드니 차례를 좀 당겨 줄 수 없느냐, 하며 그녀의 소매를 붙들고 호소한다. 하녀는 그런 한탄을 외면하고 "차례! 차례!" 하고 말하면서 진료실로 돌아갔다.

오하쓰는 그녀의 앞을 막고 정면으로 쳐다보았다. 하지만 그녀가 눈알을 뒤르룩 굴리니 역시 주눅이 들고 만다.

"저어……"

"의원님은 바빠."

그래서 댁한테 부탁 좀 하려고요—하고 말을 꺼내려다가 오하쓰는 정작 이 하녀의 이름도 모른다는 사실을 알았다. 지금까지는 그녀가 겐안 의원의 여자라는 것만 알면 충분했으므로 아무도 그녀의 이름 따위에 관심을 두지 않았다.

"부탁이 있어요. 어제 여기로 실려 와서 치료를 받은 환자에 관한 거예요."

하녀는 굵은 두 팔로 오하쓰를 밀어젖혔다. "거치적거리지 말고."

"뒤쪽 도조에 있다면서요." 주위에 듣는 귀가 있으므로 오하쓰는 작은 목소리로 말했다. "부탁 좀 해요, 잠깐만 얼굴을 볼 수 없을까요? 여기, 갈아입을 옷도 가져왔어요."

그녀는 오하쓰를 홱 돌아다보았다.

"의원님도 그런 밥버러지는 약 기운이 다 빠질 때까지 그렇게 묶어 두는 수밖에 없다고 했어. 죽지 않을 만큼은 살펴 주고 있고."

"그야 그렇겠지만……. 환자에게 보여 주고 싶은 게 있어요."

혹시나 해서 이사지에게도 화살을 보여 줄 셈이었다.

그녀는 커다란 머리통을 흔들었다. "보여 줘도 아무것도 모른다니까."

"그럼 도조 밖에서 제가 몇 마디 건네기만 해도 안 될까요? 장소를 가르쳐 주시면 저 혼자 가 볼게요."

하녀는 오하쓰를 사납게 흘겨보았다. 봉당에서는 사람들 목소리가 어지러이 오가고 있었다. 갓난아기가 한층 새된 소리로 자지러지게 우는 소리도 들린다.

"거기, 도리초 행수의 동생이지?"

"네."

"간땡이는 제대로 붙어 있나?"

오하쓰는 저도 모르게 턱을 쑥 당겼다. "잘 붙어 있을걸요?"

그녀는 우뚝 서서 제 팔로 몸통을 안고 누가 얼굴에 물이라도 뿌린 듯 눈을 껌뻑이다가,

"그럼 따라와 봐" 하고 말했다.

도조는 집 뒤에 있었다. 그녀는 앞장서서 성큼성큼 걸어갔다.

샛문을 나가서 바로 왼쪽으로 꺾어 들어간다. 세죽을 엮어서 세운 다 쓰러져 가는 담 너머로 우뚝 솟아 있는 도조 지붕이 보였다. 망해버렸다는 전당포는 재산이 상당히 많았나 보다. 도조라 해도 사방등처럼 생긴 겐안의 소박한 여염집과 면적이 비슷할 정도로 훌륭한 건물이었다.

하녀는 빗장을 단단히 지르고 자물통을 달아 둔 도조의 문 앞을 지나치더니 오하쓰에게 손짓했다. 도조의 측면 높은 곳에 벽을 허물고 냈는지, 창틀이 끼워져 있다. 나무 격자가 있고 안으로 장지를 발라 놓았다.

그 장지가 너덜너덜 찢어져 있다. 낡아서 찢어진 것이 아니라 누가 손으로 찢은 듯 보였다.

"저 창은 이걸 사들일 때 의원님이 손수 내신 거야" 하고 그녀는 말했다. "침실로 쓰려고 했거든. 장지는 내가 발랐고. 바른 지 반년도 안 돼."

"그런데 이렇게 심하게……."

"그래. 여기서 한번 잘 들어 봐."

그녀보다 체구가 훨씬 작은 오하쓰는 창문 밑틀에 머리가 겨우 닿을 정도였다. 까치발을 하고 귀를 기울여 보았다. 안에서 개가 으르

렁거리는 듯한 소리가 들렸다.

오하쓰는 그녀의 얼굴을 올려다보았다.

"이사지 씨인가요?"

그녀는 두툼한 턱을 이중으로 만들고 묵직하게 고개를 끄덕였다.

"그래도 오늘 아침은 나은 편이야. 간밤에는 난리도 그런 난리가 없었어. 미친놈처럼 난동을 부리고."

"그럼 이 장지도,"

말을 꺼내는 순간 눈 위에 있는 장지를 푹 찢으며 오른손이 쑥 튀어나왔다. 격자가 있어서 손목 정도밖에 나오지 않았다. 하지만 오하쓰는 기겁을 하며 뒤로 펄쩍 뛰어서 피했다.

"누구야, 거기 누구야."

바짝 말라서 갈라진 남자 목소리였다. 오하쓰는 이사지의 목소리를 제대로 들어 본 적이 없다. 그래서 그의 목소리인지 아닌지 얼른 판단할 수 없었다. 아니, 그 이전에 이런 섬뜩한 목소리가 사람 입에서 나올 수 있다는 사실조차 믿기지 않았다.

"어이, 내 말 좀 들어 봐. 거기, 거기 있는 사람, 거기 누구 있지?"

잔뜩 취한 사람처럼 한없이 탁하고 헝클어진 발음이었다. 격자 틈새로 튀어나온 손. 그걸 지켜보는데, 찢어진 장지를 헤집으며 왼손도 튀어나왔다. 양손의 손가락이 허공을 긁어대며 기괴한 주술이라도 부리는 양 꿈틀거린다.

"제발 부탁이야. 날 좀 꺼내 줘. 제발이야, 여기서 나가게 해 줘. 나가서 의원과 얘기 좀 하게 해 달라고. 의원한테 약을 받아야 한다니까. 제발―."

이사지는 애원을 거듭한다. 손가락들이 격자를 꼭 붙들고 흔들어 보려고 애쓴다.

"의원과 만나게 해 달라니까 꼭 정신이 온전한 놈처럼 보이지?"

하녀는 아무렇지도 않은 얼굴로 오하쓰를 내려다보았다.

"하지만 저치 면상을 봐. 영락없는 짐승이지. 눈이 누렇게 흐리고 입가에 침을 질질 흘리잖아. 하는 말이라고는 의원님, 약 좀 줘, 담배 좀 줘, 그것뿐이야."

오하쓰는 양손으로 제 몸을 안듯이 해서 두 팔로 몸을 문질렀다. 품속의 데쓰는 두 귀를 쫑긋 세우고 창에서 튀어나온 손목을 쳐다보고 있다. 찡끗, 찡끗, 데쓰가 몸을 떨듯이 코를 움직이는 것이 느껴졌다.

"어제 여기로 데려올 때만 해도 이렇지 않았는데요. 말도 못하고 움직이지도 못하는 환자 같았어요" 하고 오하쓰가 말했다.

"아편 중독이 원래 그래."

커다란 손으로 옷자락을 털어내며 하녀는 말했다. 이사지는 격자를 붙들고 악을 쓰고 있다. 오하쓰의 눈에는 그 모습에서 눈길을 피하기 위해 더럽지도 않은 옷을 터는 것처럼 보였다.

"약 기운이 빠지기 시작할 때는 몸이 축 늘어져서 학질에 걸린 사람처럼 발발 떨지. 말을 걸어도 대답도 없이 멍청하게 있는 꼴이 꼭 조는 사람처럼 보이고."

"예, 그랬어요."

"그건 처음 얼마 동안만 그래. 약 기운이 더 빠져서 궁지에 몰리면 난동을 부리기 시작하지. 지금까지 축 늘어져 있던 환자인데 어디에 이런 힘이 남아 있었나 싶을 정도야. 예전에 나는, 한 아름이나 되는 도자기 화로를 육 첩 방 이쪽 구석에서 저쪽 구석까지 던지는 작자를 본 적도 있어."

이사지의 손이 격자를 꼭 붙들고 마구 흔들어 댔다. 이쪽의 대화 소리가 들렸는지, 어이, 거기 있는 사람, 나 좀 살려 줘요, 하고 호소한다. "얌전히 있어!" 하녀가 갑자기 얼굴을 들고 고함을 질렀다. "살려 주려고 애쓰고 있잖아."

이런 곳에 갇혀 있다가는 금방 죽는단 말이야—이사지는 울면서 소리치기 시작했다.

"정말로 꺼내 주면 안 되나요?"

탁한 목소리로 흘러나오는 애원에 마음이 흔들린 오하쓰가 눈치 보듯 그녀의 눈을 살짝 쳐다보았다. 그녀는 오하쓰를 매섭게 쏘아보고는 도조 문 쪽을 턱짓으로 가리켰다.

"그럼 한번 열어 봐? 저놈은 문이 열리기만 하면 쏜살같이 튀어나와 사람이든 물건이든 거치적거리는 건 죄 부수고 내동댕이치면서 의원님한테 달려갈 거야. 그러고는 의원님 목을 쥐어틀고 약 내놓으라고 난동을 부리겠지. 의원님이 거절하면 죽여서라도 약을 빼앗을 걸. 저놈은 지금 숫제 인간이 아냐. 뭣에 씐 거나 마찬가지라고."

콱 떠미는 듯한 그녀의 말이 들렸는지 도조 안에 있는 이사지가 애원을 뚝 그치고 고함을 질러대기 시작했다.

"야, 이년아, 내 말 들리지? 날 여기서 내보내란 말이야!"

양손으로 격자를 붙들고 기어오르려는 모양이다. 이사지의 정수리가 찢어진 장지 사이로 슬쩍 보인다. 양손으로 격자를 흔들고 치

무가의 따님 • 419

고 하다가 마침내 도조 벽을 발로 차기 시작했다.

"아무리 저래 봐야 소용없어." 하녀는 코웃음을 쳤다. "워낙 단단하게 지은 도조니까."

"격자는 괜찮을까요?"

약에 미친 탓에 초인적인 힘을 발휘해 도조 벽에서 창틀을 떼어내지는 않을까? 오하쓰는 걱정스러웠다.

"괜찮아. 내가 달아 놓았으니까. 어지간한 남자 힘에는 망가지지 않아" 하고 여자는 투박한 얼굴에 웃음을 지었다.

이제 속이 시원해? 하며 앞장서서 샛문 쪽으로 돌아가기 시작한다. 충분히 알았으므로 오하쓰도 그녀를 따라갔다.

도조 속 이사지도 두 사람이 떠나는 발소리를 들은 듯하다. 다시 애원조로 돌아갔다. 소리 내어 울기 시작한다.

"제발 부탁이야. 날 이런 곳에 두지 말란 말이야……."

오하쓰는 뒤도 돌아보지 않고 샛문까지 갔다. 하녀가 아무 말도 없이 국자로 물을 떠서 내밀었다. 그걸 받아 들고 시원한 물을 다 마셨다. 속이 시원했다. 그제야 겨우 이사지를 동정하는 마음이 고개를 들었다.

"괜찮아질까요?"

하녀는 자기도 국자로 물을 떠 마시고 쌀쌀맞게 고개를 저었다.

"모르지. 의원님은 어떻게든 낫게 될 거라고 하시지만. 저 지경까지 가 버리면 하늘에 맡겨야지."

"저런 환자를 많이 겪어 보셨나요?"

그녀의 태도나 말투에서 아편 중독 환자에 익숙한 모습이 엿보였다. 겐안의 정부라는 사실만 알 뿐 어떤 사람인지 알지 못하고 또 굳이 알 필요도 없었던 여자에게 오하쓰는 문득 호기심을 느꼈다.

그녀는 국자를 치우고 물단지에 뚜껑을 덮은 다음 젖은 손을 남자처럼 거친 몸짓으로 소매에 문질러 닦았다. 그러고는 말했다.

"많이 겪어 보지는 못했어. 하지만 유심히 봐 뒀지. 내 아버지가 그렇게 죽었으니까."

오하쓰는 말문이 막혔다. 데쓰가 다시 귀를 쫑긋쫑긋 움직였다. 그 탓에 턱이 간지럽다.

그녀는 그걸 보고 웃었다. "아가씨는 늘 그렇게 고양이를 품고 다니나?"

"오늘만 그래요." 오하쓰도 잠깐 웃었다. 하긴 이상하게 보였을 테니. "의원님께 폐가 되면 안 되잖아요."

"난 또 새로운 유행인 줄 알았지. 살아 있는 고양이 목도리 말이야."

주눅이 들었는지 웬일로 데쓰도 여자의 말에 대꾸를 하려고 하지 않았다. 고개를 틀어 오하쓰를 올려다보고 있다. 오하쓰는 그 머리를 톡 쳐서 품으로 밀어 넣었다.

도조 쪽에서는 그제야 체념했는지 이사지도 소란을 그만둔 듯하다. 오하쓰는 안도의 한숨을 지었다.

"아까도 말했지만 이사지 씨한테 보여 주고 싶은 게 있었어요. 그 사람이 온전하게 말할 수 있게 되면 알려 주실 수 있나요?"

그녀는 굵은 팔뚝을 허리에 받치고 고개를 끄덕였다. "그 정도까지 낫는다면야."

그럼 잘 부탁드립니다. 하고 고개를 숙이고 오하쓰는 도조를 떠났다.

새로운 움직임도 성과도 없는 날들이 며칠 이어졌다.

오하쓰로서는 속이 타지만, 타고난 성격대로 조급하게 굴면 안 된다는 것은 충분히 알고 있다. 이럴 때는 그저 꾹 참고 장사나 열심히 하는 게 최선이다. 실제로 오하쓰보다도 우시고메 헌옷 가게에서 무가 집안의 따님이 나타나기를 기다리며 기약도 없이 잠복하거나 그녀를 아는 헌옷 가게가 또 있는지 탐문하며 다니는 로쿠조 쪽이 훨씬 더 속이 탈 것이다. 그래도 수수께끼의 고소데나 무가 집안의 따님에 대해서는 헌옷 가게밖에 달리 실마리가 없으므로 역시 꾹 참고 견디는 수밖에 없다.

부교 나리는 우쿄노스케 편으로 긴 두루마리 편지를 보냈다. 오하쓰가 쉽게 읽도록 히라가나를 많이 집어넣은 편지였다. 아사이야와 아편 건은 우쿄노스케에게 안심하고 맡기라고, 또 천구를 퇴치하는 방법은 옛 문헌과 조서를 뒤지고 있으니 조금 더 기다려 보라고, 그리고 '도사'라면 부교 나리도 오하쓰와 함께 꼭 만나 보고 싶다는 내용이었다. 도사라는 존재는 역시 수수께끼인데 아마 평범한 고양이는 아닐 터, 위험해 보이지는 않지만 함부로 접근하지는 말라고 적혀 있었다. 오하쓰는 내용을 마음에 새기고, 다 읽은 편지를 신단 위에 올려 두었다.

한편 긴장 가득한 로쿠조의 눈치를 살피며, 나막신 가게에 갔다가 화살을 맞을 뻔한 사실을 고하자 그는 얼굴이 벌게지도록 화를 냈다. 그 길로 당장 야마모토초의 빈집으로 달려가 조사를 해 보았지만 역시 성과는 없었다. 그 집은 그냥 빈집일 뿐이었다.

"도대체 어떤 놈이야. 누가 널 노리지? 아사이야인가?" 하고 로쿠조는 또 화를 낸다.

"침착해요, 오라버니. 그쪽 같지는 않아요. 그 사람들이 나를 알 리가 없잖아요. 게다가 혹시나 해서 데쓰지로 씨에게 화살을 보여 주었지만 아사이야 빙고에 갇혀 있을 때도 그런 걸 가지고 다니는 사람을 본 적은 없대요."

"이사지는 어때? 그놈은 뭔가 알고 있을지도 몰라. 도무지 속을 알 수 없는 놈이니까."

그런 연유로 오하쓰는 이사지의 상태를 알아보러 겐안의 집을 자주 찾아갔다. 가 보면 겐안은 늘 바빴고, 그의 조수와 식모를 겸하는 무뚝뚝한 하녀도 변함없이 무뚝뚝했지만, 이사지의 심한 발작이 조금씩 수그러들고 있다는 사실이 오하쓰에게 안도를 주었다. 하루 두세 번 찾아가 갈아입을 옷이나 먹을 것을 넣어 주려고 애썼다.

어느 날 오후, 그날도 찾아가 보니 마침 이사지가 겐안의 진맥을 받는 중이었다.

오하쓰는 놀라서 갈아입을 옷을 싼 보퉁이를 안은 채 잠시 우두커니 서 있었다. 이사지가 벌써 도조를 나올 수 있을 만큼 회복된 듯 보이지는 않았다.

"오, 오하쓰가 왔구나. 마침 잘 왔다." 겐안은 이사지의 이마를 짚어 보고 눈을 들여다보다가 오하쓰 쪽으로 얼굴을 돌리고 빙긋이 웃었다. "봐라, 지옥에 유람 갔다 돌아온 사람이다."

이사지는 오하쓰 쪽으로 천천히 고개를 돌렸다. 몸은 더 여위어 두 팔도 거의 막대기 같은 뼈만 남았다. 등이 동그랗게 구부러지고 어깨가 축 처져, 비참하게 느껴질 만큼 늙어 보였다.

그러나 오하쓰 쪽으로 향한 두 눈—그리고 표정은 분명 며칠 전과는 달랐다. 사오 년 전 니혼바시 동쪽 초입 근처의 쪽방 나가야에서 호열자_콜레라_가 창궐하여 시마이야의 오랜 단골도 앓은 적이 있다. 오요시가 위험을 무릅쓰고 병구완하러 다녀서 다행히 목숨을 건질 수 있었는데, 이제 괜찮아졌다고 말하던 환자의 얼굴이 이사지와 비슷한 몰골이었다. 사신이 쥐고 있던 낫이 목을 살짝 스치고 지나간 것을 느끼면서 가까스로 밝은 곳까지 도망쳐 나온 사람의 얼굴이다.

"이사지 씨, 정말 다행이에요."

오하쓰는 겨우 그렇게 말했다. 이사지는 잠자코 고개를 숙였다.

"더 누워 있어야겠지만, 이제 미친 말처럼 날뛸 염려는 없어." 겐안은 이내 엄한 표정이 되었다. "하지만 이 사람한테는 앞으로가 더 큰일이야. 다시 아편에 손을 대지 않도록 스스로 다스려야 하니까."

오하쓰는 이사지의 얼굴을 가만히 지켜보았다. 그는 잠옷 대신 유카타를 천천히 몸에 걸치고 겐안의 부축을 받으며 일어섰다. 그때 그의 멍한 눈길이 오하쓰의 발치에 닿았다.

"아……." 그가 입을 열었다.

"왜?" 하고 겐안이 그의 눈을 들여다보며 물었다.

"아……가씨."

오하쓰는 흠칫했다. 이사지 씨가 나에게 말을 하네? "예?"

"나막신." 이사지는 피골이 상접한 오른손을 들어 문가에 서 있는 오하쓰의 나막신을 가리켰다. "그 나막신."

오하쓰는 당황하며 한쪽 발을 살짝 들어 보였다. "네, 이 나막신이 왜요?"

"데쓰지로가 만졌군요" 하고 이사지가 말했다.

오하쓰는 깜짝 놀랐다. 그러고 보니 지금 신고 있는 나막신은 오하쓰의 특이한 걸음걸이 때문에 굽이 한쪽으로만 닳았다면서 데쓰지로가 수선해 준 것이다. 그 참에 끈도 갈아 주었다.

"네, 맞아요. 어떻게 아셨어요?"

이사지는 고개를 천천히 젓고는 오하쓰의 물음에 대답한다기보다는 혼잣말처럼 중얼거렸다. "그 녀석은 끈 왼쪽을 너무 세게 쥔단 말이야. 대패질을 두어 번만 더 해 줘도 걷기가 편하겠구먼."

그렇게 말하더니 왠지 문득 슬픈 듯이 고개를 떨어뜨리고는 도조 쪽으로 돌아가려고 했다. 겐안이 당황하며 그의 어깨를 부축해서 데려갔다.

시마이야로 돌아오자 데쓰지로는 스테키치에게 훈수를 두면서 나막신을 수선하고 있었다. 오하쓰는 이사지가 도조에서 나와서 진찰을 받더라고 고했다. 그 참에 오하쓰의 나막신을 가리키며 했던 말도 전했다.

데쓰지로는 얼굴을 온통 우그러뜨렸다. "이사지 형님······."

"이사 아저씨는 주인님 다음으로 솜씨가 좋아요" 하고 스테키치가 말했다. 오하쓰는 그의 머리를 쓰다듬어 주었다.

그날 해 질 무렵, 오하쓰가 객실에서 일하고 있는데, 겐안이 포렴을 헤치며 들어섰다. 오하쓰는, 의원님, 오늘은 조림이 맛있어요—

하고 말하려다가 의원의 굳은 얼굴을 보고 입을 다물고 말았다.

"실은 이사지를 데려왔다." 겐안은 다른 손님을 의식해서 목소리를 잔뜩 낮췄다. "로쿠조 행수랑 너랑 데쓰지로한테 하고 싶은 말이 있다더라. 살림집 쪽으로 데려갈 테니까 지금 만나 보련?"

오하쓰는 서둘러 집으로 돌아왔다. 방에는 우시고메에서 돌아와 막 저녁밥을 먹고 난 로쿠조가 이사지와 마주 보며 앉아 있었다. 이사지 옆에는 겐안의 하녀가 버팀목처럼 그를 부축하며 묵직하게 앉아 있다.

데쓰지로와 스테키치는 구르듯이 계단을 내려왔다. 이사지를 보자 데쓰지로의 얼굴이 우그러졌다.

"야, 정말 다행입니다" 하고 울음 섞인 목소리로 입을 연다. "정말 잘됐어요. 이 판에 이사지 형님까지 세상을 떠 버리면 저는 어떻게 사나 하고……."

그다음은 오열이 되어 무슨 말인지 알아들을 수 없었다. 스테키치도 울상을 짓고 있다.

"드릴 말씀이…… 있어서 찾아뵈었습니다, 행수님." 이사지는 머리를 한 번 깊이 조아리고 로쿠조에게 입을 열었다.

"음." 로쿠조는 짧게 대답했다. 눈은 이사지를 쏘아보고 있다.

"이미 아시겠지만 저는 아편 중독입니다. 아니, 중독이었습니다. 이번 일을 계기로 완전히 끊을 각오를 했으니까요."

냐옹 하는 소리가 나더니 데쓰가 오하쓰에게 몸을 비비며 다가왔다. 오하쓰가 안아서 무릎에 앉혔다.

"뭐야? 어떻게 된 거야?"

"쉿! 조용."

아직은 막힘없이 이야기하기가 힘든지 이사지는 가볍게 헛기침을 했다. 그러고 나서 입을 열었다. "제가…… 아편을 시작한 것은 작년에 그…… 매화꽃이 떨어질 철이었습니다. 혼조 미나미와리게스이에 제가 단골로 드나들던 술집이 있는데…… 거기서 알게 된 자가 속이 답답할 때 잘 듣는 약이라고 해서 시작하게 됐지요."

"속이 답답할 때?" 로쿠조가 확인하듯이 반복했다.

"예. 보시는 바와 같이 저도 나이를 먹을 만큼 먹었습니다. 태어나기를 이렇게 못생긴 얼굴로 태어난데다 나막신 깎는 일을 배우느라 장가도 못 가고 자식도 없지요. 그러다 보니 가끔 속이 얹힌 양 꼭 막힐 때가 있더군요. 해서……."

"형님이 어디가 못생겼다고 그러세요." 데쓰지로가 작은 소리로 말했다.

"아냐, 못났지. 주인님도 그러셨잖아." 이사지는 고개를 젓고 나서 조용하고 낮은 소리로 계속했다. "아편은 비싼 약이지만 마침 모아 둔 돈도 있어서……. 그도 그럴 것이 그때까지는 돈 쓸 데도 없었으니까요. 저는 술도 별로 마시지 않고 노름판에는 끼어 본 적도 없었거든요."

"음, 하지만 모아 둔 돈도 금방 바닥이 났겠지?"

"예. 술집서 만난 그자한테 내내 아편을 샀는데, 정말이지 돈이 물 새듯이 술술 나가더군요. 모아 둔 돈도 봄눈 녹듯이 어느새 없어졌습니다. 그래도 아편을 끊을 수가 없었습니다. 어떻게든 구해야만 했지요. 그런 제 모습을 보고 술집의 그 사내가 말했습니다."

— 이봐, 내 일을 거들어 보지 않을 텐가? 아편 운반하는 일을 도와 주면 싼값에 팔아 주지.

이사지의 고개는 점점 더 내려가더니 결국 얼굴이 다다미를 향하고 말았다. 그 모습으로 계속 말한다. "저는 그러마 하고 대답했습니다. 아편을 얻을 수만 있다면 무슨 짓이라도 할 생각이었어요."

이사지가 유혹을 받아들이자 술집 사내는 이사지를 자기 윗선이라는 자에게 소개했다.

"오나기 운하에 있는 놀잇배 집에서 은밀히 만났습니다. 나이는 저랑 비슷한 연배로, 조닌마게_{상인을 비롯한 평민들이 트는 상투. 상투를 잡을 때 뒷머리가 축 처지도록 잡는다}를 틀었지만 옷차림이 좋아서 아편 장수 두목이라기보다 얼핏 보기에 어엿한 상인처럼 보였습니다."

"이름은?"

"도메조라고 했습니다."

도메조는 이사지가 나막신바치라는 사실을 알고 있었다.

"그자는 나막신바치만이 할 수 있는 일이 있다고 했습니다. 나막신—끈 속에다 아편을 넣어서 운반하면 된다고요."

그 말에 모두 아연실색했다.

"나막신 끈……" 하고 오하쓰가 중얼거렸다. 아편은 끈적끈적한 진흙과 비슷해서 어떤 꼴로든 만들 수 있다던 우쿄노스케의 말이 떠올랐다.

"저는 그러자고 했습니다. 쉬운 일이었습니다. 물론 주인님이 계시거나 데쓰지로가 곁에 있을 때는 못했지요. 하지만 혼자 밤샘 작업을 할 때도 종종 있고, 주인님도 제가 하는 일은 완전히 일임해 주셔서 의심받을 일이 없었습니다. 물건을 넘기기도 쉬워서, 미리 암호를 정해 두고 술집 사내나 도메조한테 이야기를 들은 여자들이 나막신을 수선해 달라거나 끈을 갈아 달라고 오면 쉽게 넘겨줄 수 있었습니다."

"그랬군. 그대로만 잘 유지되었으면 너도 좋고 아편 장수도 좋고 아무 문제가 없었겠지." 로쿠조는 담뱃대를 들고 손가락 사이에서 능숙하게 빙글빙글 돌렸다.

"예, 그렇습니다. 천하에 몹쓸 짓이었지만, 그때는 그런 생각을 할 여유가 없었습니다. 하루하루가 천국에 사는 양 행복했거든요."

데쓰지로가 고개를 젓고 있다. 매일 붙어 앉아 일하면서도 이사지의 그런 사정을 전혀 눈치 채지 못한 자신을 책망하는 듯했다.

"그렇게 지내다가—초가을이었나? 아가씨의 혼담이 하늘에서 뚝 떨어지듯이 시작되었습니다."

아사이야로 시집을 가게 된 것이다.

"주인님 내외나 저희한테는 갑작스러운 혼담이었지만, 실은 아가씨와 아사이야의 마쓰지로 님은 얼마 전부터 정을 키워 오고 계셨습니다. 마쓰지로 님이 아가씨에게 반해서 열심히 설득하고 애원하고 해서……. 이야기는 금방 마무리되고 아가씨는 아사이야에 시집을 가시게 되었지요. 마님께서는 크게 기뻐하셨고 준비를 하시느라 정신없이 바쁘셨습니다. 저도 이런저런 일을 부탁받았는데, 아가씨를 위한 일이니 신이 났습니다만……."

이사지는 수척한 목을 떨면서 침을 꿀꺽 삼켰다.

"마님께 부탁받은 편지와 과자 상자를 들고 아사이야에 인사를 하러 갔는데, 다름 아닌 도메조란 자가 아사이야 객실에서 친절하게 웃는 얼굴로 열심히 일하고 있는 게 아닙니까. 그걸 보았을 때는 심장이 멎는 줄 알았습니다."

일동은 다시 침묵했다. 오하쓰의 무릎 위에서 데쓰가 "후우" 하며 등의 털을 곤두세웠다.

"저는 깜짝 놀라서 말도 제대로 못했습니다. 나중에 도메조를 만나니 그자가 실실 웃더군요. 그렇게 놀랄 것 하나도 없다고 하면서요. 저는 그자에게 따졌습니다. 당신의 진짜 두목이 혹시 아사이야 주인이냐고. 도메조는 거침없이 말해 주더군요. 그렇다, 장사도 아주 큰 장사지, 하고 말입니다. 저는…… 아가씨가 그런 집안에 시집을 가신다는 게 견딜 수 없었습니다. 하지만 어쩔 도리가 없지 않습니까. 도메조는 이죽거리며, 괜찮다, 마쓰지로 씨는 아편쟁이가 아니니까, 하더군요. 너, 이 사실을 마사키치에게 발설할 생각이냐? 그렇게 되면 제일 먼저 네놈이 부교쇼 나리들한테 붙들려서 금지된 약을 판 죄로 감옥에 갇힌다. 어리석은 짓일랑 말고 앞으로도 하던 일이나 조심해서 해라—그렇게 말하니 저는 움쭉달싹도 할 수 없었습니다."

아사이야는 비밀이 마사키치에게 알려지지 않도록 철저히 조심하라고 이사지에게 다짐을 놓았다.

"주인님한테는 공갈로 입을 다물게 하는 방법이 통하지 않으니까요. 하지만 그것도 아가씨가 아사이야로 시집가시기 전까지의 얘기죠. 아가씨가 일단 시집을 가 버리시면—"

"인질이지" 하고 로쿠조가 말했다. 이사지는 고개를 떨어뜨렸다.

그다음 이야기는 먼젓번에 오하쓰와 우쿄노스케가 짐작한 대로였다. 마사키치의 동향에만 정신이 팔려 있던 아사이야는 오아키가 가미카쿠시를 당해서 행방불명이 되자 크게 당황한다. 그래서 지레짐작하고 구라타 몬도를 앞세워 나선 것이다.

"구라타 몬도 나리도 아편 일에 가담하였느냐?"

로쿠조의 물음에 이사지는 고개를 갸웃했다. "저는 도메조밖에 모르니까 거기까지는 잘 모릅니다. 하지만 가담하시지는 않았다고 생각합니다. 만약 그랬다면 아사이야에서도 더 대담하게 움직일 수 있었겠지요. 부교쇼에 동패가 있다면 말입니다. 다만 아사이야가 뭔가 골치 아픈 사건에 연루될 때마다 손쉽게 구라타 나리를 의지해 왔던 것은 분명합니다."

"일가친척이니까."

로쿠조가 그렇게 말하고 담뱃대를 다시 빙글빙글 돌린다.

"네 얘기는 잘 들었다. 덕분에 명백하게 밝혀진—."

그때 피융 하고 무엇이 허공을 가르는 소리가 나더니 로쿠조의 손에 있던 담뱃대가 튀어 올랐다. 담뱃대는 빙글빙글 돌면서 벽에 부딪혔고 그 벽에 뭔가가 팍 꽂혔다.

그 화살이다!

"위험해! 모두 엎드려!"

모두들 황급히 다다미에 납작 엎드렸다. 로쿠조가 입김을 불어 등롱불을 껐다. 그때 두 번째 화살이 날아와 오하쓰의 볼을 아슬아슬하게 스치고 지나갔다.

"창밖이야!" 데쓰가 그렇게 외치고 몸을 날려 밖으로 뛰어나갔다.

"데쓰, 이번엔 꼭 잡아!"

"알았어!"

화살이 날아온 창밖의 어느 높은 곳에서 대답이 들려왔다. 이어서 큰 화분이 바닥에 떨어져 깨지는 듯한 소리가 울려 퍼졌다.

이어서 세 번째 화살. 어둠 속에서 데쓰지로가 악 하고 소리쳤다. "이사 아저씨!" 하는 스테키치의 울음소리가 들렸다. "아저씨가 맞았어요!"

분노가 다른 모든 감정을 압도하며 치솟아 오하쓰를 집어삼켰다. "빌어먹을!" 양손에 온 힘을 주고 다다미를 쾅 내려치며 뛰어오르듯이 일어섰다. 재빨리 벽에 몸을 기대고 창 밑을 내려다보았다. 가키치가 밖으로 뛰어나갔다. 객실로도 화살이 날아들었는지 비명과 분노의 고함 소리가 터졌다. 곧이어 다독이는 듯한 낭랑한 목소리로 가키치가 소리쳤다. "근처에 계신 분들, 자리에서 움직이지 마세요. 그대로 몸을 낮추고 가만 계세요!"

순간 가키치를 겨냥해 화살이 날아왔다. 그는 고양이처럼 팔짝 뛰며 몸을 틀었다. 오하쓰는 깜짝 놀랐다. 가키치가 그런 재주를 부릴 줄은 몰랐다.

"괜찮아요, 아가씨?" 오요시가 뛰어 올라왔다.

"위험하니까 엎드려요, 올케 언니!"

그렇게 소리칠 때 다시 화살이 날아왔다. 살은 오요시의 소매를 꿰뚫고 소리를 내며 문기둥에 꽂혔다. 소매를 채여서 한순간 허공에 붕 뜬 오요시는 꺄악 비명을 지르며 팔을 잡아당겼다. 소매가 찢기고, 오요시는 그 자리에 쪼그리고 앉았다.

"올케 언니, 이사지 씨랑 스테보 좀 봐 주세요. 오라버니, 이곳을 부탁해요!"

"넌 어쩌려고?"

오하쓰는 욕설을 퍼부었다. "빌어먹을 놈, 기어코 잡고 말 테다!"

날듯이 복도로 나가 계단을 뛰어 내려갔다. 주방에서 제일 먼저 눈에 띈 굵은 밀대를 쥐고 밖으로 뛰어나갔다. 가키치가 샛문 옆에 무릎을 꿇고 상황을 살피고 있다.

"아가씨, 그런 걸 들고 뭘 하게요?"

오하쓰의 손에 들린 밀대를 보고 가키치가 기겁했다. 그러는 그의 손에도 샛문에 지르는 긴 빗장이 단단히 쥐여 있다.

"부러뜨리면 곤란해요. 그게 없으면 녹차 메밀국수를 못 만든다고요."

"새 걸로 사 줄게요." 손안의 밀대를 고쳐 쥐고 주위를 둘러보았다. "화살이 어디에서―,"

말이 채 끝나기도 전에 마치 대답이라도 하는 양 새로운 바람총 화살이 날아와 가키치가 쪼그리고 앉은 바로 옆 판자벽에 꽂혔다. 그는 눈썹을 움찔할 뿐이었다.

"보아하니 저쪽 창이네요." 가키치의 입가에 엷은 미소가 떠올랐다. "데쓰가 그리로 뛰어갔거든요. 녀석, 길이 막혀서 도망칠 수 없게 됐나 봅니다. 그러니 저렇게 마구 화살을 쏘아 대겠죠."

가키치가 가리킨 곳은 시마이야 바로 뒤에 있는 장어집 이층 방에 난 창문이다. 이웃 가게라서 오하쓰도 몇 번인가 들어가 본 방이다. 시마이야와 그 가게 사이의 좁은 골목에 면해 있는 창문에서는 이쪽

이층이 잘 보인다. 여러 손님들이 같이 이용하는 객실이 아니라 개별실로 되어 있어서, 일단 들어가면 안에서 무슨 짓을 하든 밖에서는 알 수가 없다. 손님인 척하고 들어가서 창문으로 이쪽을 노리고, 볼일이 끝나면 얼른 내뺄 심산이었을 테지만—.

"데쓰가 어떻게 길을 막았을까요?"

"알 수 없죠. 하지만 이렇게 화살이 마구 날아오는 것을 보면—."

그때 다시 화살이 날아왔다. 오하쓰와 가키치는 자라목이 되었다. 화살은 샛문 안으로 날아갔고 물병에라도 맞았는지 콩 하는 소리가 났다.

"곧 화살도 떨어지겠지요."

"제가 저놈의 시선을 어지럽힐 테니까 가키치 씨는 장어집 쪽으로 접근해 보세요."

"역할이 바뀌었군요. 제가 미끼 노릇을 할 테니까 아가씨가 앞으로 가세요. 저기 산울타리까지 달려가는 겁니다."

말이 끝나기 무섭게 가키치는 자리에서 일어나 샛문을 나가더니 옆으로 달렸다. 그를 쫓아서 바람총 화살이 날아간다. 가키치는 아슬아슬하게 화살을 피하며 달렸다. 오하쓰는 그 모습을 곁눈으로 확인한 다음 골목을 따라 자리 잡은 산울타리까지 달려갔다. 산울타리에 바짝 몸을 붙이고 얼굴을 내밀어 보니 장어집 사람들이 모두 자리에 쪼그려 앉은 채 눈을 동그랗게 뜨고 있는 모습이 보였다. 탄불 위에서는 연기가 펄펄 솟아오르고 있다.

오하쓰는 손짓을 해서 장어집 주인의 눈길을 끌어 놓고 그 자리에 가만히 있으라는 신호를 보냈다. 주인도 손님들도, 객실에서 접시를 나르는 아가씨마저 무엇에 홀린 양 고개를 끄덕이고 쪼그려 앉은 채 어깨를 움츠렸다. 탄불에서 피어오르는 연기가 점점 왕성해지더니 이윽고 골목으로 흘러나가기 시작했다.

"이봐, 네가 도망갈 길은 없다! 얌전히 나와!" 오하쓰는 장어집 이층 창문을 향해 소리쳤다.

바람총 화살이 칼을 휘두르듯 오하쓰를 향해 날아왔다. 오하쓰는 산울타리에 몸을 밀착해서 피했다. 귀 옆에서 피웅 하는 소리가 났다. 고개를 들어 보니 가키치가 장어 연막 속에서 골목을 가로지르는 모습이 보였다.

그때 예의 창문이 벌컥 열리고 한 남자가 몸을 내밀었다. 그는 창틀에 올라탔다가 아래 차양으로 뛰어내려 지붕 판자를 쾅쾅 밟으며 옆으로 달렸다. 놀랄 만큼 키가 큰 남자로, 여민 옷 사이로 드러난 다리가 어지간한 그루터기만큼 굵다. 오른손에 굵은 대통 같은 것을 들고 있다. 바람총이다.

"가키치 씨!" 하고 소리치며 오하쓰도 산울타리에서 뛰어나왔다. "놈이 도망쳐요!"

가키치는 골목 한가운데 두 다리를 벋대고 서서 위쪽을 올려다보았다. 차양 위를 뛰어가던 커다란 남자가 대통을 가키치 쪽으로 향하며 자세를 잡았다. 가키치는 주눅 들지 않고, 커다란 남자가 바람총에 입을 대기 직전 그를 겨냥해서 얍 하며 빗장을 던졌다. 커다란 창처럼 반호를 그리며 날아간 빗장이 그것을 피하려고 쳐든 남자의 오른팔에 맞았다. 빗장은 기세를 잃고 곤두선 상태로 남자의 몸에 부딪혔다. 발 디딜 데가 마땅치 않은 차양 위에서 온몸으로 막대기를 받아낸 남자는 비틀거리며 미끄러졌다.

"으악!"

굵은 비명과 함께 남자가 땅바닥으로 떨어졌다. 흙먼지를 일으키며 장어 연막 한복판으로 추락한 것이다. 오하쓰는 아수라처럼 뛰어가, 몸을 비틀며 일어서려고 하는 남자의 등을 밀대로 사정없이 후려쳤다. 남자는 억 하고 비명을 지르며 널브러졌다.

뒤미처 달려온 가키치가 남자의 대나무 바람총을 걷어차 버렸다.

"어이, 비켜, 비켜!"

머리 위에서 다급한 목소리가 들렸다. 흠칫해서 올려다본 오하쓰의 눈에, 새카맣고 커다란 무언가가 하늘을 온통 가리며 떨어지는 광경이 보였다. 가릉가릉 소리도 난다. 남자가 뛰어나온 창문에서 뛰어나온 것이다.

"아가씨!"

가키치가 오하쓰의 팔을 낚아채고 옆으로 뛰어서 피한 순간 새카맣고 커다란 무언가가 남자의 몸으로 떨어져 내렸다. 허우대 좋은 남자도 납작 깔리고 말았다. 밖으로 뻗은 팔이 두어 번 허공을 허우적거리다가 이내 조용해졌다.

굴러 떨어진 커다란 물건은 도자기로 빚은 너구리 장식이었다. 커다란 술병을 매달고 삿갓을 썼다.

"이건 뭐야."

가키치가 아연실색해서 입을 벌리고 있다. 오하쓰 역시 아무 말도 하지 못했다. 그들이 지켜보는 앞에서 커다란 너구리 장식이 골목을 데굴데굴 굴렀다―다음 순간, 점점 짙어진 연기 속에 데쓰가 옹크린 모습으로 나타났다.

"아이고, 아파라."

눈을 감고 몸을 잔뜩 움츠리고 있다.

"이 녀석 몸뚱이가 바위처럼 단단하네."

"데쓰!"

달려가 안아 올리자 데쓰는 눈을 끔쩍거렸다.

"뭐야, 이 연기는."

장어집 주인이 조심스레 골목으로 나온다. 한 손에 부채를 쥔 채 입을 멍하니 벌리고 있다.

"방금 그 너, 너구, 너구리는—."

상황은 대충 파악했지만, 그렇다고 이 고양이가 커다란 너구리 장식으로 둔갑해서 도적의 퇴로를 막고 있었다고 이야기할 수도 없어서, 오하쓰는 얼굴 가득 웃음을 지으며 얼버무렸다.

"다친 데는 없나요, 아저씨?"

"오하쓰……."

장어집 주인은 시마야 사람들과 매우 친하다. 로쿠조가 하는 일이 일이니만큼 가끔 험악한 일이 벌어질 수 있다는 사실도 잘 알고 있다. 하지만 지금은 너무나 이상한 광경에 그저 눈을 비비고 있을 뿐이다.

"그 너구리 장식은 우리 가게 이층 방에 두었던 물건인데—."

그래서 데쓰가 곧바로 표본으로 삼을 수 있었구나.

"하지만 그렇게 커다랗진 않은데."

"어떻게 된 걸까요, 연기 때문에 똑똑히 보지 못했거든요." 오하쓰가 밝은 목소리로 얼버무렸다. "아무튼 폐를 끼쳐서 죄송해요. 체포는 다 끝났어요. 아저씨, 빨리 장어를 치우지 않으면 숯덩이가 되겠는데요."

어? 허, 그것참, 이상하네, 하고 고개를 갸웃거리며 장어집 주인이 가게 안으로 들어갔다. 오하쓰는 장어집 손님들과 골목 끝에서 겁에 질린 얼굴로 이쪽을 바라보는 행인들에게 정중하게 고개를 숙였다. 한편 가키치는 기절해서 쓰러진 남자의 목덜미를 이불이라도 다루는 양 아무렇게나 움켜쥐고 시마이야 쪽으로 질질 끌고 갔다.

그 모습을 지켜보고 있었는지, 로쿠조와 오요시가 샛문으로 달려 나왔다. 오하쓰는 올케 품에 데쓰를 넘겨주고 얼른 가키치를 도우러 갔다.

"아가씨, 바람총을 부탁해요."

그 말에 오하쓰는 대통을 주우러 달려갔다. 대통 끝에 아까 가키치를 향해 쏘려던 화살이 남아 있었다. 분명히 나막신 가게로 날아들었던 것과 똑같은 화살이다.

— 우리 집을 어떻게 알아냈을까? 역시 언젠가 미행을 당했나? 나는 얼마 전부터 거의 집에만 있었는데—.

집으로 돌아가 이층으로 뛰어 올라가 보니 겐안과 무뚝뚝한 하녀가 이사지를 처치하고 있었다. "아직은 환자나 다름없는 사람이라 미처 피하질 못했나 보지. 오른쪽 어깨에 맞았어."

겐안은 피에 물든 수건으로 이사지의 어깨를 꾹 눌러 주었다.

"그게 아녜요." 스테키치가 겐안 옆에서 훌쩍훌쩍 울고 있다. "제가 머리를 높이 쳐드는데 그때 화살이 날아왔어요. 이사 아저씨는 저를 지켜 주려고 대신 화살을 맞으신 거예요."

"이제 됐다, 울지 마라." 데쓰지로가 스테키치를 달래고 있다.

"의원님, 화살에 독이 발라져 있을지도 몰라요." 소스케의 시체를 떠올리며 오하쓰가 급하게 말했다.

겐안은 혀를 끌끌 찼다. "그렇다면 서둘러야겠다. 놈을 닦달해서 무슨 독인지 알아내라. 그렇지, 자네는 집으로 달려가 약상자 좀 가져와. 몸을 움직이면 독도 그만큼 빨리 퍼질 테니까 이사지는 이렇게 눕혀 두는 수밖에 없어."

무뚝뚝한 하녀는 겐안의 지시에 냉큼 달려 나갔다. 겐안은 수건으로 이사지의 어깨를 꼭 누르고 있다.

"지혈을 해야 돼. 이봐, 데쓰지로, 좀 도와 줘. 스테키치, 울려면 저리 나가서 울어."

오하쓰는 스테키치를 복도로 데리고 나갔다. 마침 가키치가 옆방에서 막 나온 참이다.

"그놈은 꽁꽁 묶어 두었습니다" 하고 천연덕스런 얼굴로 말한다. "자킨시보리_{고구마나 팥소 따위를 삼베 수건에 꼭 싸서 짠 자국이 남도록 만드는 음식} 짜듯이 묶었으니 어지간해서는 풀 수 없을걸요."

"어째 오라버니보다 포승을 더 잘 다루시는 것 같아요."

가키치는 썩 싫지 않은 얼굴이다. "그럼 저는 내려가서 손님을 응대할게요. 스테보, 나랑 같이 가자. 겐안 의원님이 계시니까 이사지 씨는 괜찮아."

오하쓰는 가만히 옆방에 들어가 보았다. 구석진 자리에서 낯이 파래진 오요시가 데쓰를 꼭 안고 있다.

"올케 언니."

"데쓰가 귀를 다쳤나 봐요. 고약을 발라 두긴 했는데."

"나, 엄청 아팠어." 데쓰가 응석을 부린다.

로쿠조가 오요시의 옆에 서서 손을 겨드랑이에 끼운 채 생각에 잠겨 있다. 포박한 자를 어떻게 닦달할까 궁리하는 모양이다.

"분키치를 보내서 후루사와 나리께 알렸다. 이제 곧 도착하실 거다."

"후루사와 나리라면……."

"부친 말이다" 하고 로쿠조가 말했다. "아드님과 화해를 하셨다니까 이제는 아무것도 감추지 말고 다 말씀드리는 편이 좋을 것 같았거든."

가키치의 도움으로 객실 쪽은 안정을 찾은 듯하다.

오요시가 객실은 자기한테 맡기라고 하고는 서둘러 내려갔다.

바람총을 쏘던 사내는 정신이 들었는지, 꽁꽁 묶인 팔과 다리를 버둥거려 보고 데굴데굴 구르려고 몸을 움직여 보는 둥 헛된 시도를 하고 있었다. 오하쓰는 장지 옆에 서서 로쿠조가 남자에게 성큼성큼 걸어가는 모습을 지켜보았다. 장지를 닫으려고 하자 데쓰가 발치로 살짝 다가왔다. 오하쓰는 데쓰를 안아 올렸다.

바람총 사내는 덩치만 큰 게 아니라 눈 코 입이나 두상도 컸다. 데쓰도 그자의 몸이 바위 같다고 했지만, 과연 어깨나 가슴도 두텁고 팔뚝은 오하쓰의 허벅지만큼 굵다.

"이름이 뭐냐?"

담배 연기를 토하며 로쿠조가 물었다.

"이번으로 세 번째 물었다. 네 이놈, 귀라도 먹었냐?"

남자는 서른 안팎으로 보인다. 못마땅한 듯이—당연히 그렇겠지만—얼굴을 외면하고 화가 난 것처럼 입을 삐죽 내밀고 있다. 커다란 덩치와 묵은 얼굴에 어울리지 않는 아이 같은 태도다.

오하쓰가 남자를 쳐다보며 눈을 가늘게 떴다.

'뭔가가 보인다—.'

문득 등이 물에 젖은 것처럼 차가워졌다. 머릿속으로 바늘이 찌르고 들어오는 듯한 느낌이다. 따끔, 따끔. 곧 지끈지끈 통증이 오기 시작했다. 신비한 힘이 오하쓰를 찾아오는 전조다. 이 남자에게서 대체 무엇이 보이려는 걸까?

오하쓰는 천천히 자리에 앉았다. 다다미에 한 손을 짚었다. 그때 주위가 새카매졌다.

— 여보.

문득 젊은 여인의 목소리가 들렸다. 상냥하게 보듬어 주는 듯한 목소리다.

— 여보, 조심하셔요. 내 걱정일랑 필요 없어요. 끼니 거르면 안 돼요. 그렇게 몸을 돌보지 않으면 내가 더 힘들어요.

오하쓰는 눈을 깜빡였다. 한 손을 들어 볼을 만져 본다. 그러자 주위 어둠이 연기가 빠져나가듯이 천천히 밝아지고 방 안 풍경이 돌아왔다.

얼굴을 외면하고 앉아 있는 덩치 커다란 사내. 담배를 다 피우고 담뱃대를 톡톡 두드리는 로쿠조.

커다란 사내의 왼쪽 어깨에 여인의 하얀 얼굴이 희미하게 떠올라 있는 모습이 보인다. 눈썹도 눈초리도 살짝 처진 것이 늘 웃고 있는 듯 보이는 얼굴이다. 몹시 야위었다. 병을 앓고 있나?

오하쓰는 눈을 크게 뜨고 여인의 얼굴을 응시했다. 여인은 천천히 고개를 저었다.

— 여보, 무리하지 말아요.

가느다란 목소리가 오하쓰의 머릿속에 울린다.

— 내 병은 낫지 않는다고 도유 선생님도 말씀하셨잖아요. 비싼 약을 사 온들 아무 소용 없어요. 약장수에게 속으면 안 돼요.

목소리가 문득 끊겼다. 대신 울부짖는 듯한 남자의 목소리가 들렸다.

— 오시즈, 오시즈, 정신 차려!

그 목소리 뒤로 가벼운 무언가가 까락까락 하고 바람을 가르며 도는 듯한 소리가 난다. 하나가 아니라 여러 개가 내는 소리다. 작은 꼬마가 웃는 소리. 다키치 아저씨, 바람개비 하나 주세요—.

환영은 거기서 끊겼다.

"입을 꾹 다물고 버틸 셈이냐. 별로 영리한 짓이 아니야." 로쿠조가 낮은 소리로 말하고 있다. "너는 이걸로 사람을 죽이려 했고, 많은 사람들이 그 장면을 목격했다. 소스케도 네놈이 죽였지? 도저히 부정 못할 텐데. 내가 묻는 말에 순순히 대답해야 네 몸뚱이가 편할 거다."

사내는 묶인 양손을 꿈틀거리며 로쿠조가 보여 주는 바람총을 쳐다보았다. 바람총을 시선으로 끌어당길 수만 있다면 그렇게 하고 싶다는 듯이 잔뜩 기합을 넣은 눈초리로 노려보고 있다.

오하쓰의 몸을 감싸고 있던 냉기가 빠져나갔다. 두통도 말끔히 가셨다. 자리를 고쳐 앉고 등을 쪽 펴니 마음속에서 용기가 불끈 솟아올랐다.

남자 쪽으로 몸을 조금 기울이고 오하쓰가 말했다.

"오시즈 씨."

그 이름을 듣고 남자가 보인 반응이란, 이런 상황만 아니라면 실소를 터뜨리고 말겠다 싶을 정도였다. 사내는 커다란 엉덩이를 들썩했다가 몸을 뒤로 젖힐 정도로 크게 놀라 눈알을 뒤룩뒤룩 굴렸다.

"오하쓰?"

로쿠조가 어깨 너머로 돌아보며 날카롭게 불렀다. "너……"

오하쓰는 한 손을 쳐들어 오빠를 제지하고는 무릎을 앞으로 조금 디밀고 다시 말했다.

"당신 이름은 다키치 씨죠?"

사내는 벽에 등을 바짝 밀고 그것도 모자라 오하쓰로부터 멀어지려고 버둥거렸다. 오하쓰는 웃었다.

"벽을 너무 밀지 말아요. 대충 지은 집인데 그러다 부서지겠어요. 덩치도 이렇게 크면서."

사내는 이게 대체 어찌된 일이냐, 하고 묻는 표정으로 로쿠조를 쳐다보았다. 로쿠조는 눈길을 짐짓 못 본 척하며 오하쓰를 보고 있다.

"당신은 다키치 씨예요. 바람개비를 만들어서 팔러 다니는 행상이죠?" 하고 오하쓰는 계속했다. 사내의 이마에서 땀방울이 도르륵 굴러내렸다. 반응이 분명하다.

"꼬마들이 아주 좋아했죠? 모두들 당신만 나타나면 우르르 달려왔죠? 다키치 아저씨, 바람개비 하나 주세요, 하면서."

사내는 고개를 설레설레 흔들기 시작했다. 입이 조금 벌어져 있다.

"그 일을 오시즈 씨도 거들었죠?"

오하쓰는 상냥하게 말했다. 사내는 뒤로 피하려는 몸짓을 그만두었다. 오시즈라는 이름에 힘을 잃어버린 것처럼.

"아마 그랬겠지요. 금실 좋은 부부였고요. 오시즈 씨는 따뜻한 부인이었죠. 언제나 웃는 얼굴로 당신과 함께 일을 했을 거예요."

사내의 입이 딜딜 떨렸다. "오시즈."

중얼거리는 소리를 듣는 순간 오하쓰의 내부에 확신이 번졌다. 그 목소리는 환영 속에서 들었던 "오시즈, 정신 차려!" 하는 절규와 꼭 닮았다.

"예, 오시즈 씨예요. 당신의 소중한 아내죠."

사내는 묶인 양손을 쳐들어 이마의 땀을 훔쳤다.

"네가 어떻게 오시즈를 알지?"

물음에는 대답하지 않고 오하쓰는 내처 말했다. "오시즈 씨는 언제 병에 걸렸나요?"

오하쓰의 눈이 실처럼 가늘어졌다. 남자의 마음에 뚫린, 바늘귀처럼 미세한 구멍에 언어를 꿰려는 것처럼.

"중병이었군요. 무슨 병이었나요? 오시즈 씨가 괴로워했나요? 그 모습을 보는 다키치 씨도 무척 괴로웠겠죠?"

사내는 양손으로 얼굴을 가리고 로쿠조에게 소리쳤다. "이년은 뭐야! 누군데 이런 말을 씨불거려!"

로쿠조는 아무 말 없이 담뱃대에 각연을 꾹꾹 눌러 채우기 시작했다.

"오시즈―어떻게 오시즈를 알지?"

혼란에 빠져 소리치는 남자에게 무릎을 조금 더 디밀고 다가간 오하쓰는 악다문 이 사이로 밀어내듯이 말했다.

"알아요. 오시즈 씨는 아름다운 분이에요. 눈초리와 눈썹이 살짝 처져 늘 웃는 상이죠. 보고 있으면 마음이 따뜻해지는 얼굴이네요. 병으로 수척해지기 전에는 달덩이처럼 동그란 얼굴이었나요? 오시즈 씨가 바짝 여위어 가는 모습을 어떤 심정으로 지켜보았나요?"

사내는 덜덜 떨기 시작했다. 커다란 덩치가 바르르 떨고 있다.

"의원님―도유 선생님은 오시즈 씨의 병이 가망 없다고 진단했나요?"

사내가 커다란 눈을 벌컥 뜨고 오하쓰에게 덤벼들 것처럼 몸을 쑥 내밀었다.

"그 의원은 돌팔이였어! 제대로 진맥도 하지 않고 가망이 없다고 했어. 우리가 돈이 없다는 이유로―."

흠칫하며 입을 다물고 고개를 숙인다. 다시 땀방울이 하나 툭 떨어진다.

"그래요……. 얼마나 분했겠어요." 최대한 따뜻한 말투로 오하쓰가 말했다. "그래서 당신은 의원한테 갈 돈을 마련하기 위해 끼니도 걸렀군요?"

고개를 숙인 채 사내가 턱을 끄덕였다. 로쿠조는 담배를 피우고 있다. 담뱃대 끝이 희미하게 떨린다.

"오시즈 씨는 돌아가셨군요" 하고 오하쓰는 계속했다. "당신은 그 뒤로 내내 혼자 지냈고."

"혼자……" 하고 남자가 신음하듯이 말했다. "오시즈."

"예, 오시즈 씨는 당신의 소중한 아내였죠."

사내의—다키치의 커다란 몸이 갑자기 오그라드는 듯했다. 오하쓰는 다시 한 무릎 앞으로 나서서 최대한 온화한 목소리로 말했다.

"당신은 우리를 원망하나요?"

다키치는 눈길을 들었다. 조릿대나무 숲 너머로 커다란 곰과 눈길을 딱 마주친 심정이 이럴까, 하고 오하쓰는 얼핏 생각했다. "한번 들어 보세요. 당신은 데키야에 손님으로 드나들다가 헌옷 가게 점원으로 일하던 소스케 씨와 소방대원 출신인 아사타로 씨를 알게 되었죠. 세 사람이서 가미카쿠시를 당한 나가노야의 오리쓰를 당신들이 납치했다고 거짓말을 해서 몸값을 우려내기로 했어요. 잘되기만 하면 거금을 움켜쥘 수 있었지요. 당신은 나가노야에 협박장을 보냈고, 몸값을 받는 일은 몸이 날랜 아사타로 씨에게 맡겼어요—."

하지만 생각대로 되지 않았다.

"당신도 나카노하시에 있었죠? 그랬으니 내 얼굴을 알았고 신원과 이 집도 알아낼 수 있었겠지요. 그렇다면 원령도 보았겠군요? 아사타로 씨를 죽인 것은 그 원령이에요. 그러니까 우리를 원망하는 건 옳지 않아요."

다키치는 얼굴을 외면했다. 왠지 이 사람과는 말이 통하지 않을 것 같다. 다키치의 마음속에 생생하게 살아 있는 것은 오로지 오시즈에 얽힌 기억뿐일까?

"몸값도 받아내지 못하고 아사타로 씨까지 죽자 소스케 씨와 당신은 사이가 틀어졌어요. 그래서 당신은 소스케 씨를 해치웠지요. 그런 다음 몸값을 받지 못하게 방해한 우리를 노리기 시작했어요. 맞죠? 하지만 그전에 당신들은 어떻게 오리쓰가 가미카쿠시를 당했다는 사실을 알았나요? 그냥 소문으로 듣지는 않았을 텐데요? 게다가 당신은 내가 야마모토초의 나막신 가게에 있을 때 바람총으로 공격했어요. 왜 나막신 가게를 감시했죠? 그 가게에서도 오아키라는 처녀가 오리쓰와 마찬가지로 기이한 가미카쿠시를 당했어요. 그 사실을 알고 있었기 때문에 나나 오라버니가 나막신 가게에 찾아오지 않을까 생각하고 감시하고 있었잖아요? 그런데 어떻게 오아키 씨를 알고 있었죠? 그리고 소스케 씨가 우시고메의 헌옷 가게에서 가져온 헌옷 고소데와 오아키 씨는 어떤 관계가 있죠?"

오하쓰가 입을 다물자 방 안은 조용해졌다. 다키치의 거친 숨소리만 들린다. 거친 숨소리는 이윽고 경련처럼 히익히익 하는 소리로 변했다.

다키치는 웃고 있었다.

"참 궁금한 것도 많은 아가씨로군. 아예 오캇피키 흉내를 내는군그래."

비웃는 듯한 말투에 로쿠조의 눈썹이 움찔거렸다. 하지만 오하쓰는 눈짓으로 오빠를 제지했다. 데쓰가 오하쓰의 무릎에서 살짝 내려와, 신호만 주면 언제라도 달려들어 눈알을 파내겠다는 듯이 몸을 도사리며 다키치 곁에 앉았다.

"소스케가 가져온 고소데에 대해서도 아는 모양이지?"

오하쓰가 차분하게 대답했다. "네, 알아요. 소스케 씨 시체를 조사할 때 헌옷 가게 주인 우헤 씨한테 들었어요."

"수다쟁이 늙은이." 다키치가 혀를 찼다. "그렇게 모자란 늙은이니까 소스케 같은 얼간이를 아들 삼아 키웠겠지."

"소스케 씨는 우헤 씨한테 고소데를 받을 때 눈요기천막에 가져가겠다고 했죠. 정말 그렇게 했나요?"

"흥" 하고 다키치는 코웃음을 쳤다. "처음에는 그럴 작정이었지. 하지만 내가 말렸어. 눈요기천막에서 보여 주는 건 다 가짜 원령이야. 진짜를 가져가면 물론 대단한 눈요기가 되겠지만, 그러다가는 손님들까지 죽고 말지."

로쿠조가 웃었다. "맞는 말이다. 그래서 어떻게 했지?"

"소스케에게 그런 물건은 팔아 치우는 게 상책이라고 말해 줬지. 소스케는 머리도 텅 비고 뱅댕이 속이지만 욕심만은 남들보다 배는 크지. 이러니저러니 말이 많더군. 그런데—."

다키치의 얼굴이 문득 굳었다.

"우리 눈앞에서 고소데가 움직였어."

로쿠조가 자리를 고쳐 앉았다. 오하쓰도 입술을 꼭 다물었다.

"그때 우리는 내가 사는 쪽방 나가야에 앉아 있었다. 소스케는 우리 집에 자주 와서 잠도 자고 밥도 얻어먹었지. 한 마디로 밥벌레였어. 그놈이 있으면 여러모로 편리한 점이 있어서 그냥 내버려두긴 했지만. 그때도 우리는 모두 잔뜩 취해 있었어. 소스케가 고소데를 눈요기천막에 팔면 큰돈이 될 거라고 저 혼자 김칫국부터 마시더군.

그 생각으로 기분 좋다며 꽤 좋은 술을 사들고 찾아온 덕분에 다들 거나하게 마셨지.

술에 취한 몸이라 처음에는 술기운 탓인 줄 알았어. 고소데가 움직이다니. 하지만 아니더군. 우리가 보는 앞에서 고소데가 쓰윽 일어선 거야. 마치 눈에 보이지 않는 누군가가 고소데 소매를 걸치고 앞에 서 있는 양.

소스케가 잔뜩 겁에 질려 오줌을 싸면서 비명을 질렀어. 겁을 먹고 도망치려고 했지. 그러자 고소데가 스르륵 움직이더니 마치 소스케를 감싸려는 듯 폭 끌어안는 거야. 소스케가 뒤로 벌렁 나자빠졌지. 그 순간 고소데가 버팀목이 사라진 것처럼 바닥에 털썩 떨어지더군. 내가 그 옷을 주워 들었는데, 한겨울 큰 강에 어는 얼음보다 차가웠어."

한달음에 여기까지 말한 다키치가 오하쓰를 노려보았다.

"이봐, 아가씨, 너는 나를 바람개비 장수라고 했지만, 그건 옛날 얘기야. 오시즈가 죽으니까 그 사람의 추억이 산더미처럼 얽혀 있는 바람개비 장사를 도저히 계속할 수가 없더군. 그래서 장사를 바꿨지. 지금 나는 주머니 장수야. 직접 천을 떠다가 각종 주머니를 만들어서 팔러 다녀. 손재주는 타고난 몸이고, 내가 예쁜 주머니를 지어다 팔면 오시즈도 기뻐할 것 같았거든."

눈앞을 가리던 안개가 싹 가시는 심정이었다. 주머니 장수. 그랬구나.

"소스케는 완전히 겁에 질려서 고소데를 불태워 없애자고 했지. 그래서 내가 넘겨받았어. 해체해서 주머니를 만들어 팔았ㅡ."

다키치보다 먼저 오하쓰가 말했다. "그 주머니를 산 사람이 나막신 가게의 오아키 씨와 나가노야의 오리쓰였군요."

천구가 젊고 예쁜 처녀를 채 가려면 두 가지 조건이 필요하다. 천구의 망념이 깃든 고소데로 만든 물건을 지니고 있을 것. 그리고 주위에 그녀의 젊음과 아름다움에 반감이나 증오, 질투나 슬픔을 품은 사람이 있을 것. 천구는 슬픔과 증오를 양분 삼아서 처녀를 현세에서 다른 세계로 채 가는 힘을 얻는다.

다키치는 개운한 얼굴을 하고 있다. "하지만 물건이 물건인지라, 팔기는 했지만 그 뒤에 무슨 일이 벌어질지는 알 수 없어서 말이야. 나도 나가노야나 야마모토초의 나막신 가게가 신경 쓰이더군. 그랬더니 아니나 다를까, 그 집 처녀들이 가미카쿠시를 당했다잖나."

쿡쿡 웃는 것이 못내 즐거운 눈치다. 오하쓰는 등이 싸늘해졌다.

"이거 좋은 기회다. 돈이 되겠다 싶어서 이야기를 꺼냈지만 소스케가 처음에는 내켜 하지 않더군. 그놈은 겁쟁이니까 고소데 원령이 무섭기만 했겠지. 그래서 아사타로를 끌어들였어. 그놈은 몸이 가벼워 소스케보다 보탬이 되겠다 싶었거든. 천 냥은 받아낼 수 있다고 하니까 소스케도 욕심이 나서 결국은 가담했고."

다키치는 커다란 어깨를 움츠리며 계속 웃었다.

"그런데 막상 몸값을 받으러 나갔다가 그 사달이 난 거야. 천 냥만 있으면 더 이상 아등바등하지 않고도 살 수 있어—오시즈의 묘도 제대로 만들어 줄 수 있고. 그런데 보기 좋게 틀어지고 말았다고."

말이 많아진 다키치를 로쿠조는 어안이 벙벙해서 바라보고 있다가 턱을 쓰다듬었다.

"그나저나 너도 참 재주가 많은 놈이구나. 나 같으면 흉내도 못 냈을 텐데. 나가노야에 쏜 활터의 버드나무 활도 그렇고, 나막신 가게에서 오하쓰를 노리더니 오늘은 바람총으로 우리를 혼비백산하게 만들고. 참 재주도 많구나."

"그래서 말했잖아, 행수. 내가 재주를 타고났다고."

"바람총 화살에는 어떤 독을 묻혔죠?" 하고 오하쓰가 물었다. "이번 일하고는 아무 관계도 없는 사람이 화살에 맞았어요. 그 사람을 살리려면 어떤 독인지 빨리 알아야 해요."

오하쓰의 말이 들리지 않는 듯 다키치는 입을 다문 채 웃고 있다. 로쿠조가 으르렁거렸다.

"이 판국에 또 한 사람을 죽일 작정이냐?"

"한 명 죽이나 두 명 죽이나 매한가지잖아. 소스케란 녀석도 자꾸 투덜거리기에 귀찮아서 입을 틀어막았을 뿐이야. 파리채로 파리를 죽이는 거나 마찬가지지. 나는 이제 이승에 아무 미련도 없어. 황천 가는 길도 길동무가 많아야 시끌벅적해서 좋지. 그래서 너희들한테도 화살을 날렸고. 천 냥을 거머쥘 수 있는 길을 방해한 너희들에게 말이야. 삼도천을 같이 건너게 해 줄 작정이었는데."

"다키치!" 로쿠조가 소리쳤다. "천 냥, 천 냥 하는데, 네놈은 거금을 제대로 우려냈더라도 아사타로와 소스케를 죽일 작정이었잖아? 안 그래?"

다키치의 얼굴에서 웃음기가 가셨다. 다다미를 노려보고 있다. 뻔뻔하고 분노로 가득 찬 얼굴이었다.

"당신은 이 세상 전부를 증오하나 보군요." 오하쓰는 작은 소리로 말했다. 오시즈라는 아내를 잃은 일이 이렇게 한 남자를 망가뜨렸단 말인가.

"흥, 그래." 다키치는 그렇게 내뱉었다. "이 세상 모든 게 마음에 안 들어."

"어째서……."

"오시즈는 아무 허물도 없는 사람이야. 그런데 병에 걸려서 고통만 받다가 죽었어. 나는 오시즈를 살리고 싶었다. 그저 그것 하나만 원했는데 아무것도 할 수 없었지. 너무 불공평하잖아. 세상에는 마음씨가 오시즈 절반에도 못 미치는 계집들이 태평하게 잘 먹고 잘 살고 있다고. 우리는 뼈가 부서져라 일해도 좋은 일이라곤 하나도 없었는데, 한쪽에서는 한가롭게 놀고먹는 놈들이 한둘이 아니야. 화가 나잖아. 도저히 참을 수가 없었어. 그런 놈들을 깡그리 죽여 버리면, 그래, 가슴이 후련할 것 같더군."

로쿠조는 다키치를 쳐다보고 있었다. 분노로 타오르는 다키치도 전혀 주눅 들지 않고 마주 노려보았다. 그때 문 쪽에서 "어흠" 하는 소리가 들렸다. 그 참에 오하쓰는 얼른 방을 나갔다.

찾아온 사람은 다름 아닌 후루사와 부자에몬이었다.

"어머……." 오하쓰는 우뚝 서 버리고 말았다.

"대단한 소동이 있었다고? 그래, 범인은 어디 있지?"

"이쪽입니다."

오하쓰는 앞장서서 부자에몬을 방으로 안내했다. 늘 데리고 다니는 주겐도 없이 혼자 찾아온 부자에몬은 시마이야의 급한 계단을 가볍게 뛰어올라 다키치가 잡혀 있는 방으로 들어섰다.

더는 못 참았는지 로쿠조가 다키치의 멱살을 쥐고 막 옥죄려던 참이었다. 다키치는 그래도 흐흐흐 웃고 있다. 무슨 일이냐고 부자에몬이 묻자 로쿠조는 흠칫하며 바닥에 엎드려 절했다.

오하쓰는 먼저 바람총 화살에 발라진 독에 대해서 설명했다. 부자에몬은 커다란 코를 움찔거리면서 이야기를 듣고 있다가 툭 뱉듯이 말했다. "조고풀이야."

"예?"

"조고풀이라고. 이 사내의 몸에서 냄새가 나는군. 바람개비 같은 장난감을 만들 때 쓰는 접착제다. 조고풀이라는 풀의 뿌리를 푹 고아서 만들지. 붙기도 잘 붙고 마르기도 잘 마르지만 독이 있어. 어서 의원에게 일러 줘라."

오하쓰가 겐안에게 달려갔다. 약상자도 도착해 있었지만 이사지가 식은땀을 흘리며 고통스러워하고 있었다. 그러나 조고풀이란 말에 겐안이 기운을 냈다. "그래? 알았다. 그렇다면 쉽지, 독버섯 해독할 때랑 똑같은 약을 쓸 수 있으니까."

"정말요? 이사지 씨는 귀한 증인이에요, 꼭 살려야 해요."

"내가 못 미덥냐?"

후루사와 부자에몬은 로쿠조와 함께 다키치를 지신반으로 끌고 갔다. 잠시 후 혼자 돌아온 부자에몬은 오하쓰를 불렀다.

"그럼 오하쓰, 이야기를 들어 보자."

오하쓰가 그간의 전말을 간략히 설명하자, 부자에몬은 매우 흡족한 얼굴로 이야기를 듣고 나서 겐안이 있는 방으로 건너가 이사지의 상태를 살폈다.

"죽지는 않을 겝니다요, 나리."

상대가 빨간 도깨비 후루사와 나리라는 사실을 모르는 겐안은 편안한 말투로 대답했다.

"그런데 나리, 조고풀이라고 용케 아셨습니다."

"이래 봬도 내가 손재주가 좀 있다" 하고 부자에몬이 뜻밖의 말을 했다. "내 아들이 어렸을 적에는 종종 바람개비나 야지로베_{일본의 전통적인 장난감. 다양한 형태. 이를테면 W, V, Y자 같은 꼴로 틀을 만들어 중심을 잡으며 노는 장난감}를 만들어 주었지. 부교쇼 일도 요즘처럼 바쁘지 않았으니까."

또 "어머" 하는 소리를 내고 말았다. 부자에몬은 도깨비 같은 눈으로 오하쓰를 힐끔 쳐다보았다.

"뭐가?"

"아뇨, 아무것도."

부자에몬은 다시 웃는 상이 되었다. 오하쓰를 위아래로 훑어본다. "지난여름 이후로 처음 보는 것 같군, 잘 있었느냐?"

"예, 감사합니다."

"우리 모자란 아들 녀석!" 하고 내뱉듯이 말하고는, "―이 신세를 지고 있는 모양이던데" 하고 덧붙인다.

"당치않습니다. 오히려 저희야말로 우쿄노스케 님께 신세를 지고 있지요."

부자에몬의 기분 좋은 얼굴이 어딘지 개운치가 않다. 후루사와 집안의 가업을 물려주는 문제가 조만간 해결될 모양이라 다행이라고 했던 우쿄노스케의 말이 떠올랐다. 그래서 부자에몬도 기분이 좋은 걸까?

"실은 이렇게 부르지 않아도 한번 찾아와 볼 생각이었다."

"후루사와 나리께서요?"

"그래. 우쿄노스케한테 아사이야의 괴이한 사건을 비롯해서 많은 이야기를 들었다. 게다가 마침 이사지라는 직공 이야기도 들었고."

"예……."

"먼저 다키치부터 처리해야 하니까 나는 다시 지신반으로 돌아가야겠다. 그렇지…… 내일 점심때 지나서 다시 찾아오마. 이사지는 이 집에 묵게 해 주지 않겠느냐? 그 사내의 이야기를 직접 듣고 싶어 하는 사람을 데려올 테니까."

누구일까? 오하쓰가 생각에 빠져 있자니, 후루사와 부자에몬이 커다란 손을 쳐들어 퍽 하고 오하쓰의 어깨를 쳤다.

"여러 가지로 수고가 많구나. 하지만 오하쓰, 너무 위험한 일에는 끼어들지 말아라. 뭐, 이런 말도 아무 소용이 없을지 모르겠다. 우리 모자란 아들 녀석!" 하고 또 내뱉듯이 말하고는 말을 마무리한다. "—도 위험한 일에 끼어들기를 좋아하는 모양이니."

"하지만, 저어."

"하기야 뭐, 그놈은 이미 집안을 떠난 놈이니까 장사치처럼 주판을 배워도 내 알 바 아니다만."

주판이 아니라 산학인데요. 그러나 부자에몬은 기분 좋은 낯으로 말을 계속한다.

"오캇피키 조수 노릇을 해도 무슨 상관이냐. 허구한 날 고문서에 코를 박고 살아도 아무 문제 없다. 검술 따위 아예 젬병이라도 상관 없어. 심지어는 밥집 간판 처녀를 색시로 삼는대도 나는 전혀 신경

안 쓰니까."

"당치않아요!" 오하쓰는 깜짝 놀라 소리쳤다. "우쿄노스케 님과 저는 그런 사이가 아닙니다!"

부자에몬의 얼굴에서 흥겨운 표정이 싹 사라지더니 맥 빠진 표정이 되었다. "뭐야, 그게 아니야?"

"아닙니다!"

"호오." 부자에몬은 새삼 오하쓰를 찬찬히 훑어보았다. "그러고 보니 우쿄노스케란 놈한테는 조금 아까울지도 모르겠다. 그놈도 참 복도 없지."

해독약이 잘 듣고 겐안이 처치한 보람이 있어서 이사지의 목숨을 살릴 수 있었다. 그날 밤 오하쓰는 데쓰를 이불 발치에 두고 잤다. 로쿠조가 다키치의 신병을 처리하고 돌아온 것은 동틀 녘에 가까운 시간이었다. 하지만 그는 잠깐 눈을 붙였다가 곧바로 다시 우시고메로 나갔다.

아사이야 건도 얼개가 보이고 오리쓰의 몸값을 우려내려고 했던 사건도 일단락되었다. 이제 남은 것은 원령—천구와 대결하는 일이다. 고소데를 내다 판 무가 집안의 따님을 빨리 찾아내야 한다.

데쓰도 의욕에 차 있다. "오하쓰, 이쯤 해서 도사를 만나 보지 않을래? 부교 나리라고 했던가? 오하쓰가 알고 있는 높으신 무사님도 도사를 만나고 싶댔지? 내가 안내해 줄게."

"그래…… 그럼 나리께 편지를 써 보자."

후루사와 부자에몬은 어제 예고한 대로 점심 지나서 다시 시마이야에 찾아왔다. 그때 말한 대로 동행이 있었다. 오하쓰는 첫눈에 그가 누구인지 알 수 있었다. 꽤 강압적으로 보이는, 잊을 수 없는 얼굴이다.

구라타 몬도였다.

"어떻게 된 거예요, 아가씨?"

부엌에서 오요시가 오하쓰의 소매를 잡았다.

"구라타 나리라면…… 아사이야와 한통속까지는 아니라지만, 그래도 우리가 이렇게 얼굴을 보여도 괜찮을까요? 아사이야의 안주인한테 이야기가 들어가지 않을까요?"

"그야 알 수 없지만, 후루사와 나리를 믿는 수밖에 없죠."

후루사와 부자에몬은 구라타 몬도를 데리고 잠시 이사지와 이야기를 하고 있었다. 그때 오하쓰가 급히 보낸 기별을 받은 로쿠조가 우시고메에서 가마를 타고 돌아와 이층으로 뛰어 올라갔다.

세 사람이 반 각 이상 이야기를 나누었을까? 이윽고 오하쓰는 로쿠조의 부름을 받고 이층으로 올라갔다.

방으로 들어서 보니 부자에몬과 구라타 몬도가 뜻밖에 온화한 표정으로 앉아 있다. 오하쓰는 절을 하고 로쿠조의 동생임을 밝힌 다음 그대로 고개를 숙이고 있었다.

"이 아가씨가 나에게 상당한 혐의를 두고 있던 아가씨로군요, 후루사와 나리."

구라타 몬도의 목소리가 들렸다. 언젠가 들었던 굵은 목소리다.

부자에몬이 웃음으로 응한다. "그렇지. 오하쓰, 이제 얼굴을 들어 봐라."

오하쓰는 얼굴을 들고 구라타 몬도를 쳐다보았다. 입가에 미소를 지은 구라타 몬도는, 이렇게 가까이 보니—아니, 역시 강압스러운 인상이다. 아무리 엉뚱한 억지라도 아무렇지도 않게 밀어붙일 법한 상이다. 하지만……

그때 오하쓰는 깨달았다. 그가 앉아 있는 방석 바로 옆에 또 핏자국이 보인다. 처음 나막신 가게에서 보았을 때도 이 사람은 역시 피를 흘리고 있었다. 그래서 스테키치에게 어디 다친 데는 없느냐고 물었던 것이다.

역시 이 사람한테는 뭔가 언짢은 구석이 있다.

"우쿄노스케가 조사한 모든 내용과 이사지의 진술 덕에 이제 우리도 완전히 이해했다" 하고 부자에몬이 입을 열었다. "아사이야가 아편 밀매에 손을 대서 막대한 돈을 벌고 있다는 것은 분명한 사실 같다. 말이 새어 나가지 않도록 주위 입단속을 단단히 해야 한다. 이 후루사와의 이름을 걸고 일당을 남김없이 잡아들일 테니까 안심하고 우리한테 맡겨라."

오하쓰는 다시 절을 했다.

"구라타에 대해서도 그만 오해를 풀어라." 부자에몬이 계속했다. 오하쓰가 보니 구라타 몬도는 눈을 내리깔고 있었다.

"어떤 사건이든 반드시 범인을 잡아 대령하겠다는 이 사람의 모습을 보고 나도 오래전부터 위험한 구석이 있다고는 생각했다. 다만 조사가 허술한 도신한테 맡겨서는 도저히 밝혀낼 수 없는 어려운 사건을 이 사람이 몇 번이나 밝혀낸 것도 사실이다. 그 점은 감안해야 하지 않겠느냐."

오하쓰는 오빠의 얼굴을 보았다. 로쿠조는 동생에게 고개를 끄덕여 보였다.

"예, 알겠습니다. 감히 의심을 해서 참으로 송구스럽습니다."

"아니, 됐다. 나한테도 허물이 있었다." 구라타 몬도가 말했다. "그리고 사실 제 얼굴이 원래 악인상 아닙니까, 후루사와 나리."

"글쎄, 그런가?"

"네, 그렇습죠. 게다가 아사이야 건에서는 참으로 얼빠진 짓을 하지 않았습니까."

솔직히 본인이 말한 대로의 얼굴인지라 알아채기는 어렵지만, 실은 퍽 낙담한 듯하다.

"아사이야의 안주인 오마쓰는 가까운 친척입니다. 성실하고 머리도 좋아서 오히려 남편 이베보다 더 열심히 장사하며 아사이야를 꾸려 왔지요. 여자지만 참으로 훌륭하다고 생각한 탓에 제 눈이 어두워졌습니다. 지금 생각하면—," 잠시 눈을 감고 생각에 잠긴 표정이 된다. "아사이야는 지금까지 가세가 기운 적이 몇 번 있었습니다. 그러나 그때마다 어떻게든 버텨내고 다시 번창했습니다. 그 뒤에 아편 밀매가 있었군요."

"저어, 구라타 나리. 여쭙고 싶은 것이 있습니다만, 괜찮을는지요?" 오하쓰는 가만히 물어보았다.

구라타는 부자에몬의 얼굴을 힐끔 쳐다보고 나서 고개를 끄덕였다. "그래."

"구라타 나리는 나막신 가게 오아키 씨의 가미카쿠시를 전혀 믿으려 하지 않으셨습니다. 기이한 이야기는 무엇이든 결코 받아들이지 않으신다는 이야기도 들었습니다. 어째서인지요?"

"어허, 오하쓰. 무례하잖냐. 나리께서 좋게 말씀해 주신다고 기고만장하지 마."

로쿠조가 꾸짖었으나 오하쓰는 물러설 생각이 없었다. 구라타 몬도의 얼굴을 똑바로 쳐다보고 있다.

"흠, 어려운 물음이구나" 하고 구라타 몬도는 희미한 웃음을 지었다. 웃고 있는데도 어딘지 조금 슬퍼 보인다. 문득 보니 다다미 위 핏자국이 다시 선명해진 것 같았다.

"내가 제대로 설명할 수 있을지는 잘 모르겠다만—."

그렇게 말하고 구라타 몬도는 오하쓰의 얼굴을 쳐다보았다.

"내게는 여덟 살 많은 누님이 있었다. 우리 집안은 대대로 마치부교쇼 관리로 일해 왔으니 누님도 당연히 도신의 딸이지. 나이가 차서 혼담이 들어왔다. 내가 일곱 살이고 누이가 열다섯 살 때였지."

후루사와 부자에몬도 처음 듣는 이야기인지 흥미로운 듯 팔짱을 끼고 듣고 있다.

"신랑감은 같은 핫초보리에 사는 도신의 후계자였다. 아버지도 어머니도 찬성이라 혼담은 금방 정해졌지. 그런데 시집가기 직전에 누이가 문득 자취를 감추고 말았다."

꼭 오아키 씨 사건 같구나…… 하고 오하쓰는 생각했다.

"누님과 나는 단둘밖에 없는 오누이라 나는 평소 누님한테 많이 기대고 지냈다. 어머니가 병약하셔서 누님이 어머니 노릇을 했지. 당연히 누님의 실종은 어린 나에게 커다란 비극이었다. 누님이 어디로 갔느냐, 누님을 찾아 달라, 하며 아버지에게 울면서 매달렸다. 허나 아버지는 이렇게 말할 뿐이었다—."

― 네 누이는 가미카쿠시를 당했다. 이제 돌아오지 못해. 그만 잊어라.

"흠……" 하고 로쿠조가 탄식했다. "그랬군요."

"아무것도 모르는 철없는 시절이었으니 아버지의 말씀을 믿을 수밖에. 누님은 뭔가 기이한 것에 끌려갔다고 믿을 수밖에 없었지. 아버지뿐만 아니라 어머니, 집안사람들, 아버지를 시중들던 주겐까지도 모두들 입을 모아 가미카쿠시라고 말하니 어린아이의 마음에 의심이 생길 여지가 없었어."

"실제로는 어찌 된 일이었나요? 누님께서는 가미카쿠시를 당하셨나요?"

구라타 몬도는 다시 얼마간 눈을 감았다가 잠시 후 말을 계속했다. "내가 아버지의 직위를 물려받고 삼 년쯤 지났을 때였나. 그때는 어머니도 돌아가시고 안 계실 때였지. 우리 집안 불단에는 어머니 신위 옆에 누님 신위도 모셔져 있었다. 죽은 사람으로 알고 살았던 거지. 그런데 하루는 고이시카와 양생소_{막부가 빈민을 위해 설치한 무료 의료 시설}에서 기별이 왔어. 양생소에 있는 행려병자 여인이 자기가 핫초보리 구라타 집안 사람이라고 말하고 있다, 이제 살 날이 얼마 남지 않은 듯한데, 죽기 전에 꼭 가족을 만나고 싶다고 호소하고 있다, 이 집안에 그럴 만한 사람이 있느냐, 하고 묻는 게 아닌가."

깜짝 놀란 구라타 몬도는 고이시카와 양생소로 달려갔다.

"누님이었다." 생각만 해도 괴로운지 눈을 내리깔면서 낮은 목소리로 말했다. "폐결핵이 심하더군. 의원은 아니지만 내가 봐도 앞으로 한 달도 안 남았음을 알 수 있을 정도였다. 하지만 분명 나를 귀여워해 준 얼굴이었다. 나를 보살펴 주던 손이었고. 잘못 볼 리가 없지."

"누님께서는 예전의 실종을 뭐라고 설명하시던가요?"

"좋아하던 남자랑 도망을 쳤다는구나." 구라타 몬도의 목소리가 갈라졌다.

오하쓰가 놀라서 숨을 삼켰다. 후루사와 부자에몬이 어두운 분위기를 어떻게든 풀어 보려는지 커다란 목소리로, 어울리지도 않는 농담을 하며 끼어들었다.

"뭘 그리 놀라누. 핫초보리에도 남자한테 눈멀어 도망치는 아가씨 정도는 있다. 하긴 우리 얼빠진 아들 녀석!" 하고 일갈하듯이 말하고는, "―처럼 외아들이면서도 애비를 피해 도망친 놈도 있지 않으냐" 하며 투덜거린다.

"허허, 후루사와 나리, 아드님을 그렇게 자꾸 책망만 하시면 어떡합니까." 구라타 몬도가 미소를 지었다.

"책망하는 게 아니야. 화가 나서 그렇지."

이제는 그다지 화가 나신 듯 보이지도 않는데, 하고 오하쓰는 생각했다. 그러나 부자에몬의 개입으로 구라타 몬도도 조금 기운을 차린 모양이다.

"누님이 좋아하는 남자가 따로 있었던 거지. 제 뜻과 상관없이 정해진 혼처가 싫어서 부모에게 편지 한 장만 남기고 그 남자랑 도망쳤단다. 상대는 아무래도 출신이 분명치 않은 떠돌이였던 모양이야. 누님도 면목이 없었는지, 그 남자를 어디서 어떻게 알게 되었는지는 끝내 자세히 말해 주지 않더구나."

그러나 그렇게 도망친 두 남녀의 행복은 그리 오래가지 않았다.

"집을 나간 뒤로 누님은 비참하게 살았다. 남자하고도 몇 년 안 돼 헤어졌고, 자식도 하나 낳았지만 가난에 허덕이다가 병으로 잃고 말았다더구나. 누님은 자식의 유골을 비단보에 싸서 가지고 다녔다. 작고 가는 유골이었지. 딸이었다고 한다. 누님을 닮았다는데, 살아 있었으면 나에게도 사랑스러운 조카딸이 있었을 테지.

나는 누님을 탓했다. 왜 좀 더 일찍 고집을 꺾고 집으로 돌아오지 않느냐고. 그러자 누이는 슬픈 표정으로 고개를 돌리고는, 자식을 잃은 직후 한 번은 돌아갈까 생각했다고 하더구나. 핫초보리 근처까지 와 보았는데, 마침 거기서 우리 집에 드나들던 상인을 만났다고 했다. 구라타 집안은 요즘 어떻게 지내느냐고 묻자, 안주인이 벌써 세상을 떠났다고 일러 주더란다. 얼굴이 많이 변하고 야윈데다 옷차림까지 형편없어서 상인도 누님을 몰라본 것이지. 상인은 구라타 나리의 딸이 가미카쿠시를 당한 뒤로 집안이 너무 어두워졌다는 말도 했다더군."

긴 한숨을 토하고 구라타 몬도는 계속했다.

"누님은 그제야 구라타 집안에서 이미 오래전에 자신과의 인연을 끊어 버렸음을 깨달았다. 아버지도 어머니도 세상 이목이 두렵고 혼처의 감정을 건드릴까 두려워 딸의 가출을 가출이라고 말하지 않았어. 가미카쿠시로 얼버무리면서. 사실상 딸에게 이제는 돌아오지 말라고 명령한 셈이나 마찬가지였다. 착하고 순종적이던 딸은 귀신인지 원령인지한테 붙들려 가서 이미 이 세상에 존재하지 않는다. 돌아올 리가 없다고 말이야."

이야기를 들려준 직후 구라타 몬도의 누이는 세상을 떠났다. 채 서른도 안 된 나이였다.

"나는 누이의 유골을 안고 집으로 돌아와 아버지에게 따졌다. 왜 누님이 가미카쿠시를 당했다고 거짓말을 했느냐고, 왜 일찍 사실대로 말해 주지 않았느냐고. 사실은 누이가 어린 감정 때문에 내력도 모르는 사내와 도망쳤다고 가르쳐 주기만 했으면, 나라도 누님을 찾으러 나섰을 게다. 누님도 핫초보리 근처로 돌아왔다가 발길을 돌리지 않고 그대로 집으로 돌아왔을지도 모르고.

하지만 따지는 나에게 아버지는 냉정하게 말씀하셨지—악몽이라도 꾼 게냐, 너야말로 잡귀에 씐 자한테 속았구나, 양생소에서 죽은 여자는 우리 집안과는 아무 관계도 없는 남이다, 구라타의 딸은 열다섯 살 때 가미카쿠시를 당했다. 돌아가실 때까지 아버지는 주장을 바꾸지 않았다."

일단 말을 끊고 나서 구라타 몬도는 오핫쓰의 얼굴을 보며 입가에 희미한 쓴웃음을 지었다. 그러고는 다시 이야기를 이었다.

"그때 나는 깨달았다. 귀신보다 원령보다 더 무서운 존재는 사람이라고. 불리한 일, 보고 싶지 않은 일, 듣고 싶지 않은 일을 기이한 이야기 속에 묻어 버린다. 그러고는 자기 자신과 세상을 향해 거짓말로 버티지. 인간처럼 무서운 것도 없다. 북부 마치부교쇼 도신으로서 이렇게 짓테를 차고 있는 나는 앞으로 그런 인간의 거짓말이 만들어 낸 가짜 귀신이나 원령과 싸워 나가겠다고 다짐했다. 그때 단단히 맹세했어."

파도가 밀려오듯 침묵이 밀려왔다. 로쿠조는 구라타 몬도에게서 눈을 돌리고 있었다.

오하쓰는 다다미 위의 핏자국을 쳐다보았다. 아까보다 희미해져 있다.

— 구라타 나리의 누님이 폐결핵으로 피를 토하며 죽었겠구나.

이 핏자국, 구라타 몬도가 가는 곳마다 흘리고 다니는, 오하쓰의 눈에만 보이는 피의 환영은 그의 괴로운 기억 속에서 흐르고 있었다. 아직도 잊지 못하고 치유되지도 않는 상처에서 뚝뚝 떨어지는 피였던 것이다.

그때 문득 떠올랐다. 결코 어리석지 않은 구라타 몬도였지만 아사이야의 안주인인 연상의 사촌누이에게는 너무 쉽게 이용당했다는 것을. 우쿄노스케에 따르면 여자 관계에서 좋지 못한 소문이 있다는 것을. 결국은 먼 과거, 그러니까 제 손으로 미처 불행에서 구해 주지 못한 그리운 누님의 모습을 그런 여자들한테 투영하고 있었기 때문이 아닐까.

천천히 고개를 젓고 구라타 몬도는 다시 입을 열었다.

"자네들도 잘 아는 대로 나는 야마모토초의 마사키치를 호되게 추궁했네. 오아키가 행방불명된 진상을 마사키치는 틀림없이 알고 있다고 생각해서였지. 그자가 뭔가를 감추고 있다고 믿었거든. 가미카쿠시 따위는 있을 수 없으니까, 더욱 인정사정이 없었지."

그러자 그 와중에 마사키치는 말이 자기 때문에 죽었다고 말했다.

"오아키를 꿈속에서 죽였다느니 하는 영문 모를 소리를 하기 시작하더군. 나에게도 뜻밖의 이야기였지. 나는 사실 오아키가 가출을 했고, 그런 상황을 수습하려고 마사키치가 가미카쿠시라는 거짓말을 꾸며냈다고 생각했거든. 흡사 내 누이 때처럼. 그러나 마사키치는 정신 상태가 자꾸 이상해지더니 결국에는 목을 매고 말았지. 그건…… 내 잘못이다."

"글쎄요, 그럴까요? 그건 알 수 없는 일입니다" 하고 로쿠조가 조용히 말했다. "구라타 나리가 마사키치를 들보에 매달지는 않으셨으니까요. 오하쓰, 이제 됐지? 이제 납득이 가니?"

"예. 잘 알겠습니다" 하고 오하쓰는 다시 절을 했다.

사람들이 보지 못하는 것을 볼 줄 아는 오하쓰지만 구라타 몬도의 생각도 충분히 이해할 수 있었다. 이 세상에는 귀신이나 원령이 정말로 존재한다고 생각하지만, 지금은 말하지 않기로 했다.

부자에몬은, 아사이야 건은 우리에게 맡겨라, 하고 힘주어 말하고는 부교쇼로 돌아갔다. 로쿠조는 다시 우시고메로 갔다. 그날 밤 오하쓰는 데쓰를 품에 안고 홀로 생각에 잠겼다.

부교 나리와 도사

이튿날.

오하쓰는 전에 써 둔 편지가 생각나, 데쓰 편으로 부교에게 전하기로 했다.

"부교쇼라는 게 어디 있지? 장소만 알면 어디든 숨어들 수 있어."

편지에는 데쓰에 대한 이야기와 데쓰가 하는 말을 오하쓰가 알아 듣는다는 내용도 적어 두었다.

"부교 나리께서 답장을 써 주실 때까지 얌전히 기다렸다가 받아와 야 해. 알겠니?"

데쓰를 보내 놓고 아무래도 조금 불안한 심정으로 기다리는데, 일 각쯤 지나서 마침내 데쓰가 돌아왔다. 데쓰가 가져온 부교의 답장에 는 잘 알았으며, 도사를 데리고 오늘 저녁 여섯시에 그리로 왔으면 좋겠다는 내용이 적혀 있었다.

"데쓰, 부교 나리를 만나 보니 어떻디?"

"지긋한 할아버지더군" 하고 데쓰는 뚱한 표정을 지었다. "오하쓰 는 그런 늙은이가 좋은가 봐?"

"그래, 주제넘은 말이겠지만, 난 부교 나리를 정말 좋아해. 자, 도 사를 데리러 가자."

후카가와 레이간지.

오나기 운하와 센다이 운하 사이에 있는 후카가와 한쪽에는 레이 간지, 조신지, 운코인, 호젠지 등 네 개 사찰이 나란히 자리한 구역 이 있다. 레이간지는 그중에서도 가장 큰 가람으로, 이곳을 방문하 는 사람들은 오나기 운하 쪽에서 무가 저택들 사이로 난 좁은 길을 지나고 작은 문전 마을을 지나서 산문에 다다르게 된다. 경내에는 아름다운 벚나무 가로수가 당당한 가람에 색채를 더해 주어 보는 이 의 눈을 즐겁게 해 주지만, 오하쓰가 찾아간 이날은 벚꽃도 절정이 지나 있었다. 벌써 도처에 파란 싹이 돋아 나와 꽃보다는 신록의 풍경이 펼쳐져 있다.

"도사는 어디 있니?"

산문을 들어서자마자 품에 있는 데쓰에게 물었다. 데쓰는 오하쓰의 어깨 위로 올라가, "요즘은 늘 저기 있었어" 하고 오른쪽으로 큰 가지를 뻗은 벚나무 고목 쪽으로 코를 찡긋거렸다.

경내에는 사람 모습이 보이지 않는다. 멀리 보이는 본당 옆에서 동자승 하나가 천천히 비질을 하며 자갈 위에 흩어진 연분홍빛 벚꽃을 쓸어 모으는 모습이 보일 뿐이다. 예불 시간이 아닌지 독경 소리도 들리지 않는다. 멀리 동자승은 오하쓰가 경내로 들어서자 고개를 돌려 쳐다보았지만 오하쓰가 정중하게 목례를 하자 답례를 하고는 다시 하던 일을 계속했다.

오하쓰는 데쓰를 어깨에 얹은 채 벚나무 고목으로 걸어갔다. 만개 철이 지난 벚나무 고목은 오오후리소데_{소맷자락이 옷자락 밑단까지 닿을 정도로 긴 기모노로서, 젊은 여성이 정장으로 입는다}를 입고 석양 속에 서 있는 미녀처럼 보인다. 오하쓰가 나무 밑동 옆에 서자 데쓰가 위를 올려다보며 울었다.

"어이, 도사. 거기 있어? 나야."

대답은 얼른 돌아오지 않았다. 미녀가 느긋하게 미소를 짓듯이 벚나무 가지가 부드럽게 흔들릴 뿐이다. 가지 틈새로 보이는 하늘은 저녁 안개로 흐릿해지며 볼연지를 엷게 녹여 놓은 듯 물들었다.

"도사, 거기 없어?"

데쓰가 다시 불렀다. 가장자리가 노랗게 바랜 벚나무 꽃잎이 오하쓰의 머리 위에서 몇 닢 떨어져 내렸다. 꽃잎을 털어내려는데 문득 머릿속에 찌르르 하고 통증이 치달았다.

'어―?'

강한 통증은 아니다. 겨우 보일까 말까 할 정도로 가는 바늘이 눈에도 보이지 않을 만큼 빠른 속도로 오른쪽에서 왼쪽으로 스쳐 지나가는 듯한 느낌이었다. 그 직후에,

쨍강.

뭔가 금속성 물체가 울리는 듯한 소리가 들려왔다.

오하쓰는 재빨리 주위를 둘러보았다. 종소리 같지는 않았지만, 사찰 경내가 아닌가. 혹시 누가―.

―쨍강.

그렇다, 마치 석장을 짚는 듯한 소리다. "아, 도사, 거기 있었군."

데쓰의 목소리에 오하쓰도 흠칫하며 위를 올려다보았다.

"손님을 데리고 왔어. 왜 있잖아, 그 팔팔한 아가씨."

데쓰가 쾌활하게 말했다. 하지만 오하쓰는 멍하니 눈을 뜬 채 서 있었다.

벚나무 가지 사이로 작은 얼굴이 보인다. 그러나 그것은 고양이의 얼굴이 아니었다. 아무리 봐도 다르다. 작고 동그란 얼굴, 잿빛―.

'지장보살님!'

"왜 그래, 오하쓰. 그렇게 넋을 놓고."

데쓰가 앞발로 오하쓰의 볼을 톡톡 건드렸다. 오하쓰는 눈을 재게 깜빡였다. 또 한 번 머릿속으로 통증이 치달았다. 한순간 눈을 감았다. 그런 다음 다시 눈을 떠 보니 데쓰가 올려다보는 벚나무 사이로 늙은 잿빛 고양이 한 마리가 이쪽을 내려다보는 모습이 보였다.

"도사, 오하쓰야. 도사를 만나고 싶다고 해서 데려왔어." 데쓰가

말한다.

심장이 요란하게 뛰고 숨이 가빠진다. 데쓰가 수염을 찡긋거리며 고개를 갸웃하더니 차가운 코끝으로 오하쓰의 볼을 살짝 찔렀다.

"이상하네, 오하쓰. 무서워?"

"어…… 아니야, 괜찮아." 숨을 고르며 오하쓰가 말했다. "만나서 반가워. 나는 도리초의 오하쓰라고 해." 갈라진 목소리가 나오고 말았다.

나뭇가지 위 늙은 고양이는 축축해 보이는 눈을 느릿느릿 끔뻑거렸다. 귀는 처지고 콧잔등에 털이 성기다. 꽤 늙은 것이다. 이윽고 귀찮다는 듯이 크게 하품을 하고는 천천히 말했다.

"무슨 일로 이렇게 나란히 찾아왔지?"

"오하쓰가 도사랑 어딜 좀 같이 가재."

"나랑? 어디를?"

"지위 높은 무사를 만나러. 내가 낮에 만나고 왔는데, 아주 재미난 늙은이야. 도사랑 마음이 잘 맞을 거야, 아마."

오하쓰는 바짝 마른 목을 고르며 어떻게든 온전한 목소리를 내려고 애썼다. "천구 일로—이제 곧 그것을 퇴치할 수 있을 것 같아. 그래서…… 그쪽 힘도 빌렸으면 해서."

늙은 고양이는 앞발을 들어 귀를 쓱쓱 긁고는 방금 전처럼 느긋한 투로 말했다. "그냥 도사라고 불러도 돼."

"그럼, 도사, 괜찮다면 나랑 같이 가 줄래?"

도사는 고개를 갸웃하고 무심히 본당 쪽을 돌아다본다. 저녁 예불이 시작되었는지 땡, 땡, 하고 종 울리는 소리를 앞세워 독경이 흘러

나왔다.

도사는 오하쓰를 내려다보았다. "가는 건 좋은데, 내가 여기서 어떻게 내려간담?"

"도사, 혼자서는 못 움직여? 설마 했는데, 정말 그런 거야?" 데쓰가 어이없다는 투로 말했다.

도사를 안고 데쓰를 앞장세워서 시마이야로 돌아와 보니, 등롱에 불을 밝힌 우쿄노스케가 오요시가 만든 도시락 보통이를 안고 막 밥집을 나서는 참이었다. 산학 도장에 보낸 심부름꾼이 늦지 않게 소식을 전한 모양이다. 우쿄노스케는 오하쓰를 보자 웃으며 말했다.

"요즘 오하쓰 씨는 고양이 수호신 같군요. 또 새로운 얼굴이 등장했네요."

얼굴은 웃고 있지만 눈은 흠칫거린다. 변함없이 고양이가 익숙지 않은 것이다. 오하쓰는 미안한 마음도 들었지만, 기왕 이렇게 된 바에야 어쩔 수 없는 일이다. 우쿄노스케도 그 점은 이해해 주겠지. 두 사람과 두 마리가 스키야바시 고몬에도 성은 방어를 위해 이중 해자를 둘렀는데, 바깥쪽 해자, 즉 외호에는 출입을 위해 여러 개의 다리와 문을 설치했다. 그런 다리 중 하나인 스키야바시에 설치된 검문소가 스키야바시 고몬이다. 남북부 마치부교쇼는 모두 외호 안에 있었다에 있는 남부 마치부교쇼를 향해 걸어간다. 오하쓰는 우쿄노스케에게 도사에 대해서 들려주었고, 우쿄노스케는 아버지 후루사와 부자에몬이 사건을 어떻게 처리할지에 대하여 자기 의견을 들려주었다. 데쓰는 연방 뒤를 돌아보며 앞장서 걸어갔지만 참견을 하지는 않았다. 자기 나름대로 뭔가 생각에 잠겨 있는 듯, 종종 수염을 찡긋거리고 있다.

도사는 가벼웠다. 품에 이불솜 한 뭉치를 안고 있는 듯한 느낌이다. 아무리 새끼 고양이라도 이보다는 무겁겠다. 게다가 도사는 정말 혼자서는 걷지 못하는지, 벚나무에서 내려올 때도 데쓰가 가지 위로 올라가 도사의 엉덩이를 밀어 주고 밑에서는 오하쓰가 소매를 활짝 펼친 채 대기하고 있다가 받아 주어야 했다.

오하쓰의 마음속에 희미하게 자리 잡고 있던 도사의 본색에 대한 짐작은 이제 손에 잡힐 듯 명확해져 있었다. 벚나무 가지 사이로 보이던 지장보살님 얼굴―그리고 석장 소리. 부교 나리께 이 고양이를 빨리 소개하고 싶다. 부교 나리는 뭐라고 말씀하실까.

약속 시간인 여섯시를 알리는 종소리를 들으며 부교쇼 숙소 뒷문에 도착했다. 살림을 담당하는 오쓰가 대기하고 있다가 언제나처럼 온화한 웃음으로 환영해 주었다.

"부교 나리께서 한참 전부터 기다리고 계세요." 그러고는 오하쓰 품에 안긴 도사를 보고 말했다. "아, 새로운 동행이 오셨군요."

저번에 방문했을 때 제법 따뜻한 대접을 받은 모양인지, 데쓰는 오쓰를 스스럼없이 따랐다. 그녀가 앞장서서 복도를 안내할 때도 발치를 따라가며 장난을 친다. 오하쓰와 우쿄노스케는 두어 발자국 뒤에서 오쓰를 따라가며, 몇 번을 와 봐도 파악이 안 되는 미로처럼 복잡한 복도를 걸어 크고 작은 방들을 지나갔다.

부교의 방으로 들어설 때면 오하쓰는 늘 조금 긴장한다. 일단 도사를 방바닥에 내려놓은 다음 무릎을 꿇고 앉아, 실례하겠습니다, 하고 기척을 하고 나서 가만히 앞으로 나갔다. 부교는 사방침에 기댄 편안한 자세로 꽤 오래돼 보이는 서책을 들추고 있었다.

"오오, 오하쓰."

얼굴을 들고 빙긋이 웃은 노부교가 얼른 안으로 들어오라고 재촉하며 손짓을 했다. 모두 방 안에 자리를 잡고 앉자 부교는 누구보다 먼저 도사에게 눈길을 주었다.

"도사라고? 호호오, 상당한 연배 아닌가. 나랑 막상막하겠는데."

"어이, 노인장. 약속대로 오하쓰 일행을 데려왔어" 하고 데쓰가 울었다.

부교는 데쓰를 손가락으로 가리키며 오하쓰의 얼굴을 보았다. "뭐라는 거냐?"

"저어…… 약속드린 대로 찾아뵈었다고요."

부교는 턱을 박박 긁었다. "그래? 나도 데쓰가 하는 말을 알아들으면 얼마나 좋을꼬."

퍽 아쉬운 표정이다.

"오하쓰, 네가 정말 부럽다. 『미미부쿠로』에 기록된 얘기들 중에도 말을 하는 동물 얘기가 여러 개 있는데, 동물들이 하는 말을 알아듣는 사람은 스님이나 학자밖에 없다더구나. 나는 아직 수행이 부족한 게야. 그걸 생각하면 이 고양이의 이름이 썩 잘 어울린다 싶다."

정작 도사는 뼈 없는 해파리처럼 오하쓰의 무릎 위에 축 늘어져 있다. 눈도 반개한 모습이고 입가에 침까지 흘린다. 아마 오는 내내 졸고 있었나 보다.

"우쿄노스케" 하고 부교가 불렀다. "왜 그렇게 구석에 앉아 있나. 자넨 아직도 고양이가 고역인가?"

우쿄노스케는 크게 겸연쩍어했다. "나리께서도 아셨습니까."

"알고말고. 니 애비가 전에 얘기한 적이 있다. 아들이 젖먹이 때 고양이한테 귀를 물렸는데, 그 뒤로는 고양이 털만 날아와도 사색이 되어 도망친다고."

방 안을 어슬렁거리던 데쓰가 그 말을 듣고 일부러 우쿄노스케 쪽으로 걸어갔다. 우쿄노스케의 웃던 얼굴이 갑자기 굳어 버리고 엉덩이가 조금씩 위로 뜨기 시작했다. 부교는 웃으며 데쓰를 불렀다.

"데쓰, 아서라. 이리 와."

데쓰는 꼬리를 살살 흔들며 부교 앞으로 걸어가 넉살 좋게도 무릎 위로 냉큼 올라가 앉았다.

오쓰가 다과를 내 왔다. 그녀가 데쓰에게 미소를 지어 보이자 데쓰도 냐옹 하고 응했다. 도사는 여전히 잠들어 있다.

오쓰가 나가자 부교가 가만히 이야기를 시작했다. "오하쓰, 네 편지는 잘 읽었다. 아무래도 일이 심각해지고 있는 것 같구나."

가만 보니 오하쓰가 보낸 편지가 사방침 옆에 놓여 있다.

"허나 너희들이 애쓴 덕분에 진상은 대체로 분명해진 모양이다. 많이 두려웠을 텐데, 잘해 주었다."

부교는 무릎을 앞으로 조금 디밀었다.

"실은 며칠 안으로 수하들이 아사이야를 수색하기로 되어 있다."

오하쓰도 우쿄노스케도 이 말에 깜짝 놀랐다.

"일이 그렇게까지 진전되었습니까?"

"그래. 준비만 되면 실행은 빠를수록 좋겠다고 판단했지."

오하쓰는 우쿄노스케의 얼굴을 보았다. 그는 매끈한 얼굴에 주름 살을 긋고 고개를 끄덕이고 있다.

"너희가 도착하기 얼마 전까지 이 방에 후루사와가 와 있었다."

"아버지가 어떻게 준비를 하신답니까?" 우쿄노스케는 적이 걱정스러운 모양이다.

부교는 고개를 끄덕이고 데쓰의 머리를 툭 치듯 쓰다듬었다. "잘 모르지만, 최소한 눈치 빠른 수하들을 모아서 데려가겠지. 이 데쓰 같은 수하 말이다."

"저희 오라버니도 가게 될까요?"

"물론이다."

"그렇다면 저희도 아사이야에 같이 가게 해 주세요!" 오하쓰가 의욕을 보였다.

"그렇습니다. 일손은 많을수록 좋겠지요."

부교는 두 손을 들어 두 사람을 달래는 시늉을 했다.

"자, 자, 그 얘기는 나중으로 돌리자. 아직 시간이 많이 남았으니까. 그보다 먼저 애초의 용건부터 얘기해야 하지 않겠느냐. 천구와 어떻게 싸우느냐 하는 얘기 말이다."

부교는 맛나게 차를 마셨다. 무릎 위에서 데쓰도 덩달아 고개를 쓰윽 쳐들었다.

"싸운다고 하지만, 상대는 마성이 있는 여인의 원령입니다." 우쿄노스케가 낮은 소리로 한 마디 한 마디 씹어내듯이 말했다. "칼이나 활로 싸울 상대는 아니겠지요. 나리, 저는 원령이 이승에 나타날 때 발판으로 이용되는 사람이 있다고 봅니다. 헌옷 가게에 나타나 고소데를 팔고 간 무가의 딸이 그런 사람이 아닐까 싶습니다만."

"발판이라."

"예. 원령은 그 이름 모를 아가씨를 조종해서 세상에 나올 수 있는 통로를 만들고 있는 게 아닐까요?"

부교는 생각에 잠긴 얼굴로 찻잔을 내려놓고 한 손을 데쓰의 머리 위에 얹었다.

"그런데 오하쓰, 우쿄노스케. 방금 전에 이상한 일이 있었다. 너희가 걸어오는 발소리에 아주 기이한 소리가 섞여 있더구나. 꼭 석장을 짚는 듯한 소리였어."

"나리께서도 들으셨군요."

오하쓰의 말에 부교는 온화한 눈길로 쳐다보았다.

"음, 역시 오하쓰도 들었구나."

"우쿄노스케 님은요?"

우쿄노스케는 고개를 저었다. "석장을 짚는 소리라고 하시면?"

오하쓰는 부교와 얼굴을 마주 보았다. 곧이어 눈길을 그대로 무릎 위에 축 늘어져 자는 것처럼 보이는 도사에게로 옮겼다. 부교의 눈도 도사를 쳐다보았다.

"자, 도사" 하고 오하쓰는 고양이를 살짝 쓰다듬었다. "이제 일어나 봐."

늙은 고양이는 귀찮은 듯 한쪽 눈만 떴다. 그러다가 이내 감아 버렸다.

"도사, 너는―정체가 뭐니?"

"이 고양이한테 또 뭐가 있습니까?"

데쓰가 엉뚱한 말을 하는 우쿄노스케의 옆으로 다가가서 옹야 하고 울었다. "너는 좀 가만있어" 하고 말하고 있다.

"그 얘긴 잠시 접어 두고," 부교는 오하쓰에게 눈짓을 하고—지금은 그냥 놔두라는 의미이리라—다른 이야기로 바꾸었다.

"우쿄노스케가 말하는, 고소데를 팔러 왔다는 무가의 딸이 천구의 발판이 되는 인물이라는 짐작에는 나도 찬성이다. 그 아이에 대해서는 로쿠조가 알아보고 있겠지?"

"예. 헌옷 가게 주인들의 협조를 얻어서……."

"그렇다면 찾아낼 때까지 기다리는 수밖에 없겠구나. 허나 나는 그 아이에 대해서 한 가지 짐작되는 점이 있다."

"네?"

"아무래도 천구는 영원히 젊고 아름답고 싶다, 그리고 이승에서 그걸 다 누리고 싶다는 생각이 응어리가 되어서 생겨난 망념의 화신 같은 것이 아니겠느냐? 그렇다면 그런 망념을 품은 망자한테 씌고 발판으로 이용당하는 처녀는 어떤 사람이겠느냐?"

우쿄노스케가 신중한 투로 말했다. "오히려 아주 수수하고 외모에 자신이 없는—그러면서도 여자의 가치는 아름다움에 있고, 또 여자는 당연히 아름다워야 한다고 믿는 처녀……."

"맞다" 하고 부교는 고개를 끄덕였다. "그런 처녀는 마음속에 천구의 망념과 비슷한 심금을 가지고 있어. 그래서 망념에 공감하여 씌고 말았을 게야."

"그렇게 아름다운 처녀를 사냥하는 일을 거드는……."

"물론 본인은 모르는 상태에서 거들겠지."

애처로운 것을 바라보는 듯한 표정을 풀지 못한 채 부교는 계속 말했다.

"그 처녀는 헌옷 가게 나가타야를 찾아갔을 때 두건으로 얼굴을 가렸다고 했지. 어쩌면 얼굴에 눈에 잘 띄는 상처나 멍 같은 게 있지 않겠느냐?"

오하쓰와 우쿄노스케는 얼굴을 마주 보았다.

"아무래도 그런 생각이 드는구나. 오하쓰, 네가 말한 대로 천구에 씐 자는 모두 마음에 뭔가 틈이 있다. 얼굴을 가린 처녀의 마음에는 과연 어떤 틈이 있을까. 병을 앓거나 다쳐서 생긴 상처가 천구에게 조종당하는 계기가 되지는 않았겠느냐?"

"마음의 틈……. 그럼 오아키 씨나 오리쓰도 그랬을까요?" 우쿄노스케가 중얼거렸다.

"오아키 씨와 오리쓰는 아버지 마사키치 씨나 동생 오타마의 어두운 마음이 천구를 불러들였다고 봐요."

오하쓰는 자기가 생각한 바를 말했다.

"그리고, 역시 고소데로 만든 주머니예요. 그것이 신목 같은 구실을 해서 천구에게 발판을 제공하는 거예요."

"아름다운 고소데라. 과연 여인의 망념이 깃드는 데 어울리는 물건이군요." 우쿄노스케가 고개를 끄덕였다.

"그럼 빨리 찾아내지 않으면 그 아가씨도 천구한테 희생되고 말겠군요?"

"그렇지, 나는 그렇게 생각한다. 끌려간 두 처녀만큼이나 나는 그 무가의 딸도 걱정되는구나."

게다가, 하고 부교는 무릎을 앞으로 디밀었다.

"천구로 화한 여인의 망념 말인데, 원점이 된 여성은 그 무가 처녀의 가까이에 있던 자―혹은 가족일지도 모른다."

"왜 그리 생각하세요?"

"처녀가 팔겠다고 가지고 나온 옷이 아주 값비싼 물건이었으니까. 미혼의 무가 처녀가 제 돈으로 그런 물건을 마련하기란 어렵지. 아마 장롱 속에 보관되어 있던 물건 아니겠느냐."

과연 듣고 보니 그렇다.

"이를테면 유품이라든가요?"

"그래, 할머니나 어머니나 자매―그 처녀와 가까운 사람이고, 생전에도 교류가 있던 여자의 물건이 아닐까 하는 게지."

하나같이 마땅한 말이다. 오하쓰는 충분히 납득했다.

"그런데 천구를 퇴치하려면 어떻게 해야 하나요?"

노부교는 옆에 있는 서책을 집어 들었다. 아주 오래돼 보이는 책은 그냥 집어 드는데도 먼지가 훌훌 날아오른다. 데쓰가 퀭 하고 재채기를 했다.

"신목 역할을 하는 헌옷을 찾아서 불태우기―그것이 급선무다. 다만 그렇게 하면 향후 천구의 출현은 막을 수 있다고 해도 끌려간 처녀들을 구할 수는 없다. 처녀들을 구하려면 우리도 천구가 부르는 곳으로 가야 해. 오아키와 오리쓰가 꿈에서 보았다는 기이한 벚나무 숲 말이다. 허나 그곳에 갈 수 있는 사람은―."

오하쓰가 끼어들었다. "저밖에 없겠군요."

부교가 고개를 끄덕인다. "맞다. 결국 오하쓰가 미끼가 되어야 하겠지."

"너무 위험합니다!" 우쿄노스케가 부교에게 바짝 다가앉는 바람에 부교의 무릎에 앉아 있던 데쓰가 얼른 피했다. "아무리 그래도 그렇지, 오하쓰 씨에게 그렇게 위험한 일을 시킬 수는 없습니다!"

노부교는 말없이 오하쓰의 얼굴을 응시하고 있다. 담담하고 차분한 표정이라 아무 감정도 읽을 수 없었다.

"제가, 하겠어요."

"오하쓰 씨!"

"괜찮아요, 우쿄노스케 님." 오하쓰는 그의 손등을 살짝 다독였다. "천구라면 벌써 만나 봤어요. 신목 역할을 하는 헌옷을 불태우기만 해서는 사태가 끝나지 않을 테고, 게다가 오아키 씨와 오리쓰를 걱정하면서 지내는 나날이 저한테는 더 힘들 거예요."

데쓰가 오하쓰의 무릎에 머리를 문질렀다. "괜찮아, 오하쓰. 내가 같이 가 줄 테니까."

오하쓰가 미소를 지었다. "데쓰가 같이 가 주겠대요."

에도 마치 부교 네기시 히젠노카미 야스모리는 데쓰가 떠난 무릎 위에 들고 있던 낡은 서책을 놓고 펼쳤다.

"이건 『고사기담古事奇談』이란 책이다. 간단히 말하면 지금으로부터 수백 년 전에도 나 같은 사람이 있어서 『미미부쿠로』 같은 모음집을 만들었던 셈이지. 그런 얘기들을 모아 놓은 책이야. 이 책을 보면 젊은 후처에 대한 질투 때문에 이승을 헤매게 된 여인의 망령이 있었는데, 그녀가 생전에 쓰던 거울로 망령을 빨아들여서 퇴치했다는 이야기가 나온다."

"거울입니까?"

"그래. 그래서 이번에는 거울에 대해서 기록한 문헌들을 조사해

봤더니, 옛날 사람들은 분명히 거울에 귀신을 빨아들이고 봉해 둘 수 있는 힘이 있다고 믿었던 모양이다. 약사여래에 거울을 바치는 까닭도 그것으로 병마를 빨아들이고 봉인해서 쾌유하게 해 달라고 기원하는 뜻이 담겨 있다는구나. 뿐만 아니라 거울 뒤에 특정한 문자를 새기고 기도를 올리면 거기 빨려 들어갈 마귀를 지정할 수도 있다고 한다."

부교는 손을 들어 짝짝 손뼉을 쳤다. 그러자 칸막이벽 너머에서 오쓰의 목소리가 들린다. "부르셨습니까."

"아까 말한 걸 가져오게나."

곧 오쓰가 보라색 비단에 싼 것을 받쳐 들고 왔다. 부교는 그것을 받아 들고 오쓰가 물러가기를 기다렸다가 오하쓰에게 내밀었다.

낡은 구리 거울이다. 오하쓰의 손바닥만 한 크기에 손잡이가 없고 둥글다. 가장자리 쪽에는 푸른 녹이 슬었고, 예전에는 아름다운 그림이 새겨져 있었을 뒷면도 오랜 사용으로 완전히 밋밋해져 있었다.

"이걸 써 보지 않겠느냐?" 하고 부교는 말했다.

오하쓰는 손바닥으로 거울의 무게를 느꼈다. 차갑다.

"출처는…… 말하기가 좀 곤란하구나. 어느 신사의 비보 가운데 하나인데. 다만 그 신사에서는 이 거울의 가치를 제대로 모르는 듯했다. 신사에 전해 내려오는 문헌에, 도쇼신쿤東照神君 이에야스 공_{에도 막부를 연 도쿠가와 이에야스. 도쇼신쿤은 그를 신격화하여 이르는 이름}의 치세에 종종 젊은 처녀에 씌고 사람을 죽여 세상을 소란케 한 망령이 있었는데 이 거울로 퇴치했다는 기록이 있어서 빌려왔다."

오하쓰는 거울을 가만히 쳐다보았다. 그러다 자신을 지긋이 응시하는 시선을 느끼고 눈길을 들었다.

잠만 자고 있던 도사가 오하쓰를 쳐다보고 있다. 그 눈에서 시선을 뗄 수 없어서 오하쓰는 멍하니 도사의 눈만 쳐다보았다.

저도 모르게 손에서 힘이 빠져 거울을 떨어뜨리고 말았다. 그러자 제대로 움직이지도 못하던 도사가 별안간 일어나더니 거울로 뛰어들었다.

"무슨 짓이야!"

우쿄노스케가 도사를 말리려고 손을 뻗었다. 그러나 그보다 먼저 도사가 오하쓰의 손을 떠나 다다미에 떨어진 거울 위에 올라앉았다.

얼음처럼 맑고 날카로운 석장 소리가 실내에 울려 퍼졌다.

그 순간 도사는 다시 졸린 고양이로 돌아가고 말았다. 오하쓰는 가만히 손을 뻗어 거울을 주워 들었다.

아무 무늬도 없던 뒷면에 '진(眞)'이란 글자 하나가 새겨져 있다.

"아무래도……." 곰곰이 생각하는 얼굴로 도사와 거울에 새겨진 글자를 번갈아 바라보면서 노부쿄는 말했다. "이 거울이 틀림없는 것 같구나."

제5장 대결

시노의 눈물

 이튿날 아침 눈을 떠 보니 담요 발치에 웅크리고 있어야 할 데쓰가 보이지 않았다. 오하쓰는 집 안을 돌아다니며 찾아보기도 하고 창문으로 활짝 갠 하늘을 올려다보며 처마나 지붕 위쪽을 향해 이름을 불러 보기도 했지만 대답이 없었다.
 걱정스런 마음에 아침밥도 제대로 못 먹을 것 같은 기분으로 앉아 있는데 분키치가 헐레벌떡 뛰어왔다.
 "형님, 그 무가 아가씨를 찾았다고 합니다!"
 마침 옷을 다 차려입고 우시고메로 나가려던 로쿠조는 분키치를 후려칠 듯한 기세로 봉당으로 뛰어 내려갔다.
 "정말이냐!"
 분키치는 흥분으로 얼굴이 벌겋게 달아 있다.
 "틀림없어요. 두건으로 얼굴을 가린 차림새 좋은 아가씨가 보통이를 안고 나가타야 앞을 서성댔습니다. 그래서 주인 우헤가 인사를 건네며 가게 안으로 불러들였다고 합니다."

우헤는 자연스럽게 이야기를 끌고 나가다가 아가씨가 헌옷을 팔러 왔다고 말하자, 그렇다면 우리 가게에서 사겠다고 말했다. 아가씨는 반가운 얼굴로 보퉁이를 풀었다.

"호사스러운 금사 자수가 된 지도리 무늬 고소데라고 합니다. 아가씨는 옷을 될수록 젊고 예쁜 여자 손님한테 팔아 달라고 부탁했답니다."

아가씨가 가게를 나서자 분키치와 함께 잠복하던 간타로 행수의 수하 두 명이 미행을 해서 집을 알아냈다. 고지마치 1초메 고케닌 집으로, 주인 이름은 야나기하라 신베. 직위나 녹봉 등 상세한 사항은 아직 모르지만, 근처 쌀가게 주인 말로는 야나기하라 가에는 올해 스무 살 되는 시노라는 딸이 있는데, 시노가 얼마 전부터 바깥출입을 할 때면 꼭 두건을 단단히 써서 이목을 피하고 있다고 한다.

"그 아가씨가 틀림없구나. 그럼 고소데는 어떻게 했지?"

"물론 받아 두었습니다. 지금 지신반에 가져다 놓았습니다."

오하쓰는 로쿠조와 분키치에게 지난 밤 부교를 만난 이야기를 들려주었다. 로쿠조의 인상이 크게 일그러졌다.

"처녀가 천구의 발판이 되고 있다⋯⋯."

"네. 게다가 천구로 변한 여인의 본색은 시노라는 아가씨의 가족이 아닐까 짐작하셨어요."

그러자 분키치가 제 가슴을 탕탕 쳤다. "저희한테 맡기세요. 오늘 해 지기 전까지 시노라는 아가씨의 주변을 싹 조사해 놓을 테니까!"

"부탁해요. 나는 그 아가씨의 눈을 뜨게 해서 천구에게서 구해야겠어요. 그 아가씨도 조종당하고 있을 뿐이에요. 그러니 그 아가씨가 어떤 사람이고 어떤 고통이나 슬픔을 품고 있는지 최대한 자세히 알고 싶어요."

오하쓰는 오늘 밤 시노를 만나러 갈 작정이었다. 그러고 보니 오늘이 초승이구나, 하는 생각이 문득 스쳤다. 달이 뜨지 않는 캄캄한 밤이다. 천구와 싸우기에는 맞춤인지도 모른다.

로쿠조는 당장 다키치가 살았던 나가야에 가 보겠다고 했다. 버드나무 활이나 바람총 따위를 찾아 보고, 무엇보다 주머니를 만들고 남은 고소데 천을 거두어 와야 하기 때문이다. 아직 많이 남아 있을 터이므로 불에 태워 없애야 한다고 무서운 얼굴로 말했다.

로쿠조가 출발하려는데 오하쓰가 소매를 잡았다. "오라버니, 나도 지신반에 데려가 주세요."

"네가 뭘 하러 거길 가는데?"

"지도리 무늬 고소데를 가져오게요."

로쿠조는 오하쓰의 얼굴을 노려보았다. 오하쓰도 지지 않고 시선을 받아냈다.

"오늘 들어온 지도리 무늬 고소데도 저번 고소데 조각과 함께 불태워 없앨 거다."

"그전에 잠시 나한테 빌려 줘요."

"어쩌려고?" 하고 로쿠조가 낮은 소리로 물었다. 오하쓰는 빌려 온 구리 거울을 보여 주었다.

"어젯밤부터 내내 몸에서 떼지 않고 지니고 있었어요." 오하쓰가 말했다. "잘 때도 꼭 쥐고 있었고요. 이것만 있으면 오아키 씨와 오리쓰를 구출하고 천구를 퇴치할 수 있어요. 하지만 그러려면 내가 천구에게 납치되어야 해요."

"뜻대로 된다는 보장이 어디 있냐. 너도 잡혀가서 영영 못 돌아올지도 몰라."

오하쓰는 힘주어 고개를 저었다. "아뇨, 그런 일은 없을 거예요. 괜찮아요. 나는 부교 나리의 말씀을 믿어요. 내 힘을 믿고요."

로쿠조는 오하쓰를 찌를 듯이 노려보다가 마침내 눈길을 떨어뜨리고는 맥없이 손을 들어 제 이마를 쓸었다.

"말려도 소용없겠구나."

"그래요."

"부교 나리도 참 잔인하시지. 왜 너까지 끌어들이셔서는……." 로쿠조답지 않은 원망이다.

"그게 아녜요, 오라버니. 나는 부교 나리의 분부를 받고 일하고 있어요. 오라버니가 부교쇼를 도와서 아무리 위험한 곳이라도 주저 없이 뛰어드는 거랑 마찬가지예요. 오라버니는 내가 걱정이라지만, 나나 올케 언니도 늘 오라버니를 걱정하며 살아요. 오라버니 등 뒤로 다친 사람이나 죽은 사람의 환영이 보일 때는 나도 울어 버리고 싶단 말예요. 오라버니가 이번에는 무사했지만 다음엔 어떻게 될지 모르겠구나, 늘 그런 생각을 한다고요. 올케 언니도 못 견디게 불안할 때가 있을 거예요. 하지만 잘 참고 있잖아요. 오라버니의 실력을 믿기도 하지만, 우리가 오라버니가 무사하기를 기도하면 틀림없이 신불의 가호가 있을 거라고 믿으니까요."

단숨에 그렇게 말하자 숨이 찼다.

로쿠조의 입가에 희미한 미소가 떠올랐다. "……하여간 쇠고집이라니까."

"오라버니 동생이잖아요." 오하쓰도 웃었다.

"지신반으로 가자." 로쿠조가 일어섰다. "하지만 이 일은 오요시한테는 말하지 마라."

도리초 지신반은 월번 노인이 혼자 지키고 있었다. 로쿠조의 얼굴을 보자 벌떡 일어나 안도한 표정으로 다가온다.

"아, 로쿠조 행수, 정말 잘 와 주었소. 아, 글쎄, 아까 행수네 젊은 수하가 와서—,"

떠들며 안쪽 방을 힐끔 돌아본다.

"저기다 보퉁이를 놓고 갔지 않소. 그러면서 하는 말이, 우리 형님 언질이 있기 전에는 저 보퉁이를 절대로 열어 보지 마라, 가까이 가지도 마라, 특히 젊은 사내나 처녀는 절대로 지신반에 들이지 말라. 그러질 않겠소. 게다가 그 청년이 저 보퉁이를 얼마나 무서워하던지……. 나까지 괜히 으스스합디다."

"미안하구먼요. 괜히 겁을 줘서" 하고 로쿠조가 노인에게 사과했다. "하지만 이제 안심하쇼. 보퉁이는 내가 가져갈 테니까. 그거, 어디 있소?"

"책상 밑이오."

로쿠조는 신을 차 던지다시피 벗고 방으로 들어갔다. 월번 노인이 미간을 찡그린 채 오하쓰를 보았다. "오하쓰로군. 여긴 무슨 일로 왔어? 아, 너는 여기 들어오면 안 돼. 아까 그 수하가 그랬다니까. 처녀는 저 보퉁이 가까이 가면 안 된다고."

"나는 괜찮아요, 아저씨―."

그렇게 말할 때 로쿠조가 "어!" 하고 소리를 질렀다. "이게 뭐야!"

로쿠조가 책상 밑에서 보퉁이를 끄집어내려는데 놀랍게도 한쪽 구석을 데쓰가 꽉 물고 있었다.

"뭐야, 이놈의 고양이는―이봐, 놔, 놓으라니까. 이건 네 먹이가 아냐."

데쓰는 으르렁거리며 떨어질 줄 모른다.

"오라버니, 그거 만지지 말아요." 오하쓰가 얼른 로쿠조에게 다가갔다. "자기가 그걸 맡겠다는 거예요. 그렇지, 데쓰?"

데쓰는 보퉁이를 꽉 문 채 눈을 번들거리고 있다. 오하쓰도 데쓰가 이렇게 흥분한 모습은 처음 본다. "침착해, 데쓰."

로쿠조가 손을 놓자 보퉁이는 다다미 위로 떨어졌다. 데쓰는 재빨리 다시 보퉁이를 물고 질질 끌어 책상 밑으로 숨고 말았다.

"데쓰……."

데쓰가 오늘 아침 일찍부터 집을 비웠던 이유는 이 고소데가 지신 반에 와 있음을 느꼈기 때문이리라. 내내 여기서 고소데를 향해 눈빛을 이글거리고 있었을 것이다.

"데쓰, 알았어. 그 물건에 손대지 않을게. 대신 그걸 들고 집까지 나를 따라올래?"

대답이 없다. "데쓰? 내 말 들었니?" 오하쓰가 쪼그리고 앉아 불렀다.

월번 노인이 로쿠조에게 물었다. "오하쓰는 고양이하고도 얘기를 하나, 행수?"

이윽고 가만히 으르렁거리는 소리가 들렸다. "내가…… 다 알아."

"뭘?"

데쓰는 다시 침묵했다. 그러다가 이내 평소의 쾌활한 목소리로 돌아와 말했다. "걱정 마, 오하쓰. 이건 내가 집으로 가져갈 테니까."

"그래, 부탁해."

오하쓰는 로쿠조를 재촉해서 지신반을 나섰다. 데쓰의 행동에 희미한 불안을 느끼며.

약속한 대로 잠시 후 데쓰는 지신반에서 보퉁이를 끌고 돌아왔지만, 보퉁이와 함께 어디로 숨어 버렸는지 모습을 볼 수가 없었다. 반자 위에서 쥐들이 요란하게 후닥닥 뛰어다니는 것을 보면 거기로 올라간 듯하다. 오하쓰는 반자를 향해 불렀다.

"나중에 내가 부르면 보퉁이를 가지고 내려와, 알았지?"

데쓰에게 그렇게 말해 두고 오하쓰는 얼른 옷을 갈아입은 다음 야마모토초로 향했다. 관리인 집으로 가서 오노부의 상태를 확인할 생각이었다.

그녀가 찾아가자 관리인이 반갑게 맞아 주었다. 마침 오늘은 오노부가 자리에서 일어나 앉아 있다고 했다. 오하쓰는 그녀의 이부자리를 펴 놓은 이층 방으로 안내를 받아 들어갔다.

오노부는 방에 앉아 관리인 처의 시중을 받으며 죽을 먹는 중이었다. 관리인이 "오노부 씨, 오아키 친구가 병문안을 왔소" 하고 말하자 멍하던 눈에 희미한 빛이 깃들었다.

"이런 고마울 데가……."

고개 숙여 인사하려고 하는 오노부를 오하쓰가 얼른 만류했다.

"불쑥 찾아와서 죄송합니다. 드시던 대로 천천히 드세요." 잠시 망설였지만 스스로 기운을 북돋기 위해서라도 분명히 해 두자 작정하고 말했다. "저는 오아키가 틀림없이 무사히 돌아올 거라고 믿고 있어요. 그러니 아주머니도 마음을 굳게 잡숫고 계세요."

아래층으로 내려오자 관리인이 한숨을 지으며, "오아키는 오노부 씨랑 꼭 닮았어" 하고 중얼거렸다. "여자치고는 키가 제법 큰 편이라 늘씬해서 보기가 좋았지."

"관리인님, 오아키가 가미카쿠시를 당하기 직전에 이곳에 몸집이 커다란 주머니 장수가 오지 않았나요?"

"주머니 장수?"

주머니 행상은 커다란 조릿대에 물건을 매달고 그것을 어깨에 메고 다니면서 판다. 다키치는 체격이 그렇게 컸으니 필시 이목을 끌었으리라.

관리인이 잠시 생각하다가 고개를 끄덕였다. "그러고 보니 덩치가 아주 커다란 주머니 장수가 이곳을 가끔 지나다녔소."

"오아키가 그 장수한테 물건을 사는 모습을 보신 적이 있나요?"

"글쎄…… 하기야 젊은 처녀들은 그런 소품을 좋아하게 마련이지. 아가씨는 안 그렇소? 마음이 내키면 보자기나 주머니 한두 개는 샀을 수도 있겠지."

"관리인님은 안 사셨나요?"

"안 샀지. 그런 거라면 집사람이 손수 만드니까."

오하쓰는, 그럼 안녕히 계세요, 하고 인사를 한 뒤에 나가노야로 걸음을 옮겼다. 메마르고 오그라든 오노부의 잿빛 얼굴이 떠올라 마음이 아팠다.

나가노야에서는 변함없이 오타마가 우울한 표정으로 가게를 지키고 있었다. 다만 오늘은 그녀의 어머니 오센도 나란히 가게에 있다. 오하쓰는 붙임성 있게 인사를 건네며 무슨 일은 없었는지 묻고 나서 짐짓 자연스럽게 물었다.

"그런데 한 가지 확인하고 싶은 게 있어요. 오리쓰가 가미카쿠시를 당하기 얼마 전에 몸집이 아주 커다란 주머니 장수한테 뭔가를 사지는 않았나요?"

오센이 고개를 갸웃했다. 그러나 오타마는 움찔했다.

"오타마, 기억나니?" 하고 오하쓰가 물었다.

오타마는 팔려고 늘어놓은 파 단을 괜히 오른쪽으로 옮겼다 왼쪽으로 옮겼다 하고 있다.

"키가 크고 덩치가 아주 좋은 주머니 장수야. 생각 안 나니?"

"글쎄요, 기억이 잘 안……" 하고 오센이 대답하는데 갑자기 말을 가로채며 오타마가 소리를 질렀다. "왜 그래, 엄마는!"

오센이 눈을 부릅떴다. "너야말로 왜 그러니, 난데없이 고함을 지르고―."

오타마는 얼굴이 새빨개져 있다. "나는 언제나 잊어버리지! 늘 그랬잖아!"

"잠깐, 잠깐만. 오타마, 차분히 얘기해 보렴."

오타마는 몹시 화를 내면서 작은 손을 쥐었다 폈다 하며 설명했다. 오리쓰가 가미카쿠시를 당하기 사흘쯤 전에 분명히 덩치 커다란 주머니 장수가 왔다고 한다.

"새 주머니를 갖고 싶어서 내가 장수를 불렀어요. 물건들은 모두 잘 만들어졌고 예뻤어요. 그중에서 제일 마음에 든 것이 모란꽃이 자수되어 있는 주머니였어요. 아주 호화스럽고 다른 데서는 보기 힘든 무늬요."

오하쓰는 고개를 끄덕였다. 틀림없이 그 주머니다. 우헤의 헌옷 가게에서 흘러나간 첫 번째 고소데를 해체해서 만든 물건이다.

"하지만 막 사려고 할 때 언니가 다가와서 자기도 그 주머니가 마음에 든다는 거예요. 나는 내가 먼저 정했으니까 안 된다고 했어요. 하지만 언니가 억지를 쓰면서 주머니 장수한테 나보다 좋은 값을 쳐 주겠다고 하잖아요. 그 아저씨도 재미있다고 웃더니 결국 언니한테 팔아 버렸어요."

오타마는 몹시 분한지 얼굴이 딱딱하게 굳었다.

"화가 나서 집에 들어가서도 계속 언니랑 다퉜는데, 그때 엄마가 뭐라고 했지? 이렇게 예쁜 주머니는 오타마한테는 아깝다고, 오리쓰가 사길 잘했다고 그랬잖아! 난 다 기억해. 죽어도 잊어먹지 않을 거야!"

오센은 어쩔 줄 모르고 있었다. 오타마의 표독스러운 말투와 분에 겨워 주먹을 쥐락펴락하는 서슬에 크게 당황한 듯했다.

"죽어도 잊어먹지 않겠다니, 너, 무슨 말을 그렇게 하니? 기껏해야 주머니 하나 갖고—."

"그게 아니란 말이야!" 오타마는 떨리는 목소리로 소리쳤다. 빨개진 얼굴에서 금방 핏기가 가시기 시작한다. "주머니 따위 아무렴 상관없어! 내가 화가 난 이유는 엄마나 아버지나 만날 언니 편만 든다는 거야. 말도 안 되는 억지를 써도 언니한테는 화를 낸 적이 한 번도 없어. 만날 나만 혼난단 말이야!"

"하지만 얘, 그건 네가 언니가 가진 물건을 탐내거나 언니를 시샘하니까 그런 거잖아. 억지는 네가 쓰잖니!"

오하쓰는 말리려고 했지만, 오타마의 모습을 보고는 이 모녀 간의 다툼은 갈 데까지 가게 놔두는 편이 낫겠다고 생각했다. 오타마는 지금까지 고이고 고인 이런 불만을 부모에게 쏟아낸 적이 없었으리라. 일단은 다 토해내면 된다. 나중에 결국 집을 떠나 하녀로 들어가게 되더라도 역시 쏟아내는 것이 좋다.

'언니는 내가 반드시 구해낼 테니까 그전에 부모에게 하고 싶은 말을 다 쏟아 놓으렴.'

오하쓰를 까맣게 잊고 다투는 모녀를 보면서 가만히 가게를 나섰다. 근처 주민들이 무슨 일인가 해서 목을 길게 빼고 나가노야를 바라보고 있다.

해 질 녘이 되어서야 분키치가 돌아왔다. 놀랍게도 우쿄노스케가 함께 왔다.

"저 혼자서는 제대로 조사할 수 없던 부분들을 이것저것 도와 주셨습니다" 하고 분키치는 머리를 긁적였다.

로쿠조는 분키치보다 먼저 집에 도착해 있었다. 빈손으로 돌아오기에 고소데 자투리 천은 어떻게 되었느냐고 묻자, "찾아냈지. 그 자리에서 불태워 버렸다" 하고 무뚝뚝하게 대답했다. "남은 재도 구덩이에 묻고 왔다. 어쩐지 손이 지금도 끈적끈적한 기분이야."

그 말만 하고 언짢은 얼굴로 방에 들어가 있었다. 로쿠조의 그런 모습에 씩씩하게 돌아온 분키치도 금방 행수의 안색을 살피기 시작했다.

"오라버니, 도깨비 상은 그만하세요. 분키치 씨가 맡은 일을 잘 마치고 돌아왔으니까."

오하쓰는 쾌활하게 핀잔을 던져 두고 분키치를 재촉했다. "그래서 뭘 알아냈는데요?"

"야나기하라라는 집은 흔히 볼 수 있는 고케닌 집안이었습니다. 집도 얼마나 오래되었는지 여기저기 망가져 있더군요." 분키치는 이야기를 시작했다. "오늘 본 바로는 주인이 성에 들어갔다가 돌아왔을 뿐 아무도 드나들지 않았습니다. 상인도 방문하지 않았고요_{에도 시대 무가에서는 장 보기라는 것이 없었다. 단골 상인이나 상인의 점원이 집집마다 돌아다니며 주문을 받아다가 팔았다.}"

우쿄노스케가 말을 받았다. "당주 신베는 히로시키조에반_{에도 성 내 쇼군의 첩실과 궁녀들이 기거하는 오오쿠 입구를 지키다가, 쇼군이 오오쿠를 방문하면 뒤를 따라다니며 수행하거나 고위 궁녀가 외출할 때 수행하는 하급 무사}인데, 이렇다 할 만한 소문이 없는 것을 보면 별 탈 없이 소임을 해내고 있나 봅니다."

다만 야나기하라 가의 살림은 결코 여유롭지 않다고 한다. 사실 하급 고케닌은 다들 마찬가지여서, 별로 이상한 일도 아니지만.

"그러나 시노의 두 언니는 모두 친정보다 격이 한참 높은 하타모토 집안으로 시집을 갔습니다. 두 언니 모두 뛰어난 외모 덕분이었지요."

"꽃가마 타고 팔자 고친 셈이네요."

"예. 야나기하라 가에는 아들이 있어서 직위를 물려주는 데는 아무 문제가 없습니다. 거기다가 딸들이 좋은 집안으로 시집을 갔으니 당연히 기쁜 일이지요. 그런데 셋째 시노만은 올해 스무 살이 되었는데도 여전히 혼처가 정해지지 않았고, 지금까지 혼담이 몇 번 들어왔지만 들어오는 족족 깨졌다고 합니다."

무가에서는 격식을 중시하며 양가의 관계에 무게를 두고 딸의 혼사를 정하게 마련이다. 혼인하는 당자의 감정 따위는 거의 고려의 대상이 아니다. 그러므로 어지간한 일이 없는 한 일단 시작된 혼담이 깨지는 경우는 드물다.

"어째서요?"

우쿄노스케는 말하기 곤란한 눈치였다. "믿기 어려운 일이지만, 소문에 따르면 시노와 혼담을 시작한 상대는 반드시 병에 걸린다는군요."

시노와 혼담이 정해지면 상대 남자는 예외 없이 병에 걸리거나 걷지 못하게 되거나 눈이 멀거나 했다는 것이다.

"이유는 모릅니다. 게다가 기묘하게도 신랑감들은 시노와의 혼담을 깨는 순간 씻은 듯이 나았다는군요. 그런 연유로 야나기하라 가의 셋째 딸이 무엇에 씐 것이 아니냐 하는 소문이 돌아서 이제는 아무도 혼담을 건네지 않게 되었답니다."

"시노 님은 미인이신가요?"

두 언니는 미모 덕분에 시집을 잘 갔다고 한다. 하지만 우쿄노스케는 고개를 저었다.

"그냥 평범한 외모여서 언니들에 비할 바가 아니라고—아니, 아니었다고 합니다. 본인도 그걸 의식했는지 성격도 밝은 편은 아니라는군요. 집안에서도 그리 편안한 처지는 아니겠지요."

오하쓰는 가슴이 뛰기 시작했다. 부교의 말이 떠올랐다. 여자는 외모가 전부라는 말을 들으며 자란 처녀—.

"게다가 시노에게 불행한 사고가 있었습니다" 하고 우쿄노스케는 계속했다. "올봄에 화상을 입었다고 합니다."

"화상? 아, 그래서 두건을 쓰고 다니게 되었군요!" 오하쓰는 저도 모르게 큰 소리로 말했다.

등롱에 기름을 붓다가 얼떨결에 옷소매에 불이 옮겨 붙은 끔찍한 사고였다. 불은 시노의 반신을 태웠고, 얼굴도 절반이나 문드러지고 말았다.

"부교 나리께서 짐작하신 대로구나……."

"그 뒤로 시노는 점차 방 안에만 틀어박히게 되었답니다. 이야기를 해 준 사람은 야나기하라 가에 출입하는 숯장수인데, 입이 건 자들은 시노를 야나기하라 나리의 마귀 딸이라고 부른다는군요."

야박한 언사지만 세상 사람들이란 본시 그런 법이다.

"천구에 씌어 이용당한다는 점에서는 시노 님도 오아키 씨나 오리쓰와 마찬가지예요. 얼른 구해야 해요."

분키치의 낯이 흐려졌다. "아가씨의 따뜻한 마음은 좋지만, 괜한 온정은 좋지 않습니다."

"어머, 분키치 씨답지 않게 왜 그래요? 때 묻지 않은 처녀가 위험한 처지에 몰렸잖아요. 어떻게 모른 척할 수가 있어요."

분키치는 우쿄노스케와 얼굴을 마주 보았다.

"때 묻지 않은…… 처녀?" 하고 우물거린다.

"왜 그래요?"

"그게 그러니까……." 분키치는 구레나룻을 손가락으로 긁적였다. "실은 시노라는 처녀에 대해서는 마음에 걸리는 점이 한 가지 더 있어서요. 오지샤에 얽힌 일입니다."

분키치가 말하는 '오지샤'는 지샤^{寺社}부교쇼_{지샤부교쇼는 이 소설에 자주 언급되는 마치부교쇼, 막부의 재정을 관장하는 간조부교쇼와 함께 막부의 최고 재판소 격인 '평정소'를 구성하는 3부교에 속하며, 주로 사찰과 신사에 관한 사항을 관장했다}를 말한다.

"시노의 주변을 조사하기 시작하자 어딘지 오캇피키의 수하처럼 보이는 젊은 자가 우리 주변을 어슬렁거리기 시작하더군요. 수상쩍어서 그자를 붙들어다가 추궁을 했습니다. 알고 보니 오지샤의 밀정이더군요."

지샤부교쇼는 마치부교쇼하고는 썩 친하지 않은 기관인데, 오캇피키를 부리지 않고 독자적인 조사 조직을 거느리고 있는 듯하다.

"탐색전이라고 할까요" 하며 우쿄노스케가 쓴웃음을 지었다. "밀정은 우리가 왜 야나기하라 가의 시노를 조사하고 다니는지 꼭 알고 싶어 하는 눈치였습니다. 그러면서도 그쪽 사정에 대해서는 입을 꾹 다물더군요. 추궁도 해 보고 어르고 달래고 해서 겨우 대강만 알아냈는데—."

야나기하라 집안이 신도로 등록된 사찰의 승려 중에 여범_{중이 음란한 짓을 저지름} 소문이 나도는 자가 있다고 한다.

대결 • 497

"야나카에 있는 엔메이인이라는 절입니다. 법화종에 속하는 지위가 높은 절이지만 부패와 타락이 심한지, 오래전부터 여범이나 음주에 얽힌 소문이 끊이지 않았다고 합니다. 그래서 보다 못한 오지샤가 나섰다더군요."

절에 드나들다 그런 소문에 오른 여인들이 한둘이 아닌데, 신분도 무가의 여인부터 마치 처녀까지 다양하다고 한다. 사실이라면 대형 여범 사건이 된다.

"주지는 니치도라는 중인데, 올해 나이 서른에다 보기 드문 미남이라고 합니다. 예배하러 온 여자를 건드리거나 밤샘 기도라 해서 절에 묵게 하는 등 참으로 방자하게 놀아난 모양인데요."

"하지만 그것이 시노 님과 무슨 관계가 있죠?"

분키치가 목소리를 낮췄다. "시노도 니치도와 심상치 않은 관계가 있었나 봅니다."

밀정의 말로는 두 사람이 인연을 맺은 것은 이 년인가 삼 년 전 봄이었다고 한다.

"물론 처음에는 예불을 위해 드나들었겠지요. 그러다가…… 니치도에게 속아서 그랬겠지만 그런 관계가 되었다고 합니다. 하지만 화상을 입은 뒤로는 시노도 엔메이인에 드나들지 않게 되었습니다."

오하쓰는 불쾌했다. 시노가 발길을 하지 않은 것이 아니라 니치도인지 뭔지 하는 타락한 중이 그녀를 외면했으리라. 물론 화상이 원인일 테고.

"그렇다면 시노 님한테 뭘 물어도 소용없지 않나요?"

"그 반대입니다, 오하쓰 씨" 하고 우쿄노스케가 말했다. "대체로 여범 사건처럼 다루기 힘든 사건도 없다고 합니다. 절이라는 성역에서 일어난 일이므로 짐작만으로는 개입할 수가 없거든요. 그렇다고 범죄에 관련된 여자들한테 정보를 얻어내려고 해도 애초에 전혀 아름다운 이야기가 아니므로 모두들 입을 다물게 마련이지요. 그래서 오지샤에서도 엔메이인에 관한 소문을 오래전부터 듣고 있었지만 과감하게 조사에 나설 수 없었습니다. 그러나 사실대로 보자면 시노는 니치도에게 버림받은 여자입니다. 니치도가 원망스럽고 미울 테지요. 그러므로 그녀라면 입을 열어 줄지도 모릅니다. 오지샤의 조사관도 그녀에게 단서가 될 만한 정보를 얻을 수 있지 않을까 기대하고 있고요."

"그런 여자가 나오기를 기다리고 있었으려나" 하며 분키치가 고개를 끄덕인다.

오하쓰는 시노가 더욱 가련했다. 애초에 그녀가 니치도라는 타락한 중한테 빠진 일이 천구한테 씌게 된 계기는 아니었을까.

혼담이 자꾸 깨지는 박복한 처녀. 그러나 그것뿐이라면 불행의 연속이기는 해도 절망할 일은 아니다. 그런 불행한 시기를 지나면 시노한테도 필시 행복이 찾아올 터였다.

다만 그 와중에 처녀의 마음은 역시 깊은 상처를 받았으리라. 그래서 신불에 의지하려 집안이 신도로 등록된 절에 다닌 게 아닐까? 거기에서 니치도와 알게 되고 시노는 사랑에 빠진다. 적어도 그녀에게는 진지한 사랑이었다.

처녀가 제 외모에 부쩍 관심을 두고 자신감이나 열등감을 품는 것은 당연한 일이지만, 그런 경향이 특히 강해지는 것은 역시 좋아하는 남자가 생겼을 때다. 상대 남자도 진지한 자세로 서로 사랑을 주고받는 사이라면 처녀도 그렇게 외모에 집착하지는 않겠지만, 니치도와 시노의 경우는 그렇지가 않았다. 시노는 니치도 주위에 다른 여자들이 있다는 사실을 잘 알고 있었으리라.

안 그래도 자신과 언니들의 외모를 견주며 암울한 심정에 빠질 때가 많은 시노였다. 아름다워지고자 하는 욕망은 니치도와 인연이 생기면서 더욱 강해졌을 게 틀림없다. 욕망이 그녀의 내부에서 집념이 되고, 그 집념이 천구에 씐 이유이기도 했다―.

또 하나, 엔메이인이 야나기하라 집안이 신도로 등록된 절이라는 점도 마음에 걸린다. 부교 나리가 말씀하신 대로 천구의 본색이 야나기하라 가의 여인이라면, 그 여인은 엔메이인 묘역에 잠들어 있을 터. 시노는 그곳에서 니치도만이 아니라 천구의 망념하고도 만나고 만 것은 아닐까?

"야나기하라 가의 다른 여인들에 관해서는 알아낸 점이 없나요?"

"여인들?"

"네. 두 언니는 그렇다 치고, 어머니나 할머니 등등."

분키치는 고개를 갸웃했다. "탐문을 시작한 지 아직 반나절밖에 안 되었으니까요. 더 조사하면 앞으로 뭐가 나올지 모르지요."

분키치가 말한 대로다. 오지샤 조사반을 만났다는 행운도 있었지만 반나절 조사해서 이만큼 알아내다니 훌륭한 성적이다.

"오늘 밤 시노 님을 만나러 가야겠어요."

아니, 실은 천구와 대결하기 위해서 가려는 것이다.

"무얼 하시게요?"

그렇게 묻는 분키치에게 내내 잠자코 있던 로쿠조가 험악한 인상을 지으며 말했다. "오늘 수고했다. 아직 식전이지? 객실로 가서 밥이나 달래서 먹어라."

"예? 하지만 제가―."

"됐으니까 어서!"

분키치가 오하쓰와 로쿠조의 얼굴을 번갈아보며 엉거주춤한 표정을 지었다. "정말로―."

"됐어요, 분키치 씨. 고생했어요. 내일 봐요."

분키치는 머리를 긁적이며 객실로 내려갔다. 그가 자리를 비우자 로쿠조가 뭐라고 말하기 전에 우쿄노스케가 자리를 고쳐 앉으며 조용히 말했다. "거울을 가져가시나요?"

오하쓰는 고개를 끄덕였다. "그것만이 아니에요. 오늘 들어온 지도리 무늬 고소데를 입고 갈 거예요."

그 말에는 우쿄노스케도 문득 눈빛이 흔들렸다. 로쿠조는 입을 꾹 다물고 있다.

"오하쓰 씨, 무섭지 않아요?"

"솔직히 말하면 조금 무섭긴 해요."

"그래도 가실 거죠?"

"예. 오리쓰와 오아키 씨를 내버려둘 수는 없어요."

로쿠조가 눈길을 들더니 희미한 미소를 짓고는 우쿄노스케에게 말했다. "후루사와 님, 이 아이가 큰소리를 칩니다. 그게 제 소임이라나요."

그러고는 휙 일어서서, "야나기하라 가까지는 내가 바래다 주마.

준비가 되면 말해라" 하고 방을 나갔다.

방에는 오하쓰와 우쿄노스케만 남았다. 오하쓰가 싱긋 웃어 보였다. "오라버니는 저를 주제넘은 아이라고 생각하나 봐요."

"그렇지 않아요. 걱정이 돼서 그러는 거죠."

우쿄노스케는 어딘지 새삼스런 표정이 되었다.

"저도 걱정입니다."

"왜 그러세요. 괜찮아요. 지난여름의 소극장 사건도 결국에는 잘 마무리할 수 있었잖아요. 부교 나리 말씀대로 이 거울에―."

오하쓰는 품에서 구리 거울을 꺼내 '진' 자를 우쿄노스케에게 보여주었다.

"여기다 천구를 빨아들여서 가두면 돼요. 제가 멋지게 해낼게요."

우쿄노스케는 잠시 눈을 끔뻑이다가 거울 뒤에 떠오른 '진' 자를 쳐다보았다. 그러고는 말했다. "진―참되다. 이것을 통해서 도사는 무엇을 전하고 싶었던 걸까요. 어떻게 이 글자가 이승을 헤매는 여인의 망념을 제압할 수 있다는 말일까요."

오하쓰는 거울을 뒤집어, 조각된 것도 아니고 새겨진 것도 아니고 그저 선명하게 떠올라 있는 글자를 손가락 끝으로 쓸어 보았다.

"천구는 아름다운 외모와 젊음에 집착하는 여자의 마음입니다. 그렇다면 거기에 맞서는 '참'이란 무엇일까요." 우쿄노스케는 계속했다. "저는 남자인데다 원래 멋을 모르는 사람이라 그런 건 잘 모릅니다. 그래서 정말로 오하쓰 씨의 목숨을 이 거울에 맡겨도 좋을지 불안하기만 합니다."

오하쓰는 곤혹스러워 아무 말도 못하고 앉아 있었다. 우쿄노스케

님이 또 약한 모습을 보이는구나―사람 불안하게 좀 하지 말아요, 하고 오하쓰 내부의 억척이가 슬쩍 화를 내고 있다.

"아, 그러고 보니 생각나네요." 이야기를 바꾸려고 애써 웃음을 지으며 오하쓰가 말했다. "오랜만에 빨간 도깨비 후루사와 나리를 만나 뵀어요. 다키치의 신병을 인수하러 오셨을 때."

"아버지를요?"

오하쓰는 전말을 들려주었다. "후루사와 나리는 기분이 아주 좋아 보이셨어요. 역시 우쿄노스케 님 말씀대로 후계 걱정이 해결되었기 때문이겠죠. 이제 우쿄노스케 님도 걱정 없이 학문에 몰두하실 수 있겠군요."

"뭐, 그리되면 좋은 일이지요."

오하쓰는 문득 어떤 일을 떠올리고 이번에는 정말 우스워서 쿡쿡 웃었다. "우리 모자란 아들 녀석은 이미 집을 떠난 놈이니까 뭐든 제 하고 싶은 일을 해도 상관없다고 말씀하셨어요. 그리고―나 참."

"왜요?"

오하쓰는 잠깐 새침한 얼굴이 되었다. "우쿄노스케 님이 밥집 간판 처녀를 색시로 삼아도 나리는 상관없다고 하셨어요. 그런데 어느 밥집의 간판 처녀를 말씀하신 걸까요?"

우쿄노스케는 쑥스러워하거나 회피하려고 하지 않고, 뜻밖에도 차분하게 미소를 지으며 말했다. "그거야 오하쓰 씨를 말씀하신 거죠. 제가 종종 오하쓰 씨 얘기를 했으니까 아버지도 이런저런 생각을 해 보셨을 테지요."

"……"

오하쓰는 다시 할 말이 궁해지고 말았다. 제 딴에는 모처럼 재치 있게 이야기하려고 했는데…….

"하지만 뭐, 오하쓰 씨처럼 출중한 사람이 저한테 시집을 온다니 있을 수도 없는 일이지요." 우쿄노스케는 미소를 지은 채 말했다. "아버지는 꿈을 꾸시는 겁니다. 빨간 도깨비도 역시 아름다운 여자가 좋은 거죠. 남자란 다들 그런지도 모르지만."

"남자들이 그러니까 여자가 헛된 미련을 품고 천구 같은 게 되는 거예요" 하고 오하쓰는 입을 삐죽거렸다.

"그래요. 그 말이 맞습니다. 정말로 죄가 많은 자들은 그런 남자들인지도 몰라요." 우쿄노스케는 어디까지나 진지하게 응했다. "그래도 저는 이번 일을 통해서 문득 이런 생각을 했습니다. 아름다움이란 무엇인가. 누구에게나 최고의 아름다움으로 비치는 것이 이 세상에 존재할 수 있을까? 적어도 인간의 외모나 자태에는 최고의 아름다움이란 없다는 생각이 듭니다."

"콩깍지가 씌면 곰보도 보조개로 보인다고 하잖아요. 사랑에 빠진 사람의 눈에는 상대방의 얼굴에서 훌륭한 아름다움이—우쿄노스케 님이 말한 '최고의 아름다움'이 보이는 법이에요."

오하쓰는 가볍게 말했지만 우쿄노스케는 고개를 크게 끄덕였다. "그래요. 아름다움이란 결국 보는 이의 마음속에 있습니다. 그게 정답입니다."

아, 그랬나, 하고 중얼거리고는, "그래서 '진' 자였는지도 모르겠군요" 하고 덧붙였다.

"저는 영 모자란 사내인데다" 하고 주눅 든 기색도 없이 말한다.

"근시라서 이렇게 우습게 생긴 안경을 쓰고 있어요. 그런 제 눈에도 아름다움이 보일 때가 있습니다. 세상에는 보기만 해도 기쁜 것들이 있어요."

"우쿄노스케 님……." 오하쓰의 목소리가 작아졌다. "저는, 우쿄노스케 님을 모자라다고 생각한 적이 없어요. 제 나름대로는 훌륭한 분이라고 생각하는걸요."

그는 빙긋이 웃었다. "고마워요. 그렇다면 제 말을 잘 기억해 두세요. 저에게는 세상의 어느 아리따운 공주님이나 귀한 아씨보다 오하쓰 씨가 아름답게 보일 때가 있어요. 지금처럼 공포와 싸우며 소임을 다하려고 하는 오하쓰 씨가 누구보다 아름답습니다. 그런 오하쓰 씨가 설령 저처럼 근시에다 이런 동그란 안경을 걸친 아가씨라 해도 역시 어느 누구보다 아름답겠지요."

가슴이 벅차 오하쓰는 저도 모르게 눈을 내리깔았다. 그 순간 문득 뭔가가 머리를 스쳤다. "우쿄노스케 님."

"왜요?"

"안경 좀 빌려 주시겠어요?"

우쿄노스케가 안경을 벗었다. "이걸 말입니까?"

"예." 오하쓰는 그의 손에서 안경을 받아 들었다. "이걸 쓰고 천구의 얼굴을 똑똑히 봐 두겠어요."

그러고는 방금 전 우쿄노스케가 지은 미소에 지지 않을 만큼 환한 미소를 지으며 일어섰다.

"그럼 옷을 갈아입고 올게요."

로쿠조와 오하쓰는 고지마치 1초메에 있는 야나기하라 가까지 말없이 걸었다. 달도 없는 밤은 일찌감치 어두워졌고, 별도 보이지 않는다. 낮에는 활짝 갠 날씨였는데 어찌된 일일까.

지도리 무늬 고소데는 마치 오하쓰가 맞춘 옷인 양 몸에 꼭 맞았다. 착용감이 산뜻하다. 다만 입은 지 꽤 시간이 지났는데도 처음 꺼내서 입을 때와 마찬가지로 여전히 오싹하게 서늘했고 체온으로도 전혀 데워지지 않았다.

거리를 걷는 동안 데쓰는 지붕에서 지붕으로 건너뛰어 모습을 보였다 감추었다 하며 따라왔다. 야나기하라 가 근처까지 오자 어디선지 소리도 없이 나타나 오하쓰의 발치에 내려선다.

"여기로군" 하고 눈알을 반짝거린다. "느껴져……. 친구 냄새가 나."

문을 두드리자 오요시 또래로 보이는 하녀가 나왔다. 평민 처녀 특유의 머리 모양에 호사스런 고소데를 입은 오하쓰와 그 옆에서 등롱 불빛 속에 무서운 표정을 짓고 있는 로쿠조를 놀란 눈으로 번갈아 본다.

로쿠조가, 나는 부교쇼 일을 돕는 니혼바시 도리초의 로쿠조이고 이쪽은 내 누이 오하쓰라는 사람이오, 하고 소개했다. 이 댁의 셋째 따님 시노 님을 뵈려고 찾아왔소.

하녀는 황망히 안으로 뛰어 들어가고 잠시 오누이만 남았다. 통용문 쪽은 깨끗하게 청소되어 있었지만 기름을 절약하는지 등불이 어둡다. 사람 소리 하나 들리지 않는 야나기하라 가의 정적과 암흑에는 어딘지 답답한 분위기가 있었다.

마침내 버선발로 뛰는 소리가 다가오더니 방금 전 하녀가 나타났다. 하녀보다 훨씬 연배로 보이는 부인이 바로 뒤에 따라왔다. 몸이 통통하고 오하쓰보다 덩치가 작지만 단정하게 차려입은 부인이었다. 로쿠조가 얼른 정중하게 고개를 숙였다.

"야나기하라 마님 되십니까?"

오하쓰도 고개를 숙였다. 통통한 부인은 가까이서 보니 온화하고 가는 눈을 하고 있었다. 그러나 부인은 흐린 불빛 속에서도 오하쓰가 입고 있는 기모노 무늬를 첫눈에 알아보고 눈을 휘둥그레 떴다.

"어머, 이건—그 고소데! 어떻게 그 고소데를 입고 있죠?"

오하쓰는 로쿠조의 얼굴을 돌아보고 나서 부인 쪽으로 몸을 돌렸다. "이 댁에 드리고 싶은 말씀이 있습니다. 그리고 협조를 부탁드리고 싶습니다."

오하쓰와 로쿠조는 곁방에서 야나기하라 부부와 대면했다.

로쿠조는 시노와 엔메이인 승려의 불미스런 관계만 빼놓고 지금까지의 전말을 죽 설명했다. 부부는 총명한 사람처럼 보였다. 적어도 마구 화를 내며 오하쓰 일행을 쫓아내려고 하지는 않았다. 그러나 그것은 로쿠조와 오하쓰의 심각한 태도 때문이 아니라 전적으로 오하쓰가 입은 지도리 무늬 고소데 때문인 듯 보였다.

야나기하라의 안주인은 지도리 무늬 고소데를 첫눈에 알아봤을 때부터 겁에 질린 얼굴이었다. 그녀가 몹시 두려워하며 몸을 떨고 얼굴을 손으로 가리는 통에 야나기하라가 종종 아내를 달래야 했다.

"마님—." 오하쓰는 상대방을 두려움에 떨게 하지 않으려고 조심스럽게 입을 열었다. "아까부터 마님께서는 제가 입은 고소데를 무척 두렵게 바라보시는 듯합니다. 까닭을 말씀해 주실 수 있는지요."

야나기하라의 안주인은 떨리는 손으로 볼을 누르고 있다.

여기에 왔을 때의 로쿠조 이상으로 심각한 표정을 지은 야나기하라 신베가 아내를 재촉했다. "이 사람들 얘기에 거짓이나 지어낸 이야기는 없는 듯하오. 무엇보다 단단히 숨겨 두었던 고소데가 이렇게 눈앞에 있잖소. 자, 어서 말해 보시오."

안주인도 가까스로 작정을 한 모양이다. 갈라진 목소리로 "예" 하고 대답했다.

"그 고소데는 벌써 십 년 전에 세상을 떠난 내 여동생이 입던 옷이에요. 동생 이름은 마사키였지요."

그렇다면 시노의 이모가 되는 셈이다. 마사키—.

"야나기하라 집안은 어찌된 일인지 내리 딸만 태어났어요. 나도 마사키가 유일한 형제였답니다."

야나기하라 신베가 입을 열었다. "나는 다른 집안에서 데릴사위로 들어와 집안을 물려받았다."

"동생은, 언니인 내가 말하기는 뭣하지만, 뭇 사람들 눈길을 끌만큼 얼굴이 예뻤어요. 혼담이 비 오듯 들어왔는데, 당사자가 상대를 고르고 고르느라 결국은 스무 살 되던 해 어느 상인 집안으로 시집을 가게 되었어요. 사돈의 이름은—아니, 그만둡시다. 그쪽하고는 관계가 없으니까. 아무튼 마사키는 재산 많은 큰 상인의 아내가 되었어요. 마사키 본인이 그렇게 원한 혼처였지요."

형편이 넉넉지 못한 무가의 딸이 유복한 상인에게 시집을 가는 것은 드문 일이 아니다. 무가에서는 아들이라도 부친의 직위를 상속할 적자가 아니면 밥이나 축내는 존재에 불과한지라 제 살길을 스스로 뚫어야 한다. 미모를 타고난 딸이면 큰 상인에게 시집가서 시댁의 힘으로 친정을 도울 수도 있으니 차라리 집안에 큰 보탬이 될 수 있다. 그러고 보니 아사이야의 안주인도 그렇게 도신의 딸로 태어나 평민에게 시집을 간 사람이었다―.

"그런데 마사키가 시집을 가고 일 년도 채 지나지 않아 잘못된 혼인이 아닌가 하고 후회할 만한 일들이 연달아 일어났어요. 그중에서도, 마사키와 시어머니 사이가 원만하지 못하다가 시어머니가 병에 걸려 금방 세상을 떠난 일이 가장 안 좋았어요. 안 그래도 상인 집안은 가족 간의 정이 깊은 법⋯⋯. 효심 깊은 마사키의 남편은 아내의 행실이 어머니를 죽음으로 몰아넣었다고 생각한 모양이에요.

당시 마사키는 나에게 종종 편지를 보냈어요. 편지에는 시댁의 가풍이 야나기하라 가와 너무나 다르다, 마치에 사는 상민들은 심보가 고약하고 교양이 없으며 풍류를 모른다, 이런 불평불만만 적혀 있었지요. 나야 언니된 몸이므로 마사키를 가련하게 여겼지만, 한편으로는 대단한 미모 때문에 어릴 적부터 식구들이 금이야 옥이야 키운 마사키인지라 남에게 양보할 줄 모르는 기질이 불안하기도 했어요. 마사키는 자기가 미인이라는 사실을 잘 알고 있고, 거기에 의지하는 면이 강했어요. 상인에게 시집갔으면 남보다 먼저 바지런히 움직일 줄 알고, 아랫사람들을 부리기 위해서라도 스스로 삼갈 줄 알아야 하는데, 그걸 알지 못했죠⋯⋯."

그래도 마사키의 결혼 생활은 어찌어찌 삼 년이 지나고 오 년이

지났다. 그러나 자식이 태어날 기미가 전혀 없었다. 미모를 내세우고 높은 데서 낮은 데로 시집을 와 주었다는 태도를 고치려고 하지 않은 마사키는 시집에서 완전히 고립되고 말았다.

"그러던 차에…… 마사키의 남편이 두 집 살림을 하고 있었다는 사실이 밝혀졌어요. 더구나 첩은 이미 아이를 낳아 키우고 있었지요. 마사키는 펄펄 뛰며 화를 내다가, 점원들에게 억지를 부려 첩이 사는 집으로 끌고 가서 첩을 몰아내고 아이를 빼앗아 집으로 데려왔습니다. 그러고는—."

이야기가 이야기인지라 야나기하라의 안주인은 말 잇기를 한참 주저했다.

"다 시샘 때문이죠. 아기를 죽이고 말았습니다. 안고 있던 아기를 바닥에 태쳐서……. 그것도 남편이 보는 앞에서 벌인 짓이었어요."

본처가 첩의 자식한테 저지른 짓이라 해도 자식을 죽인 일은 대죄다. 마사키의 남편은 어떻게든 덮어 버리려고 애썼지만 애초에 가게 안에 제 편이 없는 마사키인지라 소문은 금세 밖으로 흘러나갔고, 마침내 그 지역 오캇피키의 귀에까지 들어갔다.

"다행히 같은 지역 사람이므로 사태를 어렵게 만들려고 하지는 않았어요. 그러나 마사키를 그냥 놔둘 수는 없었겠지요. 오캇피키와 협상한 끝에 마사키의 남편은 집 안 한구석에 감옥 같은 골방을 만들고 마사키를 가두었어요. 안 그래도 남편의 마음은 마사키를 떠난 지 오래였지요. 게다가 그즈음 마사키는 내가 만나러 가도 알아보지 못할 정도로 완전히 넋을 놓고 있었습니다."

응답 없는 애정과 시샘과 배반으로 다친 마음, 꺾여 버린 드높은 콧대―.

"마사키는 오랫동안 골방에서 살았어요. 해가 갈수록 광기가 심해졌다고 해요. 그런데도 골방 속에서조차 예쁘게 치장하고 머리를 틀어 올리고 화장을 게을리 하지 않았으니 더욱 가련하고 딱한 꼬락서니였죠. 마사키로서는 자기가 아름답다는 것에 매달리는 수밖에 없었던 거예요. 아름답기만 하면 다른 여자한테 지지 않고 행복을 거머쥘 수 있다는 헛된 환상. 그게 아니면 살아갈 수가 없었을 테죠."

"마사키의 남편이 얻은 첩은 특별히 잘난 점 없는 수수한 여자였다더군" 하고 야나기하라 신베가 보탰다. 씁쓰레한 얼굴이었다. "나는 이 집안에 사위로 들어오기 전부터 마사키를 알고 있었지. 처제는 그런 상황에서 버틸 수 있는 여자가 아니었다."

야나기하라 부인은 떨리는 숨으로 길게 한숨을 지었다. "아까도 말했듯이 마사키는 십 년 전에 죽었어요. 화재로……. 그 아이가 시집간 상가도 완전히 불에 타 버렸어요. 불길 속에서 마사키를 골방에서 꺼내 주려고 하는 사람이 아무도 없었대요."

비로소 부인의 목소리에 분노가 섞였다.

"불에 타 죽어만 준다면 마침 딱 좋게 집안의 골칫거리를 처리할 수 있다고 생각했는지도 모르죠."

시집에서는 마사키의 유골을 장사 지내지 않고 친정으로 보내 버렸다. 혼인을 없었던 것으로 하자는 뜻이다. 유골과 함께 거금을 보냈지만 야나기하라 가에서는 그것을 물리쳤다.

"대신 불길을 면한 물건들 가운데 마사키의 기모노가 있다고 해서 유품 삼아 받았습니다. 시집보낼 때 어머니가 장만해서 들려 보낸 옷이었어요."

"그것이 이 지도리 무늬 고소데—."

"네, 목련 무늬 고소데가 하나 더 있었어요."

고소데를 받아서 돌아온 부인은 그것을 장롱 속 깊이 감추고 딸들한테도 보여 주지 않았다. 그즈음 맏딸의 혼처가 정해져서 집안 분위기가 들떠 있었다.

"그런데 자꾸 이상한 일이 일어났어요. 장롱을 둔 아무도 없는 방에서 여자의—아니, 분명히 말하면 마사키의 웃음소리가 들리더군요. 분명히 닫아 두었던 서랍들이 다 열려 있고 딸들의 기모노가 방 안에 가득 흩어져 있고."

맏딸을 위해 장만한 하얀 우치카게_{예복으로 입는 덧옷}가 누가 입지도 않았는데 멋대로 집 안을 스륵스륵 돌아다닌 적도 있었다. 부인이 직접 목격했다고 한다.

"마사키, 하고 부르자 우치카게가 바닥에 스르륵 떨어졌어요. 만져 보니, 세상에, 얼음장처럼 차갑더군요."

딸들이 무서워하자 부부는 보제사_{일본 불교의 특징으로서, 조상 대대로 위패와 유골을 모시고 장례와 제사를 지내는 사찰을 가리킨다}에 고소데 두 벌을 맡기기로 했다. 주지와 상의한 끝에 고소데를 태우려고 했는데—.

"아무래도 불이 붙지 않았어요. 타질 않더군요. 생각해 보면 시집의 화재에서도 타 없어지지 않은 이유는 옷에 마사키의 원념이 남아 있기 때문이었겠죠. 마사키의 한을 풀어 주지 않으면 태워 없앨 수도 없었어요."

오하쓰는 저도 모르게 로쿠조의 얼굴을 보았다. "오라버니, 다키치 집에서 찾은 고소데 자투리 조각을 태워 없앴다고 했잖아요?"

로쿠조는 푹 숙인 얼굴로 고개를 저었다. "아니, 사실이 아니었다. 네가 뭐라고 할까 봐 태워 없앴다고 둘러댄 거야."

"불을 붙여도 타지 않았죠?" 하고 부인이 물었다.

"예. 얼음물처럼 몹시 차가웠습니다."

천구를 퇴치하고 마사키의 망념을 풀어내지 않는 한 고소데는 이승에서 사라지지 않는다.

"주지 스님에게 정화를 부탁하고, 오동나무 장롱을 마련해서 고소데를 넣고 독경으로 봉인을 걸어 두었습니다. 그렇게 해 두고 애써 잊으려고 했지요. 물론 매일 불단에 불을 밝히고 마사키가 영면하게 해 달라고 공양을 드려 왔지만……."

부인은 차라리 무거운 짐을 부려 놓은 듯한 표정으로 오하쓰를 보았다.

"맏딸과 둘째딸은 무사히 시집을 보냈는데 셋째 시노의 혼담이 자꾸 엇나갔어요. 그러자 나도 내심 이것 역시 마사키의 망념 때문이 아닌가 싶어 두려워지더군요. 마사키는 아직 죽지 않았다……, 그 아이의 발광한 마음이 여전히 집 안을 떠돌고 있다……. 그렇게 생각하니 두렵고 불쌍해서……."

부인은 목이 멨다.

"그래도 시노가 이 지경까지 휘말려 있는 줄은 생각도 못했어요. 시노는 세 딸 중에 제일 순하고 마음씨도 따뜻해요. 몸이 조금 약한 편이라, 위로 두 언니는 다른 집안으로 보내도 셋째는 곁에 두고 데릴사위를 들일 생각이었어요."

"일찌감치 시집을 보내는 편이 나았는지도 모르지" 하고 야나기하라 신베도 고개를 끄덕였다. 반백 머리에 이마에 새겨진 주름이 안쓰러울 만큼 깊다. "다른 집안으로 시집을 보내 뒀으면 그런 화상도 입지 않았을 텐데."

"실은 요즘 시노가 조금 이상하다고는 느끼고 있었어요. 봉인한 장롱이 있는 방에 가끔 드나든다는 사실도 알고 있었고요. 하지만 설마 고소데를 꺼내서 내다 팔 줄이야."

"따님께서 벌이신 일이 아니고 따님께 씐 원령이 시킨 짓입니다."

야나기하라 부인은 눈물지었다. "하지만 그 원령도 알고 보면 내 동생 아닙니까."

그때 이야기를 듣고 있던 오하쓰는 흠칫하며 눈길을 들었다. 방 안으로 밀려 들어오는 냉기를 느꼈기 때문이다.

"아가씨는, 시노 님은 어디 계신가요?"

"그 아이는 이층 자기 방에—."

야나기하라 부인이 그렇게 말하다가 앗 하고 소리쳤다. "시노!"

오하쓰는 뒤를 돌아보았다. 유령처럼 창백한 젊은 아가씨가 장지를 열고 서 있었다. 고개를 숙이고 있어서 눈가는 보이지 않지만 오른쪽 볼에서 목까지 번진 끔찍한 화상 자국은 분명히 볼 수 있었다.

오하쓰는 일어서서 시노 쪽으로 한 발을 내디뎠다. 시노는 양팔을 축 늘어뜨린 채 몸을 희미하게 흔들거리고 있었다. 입술이 천천히 움직인다—.

시노가 얼굴을 들었다. 거기에 천구의 얼굴이 있었다. 증오를 고스란히 드러낸 여인의 얼굴이 새빨간 입술을 움직이며 말했다.

"나, 아름답니?"

벚나무 숲

 오하쓰는 펄쩍 뛰어 물러났다. 로쿠조가 야나기하라 부부를 가로막으며 방 반대쪽 구석으로 물러나서 재빨리 허리에 찬 짓테를 뽑아 들었다.
 어디서 데쓰의 울음소리가 들렸다―으르렁거리는 것인지 위협하는 것인지, 분노가 담긴 소리다.
 "오하쓰, 조심해!"
 외침 소리와 함께 데쓰가 총알처럼 오하쓰의 앞으로 뛰어나와 시노 앞에 버티고 섰다. 온몸의 털을 곤두세우고 눈을 형형하게 번들거리는 데쓰가 호랑이처럼 포효하며 천구에게 엄니를 드러냈다.
 오하쓰의 눈앞에서 시노가 두 손을 쳐들었다. 손끝에서 하얀 연기 같은 것이 흘러나오기 시작했다. 차갑다―음기의 띠.
 음기의 띠는 구불구불거리며 가늘고 긴 꼴을 이루어 간다. 마침내 하얀 옷으로 변하고 색깔도 알록달록하게 변하기 시작했다. 방 안을 채우고 천장까지 다다른다. 곧 하나로 모이더니 마침내 알록달록한 뱀 떼가 복잡하게 뒤엉킨 것처럼 덩어리를 이루었다.
 "시노……."
 마치 옷 뭉치 같은 덩어리가 끌어올리듯 시노의 몸이 공중으로 뜨기 시작했다. 축 늘어진 양 발이 조금씩 다다미 위로 떠오른다. 곧 시노의 머리가 천장에 닿았다.

"시노, 시노, 제발 정신 차려!"

어머니의 필사적인 외침이 방 안에 울려 퍼진 순간, 시노를 감싸고 있던 색색의 옷 덩어리가 갑자기 터졌다. 너무나 강한 바람에 얼굴을 들 수도 서 있을 수도 없었다. 저도 모르게 눈을 감은 오하쓰의 눈꺼풀 안쪽으로 기이할 만큼 새빨간 아침놀이 번져 나갔다.

"오하쓰! 오하쓰—."

로쿠조가 외치는 소리가 점차 멀어져 간다.

보드라운 무언가가 볼을 쓰다듬는다. 간지러운 감촉에 오하쓰는 눈을 떴다.

"정신이 들어, 오하쓰?"

데쓰다. 데쓰가 볼을 핥고 있다. 오하쓰는 흠칫하며 일어났다.

"여기는……."

벚꽃이 활짝 핀 숲이었다. 꽃의 바다가 연분홍빛 구름처럼 끝 간 데 없이 펼쳐져 있다. 전후좌우가 온통 꽃의 바다다. 방향도 가늠할 수 없다.

"마침내 온 것 같아."

데쓰는 그렇게 말하고 오하쓰의 어깨 위로 뛰어 올라왔다.

"들리지, 오하쓰? 들어 봐, 저기 바람을 타고 오는 소리."

오하쓰는 귀를 기울였다—처음에는 바람 소리처럼 들렸다. 하지만 아니었다. 우는 소리다. 가늘고 희미한 소리로 여자가 울고 있다.

혼자가 아닌 듯하다.

"오리쓰와 오아키 씨인가?"

"그럴지도 몰라. 목소리가 들리는 쪽으로 가 보자."

데쓰를 어깨에 태운 채 오하쓰는 걷기 시작했다. 벚꽃이 숨 막히도록 풍성하게 매달린 벚나무 밑을 걸어가자 꽃잎들이 하늘하늘 날아서 떨어진다. 이곳은 이승과 저승의 경계일까? 가시와기 나리도 어릴 적에 이곳에 왔던 걸까?

"어? 저길 봐, 오하쓰."

데쓰가 놀라 말했다. 오하쓰도 걸음을 멈추고 숨을 삼켰다.

올려다본 벚나무 가지 사이로 오아키의 얼굴이 보였다. 그 얼굴은 벚꽃잎보다 더 하얗게 보일 만큼 핏기가 없고 머리칼은 헝클어지고 볼은 홀쭉하니 여위었다. 오아키는 울고 있었다. 힘이 하나도 없이 슬픔에 빠져서 훌쩍훌쩍 울고 있다.

"아버지, 죄송해요."

가만히 들어 보니 그녀는 울면서 그런 말을 거듭하고 있었다.

"아버지를 잊은 것은 아녜요. 아버지의 은혜를 잊지는 않았어요. 죄송해요, 죄송해요······."

오하쓰는 오아키를 불렀다. 하지만 오아키는 오하쓰의 목소리도 안 들리고 모습도 보이지 않는지, 하염없이 울기만 한다. 복잡하게 뒤얽힌 벚나무 가지에 가려 오아키의 얼굴 아래가 전혀 보이지 않아, 어떻게 내려 주어야 좋을지 알 수가 없었다.

오하쓰가 어쩔 줄 몰라 하며 주위를 둘러보는데, 오아키가 있는 곳에서 몇 그루쯤 뒤쪽에 있는 벚나무 가지 사이로 오리쓰의 얼굴이 보였다. 그 밑으로 달려가 올려다보니 오리쓰 역시 창백한 낯으로 눈을 꼭 감고 죽은 듯이 고개를 늘어뜨리고 있었다. 볼에는 눈물이 흐르고 입술 사이로 울음이 새어 나오고 있다.

"아아, 어떻게 이런 짓을……."

오하쓰는 뒷걸음질치며 저도 모르게 두 손으로 얼굴을 감쌌다. 그때 위쪽에서 목소리가 들렸다.

"너도 내 차지가 되려고 왔니?"

오하쓰는 펄쩍 뛰어 물러나며 몸을 도사렸다. 데쓰가 어깨에서 굴러떨어졌다.

천구였다. 오하쓰를 뒤덮을 것처럼 예의 옷자락을 요란하게 나부끼며 공중에 떠 있다. 알록달록한 옷자락 한복판에 관음보살님의 얼굴이 있었다. 천구……. 바로 저 얼굴이다. 금빛으로 빛나는 얼굴. 입가에 엷은 웃음을 짓고 있다.

그것만 보면 허다한 관음당에 안치된 자비로운 관음상 모습과 다를 바가 없다. 하지만 머리카락이 달랐다. 관음보살상이라면 눈꺼풀은 감겨 있고, 머리카락도 얼굴과 마찬가지로 금박을 하고 반듯하게 올려서 묶여 있어야 하지만 천구의 머리카락은 전혀 달랐다. 너울너울 길게 나부끼며 헝클어지고 난잡해 보일 만큼 칠흑빛으로 빛나고 있다.

관음상이 눈을 번쩍 떴다. 살아 있는 여인의 눈이었다. 흰자위에 빨간 핏줄이 달리고 눈동자는 새카맣게 반짝인다.

오하쓰는 그 눈을 매섭게 노려보았다. 품에 손을 넣어 거울을 꼭 쥐었다.

"안됐지만 나는 당신의 사악한 마음을 만족시키려고 온 게 아니야."

제 목소리가 떨리고 있음을 스스로도 알 수 있었다. 그래도 최대한 목청을 키워서 말했다.

"나는 당신한테서 오아키 씨와 오리쓰를 구하려고 왔어. 시노 님을 풀어 주려고 말이야. 이 참에 당신에게 해 주고 싶은 말도 있고, 마사키 씨."

생전의 이름을 불러도 관음의 얼굴은 눈 하나 깜빡하지 않았다. 다만 검은 눈동자만이 가만히 오하쓰의 동작을 좇고 있다.

"당신은 틀렸어. 당신의 불행한 인생은 스스로 불러들인 거야. 아무리 얼굴이 아름다워도 얼굴 하나만으로 살아갈 수는 없어. 예쁜 살 거죽으로 버틸 수 있을 만큼 인생이란 가볍지 않아!"

관음의 얼굴에서 입술이 일그러지더니 웃음소리가 터져 나왔다. 저도 모르게 귀를 틀어막고 싶을 만큼 새되고 거슬리는 소리였다. 그러나 오하쓰는 굴하지 않고 고개도 돌리지 않은 채 버텼다.

"자, 여길 봐."

품에서 거울을 꺼내 양손으로 받쳐 올리며 오하쓰는 소리쳤다.

"이 거울로 당신의 고통과 슬픔, 원한과 질투를 다 빨아들여 주겠어. 그러면 당신은 서방 정토로 떠날 수 있어. 당신도 여기서 해방되는 거야."

오하쓰는 거울 표면을 천구 쪽으로 향하며 두 팔을 최대한 내뻗었다.

"자, 이제 이것으로 끝이다."

오하쓰의 손안에서 거울이 빛나기 시작했다. 천구 쪽을 향해, 그 두 눈을 향해 아침 해 같은 새하얀 빛이 뻗어 나갔다. 뒷면에 떠올라 있던 '진' 자도 하얀빛을 받아서 빛나기 시작한다.

눈부신 광채에 관음상은 웃음을 그치고 얼굴을 외면했다. 옷자락이 수런거리기 시작했다.

"너 따위가 나를 잡을 수 있을 것 같아?"

"잡을 수 있고말고!"

"너도 한낱 여자일 뿐이야. 자기보다 예쁜 여자를 시샘하고, 바꿀 수만 있다면 나도 저렇게 되고 싶다고 질투하는 눈으로 예쁜 여자들을 쳐다보잖아."

"그렇지 않아!"

천구의 옷자락이 꿈틀거리며 오하쓰의 얼굴 바로 앞까지 육박해 왔다.

"너와 내가 무엇이 다르지? 어디가 다르다는 말이야? 나는 아름다워……. 그리고 더, 더 많이 아름다워질 수 있어. 더욱더 아름다워지고 싶어. 누구보다, 이 세상 어느 누구보다도, 어떤 여자한테도 지고 싶지 않아. 너도 그렇잖아? 내 눈에는 네 솔직한 마음이 훤히 보여."

거울의 빛이 한층 강해지면서 거울 자체가 무거워진다. 오하쓰의 팔이 납덩이처럼 무거워지고 머리가 어찔어찔했다.

"오하쓰, 거울을 놓치면 안 돼!"

"알아!"

"내숭이나 떠는 계집애." 천구의 목소리가 살벌한 기운으로 오하쓰의 귀를 쳤다. "그렇다면 이건 어떠냐!"

옷자락이 꿈틀거리며 뒤엉키더니 앞을 다투듯 천구의 얼굴 앞으로 모여들어 모습을 가렸다. 거울의 무게에 지지 않으려고 온몸으로 버티고 있던 오하쓰는 천구가 도망치려나 보다 하고 생각했다.

그러나 그게 아니었다.

"이걸 봐라!"

천구의 말과 함께 옷이 한꺼번에 주르륵 떨어졌다. 방금 전까지 천구의 얼굴이, 외설스러운 관음의 얼굴이 있던 곳에—.

"오쿄 씨……!"

간타로 행수의 여자인 마술사 오쿄의 얼굴이 떠올라 있었다. 미소 짓는 입술, 날씬하고 낭창낭창한 자태, 색다른 새의 깃털 같은 쪽진 머리도 그대로다.

"네가 동경하고 네 것으로 삼고 싶어 하는 예쁜 얼굴이 이거 아니니?" 비웃는 듯한 천구의 목소리가 오쿄의 입술 사이로 흘러나온다. "네가 탐내 마지않는 아름다움이 이거잖아? 너 혼자만 깨끗한 척하기는! 자기한테 없는 것을 바라고 남한테서 빼앗고 싶어 하는 마음은 너도 마찬가지잖아. 너랑 내가 무엇이 다르다는 거야!"

"아니야!" 오하쓰가 소리쳤다.

물론 오쿄 씨를 동경하기는 했지만, 저렇게 아름다우면 얼마나 좋을까 생각한 적은 있지만, 하지만 아니다. 빼앗거나 질투하거나 해코지하려는 마음은 결코 없다—.

"네 주제를 잘 알아 둬, 이 계집애야!"

천구의 옷이 꿈틀대며 오하쓰에게 덮쳐 왔다. 마음의 작은 동요가 오하쓰의 동작을 무디게 만들었다. 옷은 한 치의 어긋남도 없이 오하쓰의 손을 번개처럼 후려쳤다.

거울이 허공으로 날아올랐다. 빛이 끊겼다. 날아오른 거울을 천구의 옷자락이 받았다. 천구는 거울을 머리 위로 높이 쳐들고 오하쓰를 비웃듯 좌우로 휘두르다가 멀리, 보이지도 않을 정도로 아득하게 높은 곳으로 던져 올렸다.

"이제 어떡할래, 이 계집애야! 이래도 나를 퇴치할 수 있겠니?"

오하쓰의 온몸에서 핏기가 가시고 다리가 후들거렸다. 뒤로 물러서려다가 엉덩방아를 찧고 말았다.

"꼴좋다. 참 볼 만한 광경이네! 제 마음에 낀 더러운 때를 보니 어때? 지금의 네 얼굴을 네 눈앞에 보여 주고 싶구나. 얼마나 한심하고 비굴한 얼굴인 줄 아니!"

그런 말로 오하쓰를 저주하는 얼굴은 천구가 아니었다. 오쿄의 얼굴이었다. 저 아름답고 우아한 오쿄가, 오하쓰가 내심 동경하던 사람이 마치 오하쓰의 죄를 징치하듯 매섭게 저주한다—.

'이대로는 안 된다…….'

이러다가는 지고 말지. 오하쓰는 안간힘을 다해서 고개를 저었다. 데쓰는? 데쓰는 어디 갔지? 아까 그 바람에 날려갔나?

천구의 새되게 웃는 소리에 정신이 이상해질 것 같다. 오하쓰는 어떻게든 일어서려고 땅바닥에 손을 짚었다. 그때 소매 속에서 뭔가가 잡혔다. 이게 뭐지?

만져 보니 생각이 났다. 우쿄노스케의 안경이다.

'오하쓰 씨가 설령 저처럼 근시에다 이런 동그란 안경을 걸친 아

가씨라 해도 역시 어느 누구보다 아름답겠지요.'

오하쓰는 얼른 안경을 꺼냈다. 두 손으로 얼굴에 갖다 대고 머리 위를 올려다보았다.

거기에 오쿄의 얼굴은 없었다. 처음에 보았던 천구의 일그러진 얼굴이 경련이라도 하듯이 비열하게 웃으며 떠 있었다. 근시인 우쿄노스케를 도와 사물을 올바르게 보여 주던 동그란 안경은 여기에서도 대상을 바르게 비춰 주었던 것이다.

오하쓰는 기운을 내서 일어섰다. 거울이다, 거울을 찾자! 그때 어디선가 데쓰의 목소리가 들려왔다.

"오하쓰, 내가 거울이 될게!"

목소리와 함께 오하쓰의 눈앞에 검은 벼락이 치달았다. 퉁겨나듯이 뒤로 날아간 오하쓰의 앞에 구리 거울이 떠올라 있었다.

"자, 어서 나를 잡아! 이걸 비추라고!"

데쓰—데쓰가 둔갑한 거울이다.

오하쓰는 구리 거울을 잡았다. 그 바람에 우쿄노스케의 안경이 떨어졌지만, 이미 대상을 제대로 포착해 버린 눈은 더 이상 미혹되지 않았다. 거울을 양손으로 높이 쳐들고 오하쓰는 목청껏 외쳤다.

"나는 속지 않아! 너한테 지지 않아! 자, 거울이여, 마사키의 원망과 미련을 다 빨아들여라!"

거울이 빛나기 시작했다. 눈이 부시게 하얗고 강렬한 빛이다. 벚나무 숲 전체가 태풍을 만난 것처럼 수런거렸다. 꽃잎이 눈보라처럼 어지러이 날고 오하쓰의 머리카락에 피부에 입술에 들러붙었다. 천구가 두려워하고 있다—옷이 어지러이 날리고 있다. 저 눈이, 생생한 눈이 도망갈 데를 찾아 흔들리고 있다. 비명이 들린다―오아키인가? 오리쓰인가? 아니, 아니다. 마사키의 목소리다.

"죽고 싶지 않았어!"

그래, 불쌍한 사람. 하지만 당신은 이미 죽었어. 이제 이승에 머물러선 안 돼. 하물며 엄한 사람을 희생시켜서 이승에 소생하려고 해서는 안 되는 거야!

"나는 이렇게 아름다운데!"

마사키의 외침에 오하쓰는 우쿄노스케의 말로 응했다.

"아름다움은 그것을 보는 이의 마음속에만 있는 거야!"

한층 새되게 여인의 비명이 울려 퍼졌다. 거울이 너무나 눈부셔서 오하쓰는 저도 모르게 눈을 감았다.

그 순간 석장 소리가 굉장한 소리로 울려 퍼졌다. 오하쓰의 손 안에서 거울이 깨져 산산이 흩어졌다.

오하쓰는 정신을 잃고 쓰러졌다.

오하쓰와 부교 나리

오요시에 따르면 오하쓰는 꼬박 사흘을 죽은 듯 잠만 잤다고 한다.

천구에게 끌려간 환상의 벚나무 숲에서 두 손으로 받쳐 들었던 거울이 산산이 부서진 순간, 시마이야에서도 야나기하라 신베의 집에서도 나가노야에서도, 그리고 오노부가 의탁하고 있던 야마모토초의 관리인 집에서도 신비한 일이 일어났다. 하늘에서 처녀가 내려온 것이다. 집집마다 딸들이 돌아왔다.

오하쓰가 눈을 떴을 때 제일 먼저 보인 것은 걱정스레 들여다보는 오요시의 얼굴이었다. 오하쓰가 눈을 뜨자 올케는 어머 하고 꽃봉오리가 터지듯 웃었다.

"어때요, 날 알아보겠어요? 집에 돌아왔어요, 아가씨. 알아요?"

"집에…… 돌아와요?"

"네, 그래요. 나도 그이한테 다 들었어요. 잘 돌아왔어요, 아가씨. 정말 잘 싸웠어요."

"오라버니는 무사해요?"

"네, 다들 무사해요. 모두 돌아왔어요. 오아키도 오리쓰도. 시노라는 아가씨도 괜찮대요. 다들 아가씨처럼 내내 잠만 자다가 눈을 떴다는데, 지난 한두 달 새 있었던 일들을 하나도 모르고 있더래요."

오하쓰는 안심하고 다시 맥없이 잠으로 빠져들었다. 시간이 얼마나 흘렀는지 알 수 없지만 여하튼 시끌벅적했다. 바깥 복도에서 분키치가 엉엉 울고 있다.

"아가씨가 그렇게 위험한 곳에 다녀오셨다니, 저는 아무것도 몰랐어요―아무 보탬도 못 돼 드리고―하지만 아가씨가 무사해서 얼마나 다행인지 몰라요. 이렇게 자꾸 눈물만 나네요―."

이제 그만, 시끄러워요, 분키치 씨……. 하지만 걱정하게 해서 미안해요……. 꿈인지 생신지 모르는 상황에서 그렇게 생각하는데, 우쿄노스케가 분키치를 다독이는 소리가 들렸다.

"그렇게 울 거 없어, 분키치. 오하쓰 씨는 무사하잖아."

"예, 하지만."

"자네가 이렇게 오하쓰 씨를 생각해서 소리 내어 울었다는 소리가 오미요한테 들어가면 어쩌려고 그래. 또 당하고 싶은 거야?"

"아, 이런, 제발 아무 말씀도 마세요, 젊은 선생님."

자리에 누운 채 오하쓰는 희미하게 웃었다. 아, 그래, 우쿄노스케 님에게 안경을 돌려 드려야 하는데…….

안락한 잠자리에서 개운하게 눈을 떴을 때는 완전히 어두워져 있었다. 복도에서 오요시의 목소리가 들린다. 무척 공손한 말투다. 계단을 올라오는 모양이다.

"이쪽입니다. 들어가시지요."

장지가 열리고 누가 들어왔다. 오요시의 손에 들린 등롱 불빛에 얼굴이 보였다. 그 순간 오하쓰는 벌떡 일어나 앉았다.

"부교 나리!"

노부교는 환하게 웃었다. "이렇게 벌떡 일어나는 걸 보니 몸은 괜찮은가 보구나."

야나기하라 가에서 겪은 일과 벚나무 숲에서 있었던 일들―오하쓰는 부교 나리에게 다 이야기했다. 이야기를 하다 보니 점점 정신이 맑아지면서 마음속의 무언가가 깨끗이 씻겨 내려가는 기분이 들었다.

부교 나리는 고개를 끄덕이며 오하쓰의 말에 귀를 기울였다. 그

온화한 얼굴을 바라보고 있자니 오하쓰는 어느새 자신이 자랑스러워졌다.

"정말 잘해 주었다. 네가 큰 공을 세웠구나."

"부교 나리의 말씀이 있었기 때문이죠."

"천만에. 너의 강한 마음이 천구의 망집을 이긴 거다."

그때 오하쓰는 가까스로 중요한 것을 기억해 냈다.

"그러고 보니 저, 거울을 잃어버렸어요!"

천구를 퇴치하는 데 사용한 거울은 데쓰가 둔갑한 것이었다. 멍하던 머리가 맑아지자 그 장면들이 선명하게 떠올랐다.

"데쓰는? 데쓰는 돌아왔나요?"

오하쓰는 주변을 급히 둘러보았다. 그러나 노부교가 천천히 고개를 가로젓는 모습을 보고 온몸이 얼어붙고 말았다.

"데쓰는 이제 오지 않을 게다."

오하쓰의 어깨가 덜컥 떨어졌다. 갑자기 눈물이 흘러나왔다.

"데쓰는…… 나 때문에……." 말을 잇지 못하고 울고 말았다.

"아니, 아니다. 오하쓰. 울지 마라. 데쓰는 죽은 게 아니야."

"하지만!"

"생각해 보려무나. 데쓰는 처음부터 정말 고양이였을까?"

오하쓰는 눈물에 젖은 볼을 한 채 부교를 쳐다보았다. 노부교는 눈가에 한층 깊은 주름을 만들며 미소를 짓고 있다.

"네가 돌아온 뒤 나는 즉시 레이간지로 사람을 보내서 도사를 찾게 했다. 그러나 절 마당에서도 지붕에서도 고양이는 한 마리도 찾을 수 없었단다."

"방울이도요?"

"그래. 오하쓰, 도사의 본색은 역시 부처의 화신이었던 게야. 석장 소리가 무엇보다 확실한 증거 아니겠느냐. 그렇다면 도사를 따라다니며 너를 지켜 준 데쓰와 방울이도 평범한 고양이는 아니겠지."

남들이 보지 못하는 것을 볼 수 있는 신비한 힘을 가지고 있는 오하쓰라지만 데쓰와 대화를 하다니 역시 이상한 일이었다—.

"아마 데쓰와 방울이도 부처를 수호하는 신장神將이 둔갑한 고양이였겠지. 고양이는 결코 마를 부르는 짐승이 아니야. 『미미부쿠로』에도 그렇게 적어 두어야겠다."

오하쓰는 눈물을 훔치고 고개를 끄덕였다. 그러다가 지도리 무늬 고소데를 지신반에 옮겼을 때 데쓰의 행동이 이상했음을 떠올렸다.

'내가…… 다 알아.'

그것은 대결의 시간이 가까워졌음을 알고 있다는 의미였을까? 아니면 그때가 오면 오하쓰와 이별해야 한다는 사실을 알고 있다는 의미였을까?

아니면 그때 자신의 참모습이 고양이가 아니라는 진실을 알았다는 의미일까?

"고소데는 모두 불에 태웠다. 깨끗이 타서 재로 돌아갔다. 이제 근심할 필요 없다."

"다 끝났군요."

"암. 오아키가 돌아오자 오노부도 대번에 기운을 차렸다. 두 사람이 관리인 집에서 베개를 나란히 하고 잤다더라. 오노부는 자리를 털고 일어나 딸을 보살피고 있다."

정말 다행이다……. 마사키치 씨를 살릴 수는 없었지만, 그래도 그나마 다행이다.

"나가노야의 오타마는, 하늘에서 내려온 언니가 눈을 뜨자마자 큰 소리로 울기 시작하자 덩달아 울었다는구나. 그러다가 자매가 부둥켜안고 울고, 거기에 두 부모까지 가세해서 울었단다. 네 사람이 우는 소리가 일 초_{약 백 미터} 밖까지 들렸다는 게야. 허허, 울음소리가 참 대단했던가 보다."

오하쓰가 웃자 부교도 웃었다.

"그런데 오하쓰, 로쿠조나 우쿄노스케는 만났니?"

"아뇨, 아직 보지 못했습니다. 우쿄노스케 님께는 안경을 돌려드려야 하는데."

"네가 이 집에 돌아왔을 때 오른손에 우쿄노스케의 안경을 꼭 쥐고 있었다고 한다. 너도 모르게 주워 들고 있었나 보지."

안경알은 산산이 부서져 있었다.

"어머, 어떡해요."

"뭐, 오늘 밤 출동해서 도와 주는 대가로 제 아비에게 새 걸 맞춰 주라고 하면 되지."

"오늘 밤 출동을 해요?"

노부교는 턱을 쓸었다. "이제 아사이야를 손봐야지. 로쿠조도 그리로 달려갔다."

"아, 드디어!"

"볼 만할 거다. 나도 가고 싶었는데 말이다. 가시와기와 구라타 몬도가 함께 출동했거든. 물론 지휘는 후루사와 부자에몬이 하고.

아편 밀거래 장부가 나올 때를 대비해서 우쿄노스케의 목덜미를 잡아 끌고 갔단다."

빨간 도깨비 후루사와 나리는 아들이 배우는 산학이 주판과 다르다는 것을 영 이해하지 못하는 듯하다.

"부자에몬이 우쿄노스케한테 이렇게 말하더군. 꽁생원 같은 네놈이라도, 오늘 밤 한몫 거들면 밥집 간판 처녀가 다시 봐 줄지도 모르지 않냐, 그러니 마음 단단히 먹고 일해 봐라, 하고 말이야."

오하쓰의 볼이 빨갛게 물들자 노부교는 또 껄껄 웃었다.

아사이야 압수 수색은 무사히 끝나고 아편 밀거래의 전모가 드러났다.

오아키가 회복되고 오노부도 건강해지자 데쓰지로와 스테키치도 가게로 돌아갔다. 마사키치의 가게는 오랜만에 현관을 열고 장사를 시작했다. 이사지도 겐안의 허락이 떨어지는 대로 조만간 가게로 돌아갈 예정이다.

나가노야의 오리쓰와 오타마는 가미카쿠시 이전처럼 요란하게 다투는 일이 없어졌다. 그래도 오타마는 앵돌아져서 불평을 늘어놓을 때가 많지만 나가노야 부부는 그런 딸을 너그럽게 보아 주고 있다.

야나기하라 가의 시노는 부모의 보호 아래 있다. 그녀의 기억에서 이모의 망념에 조종당하던 시기는 깨끗이 지워졌다. 아사이야 압수 수색 직후, 이번에는 지샤부교쇼가 야나카 엔메이인에 출동하여 대형 여범 사건으로 한바탕 소동이 일어났다. 시노는 미승 니치도와의 관계를 추궁당한 듯하지만, 상황이 일단락되면 머리 깎고 불문에 들지 않겠느냐 하는 소문도 있다…….

한편 연분홍빛 벚꽃이 지고 푸르른 벚나무로 변했을 즈음, 니혼바시 요로즈초의 밥집 시마이야에 새끼 고양이 한 마리가 길을 잃고 들어왔다. 꼬리 끝이 갈고리마냥 꺾여 있고 발끝이 하얀 줄무늬 고양이다.

"어머, 어머, 데쓰가 돌아왔어요!"

오요시가 반색을 하며 안아 올렸다.

"너, 그동안 어디 있었니? 멀리 갔다가 길을 잃었구나? 걱정했잖아."

오요시의 품에 안긴 줄무늬 고양이가 "냐옹" 하고 울었다. 이번에는 오하쓰에게도 "냐옹" 하는 소리로 들렸다.

"이리 온, 데쓰." 오하쓰가 미소를 지었다. "밥 챙겨 줄게."

【 역자 후기 】

　　오하쓰 시리즈의 전작 『흔들리는 바위』에서도 그랬지만, 작가는 『미인』에서도 『미미부쿠로』라는 기담집의 내용을 차용하고 그 작자인 네기시 야스모리라는 인물을 오하쓰의 후견인으로 등장시켜서 '호러 판타지 시대물'이라는, 갈래짓기도 복잡한 독특한 이야기를 펼칩니다. 작가가 『미미부쿠로』에서 차용한 내용은 고양이가 열 살이 넘으면 사람 말을 한다더라, 여우 피가 섞이면 사람 말을 더 빨리 배운다더라 하는 이야기입니다. 참고로, 바람둥이 미남 승려 니치도는 역사상 실재했던 인물입니다. 기록에 의하면 여러 건의 '여범'을 저지르다가 나이 마흔에 처형을 당했다는군요.
　　작가가 쓰는 '에도물'은 이렇게 전승 혹은 역사적 사실을 주춧돌로 쓰는 경우가 대부분입니다. 특히 이 작품에서 작가는 어느 작품보다 과감하게 상상을 펼쳐 보입니다. 고양이 데쓰를 오하쓰의 콤비로 등장시킨 것입니다. 고양이라니, 작가의 견고한 이야기 구성에 익숙한 역자에게는 매우 뜻밖의 전개였지만, 생각해 보면 익숙한 설정이기도 합니다. 나쓰메 소세키의 『나는 고양이로소이다』와 아카가와 지로의 '얼룩 고양이 시리즈'는 시쳇말로 '빅 셀러'로 유명한 작품들입니다. 고양이로 하여금 인간 세상을 관찰하게 하거나 사건을 해결하게 하는 것은 결코 낯선 이야기가 아니었던 셈입니다.

이 작품의 주요 소재인 '가미카쿠시神隱し'란 말이 재미있습니다. 한국에도 널리 알려진 미야자키 하야오의 〈센과 치히로의 행방불명〉이라는 작품의 원제도 〈센과 치히로의 가미카쿠시〉입니다. 이 '가미카쿠시'는 그냥 실종이 아니라 '센=치히로'가 그랬듯 '다른 세계=신의 세계'를 접하는 것을 뜻합니다. 번역이 불가한 어휘에는 흔히 그 나라만의 깊은 문화가 표현되어 있게 마련인데, '가미카쿠시'가 바로 그런 단어입니다.

옛날 일본인은 자기가 살아가는 세계 건너편 어딘가에 '다른 세계=신의 세계'가 있다고 믿었습니다. 이승도 아니고 저승도 아닌 그 세계로 넘어가는 것이 곧 '가미카쿠시'였습니다. 그렇게 가미카쿠시를 당한 사람은 영영 돌아오지 않는 경우가 많지만, 며칠 혹은 몇 년 뒤에 돌아오는 사람도 있었습니다. 덕분에 불행해지는 사람이 있는가 하면 큰 부자가 되었다는 사람도 있다고 하니 가미카쿠시 자체는 마냥 무서운 일만은 아니었던 모양입니다.

요즘이야 누군가 하굣길에 홀연히 사라졌다고 하면 당연히 납치를 떠올리겠지만, 20세기 초까지만 해도 일본에서는 '실종'이란 한자어 대신에 '가미카쿠시'란 말을 더 많이 썼다고 합니다. 인간에게 무슨 일을 당했다기보다는 초자연적인 존재에 의해 다른 세계로 건너갔다고 여기며 스스로 위로하려고 했던 모양입니다. 전후 일본이 고도 성장 시대에 접어들면서 '가미카쿠시'란 말보다 '실종'이란 말이 일반화되었다지요. 일본인들이 그만큼 '초자연적 세계'에서 멀어졌다고 해석할 수도 있겠습니다.

『미미부쿠로』가 쓰인 에도 시대는 이러한 이야기가 그냥 '카더라' 통신이 아니라 실제로 있었다고 여겨지던 시대입니다. 『미미부쿠로』는 지금으로부터 약 이백 년 전, 에도 평민들을 위해 일하는 부교로 알려진 네기시 야스모리가 쓴 책인데요. '근대'보다 훨씬 더 길었던 그 시대와 그 시절 사람들의 심상을 알고자 하는 작가들은 『미미부쿠로』를 그냥 심심풀이 얘깃거리로 읽지는 않았을 테지요. 실제로 많은 작가들이 『미미부쿠로』에서 이야기의 제재를 찾았고요.

역자로서는 줄거리는 제쳐 두고 『미인』이 내뿜는 색의 이미지가 인상적이었습니다. 칠흑 속으로 번지는 새빨간 아침놀이 있었기에 도입부는 그렇게 긴박할 수 있었을 겁니다. 새빨간 아침놀, 흐드러진 연분홍 벚꽃, 화려한 무늬의 비단 기모노, 관음상의 찬란한 금빛. 하나하나 아름답기 그지없는 색이지만, 이 이야기에서는 하나같이 불안하고 섬뜩한 인상을 풍깁니다. 불길한 색의 향연이 무엇보다 흥미롭습니다.

고와야 할 그 색이 섬뜩하게 느껴지는 까닭은 인간의 어두운 마음을 먹고 자란 원령의 빛깔이기 때문입니다. 아름다운 원령의 모습은 미美와 추醜가 대극이 아니라 이웃일 수도 있음을 말해 줍니다. 인간의 망집은 늘 추한 모습으로 드러나는 것이 아니라 현란하고 아름답게 드러나기도 합니다. '색'이란 본시 그런 것이라는 작가의 말이 들리는 듯합니다. 어쩌면 거울에 깃든 지장보살은 원령을 제압하며 "색즉시공!"이라고 일갈했을지도 모르겠군요. 그러고 보면 '천구바람'이란 원제를 '미인'으로 바꾼 것은 썩 잘한 짓처럼 느껴집니다.

— '여자는 외모가 전부'라는 말을 들으며 자란 처녀.

이 대목을 읽으며 움찔했습니다. 요즘처럼 몸뚱이 무게와 부위별 치수에 그악스럽게 집착하는 시대가 또 있었을까요? 이웃 나라의 낯선 시대를 배경으로 한 시대 소설이지만 참으로 통절한 이야기다 싶습니다.

영험한 오하쓰와 산학 생도 우쿄노스케는 직관과 논리의 콤비입니다. 아무래도 가시버시가 될 것 같은 분위기인데, 이 콤비의 장래와 다음 활약이 자못 궁금합니다. 오하쓰의 후속작은 오래도록 발표되지 않고 있지만, 설마 이대로 막을 내리지는 않겠지, 하고 기대하고 있습니다.

이규원

초판 3쇄 발행 2022년 8월 5일

지은이 미야베 미유키
옮긴이 이규원

발행편집인 김홍민 · 최내현
책임편집 박신양
편집 조미희
표지디자인 이혜경디자인
용지 한승
출력(CTP) 블루엔
인쇄 제본 대원문화사
독자교정 이소희, 이하영, 장여정, 정기근, 조윤진

펴낸곳 도서출판 북스피어
출판등록 2005년 6월 18일 제105—90—91700호
주소 (10595) 경기도 고양시 덕양구 동송로 23-28 305동 2201호
전화 02) 518—0427
팩스 02) 701—0428
홈페이지 https://blog.naver.com/hongminkkk
전자우편 editor@booksfear.com

ISBN 978-89-91931-80-0 (04830)
　　　978-89-91931-29-9 (세트)

책값은 뒤표지에 있습니다.
파본은 구입하신 곳에서 교환해 드립니다

답게 드러나기도 합니다. '색'이란 본시 그런 것이라는 작가의 말이 들리는 듯합니다. 어쩌면 거울에 깃든 지장보살은 원령을 제압하며 "색즉시공!"이라고 일갈했을지도 모르겠군요. 그러고 보면 '천구바람'이란 원제를 '미인'으로 바꾼 것은 썩 잘한 짓처럼 느껴집니다.

― '여자는 외모가 전부'라는 말을 들으며 자란 처녀.

이 대목을 읽으며 움찔했습니다. 요즘처럼 몸뚱이 무게와 부위별 치수에 그악스럽게 집착하는 시대가 또 있었을까요? 이웃 나라의 낯선 시대를 배경으로 한 시대 소설이지만 참으로 통절한 이야기다 싶습니다.

영험한 오하쓰와 산학 생도 우쿄노스케는 직관과 논리의 콤비입니다. 아무래도 가시버시가 될 것 같은 분위기인데, 이 콤비의 장래와 다음 활약이 자못 궁금합니다. 오하쓰의 후속작은 오래도록 발표되지 않고 있지만, 설마 이대로 막을 내리지는 않겠지, 하고 기대하고 있습니다.

이규원

초판 3쇄 발행 2022년 8월 5일

지은이	미야베 미유키
옮긴이	이규원

발행편집인	김홍민 · 최내현
책임편집	박신양
편집	조미희
표지디자인	이혜경디자인
용지	한승
출력(CTP)	블루엔
인쇄 제본	대원문화사
독자교정	이소희, 이하영, 장여정, 정기근, 조윤진

펴낸곳	도서출판 북스피어
출판등록	2005년 6월 18일 제105—90—91700호
주소	(10595) 경기도 고양시 덕양구 동송로 23-28 305동 2201호
전화	02) 518—0427
팩스	02) 701—0428
홈페이지	https://blog.naver.com/hongminkkk
전자우편	editor@booksfear.com

ISBN 978-89-91931-80-0 (04830)
978-89-91931-29-9 (세트)

책값은 뒤표지에 있습니다.
파본은 구입하신 곳에서 교환해 드립니다